简明中国文学史读本

刘跃进 主编

中国社会科学出版社

图书在版编目（CIP）数据

简明中国文学史读本/刘跃进主编. —北京：中国社会科学出版社，2019.6（2023.5 重印）

ISBN 978-7-5203-4167-7

Ⅰ.①简⋯　Ⅱ.①刘⋯　Ⅲ.①中国文学—文学史—通俗读物　Ⅳ.①I209-49

中国版本图书馆 CIP 数据核字（2019）第 045079 号

出 版 人	赵剑英
责任编辑	史慕鸿　顾世宝　慈明亮　曲弘梅
责任校对	李　莉
责任印制	戴　宽

出　　版	中国社会科学出版社
社　　址	北京鼓楼西大街甲 158 号
邮　　编	100720
网　　址	http://www.csspw.cn
发 行 部	010-84083685
门 市 部	010-84029450
经　　销	新华书店及其他书店

印刷装订	北京君升印刷有限公司
版　　次	2019 年 6 月第 1 版
印　　次	2023 年 5 月第 7 次印刷

开　　本	710×1000　1/16
印　　张	48.5
插　　页	2
字　　数	609 千字
定　　价	99.00 元

凡购买中国社会科学出版社图书，如有质量问题请与本社营销中心联系调换
电话：010-84083683
版权所有　侵权必究

目　　录

为什么要不断地书写文学史？……………………… 刘跃进（1）

第一编　先秦文学（公元前16世纪—公元前247年）

第一章　概述 …………………………………………（3）
第一节　混沌未分的存在形态 ……………………（3）
第二节　与宗教政治密切关联的发展脉络 …………（6）
第三节　修辞立其诚 ………………………………（9）

第二章　先周时期的中国文学 ………………………（12）
第一节　远古时代文学艺术的起源 ………………（12）
第二节　古代神话与《山海经》 …………………（14）
第三节　书写文学的发端与散文的出现……………（20）

第三章　周代礼乐文化与《诗经》…………………（25）
第一节　周代礼乐文化发展概述……………………（25）
第二节　《诗经》的性质与分类 …………………（28）
第三节　《诗经》作品的时代与文本结集…………（30）
第四节　《诗经》的艺术成就………………………（35）

第四章　先秦历史散文的兴盛与发展 (37)
　　第一节　春秋战国时代社会制度的变革和
　　　　　　散文的兴起 (37)
　　第二节　历史散文的兴盛与《国语》的文学意义 (41)
　　第三节　《春秋》三传及其文学价值 (43)
　　第四节　列国纷争的历史画卷——《战国策》 (48)

第五章　百家争鸣和诸子散文 (50)
　　第一节　《论语》与《孟子》 (50)
　　第二节　《老子》和《庄子》 (56)
　　第三节　《荀子》和《韩非子》 (60)
　　第四节　《易传》《礼记》及其他子书概述 (65)

第六章　屈原与宋玉 (69)
　　第一节　楚国文化概述 (69)
　　第二节　屈原与他的作品 (70)
　　第三节　宋玉及其他楚辞作家 (76)

第二编　秦汉文学（公元前247—公元220年）

第一章　概述 (81)
　　第一节　政治思想的定型 (82)
　　第二节　学术谱系的建立 (85)
　　第三节　民间文化的社会流动 (87)

第二章　嬴秦文学 (90)
　　第一节　吕不韦与《吕氏春秋》 (90)

第二节　李斯……………………………………………（92）

第三章　两汉文学……………………………………………（94）
　　第一节　一代之文学——汉赋…………………………（95）
　　第二节　史著之巅峰——《史记》与《汉书》……（102）
　　第三节　政说与论著：两汉思想家的文学表达……（109）
　　第四节　歌诗、乐府与汉末五言诗的兴起…………（115）

第三编　魏晋南北朝文学（公元220—589年）

第一章　概述…………………………………………………（123）
　　第一节　长期分裂时代文学发展的多种可能性……（124）
　　第二节　文学理论与文体的长足发展…………………（126）
　　第三节　思想史进程对文学的影响……………………（129）
　　第四节　手抄时代的文学传播…………………………（133）

第二章　魏晋文学……………………………………………（139）
　　第一节　从建安风骨到正始之音………………………（140）
　　第二节　西晋文坛与贵族文学的深化…………………（144）
　　第三节　陶渊明…………………………………………（149）
　　第四节　十六国文学的基本面貌………………………（152）

第三章　南朝文学……………………………………………（161）
　　第一节　元嘉三诗人：谢灵运、颜延之和鲍照……（163）
　　第二节　竟陵八友与永明体……………………………（169）
　　第三节　宫体诗与南朝后期诗人………………………（172）
　　第四节　南朝小说………………………………………（177）

第四章　北朝文学 (182)
- 第一节　平城时期与北朝文学发展的起点 (183)
- 第二节　洛阳时期的"南朝化"与鲜卑贵族、汉族文士的文学追求 (185)
- 第三节　邺城时期的文学新风与北地三才 (187)
- 第四节　长安地区的文化风气与庾信等南来诗人 (190)

第四编　隋唐五代文学（公元589—960年）

第一章　概述 (197)
- 第一节　唐代文学的辉煌成就 (197)
- 第二节　政治思想环境与文学创作的活力 (200)
- 第三节　文化交融与文学繁荣 (202)
- 第四节　唐代文学的经典化 (206)

第二章　初唐文学 (208)
- 第一节　隋及唐初宫廷诗人 (208)
- 第二节　初唐四杰 (214)
- 第三节　陈子昂与唐诗风骨 (219)
- 第四节　沈、宋与律诗的定型 (221)
- 第五节　吴中四士 (226)

第三章　盛唐文学 (229)
- 第一节　王维、孟浩然与盛唐山水田园诗 (229)
- 第二节　高适、岑参与盛唐边塞诗 (235)
- 第三节　李白：天真豪放的盛唐之音 (240)
- 第四节　杜甫：诗史与诗圣 (244)

第五节　唐代骈文：精工藻绘与开阔格局 …………（249）

第四章　中唐文学 …………………………………（254）
第一节　大历诗风 …………………………………（254）
第二节　韩孟诗派：雄豪险怪 ……………………（260）
第三节　元白诗派：避官样而就家常 ……………（267）
第四节　古文运动 …………………………………（271）
第五节　作意好奇的唐传奇 ………………………（275）

第五章　晚唐五代文学 ……………………………（282）
第一节　苦吟与清丽诗风 …………………………（282）
第二节　小李杜 ……………………………………（287）
第三节　唐末五代衰世诗文 ………………………（291）
第四节　唐五代词 …………………………………（298）
第五节　讲经文、变文与通俗诗 …………………（308）

第五编　宋辽金文学（公元960—1279年）

第一章　概述 ………………………………………（317）
第一节　多元一体的民族文化格局与文学多样性 …（317）
第二节　科举制与科举型士大夫与道统、
　　　　文统的形成 ………………………………（321）
第三节　城市文化空间与平民文学的兴起 ………（323）
第四节　印刷术与文学风尚新变 …………………（325）

第二章　宋　诗 ……………………………………（329）
第一节　北宋前中期诗坛 …………………………（329）

一　宋初三体 …………………………………… (329)

　　　二　欧阳修与梅尧臣、苏舜钦 ………………… (331)

　　　三　王安石与"半山体" ……………………… (332)

　第二节　宋诗巨擘苏轼 …………………………… (333)

　第三节　黄庭坚与江西诗派 ……………………… (335)

　　　一　黄庭坚与陈师道 …………………………… (335)

　　　二　南渡后的江西诗派 ………………………… (337)

　第四节　中兴四大家 ……………………………… (339)

　　　一　杨万里与范成大 …………………………… (339)

　　　二　陆游 ………………………………………… (341)

　第五节　朱熹与理学诗 …………………………… (343)

　第六节　永嘉四灵与江湖诗人及其他宋末诗人 …… (345)

　　　一　永嘉四灵 …………………………………… (345)

　　　二　江湖诗派 …………………………………… (346)

第三章　宋　词 ……………………………………… (351)

　第一节　柳永与北宋前期词坛 …………………… (351)

　　　一　"晏欧"词风 ……………………………… (351)

　　　二　张先等人的创作 …………………………… (353)

　　　三　柳永词的新变 ……………………………… (354)

　第二节　苏轼、周邦彦与北宋后期词坛 ………… (356)

　　　一　苏轼词的开拓 ……………………………… (356)

　　　二　晏几道、秦观、黄庭坚、贺铸等人的

　　　　　创作 ………………………………………… (358)

　　　三　周邦彦对词的贡献 ………………………… (361)

　第三节　李清照与南渡词人群体 ………………… (363)

　　　一　李清照与"易安体" ……………………… (363)

二　其他南渡词人 …………………………… (365)
　第四节　辛弃疾与辛派词人 ……………………… (368)
　　一　辛弃疾 ………………………………………… (368)
　　二　韩元吉、陈亮、刘过等词人 ……………… (370)
　　三　刘克庄与刘辰翁 ……………………………… (372)
　第五节　姜夔与吴文英 ……………………………… (373)
　　一　姜夔 …………………………………………… (373)
　　二　吴文英 ………………………………………… (375)
　第六节　宋末词人 …………………………………… (377)

第四章　宋文与小说 …………………………………… (380)
　第一节　宋代散文 …………………………………… (380)
　　一　诗文革新与北宋散文 ……………………… (380)
　　二　欧、苏散文 ………………………………… (383)
　　三　南宋散文 ……………………………………… (386)
　第二节　宋代骈文与辞赋 …………………………… (388)
　　一　宋代骈文 ……………………………………… (388)
　　二　宋代辞赋 ……………………………………… (390)
　第三节　宋代话本 …………………………………… (391)
　　一　话本的产生与体制特点 …………………… (391)
　　二　话本的类型及特色 ………………………… (393)
　第四节　宋代文言小说 ……………………………… (394)

第五章　辽、金、西夏及其他民族文学经典 ……… (397)
　第一节　辽、金、西夏文学 ……………………… (397)
　第二节　元好问与董西厢 ………………………… (401)
　　一　元好问 ………………………………………… (401)

二　董解元的《西厢记诸宫调》…………………（404）
第二节　蒙古族文学史上的三大高峰………………（406）
　　一　《蒙古秘史》………………………………（406）
　　二　《江格尔》…………………………………（407）
　　三　《格斯尔》…………………………………（408）
第四节　藏族文学经典《格萨尔王传》………………（409）
第五节　突厥语民族文学经典…………………………（409）
　　一　维吾尔族古代史诗《乌古斯传》…………（410）
　　二　维吾尔族古代文学经典《福乐智慧》……（410）
　　三　柯尔克孜族史诗《玛纳斯》………………（411）

第六编　元代文学（公元1279—1368年）

第一章　概述………………………………………（415）
第一节　蒙古族统治下的文学风貌……………………（415）
第二节　元代文士的生存与创作环境…………………（417）
第三节　文学形式与思想的丰富与融通………………（419）
第四节　雅俗文学的分裂与新变………………………（421）

第二章　元代杂剧……………………………………（423）
第一节　元代杂剧概说…………………………………（423）
第二节　元杂剧的分期、题材与代表作………………（426）
第三节　关汉卿与大都作家圈…………………………（430）
第四节　王实甫与《西厢记》…………………………（436）

第三章　南戏的兴起…………………………………（441）
第一节　南戏的形成与发展……………………………（441）

第二节　四大南戏"荆刘拜杀" ……………………（444）
　　第三节　高明与《琵琶记》 …………………………（446）

第四章　元代散曲 …………………………………………（451）
　　第一节　散曲的渊源与形成 …………………………（451）
　　第二节　小令与套曲 …………………………………（453）
　　第三节　代表作家与作品 ……………………………（455）

第五章　元代诗歌 …………………………………………（464）
　　第一节　前期诗歌 ……………………………………（464）
　　第二节　中期诗歌 ……………………………………（471）
　　第三节　后期诗歌 ……………………………………（476）

第六章　元代小说和散文 …………………………………（481）
　　第一节　元代小说 ……………………………………（481）
　　第二节　元代散文 ……………………………………（482）

第七编　明代文学（公元1368—1644年）

第一章　概述 ………………………………………………（489）
　　第一节　传统文体的衰微 ……………………………（489）
　　第二节　文学思潮的多重轨迹 ………………………（490）
　　第三节　通俗小说的繁荣 ……………………………（491）
　　第四节　商业出版与文学生产 ………………………（493）

第二章　明代诗文 …………………………………………（495）
　　第一节　台阁文学 ……………………………………（498）

第二节　"前七子"的文学复古运动 …………… (500)
　　第三节　吴中诸子 ……………………………… (501)
　　第四节　唐宋派诸作家 ………………………… (502)
　　第五节　"后七子"的文学复古运动 …………… (503)
　　第六节　晚明性灵文学：公安派和竟陵派 …… (504)
　　第七节　明代民歌 ……………………………… (505)

第三章　明代戏曲 …………………………………… (509)
　　第一节　明代初期至中叶的戏曲创作 ………… (509)
　　第二节　《浣纱记》与昆曲的兴盛 ……………… (514)
　　第三节　汤显祖和《牡丹亭》 …………………… (516)
　　第四节　汤、沈之争与吴江派 ………………… (518)

第四章　明代小说 …………………………………… (521)
　　第一节　《三国志演义》 ………………………… (521)
　　　一　《三国志演义》的作者和版本 …………… (521)
　　　二　《三国志演义》的思想和艺术 …………… (522)
　　　三　《三国志演义》的地位和影响 …………… (524)
　　第二节　《水浒传》 ……………………………… (525)
　　　一　《水浒传》的成书过程、作者和版本 …… (525)
　　　二　《水浒传》的思想和艺术 ………………… (527)
　　　三　《水浒传》的影响 ………………………… (529)
　　第三节　《西游记》 ……………………………… (530)
　　　一　《西游记》的成书过程、作者和版本 …… (530)
　　　二　《西游记》的思想和艺术 ………………… (531)
　　　三　《西游记》与神魔小说的兴起 …………… (535)
　　第四节　《金瓶梅》 ……………………………… (536)

一 《金瓶梅》的作者和版本 ……………………（536）

二 《金瓶梅》的思想内容 ………………………（538）

三 《金瓶梅》的艺术特点及其影响 ……………（539）

第五节 传奇小说与话本小说 ………………………（541）

一 传奇小说 ………………………………………（541）

二 话本小说 ………………………………………（543）

第八编 清代文学（公元1644—1911年）

第一章 概述 …………………………………………（549）

第一节 清廷的文艺政策 ……………………………（549）

第二节 文学的全面繁荣 ……………………………（551）

第三节 女性文学的昌盛 ……………………………（554）

第四节 从古典向现代转型 …………………………（556）

第二章 文章学的集成与开拓 ………………………（558）

第一节 骈文的繁荣 …………………………………（558）

第二节 桐城派与清代散文的昌盛 …………………（563）

第三节 文界革命与报章文体 ………………………（568）

第三章 清代诗歌 ……………………………………（577）

第一节 易代悲歌 ……………………………………（578）

第二节 从王士禛到翁方纲 …………………………（580）

第三节 宋诗运动 ……………………………………（582）

第四节 闺秀诗人 ……………………………………（583）

第五节 八旗诗人 ……………………………………（585）

第六节 诗界革命 ……………………………………（587）

第四章　清代词的复兴 (588)
第一节　清初词坛 (588)
第二节　纳兰性德 (590)
第三节　顾太清与女性词人的创作 (592)

第五章　清代戏曲 (596)
第一节　宫廷编剧和演剧 (596)
第二节　《长生殿》与《桃花扇》 (600)
第三节　李玉和苏州派 (605)
第四节　代表性杂剧和传奇作品 (608)
第五节　花雅之争与民间剧目 (613)

第六章　清代小说 (616)
第一节　清初小说 (616)
　一　才子佳人小说 (616)
　二　话本小说 (617)
　三　英雄传奇小说 (619)
　四　世情小说 (620)
第二节　《聊斋志异》和文言小说 (621)
　一　蒲松龄及其《聊斋志异》 (621)
　二　《聊斋志异》以后的文言小说 (624)
第三节　《儒林外史》 (625)
　一　吴敬梓生平 (625)
　二　《儒林外史》的思想内容和艺术特点 (626)
第四节　《红楼梦》 (629)
　一　《红楼梦》的作者和版本 (629)
　二　《红楼梦》的思想和艺术 (632)

三　《红楼梦》的影响 ……………………………（638）
　第五节　清代中后期其他小说 ………………………（641）
　　一　18世纪末19世纪初的
　　　　其他长篇小说 …………………………………（641）
　　二　侠义公案小说 …………………………………（643）
　　三　狭邪小说 ………………………………………（645）
　　四　谴责小说 ………………………………………（646）

第七章　俗文学的繁盛 ……………………………（650）
　第一节　俗文学的悠远传统 …………………………（650）
　第二节　弹词与木鱼书 ………………………………（652）
　第三节　词话与鼓词 …………………………………（655）
　第四节　子弟书与快书 ………………………………（656）

第九编　现代文学（公元1911—1949年）

第一章　艰难开启现代化历程 ……………………（663）
　第一节　民国初年的政治与文坛 ……………………（663）
　第二节　报刊"论说"的兴盛 ………………………（664）
　第三节　传统诗文的繁荣 ……………………………（665）
　第四节　通俗小说的流行："鸳蝴"与"黑幕" …（667）
　第五节　"新旧杂陈"的"戏曲改良" ……………（668）

第二章　"文学革命"与"五四新文学" ………（670）
　第一节　《新青年》创刊与"文学革命"
　　　　　之发轫 ………………………………………（670）
　第二节　"新文学"的社团、流派与文类 …………（675）

第三章 "国民革命"和左翼文学的兴起 ……………… (682)

第一节 "革命文学"论争与普罗文学的发轫 …… (684)
第二节 "左联"及其影响下的文学创作 ………… (687)
第三节 文学"双城记":"京派"与"海派"对峙 …………………………………… (690)
  一 故都北平的文学景观 ……………………… (690)
  二 上海文学的"摩登"面相 ………………… (693)
第四节 题材的拓展与形式的完善——20世纪30年代的文学"经典"潮 ……… (695)

第四章 抗日战争时期的文学形态 ………………… (698)

第一节 "文协"的成立与新文学的转向 ………… (699)
第二节 陪都重庆与大后方文学 …………………… (701)
  一 讽刺小说 …………………………………… (702)
  二 "七月派"作家群与"主观战斗精神" …… (703)
  三 "失事求是":郭沫若的历史剧 ………… (704)
  四 作为现代人体验的战争:徐訏与无名氏 … (704)
  五 战争阴影下的日常生活呈现 …………… (705)
第三节 西南联大与中国现代文艺思潮 …………… (706)
第四节 家族故事与民族精神:长篇抗战小说的"史诗性" ………………………………… (709)
第五节 女性作家的别样视角 ……………………… (712)

第五章 新的方向:解放区文学简论 ……………… (714)

第一节 中国共产党的文化战略与延安文学生产机制的形成 ………………………… (714)
第二节 民族形式的创造性发展 …………………… (716)

第三节　毛泽东《在延安文艺座谈会上的讲话》的
　　　　主要内容及其影响 ………………………………（720）
第四节　《讲话》精神影响下的新文学实践 ………（722）

编后记 ………………………………………………………（727）

为什么要不断地书写文学史？

刘跃进

一 文学史的困境

2003年，河北教育出版社出版董乃斌、陈伯海、刘扬忠主编《中国文学史学史》，著录各种类型的中国文学史多达上千部，蔚为大观。转眼又过去十五年，今天的文学史数量又有相当的增加，这是毫无疑问的。这就提出了一个问题，既然有了这么多文学史，为什么还要继续撰写？

一派观点认为，研究文学史是为了还原文学的历史，了解文学演变的线索，探索文学发展的规律。从这个意义上说，文学史研究具有知识传承功能。还有一种观点认为，文学史研究的意义在于阐释历史，大家耳熟能详的说法是，一切历史都是当代史。这就带有思想史的意味，是未来追寻历史背后的思想意义。前者看似客观，后者更多主观，作为主流的历史观，都曾影响深远。但两者又都有其偏颇，很难取得一致意见。而今的文学史研究，主流之外又有新的趋向，有时不免叫人担忧。

第一是"学位体"或者"项目体"盛行。据权威部门统计，中国文学史研究的从业者已经多达三万人以上，多是"学位体""项目体"培养起来的。学术研究越来越技术化，越来越匠气化。众所周知，"学位体"通常是这样产生的：学生一进门，师生就在一起商量选题范围，依据通常是文学史常识。范围确定后，再据此找材料，上穷碧落下黄泉，编写长编，梳理成文。其实，我们的教师也在做着类似的工作，创造一种所谓的"项目体"，往往先确定一个题目，申请项目，再收集材料。这种研究，从选题到研究方法，都带有先入为主的特点。现在，这样的文章和著作很多。因为程序化，以学界同仁的知识结构，从先秦一路做到当代，应当没有问题。唯一的问题，这样的研究，只是平面地克隆自己，把收集材料和阅读材料时的感受记录下来，越做越表面化。

第二是随着网络时代的到来，搜集材料相对便利，学术著作出版相对容易。渴望成功的焦虑，致使学者们在学术探索的路上越走越远，甚至罔顾基本原则，标新立异，贪多求快，成批制造著作。据主管部门统计，现在年平均出版物已经多达40万种左右，其中堆积的所谓学术著作，有多少可以经得起历史的检验？与此形成鲜明对照的是，图书越出越多，而耐心读书的人却越来越少。

第三是强调国际化，本意是促进东西方文化的交流，但在现实中，有的研究者对西学不辨优劣，对本土文化缺乏自信，唯洋人马首是瞻，不仅对其作廉价的吹捧，甚至挟洋人自重，自己也洋腔洋调，自以为高明。还有的人，昨天还在贩卖洋货，今天又穿上中山装，摇身一变，成为国学家。

第四是自命为文化精英，启蒙思想家。他们往往躲进书斋，沉湎于个人的研究想象，故作高深，追求所谓纯粹个人价值的自我实现。

第五是有意无意地误读经典，追求商业炒作，扭曲文学价值，将严肃的学术研究变成娱宾媚俗的工具，迎合当前社会在一定程度上存在的浮躁风气。

当文学史研究工作者厌倦了为其他学科打工的时候，是否该考虑回到自己的传统？回到自己的经典？古代文学史上的《诗》《骚》、李、杜、选学、红学，还有四大名著等，现代文学史上的鲁（迅）、郭（沫若）、茅（盾）、巴（金）、老（舍）、曹（禺）等，是否已经被说尽，乃至题无剩义？这些都还是问题。更重要的是，文学史研究走到十字路口，何去何从，确实应当认真想一想，文学史编写的意义是什么？文学史研究的途径在哪里？

二 文学史的历史

（一）先秦两汉时期有关"文""文学"和"文学家"的观念

所谓"文"，在先秦并没有一个确定的含义。或文采错杂，或纹路，或文章，或诗歌。

1. 《易·系辞下》说："物相杂，故曰文。"韩康伯注："刚柔交错，玄黄错杂。"《礼记·乐记》说："五色成文而不乱。"这里，显然这里的"文"是指彩色交错。

2. 《左传·隐公元年》："仲子生而有文在其手。"这里的"文"又是指纹路，非文章之文。

3. 作为文章意义的"文"，秦汉以来始为人们所熟知、所习用。如《汉书·贾谊传》："以能诵《诗》《书》属文，称于郡中。"王安石《上张太傅书》："夫文者，言乎志者也。"当然，这里的"文"，其含义较广。

秦汉以后，关于"文"观念逐渐发生变化。到了南北朝时期，"文"往往专指韵文，与不押韵的"笔"相对而言。《宋书·颜竣传》："太祖问延之：'卿诸子谁有卿风？'对曰：'竣得臣笔，测得臣文。'"《文心雕龙·总术》："今之常言，有文有笔。以为无韵者笔也，有韵者文也。"这与现代意义上的散文概念相近。杜甫《春日忆李白》:"何时一樽酒,重与细论文",就不单单是指文章,似乎还包括诗歌在内。

所谓"文学",先秦时代的含义也非常广泛,或文章博学,或儒家学说,或文章经籍。

1.《论语·先进》:"德行:颜渊、闵子骞、冉伯牛、仲弓;言语:宰我、子贡;政事:冉有、季路;文学:子游、子夏。"孔颖达正义:"若文章博学,则有子游、子夏二人也。然夫子门徒三千,达者七十有二,而此四科唯举十人者,但言其翘楚者耳。"这里的"文学"指文章博学,为孔门四科之一。

2.《韩非子·六反》:"学道立方,离法之民也,而世尊之曰文学之士。"《史记·李斯列传》:"臣请诸有文学《诗》《书》百家语者,蠲除去之。"这里的"文学"指儒家学说。

3.《吕氏春秋·荡兵》:"今世之以偃兵疾说者,终身用兵而不自知悖,故说虽强,谈虽辨,文学虽博,犹不见听。"这里的"文学"又泛指文章经籍。

由文章经籍引申,凡是有学问的人,有文采的人,也可以称为文学。近代意义上的文学,即以语言塑造形象来反映现实的艺术,大概就是由此引申而来的。

所谓"文学家",最早是由"文人"引申出来的。《尚书·文侯之命》:"汝肇刑文武,用会绍乃辟,追孝于前文人。"孔传:"使追孝于前文德之人。"这里的"文人"是指有文德的祖先。后来,凡是知书能文的人,都可以称为文人。傅毅《舞赋》:"文人不能怀其藻兮,武毅不能隐其刚。"

(二)魏晋南北朝时期有关"文学家"和"文学作品"的观念

鲁迅说,魏晋时期是中国文学的自觉时期。这种自觉表现在哪些方面呢?最重要的表现之一就是对于文学家和文学作品有了自觉的判断意识。

1. 文学家

《文选》是中国现存的第一部文学总集,所收作家当然应当算作文学家,有多少呢?总共一百三十家。[①]

《文心雕龙》是中国古代最为系统的文学理论著作。它所论及的作家凡二百一十一人。其中,先秦三十七家,秦汉八十四家。[②] 两份名单对比,重叠颇多。在刘勰、萧统的正统文学观中,中国文学都渊源于五经,因此,许多经学家被视为文学家,也在情理之中。按照今天的观念,上述一些人物是可以在文学史中存而不论的,譬如孔安国、叔孙通等。但是,多数文学家还是经得起历史的考验的。他们不仅有作品留存,而且,其中不少人在当时还曾产生过比较广泛的影响,可惜在后世的文学史中是根本见不到他们的踪影的。为什么呢?因为近现代文学史的编纂情况有了较大变化,集中到一点,就是收录标准趋于严格化。

2. 文学作品

在古人心目中,文的概念是很宽泛的。为了使这些文体有所归属,曹丕《典论·论文》将"文"分为四科八体:"夫文本同而末异。盖奏议宜雅,书论宜理,铭诔尚实,诗赋欲丽。"其中七体属文,即:奏、议、书、论、铭、诔、赋等。陆机《文赋》将"文"分为十体:"诗缘情而绮靡,赋体物而浏亮,碑披文以相质,诔缠绵而凄怆,铭博约而温润,箴顿挫而清壮,颂优游以彬蔚,论精微而朗畅。奏平彻以闲雅,说炜晔而谲诳。"九种属文,即赋、碑、诔、铭、箴、颂、论、奏、说等。萧统《文选》将"文"分为三十七体:赋、诗、骚、七、诏、册、令、教、策文、表、上书、启、弹

[①] 参见汪师韩《文选理学权舆》、骆鸿凯《文选学》。
[②] 参考周振甫主编《文心雕龙辞典》中由赵立生教授编写的作家释和作品释两部分统计。

事、笺、奏记、书、檄、对问、设问、辞、序、颂、赞、符命、史论、史述赞、论、连珠、箴、铭、诔、哀、碑文、墓志、行状、吊文、祭文。①其中，除了诗，其他三十六种属文。参照《文选》而编的《文苑英华》亦分三十七体：赋、诗、歌行、杂文、中书制诰、翰林制诏、策问、策、判、表、笺、状、檄、露布、弹文、启、书、疏、序、论、议、连珠、喻对、颂、赞、铭、箴、传、记、谥哀册文、谥议、诔、碑、志、墓表、行状、祭文等，其中除了诗、歌行外，三十五体归为文章。《文心雕龙》自《辨骚》以下至《书记》凡二十一篇，论述各种重要文体多达五十余种，论列先秦两汉作品三百七十余篇（《诗经》《九歌》《九章》及诸子著作等均以一篇计算。其中汉代作品一百四十余篇）。其中也以文章为大宗。作者本着"原始以表末"的原则，推溯源流，对各种重要文体的起源、流变以及重要作品作了比较细致的描述，其中除少数文体如"启"类出现于汉代以后外，多数重要作品均产生于秦汉②。明代徐师曾《文体明辨》将"文"分为一百二十七体，其中百体属文。文章分类可谓登峰造极。但是这种分类显然过于琐碎。于是清代姚鼐编《古文辞类纂》把诗歌之外的"文"分成十三类：论辨、序跋、奏议、书说、赠序、诏令、传状、碑志、杂记、箴铭、辞赋、哀祭、颂赞。严可均编《全上古三代秦汉三国六朝文》中的"文"包括了诗词曲以外的全部文体，即赋、骈文及一切实用文体均在其中。比如，宋玉的《风赋》《大言赋》《小言赋》等就在其中，但是，没有收录屈原的《离骚》等作品，或以为屈原《离骚》等属于诗歌创作吧？问题是，

---

① 有的版本作三十八类，即在"书"与"檄"之间多出"移"体。见胡克家刻本《文选》后附《〈文选〉考异》。还有的作三十九类，多出"难"体。如南宋陈八郎刻本及《山堂考索》所引《文选》分类细目，就增加了"难"体。此外，台湾"中央"图书馆影印《五臣注文选》也有"难"体。

② 二十一篇中，《杂文》中细分"对问""七发""连珠"。《诏策》中细分"策书""制书""诏书""戒敕""教"。《书记》中细分"谱""籍"等二十四种。

《汉书·艺文志》将赋分为四家，其一就是屈原赋之属，说明在汉人心目中，屈原的作品是赋。刘勰《文心雕龙·诠赋》称："及灵均唱骚，始广声貌，然则赋也者，受命于诗人，而拓宇于《楚辞》也。"说明刘勰也将屈原的作品视为赋。张惠言《七十家赋钞》，以屈原《离骚》《九歌》《天问》《九章》《远游》《卜居》《渔父》为赋。而姚鼐《古文辞类纂》有辞赋类，选屈原《离骚》《九章》《远游》《卜居》《渔父》，而不选《九歌》，大约以为《九歌》名之曰歌，归入诗类。这样，自秦汉以下，辞赋均可称之曰广义的"文"。由此说明，在中国古代，至少先秦两汉，文学的大宗是广义的"文"。

（三）中国文学史的编写，从域外开始

俄国王西里（1818—1900）《中国文学史纲要》，[①] 主要参考了英国汉学家理雅各（1815—1897）翻译的《中国经典》，主要讨论中国文学的特殊性。全书十四章。

第一章是综合论述，认为中国文学在典范性与科学性上逊色于希腊文学和罗马文学，但是在规模与内容的丰富性上更胜一筹。其中儒学对中国人的影响最大，已经渗透进了中国人的身体、血液甚至骨髓。儒学尽管没有西方的宗教形态，但与其他民族的宗教（其中也包括伊斯兰教）相比，无论过去还是现在，其对中国生活的方方面面（日常生活、经济、政治、思想以及文学）都具有更大的影响。

第二章论中国的语言与文字，主要讨论中国书面文字与口语之间的脱节问题。

第三章介绍中国文字和文献的古老性问题以及中国人的看法。

[①] 该书1880年出版，圣彼得堡国立大学孔子学院2013年中俄文对照出版，第330页。

作者从《周易》的八卦开始讨论，进而论及鲁壁和汲冢书中发现的所谓蝌蚪文，到篆隶的演变。有五个论点值得注意。一是讨论中国人的四方观点，认为中国人很早就与西方来往，特别指出："儒家竭力切断中国与西域的所有联系，设法从人们的记忆中抹去任何有关西域的回忆。"二是认为《尚书》的成书年代甚至会晚于被认为是此书编者的孔子时期。三是认为《周礼》《仪礼》也是后人伪造的，无论是孔子还是孟子，都完全没有提及这两部书。四是认为汉字的起源时间在周宣王时期，其形态已经可以被用来记载国家的收支。五是除却《春秋》《易经》外，没有一部著作早于孔子时代的典籍。

第四章、第五章、第六章论儒学发展的第一阶段，以孔子和孟子和三部经书为中心。

关于孔子，作者认为孔子有四个贡献。一是从前人手里和政府档案中获得了写作的技能，加以完善并传授给民众，"在他之前，未曾有过一个关注民众教育的民间学派"。二是"他还是学会了汉语及其方言中所有汉字的书写方法"。三是整理《诗经》，王西里按西方分类划分为婚歌、情歌、戏谑嘲讽之歌、阿那克里翁之歌、谋取生计之歌等，作者用了五十余页的篇幅展开讨论。四是整理《春秋》，认为该书"似乎是写在 2 英尺的简上，每支简上 8 个字，有人认为数千字，有人统计为 18000 字，另有人认为其中缺少 1400 字。关于此书的出现时间同样说法不一。孔子似乎用了 9 个月的时间完成了《春秋》的写作（平均每昼夜写 60 余字）"。经过孔子整理的《春秋》《诗经》主导了中国早期的思想史。这些具有教育意义的基本要素，许多民族至今也没有，自然无法以之施教。在这方面，中国人丝毫不逊色于另外两个古老民族犹太人和希腊人。西方的近代教育在很大程度上都得益于这两个民族。

关于孟子，作者认为《孟子》是一部问世时间可能更晚的作品。这部书已经在引用《论语》《诗经》乃至据说后来才增补进伏生篇目的《泰誓》。《孟子》的语言不仅比《书经》和《论语》更加易懂，而且也比《礼记》的篇章浅显，因此几乎可以不借助注释来阅读。作者认为赵岐在注疏过程中将自己的许多思想加入《孟子》之中，而且为了使增加的内容得以流传，他还将此书字数确定为34685个字。现在《孟子》中有35226字，由此可见此书经过了多次的增删补缀。

关于《孝经》，作者认为这是一部论述儒家的家庭伦理方面的著作。《礼记》论宗教与政治，《书经》是执政意愿的表达。这三部书是汉代或汉前不久出现的一部文集或汇编。

第七章论儒学发展的第二个阶段，主要讨论《周易》，认为这部著作的注释和增补之作，可能是出自道家之手，或者是由儒家之外的人士写成的。这些人士通过儒家掌握了写字作文的能力，因此增补部分的文字费解而华丽。

第八章论道家，将《墨子》《晏子春秋》《庄子》《淮南子》列为讨论对象。第九章论佛教，认为中国人是通过佛教才知道可以用字母来标注汉字的读音。东汉后期知道声部，唐宋以后知道韵部（守温）三十六韵。

第十章论中国人的科学发展，重点介绍先秦《禹贡》、唐代《元和郡县志》、宋代《太平寰宇记》以及清代《大清一统志》《畿辅义仓图》《读史方舆纪要》《郡国利病》等书。还论及中国史学传统，包括"三通"、《资治通鉴纲目》等。

第十一章论中国人的律学，认为中国第一部法律经典是《管子》。此外，重点介绍《韩非子》《大明会典》《大清会典》等。至于奏议汇编，重点介绍了《古文渊鉴》和《历代名臣奏议》等。

第十二章论语言学、评论、古董。语言学著作有《尔雅》《佩文韵府》《骈字类编》。评论类著作有《白虎通义》《风俗通》《人物志》《古今注》《学林》。古董类著作有《博古图》《古今图书集成》等。此外还介绍了农书、兵书、花卉类著作等。

第十三、十四章才是现代文学史论述较多的内容，作者称为雅文学、俗文学、戏剧及中长篇小说，还介绍应举考试诗文，涉及《文选》《渊鉴类函》，以及辞赋。

1901年剑桥大学汉学教授翟理斯（Herbert Giles，1845—1935）出版《中国文学史》与此相类似，秉持广义的文学史观。一百年之后，西方的文学史著作，依然延续着固有的传统。比较有特点的著作是梅维恒主编《哥伦比亚中国文学史》[1]和宇文所安、孙康宜主编《剑桥中国文学史》[2]。

《哥伦比亚中国文学史》分为上下卷，凡七编，总计五十五章。上卷四编四十章：一基础，二小说，三散文，四小说。下卷三编十五章：五戏剧，六注疏、批评和解释，七民间及周边文学。

第一编为"基础"，按照问题来写。介绍语言文字时，实际上是一部文字学及其研究的简史。涉及神话时，按照主题如创世神话、人类起源神话、创生者概念、文化与文明的起源神话、灾难神话、创立神话等，并介绍研究情况。此外，还介绍了诸子百家、十三经。在第六编专辟《经学》一章，主要介绍历代有关经学的研究情况。强调的是"学"。与第十四章十三经重点介绍"经"不同。随后专门论及《诗经》。论及超自然文学，主要是以《楚辞》、志怪、传奇、变文、唐诗、戏曲、白话小说、《聊斋志异》为代表的浪漫主义文学。幽默中论及笑话集、诸子中的寓言故事以及正史野史、戏剧、小说中的幽默内容。谚语、中国文学中的女性是独特的介绍，为中国文学史所忽略。

第二编至第五编实际是分体文学史，分别论述诗、词、散文、

---

[1] 《哥伦比亚中国文学史》，新星出版社2016年版。
[2] 《剑桥中国文学史》，生活·读书·新知三联书店2013年版。

小说、戏剧的发展历程，比较简略。

诗歌部分专辟诗与画，在纵向论述中切出横向论题，论及杜甫、李白、王维等人、特别是宋元时期的文章诗画创作，这是独到之处。与传统看法不同的地方，作者论及诗歌，包括骚、赋、骈文和相关体裁。这类文体，我们通常认为是文，如严可均《全上古三代秦汉三国六朝文》就包括这些文体。但是在第二十八章说明性散文中，作者认为《文选》中所含二十五种文体，都属于这种说明性散文，当然包括了骈文，作者又简述了骈文的是非曲直，与前面的论点有所冲突。此外，诗歌类没有论及乐府，而是在第七编《民间及周边文学》开头论及，显然，作者是把乐府视为民间文学。

散文部分，把志怪与传纪、游记、笔记视为散文一体。我们通常把志怪视为小说。论及志怪时，从《山海经》《穆天子传》写起，论及汉代及六朝的志怪、道教作品。这部分内容，还专辟笔记一节，很有特点。

小说从唐传奇说起，符合鲁迅所说，唐人有意为小说。戏曲文学主要介绍传统的经典作品。

比较有新意的是第七编，论及民间及周边文学，主要是专题研究。如敦煌文学，是主编的强项，不同地方，多有涉及。又如地域文学，与传统的研究不同，主要关注的是不同地区的民间流传的文学文本，如冯梦龙笔下的长江三角洲的社会、上海近郊嘉定发现的明代成化说唱刊本、江南弹词、广东木鱼书、北方鼓词和满族子弟书等。作者强调口头程式表演与讲唱叙事文学不同，认为口头程式表演指的是表演者主要从口头传承中学习的各种口头文学。其特征是对模式化材料的操作以及高度的程式主义，如说书、萨满戏、关帝故事、傩戏。而讲唱叙事文学是在写作中创作出来的，但是它模仿或发源自某种特定表演文学。有些讲唱叙事作品高度程式化，似乎是口头传统的产物，不顾它们的文本是为了阅读而非表演。另外一些讲唱叙事作品如鼓子词的创作，是为了在宫廷上进行表演，它们通常由著名作家写成，从古典传统中借鉴了许多元素之后形成了面向精英观众的一种混血文类。最后三章则重点介绍了中国文学对周边，主要是朝鲜、日本、越南的影响。作者用"对于中国文学的接受"命名。这些内容，都是学术界近年投入精力较多的领域，作者充分吸收了最新的成果。

《剑桥中国文学史》论早期中国文学，也是从"汉语及其书写系统"说起，分析汉字的特点，一是以象形文字为主；二是形式上的不确定性，可以书写外国文字，或音译，或意译；三是单音节构造。这是考虑西方读者对于汉字不很了解，都得从此开端。此外，还介绍了甲骨文、青铜器铭文等。与王西里的著作一样，介绍早期文学史，也从五经开始，注意到口头传说与文字书写的复杂关系，也注意到最新的出土文献。比较出彩的部分是以《汉书·艺文志》为中心推测"战国文本谱系的汉代建构"。

作者预想：第一，不是机械地按照文体分类，而是以文学文化史的眼光看待中国文学史。第二，不是机械地按照朝代分段，如将东汉至初唐视为"世上最宏伟的翻译工程"，即大规模译介外国文化的阶段，作者用两章的篇幅叙述这个历史进程。文化唐朝，即从公元650年武则天即位开始，到晚唐五代，乃至宋初五十年间。第三不是机械地按照后人的文学评判，而是特别注重过去的文学如何被后世过滤并重建。如论《诗经》，注意其早期的阐释系统。

实际情况并不如意。第一，虽然没有按照文体分类，但依然有宫体诗、题画诗、八股文、说唱文学等。第一章中"早期帝国的诗歌""西汉的历史叙事与杂史叙事""秦与西汉的政治、哲学论著"，就涵盖了诗歌、史传文学、诸子论著三类。最后一节"经典的地位"主要讨论西汉学术问题。第二，虽然注重整体思考，但是两汉魏晋南北朝出现若干作家的名字，如班氏家族、崔氏家族、桓谭、王充、张衡、马融、蔡邕、建安七子、三张二陆两潘一左、刘琨、卢谌、陶渊明及元嘉三大家谢灵运、颜延之、鲍照、江淹等，而唐朝就只有朝代而没有标列任何一位诗人的名字。李白、杜甫两位伟大的诗人，没有专章专节介绍。而明清部分，讲唱文学反而占据很多篇幅。可见，作者的设想并没有贯彻始终。第三，唐代文学虽然分为前后两个时期，没有严格按照朝代排列。

（四）中国本土文学史

20世纪初叶，我们的中国古代文学研究受传统观念影响较深，在编写体例上往往处于模仿阶段，或模仿域外，或模仿古代。譬如林传甲痛感当时日本学者已经编著了十几种中国文学史著作，日本大学还开设了中国文学史课程，而在中国还没有一部中国人撰写的中国文学史著作。于是"将仿日本久保天随、笹川种郎中国文学史之例，家自为书"。又参照了《四库全书总目提要》对有关作家、作品的评价综合而成。就体例上说，主要采用了中国传统的记事本末体，以文体为主，所收范围较为庞杂，有文字、音韵、训诂、群经、诸子、史传、理学、词章等，甚至金石碑帖也多有论列。与其说是一部中国文学史，不如说是中国学术史，或曰中国著述学史。通观20世纪初期的中国古代文学研究，这种情形并非偶然，而是比较普遍的现象。这是第一阶段的情形。

第二阶段，进化的文学史观。1859年，达尔文《物种起源》的出版标志着现代生物进化理论的形成，并引发了近代最重要的一次科学革命。生活在19世纪中叶的梁章钜（1775—1849）《浪迹丛谈》中有一则"外夷月日"笔记，以猎奇的口吻论及英语对十二个月的表述，并用汉语记录了英语的发音。梁章钜当然不会想到，就在他辞世不过半个世纪的时间里，以英语为主体的西方文化就大踏步地挺进中国，并逐渐影响了中国一个世纪。三十多年后的1898年严复翻译《天演论》，其中"物竞天择，适者生存"八字成为时代性的标志，将大自然中不同物种之间弱肉强食的竞争法则引进到社会生活领域，强烈地震撼了以儒家中庸思想为核心的传统伦理准则。王国维1904年撰写的《论近年之学术界》就指出："近七八年前，侯官严氏所译之赫胥黎《天演论》出，一新世人之耳目。……嗣是以后，达尔文、斯宾塞之名腾于众人之口。'物竞天择'之语见于通俗之文。"从当时的社会状况看，中国在外国列强的入侵中已经沦为半封建、半殖民地社会，民族危机、社会危机、文化危机、政治危机、经济危机无时不在，激起了部分先进知识分子"救亡图存"的强烈民族意识。在当时的思想界，无政府主义、个人主义、法国大革命思想、尼采的悲剧哲学以及俄国革命思想以及马克思主义等先后登陆中国，此消彼长。而对于当时中国知识界来说，积弱积贫的现实，促使他们更深刻地理解进化论学说的意义。1915年陈独秀创办《青年杂志》。1919年便发生了声势浩大的五四运动。胡适、梁启超、陈寅恪、鲁迅等一代文化名人，从根本上说是接受了达尔文进化论的影响，在"科学"与"民主"精神的影响下，结合中国学术实际，主张个性的发挥，对于历史上似乎已无异议的各类主张，加以重新的审视，并结合中国的学术实际，开创了一代风气。

"民主"精神的实质是强调人的价值和生命的活力。1904年，王国维出版《红楼梦评论》最早引进了德国思想家尼采的学说。随后，他又以进化论作为指导思想研究中国戏曲史，推翻了传统的观念，充分肯定了宋元戏曲的价值。1915年陈独秀创办《青年杂志》（翌年改名《新青年》），广泛传播了俄国十月革命的积极成果，揭开了新文化运动的序幕。1917年胡适在《新青年》2卷5号上发表《文学改良刍议》倡导文学革命，提倡白话，反对文言。他说："以今世历史进化的眼光观之，则白话文学之为中国文学之正宗，又为将来文学必用之利器。"第一次把通俗文学提到非常重要的地位。这是当时文学革命的第一篇具有宣言性质的文章。为此，胡适还编写了《白话文学史》，为其理论主张寻找历史的根据。其影响所及，不仅仅在文学创作界，在学术研究界，随着平民文学观念的兴起，唐代以后的文学，特别是戏曲、小说的研究一时成为研究的热点，顺理成章地抢占了文学史的相当篇幅。从此，文学史家逐渐厚古薄今的束缚，对于先秦至隋代文学不再顶礼膜拜，而是把学术兴趣更多地转移到唐代以后的文学史的研究上来。随后，陈独秀在该刊2卷6号上发表《文学革命论》，主张"推倒雕琢的阿谀的贵族文学，建设平易的抒情的国民文学"；"推倒陈腐的铺张的古典文学，建设新鲜的立诚的写实文学"；"推倒迂晦的艰涩的山林文学，建设明了的通俗的社会文学"。文学革命改变了传统的文学观念，确立了白话文学、平民文学的新的文学观。随着平民文学意识的强化，白话小说《红楼梦》也可以成为专门学问而受到空前的重视。

"科学"精神的实质则是强调实事求是，不依附政治，不迷信权威，寻求学术的独立发展，成为当时学术界的主流意识。1915年1月，现代中国第一份综合性科学杂志《科学》在上海创刊，标志着真正意义上的现代科学开始在中国登陆。而它的启蒙意义当然远远超出了自然科学的范围，视"科学"为一种思想方法。故陈独秀在《青年杂志》创刊号上发表《敬告青年》中说："近代欧洲之所以优越于他族者，科学之兴，其功不在人权说下，若舟车之有两轮焉。"胡适将这种方法概括为"大胆的假设，小心的求证"。他说："这三十年来，有一个名词在国内几乎做到了无上尊严的地位；无论懂与不懂的人，无论守旧和维新的人，都不敢公然对他表示轻视或戏侮的态度，那个名词就是'科学'。"《〈科学与人生观〉（序）》在这种科学观念的影响下，五四以后的学术研究注意吸收近现代各种理论主张，包括文化人类学、民俗学、神话学、西方文艺理论等，极大地拓宽了学术界的视野。胡适打破了《诗经》的经典神话，充分认识到了《诗经》的文学价值和史料价值；顾颉刚则以破为主，力图恢复《诗经》的本来面貌；闻一多的研究则走得更远，在继承传统考据学方法的基础上，融会贯通，广泛吸收西方人类学的方法，运用多种知识解读《诗经》，他的很多见解，就是今天来看，也非常新颖。此外，朱光潜《诗论》运用西方文艺理论探求中国古典诗歌的深邃意境；朱东润《诗心论发凡》运用创作心理学的理论解析中国古典诗歌的丰富内涵；朱自清《诗言志辨》《赋比兴说》则站在现代立场重新阐释这些传统的命题。这些重大变化表明，在西方文化思潮的强烈影响下，中国文学界已经逐渐走出传统，积极迎合现代西方文明，创新求变的意识日益强烈。

第三阶段，净化的文学观。20世纪30年代以后，随着西方文学理论的大量传入，学术界开始认真地探讨所谓现代意义上的"文学"观念问题。于是产生了后来影响较广的狭义文学观念和广义文学观念的争论。从四部到集部，由"杂"到"纯"。再过滤，就形成了现在文学史的基本框架，主要包括诗词、戏曲、小说、散文四大类。更极端一点，连散文都不算。刘大白《中国文学史》干脆就认为："只有诗篇、小说、戏剧，才可称为文学。"[1] 持这种观念的人很多，因此，先秦两汉文学只有《诗经》《楚辞》和汉乐府才能进入这类文学史家的视野。这种观念上的变化，说明学术界勇于接受新鲜事物，勇于冲破传统的束缚，从历史发展的角度来说，应当给予肯定。但是，吸取域外之长的同时，还不能脱离中国文学史的实际。毕竟中国文学的发展有它自身的特点和规律。机械地照搬国外的文学理论牵强地套用在中国文学史上，往往有削足适履之弊端。最严重的失误，是把大量的秦汉文章排除在外。20世纪30年代出版的郑振铎先生《插图本中国文学史》秦汉文学两章，论及作家有五十余家，

---

[1] 刘大白：《中国文学史》，上海大江书铺1933年版。

比照刘勰《文心雕龙》，许多人物已经被排除在文学史范围之外。中国社会科学院文学研究所编《中国文学史》秦汉文学六章，论及作家更为严格，仅三十余家。袁行霈主编《中国文学史》秦汉文学七章，论及作家与上书大同小异。上述三部文学史，主要以史传、辞赋、狭义散文、小说为主要论述对象。对于一些擅长于碑诔奏议的文章大家，涉及不多。主要原因在于，他们不是纯粹的文学家。结果，我们的秦汉文学史，仅仅剩下了若干诗歌、辞赋、古小说以及所谓美文。而绝大多数当时影响甚广的文章则忽略不计。很多作者消失在文学史家的视野之外。

第四阶段，马克思主义文学史观。20世纪50年代以后，马列主义逐渐占据了中国思想界的主导地位，中国学术界又一次发生根本性的变化。即以我们供职的文学研究所为例，1953年成立之初就明确规定了治所的根本方针任务："以马列主义、毛泽东思想的观点，对中国和外国从古代到现代的文学的发展及其主要作家主要作品进行有步骤有重点的研究、整理和介绍。"翌年，《文学遗产》创刊，发刊词写道："我们中华民族是一个历史悠久的民族。我们的文学遗产，由于很多卓越的前代作家的不断创造和努力，也是极其光辉灿烂的。从《诗经》《楚辞》起，一直到'五四'时代新文学奠定者鲁迅先生的作品为止，差不多每一朝代都有杰出的作家，在不同的文学种类中都有独特的成就。但是，这些文学的宝藏，不仅在封建社会里面，不可能得到正确的评价，就是到了'五四'以后，它们的价值和意义也还未能获得充分的科学的阐明。因此，用科学的观念来研究我们的文学遗产这一工作，就十分有待于新中国的文学研究工作者来认真进行。"这里所说的"科学的观念"，外延和内涵都很明确，就是马列主义的思想方法。这一思想方法的核心内容就是唯物史观，注重联系时代背景和社会生活，捕获最能体现一定历史时期的文学特征，从中探寻文学发展的过程和演变的规律。到后来，这种思想方法逐渐简化，演变成为中国文学界广泛运用的政治标准和艺术标准；而政治标准永远是第一位的。评价古今中外一切作家和作品，首先都要强调文学要有人民性，要有阶级性，还要有现实性，在此基础上再谈所谓的艺术性。作为一种思想方法，当然会有其指导文学研究的积极意义，但是任何一种思想方法，哪怕是很有价值的思想方法，一旦固化，甚至独尊，就会制约思想，走向反面。在中国文学研究界，庸俗社会学曾一度泛滥，有些研究与中国文学的实际相去甚远，留下许多教训。

第五阶段，多元的文学史观。改革开放初期，中国文学研究界已经不再满足于过去单一僵化的研究方法，探讨自己的学术道路。后来的文学史观和文学史宏观研究大讨论，正是这种时代思潮的必然结果。它反映了学术界的后来者渴望超越自己、超越前代的强烈呼声。从那以后，学术界基本上摈弃了过去那套庸俗社会学的研究方法，从过去的纯文学开始往文化的途径扩展，比如用宗教的、哲学的、人类学的，甚至用自然科学的方法来研究文学史，出现了各种方法论：老三论、新三论，此起彼伏；系统论，信息论、控制论，不绝于耳。从思想方法上说，这种新潮反映了文学史研究工作者对于过去僵化的研究方式的不满，希望借用某种更加先进的思想来解决中国文学研究的方法问题。其实还在重复着过去的路径，只不过变换了若干名词，尝试着某种新的方法而已。新世纪十年，学术界更强烈地呼吁创造中国的话语体系、学科体系、评价体系，回归经典，回归主流意识形态，成为一时风气。

三、文学史的属性

文学史研究具有文学与历史的双重属性。既是文学研究，又是历史研究，是文学与历史的结合。因此文学史研究具有特殊性。

(一) 文学史的文学属性

作为文学属性的文学史研究，要求研究者具备三个条件：一是艺术感受，二是文献积累，三是理论素养。

喜欢文学的人，或多或少，都怀抱有文学梦想。文学创作需要才能，文学欣赏同样需要才能。很多年轻人容易被各类艺术所感动，感觉很有艺术细胞。但为什么有的人可以从事文学创作或研究，有的人却不行，能否把感觉的东西用理性的语言表达出来，这是关键。这说明，仅有感觉是不够的，还需要有文献的积累和理论的素养。

我们常常感叹自己读书不够。问题是，埋头苦读就能解决问题吗？显然不能。很多情况下，只是记住了一些地名和人名，或了解一个大概，仅此而已。退一步讲，即便把图书馆的书都读完了，又能怎样？如果不思考，很可能就成为两脚书橱。现在，信息技术如此发达，很多传统意义上的知识，完全用不着死记硬背，用来炫耀，更觉可笑。显然，研究文学，仅有艺术感受和文献积累远远不够。

这就涉及第三个问题，即研究文学史，总要有某种理念来指导，这种理念，其实就是基本理论素养。我们常常幻想有一种立竿见影、拿来即可为我所用的现成理论。但是到现在为止，似乎还没有产生过这样的理论。当下很多所谓理论，多是中看不中用的空头支票，并不能有效地解决文学研究过程中的实质问题。

回顾20世纪学术发展的历史，我们发现，贡献最大的，或者说，推动一个时代学术潮流变化的那些学者，有一个共同的特点，那就是，他们往往从旧的学术营垒中冲杀出来，接受现代文明的洗礼，在新旧之间，在中西之间，寻找到自己的立脚点。

(二) 文学史的历史属性

文学是社会生活的反映。社会生活有多复杂，文学内容就有多丰富。文学史是文学史家的产物，已有一定的过滤，含有独特的判断取舍。到目前为止的文学史，更多地反映的是精英阶层的文学创作情况。事实上，历史上的任何一个社会，都是由不同层次组成的。什么是阶层？其实就是人在社会中的不同地位。不同阶层自有不同的文化需求，因而也就有不同的文学形态。其实，这已经进入了社会学的研究方法，即研究一个社会的结构性变化。所谓社会的结构性变化，就是各种社会角色和社会地位之间的比例关系变化，这些角色和地位之间的社会互动关系形态变化，以及规范和调节各种社会互动关系的价值观念变化。宏观上，对整个社会影响极大的结构性变化，包括人口结构、家庭结构、城乡结构、区域结构、所有制结构、就业结构、职业结构、阶级阶层结构、组织结构、利益关系结构以及社会价值观念结构等十一种重要结构的深刻变化。社会阶层发生重大变化，文学也必然有所反映。研究文学史，不能不关注社会结构的变化。理想的文学史，也应反映不同阶层的生活。譬如从东汉开始的中国文化思想界，就经历了一场空前的文化变革：儒学的衰微，道教的兴起，佛教的传入，形成了三种文化的冲突与融合。第一是外来文化（如佛教）与中原文化的冲突与融合。我撰有《六朝僧侣：文化交流的特殊使者》对此有所阐述。第二是传统文化与新兴文化（如道教）的冲突与融合。我撰有《道教在江南的流传与诗歌隐语的兴起》对此有所阐释。第三是官方文化与民间文化的冲突与融合。正是这三种文化的交融，极大地改变了东汉的文化风貌。最明显的一个变化，就是东汉文化所呈现出来的平民化与世俗化的特点。譬如"鸿都门学"中就有很多"为尺牍及工书鸟篆者"，"憙陈方俗闾里小事"（《后汉书·蔡邕传》语）。这个时期有许多类似的通俗作品，譬如新近出土的《神乌赋》、田章简牍、韩朋故事以及蔡邕《短人赋》等。曹植，如《鹞雀赋》《骷髅赋》《令禽恶鸟论》等，也多有下层文化的特点。《鹞雀赋》则通过鹞和雀的对话，表现了当时社会以强凌弱的现象。《令禽恶鸟论》则论述伯劳之鸣与人的灾难没有必然联系且为伯劳鸣冤叫屈。这三篇作品在曹植的全部创作中显得很另类，而它们之间却有着共同的特色。第一，都通过鸟的形象来比喻社会现象，具有批判现实的色彩。第二，文字古朴，运用了很多当时的口语俗字。此外，《赠白马王彪》："鸱鸮鸣衡轭，豺狼当路衢"，就本于《诗·豳风·鸱鸮》；而《野田黄雀行》描写黄鸟无辜被捕杀，又与汉乐府《乌生》《枯鱼过河泣》等有着相近的艺术构思。如果联系汉代乐府诗及《神乌赋》，并结合曹植其他创作，我们似乎可以作这样的推断：曹植创作这三篇作品，不像是率意为之，而是有意借鉴当时流行甚广的民间文学创作。因此，这三篇作品就给我们提供了清晰的启示，那就是，曹植不仅仅是贵族子孙，在他的精神世界还有着浓郁的下层文化的成分。曹植创作所表现出来的这种下层文化特点，又与他的家世背景有着直接的关系。近年，江苏连云港地区一座汉墓出土了一篇《神乌赋》竹简，作品叙写了一对公鸟和母鸟的对话，用鸟语说的又都近于传统儒家的话语。这使我们想起了汉乐府中的《枯鱼过河赋》《战城南》等，也都是用动物的语言来表达人的感情。而这，正是当时下层文学的一个特点。

　　这种创作特色，与曹氏家族的特殊背景有关。曹家"起自幽贱"（《三国志·魏书·后妃传》注），三世"立贱"，所以《三国志·魏书·后妃传》载："初，明帝为王，始纳河内虞氏为妃，帝即位，虞氏不得立为后，太皇卞太后慰勉焉。虞氏曰：'曹氏自好立贱，未有能以义举者也。'"他们的生活方式、处世态度乃至人生追求就与豪门望族有着明显的差异。曹植的生母卞氏也出身寒门，她自己就是"倡家"，也就是专以歌舞美色娱人的卖唱者。在这样的家族中成长起来的曹植，尽管其幼年、青年时期都得到了乃父的特别呵护，走马斗鸡，过着贵族子孙的放荡生活，但是其骨子里依然摆脱不了下层文化的强烈影响。《三国志·王卫二刘傅传》裴注引《魏略》记载曹植约见当时著名小说家邯郸淳，"延入坐，不先与谈。时天暑热，植因呼常从取水自澡讫，傅粉。遂科头拍袒，胡舞五椎锻，跳丸击剑，诵俳优小说数千言讫，谓淳曰：'邯郸生何如邪？'于是乃更著衣帻，整仪容，与淳评说混元造化之端，品物区别之意，然后论羲皇以来贤圣名臣烈士优劣之差，次颂古今文章赋诔及当官政事宜所先后，又论用武行兵倚伏之势。乃命厨宰，酒炙交至，坐席默然，无与伉者。及暮，淳归，对其所知叹植之材，谓之'天人'"。从一个"诵"字看，这里所说的"小说"应当不是案头小说，而是带有一定表演性的作品，可能就是民间作品。曹植怎么会对下层文学这么感兴趣呢？我们知道，曹操有二十五个孩子。曹彰、曹丕、曹植都是卞太后所生。卞太后原本是"倡优"出身，来自社会底层。这样的生活背景对于曹植不可能没有影响。钟嵘《诗品》评价曹植是"骨气奇高，词采华茂。情兼雅怨，体被文质"。所谓的"情兼雅怨，体被文质"，就是有俗有雅的东西。雅，自然是上层的特征，而怨，则代表了下层的情绪。《文心雕龙·时序》篇说建安文学"风衰俗怨"。俗与怨相联系，可见两者的关系。如果脱离了曹植的家世背景，脱离了当时整个社会世俗化的风气，我们就很难理解曹植的这些怪异举止。

我们的文学史在写到建安文学时，总是这样说，建安文学为什么感人呢？一是它描写了时代的离乱，二是它展示了知识分子建功立业的情怀。其实，中国历史上真正统一时间并不多，多数是处在一种战乱的状态，那为什么建安文学描写战乱就感人？还有，自从有了知识分子这个群体，谁不想建功立业呢。太上立德，其次立功，其次立言。文学事业就是立言的事业，也是追求不朽的名山事业。因此，这两个结论远远不能用来概括建安文学的成就。我觉得，建安文学之所以感人，主要还是因为这个时代的作家用老百姓喜闻乐见的文学形式反映了社会底层的心声。也就是说，当时的精英和下层民众在文学上达到了高度的默契。

事实上，所谓底层，所谓民间，只是一个比喻性说法。事实可能远比这种表述复杂得多。我们都知道，"五四"新文化运动主要是当时一些文化精英所倡导的文学改良运动。而在当时，到底有多大影响呢？这也许还是一个问题。如果当时影响很大，钱玄同与刘半农何必还要扮演双簧戏呢？新文化运动过去十年之后，老百姓依然爱读鸳鸯蝴蝶派的小说，关注张恨水等作家。他们的小说占据了当时的大部分图书市场。鲁迅日记多次记载，鲁迅的母亲借阅张恨水小说。可见，即便是文化革命"旗手"的母亲，照例是不读这些精英作品的，她所感兴趣的还是那些老百姓喜闻乐见的东西。20世纪前期的左联文艺，后半期的"底层写作"，都是社会结构发生变化的重要写照。

此外，作为一种运动，它总还有相对立的一面。当年对立的那些人，很多人极有学问。被讽刺为所谓"选学妖孽、桐城谬种"的中坚力量，也都不是一般的文人学者。今天，他们的资料、他们的事迹逐渐浮出水面，我们发现，这里面有着很复杂的内容，绝不是像过去所描写的那样简单。而所有这些，我们今天的文学史基本上都过滤掉了。

这就需要我们走近历史，真正了解作家的生存环境，了解一个时代的社会状况。一个人的生存状态如何，一个社会的经济状况如何，直接影响到一个作家的思想感情。恩格斯在马克思墓前说，正如达尔文发现人类进化规律一样，马克思最伟大的发现，就是发现人要从事一切活动，首先必须从吃喝住行做起。马克思的重要贡献在于从人类的经济活动出发去探讨人类社会的上层建筑。我们都知道，经济基础决定上层建筑。要把这些重要思想贯穿到我们的研究实践中，还有很长的路要走。

四　文学史的途径

文学史的历史属性，决定了文学史研究，首先要走进历史。文献学是走进历史的必由之路。

（一）文献学的意义

20世纪50年代之后，学习苏联教育模式，把过去的传统学科分为文、史、哲三科；中文系又分语言和文学两类；文学类里面再分古代、现代、当代；古代里又分先秦、两汉、唐宋、元明清各代；专攻一代者也只能切出文学中的一小块。因此，现在的教学体制，把我们引到狭窄的道路上去，而且越走越窄，一个完整的文学被五马分尸。其实，学术研究只有研究对象的不同，而没有研究学科的分野。随着研究的展开，需要什么知识，就要什么知识。现在意识到问题的所在，又强调所谓"通才"教育，或曰"通识"教育。倡导"国学"复兴，希望在几年、十几年，通过这种教育体制培养出大师，实际上这无异于画饼充饥。因为这种教育理念不过是"拼盘教育"而已，并无新意。

如何进行通才教育，问题比较复杂，需要大家共同探索，至少应当关注一下传统的理念。其实在中国，有几千年的一个传统，不管你怎么骂它，这个传统直到今天依然存在，这就是文学文献学。文献二字上面又加一"学"字，并不表明这是一门学科，不过是进入传统学问领域的一把钥匙，或者一条途径而已。传统学问研究，只有研究对象的不同，而没有研究学科的不同。随着研究的展开、深入，需要什么知识，就要掌握什么知识。文献学，就是要告诉你如何寻找掌握这些知识的途径。梁启超《中国近三百年学术史》认为"广义的史学，即文献学"。他又说，"我们所提倡的国学，什有九属于这个范围"。

古典文献学如此，现代文献也需要有个"学"在。

随着时间的推移，现代文学研究对象离我们渐行渐远。不仅如此，由于现代文学研究受到政治的影响比较严重，很多作家很早就消失在研究者视野之外；即使那些重要的作家，也因为种种原因存在着很多错误的理解。新时期以来，很多资料逐渐解禁，史料问题逐渐凸现出来。早在20世纪80年代就曾出版过"中国现代文学史资料汇编"甲乙丙三编、"中国现代文学运动、论争、社团资料丛书"八种、"中国现代作家作品研究资料丛书"六十余种、"中国现代文学书刊资料丛书"（如《中国现代文学期刊目录汇编》《中国现代文学总书目》《中国现代文学作者笔名录》等），很多学者也从理论上阐述了文学史料学的价值。在这个领域，我们不能不提到樊骏先生的学术贡献。早在1989年他就在《新文学史料》第1、2、4期上连续刊载八万字的长文：《这是一项宏大的系统工程——关于中国现代文学史料工作的总体考察》，认为"就整个历史研究来看，史料工作的进展，明显地落后于理论观念上的更新"，"史料工作的基础和传统出现了明显的脱节现象和多种形式的空白"。此后，他发表了一系列的论文对此展开论述，引起了学术界的高度重视。这些成果，主要收录在2006年人民文学出版社推出的《中国现代文学论集》中，是现代文学史料及学科建设的标志性成就。经过数代学者的努力，现代文学文献的抢救搜集、研究整理，已经成为新世纪文学研究的重要方面。徐鹏绪《中国现代文学文献学》系统描述中国现代文学的版本类型、文献目录、文献校勘、文献考证、文献辑佚、文献注释六个方面的内容，介绍了中国现代文学作家生平文献，论及现代作家年谱、传记、回忆录、日记书信等，论及中国现代文学报刊、别集、总集、丛书、类书等，是现代文学文献学的集大成之作。

当代文学史料的积累与整理还刚刚起步，文学研究所当代文学研究室联合全国30多家单位协作编辑的《中国当代文学研究资料》，迄今已出版80多种，计2000多万字。当代文学已经发展了五十多年，远远超过现代文学，而史料建设似乎还远不能适应日益丰富的当代文学发展实际，这个问题应当引起高度重视。

（二）古典文献学

古典文献学至少应当包含四个层面。

第一是目录、版本、校勘、文字、音韵、训诂，这是最基础的学科，即所谓传统的"小学"。第二是中国历史地理学、历代职官及天文历算，这是研究中国传统学问的几把钥匙，略近于传统的"史学"。第三是传统经典，主要是以五部经书为中心派生出来的十三经，以及诸子百家的代表性著作如《老子》《庄子》以及文学名著《楚辞》《文选》《红楼梦》等。第四是我们今天划分的专门研究，如文学、历史、哲学之类。

传统文献学涉及如此多的内容，而且都是很专门的学问，当然不可能样样精通。研习古典文献学的目的，就是应当随时关注、跟踪相关学科的进展，这样，在自己的研究过程中，如果涉及某方面的问题，可以知道到哪里去寻找最重要、最权威的参考数据。章学诚在《校雠通义》中早就说过，读书治学的首要工作就是要辨彰学术，考镜源流。我想，传统文献学的作用就在这里。

（三）现代文献学

当然，如果我们总是把自己局限在传统文献学领域，要想超越前人确实较难。不过，新的时代总会提出新的命题，也总会提供新的机遇。出土文献、域外文献以及电子文献，为传统文献学平添了许多新的内容。如果我们能够充分利用这种时代的优势，闯出自己的新路，确实又有很大的可能性。第一是出土文献，如碑刻文献、简帛文献、画像文献等。第二是域外文献，如国外所藏汉籍研究、国外对于中国文学的研究。第三是电子文献,中国传统典籍数字化已是大势所趋。虽然这项工作还仅仅处于起步阶段,却已显示了无比广阔灿烂的学术前景。

五 文学史的建构

从前面的描述中可以看出,近百年来的文学研究经历了三次重要的变化:19世纪末到20世纪前半期,以进化论思潮为核心的西方文明强烈地冲击着中国思想界和学术界,中国文学研究走向了现代化的过程;20世纪中期以后占据主流地位的马克思主义思潮,又从根本上改变了中国的面貌;20、21世纪之交,中国文学研究汲取百年精华,从外来文明与传统文明的交融中悄然开始了第三次意义深远的历史转型。它要解决的根本问题就是中国文学研究如何选择适合中国国情的发展道路,也就是如何在马克思主义指导下走向文学研究中国化的建设进程。

文学不是避风港,也不是空中楼阁,而是发生在特定的时间和空间中;一个作家的精神生活也离不开他的物质环境。我们只有把作家和作品置于特定的时空中加以考察,才能确定其特有的价值,才不会流于空泛。正是这样一种新的理念,推动了文学编年研究、文学地理研究、作家精神史研究、作家物质生活研究的进展。譬如史书记载,刘宋元嘉十六年(439)建立四学馆,除传统的儒学、史学、文学外,还包括玄学。东汉后期郑玄遍注群经,成为一时经典。魏晋之际,年轻的王弼重注经书,倡导玄学。元嘉十九年(442)颜延之做国子祭酒,一个重要举措,就是废掉郑玄群经旧注,启用王弼注。颜延之的取舍,重视玄学倾向性是明显的。刘义庆《幽明录》记载这样一个故事,说王弼梦见郑玄找他算账,骂他把儒家老祖宗的东西破坏掉了。王弼吓得把舌头咬断,惊吓而死。刘义庆死在元嘉二十一年(444),这个故事流行于那个时期,反映了当时学术界对郑玄注和王弼注取舍的巨大分歧。永明六年（488）陆厥与沈约书就说，元嘉后期，王弼注盛行，崇玄败儒。刘义庆的记载，虽系虚幻故事，确有真实的历史背景。通过文学编年，可以把这些历史在某种程度上还原出来。

中国人自古以来就有着浓郁的安土重迁的乡情观念。项羽功成名就，思欲东归，认为"富贵不归故乡，如衣绣夜行"。刘邦暂都南郑时，群臣"皆山东人"，颇多思归，故刘邦最初曾想定都洛阳。定都长安后，刘邦自称"游子悲故乡"，一方面按照家乡原貌在长安修建新丰让父亲安居，自己临终前回到故乡又高唱《大风歌》。马援转战沙场，留下"马革裹尸"的壮语。班超出使西域数十年，"年老思土"，要求落叶归根。因此，秦汉铜镜中常有"毋相忘，莫远望"之类的嘱托，而在秦汉诗歌中更是有大量的思乡之作。譬如《古歌》《悲歌》《古诗十九首》以及乌孙公主《歌》、蔡文姬的《悲愤诗》等表现思乡之作，可谓举不胜举。研究文学史，就不能不关注不同的历史时期各个区域的文化特点。而地域文学又不仅仅限于华夏不同地区之间关系的研究，还包括各个民族之间的文学关系研究。只有这样，才能在某种程度上还原华夏民族文学的整体性、多样性形态，从宏观上建构华夏民族文化共同体的总体框架。

在文学的时间与空间的坐标中，人是核心所在。

康德《逻辑学讲义》说："哲学是关于人类理性的最终目的的一切知识和理性使用的科学。对于作为最高目的的最终目的来说，一切其他目的都是从属的，并且必须在它之中统一起来。在这种世界公民的意义上，哲学领域提出了下列问题：（1）我能知道什么？（2）我应当做什么？（3）我可以期待什么？（4）人是什么？形而上学回答第一个问题，伦理学回答第二个问题，宗教回答第三个问题，人类学回答第四个问题。但是从根本说来，可以把这一切都归结为人类学，因为前三个问题都与最后一个问题有关系。"① 形而上学：我能知道什么？伦理学：我应当做什么？宗教学：我可以期待什么？人类学：人是什么？这里，核心问题还是人。

我们研究文学史，最终目的，不仅仅是为广大读者提供某种系统的文学发展的知识，更重要的是要深入理解人民创造历史的伟大意义，最终构建中国特色的文学史理论体系。这个目标，还远远没有实现。研究文学史，依然任重而道远。

2018 年 11 月 11 日于京城爱吾庐

---

① （德）康德：《逻辑学讲义》，商务印书馆 1991 年版。

第一编　先秦文学

（公元前16世纪—公元前247年）

第一章 概　述

中国文学起源于神话传说时代，其上限很难确定。根据考古资料，殷商时期开始有比较完整的文字记载的历史，大约是在公元前16世纪。公元前221年，秦始皇统一中国，这应当是先秦文学下限。但是文学发展的历史，又有其特殊的内涵。公元前247年，秦庄襄王去世，其子嬴政继位，二十六年间，纵横驰骋，横扫六国，开启秦汉文学发展的新篇章。所以，先秦文学的下限，可以设定在公元前247年，即秦王嬴政即位之年。

按照中国最古老的说法，文的本意是指交错的花纹，因此，在造字之初，文便具有一定的装饰性意义。其形式之文必须依附于内容之质而存在并产生意义，因此，在文与质相辅相成的历史演进中，中国人充分认识到了文质相称的重要意义。正是在这种精神的启发下，中国文学由此孕育、产生。先秦时代，文学虽然没有独立，但在"修辞立其诚"的观念影响下，中国文学独具特色的血脉基因，深刻地影响到中国文学的发展方向。

第一节　混沌未分的存在形态

先秦时代文学处于混沌未分的状态，实际上包含着两个层面的含义。首先是文学的观念混沌未分。《老子》说："无名天地之始，有名万物之母。"在先秦时代，尽管"文学"这一名词已经产生，但在很长的时期内，人们所说的文学，主要是指文章博学，或儒家学说。列为孔门四科，即德行、政事、言语、文学，子游、子夏为文学科代表。至于文章博学，含义更为广泛，多与周代"礼乐之文"的制度文章相关联。经过春秋战国的发展，谋臣策士在以语言为工具作翻手成云、覆手为雨的纵横之文，来游说诸侯王公时，语言在其工具效用之外，开始展现音韵形式本身的艺术魅力。似乎可以这么说，文学的自觉是伴随着对语言文字本身的形式美的发现与肯定逐渐完成的。从屈原开始，人们在继续利用语言文字吟咏性情以讽其上的时候，就已经开始通过遣词造句有意识地展现语言文字本身的音韵与形式之美。之后经过汉赋的铺采摛文、体物写志，语言文字本身的音韵形式之美在人们自觉的追求中得到充分的展现与发展，追求诗赋的华丽，成为一种共识。在这样的背景下，曾为孔门四科之一的文学，才从具有综合性特征的文章博学的混沌状态中区分出来，具有了与儒学、玄学、史学相区别的独立的地位。从这个意义上说，人们把魏晋时代视为文学自觉的时代是有道理的。尽管有学者从文学创作的实践入手，把文学自觉的时代推前至汉代甚至先秦，但是，从"文学"观念嬗变的历史来看，在魏晋时代之前，尤其是在先秦时代，文学观念的混沌未分，仍是一个不争的事实。

其次，与文学观念的混沌未分相对应，后人眼中的先秦时代的文学作品，是以文、史、哲，歌、舞、乐混沌合一的方式产生和发展起来的。它们或者是王室的诰誓，或者是史官的笔录，或者是乐官的歌本，或者是诸子的议论，或者是谋臣的策论，以纯粹文学面目出现的所谓作品尚属罕见。今人视为中国文学不祧之祖的《诗经》，也是周代礼乐制度的产物，是周代礼乐制度的组成部分。《诗经》作品的性质，从根本上说，它是礼乐的、仪式的，而非文学的。首先，《诗》中产生时代最早的一批以歌颂为主题的作品，都是为了配合典礼仪式用乐的需要而创制的。它们以歌、舞、乐一体的方式，或用于敬天祭祖的礼仪，通过歌颂先公先王的功德来祈取福佑，如《周颂·天作》《大雅·绵》等；或用于嗣王的登基奠礼，表达承继祖考之道、敬慎国事的决心，如《周颂·访落》《敬之》；或用于明君臣之义、洽兄弟之情的燕射仪式，通过渲染宾主和乐的气氛来亲和宗族、抚慰诸侯，如《周颂·有客》《大雅·行苇》。现存于《周颂》中的《武》《赉》《桓》等篇，曾被视为三代之乐代表作的《大武乐》的配乐歌辞。而《大武乐》，作为周公制礼作乐的重要成果，以歌舞的形式重现了周文王、武王开国平天下的历史过程，告功于神明，垂鉴于子孙。无论是典礼仪式中的乐舞还是歌诗，带给观者与听众的，首先不是艺术与文学的审美体验，而是典礼仪式所特有的庄严与肃穆。即使是合和宗族、亲洽兄弟的燕射歌乐，给人感受最为深刻的，仍然是温情脉脉、"和乐且湛"的歌乐背后丝毫不可僭越、违背的礼制规定。其次，产生于西周中晚期以后的讽刺诗，出于政治讽谏的需要被纳入仪式之后，才获得进入《诗》的文本资格，其仪式属性应得到充分肯定。"诗"这种在后世文学发展中最为重要的文学形式，最早其实是用作规范人的言行的。所谓"诗者，持也，持人性情，使不失坠"，即是此义。周人为了保持国运久长，在倡导"皇天无亲，惟德是辅"的同时，很早就建立了禁防君王失德败政的讽谏制度。西周中后期经历了幽、厉之乱，讽刺之诗越来越多地承担起补察时政的功能。考察风俗、体验得失的政治需要，是数量众多的讽刺诗汇集于朝廷的根本原因，而通过瞽蒙乐官的仪式讽谏进入收录仪式乐歌的诗文本，则是这些诗歌得以保存的基本途径。

在《诗经》作品通过歌乐配合的瞽蒙之教展现其"礼乐之文"

的功能与性质时，国子通过乐语之教的研习，又使《诗》逐渐具有了"德义之府"的性质。发生在周穆王时期的祭公谋父引"周文公之《颂》"，说明至晚从西周中期开始，仪式乐歌已经在礼乐形态之外，也以言语的方式流传于公卿大夫之间了。到春秋时期，外交聘问场合又出现了另外一种形态的"礼乐之文"，这就是由公卿大夫主导的，与瞽蒙歌诗相区别的赋诗言志。赋诗言志之风的出现与盛行，使《诗》的文辞之义得到了空前的重视。从春秋中期晋文公之臣赵衰"《诗》《书》，义之府也；礼乐，德之则也"的论说，可知原先从属于礼乐的《诗》，在这时已经作为德义之府，取得了与礼乐之文等同的地位。孔子"不学《诗》，无以言；不学礼，无以立"的论说，就发生在这个背景下。《左传·襄公二十九年》对于季札观"周乐"的记载，以最有力地证据说明了周代礼乐体制下《诗》的礼乐化存在形态。春秋末年，随着周代礼乐制度的彻底崩溃，礼乐形态的《诗》失去了赖以依存的土壤。孔子出于"从周"的意愿，正乐删《诗》，未能留住"礼乐之文"的光辉，却在客观上强化了《诗》为"德义之府"的属性。《诗》在脱离周代礼乐制度的土壤之后，又走上政教化的发展之路。礼乐之文、德义之府，被后人视为中国诗歌不祧之祖的《诗经》，典型地体现了先秦时代文、史、哲，歌、舞、乐混浑未分的形态与性质。

第二节 与宗教政治密切关联的发展脉络

追踪以书写文学为主体的中国文学史的源头，人们总是以文字的产生与记载为前提的。迄今为止所能见到的最早的文字就是出土于殷墟的甲骨文。因此，文学史的叙述，理应从有文字可考的殷商时代开始。

甲骨文，据其所刻写的载体而得名。因为其内容基本是对殷商时代占卜过程及其结果的记录，故又被称为甲骨卜辞。受载体形式的限制，甲骨卜辞篇幅非常短小，从已有研究成果得知，由叙辞、命辞、占辞、验辞四部分构成的卜辞叙事文体，篇幅虽然短小，却已具备完整的叙事结构，表现出一定的叙事技巧。如《甲骨文合集》10406正："癸巳卜，殻，贞旬亡囚？王固曰：乃兹亦有祟。若偁。甲午王往逐兕，小臣叶车马，硪䭒王车，子央亦坠。"相对完整地记述了一次商王占卜的过程及结果。也有一些甲骨卜辞，表现出类似于歌唱的韵律特征。如《甲骨文合集》12870："癸卯卜，今日雨。其自西来雨？其自东来雨？其自北来雨？其自南来雨？"这些刻写在甲骨之上的简短的卜辞，在表达其宗教、政治的意见的同时，以其语言的生动、凝练成为萌芽期中国书写文学的组成部分。

除甲骨卜辞之外，记录王室诰命、征战誓词以及各种政令的简策之文，是早期散文的主要内容。将这些诰誓之辞结为一集的《尚书》，作为早期散文的代表性成果，鲜明地表现了以政治实用性为基本目的的写作特点。

周人立国之后，尊礼尚施的周人强化了礼乐之文的政治功能。除了发挥祭祀祖先神灵的宗教仪式功能之外，礼乐之文在维护社会平稳运行的政治制度层面亦发挥着巨大的作用。"故天子听政，使公卿至于列士献诗，瞽献曲，史献书，师箴，瞍赋，矇诵，百工谏，庶人传语，近臣尽规，亲戚补察，瞽史教诲，耆艾修之，而后王斟酌焉，是以事行而不悖。"《国语·周语上》的这一段话，极为典型地记载了诗、书、箴、赋这些被后世视为典型文学形式的"礼乐之文"所具有的政治功能。被视为中国文学史上第一部诗歌总集的《诗经》，实际上是从西周初年至春秋中后期五百多年间应用于各种典礼仪式的仪式乐歌，以及讽谏君上的政治讽刺诗的结集。《诗经》不仅是周代礼乐制度的产物，同时也是周代礼乐制度的重要组成部分。进入春秋时代之后，"赋诗言志"之风盛行，《诗》又成为诸侯外交聘问场合重要的交流媒介。所谓"诵《诗》三百，授之以政，不达；使于四方，不能专对，虽多，亦奚以为"，充分表达了孔子对于习《诗》者应该具备的政治才能的重视，这也从另一个侧面反映了当时人意识中习《诗》者所应该具有的达政、专对的政治才能。

到了春秋末年，伴随着周代礼乐制度的崩坏与社会各阶层间人员流动的加剧，介于庶人与大夫阶层之间的士人群体迅速壮大，由此形成了一个脱离贵族集团，游离于既有社会关系之外的士阶层。"士无定主"是这一阶层的主要特征。此前垄断于王官的知识与文化，随着社会阶层的流动而下移民间，成为失去生产资料的衰落贵族谋生的工作与手段，由此形成了一个依托于士阶层的知识分子群体。在这样一个"士无定主"的时代，越来越多的士人认识到"学而优则仕"的现实性与可靠性。于是，由落入士阶层的知识阶层主导的聚徒讲学，成为传授知识、传播文化的新兴方式。他们当中，有的人为承古今、昭法式而修史作传。产生于春秋战国时代的《国语》《春秋》以及解释《春秋》的"三传"（《左氏春秋》《榖梁春秋》《公羊春秋》），既是春秋战国历史散文的代表作，同时也是作为王朝文化重要组成部分的史官文化传统的成果。有的人为游说王侯、疗救社会而著书立说。以《老子》《庄子》《孟子》《荀子》等为代表的先秦诸子著作，在表达各自的政治理想、治世主张时，也展现了先秦诸子政论性散文极高的文学成就。被认为恣肆辩丽、代表了先秦语言艺术最高成就的《战国策》中的纵横家之辞，在华丽奇谲的语言背后昭示着显而易见的政治目的。即使最具文学情态的《楚辞》，也在"贤人失志"的叙述与抒写中，蕴含了浓烈的政治目的与家国情怀。对文学而言，尤其是先秦时代的中国文学，从其产生之日起，就以融合无间的方式宣示了与社会政治密不可分的关联。

第三节　修辞立其诚

　　作为语言艺术的文学，语言观念决定了早期中国文学独特的表达方式。与后代追求诗赋华丽的观念相比，先秦时代盛行的"修辞立其诚"之说，具有更普遍的意义与影响。

　　"修辞立其诚"，指修饰文辞要立足于表达内心之诚，出自《易·乾·文言》，是孔子解释《易·乾》九三爻辞时所云。除此之外，《易·颐》象辞还有："君子以慎言语，节饮食。"《子夏易传》释之曰："言语者，祸福之几也。"由此可知，言语被视为招福致祸的预兆。因此，从很早的时代开始，"慎言语"的思想就对人们的行为产生了深刻的影响。史官文化中"君举必书""左史记言，右史记事"的传统，就是为了规范君主言行以垂范世人而设的。《史记·晋世家》记载周成王与叔虞游戏，削桐叶为圭封叔虞，后在史佚的提醒与坚持下，叔虞被封于唐。这是史籍关于"天子无戏言"的最早记载。与"天子无戏言"的表现与后果不同，对于普通百姓而言，"慎言语"的思想，更多地表现为戒慎恐惧的小心翼翼，这就是《老子》所说的"口开舌举，必有祸患"。这一说法中包含着惨痛的历史经验与教训，而这样的经验与教训，正是《易传》所说"言语者，祸福之几"的现实依据。面对这样的历史与现实，《老子》以消极的"知者不言"作为避祸之策。与《老子》不同，积极进取的儒家提出了"修辞立其诚"的言语观念，把"修辞立其诚"与君子的进德修业联系起来，强调了黾勉从事、谨慎言语所应有的题中要义。"修辞立其诚"强调的是"立诚"，实际上也隐含了类似于《老子》"知者不言"的"慎辞"立场，这在以言语应对为主要手段的外交聘问场合得到了集中地表现。如《左传·襄公二十七年》伯有赋诗不当，"志诬其上"而被断言"将为戮矣"一类的事件屡屡见载于史籍，这与上述史佚"天子无戏言"的故事一道，充分说明了主掌文献典籍的史官对"慎辞"观念的理解与认同。

《左传·襄公二十五年》，郑国子产在侵伐陈国之后献捷于晋，最终依靠有理有据的说辞获得晋人对其行为的认可。孔子因此发表了一通感慨，他说："《志》有之：'言以足志，文以足言。'不言，谁知其志？言之无文，行而不远。晋为伯，郑入陈，非文辞不为功。慎辞哉。"言语用来充分表达志意，优美的辞令让言语表达更加完美；不借助于优美的辞令无法建功立业，因此一定要认真谨慎地对待言辞之事。由此可知，"慎辞"不仅需要"立其诚"，同时也需要"文其辞"。"修辞立其诚"与"非文辞不为功"的双向制约，一方面强调了"慎辞"的立场，另一方面，也使言辞的实效性与审美性都得了充分的关注与肯定。

对于言辞的实效性与审美性，人们经常在"文"与"质"的关系中加以讨论。《论语·雍也》载孔子说："质胜文则野，文胜质则史。文质彬彬，然后君子。"孔子说的是君子人格应该具备的礼仪风度，但他对"文"与"质"的关系的论述，却具有普适性意义。在以文辞与质诚为两端的文学创作活动中，"文"（辞）与"质"（诚）的关系也需要在相互制约中取得一种平衡。根据二者关系的不同，刘勰在《文心雕龙·情采》中，把人们的文学创作活动区分为两种，一种是"为情而造文"的"诗人什篇"，一种则是"为文而造情"的"辞人赋颂"。二者的高下，刘勰在之后的论说中说得非常明白，这就是"为情者要约而写真，为文者淫丽而烦滥"。刘勰在充分肯定"为情而造文"的同时，对"为文而造情"带来的淫丽、烦滥进行了批评。这样的两分的确是刘勰的创造，但他对"为情而造文"的认同与肯定，实际上渊源有自，仍然是先秦以来"修辞立其诚"的言语观对文学创作发生深刻影响的表现。

早在先秦时代，见载于《尚书·舜典》的"诗言志，歌永言，声依永，律合声"，非常精要地概括了礼乐制度下诗歌的创作观念。什么是"志"？志，就是意。从造字本源讲，"意"字的构成，"音"上、"心"下，即"意"的本义，是"心音"。意，是指内心的声音。当人们提出"诗言志"这一思想时，就已确认了诗作为"心音"之语言表达的根本属性。之后相继出现的"《诗》以言志"，"《诗》以道志"等，虽然"诗"的指向有所变化，但"诗"与"志"的内外关系却得到了一致的认同。因此《毛诗序》总结说："诗者，志之所之也。在心为志，发言为诗。""志"与"诗"、"心"与"言"的对应，从一开始就规定了以"诗"为典型形式的中国文学创作，必须立足于内心之"志"，表达内心之诚的性质。"修辞立其诚"就是这种追求的概括，不仅作为言语观制约和影响着人们的言语方式，而且，它从根本上决定了以语言文字为载体的中国文学的基本性质，铸就了中国文学的基本品格，也规定了中国文学的基本走向。

第 二 章
先周时期的中国文学

第一节 远古时代文学艺术的起源

探讨远古时代的文学艺术，只能从与"文"相关联的物质遗存说起。从原始社会留存下来的各种陶器、石器上保存的艺术信息，我们可以看到绘画、雕刻、陶塑等多种形式的艺术萌芽。原始绘画主要是指陶器上的彩绘图案，以及分布在南北各地的各种岩画。陶器上的彩绘图案，在不同时期的文化中表现出了不同的特征。如半坡类型文化的彩陶上，多有动物的形象，如鹿、龟、鸟等，其中以鱼类纹最多。而马家窑类型文化的彩绘图案，则表现出了由具象的自然纹样演化为抽象的几何纹样的发展趋向。

原始艺术的繁衍不仅表现在雕塑、绘画方面，音乐、舞蹈、诗歌等在当时的发展情况也如此。青海大通上孙家寨出土的一件马家窑文化舞蹈纹彩陶盆，在陶盆内壁近盆口处，有四道平行带纹，带纹上绘有3组舞人形象，每组5人，携手并肩，面向右方，步伐整齐地在翩翩起舞。他们头后甩出发辫，臀后飘着一根尾饰，衣带随风飘拂。每组外侧两人朝外的手臂画为两道，似乎在表示手臂的摆动。整个画面主题明确，姿态飘逸生动，富有一定的韵律和节奏感，表明当时舞蹈艺术已有较高水平。另外，浙江河姆渡等地出土的陶埙，河南庙底沟发现的陶钟，则标志着吹奏乐器和敲击乐器都已发明出来。《吕氏春秋·古乐》篇记载舞蹈产生于人类舒展筋骨、宣导阴气的需要："昔陶唐氏之始，阴多滞伏而湛积，水道壅塞，不行其原，民气郁阏而滞著，筋骨瑟缩不达，故作为舞以宣导之。"五弦琴的制作目的也与此相关联："昔古朱襄氏之治天下也，多风而阳气畜积，万物散解，果实不成，故士达作为五弦瑟，以来阴气，以定群生。"这类传说，把音乐与舞蹈的产生归因于生产与生活的需要，这说明古人已经意识到了艺术的起源与劳动生产及社会生活之间密切的联系，认识到了音乐与舞蹈在生产和社会生活中所发挥的重要作用。与此同时，也许正是认识到了歌舞的神奇力量，才会产生歌舞来自天帝的神话。这就是《山海经》对于《九辩》《九歌》来源的记载："西南海之外，赤水之南，流沙之西，有人珥两青蛇，乘两龙，名曰夏后开。开上三嫔于天，得《九辩》与《九歌》以下。"

除了出土资料，传世文献也零星记载了一些先民歌舞的场面。如《吕氏春秋·古乐》保存了文献资料中迄今为止时代最早的"葛天氏之乐"[①]：

> 三人操牛尾投足以歌八阕：一曰《载民》，二曰《玄鸟》，三曰《遂草木》，四曰《奋五谷》，五曰《敬天常》，六曰《达帝功》，七曰《依地德》，八曰《总禽兽之极》。

"三人操牛尾投足以歌八阕"，反映了原始艺术起源时期质野、粗犷的风格以及载歌载舞的艺术特点。

《礼记·郊特牲》记载一首据称为伊耆氏时的《蜡辞》："土反其宅，水归其壑，昆虫毋作，草木归其泽。"这是一首具有明显咒语

---

① 此段引文中，"总禽兽之极"一作"总万物之极"，自宋代已存此二说，未审孰是。兹据前文言"草木""五谷"而取"禽兽"之文。

性质、带有浓厚巫术色彩的祝辞。它集中反映了原始先民面对地质灾害、洪水灾害、动物灾害、植物灾害等众多自然灾害侵袭时的祈愿。四句诗，句句既是祈求，也是命令；既是祝愿，也是诅咒。

《吴越春秋》还记载了一首《弹歌》，总共只有四句八个字："断竹，续竹，飞土，逐害。"[①] 表现了孝子守尸驱禽、防止父母之尸为禽兽所食的场面，是远古时代弃尸于野的丧葬风俗的孑遗。

除了这些零星见载于古籍中的原始歌谣乐舞作品之外，《周易》的卦爻辞也有不少表现出了比较鲜明的古歌谣的特点。例如《明夷·初九》："明夷于飞，垂其翼。君子于行，三日不食。"《中孚·九二》："鸣鹤在阴，其子和之。我有好爵，吾与尔靡之。"这些爻辞虽然短小，但蕴含于其中的思想情趣以及所采用的表达方式，体现出了与《诗经》相似的特点。

第二节　古代神话与《山海经》

起源时期的文学，除了与乐舞关联的歌谣之外，还有一类就是神话传说。马克思对神话有一个非常著名的定义。这就是他在《〈政治经济学批判〉导言》中讨论古希腊神话时所说的，希腊神话是"通过人民的幻想用一种不自觉的艺术形式加工过的自然和社会形式本身"。在原始社会中，人类的生产力低下，所掌握的知识与经验也很有限，面对变幻莫测的自然现象，面对复杂多变的社会环境，面对族群之间因为争夺生存资源而频繁发生的战争时，因为没有足够的能力去理解、把握和预知，这些现象必然带给原始先民强烈的神秘感和威吓力。但是，人类的生存本能却是渴望战胜一切困难和敌

[①] "逐害"，他书多引作"逐肉"，且被解释为对上古先民狩猎场面的描写。但是联系到弹弓在狩猎中的实际作用以及《吴越春秋》记载此诗时的上下文意，笔者认为孝子守尸驱禽的古老说法更为可信。

人的，他们下意识地要求对这些变幻莫测的自然现象与社会问题做出解释，渴望能够征服自然，战胜社会生活中遇到的种种困难。于是，通过幻想把自然现象神性化，一切自然力因为想象与幻想而形象化、人格化，一些杰出的部落首领也被赋予一种呼风唤雨的能力，他们常常超越自然力，集合人类智慧、经验于一身，具有战胜、驱逐各种敌人的力量。于是，各种类型的神话故事与英雄传说就此应运而生。

神话传说的产生时代应该非常早，但是，在这些神话故事出现的时代，人们还没有意识或者说能力把这些故事通过文字记录下来，一直到书写比较发达的商周时代，《尚书》《诗经》《山海经》《穆天子传》《楚辞》等书中，才保存了一些古代神话传说的片段。其中尤其以《山海经》保存的神话资料最为丰富。

女娲神话是我国最古老而且内涵最为丰富的神话之一。《列子·汤问》最早记录了女娲补天的故事：

> 昔者女娲氏炼五色石以补其阙，断鳌之足以立四极。其后共工氏与颛顼争为帝，怒而触不周之山，折天柱，绝地维。故天倾西北，日月星辰就焉，地不满东南，故百川水潦归焉。

神话既然是"通过人民的幻想用一种不自觉的艺术形式加工过的自然和社会形式本身"，它虽然是基于幻想和虚构的创造，但是，作为人类意识活动的产物，当人们用幻想和虚构来创造神话时，常常会在不自觉中加入社会生活的各种经验，因而能够反映出当时人类生存环境的基本状况。上述女娲补天神话出现在《淮南子·览冥训》中时，就呈现为另外一番模样：

> 往古之时，四极废，九州裂，天不兼覆，地不周载。火爁炎而不灭，水浩洋而不息。猛兽食颛民，鸷鸟攫老弱。于是女

娲炼五色石以补苍天，断鳌足以立四极，杀黑龙以济冀州，积芦灰以止淫水。苍天补，四极正，淫水涸，冀州平，狡虫死，颛民生。

这则故事不仅交代了女娲补天的前因，叙述天塌地陷后水、火、猛兽、鸷鸟对人类的危害，也详细地记述了女娲拯救人类于水火之中的整个过程。毋庸置疑，人类对女娲补天过程的叙述充满了异常大胆的想象，而另一方面，这些大胆的想象仍然是以现实的人类生活为基础的，如"炼五色石以补苍天"的叙述当来源于生活中冶炼金属的经验，"断鳌足以立四极"则表明人类已经具备了一定的建筑经验，而"积芦灰以止淫水"则完全是生活经验的陈述。[①] 这些来自人类生存经验的想象，当它们借助于神话特殊的表述方式呈现出来之后，便具有了异常雄伟的气魄。

女娲神话在我国流传很广，影响深远。与上述"补天"神话相辅而行的另一类女娲神话，就是"抟黄土作人"的故事了。现存文献对女娲抟土作人神话的记载，最早见于《太平御览》卷七十八所引《风俗通》佚文："俗说天地开辟，未有人民，女娲抟黄土作人，剧务力不暇供，乃引绳于泥中，举以为人。故富贵者，黄土人也，贫贱者，絙也。"这则神话不仅反映了早期人类对人类起源的认识，同时也有对不平等的阶级现象的理解与解释。

除了女娲补天神话中"火爁炎而不灭，水浩洋而不息，猛兽食颛民，鸷鸟攫老弱"这种表现自然界的残酷以及人类与之惊心动魄的斗争之外，还有一类神话写出了自然的另外一种境界。如《山海经·海外东经》："汤谷上有扶桑，十日所浴，在黑齿北，居水中有

[①] 中南民族大学的罗漫教授在其《中国神话：原始文化的长子》（刊于《中南民族大学学报》2002年第6期）一文中，提出女娲补天神话是"一则典型的以陨石为主兼融其他天文、气象、地质、地理现象的累层神话"的观点，或可参阅。

大木，九日居下枝，一日居上枝。"《大荒西经》："有女子方浴月，帝俊妻常羲生月十有二，此始浴之。"这些对于日月的产生及其运行规律的解释，充满了丰富而美丽的幻想。其他还有许多关于风、云、星辰、动植物的神话，展示了原始时期人们心目中自然界温情而美丽的另外一个侧面。

我国古代传说中有许多关于英雄人物的故事，如黄帝、羿、尧、舜、鲧、禹的故事等。他们可能实有其人，最初是当时中华大地上一些氏族或部族联盟的杰出酋长。他们的事迹在长期的口头流传过程中被不断地神话化，各种神异的力量、能够驱遣鬼神猛兽、创造新事物的本领也逐渐附加到他们身上，于是，这些杰出的部落酋长就逐渐地演化成为具有神通广大的英雄。

第一位被神化的英雄就黄帝。在古代传说中，黄帝是一位十分显赫的人物，他的最著名的业绩是和蚩尤作战，擒杀蚩尤。《山海经·大荒北经》里记载了黄帝与蚩尤大战的一个片段：

> 蚩尤作兵伐黄帝，黄帝乃令应龙攻之冀州之野，应龙畜水，蚩尤请风伯、雨师纵大风雨，黄帝乃下天女曰魃，雨止，遂杀蚩尤。

除了与蚩尤作战这一类神话之外，《大荒东经》又记载了黄帝取夔皮为鼓的故事："有兽状如牛，苍身而无角，一足，出入水则必风雨，其光如日月，其声如雷，其名曰夔。黄帝得之，以其皮为鼓，橛以雷兽之骨，声闻五百里，以威天下。"这些见载于古籍的黄帝神话片段，充分反映了以黄帝为主角的神话内容的复杂与多样。

在中国古代神话传说中，像黄帝这样的英雄人物，还有很多，如射日的羿和治水的鲧、禹父子。鲧、禹治水的神话，散见于《山海经》、《吕氏春秋》和《淮南子》当中。

《山海经·海内经》说:"洪水滔天,鲧窃帝之息壤,以堙洪水,不待帝命。帝令祝融杀鲧于羽郊。鲧复生禹。帝乃命禹卒布土以定九州。"郭璞引《开筮》曰:"鲧死三岁不腐,剖之以吴刀,化为黄龙也。"

《吕氏春秋·音初》:"禹行功,见涂山之女,禹未之遇,而巡省南土。涂山氏之女乃令其妾候禹于涂山之阳。女乃作歌,歌曰:'候人兮猗!'实始作为南音。"

《淮南子》:"禹治洪水,通轘辕山,化为熊。谓涂山氏曰:'欲饷,闻鼓声乃来。'禹跳石,误中鼓。涂山氏往,见禹方作熊,惭而去。至嵩高山下,化为石。禹曰:'归我子!'石破北方而启生。"①

从古书中所保存的许多片段看来,我国古代神话传说不但内容丰富,而且充满奇情异彩,只可惜完整保存下来的有限。而且,春秋时代以后,这些片段的神话资料,也在不断地"历史化"进程中被改变得面目全非。最有代表性的就是对"夔一足"的解释。长着一只脚,被黄帝剥皮做成鼓的夔,后来化身为帝尧时期主管音乐的官。于是鲁哀公"吾闻古者有夔一足,其果信有一足乎"的疑问,孔子回答说:"不也。夔非一足也,夔者忿戾恶心,人多不说喜也。虽然,其所以得免于人害者,以其信也。人皆曰,独此一足矣。夔非一足也,一而足也。"(《韩非子·外储说左下》)"夔一足"的神话,经过孔子历史化的解释,就变成了一个蛮横无理却因诚实守信这唯一的优点"得免于人害"的人。

比较值得注意的是《诗经》里的神话片段。《诗经》神话大致呈原始状态,如《商颂·玄鸟》《大雅·生民》描述商人始祖契母简狄误吞玄鸟卵而生子、周人始祖后稷之母姜嫄因践巨人迹而怀孕的故事,即呈现出显著的原始神话本色。这一类作品原是商人和周

---

① 郑樵《通志》卷三上引《淮南子》文。今传《淮南子》无此文。

人在祭祀其祖先的仪式活动中配用的歌辞，其特殊的文本性质以及由专人掌握、传授的流传方式，决定了它们在漫长的流传过程能够基本完整地保存初始面目，至孔子删《诗》定本，《诗》成为儒家经典之后，这些本色的神话记录便无法再被经学家以"历史化"的方式加以篡改，这是《诗经》神话更具原始神话本色的原因。

最后，要特别一提的是《山海经》。《山海经》自古就被称为奇书。其中包含了我国古代地理、历史、神话、民族、动物、植物、矿产、医药、宗教等多方面的内容，是研究上古社会的重要文献。《山海经》原来应该是有图的，晋代的郭璞作《山海经传》时还说过"图亦作牛形"。到了宋代，人们根据《山海经》"记诸异物飞走之类，多云'东向'或曰'东首'，疑本因图画而述之"（王应麟《王会补传》引朱熹语）。

《山海经》中的神话以怪诞离奇著称，但在怪异之中，往往又蕴积着很深的思想意义和强大的启示力量。这些故事，作为十分宝贵的文化遗产，给很多作家的创作带来了丰富的创作灵感。比如东晋著名文学家陶渊明，在"流观《山海图》"时，就写了十三首《读〈山海经〉》诗。其中的第十首：

精卫衔微木，将以填沧海。刑天舞干戚，猛志固常在。
同物既无虑，化去不复悔。徒设在昔心，良辰讵可待。

他从精卫和刑天的身上，看到一种刚毅不屈的精神并加以歌颂，可以说是能够深解《山海经》真谛的读者之一。到后代，《山海经》中诡异的怪兽和光怪陆离的神话故事，更成为中外艺术创作的素材宝库。著名影片《博物馆奇妙夜》（3）里面的中国神兽相柳，就是《山海经·海外北经》所记载的"九首人面，蛇身而青"的"共工之臣"相柳氏。由此看来，《山海经》确实是一座文化宝藏。

第三节　书写文学的发端与散文的出现

歌谣与神话传说在传播方式上有一个共同特点，都是通过口传的方式保存下来，直到书写方式发展起来之后，才被记录下来，留存至今。口传文学的传播，基本载体就是人。因此，它较少受到传播载体的物质形式的制约。某一个部族的神话传说，只要这个部族有人存在，其神话与歌谣就有持续存在和传播的基本条件。很多情况下，越是不发达的文明形式，这种系诸口耳的文学形式就越是发达。尽管中国古代没有系统记载先民神话的书籍，但从《山海经》《诗经》《尚书》《吕氏春秋》等书中所记载的片段仍然能够看出，华夏民族也曾经历过非常丰富多彩的神话历史时期，创造过波澜壮阔、气势恢宏的神话世界。只是由于文明的早熟，华夏民族的祖先过早地进入书写时代，致使早期口传文明在无意识中有所失落。在书写成为主要的文明传承方式之前，人就是文化的载体，人在文化就在。可是，当物质的文化载体逐渐取代人而成为文明的主要载体之后，人会越来越依赖于外在于人的物质载体而逐渐忽略人本身的意义。进入书写时代以后，未能被及时载为文字的口传文明，就会随着其传承者的死去而湮灭不闻。所以说，越是在物质文明发达的时代，人对于外在于自己的物质世界的依赖性就越高，自我意识与自主性的丧失就会越多。从这个意义上讲，书写，改变了人类文化的传承方式。《淮南子》在记载文字产生所带来的深刻影响时说："昔苍颉作书而天雨粟，鬼夜哭。""天雨粟，鬼夜哭"固然有些夸诞，但文字对于人类文化发展的意义，却是怎么估量都不过分的。

文字的产生，在传说系统中被追溯到黄帝时期，但从出土文物看，商代的甲骨文是我国目前所能大量见到的较早文字。中国文字的特点，在甲骨文里已经形成。具体来说，就是每一个汉字，都有独立的形体、读音与意义。这个特点对我国古典文学的发展具有非常重要的意义。古典诗歌句式主要是四言、五言、七言，词和曲也有一定的格式，诗歌要求对仗，文章也讲究句式的整齐，这些特点，都是由中国文字的形式特点决定的。与口传文学依赖于语言不同，书写文学是以文字的书写为基础发展而来的，受制于作为载体的物质属性，具有特定的形式与内容。文字书写源于实用的需要，因此，最早的书写文学，就是在实用性书写中产生和发展起来的。而甲骨文是目前所能见到的最早的相对完备的书写形式。

按照内容划分，甲骨文可以分为五类。第一类为卜辞，第二类是与占卜相关的记事刻辞，第三类是与占卜无关的特殊性和一般性记事刻辞，第四类是表谱刻辞，第五类是习刻之作。其中卜辞是殷墟甲骨文的主体，约占甲骨文的99%。因此可以说，甲骨文是占卜决疑的专用文体。甲骨卜辞需要把文字书写在小小的甲骨上，载体的物质条件，决定了甲骨卜辞特殊的写作格式和文辞例法。它需要用尽量简约的文字，表达更加丰富的内涵，因此就形成了甲骨文语言条理精练、叙述严谨的表达方式。从写作格式来讲，一片完整的卜辞，要包括叙辞、命辞、占辞、验辞四个部分。所谓叙辞，包括对卜日、卜人的记述。所谓命辞，记述卜问的事件。所谓占辞，是观察兆纹后所得的结论。所谓验辞，是事后所记的卜兆征验。从文辞例法来讲，则形成了一些固定的辞汇、套语和常用的语法结构。正是在甲骨卜辞这种特殊的实用文体的写作过程中，商人锻炼了自己的文字表达能力，叙事描写能力，也培养了自己的思维能力和逻辑能力。推动了中国古代散文的写作与发展。退一步来说，即使在篇幅非常短小，语言非常简约、精练的甲骨卜辞中，也已出现了具有审美性的文辞。举例来说，有一篇被称为《今日雨》的卜辞，内容如下："癸卯卜，今日雨。其自西来雨？其自东来雨？其自北来雨？其自南来雨？"其格式、韵味与汉乐府民歌《江南可采莲》非常相似:"江南可采莲,莲叶何田田!鱼戏莲叶间。鱼戏莲叶东。鱼戏莲叶西。鱼戏莲叶南。鱼戏莲叶北。"有人因此把这则卜辞称为占卜时代的农事诗,这是有道理的。

除甲骨卜辞,钟鼎文也是早期书写文体的一种重要形式。殷商时期的青铜铸造技术已经达到了让人叹为观止的水平。从现存青铜器来看,殷商早期的铜器极少有铭文,中期才有简单的铭文,晚期有了较长的铭文,最多不过 40 余字,不可与周代铜器铭文相比。商代最长的铭文是《小子䍂卣》:[①]

> 乙巳,子令小子䍂先以人于堇。子光赏䍂贝二朋。子曰:贝唯蔑女曆。䍂用作母辛彝,在十月,唯子曰令望人方䝮。

这段铭文的大致意思是说:乙巳这天,子命令他的下属小子䍂先带人去往堇地。子赏赐给䍂贝币二朋。子说:这些贝是用来嘉奖你的功劳的。䍂用这些贝制作了祭祀母辛的彝器。此事发生在十月。子说:命令你去监视人方首领䝮。这段铭文虽然简单,但是它已经有了初步的叙事规模,记述了这件事情发生的时间、事件发生的经过、制作彝器的过程,还有人物的对话,是一篇相对完整的记事文。

经过晚商时代的发展,周代就出现了许多文辞非常精美的铭辞,多数是在周人发迹的宝鸡岐山地区被发现。最著名的是西周晚期的《毛公鼎》,刻有铭文 499 字,记载了周代国君的丰功伟绩,感叹现时的不安宁。

除了甲骨文、青铜铭文之外,最能代表早期书写文学水平的,是载于竹简的简策文。《尚书·多士》中就说:"惟尔知,惟殷先人有册有典,殷革夏命。"这里说的"有册有典",其中就包括后来与

[①] 中国社会科学院考古研究所:《殷周金文集成》(5417)(修订增补版),中华书局 2006 年版。

《虞夏书》《周书》一道被编辑成《书》的《商书》。

《书》，汉代以后又称为《尚书》或《书经》，是我国最早被纳入经典序列的重要典籍。其主要内容是距今2300多年至3000年间封赏诸侯、任命官员的诰命、出兵征战的誓辞以及王室颁布的政令等。比如《尚书·虞夏书》中的《甘誓》，就是一篇夏启征讨不服统治的有扈氏的战前动员演说：

> 大战于甘，乃召六卿。王曰："嗟！六事之人，予誓告汝：有扈氏威侮五行，怠弃三正，天用剿绝其命。今予惟恭行天之罚。左不攻于左，汝不恭命；右不攻于右，汝不恭命；御非其马之正，汝不恭命。用命，赏于祖；弗用命，戮于社。予则孥戮汝。"

这一篇誓辞简洁明了，直截了当地陈述了有扈氏的罪行、奉行天命的征伐，以及对于是否执行命令的奖惩。后世的誓辞基本上都采用了这样的模式。夏启是夏王朝的开国之君，也因为他的功勋卓著，他逐渐被神化，成为上古神话的主角之一。

由于年代久远，《尚书·虞夏书》的时代问题一直是学者们争论的问题。与虞夏书相比，《商书》的可信度更高，其中的《汤誓》，是商汤伐桀，决战于鸣条之野前所做的一篇誓辞：

> 格尔众庶，悉听朕言。非台小子，敢行称乱。有夏多罪，天命殛之。今尔有众汝曰："我后不恤我众，舍我穑事，而割正夏。"予惟闻汝众言，夏氏有罪，予畏上帝，不敢不正。今汝其曰："夏罪其如台，夏王率遏众力，率割夏邑。"有众率怠弗协，曰："时日曷丧，予及汝皆亡。"夏德若兹，今朕必往。尔尚辅予一人，致天之罚，予其大赉汝。尔无不信，朕不食言。尔不

从誓言，予则孥戮汝，罔有攸赦。

其中近三分之二的内容，是论证自己的征伐并非犯上作乱，而是因为有夏多罪，征讨只是替天行罚。因此，与《甘誓》相比，《汤誓》少了一份义正辞严的自信。这种差别，实质上反映出了两位演讲者身份的差异。夏启是受诸侯拥戴的天子继承者，而商汤只是夏王朝属下的一方诸侯。作为诸侯的商汤要挑战既有的社会秩序，就需要为自己的行为找到合适的理由。他找到的理由就是"天命"。在《甘誓》当中，夏启就是天意的代言人和执行者。但在《汤誓》中，商汤只是天命的服从者。这里所反映出来的思想差异，是很有意思的一件事情。而另一方面，商汤以天命服从者的身份"殷革夏命"，为后世改朝换代的起兵造反找到了最好的理由，开启了后世频频上演的"天命殛之"的历史先河，由此演化，最终成为深刻影响中国人思想意识的"替天行道"的思维模式。

《盘庚》三篇，则是盘庚在迁都前后针对当时贵族的反对与民众"相与怨上"的情绪而作的演讲辞。因为迁都关涉到盘庚乃至整个商族的命运，故盘庚的演讲辞感情充沛，言辞尖锐而充满威慑力。尽管《盘庚》因其文辞古奥而闻名，韩愈在《进学解》中就曾感叹："周《诰》殷《盘》，佶屈聱牙！"但是，来源于生活经验的质朴语言往往具有无限的生命力，来自《盘庚》的"有条不紊""星火燎原"等成语，至今仍被频繁地使用着。

周人立国之后，诰命之文持续出现。周初的《大诰》《洛诰》等，文字和《盘庚》一样佶屈聱牙。这种风格到周康王初年的《顾命》创作时发生了一定的改变。《顾命》一文以清晰地条理记述了周成王的死和周康王即位仪式的进行过程，叙述井井有条，文字错落有致，是周代记叙文的典范之作。

第 三 章
周代礼乐文化与《诗经》

第一节　周代礼乐文化发展概述

　　周王朝的开国天子周武王在完成伐商大业之后不久即病卒。临终前，周武王以兄弟相后的方式把王位的继承权和其子姬诵一起交给了他的弟弟周公。周公临危受命，秉承周武王的遗愿，践天子之位。经过周公的苦心经营，刚刚夺取王权的西周王室终于消灭了企图复辟的殷人残余势力，同时也解决了权力阶层内部利益重新分配时产生的种种矛盾，完成了开国创业平天下的重任。此后，周公再一次忠诚地执行了武王的遗愿，"以长小子于位"，通过致政成王的行动，确立了王位继统中的嫡长子继承制，西周社会由此进入平稳发展的成康盛世。

　　但是，这种安宁局面并未持续太长时间。从康王后期开始，边患复起，战事日增，东夷、荆楚、鬼方相继而反，历史的车轮进入社会文化发生重大变革的西周中期的昭穆之世，西周王室由极盛而转衰。周昭王在位之时，四夷叛乱之势愈演愈烈。昭王奉行军事镇压的强权高压政策，北战南征，最后丧师汉水，殒命南国。周穆王继位之后，除继续使用武力压服东国及淮夷之外，同时也尊奉敬德、法祖、重礼、安民的思想，注重修德服众，整顿朝纲，天下再得安宁。周懿王继位之后，周王室衰微的迹象越来越明显地表现出来。懿王卒后，王位继承中的嫡长子继承制被打破，王室内部的权利争夺消耗了周王室的实力。至周厉王继位，他在抵抗猃狁、征伐南淮夷的战争中取得了一些胜利，但他的暴虐专利却激怒了"国人"。公元前841年，国人暴动，周厉王被流放至彘，终死不得复位。随后，史家盛道的"宣王中兴"也未能挽救周王室的颓败之势，周幽王的昏聩更直接导致了西周的覆亡。晋文侯杀携王而迎平王东迁，中国历史逐渐进入了"礼乐征伐自诸侯出"的诸侯称雄争霸的春秋时代。

综观春秋时代的社会历史，周王室政治地位的变迁基本可以划分成三个阶段。第一阶段是以周王室为政治中心的春秋前期。周王室虽然失去了宗周时代号令诸侯的赫赫威严，但是，一方面，传统文化中王室为尊观念还在延续，另一方面，东迁后的周王室仍然保持着相当的军事实力，更兼得齐桓公"尊王"行为的力助，这一时期的东周王室仍然以天下共主的身份发挥着政治主导作用。第二阶段是周王室沦为霸主傀儡的春秋中期。这时的周王室在经历了两次王子带之乱后，已基本丧失了控制诸侯的力量，只是凭借着文化积淀的力量，加上一代霸主齐桓公的倡导，周王室在诸侯眼中的地位比春秋初期更加重要起来。"求诸侯莫如勤王，诸侯信之，且大义也。"春秋时代，九州一统的观念早已形成，在众国争胜，任何一国都不能取得绝对的胜利时，周王室作为"天下共主"的地位与影响是任何诸侯之国都无法取代的。于是，"同恤王室"成为求霸者团结诸侯最有力的口号，而周王室则在获得诸侯尊奉的同时，也成为霸主政治的傀儡。第三个阶段就是吴越逞强，诸侯不复勤王的春秋后期。自周敬王继位，长达十九年的王子朝之乱彻底断送了周王室作为天下共主的历史。鲁昭公三十二年（前510）应敬王之请，晋国韩不信率诸侯大夫城成周，这成为周代历史上最后一次诸侯勤王。

此后，吴、越之国兴盛，中国诸侯陷入内乱。周礼所维系的社会秩序彻底瓦解，中国历史进入了诸侯混战的战国时代。

　　与周代社会的发展相适应，周礼的兴衰历史也表现出相当明显的阶段性特征。西周初年，周公制礼作乐，拉开了周代礼乐制度逐步建立的序幕。这一时期的礼乐成果，在康王时代"定乐歌"的活动中得到整理和编辑。到西周中期的昭穆时代，一方面，随着社会生活的发展变化，西周初年制礼作乐的成果已不能满足当时社会的礼乐需求；另一方面，随着各种典礼仪式的成熟，真正意义上的周代的礼乐制度，也在各种典礼活动日益具体化、程序化、制度化的过程中逐渐完善和建立起来。从周初即已开始的"制礼作乐"，在经过了一百多年的漫长过程之后，至穆王时代真正完成。周穆王时代是周代礼乐成熟和基本定型的关键时期，同时也是周王室势力由极盛而转衰的分水岭。进入西周中后期的懿、孝、夷、厉时代，随着社会混乱程度的逐渐加剧，周礼受到了来自多方面的冲击。至宣王中兴，重修礼乐，一时出现了礼乐复盛的景象，但在昙花一现式的辉煌之后，周礼随之遭受了更为严重的破坏。"幽厉微而礼乐坏"，幽王丧灭与其后长达二十多年的"二王并立"局面使周王室的力量受到沉重打击，同时也给维系社会统治秩序的礼乐制度造成巨大的冲击与破坏。

　　周平王东迁之后，与周王室的命运相应，周代的礼乐制度也经历了一个被破坏—修复—再破坏的过程。尽管文化制度的连续性使人们在思想上仍然保持了对礼的重视，但是，在实际社会生活中，上至周王，下至诸侯国君，逞意行事、违背周礼的事件比比皆是。周桓王不礼郑庄，鲁桓公弑隐公，齐襄公弑鲁桓公，晋献公逐群公子、杀太子，卫宣公夺子伋妻等大大小小的事件充分地显示了这个时期礼崩乐坏的实际状况。公元前667年齐桓公得到周惠王的赐命之后，情况发生了一些显著变化。在齐桓公、管仲君臣身体力行的倡导下，周礼再一次成为协调各种复杂社会关系的重要力量，呈现出积极的现实意义。齐桓公之后，尽管诸侯霸主不再有过真正的"尊王"之心，但齐桓公君臣努力建立起来的社会秩序在客观上仍然得到了后继者的维持，据礼力争成为小国在大国的相互争夺中得以保全的有效途径。春秋后期，中原各国内乱频起，悖礼乱政之事时有发生。吴国称霸后，举行诸侯盟会也不按周礼行事。至此，周礼遭到彻底破坏，最终彻底失去了维系世道人心的力量。

第二节 《诗经》的性质与分类

与《尚书》同被视为"德义之府"的《诗经》，比《尚书》更集中地体现出"郁郁乎文哉"的周代礼乐文化特征。作为周代礼乐制度的组成部分，《诗经》作品的创作、流传与结集，更直接地体现了与周代礼乐制度同呼吸、共命运的共生关系。《诗经》的四始结构，是周代礼乐制度下四分结构音乐观的直接体现。

具体而言，"风"指声音、曲调。声音、曲调有清浊之分、方域之别，所以《左传》说"风"，前面多用"清""土""卫"等词加以限定。与雅、颂之音相区别的"风"，指各地的乡乐、土风；而《诗经》中的"风"，则指那些与十五种乡乐相配合的歌辞，即《周南》《召南》《邶风》《鄘风》《卫风》《王风》《郑风》《齐风》《魏风》《唐风》《秦风》《陈风》《桧风》《曹风》《豳风》。这十五《国风》，虽然经过王室乐官雅言化的加工处理，在文词、音韵上表现出统一的倾向，其浓郁的地方色彩仍当通过音乐与歌唱表现出来。《左传·襄公二十九年》季札聘鲁，请观周乐，闻其乐即知其名，音声曲调的地域性差异为最主要的判断依据。

《诗经·国风》中的"二南"，是"乡乐"中伦理地位比较特殊的一类。它们本是西周初年，周、召二公岐南采地的乡乐，以"南"

为主要乐器。周公制礼作乐时用作王室房中之乐、燕居之乐，故又被称为"阴声"。东周初年周平王重修礼乐的时候，"二南"被提升为王室正歌，具有与其他国风不一样的地位。当周代礼乐制度完全崩坏之后，诗与乐渐行渐远。南为乡乐的音乐属渐趋隐晦，而王室正歌的地位所带来的意义日渐凸显。理学大盛的宋代，"南"就从十五《国风》中被独立出来，成为与"风""雅""颂"并列的"四诗"之一。

"雅"的得名有两个原因。一方面，它源自一种名"雅"的鼓类乐器。另一方面，周人总是以夏人后裔自诩，"雅"与"夏"在声音上相通。"雅"与"夏"的通用就使得原本作为乐器之名的"雅"，具有了指代中原正声的文化意义。雅者，正也。"雅"由此成为以中原正声为基础的朝廷之乐的代称。《诗经》中的二《雅》，就是配合这种正声音乐，用于天子、诸侯朝会宴享仪式的乐歌。

《诗经》中的"雅"，又分为《大雅》和《小雅》。从表演方式上看，《大雅》用工歌、乐舞配合的方式表演，而《小雅》则用工歌、笙奏、间歌的方式表演。表演方式的差异、音乐性质的不同，应该是《大雅》与《小雅》分编的根本原因。

"颂"的得名，与一种名"庸"（镛）的大钟关系密切。庸在殷商时代是一种具有特殊意义的乐器，殷墟甲骨中多次出现"作庸""奏庸"的文字，甚至连搬运庸的途径也要经过卜问。而在商代的祭祀典礼中，奏庸与舞蹈是关系非常密切的祀典内容，它们的共同目的，就是"以其成功告于神明"以祈取福佑。"颂"为"容"的本字，声音上又与"庸"相通。祀典仪式中歌舞之容与象征王权、成功的"奏庸"之事相配合，不断强化着"颂""美德""告功"的意义。周人立国之后，以仪容为本义的"颂"逐渐取得本属于"庸"的"言成功"的意义，在"庸"字的这部分意义随着镛钟的消失而渐趋隐没的同时，"颂"亦由"形容"之义渐变成为"以其成功告于神明者"的天子祭祀之乐的专称。

第三节 《诗经》作品的时代与文本结集

《诗经》共存诗305篇,产生于西周初年到春秋中期大约五百多年之间。从现存作品的时代分布情况来看,周代诗歌史上曾经出现过五个可以称为诗歌创作高峰的历史阶段。

第一个高峰时期出现在从周武王克商到周公制礼作乐的西周初年。周武王死后,周公的摄政称王,引起了管叔、蔡叔和霍叔的不满,他们与商纣之子武庚勾结叛乱,史称"三监之乱"。面对"三监"与武庚的叛乱,周公作《鸱鸮》表达平叛的决心。《鸱鸮》诗云:

> 鸱鸮鸱鸮!既取我子,无毁我室!恩斯勤斯,鬻子之闵斯。
> 迨天之未阴雨,彻彼桑土,绸缪牖户。今女下民,或敢侮予。
> 予手拮据,予所捋荼,予所蓄租,予口卒瘏,曰予未有室家。
> 予羽谯谯,予尾翛翛,予室翘翘,风雨所漂摇。予维音哓哓。

诗歌以商人的保护神"鸱鸮"指代反叛的商纣之子武庚,用"我子"指代与武庚一起作乱的管叔、蔡叔等。周室初立,外患未平,内忧已生。诗歌三、四两章着重描写周人所面临的风雨飘摇的危险处境,结尾一句"予维音哓哓"则鲜明地表现了面对艰险毫不畏惧的勇气与决心。

周公用三年的时间平定三监之乱,之后通过"建侯卫"的分封行为,从根本上瓦解了武王克商以来殷人的残余势力,也消除了权力阶级内部在利益再分配问题上产生的矛盾。这使周人对殷商的斗争，不但取得了军事上的彻底胜利，而且也取得了政治上的彻底胜利。

《左传》有云："国之大事，在祀与戎。"当周王室在周公的领导下取得军事胜利之后，所面临的最迫切的事情就是建立一套与周人的社会生活及统治秩序相适应的礼乐制度，于是就有了史家盛道的周公"制礼作乐"。尽管周礼并非尽出周公之手，但周公的"制礼作乐"，从根本上确立了周礼"尊尊亲亲"的精神原则，奠定了中国文化礼乐相须为用的基本特点，开创了中国文明史的新时代。同时，它还直接提供了西周初年仪式乐歌产生的文化土壤，使这一阶段出现了周代文化史上第一个仪式乐歌创作的高潮。

依据乐歌的内容、用途及其在《诗经》中的分属，这一时期的乐歌作品可以被区分为两种类型：纪祖颂功之歌与宗庙祭祀之歌。前者如《大雅·文王》《大明》《绵》等，后者如《周颂·清庙》《维天之命》《维清》《武》《桓》《思文》等。这两类诗歌相互配合，应用在相应的祀典仪式上。如《大雅·文王》与《周颂·清庙》《维天之命》《维清》相配，用于祭祀文王，《大雅·绵》与《周颂·天作》相配，用于祭祀大王、文王的祀典仪式。

《诗经》作品集中出现的第二个高峰期，是在周代礼乐制度走向完备的周穆王时期。周穆王时代是周代礼乐制度真正成熟和完善的时期，需要更多的乐歌配合。于是，在这一时期出现了一批用于各种祭祀典礼的仪式乐歌和歌功颂德的乐歌。如祫祭先王的《周颂·雝》，祭祀昭王的《周颂·载见》，歌颂文王、武王文功武绩的《大雅·文王有声》以及歌颂周穆王的《大雅·棫朴》等。《周颂·闵予小子》《访落》《敬之》《小毖》四诗，则是在遭遇周昭王溺于汉水而不返的变故之后，周穆王仓促继位时使用的歌辞。除了继续创作歌颂祖先功绩的赞歌以及祭祀典礼所需的献祭之歌外，这一时期乐歌创作的一个重要贡献，是出现了专门用于燕享仪式的燕享乐歌，以《大雅》中的《行苇》《既醉》和《凫鹥》为代表。燕享乐歌的出现，是燕享礼仪走向成熟的结果和表现，由此开启了中国燕乐文化的先河。

周穆王之后，周王室开始走向衰弱。王室内部激烈的权力斗争使周天子的权威严重受损，"天子不下堂而见诸侯"的制度从夷王时代开始成为历史。夷王之后，周厉王的暴虐专利使人人自危，民不聊生。当时一些大臣忠实履行谏官职责，做了一些讽刺当时朝政、哀叹社会混乱的诗篇。保存在《诗经》中的有《大雅·民劳》《板》《荡》《抑》及《桑柔》五首，出现了与西周中前期尊天、敬天完全不同的怨天之辞。但"天"的权威并未完全丧失，人们在怨天的同时仍保留着敬慎的态度："敬天之怒，无敢戏豫；敬天之渝，无敢驰驱。"（《板》）这又与幽王时代以后激烈地责天不同。周代的乐官本来就有通过歌诗奏曲的方式讽谏君王的职责，在厉王之乱后，这些讽谏厉王的诗歌也成为提供历史教训与经验的材料。宣王继位后，这些诗歌被用于仪式讽谏，后来进一步被编入了收录仪式乐歌的诗文本当中。这就是后人所说的"变雅入《诗》"。

周宣王以武兴国的策略带来一系列征伐战争的胜利，并伴随礼乐文明的两个成果：一是产生了一批歌颂战争胜利、赏赐立功将领的诗篇，如《大雅》中的《崧高》《烝民》《韩奕》《江汉》《常武》，《小雅》中的《出车》《六月》《采芑》等，成就了周代诗歌史上的第三个创作高潮；二是为礼乐活动的复兴提供了现实的条件与基础，由此进一步成为配乐歌辞兴盛的契机。这一时期的诗歌，内容比较丰富，有赐命、歌颂立功将领的颂功之歌，有籍田典礼上使用的籍农乐歌，有燕享乐歌，还有征役者之思为内容的诗歌，更是周代诗歌史上的一个新现象。这一类诗歌能被编入《诗经》，流传至今，与宣王时代出现的一种新型的仪式乐歌的制作方式有密切的关系。在西周初期与西周中期，为针对仪式创作歌辞是仪式乐歌最根本的制作方式。到宣王时代，"采诗入乐"成为直接创作之外制作仪式乐歌的重要方式。这类诗歌多哀怨、讽刺的内容，打破了仪式乐歌中颂圣之歌一统天下的局面。在相同的背景下，部分诸侯《国风》也在"观风俗、知得失、自考正"的名义下，通过"采诗""献诗"的途径进入周王室的音乐机构，被编入收录仪式乐歌的诗文本得以保存下来，这就是郑玄《诗谱序》所言"变风、变雅作矣"。

宣王重修礼乐活动中的乐歌整理活动，是周代文化史上最后一次以仪式歌奏为主要目的的乐歌编辑活动。这次结集的意义突出地体现在"变雅""变风"作品的收录，不但丰富了《诗经》的内容，推动了颂赞之歌与讽刺之诗的合流，更重要的是，这一现象的产生，对西周时代乐歌隶属于仪式、由瞽蒙掌教的乐教传统形成有力冲击。诗教开始突破乐教的束缚走上独立，向着以德教为中心的阶段发展，中国诗歌史上影响深远的美刺传统开始确立，中国的政教文学由此进入一个全面发展的崭新时代。

宣王的短暂中兴之后，是幽平之际长达二十多年的战乱。战争与离乱对周王室来说是一场灾难，却也为诗歌创作的兴盛提供条件，由此迎来《诗经》作品创作的第四个高峰时期。这一批作品中，有作于周宣王后期的《小雅·沔水》《祈父》等，也有作于平王东迁以后的《绵蛮》《都人士》等，但其中绝大部分集中在幽王及周二王并立的大约二十年之间。这一时代诗歌创作的一个最重要的主题是讽刺时政、感时伤世，抒发处身于黑暗昏乱社会时所产生的忧惧、绝望之情。例如《小雅·小旻》诗说道："不敢暴虎，不敢冯河。人知其一，莫知其他。战战兢兢，如临深渊，如履薄冰。"这些诗句最典型地表现了这一时期普遍社会心理。这是先秦讽刺诗兴盛的时代，对后世诗学影响深远的"诗言志"的观念，大致就是在这个历史阶段上确定下来的。

当然，这一时期的作品并不全是怨刺之作，例如《国风》中的

"二南"。由于历史的原因，这两组被认为与"后妃之德""夫人之德"相关的诗歌，内容多涉及求女、嫁娶、生子等。如《关雎》是写"求淑女"的，《桃夭》《鹊巢》写嫁娶之事，《芣苢》《螽斯》则是祈求多子多孙的诗歌。

除"二南"外，在周平王夺取王位和东迁洛邑过程中曾经出兵相助的诸侯，其国风作品也获得被纳入周乐体系的机会。虽然国风作品的结集仍然是在"观风俗"的名义下进行，但这一时期出现的作品，大多被认为是赞美诸侯国在位君主的。如《卫风·淇奥》《郑风·缁衣》《秦风·驷驖》，就分别赞美了当时在位的卫武公、郑武公和秦襄公。

《诗经》作品创作的第五个，也是最后一个高峰，出现在春秋中前期。孟子说"诗亡然后《春秋》作"，这个"诗"，特指公卿列士献进的讽谏之诗。与讽谏诗之"亡"相伴的现象是，注重抒发个人情怀与感受的各国风诗蓬勃兴盛。

在礼崩乐坏的春秋末年，当执政者失去了恢复周道、重修礼乐的意识与能力时，以天下为己任的孔子，便主动承担起恢复和弘扬周人礼乐文化的历史责任。在其周游列国，干七十余君而莫之能用的情况下，论次《诗》《书》，修起《礼》《乐》，通过教授弟子来传成、康之道、述周公之训，也就成为孔子的唯一选择。

孔子删《诗》是《诗经》形成史上最后一次对诗歌文本内容与结构的编辑调整。《史记·孔子世家》说："古者诗三千余篇，及至孔子，去其重，取可施于礼义，上采契、后稷，中述殷、周之盛，至幽、厉之缺，始于衽席，故曰：《关雎》之乱以为《风》始，《鹿鸣》为《小雅》始，文王为《大雅》始，《清庙》为《颂》始。三百五篇孔子皆弦歌之，以求合《韶》《武》《雅》《颂》之音。礼乐自此可得而述，以备王道，成六艺。"由此可知，所谓的孔子删《诗》，不是从众多零散的诗歌中选择三百零五篇诗歌作品，编辑成一个《诗》的"选本",而是一项集合众本、校勘定篇的古籍整理工作。在这个整理过程中,孔子主要做了三方面的工作:增删诗篇、调整次序、雅化语言。由此,《诗》之定本最后形成。

第四节 《诗经》的艺术成就

《诗经》对后代文学的影响是多方面的。

首先是赋、比、兴的表现手法。赋,是铺陈其事,直接言之。如《鄘风·柏舟》:"泛彼柏舟,在彼中河。髧彼两髦,实维我仪。之死矢靡它。母也天只,不谅人只。"直截了当,没有修饰。比,就是比喻,以彼物比此物。这是在今天仍常常使用的一个主要修辞手法,包括比喻与象征。如《卫风·伯兮》:"自伯之东,首如飞蓬。"两句八字,写出闺中少妇懒于梳妆的情态,从人物外部表现上显示了对出征在外的丈夫的思念。兴是借助其他事物作为诗歌的开头。《诗经》第一首《周南·关雎》:"关关雎鸠,在河之洲。窈窕淑女,君子好逑。"前两句就是起兴,后两句引导本意。

其次是叙事简洁生动,各有侧重且具委婉曲折之妙。如《大雅·绵》与《生民》同为叙述周人历史,却因对象的不同采取了不同的方式,呈出不同的特点:《绵》诗以历史实景的方式,记述了古公亶父率领周人由豳迁岐的过程,尤其突出了建筑都城的热闹场面。而《生民》,则采用神话叙事的方式,用夸张的手法铺写了后稷诞生的神异过程。两首诗中排比句、象声词的使用,增加了诗歌的形象性与语言的气势。《秦风·蒹葭》全是借叙事以抒情,叙事虽朦胧,而情感则极为深沉感人。诗的旨意似不难推绎:一个清秋的早晨,芦苇上的露水还未曾干,诗人来到一条曲水旁追寻所谓"伊人"。伊人所在的地方有流水环绕,仿佛置身于洲岛之上,可望而难即,欲求而不得。而这,正是全诗着意渲染的艺术视点。"所谓伊人"意指什么？古今说解不尽相同。这种游移莫定、似是而非的多义性，恰恰是这首诗的妙处。显然，它所描写的不是某些具体人物，也不是某些具体事件，却在"可望而不可求"的意义层面上，涵盖了人类情感活动的某些共有模式。唯其如此，历代读者才可以根据自己的经历、情感去体验它，去把握它。

再次是用多种手法表现抒情主人公的形象。《邶风·谷风》的妇女性情柔弱婉顺，在被弃之后，只是停留于回想丈夫的对不住自己，说丈夫"不念昔者"，尚未能表现出深恶痛绝的果断的态度。而《卫风·氓》则情绪激烈，有悔恨，也极果断："反是不思，亦已焉哉！"《王风·黍离》描写一个忧心忡忡的人，在原野上徘徊，看着那因风而舞的禾苗，感慨万千，情不由己。作者所抒写的不仅仅是离愁别意，还有一种说不出的愁绪，那也许正像宋代词人贺铸所体验的情绪，是"试问闲愁都几许？一川烟草，满城风絮，梅子黄时雨"。这种闲愁很难说得清楚，它只是一种状态，一种体验。"知我者谓我心忧，不知我者谓我何求"，不可言状的愁绪，每一位读者都可以根据自己的体验去把握它，去理解它。

最后是《诗经》中的语言形式特点。首先是章节复沓，也就是反复咏叹，给读者（听者）留下一种回环迂曲的深刻印象。其次是语言形式多变。《诗经》中的句子，从一言到八言都有，具有多种体式，在当时语言发展的水平上，为诗歌体式的发展做了许多有益的探索。

第四章
先秦历史散文的兴盛与发展

第一节　春秋战国时代社会制度的变革和散文的兴起

春秋战国时代，是中国历史发生剧烈变革的时代，也是思想文化大发展的时代。平王东迁之后，王室日渐衰微。但是，任何一个诸侯国的力量都还没有强盛到足以号令其他诸侯的程度。于是，在晋楚争胜、五霸代兴的主旋律下，中国文化迎来了有史以来第一个兴盛发展的黄金时期。

从时代特点上来说，经过漫长的礼乐制度的教化与熏染，春秋时代是一个奉行周礼的温文尔雅的社会。这种文雅，首先表现在人群之间的交往方式上，其中最引人注目的，就是流行于春秋中后期的赋诗言志。所谓"赋诗言志"，就是指在外交场合通过朗诵《诗经》中的篇章或者诗句，借以表明自己的立场、观点和感情，所采用的方法就是"断章取义"。一般情况下，对于赋诗者来说，他需要选择合适的诗歌来准确地传达自己的思想感情，对于听诗的人来说，通过对方所赋的诗篇可以察知赋诗者的意图，甚至可以由此来判断他的前途命运。如《左传·襄公二十七年》云：

郑伯享赵孟于垂陇，子展、伯有、子西、子产、子大叔、二子石从。赵孟曰："七子从君，以宠武也。请皆赋以卒君贶，武亦以观七子之志。"子展赋《草虫》，赵孟曰："善哉！民之主也，抑武也不足以当之。"伯有赋《鹑之贲贲》，赵孟曰："床笫之言不逾阈，况在野乎？非使人之所得闻也。"子西赋《黍苗》之四章，赵孟曰："寡君在，武何能焉。"子产赋《隰桑》，赵孟曰："武请受其卒章。"子大叔赋《野有蔓草》，赵孟曰："吾子之惠也。"印段赋《蟋蟀》，赵孟曰："善哉！保家之主也，吾有望矣。"公孙段赋《桑扈》，赵孟曰："'匪交匪敖'，福将焉往，若保是言也，欲辞福禄，得乎？"卒享。文子告叔向曰："伯有将为戮矣。《诗》以言志，志诬其上，而公怨之，以为宾荣，其能久乎？幸而后亡。"

这里的这位赵孟，就是戏曲《赵氏孤儿》的原型赵武，历史上又称为赵文子。鲁襄公二十七年，他出使郑国，郑简公在垂陇设享礼招待他，子展、伯有、子西、子产等七位郑国的大臣随行。赵文子要求他们赋诗来让宴会更为完满，然后他可以由此来观察这七人的志向。七人之中，有六人的赋诗受到了赵文子的称赞，只有伯有的赋诗受到了赵文子的批评。因为伯有所赋《鹑之贲贲》，是一首被认为讽刺卫宣公夫人宣姜淫乱的诗："鹑之奔奔，鹊之彊彊。人之无良，我以为兄！鹊之彊彊，鹑之奔奔。人之无良，我以为君！"讽刺的意味是非常明确的，所以赵武的反应是："这不是使臣应该听到的话。"宴会结束之后，赵文子去见叔向时，断言伯有一定会有杀身之祸。为什么呢？因为"《诗》以言志，志诬其上，而公怨之，以为宾荣，其能久乎？"赋诗是为了表达心志，现在他诬蔑他的君主，又在公开场合怨恨他，还把这当成作宾客的光荣，他怎么能够长久呢？由此可知，"赋诗"行为不但关乎外交活动的成败，还是判断一个人是否贤良，判断一个国家兴盛衰变的标杆。所以《汉书·艺文志》说："古者诸侯卿大夫交接邻国，以微言相感，当揖让之时，必称诗以谕其志，盖以别贤不肖而观盛衰焉。故孔子曰'不学诗，无以言'也。"这是一个方面。

另一方面，西周建立的贵族等级制度在社会各个等级之间设定的界限，在各种形式的僭越中逐渐被废弃，诸侯国内部因权力斗争所带来的朝为王侯、夕降皂隶的事情随时都在发生。在壁垒森严的等级社会，知识和学术是少数人的特权。周代的学校有小学和大学，但是，散见于先秦史籍当中涉及教育的资料，都把入小学、进大学接受教育的对象都指向了一个特殊的群体，这就是"国子"，即公卿大夫之子。这就是说，在等级森严的礼乐制度下，只有那些公卿大夫之子才有受教育的权利。别说庶民阶层，即使是处于贵族集团中最下层士人，也没有进入学校学习的机会。但是，随着礼乐制度的崩溃，随着社会各阶层间人员流动的加速，曾经被垄断的知识和学术，也被曾经接受过良好教育，但随着家道的衰落坠入社会底层的贵族带到了社会的下层。在周代的社会分层中，士处于贵族阶层的最底层。作为介于庶人与大夫之间的阶层，士阶层是上层贵族下降、下层庶民上升的交会之所。而庶民阶层因为战功而获得赏赐，也打开了庶人上升进入士阶层的途径。这种上升和下降，带来了士阶层人数与性质的变化，他们由春秋以前隶属于贵族，有具体职事的人，变成了战国时代游离于社会关系之外的士民。而这个时期，周王室沦为三等诸侯，韩、赵、魏三家分晋，田氏代齐，诸侯混战的战国时代来临。在这样一个"上无天子，下无方伯，力功争强，胜者为右"的时代，士人的思想行为具有很大的自主权，这就是人们常说的"士无定主"。与此相对应的，就是"良禽择木而栖，贤臣择主而事"。他们可以依仗一身的武艺建功立业，可以逞自己的口舌之利游说王侯，也可以凭自己的才学授徒讲学、传授经艺。遇到昏庸的君主，或者学说不被采纳，他们也可以选择离开。这是一个思想文化大解放的时代，也是一个不同阶层的理论家站在自己的立场上大声疾呼，宣扬自己的治世主张的时代。我们现在耳熟能详的"双百"方针中的"百家争鸣"，就因此而来。在百家争鸣的推动下，思想文化领域迎来了一个空前繁荣的黄金时期。

说到聚徒讲学，这也是知识下移所带来的一个巨大变化。一方面，这是失去生产资料的衰落贵族赖以谋生的方式，另一方面，也是社会需求的一种体现。现在人们说知识改变命运，其实从春秋末战国初，人们就充分地认识到学习的重要意义。《吕氏春秋·孟夏纪·尊师》："子张，鲁之鄙家也；颜涿聚，梁父之大盗也；学于孔子。段干木，晋国之大驵也，学于子夏。高何、县子石，齐国之暴者也，指于乡曲，学于子墨子。索卢参，东方之钜狡也，学于禽滑黎。此六人者，刑戮死辱之人也，今非徒免于刑戮死辱也，由此为天下名士显人，以终其寿，王公大人从而礼之，此得之于学也。"在这样一个"士无定主"的时代，"学而优则仕"的可靠性与现实性，使越来越多的人选择通过从师学习获得进身之阶。由此就出现了这样一个以"士"阶层为依托的知识分子群体。在礼崩乐坏所带来的相对自由、宽松的环境中，他们当中，有的人为传道而修史作传，有的人为立言而著书立说。以散文为主本的书写文学因此迎来了一个繁荣昌盛的发展阶段。

大体来说，春秋战国时代散文的发展经历了三个阶段。

一、春秋末到战国初。从春秋后期开始，"天子失官，学在四夷"，私门开始出现了著述的事业。到春秋末、战国初年，诸子书中出现了《论语》《老子》等，历史著作中的《左传》《国语》，大约是这个时期出现的。这个时期的散文，和《尚书》中所收的春秋以前的文字比起来，有很大的发展。不论是诸子散文或历史散文，都是用近于当时口语的文字写成，和西周时期誓辞、诰命的"佶屈聱牙"完全不同。它们大都写得明白晓畅，其中最有代表性的，就是《春秋》三传中的《左传》，它是我国历史上第一部叙事详尽的编年体史书，同时，它也因为情韵并美、文采照耀，成为史传文学的第一部杰作。

二、战国中期。这个时期各国兼并战争更加激烈，经过前期的酝酿发展，到这一个阶段，"士"阶层大为活跃，诸子百家争鸣达到了最盛的阶段。诚如《史记·孟子荀卿列传》等文集记载，齐国的稷下学宫成为当时文化的中心。《汉书·艺文志》所记载的诸子书，有相当一部分出现在这个时代。相对于《左传》之后历史散文创作的短暂沉寂，诸子散文得到了极大的发展，《孟子》《庄子》等非常有文采的诸子著作，都有很高的文学价值。

三、战国末期。经过了一个时期的兼并战争，六国日益削弱，秦国日益强大，逐渐吞并诸国。这时的思想家如韩非等努力地为新王朝的统一做准备。他们的思想都比较切合当时的实际。代表性的著作有《荀子》《韩非子》等，这一时期的诸子散文，在抽象说理方面比《孟子》《庄子》有了更进一步的发展，论说具有了明确的主题，结构也更加严密、完整，但另一方面，也少了《庄子》《孟子》中随处可见的生动叙述与浪漫情怀。在历史散文方面，经刘向整理成书并命名为《战国策》的作品，大部分内容所记述的历史故事，都发生在这个历史阶段。

第二节 历史散文的兴盛与《国语》的文学意义

《周礼·天官·宰夫》记述宰夫八职，其六为史职，掌管官书。这种属性天然地决定了它与文献典籍有密不可分的联系。《礼记·玉藻》载："动则左史书之，言则右史书之。"可以说，正是史官文化传统中文书制度的发达推动了先秦历史散文的萌芽、发展与兴盛。

战国之前的历史典籍，除了《尚书》《春秋》，以及《世本》和汲冢出土的《竹书纪年》中的相关部分之外，书名见载于史籍的，有《左传》所说的"《三坟》《五典》《八索》《九丘》"，有《孟子》提及的"晋之《乘》，楚之《梼杌》，鲁之《春秋》"，有墨子读过的"百国《春秋》"等。但是，在经历战国时代长达数百年的诸侯战争、秦帝国建立后的焚书禁语，以及秦末战火的摧残之后，"百国《春秋》"仅存经孔子修订、由儒家弟子传承的鲁《春秋》而已，其他历史典籍，都随着那个混乱的时代湮灭于滚滚的历史洪流之中，后人无由得窥其面目了。但是，它们曾经存在过，这种存在为当时及稍后的历史叙述积累并提供了丰富的经验，并且作为史学传统的一部分沉淀下来，延续至今。也正是这批曾经存在过的历史典籍所积累和提供的历史经验，才出现了《国语》《左传》《晏子春秋》这样一些历史事件详实、人物形象鲜明、语言精彩生动的历史著作。它们既是先秦重要的历史典籍，同时也是先秦文学史上的重要成果，对推动后世文学的发展具有典范性的意义。

《国语》一书，从司马迁开始就被认为是左丘明的"发愤"之作，但从其书的内容来看，它更像是一部史料汇编。从司马迁开始就被认为是《国语》作者的左丘明，应该就是《国语》这部语类史料集的编者。而左氏世为鲁国史官的出身，也为左丘明编辑《国语》提供了必要的史料条件。

《国语》全书共21卷，分周、鲁、齐、晋、郑、楚、吴、越八国，每一国别内大略依时代先后，排列记载了大约五百年间的事情。其中时代最早的是《周语》"祭公谏穆王征犬戎"，为西周中期祭公谋父进谏周穆王的事情。时代最晚的则为《晋语》"晋阳之围"，发生在公元前455年至公元前453年，讲述晋国智伯联合韩、魏，欲灭赵氏，反被韩、赵、魏联合消灭之事。从整体来说，《国语》记事没有系统性，只是有重点地记述了若干历史事件。其内容也比较庞杂，对于古今政纲、礼制、祭典、先王遗制，神话传说，乃至占相卜筮之辞，都有详细的记录。值得注意的是《国语》还记载不少有文学价值的神话传说。

《国语》里所表现的思想也颇为驳杂。除儒家思想外，它还兼容墨家、法家、道家等学派的思想。其成书当时及神话传说时代的社会文化意识，如重民、重农、崇礼、畏天命而慎祭祀等，都得到了不同程度的反映。而这种内容的驳杂，也成为其具有可读性的原因之一。尤其让后人耽嗜不已的，是《国语》中深闳杰异的语言。《国语》以记言为主，因此，善于记言也是其文学价值的主要表征。引经据典，善用排比是《国语》语言的重要特征。排比句式的运用，尤其是一连十多个句子或历史典故的排列，不但使论述委曲详密，分析深入透彻，而且加强了文章的气势和语言的感染力。

第三节 《春秋》三传及其文学价值

从墨子曾读"百国《春秋》"的记载来看，"春秋"最早并非鲁史的专称。只是由于除鲁史《春秋》之外的他国《春秋》未能保存下来，故"春秋"才由一个通名变成了专名。《春秋》记述了从鲁隐公元年（前722）至哀公十四年（前481）二百多年间发生在周王室及诸侯国之间的大事。

至于《春秋》的作者，最有影响的说法就是孔子所作。《春秋》之所以能避免"百国《春秋》"湮灭不传的命运，与孔子重修，又有儒家弟子传承密不可分。《孟子·滕文公下》说"孔子成《春秋》而乱臣贼子惧"，因为其中隐含了孔子褒贬时事的"春秋笔法"与"微言大义"。《汉书·艺文志》用"有所褒讳贬损，不可书见"来概括"春秋笔法"的行文特点，"春秋笔法"遂成为史家秉笔直书传统之外另一种著史之法。蕴含于"春秋笔法"中"微言大义"的

"不可书见"，必然造成孔门弟子"各安其意"的解说与传承，于是，在《春秋》的传承历史上，就出现的著名的"《春秋》三传"：《春秋左氏传》《春秋公羊传》《春秋穀梁传》，简称《左传》《公羊传》《穀梁传》。

在《春秋》三传中，《公羊传》《穀梁传》是专门注解《春秋》的著作，二者均采用问答体的方式解释《春秋》的"微言大义"。其中《公羊传》相传是战国时齐人公羊高所著，最初只在口头流传，至汉初始记于竹帛。《公羊传》解释《春秋》经义时多有发挥。但其书设问自答的解说方式，使全书语言通俗晓畅。不可否认，这类释经之作常有主观武断之嫌，但其辞锋劲锐，文气明快斩截，很为后世文章家推许。为了释经的需要，《公羊传》和《穀梁传》会记述一些短小的历史故事，对于人物细节的刻画生动有致，栩栩如生。如《穀梁传·成公元年》季孙行父与晋郤克聘于齐，"齐使秃者御秃者，使眇者御眇者，使跛者御跛者，使偻者御偻者"，通过故意的重复，把恶作剧者、受辱者及旁观者的心态、神情描写得栩栩如生，极富戏剧性。

相对于《公羊传》《穀梁传》为解经而记事之简略精练，《左传》表现出完全不同的风格。与《公羊传》《穀梁传》依经立义、经师口说的注经方式不同，《左传》从一开始就表现出截然不同的著述目的。诚如《汉书·艺文志》所说，《左传》的写作是要为《春秋》的"微言大义"提供事实基础，"明夫子不以空言说经"，而且《左传》从一开始就是著于竹帛的，只是为"免时难"，才"隐其书而不宣"。因此，通过倾向性明确的历史叙述，为《春秋》的笔削之文提供有据可循的历史事实，这是《左传》记事最鲜明的特点。在《左传》叙事中，对战争的叙事最具代表性。《左传》记载战争，非常关注战争的性质以及导致战争发生的原因，对于战争的具体过程的记述大都围绕这个中心展开。这样的叙事角度，就为战争过程的描写赋予深刻的意义，耐人寻味。例如发生在僖公三十二年到三十三年的秦晋殽之战，起因是秦国欲偷袭郑国而发动的一次侵略战争，秦国的有识之士蹇叔明确反对这次战争。《左传》如此记载蹇叔送秦国将领孟明的情景：

> 蹇叔哭之曰："孟子，吾见师之出，而不见其入也。"公使谓之曰："尔何知！中寿，尔墓之木拱矣！"蹇叔之子与师，哭而送之，曰："晋人御师必于殽。殽有二陵焉，其南陵，夏后皋之墓也，其北陵，文王之所辟风雨也。必死是间。余收尔骨焉。"秦师遂东。

蹇叔断定孟明的军队有出无归，必将战死，秦穆公愤而使人骂蹇叔，蹇叔又哭送他的儿子。蹇叔的预言为秦军的此次出兵奠定了基调。除此之外的历史叙述也一再地突出秦师的不义与必败：秦师过周北门时，年幼的王孙满看出它的"轻而无礼"，断定它"必败"；过滑国时，郑国的爱国商人弦高很机智地持了礼物自称奉郑君之命来犒劳秦师，另一方面又派人迅速报知郑国防备。秦师袭郑的目的不能得逞，于是灭滑而归，却在殽地被晋师截击，全军覆没，应了蹇叔的预言。最后秦穆公也以"乡师而哭"的方式承认了自己不听蹇叔的错误。整个叙述明确的倾向性突出了不义战争必然导致兵败的判断与取向。依托于对历史事实的叙述，《左传》为《春秋》的"微言大义"提供了有力的事实基础。

《左传》记事，善于通过人物的语言和行动表现人物的性格。而且，它能够在历史的发展中写出人物性格的前后变化，给人留下深刻而生动的印象。如晋公子重耳是《左传》着墨较多的人物之一，他受骊姬之乱的影响逃出晋国，开始了长达19年的流亡生活。开始他是一个没有什么雄图远略的"公子"，在翟国安居12

年，之后担心新继位的晋惠公的追杀，于是离开翟国前往齐国，"齐桓公妻之，有马二十乘"，他爱恋齐姜，就想安居下来。后齐姜与跟随重耳流亡的子犯、赵衰等人合谋灌醉重耳，用车载着他离开齐国。酒醒之后还大怒，用戈追击子犯。等到他经历曹共公观胁之辱、郑文公的不礼敬，途经楚国最后到达秦国后，就变得非常成熟了，所以在面对怀嬴之怒时，他能"降服而囚"，由此获得秦伯的帮助而回国继位，成为晋君。在城濮之战中，他能虚心听取各方面的意见，战胜强敌。《左传·宣公十二年》借士贞子之口追述此事说："城濮之役，晋师三日谷，文公犹有忧色。左右曰：'有喜而忧，如有忧而喜乎？'公曰：'得臣犹在，忧未歇也。困兽犹斗，况国相乎？'及楚杀子玉，公喜。"在这一段中，一句"犹有忧色"和一个"喜"字，就把一位深谋远虑的国君形象刻画得栩栩如生。

《左传》在一些细节的描写方面也有较高的成就。它非常善于用寥寥几笔叙写人物的言行与心理，从而使这个人物的整个精神面貌栩栩如生，跃然纸上。如秦晋殽之战中，晋国俘虏了秦国的三帅，晋襄公听了文嬴的话，放他们回秦国，"先轸朝，问秦囚。公曰：'夫人请之，吾舍之矣。'先轸怒曰：'武夫力而拘诸原，妇人暂而免诸国。堕军实而长寇仇，亡无日矣。'不顾而唾"。先轸的深谋远虑及其性情的暴烈，在这一言一行中表现得淋漓尽致。

《左传》还善于记载行人辞令。春秋时代诸侯国之间频繁密切的往来为负责外交聘问的行人之官提供了广阔的活动空间，也留下了许多委婉曲折又语挟风霜，令人无懈可击的行人之辞。如《襄公二十五年》所载郑国子产伐陈后献捷于晋的故事：

晋人问陈之罪。对曰："昔虞阏父为周陶正，以服事我先王。我先王赖其利器用也，与其神明之后也，庸以元女大姬配胡公，而封诸陈，以备三恪。则我周之自出，至于今是赖。桓公之乱，蔡人欲立其出，我先君庄公奉五父而立之，蔡人杀之，我又与蔡人奉戴厉公。至于庄、宣，皆我之自立。夏氏之乱，成公播荡，又我之自入，君所知也。今陈忘周之大德，蔑我大惠，弃我姻亲，介恃楚众，以凭陵我敝邑，不可亿逞，我是以有往年之告。未获成命，则有我东门之役。当陈隧者，井堙、木刊。敝邑大惧不竞而耻大姬，天诱其衷，启敝邑之心。陈知其罪，授手于我。用敢献功。"晋人曰："何故侵小？"对曰："先王之命，唯罪所在，各致其辟。且昔天子之地一圻，列国一同，自是以衰。今大国多数圻矣，若无侵小，何以至焉？"晋人曰："何故戎服？"对曰："我先君武、庄为平、桓卿士。城濮之役，文公布命，曰：'各复旧职。'命我文公戎服辅王，以授楚捷，不敢废王命故也。"士庄伯不能诘，复于赵文子。文子曰："其辞顺。犯顺，不祥。"乃受之。

这一次子产的应对得到了孔子的高度称赞："《志》有之：'言以足志，文以足言。'不言，谁知其志？言之无文，行而不远。晋为伯，郑入陈，非文辞不为功。慎辞也。"春秋时代的"慎辞"观念，使以行人辞令为代表的语言艺术达到了前所未有的高度，这也是《左传》在语言艺术上能突破前人，取得令人惊叹的文学成就的历史原因。

《左传》是我国第一部叙事详细、完整的历史著作，发展和完善了《春秋》的编年体式，在保存史料、成为史学典范之作的同时，从方法上为历史叙述提供了丰富的写作经验。通过富有文采的历史叙述表达倾向性明确的史学观念与立场，也为后世史家所继承，成为中国史学传统的鲜明特点。与此同时，《左传》还是一部具有经典意义的文学作品，为后世叙事文学的发展奠定了坚实的基础。

第四节　列国纷争的历史画卷——《战国策》

《战国策》是战国末年和秦汉间人所纂集的一部书。班固说司马迁作《史记》，"据《左氏》《国语》，采《世本》《战国策》"，实际上，在司马迁时代，只有名为"国策"或"短长"等的名籍，并无"战国策"。"战国策"作为书名，是西汉后期刘向整理图书时才确定下来的。

《战国策》不是"一家之言"，而是对战国纵横家策谋之辞的纂集。在诸侯混战造成的瞬息万变的形势下，这些被刘向称为"高才秀士"的纵横家们，善于揣摩王侯心理，能够提出扶急持倾、兵革救急的计谋，他们利用翻手成云、覆手为雨的雄辩之术，对当时诸侯国关系的发展变化往往产生根本性的影响。策士们的巧言辩辞，根本目的在于打动王侯，其中充满了机心算计、挑拨离间。正如清人陆陇其所言："其文章之奇足以娱人耳目，而其机变之巧足以坏人之心术。"但是站在战国时代特殊的历史语境中来看，纵横家十分明确的政治目标与其说辞可能发挥的政治影响，给他们附加了一种时代喉舌的作用。他们的言语行为，在某种程度上也折射出当时社会的时代脉搏与价值取向。

与思想内容的备受批判相比，《战国策》的语言艺术达到了当时能达到的最高水平，也最大程度地体现了纵横家游说王侯的语言习惯。与《左传》的沉懿雅丽相比，《战国策》的语言表现出了恣肆辩丽的特点。如《秦策一》"苏秦始将连横说秦惠王"，在记叙苏秦游说失败之后有一段文字："黑貂之裘敝，黄金百斤尽。资用乏绝，去秦而归。羸縢履蹻，负书担橐。形容枯槁，面目犁黑，状有愧色。"采用骈辞俪句，把苏秦落魄的形象刻画得惟妙惟肖。

《战国策》非一人之作，非一时之记。其中除纵横家恣肆辩丽的游说之辞、饱受诟病的机心算计之外，其中也记录了不少很有意义的历史故事，如《燕策三》"燕太子丹质于秦亡归"写荆轲，写得沉雄悲壮，司马迁几乎一字不改地把它录入了《史记》。燕太子丹从秦逃归，秦将灭燕国，兵临易水，燕丹想要使人行刺秦王，问计于田光，田光推荐荆轲，并且自杀以激荆轲，荆轲要借秦国逃亡在燕的樊将军的头作为见秦王的礼物，樊将军慨然自刎。这个叙述过程，把"士为知己者死"的慷慨悲壮写到极致。之后的易水送别则是全篇最动人的一段：

> 太子及宾客知其事者，皆白衣冠以送之。至易水上，既祖取道，高渐离击筑，荆轲和而歌，为变徵之声，士皆垂泪涕泣。又前而为歌曰："风萧萧兮易水寒，壮士一去兮不复还！"复为忼慨羽声，士皆瞋目，发尽上指冠。于是荆轲遂就车而去，终已不顾。

自从秦孝公变法图强之后，秦国力量日渐强大并表现出"席卷天下，包举宇内"的气势与雄心，使之成为关东诸侯眼中的虎狼之国。在人人谈虎色变的形势下，荆轲刺秦无异于以卵击石。"壮士一去兮不复还"作为可以预知的必然结果，强化了参与者与记述者的慷慨悲壮的感觉，整段文字饱含着充沛浓烈的感情，人物形象饱满，呼之欲出。

第五章
百家争鸣和诸子散文

以《国语》《左传》《战国策》为代表的历史散文获得巨大发展的时代,以"士"阶层为依托的知识分子或聚徒讲学,或著书立说,于是,当时的思想文化领域出现了一个"百家争鸣"的局面。《汉书·艺文志》把这些代表不同阶级与阶层利益的学者划分为十类,这就是儒家、道家、阴阳家、法家、名家、墨家、纵横家、杂家、农家、小说家十家,其中的小说家被认为是"刍荛狂夫之议",没有学术价值和意义,被排斥于学术视野之外,"诸子十家,其可观者九家而已"。至此,就有"九流十家"的说法。九流之中,在文学史上能占有一席之地的,主要是隶属于儒家经典的《论语》《孟子》《荀子》《易传》《礼记》等书,道家经典有《老子》和《庄子》。此外,法家的《韩非子》、墨家的《墨子》等亦常被论及。这些著作,后人称之为"诸子散文"。

第一节 《论语》与《孟子》

《论语》和《孟子》分别代表了战国初与战国中期儒家著作的基本形态。

《论语》是一部由孔子的弟子后学编辑的，辑录孔子及其弟子言语的语录体著作。《论语》以记述孔子的言行事迹为中心，其中涉及许多《诗》《书》、礼、乐的内容。因此，在西汉时代，《论语》就被经生当作说解"五经"（《易》《书》《诗》《礼》《春秋》）的"传""记"之作而传习。到了东汉，在《易》《书》《诗》《礼》《春秋》这"五经"之外，《论语》《孝经》《尔雅》作为识字治学的必读书，以"兼经"的身份，也被纳入了儒家经典的范围。宋代以后，作为"四书"之一的《论语》，地位更被抬高到了无以复加的地步。

《论语》中的孔子，是了一个思想深沉、举止端庄的大哲学家、大教育家的形象。例如《微子》"长沮、桀溺耦而耕"一段：

> 长沮、桀溺耦而耕，孔子过之，使子路问津焉。长沮曰："夫执舆者为谁？"子路曰："为孔丘。"曰："是鲁孔丘与？"曰："是也。"曰："是知津矣。"问于桀溺。桀溺曰："子为谁？"曰："为仲由。"曰："是鲁孔丘之徒与？"对曰："然。"曰："滔滔者天下皆是也，而谁以易之？且而与其从辟人之士也，岂若从辟世之士哉？"耰而不辍。子路行以告。夫子怃然曰："鸟兽不可与同群，吾非斯人之徒与而谁与？天下有道，丘不与易也。"

孔子的时代，是周代礼乐制度全面崩溃的时代，周王室名存实亡，各诸侯国公室衰弱，政出家门，在争权夺利的斗争中弑君杀父的事情时有发生。在孔子生活的鲁国，就发生了孟孙氏、叔孙氏、季孙氏联合驱逐鲁昭公，致使鲁昭公客死他国的事情。当时整个社会都弥漫着一种"季世"的情绪。这就像桀溺所说的，整个天下就像洪水泛滥一样，糟透了。面对这样的社会，长沮、桀溺这样的隐士消极悲观地认为没有人能改变这种状况，像孔子及其弟子那样东奔西走谋求救世之道的行为不会有任何结果，而他们又不愿与污浊的社会同流合污，于是他们就选择了与其"避人"不如"避世"的出世隐居之途。孔子恰恰相反，一句"天下有道，丘不与易也"，凸显出孔子以天下为己任的责任感。这种忧国忧天下的积极入世精神与济世情怀，经过千百年的文化积淀，已经成为中华民族文化心理中最为引人注目的因素，激励了一代又一代知识分子为民族的振兴前赴后继。范仲淹的"先天下之忧而忧，后天下之乐而乐"，可以视为对孔子"天下有道，丘不与易也"的最好注解。

作为一个有着积极入世精神与济世情怀的思想家与践行者，孔子也提出了自己的救世主张。其主张的根本出发点，用一个字来概括，这就是"仁"。在《论语》中，"仁"是一个被反复询问和阐述的概念。"仁"的最高境界是"博施于民，而能济众"。"仁"的根本则是"孝弟"（《学而》）。中国古代宗法社会，采用的是一种家国同构的家天下的统治模式，君臣关系与父子关系完全同构，所以，孝顺父母，敬爱兄长这一被用来处理家庭关系的根本原则，同样的也适用于治理国家，上升到国家的高度，就是尊尊亲亲的亲疏贵贱的等级原则。从这个意义上说，孔子的"仁学"是一种救世的学说。但是，在孔子"复礼"的政治理想破灭之后，"仁"就被上升为一种道德准则，成为一种最高的人格理想。于是"仁者必有勇""仁者不忧"一类的褒扬之辞频繁地出现于《论语》当中。曾参用一句话概括孔子的人格理想，也是仁的思想核心，即"夫子之道，忠恕而已矣"。宋代理学家朱熹的解释是："尽己之谓忠，推己之谓恕。"换句话说，忠，就是尽心为人，即孔子所说的"己欲立而立人，己欲达而达人"（《雍也》）。恕，就是推己及人，即孔子所说的"己所不欲，勿施于人"（《颜渊》）。这实际上是人生在世与人交往的最基本的道德原则。在孔子看来，作为理想人格的"仁"，并不是虚无缥缈、不可企及的，它可以通过个人身体力行的实践而达到，"为仁由己，而由人乎哉"（《颜渊》），"仁远乎哉？我欲仁，斯仁至矣"（《述而》）。终孔子一生，他一直在为实现"仁"的理想而奔波努力，经过孔门弟子的发扬光大，"志士仁人，无求生以害仁，有杀身以成仁"（《卫灵公》）的高尚气节，"三军可夺帅也，匹夫不可夺志也"（《子罕》）的独立人格，成为后世有志知识分子所尊奉与追求的崇高理想。

《论语》保存了研究孔子及其弟子思想的第一手资料，它以生动的语言、细节的记述逼真地再现了孔子及群弟子的形象与性格。在《论语》中，孔子的形象是丰满的："莞尔而笑"，戏言"割鸡焉用牛刀"之欣喜与幽默（《阳货》）、"发愤忘食，乐以忘忧，不知老之将至"之达观（《述而》）、"于乡党恂恂如也，似不能言"之恭顺（《乡党》）、"匹夫不可夺志"之坚毅（《子罕》）、"八佾舞于庭，是可忍也，孰不可忍也"的愤怒（《八佾》）、"天之未丧斯文也，匡人其如予何"的自持（《子罕》）、"凤鸟不至，河不出图"的无奈（《子罕》）、"天丧予"的悲恸（《先进》），如是种种，为我们描绘了一个严正坚毅、爱憎分明、备受挫折而仍积极进取的孔子。除此之外，子路之率直、颜回之甘贫、子贡之聪敏、曾参之笃行，都在《论语》中得到了形象的反映。对群弟子性格的刻画以及群弟子对孔子的景仰与赞美，从另一个侧面衬托出了孔子作为一个伟大教育家的人格与胸怀。

《孟子》是孟轲和他的门徒所作的一部著作。孟轲，战国中期邹（今山东邹县）人，据《史记》称是孔子之孙子思的再传弟子。继承孔子仁学理论，孟子提出了"仁政"主张。"仁政"的主要内容，就是在井田制基础上，"省刑罚，薄税敛，深耕易耨，壮者以暇日修其孝悌忠信，入以事其父兄，出以事其长上"（《梁惠王上》），由此成就"父子有亲,君臣有义,夫妇有别,长幼有序,朋友有信"(《滕文公上》),"民亲其上,死其长"(《梁惠王下》)的理想社会。孟子"仁政"主张的出发点仍是为统治者着想,但是,为了实现"民亲其上,死其长","天下归就之,服其德也"(《离娄上》)的政治目的,孟子又提出了"民贵君轻"的思想:"民为贵,社稷次之,君为轻。是故得乎丘民而为天子,得乎天子为诸侯,得乎诸侯为大夫。"(《尽心下》)这是对西周以来"敬天保民"思想的继承与发展,其中对于执政规律的深刻揭示,对后世的统治思想产生深刻影响,并发挥了客观的历史作用。

孟轲渴望得到统治者的任用来施展他的抱负,但是,在一个"争地以战,杀人盈野;争城以战,杀人盈城"(《离娄上》)的时代,孟子的"仁政"思想不可能得到统治者的认同和采纳。善养"至大至刚"的"浩然之气"的孟子也不会为了趋附权势而迁就改变,于是,去其国就成为孟子无奈的选择。和周游列国的孔子一样,孟子在游说数君不被礼遇之后,"退而与万章之徒序《诗》《书》,述仲尼之意,作《孟子》七篇"(《史记·孟子荀卿列传》),通过著述立说来发表自己的看法。面对"圣王不作,诸侯放恣,处士横议,杨朱、墨翟之言盈天下"的局面,以"圣人之徒"自居的孟子主动承担起了"言距杨墨"的任务,也因此落下了"好辩"之名:"我亦欲正人心,息邪说,距诐行,放淫辞,以承三圣者;岂好辩哉?予不得已也。"(《滕文公下》)

与《论语》相比,在语言技巧方面,《孟子》有了明显的发展。它不再以简约含蓄取胜,对于人物的描写也有了一些比较精细的刻画。如《梁惠王上》写孟子见梁襄王的一段:"望之不似人君,就之而不见所畏焉,卒然问曰:'天下恶乎定?'"短短几句话,就刻画出了一个缺少人君威仪气度的庸主形象。《孟子》中也有一些篇幅较长的雄辩之文,非常善用比喻、寓言来说明深刻的道理,前者如

《告子上》的"鱼,我所欲也",后者如《离娄下》"齐人有一妻一妾":

> 齐人有一妻一妾而处室者,其良人出,则必餍酒肉而后反。其妻问所与饮食者,则尽富贵也。其妻告其妾曰:"良人出则必餍酒肉而后反,问其与饮食者,尽富贵也。而未尝有显者来,吾将瞷良人之所之也。"蚤起,施从良人之所之,遍国中无与立谈者,卒之东郭墦间,之祭者乞其余,不足,又顾而之他。此其为餍足之道也。其妻归,告其妾曰:"良人者所仰望而终身也,今若此。"与其妾讪其良人,而相泣于中庭。而良人未之知也,施施从外来,骄其妻妾。由君子观之,则人之所以求富贵利达者,其妻妾不羞也,而不相泣者,几希矣。

以"齐人"乞讨祭余之食却在妻妾面前摆阔抖威为喻,入木三分地讽刺了为求取富贵利达而抛弃人格尊严的肮脏本性。这些描写,寓意深刻,设想新奇,令人在捧腹之余深思不已。此外,"揠苗助长""邻人攘鸡""五十步笑百步"等影响深远的寓言故事,都出自《孟子》。

《孟子》还提出颂读《诗》《书》要"知人""论世"(《万章下》)、"以意逆志"(《万章上》)的主张,这在文学史上具有重要的意义。孟子的"以意逆志",可以理解为说诗者依据文辞之意测度诗人之志的一种主体行为。这一点在他说解《北山》一诗的具体诗义时得到充分表现。从这个意义上说,"以意逆志"在一定程度上体现了主体与客体的结合,因而部分地揭示了解读作品的基本规律。

这个观点把此前一直被忽略的诗人纳入研究者的视野中。① 诗人的"出现",标志着诗歌作品本体地位开始确立,作为文学的批评对象产生了。而诗人作为文学批评对象介入研究视野,一方面通过批评家的眼睛反映了作家自我意识的觉醒,另一方面,这种觉醒的自我意识反过来又进一步推动了有意为文的自觉。

第二节 《老子》和《庄子》

《老子》,相传为春秋末期老子所著。关于老子生平,从司马迁《史记·老子韩非列传》开始就已多存疑之言。较为通行的说法是,老子姓李,名耳,字聃,春秋时楚国苦县(今河南鹿邑县)人,做过周王室的"守藏室之史"。传世本《老子》共81章,分上下两篇,"道经"在前,"德经"在后,故后世又称之为《道德经》。

作为先秦道家的奠基之作,《老子》以"道"为核心,试图建立一个囊括宇宙万物的哲学体系。这一哲学体系的博大精深,不仅表现在"道生一,一生二,二生三,三生万物"的宇宙生成论上,更表现在"有无相生,难易相成,长短相形,高下相盈,音声相和,前后相随"的朴素辩证法中。相较而言,《老子》与《论语》,是先秦王官之学"六经"之外深刻影响中华文化基本性格的两部著作。

与《论语》相比,《老子》的语言在简约之外更加凝练、含蓄。《论语》多为孔子应答弟子之语,切近日常生活,而《老子》则多格言警句,更善于从具体的事物中抽象出深刻的哲理。而且,这些格言警句式的哲理表达中,又往往包含着深刻的情感体验。如第二十章:

---

① 上海博物馆藏战国楚竹书《孔子诗论》在解诗时,"诗人"已经朦朦胧胧地出现了,如"折杜则情喜其至也""又兔不逢时""黄鸟则困而欲反其故也"等。这种萌芽于《孔子诗论》的探求诗人之义的努力,终于在孟子"知人论世""以意逆志"的说诗理论中得到了明确的肯定。

绝学无忧。唯之与阿，相去几何？善之与恶，相去何若？人之所畏，不可不畏。忙兮其未央！众人熙熙，若享太牢，若春登台。我魄未兆，若婴儿未孩。乘乘无所归！众人皆有余，我独若遗。我愚人之心，纯纯。俗人昭昭，我独若昏。俗人察察，我独闷闷。淡若海，漂无所止。众人皆有已，我独顽似鄙。我独异于人，而贵食母。

面对"众人""俗人"以"昭昭""察察"之精明乖巧、迎合钻营而春风得意时，"我"独无所归依，如同被世界遗弃。面对人心不古、世风日下的衰迹，面对"众人皆有已"的现实，"我"只能以"昏昏""闷闷"的"顽似鄙"来应对。这一章"正言若反"的感慨，充分地表现了圣哲之人身处末世的孤独与痛苦。

四言是《老子》最常使用的句式，除此之外，他还非常善于通过比喻，使微妙玄通的哲理变得可视、可闻、可感。如第五章"天地不仁，以万物为刍狗；圣人不仁，以百姓为刍狗"，通过天地与圣人分别把万物百姓视为"刍狗"来说明"不仁"的深意；又如"天地之间，其犹橐籥"，以"橐籥"之喻，来说明自然空虚而生生不已的无为之功，奇妙贴切而形象生动。最有代表性的是第十五章对体道之士的描写：

古之善为士者，微妙玄通，深不可识。夫唯不可识，故强为之容：豫若冬涉川，犹若畏四邻，俨若客，涣若冰将释，敦若朴，混若浊，旷若谷。孰能浊以静之？徐清。安以动之？徐生。保此道者，不欲盈。夫唯不盈，能弊复成。

体道之士的风貌与人格形态因其"微妙玄通，深不可识"而难以描述，老子于是连续使用七个比喻句来"强为之容"，这七个比喻句，形象生动地写出了体道之士慎重、戒惕、威仪、融合、敦厚、空豁、浑朴、恬静、飘逸等内涵丰富的精神风貌。

与众弟子相与纂集而成、每一条记录都独立成文的《论语》相比，《老子》各章都有一个比较明确的中心论题，因而可视为一篇具体而微的哲理论文。因此，从文章技艺上说，《老子》已表现出谋篇布局的意识。这种意识经过一定时期的积累与发展，在《庄子》中就已经表现得相当成熟了。

《庄子》是庄周和他的门人后学的著作合集。庄周，战国中期宋国蒙城（今河南商丘市东北）人，和梁惠王、齐宣王同时。据《史记》记载，庄子曾做过蒙城漆园吏，但他不喜做官，楚威王曾厚币迎之，欲拜为相，但庄周以"宁游戏污渎之中自快，无为有国者所羁"为由，拒绝了楚威王的要求。庄子博学多闻，涉猎各家学说，终以老子之言为依归，著书攻击儒、墨之徒，以阐明老子学说，由此有了《庄子》，也有了深刻影响中华文明发展方向的老庄哲学。

《庄子》现存33篇，由"内篇""外篇"和"杂篇"构成。其中"内篇"为庄周自撰，"外篇"和"杂篇"出自其门人后学之手。因此，"外篇""杂篇"和"内篇"在思想与艺术风格基本统一前提下表现出一些差异。

《庄子》继承了《老子》蔑视圣贤礼法的思想，宣称"绝圣弃知，大盗乃止；擿玉毁珠，小盗不起；焚符破玺，而民朴鄙；掊斗折衡，而民不争；殚残天下之圣法，而民始可与论议。擢乱六律，铄绝竽瑟，塞瞽旷之耳，而天下始人有其聪矣；灭文章，散五采，胶离朱之目，而天下始人含其明矣；毁绝钩绳而弃规矩，攦工倕之指，而天下始人有其巧矣"，"窃钩者诛，窃国者为诸侯，诸侯之门而仁义存焉"（《胠箧》）。与蔑视圣贤礼法相应，庄子倡言逍遥自由、安时处顺的生存状态，"无以人灭天，无以故灭命，无以得殉

名,谨守而勿失,是谓反其真"(《秋水》)。最具典型意义的故事见载于《应帝王》篇:

> 南海之帝为儵,北海之帝为忽,中央之帝为浑沌。儵与忽时相与遇于浑沌之地,浑沌待之甚善。儵与忽谋报浑沌之德,曰:"人皆有七窍以视听食息,此独无有,尝试凿之。"日凿一窍,七日而浑沌死。

儵与忽为报浑沌之德,却意外地凿死了浑沌,这则寓言典型地表现了庄子反对"人为",主张"无为而无不为"的思想。

《庄子》在文学上主要是以寓言故事见长。庄周认为世人"沉浊"不可以"庄语",故以"恣纵而不傥"(《天下》)的"寓言""重言""卮言"《寓言》等来表达他的思想。"寓言"指有所寄托的话。"重言"指为世人所尊重的话,"卮言"指随和人意、无主见的话。这一类"谬悠之说,荒唐之言,无端崖之辞"(《天下》),汪洋恣肆,气势壮阔,瑰丽诡谲,想象丰富,表现出了浓郁的诗情与浪漫色彩。如《逍遥游》的起首一段:

> 北冥有鱼,其名为鲲,鲲之大,不知其几千里也。化而为鸟,其名为鹏,鹏之背,不知其几千里也。怒而飞,其翼若垂天之云。是鸟也,海运则将徙于南冥。南冥者,天池也。《齐谐》者,志怪者也。《谐》之言曰:鹏之徙于南冥也,水击三千里,抟扶摇而上者九万里,去以六月息者也。野马也,尘埃也,生物之以息相吹也。天之苍苍,其正色耶?其远而无所至极耶?其视下也,亦若是则已矣。

这一段文字由神话传说写起,它一开头就说天地的广大,写鲲鹏的任意变化遨游,写出了一个十分开阔的意境。同时又以大鹏的怒飞亦需有所凭依，为后文论述"无己"以追求精神的绝对自由做了铺垫。

《庄子》善于通过细致传神的描绘书写人物的动作情态，这一特点在"外篇""杂篇"中表现得更为显著。如《徐无鬼》"匠石斫垩"一段：

> 庄子送葬，过惠子之墓，顾谓从者曰："郢人垩漫其鼻端若蝇翼，使匠石斫之。匠石运斤成风，听而斫之，尽垩而鼻不伤，郢人立，不失容。宋元君闻之，召匠石曰：'尝试为寡人为之。'匠石曰：'臣则尝能斫之，虽然，臣之质死久矣。'自夫子之死也，吾无以为质矣，吾无与言之矣。"

这一段叙述，既把匠石在郢人的配合下表演绝技的精彩瞬间写得活灵活现，同时也写出了惠施死后庄周失去朋友的失落与凄然。又如《外物》写任公子"为大钩巨缁"钓鱼的场景："已而大鱼食之，牵巨钩陷没而下，骛扬而奋鬐，白波若山，海水震荡，声侔鬼神，惮赫千里"。如此汪洋恣肆、诡谲奇特的想象与刻画，与同出战国的纵横家恣肆辩丽的游说之辞一起，对后世文学的发展产生了极为重要而深远的影响。

第三节 《荀子》和《韩非子》

荀子，名况，战国末年赵国郇（今山西临猗县）人。时人尊称为荀卿或孙卿，生卒年不详，大约生于公元前4世纪末，主要活动于公元前3世纪。荀子曾游学于齐，在齐国的稷下学宫三次被推举为学宫的"祭酒"。后被谗去齐入楚，被春申君任命为兰陵（今山东苍山县）令。春申君遭李园暗杀后，荀子的官职被废，遂定居于兰陵。面对诸侯相伐，灭国无数的社会现实，面对思想领域混淆是非的奸言邪说，荀子"推儒、墨、道德之行事兴坏"（《史记·孟子荀卿列传》），著述数万言而卒。其所著文字传至西汉末年，经刘向整理成书，定本32篇，这就是传至今日的《荀子》。

《荀子》一书，以隆礼义、治当世的伦理政治观为中心，构筑起了一个以儒家经典为中心的，包含了自然观、历史观、人性论等丰富内容的学术与知识的完整体系："学恶乎始？恶乎终？曰：其数则始乎诵经，终乎读《礼》；其义则始乎为士，终乎为圣人。"（《劝学》）"圣人也者，道之管也：天下之道管是矣，百王之道一是矣。故《诗》《书》《礼》《乐》之道归是矣。"（《儒效》）荀子尊崇经典、树立权威的自觉意识，成就了荀子备受后人称颂的传经之功。而他在《非十二子》中对十二子学说"不足以合文通治""不足以合大众、明大分""不足以容辨异、县君臣""不足以经国定分""不可以为治纲纪"等缺陷的批评，也足以说明经国定分、合文通治，为"壹天下建国家"后出现的大一统政治出谋划策，是荀子学说的重心所在。而《荀子》中的大部分文章，都有明确的论旨与能揭示主旨的篇题，各篇布局严整，体制宏大，分析详尽。这说明专题论文形式的散文到荀子时代已最终形成。其中的《天论》《礼论》《乐论》等，明确以"论"为题，围绕着"天""礼""乐"展开论述，开创了以"论"命题的新文体。

《荀子》中的文章一方面以平稳、切实、全面、谨细见长，另一方面，荀子对浊世之政的不满，对混乱视听的奸言邪说的愤怒与鄙视，又使他的议论性文字抑制不住地表现出了浓烈的感情。如《非十二子》中对学者之嵬容、贱儒之丑态的描写：

> 吾语汝学者之嵬：其冠俯，其缨禁缓，其容简连，填填然，狄狄然，莫莫然，瞡瞡然，瞿瞿然，尽尽然，盱盱然，酒食声色之中则瞞瞞然，瞑瞑然；礼节之中则疾疾然，訾訾然；劳苦

> 事业之中则儢儢然，离离然，偷儒而罔，无廉耻而忍謑詢：是学者之㤁也。

连用十三叠词，把"学者"平素的衣冠容态、举止气质以及在"酒食声色""礼节之中"以及从事"劳苦事业"等特殊场合中不同的丑陋表现刻画得淋漓尽致。紧随其后的对子张氏、子夏氏、子游氏之贱儒典型特征的摹写亦极为传神逼真：

> 弟佗其冠，衶禫其辞，禹行而舜趋，是子张氏之贱儒也。正其衣冠，齐其颜色，嗛然而终日不言，是子夏氏之贱儒也。偷儒惮事，无廉耻而耆饮食，必曰君子固不用力，是子游氏之贱儒也。

荀子的内在激情表现在语言形式上，一是广泛的设譬取喻，二是频繁的排比、偶句。前者如《劝学》，用一连串的比喻，把抽象而且不易阐明的道理论述得生动形象，令人信服，大大增强了语言的表现力和感召力。后者如《天论》，使整个论说具有一种排山倒海、令人不能不从的气势。

除论文外，荀卿还写过《成相》和《赋》两篇韵文。

《赋》是荀卿赋体作品的结集。内含《礼》《智》《云》《蚕》《箴》五篇，及《佹诗》一首。这五篇赋分别描写一个事物，大致先以四言句形容事物的状态，然后用反诘和直陈两种方式加以解说，篇末才点出所咏事物的名称。刘勰谓"荀结隐语，事数自环"（《文心雕龙·诠赋》），即指这种谜语式的回环往复的写法。荀赋在形式与风格上皆有独创性，后世咏物赋多受其影响，"赋"作为文体名也导源于此，也正是由于"赋"被荀子首次用作篇名，荀子才与屈原一道，被推上了"辞赋之祖"的位置。

韩非（约前295—前233），战国末年韩国公室子弟。据记载，其人口吃，不善言谈，但很能著书。他与李斯同学于荀卿，李斯自认为不如韩非。韩非看到韩国政治腐败，国势日衰，曾上书规谏，但韩王没有采纳。忧愤之余，写了《孤愤》《五蠹》《说难》等篇。其书传到秦国，得秦王嬴政激赏，为得到韩非，秦王派兵攻打韩国，韩国因此派韩非入秦。之后，韩非受李斯妒害，自杀于狱中。他的著述后来被汇编成集，称为《韩子》。至唐代以后，由于韩愈被称为"韩子"，为避免混淆，才被改称为《韩非子》。

韩非是先秦诸子中最后一位思想家。作为法家思想的集大成者，韩非提倡"法""术""势"并重的法制思想，强调以法为本，明法、任势、用术，这是保持君权、统御群臣、治理国家的根本途径。韩非的法术思想中，最受人诟病的就是与政治阴谋、权术诡计密不可分的种种"治术"。站在今天的立场上，以历史的眼光来审视韩非对"术"的强调与重视，实际上是战国时代列国之间、君臣之间尔虞我诈、弱肉强食的政治现实的忠实反映。这个特殊的时代造就了韩非对政治与权势深刻而清醒的认识，同时也注定了他悲惨的结局。因此，司马迁在为韩非作传时，不由自主地发出慨叹："余独悲韩子为《说难》而不能自脱耳。"

《韩非子》中，除《说林》和《储说》等是故事、传说的类辑之外，其余各篇都是专题论文。这些文章中，充斥着韩非对治国者"不务修明其法制"的疾恨以及"廉直不容于邪枉之臣"的悲哀，因此，在《报任安书》中，司马迁把韩非视为发愤著书的圣贤之一。如《孤愤》：

> 夫以疏远与近爱信争，其数不胜也；以新旅与习故争，其数不胜也；以反主意与同好争，其数不胜也；以轻贱与贵重争，其数不胜也；以一口与一国争，其数不胜也。法术之士，操五

不胜之势，以岁数而又不得见；当涂之人，乘五胜之资，而旦暮独说于前；故法术之士奚道得进，而人主奚时得悟乎？故资必不胜而势不两存，法术之士焉得不危？其可以罪过诬者，以公法而诛之；其不可被以罪过者，以私剑而穷之。是明法术而逆主上者，不僇于吏诛，必死于私剑矣。

围绕当权重臣与法术之士的利害关系，君主对待当权重臣与法术之士的态度，抒发了作者面对"资必不胜而势不两存"的现实所产生的孤独、愤懑之情。与荀子的平稳、切实、稳健相比，韩非的文章锋芒更加尖劲锋锐，针砭时弊的峻刻风格与法家的刻薄寡恩有其内在一致性。

《韩非子》区别于先秦诸子的一个重要特点，是他不仅利用寓言和传说来推论说理，而且还大量收集、整理、加工、创作了许多寓言故事并分类汇编，在寓言成为一种独立的文学体裁的过程中发挥了重要的作用。

《韩非子》里的寓言，多数以人物为描写对象，如"守株待兔"(《五蠹》)、"郑人买履""郢书燕说"(《外储说左上》)、"矛盾之说"(《难一》)、"智子疑邻"(《说难》)等，都是广为传诵的名作。除此之外，韩非还创作了为数不多但意趣盎然的动物寓言。如《说林下》的"三虱相讼"：

三虱相与讼。一虱过之，曰："讼者奚说？"三虱曰："争肥饶之地。"一虱曰："若亦不患腊之至而茅之燥耳，若又奚患？"于是乃相与聚嘬其血而食之。彘臞，人乃弗杀。

以虱子比喻只顾眼前利益的贪婪小人不顾国家安危，一味争权夺利的现实，笔致辛辣、刻峭，读之令人印象深刻。

第四节 《易传》《礼记》及其他子书概述

诸子时代的散文作品，除上述各家之外，《易传》《礼记》以及《墨子》《孙子兵法》等，也有一定文学价值。

《易传》是《周易》的组成部分。《周易》除《易传》之外，还包括《易经》。《易经》部分，除卦名、卦象之外，还包括卦辞和爻辞。《易经》应是古代卜筮活动的记录，整理成书约在殷、周之际。《易传》部分，司马迁在《史记·太史公自序》称之为《易大传》，包括《彖》上下、《象》上下、《系辞》上下、《文言》《序卦》《说卦》《杂卦》十篇，又称《十翼》。《史记》认为《易传》出自孔子之手，现代多数学者认为《易传》当为战国晚期儒者所作。

《易传》文字明晓流畅，好用对偶和排比，韵散相间，朗朗上口，具有较为明显的口诵特征。如《益卦》彖辞："损上益下，民说无疆。自上下下，其道大光。利有攸往，中正有庆。利涉大川，木道乃行。益动而巽，日进无疆。天施地生，其益无方。凡益之道，与时偕行。"《易传》十篇之中，《文言》与《系辞》大受刘勰的称赞。《文心雕龙·丽辞》云："《易》之《文》《系》，圣人之妙思也。序乾四德，则句句相衔；龙虎类感，则字字相俪；乾坤易简，则宛转相承；日月往来，则隔行悬合。虽字句或殊，而偶意一也。"高度肯定了《文言》《系辞》的文学价值。清代阮元在《揅经室集·书梁昭明太子文选序后》亦云："孔子《文言》实为万世文章之祖。此篇奇偶相生，音韵相和，如青白之成文，如咸韶之合节，非清言质说者比也，非振笔纵书者比也，非佶屈涩语者比也。"从文学的角度给予《文言》以极高的评价。

《礼记》是战国至秦汉年间儒家学者解说《仪礼》的文章选集，又称《小戴礼记》或《小戴记》[①]。《礼记》的作者不止一人，写作时间也有先有后，其中多数篇章可能是孔子的七十二弟子及其学生们的作品。《礼记》主要记载和论述先秦的礼制、礼意，解释仪礼，记录孔子和弟子等的问答，记述修身做人的准则，内容涉及政治、法律、道德、哲学、历史、祭祀、文艺、日常生活、历法、地理等诸多方面，集中体现了先秦儒家的政治、哲学和伦理思想，是研究先秦社会的重要资料。《礼记》的文学价值，除了表现在语言的精练、准确方面之外，还在于他善于通过类推、排比等方式，把抽象的道理以具体、贴切的形象喻出，充满趣味。如《曲礼上》中以鹦鹉与猩猩作比，说礼之于人的重要意义：

> 鹦鹉能言，不离飞鸟；猩猩能言，不离禽兽。今人而无礼，虽能言，不亦禽兽之心乎？夫惟禽兽无礼，故父子聚麀。是故圣人作，为礼以教人，使人以有礼，知自别于禽兽。

以鹦鹉与猩猩之"能言"做铺垫，把"人而无礼，虽能言，不亦禽兽之心"的道理讲得浅显易懂。

《礼记》解"礼"，大部分为说明和议论的文字，唯有《檀弓》记录了不少历史故事。这些小故事，集中表现了《礼记》的叙事水平。如《檀弓下》记载齐国饿人不食"嗟来之食"的故事：

> 齐大饥。黔敖为食于路，以待饿者而食之。有饿者，蒙袂辑屦，贸贸然来。黔敖左奉食，右执饮，曰："嗟，来食！"扬目而视之，曰："予唯不食'嗟来'之食，以至于斯也！"从而

[①] 据《汉书·儒林传》载，《礼》有大戴、小戴之学。《礼记》编者戴圣的叔父戴德所辑本85篇（今存39篇），称《大戴礼记》或《大戴记》。

谢焉，终不食而死。

"蒙袂辑屦，贸贸然来"的外貌与动作，"扬其目而视"的情态，"从而谢焉，终不食而死"的坚持，把饿人不食"嗟来"之食的狷介个性表达得十分生动传神。《檀弓》对于孔子将死之前行事，对话的记载，也是其中的记事名篇。宋人陈骙说过："观《檀弓》之载事，言简而不疏，旨深而不晦，虽《左氏》之富艳，敢奋飞于前乎？"（《文则》）这是对《檀弓》叙事成就的极高评价。

《墨子》是墨家学派创始人墨翟的言行录，为其弟子及墨家后学所记。墨翟，春秋末战国初宋国人，一说鲁阳人，曾任宋大夫。墨子自称"贱人"，做过造车的工匠。他早年接受儒家教育，后来因为不满儒家礼文繁复、厚葬贫民、久服害事，才创立了自己的学派[①]。墨子的学说以兼爱、非攻、节用、力行为主旨，在战国中期以后与儒学并为"显学"。

《墨子》虽不重文采，整体风格为"意显而语质"。但是在对话体的结构中，每一篇都首尾完备，条理明晰，有很强的逻辑性。而且，在记述有情节有人物的历史故事时，能通过情节以及人物的动作、对话，营造出戏剧性很强的叙事效果。如《公输》中记载公输盘与墨翟的攻守之斗：

> 子墨子解带为城，以牒为械。公输盘九设攻城之机变，子墨子九距之。公输盘之攻械尽，子墨子之守御有余。公输盘诎而曰："吾知所以距子矣，吾不言。"子墨子亦曰："吾知子所以距我，吾不言。"楚王问其故。子墨子曰："公输子之意，不过欲杀

[①] 《淮南子·要略》："墨子学儒者之业，受孔子之术，以为其礼烦扰而不说，厚葬靡财而贫民，久服伤生而害事，故背周道而用夏政。"

> 臣。杀臣，宋莫能守，可攻也。然臣之弟子禽滑厘等三百人，已持臣守御之器在宋城上，而待楚寇矣。虽杀臣，不能绝也。"

公输盘斗术失败，即生欲杀墨子之心，而杀机未显，墨子已知其意，但两人都故弄玄虚，在楚王的追问下才揭开谜底。这个故事后世流传很广，这与《墨子》精彩的叙事能力有密切的联系。

《孙子兵法》，又称《孙子》《吴孙子兵法》《孙武兵法》，春秋末年兵家孙武及其弟子门人所著。孙武，齐人，以兵法见吴王阖闾，被任为将。曾率吴军西破强楚，北威齐晋。他提出"知己知彼，百战不殆"（《谋攻》）的著名论点，强调"奇正相生"的战略战术原则。其思想中有唯物论和辩证法的因素。

《孙子》虽是实用的兵书，可它的散文艺术却不容忽视。其文字简练，多用排比句进行铺叙，用生动、通俗的比喻解说用兵之道，力求委曲详尽，明晓易懂。如《九地》云：

> 善用兵者，譬如率然。率然者，常山之蛇也。击其首则尾至，击其尾则首至，击其中则首尾俱至。

关于各部兵力如何互相支持，说得确切而又形象。又如《谋攻》云：

> 夫用兵之法，全国为上，破国次之；全军为上，破军次之；全旅为上，破旅次之；全卒为上，破卒次之；全伍为上，破伍次之。是故百战百胜，非善之善者也；不战而屈人之兵，善之善者也。

这里一连运用好几个排比句，通过反复对照，把何为最佳用兵之法的问题分析得清清楚楚。

第六章
屈原与宋玉

第一节 楚国文化概述

　　楚文化的起源可追溯至西周初年。楚人祖先鬻熊服事于周文王。周成王时，封鬻熊曾孙熊绎于楚。西周中后期，王室衰微，诸侯侵伐。当时的楚君熊渠以蛮夷自居，封三子为王：立长子康为句亶王，中子红为鄂王，少子执疵为越章王。此三子即"楚三户"的来源。周厉王继位后，兴兵讨伐不宗周室的诸侯，熊渠畏其伐楚，于是去其王号。两周之际，不仅周王室出现二王并立的情况，各诸侯国内部也纷乱不已。在楚国，熊通杀其兄之子代立，楚国开始兴起。熊通三十五年，以强大的军事实力为后盾，楚国挟迫随国为他向周王室通报，要求周王室提高楚子的等级。遭到周王室拒绝后，熊通自立为王，即楚武王。他是周代诸侯国中第一个以"王"号自称的诸侯国君。之后经过楚文王至楚成王时代的发展，终于获得了周王室的赐命："镇尔南方夷越之乱，无侵中国。"楚国多年来开疆辟土侵夺的千里土地，终于获得周王室的认可。

　　至楚庄王时代，楚国国力强大，于是"问鼎中原"，王孙满以"周德虽衰，天命未改，鼎之轻重，未可问也"答之（《左传·宣公三年》)。这个时期的楚文化,与此前曾以"蛮夷"自居的文化归属不同,表现出浓厚的礼乐文化特征。《国语·楚语上》"申叔时论傅太子之道"的记载表明,当时的楚国王室的教育,就是以周王室的礼乐文化为根基的。由此可知,在楚文化趋于定型的春秋时代,楚国贵族的文化选择为楚文化打上周代礼乐文化的深刻印记。虽然在这前后的扩张中,楚吸收了不少蛮夷文化属性,但是和最终居有岐西宗周之地的秦文化相比,周楚文化表现出更多的同质文化的特点。楚国在战国时代能够成为人才聚集的文化中心,现在还能从楚地发现一批又一批内容非常丰富的竹简文献,这种文化的积淀,实际上从楚文化开始定型的春秋时代就已经开始了。春秋后期楚国的声子说过这样一句话,"虽楚有材,晋实用之"(《左传·襄公二十六年》),他感叹的是楚国人才的外流。但换一个角度看,却正说明了楚国文化力量的强大。楚文化最后能塑造出屈原、宋玉,成就楚辞、楚歌,与楚国在文化初创期就接受了内涵深厚的礼乐文明有着密切的关联。

第二节 屈原与他的作品

屈原(前340?—前278?),名平,楚国贵族出身。屈原生活的时代,是楚国由强转弱的时代。在楚怀王初期,经过襄陵之战,夺取魏国八座城邑之后,楚国成为当时国土面积最大的诸侯国,军事实力足以与强秦抗衡,"从合则楚王,横成则秦帝",苏秦的这句话比较恰当地概括了当时的形势。但是,楚怀王十六年(前313),张仪来到楚国,改变了楚怀王和楚国的命运。楚怀王误信张仪,数次被秦国欺骗,楚国的国运急转直下。顷襄王继位后,楚国国土日见侵削,直到公元前223年完全被秦人吞并。秦将白起在总结楚国失败的原因时说:

> 是时楚王恃其国大,不恤其政,而群臣相妒以功,谄谀用事。良臣斥疏,百姓心离,城池不修。既无良臣,又无守备。(《战国策·中山策》)

这几句话十分真实而扼要地描述了当时楚国的情形。屈原,就是被斥疏的良臣之一,见证了楚国的由强转弱。

据《史记·屈原贾生列传》记载,屈原早年在怀王时曾担任左徒一职,他"明于治乱,娴于辞令,入则与王图议国事,以出号令;出则接遇宾客,应对诸侯",深受楚怀王的信任与重用。之后受到上官大夫的谗毁,被楚怀王疏远。怀王在接连遭遇军事上、外交上的失败后,"悔不用屈原之策",于是复用屈原,派他出使齐国,欲重修楚齐之盟。秦国担心齐楚复交,便派张仪出使楚国。楚怀王听信张仪之言,再次背齐合秦,屈原极力反对无果,被流放汉北。流放汉北期间,屈原写了《抽思》《思美人》《离骚》等作品。前299年,秦攻楚,取楚八城,秦国邀怀王于武关相会。其时已返回郢都的屈原劝阻怀王不可轻信秦国,怀王仍在子兰的怂恿下入秦,因此客死秦国。楚怀王客死秦国让屈原悲伤愤恨,因此触怒令尹子兰,潜屈原于顷襄王,屈原又被流放到江南,《哀郢》《涉江》等诗记述了这次流放的路线。除《哀郢》《涉江》外,《怀沙》《九歌》等也作于这一时期。《怀沙》可能是最晚的作品,其中写道:"知死不可让,愿勿爱兮。明告君子,吾将以为类兮。"《怀沙》写成后不久,屈原就自沉于汨罗江了。

《离骚》是屈原的代表作,作于流放汉北期间。面对国家的衰弱,面对楚怀王的软弱与多变,遭放逐而失意的屈原难平心中的忧愤之情,遂以"离骚"为诗题写下这首名垂千古的抒情长诗。全诗共375句,2456字,可分为八个部分:第一部分叙述他的家世、出生和他自幼的抱负；第二部分写他在政治上的遭遇；第三部分写他遭受迫害以后的心情，表示他坚持理想，至死不屈；第四部分写女媭劝他不必"博謇""好修"，他就向传说中的古帝重华陈辞，正面说出他的政治理想；第五部分写他在心情抑郁、无可告愬的情形下，幻想上天入地，寻求了解他的人；第六部分写他的矛盾心情：他问灵氛和巫咸，冀求得到指引，灵氛劝他离开楚国，巫咸劝他留下来再作打算，但环顾楚国政治情形，却又使他失望；第七部分写他幻想离开楚国远游，但终于依恋不舍；第八部分是"乱辞"，表示要以死来殉他的理想。

屈原有着宏伟的抱负，想挽救楚国的危亡，愿意奋身而起，作楚王的先驱。但是，楚国政治集团的黑暗让他的理想没有实现的可能，在失意与痛苦中他仍然坚持理想，心系民生。"长太息以掩涕兮，哀民生之多艰""余心之所善兮，虽九死其犹未悔"等语，塑造出了一个上下求索，九死未悔的伟大人格。

《离骚》多用"比兴"，但它和《诗经》中的"比兴"完全不同。多见于其中的"江蓠""辟芷""秋兰""芰荷""芙蓉"等幽花香草，不只是作为比兴的物象，更是其高洁品质的象征。这些兴象的使用，营造出了一个奇丽浪漫的幻想之境。除此之外，诗人笔下大量涌现的神话传说、日月风云，在想象中构筑起了一个色彩缤纷、波谲云诡的虚幻世界，在这样一个虚幻世界中的神游，则表达了诗人上下求索的理想与追求。

《离骚》是一首极富有变化的诗篇，它把事实的叙述、幽独的抒怀和幻想的描写等交织在一起，波澜壮阔而又结构完美。全诗每一部分都优美动人，合起来又是一个雄奇壮美与和谐完满的整体。善用比喻与象征是此诗写作上的最大特点，"香草美人"的比兴手法，将深刻的政治内容借助具体生动的艺术形象表现出来，极富艺术感染力，体现的具有深刻现实内容的积极浪漫主义精神，对后世文学的发展产生了深远的影响。

除《离骚》外，屈原还创作了《九章》《九歌》《天问》《招魂》等流传千古的优秀作品。

《九章》包括《惜诵》《涉江》《哀郢》《抽思》《怀沙》《思美人》《惜往日》《橘颂》《悲回风》九篇作品，不是一时所作，应是后人所辑，得其九章，始有《九章》之名。

《九章》中的《抽思》《涉江》《哀郢》《怀沙》都是很优美的抒情短诗。《抽思》或作于第一次流放汉北时期，其余几篇多是屈原晚年所作。这些诗多直抒胸臆，表现了思念乡土的感情，文笔比较朴素，浪漫主义成分较少，和《离骚》的感情奔放、色彩斑斓者不同。在思想内容上，和《离骚》一样，一方面抒写诗人的理想，同时揭露和批判楚国的黑暗政治。

《九歌》是一组在楚国民间祭神乐歌的基础上完成的体制独特的抒情诗，仍然保留了祭歌、舞、乐一体的特点。《九歌》之名，起源很早，相传它在夏朝就产生了，《山海经·大荒西经》记载夏启《九歌》。《左传·文公七年》说是"九功之德，皆可歌也，谓之九歌"。其中的"九"并非实指，而是表示多数的虚指，"九歌"就是由多篇乐章组成的乐歌。故先秦古书中多有"九歌"之名。屈原的《九歌》，是对古曲之名的袭用，由十一首乐歌组成。这些乐歌的写作时代，据王逸《楚辞章句》记载，大概在屈原流放江南时。《九歌》所祠诸神，有天帝之神（东皇太一）、日神（东君）、云神（云中君）、主寿夭的神（大司命）、主子嗣的神（少司命）、黄河之神（河伯）、湘水之神（湘君、湘夫人）、山神（山鬼），以及为国战死者之神（国殇）。最后一篇《礼魂》，是祭祀结束之后的送神曲。全篇结构完整，大体再现了楚国民间祭祀诸神风俗的基本面貌。

《九歌》是一组清新凄艳，幽渺情深的抒情诗。它是依据流传于楚国民间的神话故事为素材而写成的，其中利用了民歌的素材，融入了民歌的情调,与屈原其他的作品相比,这一组诗在艺术上表现出了十分独特的特点。这组诗的浪漫主义色彩,和《离骚》中的上天入地、激情澎湃不同,它写了神和人一样的悲欢离合。如《湘君》和《湘夫人》分别是祭祀湘水之神湘君和湘夫人的诗歌。《湘君》以湘夫人的口吻,抒写湘夫人因思念湘君而临风企盼,久候不见,追寻不遇的怅惘。《湘夫人》则以湘君的口吻,抒写湘君等待湘夫人却最终期约难遇的情感。诗歌的抒情离不开景物的衬托,景因情设,情因景现,《九歌》在写这些山川之神的同时,写出了泽畔山巅景物凄迷的境界。例如《山鬼》一诗,一开始写这位女神的出场:"若有人兮山之阿,被薜荔兮带女萝。既含睇兮又宜笑,子慕予兮善窈窕。"女神的丰神秀韵和她所在的深山岩谷都含意深远地烘托出来。接着还渲染她的行止之处:"表独立兮山之上,云容容兮而在下。"更增加了神灵的气氛。

《天问》是屈原作品中的一首奇诗。无论从诗歌内容还是艺术形式,《天问》都表现出了奇绝的特点。对于诗题的意义,王逸《楚辞章句·天问序》做出了这样的解释:"天尊不可问,故曰'天问'也。"《天问》以四字句为基本格式,两句或四句为一组,针对自然现象、神话传说、历史故事、天命人事等各个方面,一口气提出了一百七十多个问题。其中包罗万象的质疑,保存了丰富的哲学、神话学、历史学、民俗学资料,不但显示屈原的"博闻强志,明于治乱",也充分体现他为探求真理大胆怀疑、向传统思想挑战的进取精神。《天问》开篇,就对天地的产生、宇宙的形成、日月晦明的出现等一系列未知现象提出了疑问:

曰遂古之初,谁传道之?上下未形,何由考之,冥昭瞢暗,谁能极之?冯翼惟像,何以识之?明明闇闇,惟时何为?阴阳三合,何本何化?圜则九重,孰营度之?惟兹何功?孰初作之?

斡维焉系？天极焉加？八柱何当？东南何亏？九天之际，安放安属？隅隈多有，谁知其数？天何所沓？十二焉分？日月安属？列星安陈？出自汤谷，次于蒙汜。自明及晦，所行几里？

这一系列的疑问，写得流转自然，气度非凡。这一段文字不但从根本上对已有的自然观、宇宙观发出挑战，同时也写出宇宙天地、日月星辰的雄浑壮丽。这种独特的体式结构，使《天问》成为空前绝后的一篇千古奇作。其新颖独特的构思、铿锵有力的节奏，激越慷慨的感情，韵散相间的文字，使这篇作品在文学史上占据了十分重要的地位。

《招魂》一诗的作者，一直有屈原和宋玉两种说法。司马迁在为屈原作传时说："余读《离骚》《天问》《招魂》《哀郢》，悲其志。"但王逸做《楚辞章句》时，则提出是宋玉的作品，招屈原之魂。后人读《楚辞》，多从王逸之说，近世以来，司马迁的说法又受到重视，主张《招魂》为屈原所作。但此诗的主旨，又有屈原自招其魂和屈原招楚怀王之魂两种说法。由诗中所叙宫室之美、服食之奢、女乐之盛、歌舞之欢来看，只有君主的身份才能与之相称。而且，诗的末尾诗人说道："魂兮归来，哀江南。"楚国地处江南，此处又强调魂归江南，显然是针对死于他处的灵魂而言的。因此，《招魂》应是屈原为追悼客死秦国的楚怀王而作的。

在表现手法上，《招魂》以善于铺陈而著称，在"外陈四方之恶"时，展开充分想象，描写东、南、西、北四方险怪，描写天堂、幽都的可怖。这些险恶的景象，大抵是根据民间神话传说，写得怪异而又新奇，令人惊心骇目。而在"内崇楚国之美"时，极尽铺陈夸张之能事，把楚国宫廷的旖旎豪华，铺写得淋漓尽致，其词藻之美，文采之盛，已开创了汉赋铺采摛文、体物写志之先河。

屈原的创作深刻地影响了中国文学史，从汉代的贾谊、司马迁，到唐朝的李白、杜甫，一直到现代的鲁迅、郭沫若，历代有成就的文学家，无不受到屈原的影响。李白曾把屈原的作品喻为日月："屈平词赋悬日月，楚王台榭空山丘。"（《江上吟》）杜甫也以屈原的成就来自勉："窃攀屈宋宜方驾，恐与齐梁作后尘。"（《戏为六绝句》）苏轼在《答谢民师书》中说："屈原作《离骚经》，盖《风》《雅》之再变者，虽与日月争光可也。"屈原的作品，是中国文学史上继《诗经》之后出现的又一座高峰。《诗经》以"观风俗"的现实主义成为后人学习的榜样，屈原的作品则以文词惊艳的浪漫主义"衣被词人"。"骚"得与以"风"并肩，成为古人为后世诗歌创作所悬出的两个最高的标准，对我国古代诗歌的发展具有特殊的重要意义。

第三节　宋玉及其他楚辞作家

《史记·屈原贾生列传》记载说，屈原之后，重要的楚辞作家，有宋玉、唐勒、景差等人。《汉书·艺文志》著录"唐勒赋四篇"，今均已亡佚，景差赋则未见著录，后世有作品流传且有一定影响的，只有宋玉一人。

宋玉因识音善文而得以接近楚王。他的作品，据《汉书·艺文志》所载有16篇。

《九辩》是宋玉名下唯一一篇没有争议的作品。屈原在《离骚》曾说："启《九辩》与《九歌》兮，夏康娱以自纵。"由此而言，《九辩》与《九歌》相同，应是古曲之名。关于《九辩》一诗的题旨，王逸《楚辞章句》认为这是一篇悼念屈原的情抒之作，其中有明显模拟屈原的痕迹，有些地方袭用了屈原的一些句子。在艺术手法上，这篇作品也继承了屈原善用极精练的文字写出很深远的意境的手法。如用铺陈之笔来描写"秋气"：

> 悲哉秋之为气也！萧瑟兮草木摇落而变衰，憭栗兮若在远行，登山临水兮送将归，泬寥兮天高而气清，寂寥兮收潦而水清，憯凄增欷兮薄寒之中人，怆怳懭悢兮去故而就新，坎廪兮贫士失职而志不平，廓落兮羁旅而无友生，惆怅兮而私自怜。燕翩翩其辞归兮，蝉寂漠而无声。雁廱廱而南游兮，鹍鸡啁哳而悲鸣。独申旦而不寐兮，哀蟋蟀之宵征。时亹亹而过中兮，蹇淹留而无成。

这段悲秋文字，尽量铺写环境的气氛，把季节的"悲气"比之于人事的"别绪"，哀情动人。杜甫在《咏怀古迹》中说："摇落深知宋玉悲，风流儒雅亦吾师。"宋玉悲秋也成为后代诗人熟知的典事。铺陈之笔的进一步展开，便有了《风赋》《高唐赋》《神女赋》《登徒子好色赋》等几篇作品，由《九辩》发端的赋体特征，在宋玉的其他几篇作品中都有较为突出的表现，如《风赋》对"大王之雄风"和"庶人之雌风"的铺陈，《高唐赋》对山、水、林木的描摹，《神女赋》与《登徒子好色赋》对神女与东家之子美貌的刻画等，已略具汉赋铺采摛文、体物写志的特征。这些精彩的文字，在传诵后世的同时，也对后世文学的发展产生了深刻的影响。在文学史上，人们往往把宋玉与屈原并称为"屈宋"。

宋玉之外，唐勒、景差均无作品传世。1972年在山东临沂银雀山西汉墓内出土的竹简中，有26枚被学者认定为《唐勒赋》的残简。据学者们研究，这篇残简文字，与《淮南子·览冥训》中的一段话有诸多相似之处，《淮南子》编成于汉初，出土于银雀山汉墓的《唐勒赋》，只能产生于更早的时代。因此，大多数学者认为该赋就是"以赋见称"的唐勒本人的作品，并且推论其结构与宋玉的《大言赋》《小言赋》等相类。这有助于廓清宋玉作品真伪问题，涉及辞赋发展史上一些重要问题。

除银雀山残简《唐勒赋》之外，王逸《楚辞章句》中收录有《大招》一篇，王逸不能断定是屈原作品还是景差作品，说"疑不能明"。至宋代朱熹始定为景差所作。此说虽缺少依据，但《大招》在艺术成就上远逊于《招魂》，非屈原所作当无疑义。另外，楚辞作品还有《远游》《卜居》《渔父》等，虽然自汉以来被认为是屈原的作品，但从其特点来看，更似屈原死后楚国人怀念屈原的作品。这些作品的出现，一方面说明屈原在当时产生的巨大影响；另一方面，也说明战国末年的楚人对屈原已经有了较为全面深刻的认识。《卜居》《渔父》所采用的设辞问答的文体形式，对后世文学也产生了较为深刻的影响。

第二编 秦汉文学

(公元前247—公元220年)

第一章
概　述

　　公元前221年，即秦王嬴政二十六年，秦帝国建立起大一统的中央集权的封建专制国家，嬴政自称始皇帝。统一中国十二年后，秦始皇就暴死在巡游路上。随后天下大乱，秦王朝二世而亡。作为一代文学代表，秦代文学理应始于秦王嬴政即位的公元前247年。汉代文学的上限比较清晰，始于汉高祖刘邦元年（公元前206），下限理应止于东汉最后一个皇帝汉献帝逊位的公元220年。但是文学史的发展比较复杂。汉灵帝中平元年（公元184）黄巾起义，天下大乱。曹操乘势而起，不久，迎汉献帝于许昌，挟天子令诸侯。公元196年，汉献帝改元建安元年。这个时期的权力完全被曹操所掌控。文学上也相应进入新时期，习称建安文学。建安二十五年（公元220），曹操死，曹丕立即称帝，追称曹操为魏武帝，自称魏文帝。

　　秦汉时期，"大一统"持续的时间比较长，中央集权有能力去规定和引导文化的发展方向，文学也就相应地沿着既定的方向发展。从宏观上说，秦汉时期初步完成中国古代政治思想的雏形，学术思想体系初步建立，也实现了文化的普及。

第一节　政治思想的定型

秦汉统治持续长达 400 多年，文学的发展始终与政治的发展相契密切相关。

从政治上说，秦始皇统一中国之前，中国社会经历了春秋战国的长期裂变，风云诡谲。秦自商鞅变法后，修明法度，奖励耕战，崇尚暴力，严刑峻罚，强化社会组织。依靠这条路线，秦国日益富强，最后由秦始皇统一中国，在全国范围内废除西周以来的分封制，推行由中央统辖的郡县制，确立了专制主义中央集权的国家制度。国家最高统治者号称皇帝，拥有至高无上的权威，他的命令就是法律，被称为"制"和"诏"，全国一切政事都由皇帝个人独断。随着统一疆域的扩大，行政事务日益增多和复杂，必须建立起严密的官僚机构。中央的三公九卿制度和地方的郡、县、乡、亭、里等行政机构，就是在这一背景下建立并逐渐完善起来的。基于强化中央集团的需要，避免"主势降乎上，党与成乎下"的结果，秦代主张文化专制主义，反对议政，特别是反对人们以古非今，提出在思想上要"别黑白而定一尊"。他们认为不能让人们"入则心非，出则巷议"。为此下令："史官非秦记皆烧之。非博士官所职，天下敢有藏《诗》《书》、百家语者，悉诣守、尉杂烧之。有敢偶语《诗》《书》者弃市，以古非今者族。"（《史记·秦始皇本纪》）所以，秦代的文学发展在民间是较为寥落的。秦始皇的宠臣李斯等大臣的政论文是当时文学的主要形式。这些文章对秦代的统治大加赞颂讴歌。秦始皇巡行各地时，李斯等人歌颂功德的文字被刻在各地山石之上，成为秦代文学一景。秦始皇为了延续自己的权力，追求方术，渴求长生。刘勰说"秦世不文，颇有杂赋"（《文心雕龙·诠赋》），又说"秦皇灭典，亦造仙诗"（《文心雕龙·明诗》）。这类杂赋、仙诗

（仙真人诗）即使在齐梁有遗留，如今也亡佚了。秦代虽然短命，但是它所确立的君主至高无上的思想，成为中国封建社会最为基础的政治观念。可以说，在这个时期，所有的文学作品，都在围绕这个观念展开，并且为这个观念服务。

汉王朝建立初期，统治者汲取秦王朝短期覆灭的教训，在政治上恢复了分封同姓侯王制度，以巩固自己的统治基础，在经济上采取了一系列减轻农民负担的政策和措施，以恢复和发展农业生产。在思想文化方面，黄老的"无为而治"学说成为当时的统治思想。惠帝时废除了秦的挟书律，"大收篇籍，广开献书之路"（《汉书·艺文志》）。战国以来受百家之学的影响，各地侯王也仿效战国诸公子的办法，招致各种人才，汉初的哲学和社会思想都比较活跃自由，促进了学术文化的发展。

汉初文学成就，主要表现在政论文和辞赋创作上。汉初文士有战国游士的余风，喜欢奔走于诸侯、权贵之门，比较关心国家和社会的问题，并勇于发表自己的看法，这就促进了政论文的发展。汉初政论文作者以贾谊为最著名。他注意总结秦王朝由弱转强、政权得而复失的经验教训，对如何巩固汉王朝的统治，完善中央集权的政治制度，表达了自己的政治见解。这些政论文议论宏阔，说理畅达，感情充沛，富于文采，对唐宋以后散文创作有明显的影响。汉初的辞赋属于战国的余绪，多数作者缺乏以往创作的强烈感情，多为模拟之作，作品亦多亡佚。现存的《招隐士》，其气象、格调逼近屈宋，为其中的佼佼者。贾谊在贬谪长沙时写有《吊屈原赋》和《鹏鸟赋》，渗透了个人的身世感叹，抒发了自己的政治抱负，特别是后者，在体制和写法上，显示了由楚辞到汉赋过渡的痕迹。枚乘是文景时期的重要作家，他以上书吴王、谏阻其谋反而知名于世。他的《七发》结构宏大，文辞富丽，在写法和格局上都别具新意，标志着汉代散体大赋的正式形成。

汉武帝时代，西汉封建王朝进入到全盛时期。经过汉初以来六七十年的休养生息，经济得到一定的恢复和发展。汉武帝雄才大略，内外经营，进一步加强了汉王朝的封建集权制。与此相适应，在思想文化方面，罢黜百家，独尊儒术。实际上，在儒家思想的外衣下，还包容了战国以来的阴阳五行学说和黄老、刑名思想。它不仅解释了汉王朝夺取政权的合理性，而且也指出了巩固统治的方法。从此以后，汉代确立的儒家思想就一直成为封建统治阶级的正统思想，对封建统一帝国的形成和封建集权制的巩固起着促进作用，对中国学术文化的发展产生重大影响。这一时期的文学发展也受到影响。就其显而易见的变化是，辞赋创作进入鼎盛的大赋时代。这种赋体常采用反复问答的问答体形式，以铺叙渲染帝王、贵族生活为手段，以微刺帝王、贵族淫奢为指归，结构宏大，铺陈渲染了大汉帝国无可比拟的气魄与声威。在枚乘《七发》的影响下，出现了以司马相如、扬雄、班固、张衡为代表的汉大赋代表作家。他们以铺张描写为能事，"润色鸿业"，宣扬大一统思想。司马相如是汉赋创作最有成就的代表作家。他的《子虚》《上林》赋，以宏大的结构、绚烂的文采和夸张铺陈的手法，描写了汉天子上林苑的壮丽和天子田猎的盛大，迎合了汉武帝好大喜功的心理，因而受到重视，表现出汉赋作为宫廷文学的特质。汉武帝周围，除司马相如外，还有扬雄、枚皋等所谓"言语侍从之臣"，他们"朝夕论思，日月献纳"（班固《两都赋序》），而公卿大臣如倪宽、董仲舒等也"时时间作"，彬彬之盛，前所未有。扬雄是西汉末年著名辞赋家。他的《甘泉》《河东》《羽猎》《长杨》等赋，模拟司马相如，缺乏创造性。由于他才高学博，有的赋还写得比较流畅，有气魄。扬雄晚年认识到汉赋无补于讽谏的根本弱点，辍不复为，并在《法言》等著述中正面提出了自己的文学主张，强调文学的社会作用，强调文学内容与形式统一，这在当时有一定的进步意义。东汉时期，班固的《两都赋》等赋作仍然是由大一统的政治思想所笼罩的。东汉中后期，辞赋创作发生重要变化，一是抒情小赋成为当时创作新景观，二是讽时刺世的作品纷纷出现。

第二节 学术谱系的建立

两汉学术谱系的建立，影响了秦汉文学的思想表达和具体呈现。

秦代与汉初，学术谱系处在一个以整合为主的初级阶段，其中，先秦道家思想在秦汉之际尤获青睐。秦代统一前夕，吕不韦召集门客所作的《吕氏春秋》，可以视为秦代对先秦诸子学说的全面总结。该书集先秦道家之大成，又兼有阴阳、儒墨、名法、兵农诸家学说。吕不韦本意是将此作为秦国统一后的意识形态理论基础，所以《吕氏春秋》经过精心设计，共分12卷，160篇，20余万字，保存了不少古代的遗文佚事和思想观念，文学性又很强。当然，秦始皇并未按照吕不韦治理理念从政，而是选择法家思想作为统治思想。西汉初年，伴随着亡秦教训和休养生息的国策，黄老思想卷土重来，从某种程度上说，西汉初年的活跃，有回归先秦的倾向。《淮南子》是这一时期最具有代表性的著作。《淮南子》是西汉皇族淮南王刘安及其门客集体编写的一部哲学著作，原书内篇21卷，中篇8卷，外篇33卷，至今存世的只有内篇，同样以道家思想为指归和中心。

秦代最为重要的学术贡献，是统一文字。秦以小篆为统一字体，李斯的《苍颉篇》、赵高的《爰历篇》和胡毋敬的《博学篇》等文字学著作均以小篆为标准，对于当时文化一统以及汉代文化的发展起到了至关重要的作用。相传隶书也在秦代形成，为秦人程邈所发明，文字便于书写，文化便于普及。秦代在文字统一方面的学术贡献，是不可抹杀的。

汉武帝罢黜百家，独尊儒术，加强中央集权和政治话语权力。

学术的发展紧紧围绕这种形势的需要，解释儒家学说的各种派别开始向纵深发展。今文经学与古文经学之争，肇始于此。表面上看，两派之争只是涉及经学典籍的篇目及解说问题，实际上涉及政治的话语权，所以更为复杂。五经本为六经，又称六艺，尚有《乐经》。一般认为，《乐经》只有乐谱，没有文字。也有人认为毁于秦火，只存五经。今文经学者董仲舒、司马迁等人将六经次序排列为：《诗》《书》《礼》《乐》《易》《春秋》，古文经学者班固将六经次序排列为《易》《书》《诗》《礼》《乐》《春秋》。不仅如此，今文学尊孔子为给后世制法的"素王"，古文学认为孔子是"先师"。今文经学家认为六经皆为孔子所作，古文经学家认为六经是古代史料。今文经学家认为汉代五经均为全本，古文家认为五经是秦火残余，其传述多不可靠。西汉前期，是今文经学的天下。古文经学到汉末开始崛起。哀帝建平元年（公元前6），刘歆在今文诸经立于学官并置博士的情况下，作《移让太常博士书》，争立古文经传于学官。因为在西汉朝廷中，不仅担任教职的太常博士都是今文家，就连那些达官显宦也都是通过学今文经得到官位的，因此，刘歆的要求遭到诸儒博士的反对，未能成功。刘歆后来辅助王莽推行古法，使得古文经的地位有所提高。东汉光武帝排除众异设立《左氏春秋》为博士，到章帝《白虎通》的颁行，标志着古文经学逐步跻身显学之列。

汉代史学体系的发展同样令人瞩目。《史记》和《汉书》的诞生，是两汉史学体系的主要成果。汉武帝时，"建藏书之策，置写书之官，下及诸子传说，皆充秘府"（《汉书·艺文志》），这就为司马迁"网罗天下放失旧闻，考之行事，稽其成败兴坏之理"，独立撰写"究天人之际，通古今之变，成一家之言"（《报任安书》）的《史记》准备了必要的学术条件。《史记》以人物传记为中心，不仅开创了"纪传体"史学，也开创了历史。东汉班彪、班固父子前赴后继，积二十余年功力，完成我国第一部断代体史书《汉书》，记述了自西汉汉高祖元年（公元前206）至新朝王莽地皇四年（公元23）之间230年的史事。《汉书》在史学谱系构建方面最为人称道的贡献是新增加的《刑法志》、《五行志》、《地理志》和《艺文志》。

秦汉时期谶纬学说的盛行，也是当时一种特别的现象。秦始皇、汉武帝追求长生不老，故而从秦到汉，阴阳家、方士都曾一度颇获恩宠。汉大赋中的"虚辞滥说"，两汉游仙主题的诗歌等，都是这种思想的反映。而汉代谶纬也形成了庞大的理论体系，出现了很多谶纬著作。当然，反对这种虚妄之说的也大有人在。王充从学理层面发起了对这种虚妄学说的彻底否定。他以道家"自然无为"作为自己立论的宗旨，以"气"为核心范畴，由元气、精气、和气等自然气化构成了庞大的宇宙生成模式，与天人感应论形成对立之势。他主张生死自然，力倡薄葬，反对神化儒学。他以事实验证言论，弥补了道家空说无边的缺陷，丰富了道家思想的宇宙认识论，是汉代道家思想的重要传承者与发展者。他的思想主要体现在《论衡》一书中，这部著作是针砭时弊的经典作品。

第三节 民间文化的社会流动

从秦到汉，上层社会的文学发展硕果累累，民间文化也日渐普及，而且通过特定渠道向上层流动。乐府的建立，中下层文人诗的创作，就很值得注意。

雅俗之争，贯穿了汉代礼乐发展的始终。汉高祖时，叔孙通制定朝仪，使汉高祖体会到了"为皇帝之贵"，也使他认识到制礼作乐对建立封建王朝秩序的重要性。汉初设立乐府，其主要职能就是为了管理郊庙、朝会的乐章。但由于"大汉初定，日不暇给"，还无力进行大规模的"定制度，兴礼乐"（《汉书·礼乐志》）的工作。汉武帝以"兴废继绝，润色鸿业"（班固《两都赋序》）、"以兴太平"（《汉书·礼乐志》）为目的，把乐府规模和职能加以扩大，大规模搜集各地的民间歌谣，以丰富朝廷乐章。所谓"武宣之世，乃崇礼官，考文章，内设金马石渠之署，外兴乐府协律之事"（班固《两都赋序》），"采诗夜诵，有赵代秦楚之讴，以李延年为协律都尉，多举司马相如等数十人造为诗赋，略论律吕，以合八音之调，作十九章之歌"（《汉书·礼乐志》），反映了当时制礼作乐的实际情况。

乐府本是汉武帝时开始设立的一个掌管音乐的官署，它除了将文人歌功颂德的诗配乐演唱外，还担负采集汉族民歌的任务。这些乐章、歌词后来统称为"乐府诗"或"乐府"。今存两汉乐府中的汉族民歌仅40多首，它们多出自下层人民群众之口，反映了当时某些社会矛盾，有较高的认识价值。同时，这类诗歌风格质朴率真，不事雕琢，颇具独特的审美意趣。

在乐府民歌和民谣影响下，文人五言诗逐渐形成。无名氏的《古诗十九首》是东汉文人五言诗的成熟作品，既保持了乐府民歌的朴素自然、平易流畅的特色，又能借鉴《诗经》《楚辞》的艺术手法，在朴素自然中求工整，在平易流畅中见清丽，深衷浅貌，短语长情，极大地提高了诗歌的表现力和抒情性，这对以后魏晋五言诗的产生和发展都产生了巨大影响。

进入东汉以后，文人诗歌创作出现新的局面，五言取代传统的四言成为新的诗歌样式，完整的七言诗篇也开始产生。东汉文人诗多数独立成篇，还有一些附在赋的结尾，作为赋的一部分保存到今天。赋末附诗，始见于东汉，后代多有仿效。东汉文人五言诗，有的作者明确，也有相当一部分未著录作者姓名，或虽标出作者姓名但存疑颇多。如文学史上的"古诗"和"苏李诗"就是这类作者有争议的作品。一般认为，这些诗其实是东汉中下层文人的作品。尤其是《古诗十九首》，被认为是乐府古诗文人化的显著标志。《古诗十九首》,最早见于《文选》,为南朝梁萧统从传世无名氏《古诗》中选录十九首编入,编者把这些作者已经无法考证的五言诗汇集起来,冠以此名,列在"杂诗"类之首,后世遂作为组诗看待。《古诗十九首》是在汉代汉族民歌基础上发展起来的五言诗,内容多写离愁别恨和彷徨失意,思想消极,情调低沉。它的艺术成就很高,长于抒情,善用事物来烘托,寓情于景,情景交融。这些诗歌从内容、艺术等方面反映了当时民间文化的普及和社会流动。

第二章
嬴秦文学

秦人自商鞅变法以来就具有强烈的功利性、排他性，讲究实际功用，寡义趋利。体现在秦代文学中，一切皆以事功为目的。秦始皇即位后，又施行残暴的文化专制主义，"焚书坑儒"，将先秦时代的经典几乎全部毁灭，阻断了学术发展进程，取缔社会各阶层的发言渠道。因此，长期以来，秦人不文，似已成为定论。尽管如此，在秦代文学发展史上，依然有值得称道的地方，一是成书于秦始皇统一六国前夕的《吕氏春秋》，这部作品是以道家思想为主导的，在问世之后受到了秦人的排斥和打击，吕不韦也客死异乡。二是李斯所撰写的政论文和石刻文，主要是为秦政权出谋划策，并且歌功颂德的。三是出土文献中所见的具有文学性的秦代简牍。

第一节 吕不韦与《吕氏春秋》

吕不韦是秦国一代名相，任职于战国末年。他因散尽家财帮助在赵国作人质的秦昭王孙异人立嫡有大功劳，在异人继位为秦庄襄王后，被任用为秦国丞相。吕不韦获得较高的政治地位后，模拟战国四君子，招纳门客，意图著书立说。他要求门下凡能撰文者，都将自己的见闻、所思写出。因而他所收到的作品五花八门，涉及当时学术领域的各个方面。吕不韦认为这些资料可以为秦统一六国之后使用，于是又组织才能卓越的文士加以修改删订，最终定名为《吕氏春秋》。该书规模宏大，分为十二纪、八览、六论。十二纪每纪5篇共60篇，八览每览8篇（《有始览》少一篇）共63篇，六论每论6篇共36篇，另有《序意》一篇，共160篇。十二纪按照月令编写，文章内容按照春生、夏长、秋杀、冬藏的自然变化逻辑排列，属于应和天时的人世安排，体现了道家天道自然与社会治理的思想。八览以人为中心，基本上属于察览人情之作，围绕人的价值观念、人际关系、个人修养展开。六论以人的行为以及事理为主题，包含了人的行为尺度、处事准则、情境条件以及地利等方面。可见，《吕氏春秋》不是随意编写，而是有着严密的规划，按照天、地、人三个层次，互相照应，展开论述，体现道法自然之意。在此基础上，作者试图归纳出治乱存亡的历史经验，形成寿夭吉凶原因的深层认识，解释并验证天地人之间的一切现象，使是与非、可与不可的道理呈现于人。由于它包含了诸家学说，实为先秦学术理论之文献整合，梁启超称之为"类书之祖"。

吕不韦强调遵循自然之道，从自然之道中寻找治理之道的正当性与合法性。按照《序意》说法，吕不韦是以黄帝教导颛顼为榜样，上有天，下有地，天地就是规矩，只要按照天地的准则治理国家，就能国泰民安。因此，从《吕氏春秋》开始，论证统治的正当性要以大道为准，治国的价值取向要由法天地自然确定。例如，《吕氏春秋》强调天下之公，做事要无所私偏，就是以自然现象作为推理证据的。"天下，非一人之天下也，天下之天下也。阴阳之和，不长一类；甘露时雨，不私一物；万民之主，不阿一人。"（《贵公》）"天无私覆也，地无私载也，日月无私烛也，四时无私行也。行其德而万物得遂长焉。"（《去私》）这些思想，与秦始皇设想将对全国实行中央集权、赋予皇帝至高无上权力的政治思想，几乎是背道而驰的。

吕不韦编纂《吕氏春秋》的政治用意，还体现在《察今篇》中，认为制定政策，必须因时因势，"世易时移，变法宜矣"。《吕氏春秋》还通过一些著名寓言，阐释这种与时俱进的思想。如"引婴投江"："有过于江上者，见人方引婴儿而欲投之江中。婴儿啼。人问其故，曰：'此其父善游！'其父虽善游，其子岂遽善游哉？以此任物，亦必悖矣。"又如"刻舟求剑"："楚人有涉江者，其剑自舟中坠于水，遽契其舟曰：'是吾剑之所从坠。'舟止，从其所契者入水求之。舟已行矣，而剑不行，求剑若此，不亦惑乎！"这些观点，显然有所指向。秦王政十年（公元前237）十月，吕不韦被免职，赶出京城。次年，被贬到蜀地。吕不韦遂忧惧不已，饮鸩自尽。可见，吕不韦的所作所为，深深地得罪了秦王朝权贵阶层。

汉代以后，对《吕氏春秋》思想的评价也大起大落。司马迁在《史记》里将《吕览》与《周易》《春秋》《离骚》等并列，表示了他对《吕氏春秋》的重视。东汉的高诱还为其作注，认为此书"大出诸子之右"，即超过了诸子的成就。《汉书·艺文志》则将该书列入杂家，从此，儒家学者不再重视此书。因为内容过于繁杂，在现代教育体系中，这部书也很难归类。

第二节　李斯

李斯（约前284—前208），字通古，楚国上蔡人。李斯早年为郡小吏，从荀子学帝王之术，学成入秦，他对于稷下学风极为熟稔，与韩非是同门。作为西游秦国的楚人，令他成名的文章，是一篇《谏逐客书》。秦始皇统一六国前夕，韩国使者郑国访问秦国，建议秦王修建水渠。当时的王公大臣认为，这一建议，对秦国的政治军事可能造成不利，是使者打着为农业建造设施的名义所进行的阴谋，因此建议秦王驱逐之。秦始皇接受了大臣的建议，下令驱逐一切逗留在秦国的各国游士。李斯原是吕不韦门下客。此时的吕不韦已经贬往蜀地,李斯也自然在驱逐之列。为此,他写下著名的《谏逐客书》,建议秦始皇改变初衷。文章先叙述秦自穆公以来皆以客致强的历史,说明秦若无客的辅助则未必强大的道理;然后列举各种女乐珠玉虽非秦地所产却被喜爱的事实作比,说明秦王不应该重物轻人。文章立意高深,始终围绕"大一统"的目标,从秦王统一天下的高度立论,正反论证,利害并举,说明用客卿强国的重要性。此文理足词胜,雄辩滔滔,打动了秦王嬴政,使他收回逐客的命令,恢复了李斯的官职。从此,李斯的地位日渐提高,并取代吕不韦,成为秦国政治智囊的核心人物。

秦统一天下后,李斯与王绾、冯劫议定尊秦王嬴政为皇帝,他本人被任为丞相,参与制定了法律,统一车轨、文字、度量衡制度,反对分封制,坚持郡县制。他还主张拆除郡县城墙,销毁民间兵器,建议焚烧民间收藏的《诗》《书》百家语等,禁止私学,以加强中央集权的统治。

李斯在秦朝,亲自参与撰写了一些歌功颂德的文字,这些文字被刻在秦始皇巡游所经之名山大石之上。《史记》卷六《秦始皇本纪》所载之《泰山刻石》,题名为李斯所作,被刘勰评为"体乏弘润",这个评价是基于与汉代《封禅文》相比之后得出的,可能有失公允。实际上,这篇文字用语考究,韵律严整,是秦代颂美文章的典范。

李斯政治主张的实施对中国和世界产生深远影响,奠定了中国两千多年政治制度的基本格局。秦始皇死后,他与赵高合谋,伪造遗诏,迫令始皇长子扶苏自杀,立少子胡亥为二世皇帝。后为赵高所忌,于秦二世二年(前208)被腰斩于咸阳闹市,并夷三族。李斯临终之言中对东门黄犬的追忆,成为后世文学作品中一个常见典故。他在临刑前对其中子曰:"吾欲与若复牵黄犬俱出上蔡东门逐狡兔,岂可得乎!"后人以"东门黄犬"作为官遭祸,抽身悔迟之典。

第 三 章
两汉文学

秦末天下大乱，刘邦在推翻秦朝后被封为汉王，楚汉之争获胜后称帝，建立西汉王朝，定都于长安。汉初，刘氏集团在消灭异姓王和诸吕之乱后政局趋于稳定。汉文帝、汉景帝采取休养生息政策，开创"文景之治"。汉武帝即位后攘夷拓土，人称为"汉武盛世"。汉宣帝时期国力达到极盛，史称"孝宣中兴"。公元8年，王莽篡汉，西汉灭亡，不久爆发绿林赤眉起义。25年，刘秀称帝，建立东汉，定都洛阳，统一天下后息兵养民，号曰"光武中兴"。汉明帝、汉章帝、汉和帝沿袭轻徭薄赋政策，开创"明章之治""永元之隆"，国力盛极一时。东汉中期发生外戚宦官之争和党锢之祸，政治黑暗，民间土地兼并严重，陷入无序。184年，黄巾农民起义爆发。地方豪强在平叛过程中，增强军事实力，割据一方。董卓之乱后，东汉名存实亡。曹操灭董卓，挟天子以令诸侯，最后统一北方。220年曹丕篡汉，东汉灭亡。随后，刘备建立蜀汉政权，孙权建立东吴政权，中国进入三国时期。

两汉总共有29帝，享国405年，是中国历史上非常强大的统一王朝，疆域辽阔，曾东并朝鲜、南包越南、西逾葱岭、北达阴山，人口则约占全世界的三分之一。在这样的大一统时期，文学的发展异彩纷呈，产生了很多文学大家，汉赋、史书、歌诗乐府、政论杂著和文人诗等各类文体，都曾彪炳文坛，在中国文学史上占据重要地位。

第一节 一代之文学——汉赋

赋这种文体虽然滥觞于战国，但是，它真正获得扩充和发展，并取得巨大的思想艺术成就却是在汉代，故在文学史上被命名为"汉赋"。赋是两汉文学中的第一文体，代表了两汉文学发展的最高成就。刘勰《文心雕龙·诠赋》中列举了秦汉历史上的"辞赋之英杰"，即荀况、宋玉、枚乘、司马相如、贾谊、王褒、班固、张衡、扬雄、王延寿。这十家之中，只有荀况、宋玉是战国人，其余八位是汉代赋家。《文心雕龙·诠赋》列举了他们的作品，包括枚乘的《菟园赋》，司马相如的《上林赋》，贾谊《鵩鸟赋》，王褒的《洞箫赋》，扬雄的《甘泉赋》，班固的《两都赋》，张衡的《两京赋》，王延寿的《鲁灵光殿赋》等。

汉代的辞赋创作最早在藩国中最为繁荣。这一时期，辞赋创作水平最高的当属贾谊和枚乘，他们代表了后来汉赋发展的两种不同走向。

贾谊（前200—前168），洛阳人，少有才名，一生跌宕坎坷，初被文帝重用，后又遭大臣排挤被贬谪长沙。三年后被召回长安，为梁怀王太傅。梁怀王坠马而死，贾谊深自歉疚，抑郁而亡，时仅33岁。司马迁对屈原、贾谊都寄予同情，为二人写了一篇合传，后世因而往往把贾谊与屈原并称为"屈贾"。而司马迁将二人并称，可能还有一个理由是贾谊所作的两篇骚体赋，是直拟楚辞、追溯屈原的，即《吊屈原赋》《鵩鸟赋》。这两篇赋作都写于贬谪长沙期间。文帝四年（前176），贾谊在长沙，渡过湘江，过境屈原流放之地，因而致悼前贤，撰写了《吊屈原赋》，通篇文辞悲切，对屈原深深同情，并批判世界的黑白善恶颠倒。贾谊也在赋中表达了对屈原沉降选择的不同看法，认为应该"远浊世而自藏"，明哲保身。这篇赋作开启了汉赋追怀屈原的先例。悼念屈原、模拟楚辞，从此成为汉赋的一种风尚。《鹏鸟赋》写于稍后的时间。贾谊在长沙居住第三个年头，他借与无意飞进家宅、被认为是不祥之物的鹏鸟进行问答，抒发了自己忧愤不平的情绪，并以老庄的齐生死、等祸福的思想来自我解脱，提出了一种通达的人生观："小智自私兮，贱彼贵我；达人大观兮，物无不可。"这篇赋作体现了汉初的黄老思想对贾谊的深刻影响。

枚乘（？—前140），淮阴人，曾为吴王刘濞、梁王刘武的文学侍从。枚乘反对分裂，曾两次上书吴王，力谏其放弃叛乱，都没有被采纳。汉景帝时，拜其为弘农都尉，后以病辞官。汉武帝即位后再征，因年老死于途中之"安车蒲轮"。枚乘最为重要的作品是《七发》，入选《文选》，是汉代辞赋的典范之作。这篇赋以主客问答的形式，连写七件事的结构方式，为后世所沿习，并形成赋中的"七体"，被认为是汉大赋的发端之作。这篇赋作同样具有浓郁的黄老道家思想色彩。

汉武帝颁布推恩令后，藩国逐渐衰落，政治话语权力渐次收归中央。而汉赋繁荣的土壤，也从藩国回到宫廷。汉武帝时期，产生了汉赋大家司马相如。司马相如（约前179—前118），字长卿，蜀郡成都人。景帝时，司马相如曾为武骑常侍，因病免，遂前往梁地，投奔之前已经结识的梁孝王刘武和他的幕僚邹阳、枚乘、庄忌等。这一时期，司马相如完成了他人生中第一篇最为著名的赋作《子虚赋》。这篇赋作在景帝时期并没有受到太多关注，而且，其中主要体现的是道家虚静思想，与此时藩国的其他赋作有着相类似的思想底色。武帝登基后，偶然看到《子虚赋》，大加赞赏，以为是前人所著，恨不同时。当时在场的狗监杨得意不失时机地举荐了同乡司马相如。司马相如进京后，又为武帝写下《上林赋》，专门记述天子打猎事。赋成之后，司马相如被封为郎。担任郎官后，司马相如一度出任巴蜀，在那里整顿民生，写下《谕巴蜀檄》。又数年，平定西南夷，写下《难蜀父老》。武帝晚年迷恋求仙，甘泉郊祀也成为一个求仙之所，为加以讽喻，司马相如作《大人赋》。其间，司马相如可能还参与了郊祀歌如《十九章之歌》的制作。元狩五年（前118），司马相如因病免官，居住在茂陵。司马相如临终，武帝遣人到他家中取书，获《封禅文》，这篇文章叙述汉代五德之归属，力劝汉武帝封禅，"一篇之中三致意"。《文选》将之与扬雄的《剧秦美新》、班固的《典引》一起，归于"符命"文体。纵观司马相如的一生，他的主要作品都是为汉武帝大一统政权服务的。

《子虚赋》和《上林赋》是汉代散体大赋的奠基之作。这两篇赋都采取了问答体，在问答之间铺叙王国、帝国的壮丽，歌颂帝王的无上权力和至尊地位。这两篇赋作，极铺张扬厉之能事，词藻丰富，多设名物，描写工丽，散韵相间，标志着汉大赋的完全成熟。事实上，这两篇赋作的思想底色，仍然是汉初时期黄老思想，主张少私寡欲、清静无为。文章在子虚、乌有先生争夸齐楚诸侯"苑囿之大，游戏之乐"和亡是公夸耀天子上林苑的"巨丽"以及汉天子游猎的无比壮阔场面的层层铺写之后，批评了诸侯王和天子生活的奢侈与淫靡。由于铺写的内容特别丰富而劝讽之语不过一语带过，这种写法被后世诟病，称之为"劝百讽一"。

这两篇赋作影响深远，从多方面树立了汉大赋的基本体制。首先是在题材选择上，它们开创了汉代散体大赋以宫殿、苑囿、畋猎等为主要描写对象的题材设置方式。其次是在篇章结构上，用主体内容来歌颂大一统，歌颂中央声威，文末对最高统治者进行讽谏，这样的赋体结构，成为后世承袭的一种主要的篇章策略。这两篇赋都是假托人物的问答来展开基本内容，摆脱了楚辞中常用的第一人称视角，使得赋作本身能够展开的层次更为丰富。最后是这两篇赋作的语言，也完全脱离了《楚辞》的影响，自创一格，层次严密，语言富丽堂皇，句式亦多变化，加上对偶、排比手法的大量使用，使全篇显得气势磅礴，形成铺张扬厉的风格。这种语言风格告别了楚辞语言的婉约绵长感，多变的句式富有参差的节奏感。

司马相如的《大人赋》在汉赋发展中别具特色。它将汉赋中的游仙题材和神秘主义发挥到极致。"大人"隐喻天子，赋中描写"大人"遨游天庭，群神呼应。对《大人赋》的主旨，历来有分歧。一种看法认为，这是司马相如讽劝武帝好神仙之道，也有人认为它是司马相如伤时自叹之作，是作者仕进与退隐，出世与入世矛盾心理的流露。事实上，这篇赋的基本出发点仍然是歌颂汉武帝在宇宙天地之间至高无上的地位，是大一统帝国的注脚之一。司马相如的《大人赋》和汉武帝的甘泉太一祭祀颇为相关，其中的"大人"与甘泉祭祀中的"太一"都被认为是宇宙中至高无上之神，其实都是反映了对汉武帝所拥有的权力的理解。一般认为，这篇赋作与屈原的《远游》是相同类的作品。事实上，虽然都写到游仙，但它们的主旨有着明显区别。《远游》是文人化的，而《大人赋》仍然充满了政治寄托。这篇赋作产生之后，扬雄的《甘泉赋》，张衡的《思玄赋》等作品都曾在语言结构上模仿它。它所宣扬的神秘主义，所富有的丰富想象力，也为这类赋作继承，体现出清代批评家刘熙载所说的汉赋之"神"。

司马相如死后，他的家乡蜀地一直存在学习辞赋之风。王褒和扬雄都是以赋得进的蜀地文士。王褒，字子渊，生卒年不详，他的文学创作活动主要在汉宣帝（前73—前49年在位）时期，创作有《洞箫赋》等赋16篇，与扬雄（字子云）齐名，并称为"渊云"。

王褒最受后世推重的，是他的《洞箫赋》。这篇赋作奠定了汉代咏物赋的基本体制。洞箫即排箫，发音清晰而幽静，在宫廷与民间都广泛使用。《洞箫赋》既描述箫管之所生,写出了竹林中的景物;又表现箫声之动人,极尽描绘和夸张。全篇用楚辞的调子,以大量的文字铺叙洞箫的声音、形状、音质和功能,音调和谐,描写细致,形象鲜明,风格清新。如其中的一段:"朝露清泠而陨其侧兮,玉液浸润而承其根。孤雌寡鹤娱优乎其下兮,春禽群嬉翱翔乎其颠。秋蜩不食抱朴而长吟兮,玄猿悲啸搜索乎其间。处幽隐而奥屏兮,密漠泊以獭猭。"虽然全篇用到的是兮体,但是语言清丽,毫无楚辞的怨愤激切。这种赋也不同于汉代大赋,铺张扬厉,用词浩荡,而属于骄丽可喜、娱悦耳目的咏物小赋。这篇赋作入选了《文选》,成为后世咏物赋的典范。

扬雄(前53—18),字子云,蜀郡成都人。扬雄少好学,口吃,博览群书,长于辞赋。年四十,始游京师长安,大司马王音召为门下史,推荐为待诏。后经蜀人杨庄引荐,被喜爱辞赋的成帝召入宫廷,侍从祭祀游猎,任给事黄门郎。其官职一直很低微,历成、哀、平"三世不徙官"。王莽时任大夫,校书天禄阁,为支持新莽政权,作《剧秦美新》,为后世诟病。扬雄后半生转向经学研究,曾撰《太玄》等,把源于老子之道的玄作为最高范畴。

扬雄是继司马相如以后最重要的赋家之一。扬雄自幼熟读司马相如赋作,在获得扈从机会后,模拟司马相如《子虚赋》《上林赋》,作《甘泉赋》、《羽猎赋》、《长杨赋》和《河东赋》,用以歌颂汉帝国强大、太平和富盛。但此时汉帝国已经内忧外患,因而这些回避现实、劝百讽一的赋作,不免有粉饰太平之嫌。晚年,扬雄有所反思,指出"靡丽之赋,劝百讽一,犹驰骋郑卫之声,曲终而奏雅,不已亏乎"(《史记·司马相如列传》),视之为"雕虫篆刻","壮夫不为也"(《法言》)。这些具有反思性的观点对于东汉赋家纠正西汉散体大赋的缺点,具有指导作用。

东汉班固推举扬雄晚年的辞赋文学观,将汉赋的功能从"虚辞滥说"转移、归正到叙述汉德的轨道上。班固（32—92）字孟坚，扶风安陵人，自幼聪敏，在父亲的影响下从事史学研究，同时又精于文学，"九岁能属文，诵诗赋"；后进入洛阳太学，博览群书，穷究九流百家之言。明帝时，曾任兰台令史。班固在汉赋的发展线索上占有重要地位，他的《两都赋》所开创的京都赋题材对后世影响深远，直接影响了张衡《二京赋》以及西晋左思《三都赋》的创作。《两都赋》分《西都赋》《东都赋》两篇。据其自序，自东汉建都洛阳后，"西土耆老"仍希望以长安为首都，因作此赋以驳之。《西都赋》由假想人物西都宾叙述长安形势险要、物产富庶、宫廷华丽等情况，以暗示建都长安的优越性。《东都赋》则由另一假想人物东都主人对东汉建都洛阳后的各种政治措施进行美化和歌颂，意谓洛阳当日的盛况，已远远超过西汉首都长安。《两都赋》在结体与手法上仿效了司马相如《子虚赋》。《子虚赋》分《子虚》《上林》两部分，《两都赋》则分《西都》《东都》，合二为一，又相对独立成篇。这两篇赋作，虽然是以假托人物来进行铺叙，但是内容上完全写实，抛弃了司马相如大赋中的虚辞滥说、架空行危。他不再将宫廷苑囿、天子游猎作为主要描述对象，而是借鉴扬雄《蜀都赋》，转而描写京都山河形势、表里布局和雄伟气象。由于《两都赋》的创作目的在于表述一个政治问题上的个人见解，甚至是为了参与一场争论，所以不像《子虚》《上林》那样有较多的虚夸，以气争胜，而是更多实证。它主要不是抒发一种情感，表现一种精神，而是要表达一种思想，体现一种观念。该赋强调礼制、强调崇儒思想，语言典雅和丽，金声玉振，有庙堂朝仪的风度，充分体现了那个时代的审美追求。这篇赋作，刘勰评价很高，萧统编《文选》将其列为第一篇。

班固的《幽通赋》是汉代抒情赋中的佳构。这篇赋是班固突遭家庭变故之际，对宇宙、历史、人生诸问题的思考，是他青年时代的思想自陈,是他发愤著述的誓词。赋末"乱"的部分云:"天造草昧,立性命兮。复心弘道,惟圣贤兮。浑元运物,流不处兮。保身遗名,民之表兮。舍生取谊,以道用兮。忧伤夭物,恭莫痛兮。皓尔太素,曷渝色兮。尚越其几,沦神域兮。"从这些语句可以看出班固的志向追求十分高远,也可以看到时代思潮在他的思想中烙下的痕迹。班固很看重这篇性情之作,他将这篇《幽通赋》收入《汉书·叙传》,成为班氏家族史的重要内容,其中对家族兴衰的陈述甚为真切感人。

东汉张衡是汉赋的集大成者。张衡(78—139),字平子,南阳西鄂人,他是一个百科全书式的人物,在天文、数学、地理学、制图学、文学等方面都有杰出的成就。在他的辞赋创作活动中,比较全面地继承了前代赋家的赋心与表现手法。《二京赋》追模司马相如《子虚》、班固《两都》,《思玄赋》学习屈原《离骚》、班固《幽通》,《七辩》效仿枚乘《七发》、傅毅《七激》,《应间》效仿东方朔《答客难》、班固《答宾戏》。此外,他的《南都赋》受扬雄《蜀都赋》影响,《舞赋》与傅毅《舞赋》异曲同工。这些创作虽皆属模拟,成就又有高下之分,但都确实不同程度地显现出张衡在艺术上的创意。《归田赋》极富独创性,实现了汉赋主体从铺采摛文、闳衍巨侈、重体物而淹情志,向清新爽丽、短小精练、情境相生的转变,而开创了抒情小赋的创作时代。

张衡赋的代表作历来公认为是《二京赋》、《思玄赋》和《归田赋》。《二京赋》在结构谋篇方面完全模仿《两都赋》,以《西京赋》《东京赋》构成上下篇。这两篇赋的体制比班固的赋更宏大、更细致、更有特色。内容上写了许多民情风俗,像《西京赋》里写了商贾、游侠、骑士、辩论之士以及角抵百戏杂技幻术等,《东京赋》里写驱逐疫鬼的大傩、方相等,都有极其生动、具体、绘声绘色的描写。《思玄赋》是张衡抒发情志之作。张衡处于国政衰微之时,政治上很不得志，故而"但思玄远之道而赋之，以申其志"。赋开篇先叙自己愿"仰先哲之玄训"，"慕古人之贞节"，认为现实中"凶吉倚伏，幽微难明"，自己虽然不满于现实境遇，不愿随波逐流，但又忧惧谗惑；"游六合之外"，是不可能实现的逃避之法，最后他得出的解脱之道是："天长地久岁不留，俟河之清只怀忧。愿得远度以自娱，上下无常穷六区。超逾腾跃绝世俗，飘遥神举逞所欲。天不可阶仙夫希，柏舟悄悄吝不飞。松乔高跱孰能离，结精远游使心携。回志揭来从玄谋，获我所求夫何思。"他所能选择的只有去潜心于"玄谋"哲思，远离当世之烦忧。《归田赋》是历史上第一篇描写田园隐居乐趣的作品，而且，它既是现存东汉第一篇完整的抒情小赋，又是现存的第一篇比较成熟的骈体赋。从这里可以看出张衡对赋体的巨大革新。《归田赋》语句缓慢，气度悠然，表现的是作者认清现实后的决然和归去田园的情志。篇中"徒临川以羡鱼，俟河清乎未期"是后世文学作品常引用的名句。而关于田园的描写："于是仲春令月，时和气清。原隰郁茂，百草滋荣。王雎鼓翼，鸧鹒哀鸣；交颈颉颃，关关嘤嘤。于焉逍遥，聊以娱情。"张衡远离现实、"纵情物外"的人生选择，和他对田园情景的美好歌颂，对后世影响深远，几乎确定了田园题材的基本体制，东晋诗人陶渊明的田园诗也基本不离于这样的风格。

第二节 史著之巅峰——《史记》与《汉书》

在两汉文学的星空之中，有两颗璀璨的史家明星：西汉司马迁与东汉班固。前者创制中国第一部纪传体通史《史记》，后者完成我国第一部断代史书《汉书》。这两部史书具有划时代的开创意义，号为双璧，又各有特色。

司马迁（约前145—前90）字子长，夏阳龙门人。司马迁生活的时代正是汉朝国势强大，经济繁荣，文化兴盛的时候。司马迁的父亲是西汉武帝时期太史令司马谈。司马谈是当时一位非常杰出的学者，著有《论六家要旨》一文，系统总结了春秋以来阴阳、儒、墨、法、名、道各家思想的利弊得失，并高度评价道家思想。司马谈在约汉武帝建元六年至元封元年间任太史令。司马迁从小受到良好的教育，10岁能诵古文。19岁时，他从长安出发，足迹遍及江淮流域和中原地区，所到之处考察风俗，采集传说。在《太史公自序》中，司马迁说他"二十而南游江、淮，上会稽，探禹穴，窥九疑，浮于沅、湘；北涉汶、泗，讲业齐鲁之都，观孔子之遗风，乡射邹、峄；厄困鄱、薛、彭城，过梁、楚以归。于是迁仕为郎中，奉使西征巴、蜀以南，南略邛、笮、昆明，还报命"。

汉武帝元封元年（前110）司马谈去世，临终前曾对司马迁说："余死，汝必为太史；为太史，无忘吾所欲论著矣。"三年后，司马迁承袭父职，任太史令，得观汉朝官方藏书，并与唐都、落下闳等共同定立了"太初历"。同时，他决定继承父亲遗志，准备撰写通史。不幸的是，在李陵降匈奴事件中，司马迁为李陵辩护而获罪，一度被判死刑，为免死完成史记，他选择了宫刑苟活。后来司马迁在《报任少卿书》中提及此事说道："仆以口语遇遭此祸，重为乡党戮笑，污辱先人，亦何面目复上父母之丘墓乎？虽累百世，垢弥甚耳！是以肠一日而九回，居则忽忽若有所亡，出则不知其所如往。每念斯耻，汗未尝不发背沾衣也。"（《汉书·司马迁传》）在狱中，身心备受凌辱摧残，几乎断送性命。因此，《史记》是一部悲愤之书，其中蕴含了司马迁极为强烈的情感。

《史记》最初称"太史公书"，或"太史公记"，记载了上古传说中的黄帝时代，至汉武帝太初四年间共三千多年的历史。全书包括十二本纪（记历代帝王政绩）、三十世家（记诸侯国和汉代诸侯、勋贵兴亡）、七十列传（记重要人物的言行事迹，主要叙人臣，其中最后一篇为自序)、十表（大事年表）、八书（记各种典章制度，记礼、乐、音律、历法、天文、封禅、水利、财用），共130篇，526500余字。除了作为"二十四史"之首的历史地位，这部史书也是十分重要的文学著作，强化了我国文学史中十分重要的叙事传统。

《史记》取材相当广泛。一方面，作者继承了先秦史籍的记述，将《世本》《国语》《秦记》《楚汉春秋》以及诸子百家等著作和国家文书档案中的材料加以甄别；另一方面，司马迁又实地调查获取的材料，对一些不能弄清楚的问题，或者采用阙疑的态度，或者记载各种不同的说法。

《史记》是一部叙事经典，注重对事件因果关系的更深层次的探究，综合前代的各种史书，成就一家之言。结构上，该书纵横交错，互为照应，纵向以十二本纪和十表为代表，叙写了西汉中期以前的各个历史时代，横向以八书、三十世家和七十列传为代表，统摄各个阶层、各个民族、各个领域和行业。写人时，围绕着"究天人之际，通古今之变"的宗旨，司马迁多从琐碎的生活细事写起，但绝大多数的人物传记最终都在宏伟壮阔的画面中展开，有一系列历史上的大事穿插其间，他所选择的题材多是重大的。司马迁不是一般地描述历史进程和人物的生平事迹，而是对历史规律和人物命运进行深刻思考，透过表象去发掘本质，通过偶然性去把握必然规律。这就使得《史记》的人物传记既有宏伟的画面，又有深邃的意蕴，形成了雄深雅健的风格。《史记》在叙事方面最为后世称道的，是它所开创的"互现法"。《史记》各层次人物传记的排列是以时间为序，但又兼顾各传记之间的内在联系，遵循着以类相从的原则。同一件事涉及好几个人物时，在一处详叙，在别处就略而不叙，有时以"语在某某事中"标出。这种"互见法"不仅避免了重复，对于突出人物的主要性格也有作用。如在《项羽本纪》中主要突出项羽的暗呜叱咤、气盖一世的性格特征，而与这一主要特征相矛盾的其他方面，则放在别人传记中补充叙述，既突出主导的性格特征，又免得顾此失彼，使人物性格得以完整。从单篇来看，《史记》的章法、句式、用词都有很多独到之处，别出心裁，不循常规，以其新异和多变而产生独特的效果。例如《廉颇蔺相如列传》蔺相如所讲的"以先国家之急而后私仇也"，用人物自己的个性化的语言来表现人物的性格，也是作者司马迁提炼的，最能表现蔺相如思想境界的内在美的精粹语言，是蔺相如精神品质的升华。在《高祖本纪》《项羽本纪》里，司马迁用了许多细节语言来刻画人物，这些语言很具有个性。例如项羽见到秦始皇南巡时脱口说出："彼可取而代也。"在刘邦道歉时说"此沛公左司马曹无伤言之"，足见其粗豪率直。《史记》中的人物形象各具姿态，都有自己鲜明的个性特征。不但不同类型的人物迥然有别，就是同一类型人物，形象也罕有雷同。同是以好士闻名的贵公子，信陵君和其他三公子在人格上有高下之别，而孟尝君、平原君、春申君也各具风貌。同为战国策士，苏秦主要是一位发奋者的形象，而张仪身上更多的是狡诈权谋。张良、陈平同是刘邦的重要谋士，但司马迁笔下的张良令人莫测高深，带有几分神异；而陈平这位智囊却富有人情味，没有张良那种仙风道气。《史记》同类人物形象之间尚有如此明显的区别，不同类型人物形象之间更是形成巨大的反差，鲜明的对照，人物的个性在差异、区别中得到充分的显示。

《史记》是一部悲愤之书，它塑造了一系列具有悲剧感的人物，全书具有浓郁的悲剧气氛。如推行变法的吴起、商鞅，主张削藩的贾谊、晁错，都是为一己主张献出生命的历史先行者；田横抗拒投降汉朝，其随从和东海五百义士也相继殉难，是一个在新社会与旧制度中茫然失向又拼命抗争的悲剧群体；《赵世家》中为保护赵氏孤儿而付出巨大牺牲的义士公孙杵臼、程婴，《刺客列传》《游侠列传》中的刺客游侠，都是具有高尚品格和献身精神的英雄。司马迁赞扬弃小义、雪大耻、名垂后世的伍子胥，赞扬虞卿、范雎、蔡泽、魏豹、彭越等人，他们或在穷愁中著书立说，或历经磨难而愈加坚强，或身被刑戮而自负其材，欲有所用。所述这些苦难的经历都带有悲剧性，其中暗含了自己的人生感慨。司马迁在探讨人物悲剧的根源时，流露出对天意的怀疑，以及命运不可捉摸、难以把握之感。他在《伯夷列传》中慨叹"天道是邪，非邪！"，在《外戚世家》中反复强调"人能弘道，无如命何"，"岂非命也哉！"

《史记》也是一部猎奇之书，其中有很多极富有传奇色彩的历史记述，这是因为司马迁适当地收录了经过改编的民间故事，如周幽王举烽火为戏，张良和圯上老人相见等的故事都富有传奇色彩。写秦始皇晚年行迹，穿插许多怪异反常的事情，以及神灵的出没，用以预示秦王朝末日的到来。写汉高祖发迹，则用刘媪感蛟龙而生子，刘邦醉斩巨蛇等传说以显示他的灵异。

《史记》对古代的小说、戏剧、传记文学、散文，都有广泛而深远的影响。《史记》作为我国第一部以描写人物为中心的大规模作品，为后代文学的发展提供了一个重要基础和多种可能性。《史记》所写的虽然是历史上的实有人物，但是他采取了多个角度，在不同的传记中表现一个人物的各个方面，且通过不同人物的对比，以及在细节方面的虚构，实际把人物加以类型化了。通过这样的记述，《史记》为中国文学建立了一批重要的人物原型。在后代的小说、戏剧中，所写的帝王、英雄、侠客、官吏等各种人物形象，有不少是从《史记》的人物形象演化出来的。后世小说多以《史记》为取材之源，其中比较典型的有冯梦龙的《东周列国志》。

后世对《史记》评价极高，"然自刘向、扬雄博极群书，皆称迁有良史之材，服其善序事理，辨而不华，质而不俚，其文直，其事核，不虚美，不隐恶，故谓之实录"（《汉书·司马迁传》）。《史记》被鲁迅先生誉为"史家之绝唱，无韵之离骚"，列为前"四史"

之首,与《资治通鉴》并称为"史学双璧"。因此司马迁被后世尊称为"史迁""史圣",与司马光并称"史界两司马",与司马相如合称"文章西汉两司马"。

由于《史记》只写到汉武帝的太初年间,因此,当时有不少人为其编写续篇。据《史通·古今正史》记载,写过《史记》续篇的人就有刘向、刘歆、冯商、扬雄等十多人,书名仍称《史记》。班固的父亲班彪(3—54)对这些续篇感到很不满意,遂"采其旧事,旁观异闻"为《史记》"作《后传》六十五篇"(《史通》)。班彪死后,年仅22岁的班固,动手整理父亲的遗稿,继承父业,完成这部接续巨作。工作伊始,就有人上书汉明帝,告发班固"私改作国史"。于是班固被捕入狱,书稿也被全部查抄。他的弟弟班超上书汉明帝,说明班固修《汉书》的目的是颂扬汉德,让后人了解历史,从中获取教训,并无毁谤朝廷之意。汉明帝查证后,将班固释放出来,任命他为兰台令史,让他撰史。汉和帝永元四年(92),窦宪失势自杀,班固受牵连而被免官职,不久被害死狱中,时年61岁。此时所著《汉书》,八"表"及"天文志"均未完成。班固著《汉书》未完成而卒,成为巨大的历史遗憾,不久,汉和帝命其妹班昭就东观藏书阁所存资料,续写班固遗作,然尚未完毕,班昭便卒。同郡的马续是班昭的门生,博览古今,汉和帝召其补成七"表"及"天文志"。所以,和《史记》十分相似的是,《汉书》的诞生过程也是非常悲壮的,浸透了班氏一门的荣辱沉浮。

《汉书》为中国第一部纪传体断代史,以西汉一朝为主,上起汉高祖元年,下终王莽地皇四年,共230年的史事。《汉书》体例上全承袭《史记》,只是改"书"为"志",把"世家"并入"列传",全书有十二"纪"、八"表"、十"志"、七十"列传",凡100篇,共80余万言。到了唐代,颜师古认为《汉书》卷帙浩繁,便将篇幅较长者分为上、下卷或上、中、下卷,成为现行本《汉书》120卷。

《汉书》建立在《史记》光辉成功基础之上，在体例和内容上，都有所发展。《汉书》的史料十分丰富翔实，书中所记载的时代与《史记》有交叉，汉武帝中期以前的西汉历史，两书都有记述。《汉书》的这一部分，多用《史记》旧文，但由于作者思想的差异和材料取舍标准不尽相同，移用时也有增删改动。汉武帝以后的史事，除吸收班彪遗书和当时十几家续书外，还采用大量诏令、奏议、诗赋、类似起居注的《汉著记》、天文历法书，以及班氏父子的"耳闻"。不少原始史料，班固都是全文录入书中，因此和《史记》相比，更显得有史料价值。在体例上，《汉书》新增加《刑法志》《五行志》《地理志》《艺文志》《五行志》等。《刑法志》第一次系统地叙述了法律制度的沿革和一些具体的律令规定。《地理志》记录了当时的郡国行政区划、历史沿革和户口数字，有关各地物产、经济发展状况、民情风俗的记载更加引人注目。《艺文志》考证了各种学术别派的源流，记录了存世的书籍，它是我国现存最早的图书目录。《食货志》是由《平准书》演变而来的，内容更加丰富，分上下两卷，上卷谈"食"，即农业经济状况，下卷论"货"，即商业和货币的情况，是当时的经济专篇。《五行志》专门记述五行灾异的神秘学说，还创立《眭两夏侯京翼李传》，专门记载五行家的事迹。《汉书》八表中有一篇《古今人表》，从太昊帝记到吴广，有"古"而无"今"，因此引起了后人的讥责。《百官公卿表》非常重要，描述了秦汉分官设职的情况，各种官职的权限和俸禄的数量，然后用分为十四级、三十四官格的简表，记录汉代公卿大臣的升降迁免。《汉书》列传中有关文学之士的部分，多记载其人有关学术、政治的内容，如《贾谊传》记有"治安策"；《公孙弘传》记有"贤良策"等，这些都是《史记》没有收录的。四夷方面，有《匈奴传》《西南夷两粤朝鲜传》《西域传》三传。然而，在对很多具体人事的评价上，司马迁和班固颇有意见和分歧，班固甚至认为司马迁"是非颇谬于圣人"。从司马迁到班固的这一变化，反映了东汉时期儒家思想作为封建正统思想对史学领域已经深有影响。《汉书》在塑造社会各阶层人物时，本以"实录"精神，平实中见生动，堪称后世传记文学的典范，例如《霍光传》《苏武传》《外戚传》《朱买臣传》等。

第三节 政说与论著：两汉思想家的文学表达

两汉时期，思想发展极富活力，产生了大量政论家、思想家。从汉初到汉末，这些政论家、思想家虽然所处的各个历史阶段有所不同，但都始终关心国家政治和民生疾苦，具有宽阔的社会视野，无不体现着汉代知识分子将自身与时代命运紧密联系的精神特质。他们所撰写的政论文和具有体系的思想论著，运用了丰富的文学形式和文学修辞，具有高度的文学价值，对后世文章学产生深刻影响。

《新语》是汉初思想家陆贾所著的一部政说文集，共收录了12篇文章。陆贾（约前240—前170），楚人。他早年追随刘邦，因能言善辩常出使诸侯。刘邦和文帝时，两次出使南越，说服赵佗臣服汉朝，对安定汉初局势做出了贡献。陆贾的《新语》是文章结集之后，刘邦亲自命名的，内容主要是讨论秦亡汉兴、天下得失的道理。这批文章是为初起的汉帝国寻找精神根基，以及从文化层面论证其合法性。陆贾提倡总结亡秦教训，批评秦"法治"太过，主张"文武并用，德刑相济"，提出减免赋税徭役，让利于民。要与民休息，不扰民，不加赋，做到"国不兴不事之功，家不藏不用之器，稀力役而省贡献"（《新语·本行》）。这些理论成为汉初休养生息政策的理论基础。而陆贾的文风质而不俚，陈义没有故作高深浮夸之状，体现了西汉文章从战国策士之文到西汉政说散文的过渡。

《新书》是汉初思想家贾谊的政说文集，是由刘向所编，共58篇。贾谊的生平在前面汉赋一节已经有所介绍。他的政说文章堪称西汉第一，其实远远超过了他在汉赋方面的成就。贾谊的政说文，基本上是总结秦代灭亡教训，发展先秦民本思想，为汉初巩固政权、完善封建制度做出重要贡献。他提出的削弱诸侯、限制豪强、加强中央集权、重农抑商等主张，得到统治者重视，并在治国理政中得到施行。在这部论著中，最有名的是《论积贮疏》、《陈政事疏》和《过秦论》。

　　《论积贮疏》是贾谊23岁时上书文帝的一篇奏章，建议重视农业生产，以增加积贮。文章直抒政见，观点鲜明，议论锋利，论证严密，善用对比，笔势流畅，说服力强，有战国纵横家遗风，无论对历代经济政策的制定，还是对后世政论文的发展都有深远影响。《汉书·食货志》收录了这篇文章。《陈政事疏》又名《治安策》，是贾谊分析汉初政治形势，并提出相应对策的一篇上书。它的开头就十分令人心惊："臣窃惟事势，可为痛哭者一，可为流涕者二，可为长太息者六，若其它背理而伤道者，难遍以疏举。"继而逐层铺叙如今国家所存在的影响安定的诸多问题，强调要削弱诸侯王权，加强中央集权，确立封建等级制度，重视仁义教化，减轻民间赋税负担等。贾谊去世后，他的诸多论点都得到了应验，诸侯强大导致发生了七国之乱，证明贾谊所具有的敏锐政治眼光和批判现实的勇气。贾谊最为后人称道的是他总结亡秦教训的《过秦论》，被鲁迅评价为"西汉鸿文"。全文着重从各个方面分析秦王朝的过失，故名为《过秦论》。先讲秦自孝公以迄始皇逐渐强大的原因：具有地理的优势、实行变法图强的主张、正确的战争策略、几代人的苦心经营等。行文中采用了排比式的句子和铺陈式的描写方法，造成一种语言上的生动气势。之后则写陈涉虽然本身力量微小，却能使貌似强大的秦国覆灭，在对比中得出秦亡在于"仁义不施"的结论。这篇文章，述史实，发议论，渲染铺张，见解透辟。

《春秋繁露》是董仲舒所著的一部政治哲学论著。贾公彦在《周礼·春官大司乐》中作疏，认为《春秋繁露》是对《春秋》大义的引申和发挥。该书以阴阳、五行为骨架，以天人感应为核心，宣扬"性三品"的人性论、"王道之三纲可求于天"的伦理思想及赤黑白三统循环的历史观，为汉代中央集权的封建统治制度，奠定理论基础。《基义》谓君臣、父子、夫妇之义，皆取之阴阳之道。君为阳，臣为阴；父为阳，子为阴；夫为阳，妻为阴。是故仁义制度之数，尽取之天。王道之三纲，可求于天，综合前论，即是所谓的君为臣纲，父为子纲，夫为妻纲的"三纲"。并把"仁、义、礼、智、信"五种封建道德伦理规范，与金、木、水、火、土之五行相比附，则为"五常"。"三统"与"三正"实际上是仲舒的历史观。秦汉以前古书记载有夏、商、周三代，仲舒遂认为夏是黑统，商是白统，周是赤统，改朝换代只不过是"三统"的依次循环，只是"改正朔，易服色"，在历法和礼仪上作形式上的改换。夏以寅月为正月，商以丑月为正月，周以子月为正月，三代的正月在历法上规定不同，故被其称作"三正"。在董仲舒看来，一个新王朝出现，无非在历法上有所改变，衣服旗号有所变化，此即为"新王必改制"，表示一个王朝重新享有天命。从"三统""三正"论中不难看出，仲舒否认历史的发展，王朝的更迭只是形式上的改变，实质上却是绝对不变的。所谓的"性三品"，即是圣人生来性善，小人生来性恶，中人之性，则可善可恶，性善圣人则是天生的统治者，中人之性则可以教化，逐渐变善，至于小人则是"斗筲之性"，只能接受圣人的统治。总之，此书内容反映了作者的整个哲学思想体系，这种以儒家宗法思想为中心，杂以阴阳五行学说的思想体系，对中国封建社会的发展产生了巨大的作用与影响。

《淮南子》是由汉武帝时淮南王刘安主持编撰的一部论文集，又名《淮南鸿烈》或《刘安子》。《淮南子》著录内21篇，外33篇，内篇论道，外篇杂说。目前保存下来的，只有内篇21篇。该书在继承先秦道家思想的基础上，综合了诸子百家学说中的精华部分。这部论著，表面上只是一部意在求仙访道博采黄老言的道家之书，但事实上蕴含了刘安对当时政治的理解，即以汉初黄老思想来对抗当时日益兴起的儒学，甚至认为以天子一人之神智不能治理好国家。所以，《淮南子》的本质是建元初年间激烈政治斗争和意识形态辩论的产物。从具体内容来看，《淮南子》包罗万象，涉及的领域非常丰富，既有史料价值，又有文学价值，其中内篇论道，外篇杂说，在继承先秦道家思想的基础上，综合了诸子百家学说中的精华部分，是无为与有为的结合，是经世致用之学。《淮南子》对后世研究秦汉时期文化起到了不可替代的作用，如"塞翁失马焉知非福"所蕴含的哲学思想闻名古今。

《盐铁论》为桓宽所编，共10卷60篇。它是根据昭帝始元六年（前81）召开的盐铁会议的文件写成的，是一部政论性散文集，集中反映了汉代中期的社会问题。它比较生动地记述了御史大夫桑弘羊和从全国各地召集来的"贤良""文学"们的辩论，保存了许多西汉中叶的经济思想史料和风俗习惯，揭露了当时社会的一些问题和矛盾。在写作上，它通过一定的集中和概括，描写了几个各有特点的人物形象，有些人物语言和描写文字比较生动，感情色彩也比较浓。采用对话体的形式，各篇之间又互相联系，这在散文作品中是很少见的。从整体看，其写法稍觉刻板。这部著作为研究当时社会矛盾和桑弘羊的思想保存了丰富的史料。王充赞誉其体现了"两刃相割，利钝乃知；二论相订，是非乃见（《论衡·亲书》)"的特点。

《新论》是桓谭所著，共29篇，同样是紧紧围绕"当时行事"即时下政治社会形势，"述古正今""欲兴治"。桓谭提出的"兴治"，其核心概念是"霸王道杂之"的治道，王道是"先除人害，而足其衣食，然后教以礼义，使知好恶去就。是故大化四凑，天下安乐。此王者之术（《新语·王霸》)"。霸道是"尊君卑臣，权统由一，政不二门。赏罚必信，法令著明，百官修理，威令必行，此霸者之术"。用今天的话说，一方面要除害、富民，以礼义教民，另一方面是加强皇权，统一法度，百官修理，威令必行，将民生问题放在首位，防止政治腐败。桓谭强烈反对谶纬，《新论·谴非》中以王莽崇信谶纬为例，讨论了他的政权被灭亡是因为为政不善，见叛天下，并非什么天意。所以，在桓谭看来，唯一有益于政道者，是合人心而得事理。《新论》在文学批评方面发表了很多关于创作和辞赋的看法，他以扬雄作赋为例讨论创作过程的艰辛，"尽思虑""伤精神"，要付出诸多努力才能写出"丽文"。在创作技巧方面，提出了"伏习象神"说，认为创作要专心致志、坚持不懈地进行模仿，在反复的创作实践中达到"巧""神"的重要性。《新论》还讨论了创作环境的重要性，以贾谊、司马迁、刘安、扬雄等人为例，讨论当创作主体处于逆境时如何发奋著书。《新论》反复提到文学创作应该有"知音"，这其实是较早的文学接受论。东汉思想家王充对《新论》评价很高，认为该书"论世间事，辨照然否，虚妄之言，伪饰之辞，莫不证定"（《论衡·超奇》)。范晔写《后汉书》推举桓谭与杜林、郑兴、陈元等人"俱为学者所宗"。

　　《论衡》的作者王充（27—约97），字仲任，会稽上虞人。

　　《论衡》现存文章有85篇，核心理念是"解释世俗之疑，辨照是非之理"。东汉时期，儒家思想因为掺进了谶纬学说，逐渐变成了"儒术"，有强烈的神秘主义色彩。王充反对的是汉朝立国的思想根基，即董仲舒提出"天人感应"说，和以此为基础生发的对其他一切事物的神秘主义的解释和看法。《论衡》不仅对汉儒思想进行了尖锐而猛烈的抨击（但它并不完全否定儒学），而且它还批判地吸取了先秦以来各家各派的思想，特别是道家黄老学派的思想，对先秦诸子百家的"天道""礼和法""鬼神与薄葬""命""性善和性恶"等学说，都进行了系统的评述。《论衡》产生在儒学与谶纬神学相结合，成为统治阶级的正统思想的大一统时期，它敢于向孔孟的权威挑战，否认鬼神之存在，确立了一个比较完整的古代唯物主义体系，在思想史上意义非凡，对魏晋时期的哲学家杨泉、南朝宋时的思想家何承天、南朝齐梁时的无神论者范缜、唐朝时期的刘禹锡和柳宗元、明清之际的思想家王夫之等，都曾产生深刻影响。《论衡》中有很多内容与文学批评相关，如提出文学要增善消恶，劝善惩恶，反对虚妄，提倡"实诚在胸臆"等主张，反对文章过分夸饰，对汉赋"侈丽宏衍之辞，没其讽喻之义"的特点进行批评，而对野史杂说包括神话都持否定态度。王充认为古今语言不同，不应该过分追求古奥艰涩，文章应该从实用性出发，通俗易懂，言文合一。他特别强调文贵独创，不能过分模拟因袭，提倡"独是之语"。《论衡》认为作品不应当按照时代差异来衡量其价值，而应当看到作品内容本身，"夫俗好珍古不贵今，谓今之文不如古书。夫古今一也。才有高下，言有是非"，故而"才有浅深，无有古今；文有伪真，无有故新"。王充在写作方面是现实主义者，提倡写当代之人事。由于这部论著有着鲜明的立场，故而行文往往带有强烈的感情色彩和恣肆畅快的文风。通过尖锐的批判，来独抒己见、抑非扬是。在选材上，《论衡》所展开的问题，都是为了解决大时代背景下人所面临的生存、思想、才性、修身等种种问题，对人本身有着深刻的关怀。由于《论衡》以驳论文为主，论说方面往往逻辑十分严密，长于辨析，说理论事，脉络分明，同时具有文采和气势。

第四节　歌诗、乐府与汉末五言诗的兴起

　　西汉政权与楚国文化渊源很深。西汉前期的歌诗，基本上是以楚歌为主。楚歌包括了政治抒情和辅政颂世两种。前者如项羽的《垓下歌》，刘邦的《大风歌》《鸿鹄歌》，戚夫人的《舂歌》等；后者如唐山夫人所作的《安世房中歌》等。楚歌悲怆凄烈，如《垓下歌》："力拔山兮气盖世，时不利兮骓不逝。骓不逝兮可奈何！虞兮虞兮奈若何！"作为一首英雄末路的挽歌，既叹惋昔日功业之盛，又悲哀今日穷途已尽。刘邦平黥布还，过沛县，邀集故人饮酒。酒酣时刘邦击筑，唱出了一首直抒胸臆、富有王者气象的《大风歌》："大风起兮云飞扬，威加海内兮归故乡，安得猛士兮守四方。"文末这句反问，则体现了一种对国家尚未稳固的不安与惆怅。汉武帝时，他所创制的歌诗，犹有楚歌特点。元鼎四年（前113），汉武帝刘彻率领群臣到河东郡汾阳县祭祀后土，时值秋风萧飒，鸿雁南归，汉武帝乘坐楼船泛舟汾河，饮宴中流，触景生情，感慨万千，于是写下了《秋风辞》。这篇歌诗，是历来悲秋之佳作，其辞云："秋风起兮白云飞，草木黄落兮雁南归。兰有秀兮菊有芳，怀佳人兮不能忘。泛楼船兮济汾河，横中流兮扬素波。箫鼓鸣兮发棹歌，欢乐极兮哀情多。少壮几时兮奈老何。"诗以景物起兴，继写楼船中的歌舞盛宴的热闹场面，最后以感叹乐极生悲，人生易老，岁月流逝作结。

　　汉武帝时的柏梁诗，虽然是君臣之间的文字游戏之作，但是意义颇为重要，它形成了一种诗体：柏梁体。元封三年（前108）柏梁台落成，汉武帝在柏梁台上设宴摆酒宴请臣子，人各一句，于是凑成一首26句的联句，句句押韵，诗歌史上称之为"柏梁台联句"，所以这种诗称为柏梁体。汉武帝对于汉代歌诗发展颇具推动作用的

举措，是恢复乐府机构。乐府是自秦代以来朝廷设立的管理音乐的官署，汉武帝时期大规模扩建，从民间搜集了大量的诗歌，后人统称为汉乐府。乐府在西汉哀帝之前是朝廷常设的音乐管理部门，行政长官是乐府令，隶属于少府，是少府所管辖的十六令丞之一。西汉朝廷负责管理音乐的还有太乐令，隶属于奉常。乐府和太乐在行政上分属于两个系统，起初在职能上有大体明确的分工。太乐主管的郊庙之乐，是前代流传下来的古乐。乐府执掌天子及朝廷平时所用的乐章，它不是传统古乐，而是以楚声为主的流行曲调。最初用楚声演唱的乐府诗是《安世房中歌》十七章，另外，汉高祖刘邦的《大风歌》在祭祀沛宫原庙时用楚声演唱，也由乐府机关负责管理。西汉从惠帝到文、景之世，见于记载的乐府诗主要是以上两种。乐府在汉武帝时被用于一些正式场合，地位颇高，故扩增极为迅速，至成帝末年，乐府人员多达八百余人，成为一个规模庞大的音乐机构。哀帝登基，儒生们建议减少奢侈浪费，下诏罢乐府官，大量裁减乐府人员，所留部分划归太乐令统辖，此后，汉代再没有乐府建制。

　　汉代的乐府诗，题材广泛，作者分布在社会各个阶层，有帝王之作，也有平民之诗，有的作于庙堂，有的采自民间。汉代乐府诗，今存40余首，是汉代歌诗中的瑰宝，它类型题材多样，风格不一，从多个层面如实反映了汉代社会的真实面貌和思想情况。

　　一类是底层之哀鸣。如《相和歌辞》中的《东门行》《妇病行》《孤儿行》表现的都是平民百姓的疾苦，是来自社会最底层的呻吟呼号。《东门行》"盎中无斗米储，还视架上无悬衣"的男子，拔剑而起，走上反抗道路。《妇病行》讲述一位主妇病连年累岁，垂危之际把孩子托付给丈夫。病妇死后，丈夫不得不沿街乞讨，遗孤在家里呼喊着母亲痛哭。《孤儿行》还写孤儿受到兄嫂虐待，尝尽人间辛酸。这些作品用白描的笔法揭示平民百姓经济上的贫穷，劳作的艰难，并且还通过人物的对话、行动、内心独白，表现他们心灵的痛苦，感情上遭受的煎熬。这些歌诗，充满了对在死亡线上挣扎的贫民百姓寄予深切的同情，是以恻隐之心申诉下层贫民的不幸遭遇。

一类是上层之欢愉。同是收录在《相和歌辞》中的《鸡鸣》《相逢行》《长安有狭斜行》三诗，展示的则是富贵之家的景象。《相逢行》中提到的侍郎府，黄金为门，白玉为堂，堂上置酒，作使名倡，中庭桂树，华灯煌煌，其中的园林，有鸳鸯成行，鹤鸣嘤嘤，两妇织锦，小妇调瑟。主人不但十分富有，而且身份尊贵："兄弟两三人，中子为侍郎。"侍郎是皇宫的禁卫官或天子左右侍从，是皇帝信任的近臣，其特殊地位不是普通朝廷官员所能相比的。《鸡鸣》和《长安有狭斜行》把表现对象的显赫地位渲染得更加充分，或云："兄弟四五人，皆为侍中郎。"或云："大子二千石，中子孝廉郎。小子无官职，衣冠仕洛阳。"诗中的富贵之家不只是一人居官，而是兄弟几人同时宦达。所任官职也不限于俸禄为四百石的侍郎，而是秩达二千石的高官显宦。歌诗中三妇织绵鼓瑟的段落，则被单独划分出去，名为"三妇艳"，在古代乐府诗中频繁重复出现，成为富贵之家的象征，积淀成一种具有特定含义的符号。

汉乐府中还有很多反映当时日常风俗生活画卷的作品。如《玉台新咏》收录的《日出东南隅》，又名《陌上桑》，内容主线是太守调戏采桑妇女罗敷，而被罗敷义正辞严地回绝。面对权贵，罗敷机智应对，以盛赞自己夫君才貌的方式回绝了对方的无理要求。秦罗敷身上体现了传统女性的坚贞、睿智的品质，树立了勇敢坚贞的妇女形象。这首诗叙事完整，对人物的刻画或浓墨重彩，或寥寥几笔，层次分明。

汉乐府中不乏直陈爱恨的爱情婚姻题材。鼓吹曲辞收录的《上邪》系《铙歌》十八篇之一，是女子自誓之词："上邪！我欲与君相知，长命无绝衰。山无陵，江水为竭，冬雷震震夏雨雪，天地合，乃敢与君绝。"这首诗用语奇警，大胆泼辣。先是指天为誓，表示要与自己的意中人结为终身伴侣。接着便连举五种千载不遇、极其反常的自然现象，用以表白自己对爱情的矢志不移，反映了女子对于意中人爱得真挚、热烈。另一篇铙歌《有所思》反映的则是未婚女子对负心男子由爱到恨的心理变化及其行动表现。女主人公思念的情人远在大海南，她准备了珍贵的"双珠玳瑁簪，用玉绍缭之"，想要送给对方。听到对方有二心，她就毅然决然地毁掉这份礼物，"拉杂摧烧之"，并且"当风扬其灰"，果断地表示："从今以往，勿复相思。"一场爱恨，斩钉截铁，义无反顾。

汉乐府中最为重要的一篇作品，是《古诗为焦仲卿妻作》。因诗的首句为"孔雀东南飞，五里一徘徊"，此诗又名《孔雀东南飞》。它是我国古代第一部长篇叙事诗，是汉乐府发展的巅峰代表之作。后人将它与北朝的《木兰诗》并列为"乐府双璧"。主要讲述了焦仲卿、刘兰芝夫妇被迫分离并双双自杀的故事，歌颂了焦刘夫妇的真挚感情和反抗精神，批判了焦母、刘兄等压迫者的冷酷无情。故事繁简剪裁得当，人物刻画栩栩如生，不仅塑造了焦刘夫妇心心相印、坚贞不屈的形象，也把焦母的顽固和刘兄的蛮横刻画得入木三分。篇尾构思了刘兰芝和焦仲卿死后双双化为鸳鸯的神话，表达了人们对这一婚姻悲剧的无限神伤，也反映了人们对刘焦死后获得幸福生活的美好愿望。这篇长诗语言明白，通俗易懂，明代王世贞评价它说："质而不俚，乱而能整，叙事如画，叙情若诉，长篇之圣也。"（《艺苑卮言》卷二）

与民歌中广泛使用成熟的五言体裁相类似的是，汉末文人五言诗也进入繁荣阶段，取得丰硕成果。蔡邕是汉末五言诗的诗人代表。蔡邕（133—192），字伯喈，陈留圉（今河南省开封市陈留镇）人。蔡邕通经史，善辞赋，而他在五言诗的创作方面，水平尤高。《玉台新咏》所载题为蔡邕《饮马长城窟行》最为脍炙人口,描写的是一位游宦之人的悲辛与牵挂,其中"客从远方来,遗我双鲤鱼。呼儿烹鲤鱼,中有尺素书。长跪读素书,书中竟何如。上有加餐食,下有长相忆"等句子,如实道出了远游之人的思念之苦,对家书的热烈期盼。

汉末艺术成就最高的文人五言诗,是《文选》所录《古诗十九首》。它是乐府古诗文人化的显著标志。《古诗十九首》习惯上以首句为标题,依次为:《行行重行行》《青青河畔草》《青青陵上柏》《今日良宴会》《西北有高楼》《涉江采芙蓉》《明月皎夜光》《冉冉孤生竹》《庭中有奇树》《迢迢牵牛星》《回车驾言迈》《东城高且长》《驱车上东门》《去者日以疏》《生年不满百》《凛凛岁云暮》《孟冬寒气至》《客从远方来》《明月何皎皎》。关于《古诗十九首》的作者和时代有多种说法,《文选》名之曰"杂诗",并在题下注曾释之甚明:"并云古诗,盖不知作者。"今人综合考察《古诗十九首》所表现的情感倾向、所折射的社会生活情状以及它纯熟的艺术技巧,一般认为它并不是一时一人之作,因为其中提到的洛阳尚未遭到战争破坏,故而它所产生的年代应当在东汉顺帝末到献帝前。

汉末文人对个体生存价值的关注,使他们与自己生活的社会环境、自然环境,建立起更为广泛而深刻的情感联系。过去与外在事功相关联的,诸如帝王、诸侯的宗庙祭祀、文治武功、畋猎游乐乃至都城宫室等,曾一度霸据文学的题材领域。东汉后期,这些题材逐渐淡化,而现实生活、文人进退、友谊爱情乃至街衢田畴、物候节气等题材逐渐占据主流。与此相关联,风格、技巧等也发生巨大变化。十九首中,表现思念故乡怀念亲人的,有《涉江采芙蓉》《去者日以疏》;表现思妇对游子深切思念和真挚爱恋的有《凛凛岁云暮》《客从远方来》和《迢迢牵牛星》;表现游士对生存状态的感受和他们对人生的某些观念如《回车驾言迈》《明月皎夜光》。总之，这十九首诗所抒发的，是人生最基本最普遍的几种情感和思绪，因而异代之读者也能常读常新。刘勰《文心雕龙·明诗》中，对其高超抒情艺术加以概括，并给予了高度评价："观其结体散文，直而不野，婉转附物，怊怅切情，实五言之冠冕也。"

第三编 魏晋南北朝文学

（公元220—589年）

第一章
概　述

魏晋南北朝时期包括三国（220—280）、西晋（265—316）、东晋十六国（317—420）、南北朝（420—589）四个历史阶段，历时370年。

东汉末年军阀连年混战，最后形成魏、蜀、吴三国鼎立局面。西晋统一中国，历时很短，就出现八王之乱，继而在中原及其周边地区出现民族政权并立五胡十六国局面。南北士族共建的东晋政权，偏安江左，阻挡了胡骑南下。刘裕建立刘宋王朝，历经齐、梁、陈四朝，社会相对稳定，江南开发规模空前。439年北魏统一北方，之后孝文帝力推汉化改革，卓有成效，迁都洛阳，国势十分强盛。北魏末年六镇暴发动乱后，北魏分裂为东魏与西魏，二者后来又分别为北齐、北周取代，北方形成了东西两个政权长期对峙的局面。其后，北周翦除北齐，隋又取代北周。589年隋文帝一举灭陈，南北一统，标志着魏晋南北朝时期结束。在这段风云激荡、碰撞磨合的历史中，华夏大地经历了从长期分裂复归统一，各民族由对立纷争走向大融合，典章制度和思想文化自"胡风国俗，杂相糅乱"达到胡汉交融、南北会通的过程，为隋唐的高度繁荣奠定思想与文化的基础。

朝代更迭频繁、社会阶层和民族关系错综复杂，思想文化的冲突与融合并存等时代因素，为这一历史时期的文学带来层次丰富的发展空间。宫廷与市井、都城与乡里中的文人群落与文学发展相交织，贵族文学与民间文学并存，构成了丰富的文学史图景。国家不幸诗家幸，动乱时代之中，产生了很多耀眼的文学巨匠，如三曹父子、陶渊明和庾信等。这一时期，物质文明不断进步，纸张更见普及，有利于文学作品的结集与传播，因而这一阶段也是文学总集、别集以及类书等图书编纂高度发达的时期。精神世界的发展同样迅猛，儒、释、道在此时得到长足发展并展现合流趋势，新的哲学思想不断地产生并影响着时代的方方面面。这一阶段，文学作为一门语言艺术的技艺而非经史之余话的独立特征不断显露。文人诗获得长足发展，五言七言古体、近体诗歌的多种形式不断走向成熟。同时人们对文学的性质、地位、功用和创作等各方面，皆有深入反思。这种反思在过去被命名为"文学的自觉"。它最为直接的成果表现之一就是产生了大量文学理论著作。同时，文体也在走向成熟、完备，尤其是五言诗、志人志怪小说等文体获得长足发展。

总之，魏晋南北朝文学史是中国文学传统形成与强化的重要时期，它对于文学史来说，承前启后的意义是不言而喻的。

第一节　长期分裂时代文学发展的多种可能性

魏晋南北朝时期从整体上看处于南北长期分裂状态。在北方，东西分裂的时间也比北方统一的时间要漫长。长期的国土分裂，意味着行政区域的阻隔被人为深化，各地区的政治文化差异必然增强。无论是军事征伐、外交往来还是民间人口流动，又在不断地促进各个地区之间政治、文化和思想的交流与融合。频繁更迭的各政权统治者及其集团，在施政理念、文化素养等多个方面都有主体的差异性，他们的文化态度和文学观念也会影响到文学的发展。

在长期分裂时代，文学发展拥有多个地域中心。自西汉时起，文学发展的主要社会空间是城市，且主要集中于北方。长安是诸多文人的集结之地，也是重要文学作品的产生之地或描述对象。至三国时期，魏、蜀、吴各立都城，各自吸纳了一批文学力量，其中邺下最富人才。西晋时期，都城洛阳成为很多文人的成名之地。但是，一场持续了十六年的"八王之乱"以及紧随其后的"五胡乱华"结束了文学在北方地区的城市发展之路。随着西晋王朝的继续倾塌，在洛阳及其周边这个中心地区的西晋文学残留力量，逐渐流散和消失。永嘉南渡后，南北地区文学力量的对比发生了很大变化。南来的上层阶级为晋的皇室及洛阳的公卿士大夫，这个阶层中有着大量的文化精英。他们到达南方后，聚居于长江下游的重要城市。都城建康作为文学发展地域中心的地位最为稳定，长江沿岸的雍州、江陵等城市也在梁代中后期成为新的、仅次于建康的文学发展中心，宫体诗就发源于梁简文帝作为皇子出镇雍州的时期。而在北方，西晋末年的人口流动还有东、西两个方向。经过十六国时期漫长的经营，北方先后依次形成过多个文学中心。凉州地区的姑臧、敦煌和酒泉都曾聚集过大量文化力量。前燕、后燕等政权所居之河朔，也积纳了大量的文化力量。前、后秦时期的长安，是北方地区的文化中心。北魏迁都洛阳后，北魏孝文帝在此致力于学习南方。北魏分裂为东魏、西魏后，北方地区的文化中心又重新形成了"东有邺城、西有长安"的格局。同时，还有作为南北交织地带的河表七州，在整个南北朝时期同样保持了浓郁的地域特色。在这些不同的地区，文学发展的步调和情调，都有着很多不同。北方地区文学的发展，总体上受制于汉魏以来长期的文化积淀，在文学的开拓性上略有不足，但在尊重文学传统、重视文学思想表达等方面，颇有优于南方之处。虽然在这段时间，整体上是以长期分裂为主，但是小范围的领土合并时有发生，例如河表七州，就综合了南北双方的特色，而北魏平凉后一度将凉州文化士人迁徙到平城，其中一些则远遁南方，为那里带去了西陲文化。

这是一个士族阶层兴盛的时代。但由于政出多门，权力变幻，社会阶层的升降变动也相对频繁。当时无论南北，皆重视门第，强调宗族伦理关系，并在日常的文学活动中不断地表现出来，促进了文学集团的形成。当一些家族在战争中没落，而另外一些家族又以政治新贵的方式崛起。这些家族，往往在文学表现上颇有可观的成绩。例如魏氏三祖、匈奴前赵刘氏父子、梁萧氏父子等，还有其他贵族如谢氏家族、王氏家族等，一些高级文学侍从同样具有家族性，如庾肩吾、庾信父子，徐摛、徐陵父子等，都是著名的文学家族。文学的贵族化、家族化是此时文学发展的重要模式。

魏晋南北朝时期，仅建立过政权的少数民族就有十多个，是当之无愧的民族大融合时期。而少数民族与汉族之间的文学交流也是空前繁荣的。无论是在北方还是在南方，少数民族的文化都渗透到当时文学发展的主流中，也留下深刻的民族烙印。尚武的北方游牧民族，为北方地区文学留下许多刚劲有力的民歌精品之作，追求文学之"质"，重视情怀壮志之抒发。南方本地少数民族聚居在长江中下游，南方民歌的形成与之紧密相关，而宫体诗的发展也极大地汲取了这些民歌的营养成分。

第二节　文学理论与文体的长足发展

魏晋南北朝时期的文学批评和文学理论，首先始于汉末的人物品评风气。汉代末年在察举制度下，士族中已经流行着乡党评议的风气，如许劭与从兄许靖"俱有高名，好共核论乡党人物，每月辄更其品题，故汝南俗有'月旦评'焉"（《后汉书·郭符许列传》）。曹魏时刘劭著《人物志》，总结了鉴察人物的理论和方法，特别重视人的材质，形成才性之学。人物品评原本多重品德、才干，到后期又突出审美。刘义庆《世说新语》的《识鉴》《赏誉》《品藻》《容止》等门，记载了许多品评人物的生动事例。例如"有人叹王恭形茂者，云：'濯濯如春月柳。'"（《容止》）其品题人物常见的审美概念有：清、神、朗、率、达、雅、通、简、真、畅、俊、旷、远、高、深、虚、逸、超等，这些概念皆可视为文学批评概念的原型。钟嵘《诗品》、庾肩吾《书品》、谢赫《古画品录》，都借鉴了这些人物流品的概念。其次，魏晋南北朝时期文体观念的确立，与文学理论之间也形成相互促进、相辅相成的辩证关系。文体的区分越来越细致，总体倾向是骈体化、韵文化。文体本身的形式美获得空前的重视。曹丕《典论·论文》、陆机《文赋》、挚虞《文章流别论》、刘勰《文心雕龙》等理论著作都对此时的多种文体做了深入透彻的分析，并从创作的角度给出了很多具有实践性的指导意见。

　　曹丕所撰《典论·论文》，被认为是中国文学批评史上第一篇文学专论。《典论》中原有的20多篇文章大多失传，唯有《论文》由于被收入《昭明文选》而得以完整保留。《典论·论文》首先肯定了文章的价值，认为它是"经国之大业，不朽之盛事"。其次，作者提出"文以气为主"的"文气"说，所谓"气"，是指反映在作品中的作家的自然禀赋、个性气质，且认为它是独特的，"虽在父兄，不能以移子弟"。同时，作者还将文体分为"四科"，凡八种体裁，并逐一论列："盖奏议宜雅，书论宜理，铭诔尚实，诗赋欲丽。"这是最早提出的比较细致的文体论。

　　西晋陆机的《文赋》是古代文学批评史上第一部完整、系统的专著，对文学创作过程中的艺术想象、灵感等重要问题提出了创造性见解，也对文体进行了广泛、深入的研究。它被认为是文学摆脱经学附庸地位而得到独立发展之后，在大量创作实践基础上产生的理论结晶，很多内容，也是作者本人创作经验的总结。例如，他提倡在文学形式上要有"其会意也尚巧,其遣言也贵妍"的唯美精致的追求,也应有"伫中区以玄览,颐情志于典坟"的创作积累。创作过程是曲折多磨的,需要不断地作出取舍,即"虽杼轴于予怀,怵他人之我先。苟伤廉而愆义,亦虽爱而必捐"。陆机对不同文体有着深刻的认识,共论述了十种文体:"诗缘情而绮靡,赋体物而浏亮。碑披文以相质,诔缠绵而凄怆。铭博约而温润,箴顿挫而清壮。颂优游以彬蔚,论精微而朗畅。奏平彻以闲雅,说炜晔而谲诳。"

西晋挚虞编有《文章流别集》30卷,有作品,有评论,为世所重。原文已佚,后人把《流别集》中所作各种体裁文章的评论,集中摘出,成为专论,即《文章流别论》。明代张溥在《汉魏六朝百三家集·挚太常集》的《题辞》中认为,这部著作对南朝文学理论研究有重要影响。他说:"《流别》旷论,穷神尽理,刘勰《雕龙》,钟嵘《诗品》,缘此起议,评论日多矣。"

南朝刘勰著《文心雕龙》,大约成于南朝齐和帝中兴元、二年(501—502)间,是一部"体大而虑周"的文学理论专著。全书共10卷,50篇(原分上、下部,各25篇),以孔子美学思想为基础,兼采其他。他认为,道是文学的本源,圣人是文人学习的楷模,"经书"是文章的典范。把作家创作个性的形成归结为"才""气""学""习"四个方面。《文心雕龙》进一步发展了荀子、特别是扬雄以来的"原道""宗经""征圣"的观点,但是它并没有经学的抽象说教,反而对文学的艺术本质及其特征有较自觉的认识,开研究文学形象思维的先河。例如,刘勰梳理了文学创作中的情、理关系,认为"情者,文之经;辞者,理之纬。经正而后纬成,理定而后辞畅"(《情采》)。刘勰还探讨了艺术思维"神思"的特点,认为它是一种自由的想象。在艺术审美方面,他强调两面,而不偏执一端,提出"擘肌分理,唯务折衷"(《序志》),在对道与文、情与采、真与奇、华与实、情与志、风与骨、隐与秀的论述中,无不遵守这一准则，体现了把各种艺术因素和谐统一起来的古典美学理想。这部著作全面总结了齐梁时代以前的美学成果，细致地探索和论述了语言文学的审美本质及其创造、鉴赏的美学规律。此书本身就是用骈文写成的，体现了那个时代的唯美主义文学特征。

南齐钟嵘的《诗品》所论范围主要是五言诗，针对的是"庸音杂体，人各为容"的诗坛风气。全书共品评了两汉至梁代的诗人122人，计上品11人，中品39人，下品72人。在《诗品序》里，他重申赋比兴之三义，认为"宏斯三义，酌而用之，干之以风力，润之以丹采，使味之者无极，闻之者动心，是诗之至也"。《诗品》与《文心雕龙》有所不同，积极介入当代诗坛评论，批评玄言诗"平典似道德论"，反对用典，尖锐地斥责了宋末诗坛受颜延年、谢庄影响而形成的"文章殆同书抄"的风气。同时，作者也反对当时开始流行的永明体"四声八病"之说，认为这些新说令"文多拘忌，伤其真美"。《诗品》对五言诗的摘句十分重视，摘引了"思君如流水""高台多悲风"等名句，称为"胜语"。他论谢灵运诗，是"名章迥句，处处间起"，论谢朓诗，是"奇章秀句，往往警遒"，论曹操诗，"甚有悲凉之句"。另外，《诗品》对于诗人之间的源流也颇有探讨，认为陆机、谢灵运"其源出于陈思"，颜延年"其源出于陆机"，左思诗出于刘桢，陶潜诗"又协左思风力"等。《诗品》品评诗人，往往把词采放在第一位，称"才高词赡，举体华美"的陆机称为"太康之英"，将"才高词盛，富艳难踪"的谢灵运称为"元嘉之雄"。

第三节　思想史进程对文学的影响

魏晋南北朝时期，玄学、道教、佛教和谶纬方术等思想，发展极为迅速，它们变化为新的社会思潮，在这个长期分裂的时代滋养着人们的精神世界。当时，新的社会思潮也在改变着士大夫的人生追求、生活习尚和价值观念。儒家的道德教条和仪礼规范已失去原有的约束力，一种符合人类本性的、返归自然的生活，成为新的追求目标。同时，对人性、世界本身的求知欲，也到了一个空前旺盛的阶段。

魏晋时期，随着儒家的衰微，玄学思潮日渐兴起。《老子》、《庄子》和《周易》成为魏晋士人热衷的"三玄"。玄学的发展，主要经历了三个阶段，研究界将之命名为正始玄学、竹林玄学和中朝玄学。玄学有几个重要的论题：崇有与贵无、名教与自然、言意之辨、形神之辨、名理之辨。对文学和艺术有直接影响的是崇尚自然的一派、言不尽意的一派和得意忘言的一派。嵇康和阮籍本身就是玄学家，他们在诗文中对"自然"颇有讨论；陶渊明的思想和玄学也有很深的关系。后人极力推崇陶渊明，并把他的自然和真视为文学的极致。"正始明道，诗杂仙心"（刘勰《文心雕龙·明诗》），郭璞的《游仙诗》、庾阐《游仙诗》和《闲居赋》等，明显受到玄学影响。东晋永和年间孙绰、许询等人的玄言诗创作达到高峰，这是一种以阐释老庄和佛教哲理为主要内容的诗歌。温峤创作的《回文虚言诗》是比较典型的玄言诗。玄学在社会中传播的主要方法、途径是清谈。王羲之等人创作的《兰亭诗》被视为是受到玄学清谈文化影响的诗歌，以言理为主旨，文学艺术性略少，因而玄言诗被钟嵘评价为"平典似道德论"。经过历史的洗礼，如今存世的玄言诗已经不多。

儒家思想、道家哲学及其影响下形成的道教，加上外传的佛教，是中国古代三大思想潮流，对中国文化发展产生重大影响。

通常的观点认为，印度佛教是在东汉时期传入中国的。一些西域僧人来到中国境内翻译佛经，传播义理，佛教思想开始在社会上层流行。西晋时，佛教典籍《般若经》影响巨大。东晋时代，中原的一些名僧避难渡江,在南方积极传播佛教。在庐山出现了以慧远为领袖的佛教僧团。十六国时期,少数民族政权的统治者大多支持佛教,佛教在北方得到长足发展,出现了佛图澄、道安、鸠摩罗什、法显等著名僧侣。南北朝时期,北方出现了定居少林寺的佛陀禅师和禅宗的创始人达摩禅师。随着佛教的发展壮大,僧人在上层社会的地位日渐尊崇。与名僧、高僧交往,成为士林时尚。支遁是东晋时期活跃在上层贵族中间的名僧。庐山慧远成立的"莲社",吸纳了刘遗民、周续之等南朝名士。虽然有过禁佛活动,隋朝以后,佛事活动又兴盛起来。在南方,佛教盛极一时。梁武帝以皇帝之尊三次舍身同泰寺。陈武帝、文帝也都模仿梁武帝,有舍身佛寺之举。在佛教思潮的影响下,文学发生了一定的变化。以汉译佛经为基础的佛教元典文学,是此时文学发展的一个新门类。人们将佛教元典文学主要分为这样几类:以佛传、菩萨传为主的佛教传记文学,代表作如《马鸣菩萨传》等;以佛陀为菩萨行善事为主要情节的本生文学,代表作如《六度集经》《长寿王经》《菩萨本生鬘论》等;以譬喻为佛理解说工具的譬喻文学,代表作如《譬喻经》《百喻经》等;以佛陀说法教化种种因缘为主要内容的因缘文学等,代表作如《贤愚经》等。在此过程中,"唱导"与"转读"是佛教传播的主要方式,优秀的经师能够达到梵声与汉语的巧妙结合,生动地将佛经的内容传布给听众。这种讲唱艺术,首先导致了大量以宣佛为主的讲唱文学作品的涌现。敦煌遗书中的变文、宝卷,以及世俗的诸宫调、平话、弹词等文体,皆受到唱导和转读的影响。而且,梵呗之声的出现,也被认为是南齐时声律说走向成熟、形成了以"四声八病"说为主的"永明体"的关键动因。佛教从思想根源上影响了魏晋南北朝文学,同时也拓展了此时文学的艺术手法和题材形式。晋宋的山水文学和梁陈的宫体文学都受到佛教影响。前者是以表现山水审美为主,并在其中浸透了神道与山水合一的般若思想和"物有佛性,其道有归"（谢灵运《辨宗论》）的佛性论，将人与山水作平等观。梁陈宫体诗中对女性外貌的刻画极为细密，可能与佛教的色空观念，以及对"象"的理解有关。

在魏晋南北朝时期，道教的发展也十分迅速。东汉末叶，道教因张角"黄巾起义"失败受到影响，其发展在政局动荡中渐趋零落，纲领散乱，江南一带，种种巫觋杂道错出，淫祀盛行。于是，魏晋南北朝时期出现了一些道教的革新人物，其中具有代表性的有葛洪、陆修静和陶弘景。葛洪（284—364），号抱朴子，丹阳郡句容（今江苏句容）人，是三国方士葛玄之侄孙。他曾受封为关内侯，后隐居罗浮山炼丹。葛洪的《抱朴子》分内外两篇，在《内篇》中，他不仅全面总结了晋以前的神仙理论，并系统地总结了晋以前的神仙方术，包括守一、行气、导引和房中术等。同时，他又将神仙方术与儒家的纲常名教相结合，强调"欲求仙者，要当以忠孝和顺仁信为本"，本质上是主张神仙养生为内，儒术应世为外。《外篇》则类似杂文集，主要讨论时事，不满于魏、晋清谈，主张文章、德行并重，立言当有助于教化，以法治国。陆修静（406—477），字元德，吴兴东迁（今浙江吴兴东）人，是天师道的代表人物。他是早期《道藏》的编辑者，也是南朝道教斋戒与仪范的制立者。陶弘景（456—536），字通明，自号隐居先生或华阳隐居，卒后谥贞白先生，丹阳秣陵（今江苏南京）人。陶氏历经宋、齐、梁三朝，梁武帝对其恩遇有加，《南史》也有"山中宰相"之誉。但在南梁时期，举国崇佛的大环境下，陶弘景作为道教茅山派代表人物，迫于压力出走远游。最后以道教上清派宗师的身份，前往鄮县礼阿育王塔，自誓受戒，佛道兼修。正是如此才避免了如寇谦之的新天师道一世而亡的下场。陶弘景有悼好友沈约诗云："我有数行泪，不落十余年，今日为君尽，并洒秋风前。"大概就是在表达自己内心的苦痛。

南朝道教的发展，对南朝文学影响甚深。道教典籍本身就有深刻的文学性，葛洪所撰《神仙传》共10卷。书中收录了中国古代传说中的92位仙人的事迹，想象丰富，记叙生动。书中收录的，有些不是仙人的人物，也被神仙化了。道教的发展，在当时也进一步促成了南朝人"方外"观念的形成，并将之运用在山水游历及相关作品中。陆修静早年出家修道，好方外游，遍历云梦山、衡山、罗浮山、峨眉山等名山胜地。南朝的很多山水诗都存在方外的寄托。道教对南朝的歌舞颇有直接影响。梁代乐府《江南弄》七曲与《上云乐》七曲合称为《江南上云乐》十四曲，《老胡文康辞》亦系于《上云乐》名下。三者表面上内容、风格迥异，却被编排成一个系列，歌颂长生、游仙或飞升。梁朝后期庾信所作《步虚词》也是道教科仪的文学反映。

第四节　手抄时代的文学传播

魏晋南北朝时期是文学发展的手抄时代，其主要载体是纸笔。纸张走向普及，主要发生在从汉末到东晋这段时间。《后汉书》中详细记载了东汉蔡伦发明纸张的经过，他主要采用的原料是树肤、麻头等。汉末最为著名的"左伯纸"，至南朝萧梁时期还存在，萧子良评价曰："子邑之纸，妍妙辉光。"崔瑗在回复葛元甫书中谈到了缣帛与纸的不同，当时是纸张与缣帛同时使用的时代。而纸的风行，大概就是在3—4世纪的晋代，取代了竹简和部分缣帛的使用，书籍因此获得大量传播，手抄本开始流行，文学的传播速度空前提高。这其中最为著名的例子，就是左思《三都赋》问世后"洛阳纸贵"的传说。东晋桓玄时，更下令彻底放弃了竹简，而以"黄纸"代之。纸张作为优质的文化传播载体，为当时的诗赋名家所称赞，西晋士人傅咸（239—294）撰写了《纸赋》，称颂纸张的便利性。永嘉南渡之后，江南地区获得开发，造纸术更加发达。今日浙江到江西地区的剡溪一带，两岸绵延数百里皆生藤葛，麻藤是南方造纸的主要原料，这种纸张在这一地区盛行千年。而抄纸帘的发明，也使得南方的造纸技术日益规模化。斯坦因在新疆发现的3—4世纪东晋的古纸，就是生纤维和破布的混合物。北齐贾思勰的《齐民要术》中还提到了当时一种非常成熟的纸张防蛀技术，叫"染潢"，大概就是在纸张生产过程中，将一种能够防止虫蛀的黄色汁液浸入纸中。敦煌所藏的5—10世纪的纸卷，就证实了这种防蛀方式对于纸张保存的有效性。

纸张在东晋以后的风行，极大地改变了文学传播的速度，也使得文学创作在更大的范围内普及开来。当代文学作品的结集速度和数量在不断地增加。谢灵运移居会稽后，"每有一诗至都邑，贵贱莫不竞写，宿昔之间，士庶皆遍，远近钦慕，名动京师"（《宋书·谢灵运传》）。刘孝绰"每作一篇，朝成暮遍，好事者咸讽诵传写，流闻绝域"（《梁书·刘孝绰传》）。这一时期的江南，诗人多如牛毛，有人就编选了《江左文章录》。梁武帝天监四年（505），江淹自撰为前、后集。沈约编撰了一部选集名为《宋世文章志》，在《隋志》中著录为2卷，在《南齐书》本传中则著录为30卷。又如，《玉台新咏》的编撰和结集非常重视当代诗文，其中第9、10两卷中多是当代诗人作品。殷淳还编撰了《妇人集》30卷，徐勉也编有《妇人集》10卷。临安公主有文集3卷，萧纲亲自为之作序。这都说明当时有关妇女题材的作品或者妇女创作的作品十分丰富。由于南朝音乐文学创作发达，陈废帝光大二年（568），释智匠撰《古今乐录》13卷，起汉迄陈。这部总集如今已佚，散落在《乐府诗集》中，对南朝时期乐府诗歌及事件的记载是很丰富的。当代作品的迅速结集，无疑是为抄撰风气甚浓的文化环境所催生。

南方地区藩王府抄撰规模的扩大和定型，是在永明二年（484），即竟陵王萧子良镇守西州，"移居鸡笼山西邸"时。当时，他"集学士抄五经、百家，依《皇览》例，为《四部要略》千卷，招致名僧讲论。佛法，造经呗新声，道俗之盛，江左未有也"（《南史·文惠诸子列传》）。《略成实论记》记载了当时萧子良集结五百余名僧抄录《成实论》，略为九卷，写百部以流传天下，规模浩大。这些学士的工作，涉及抄撰图书、整理类书、翻译佛经等，贡献卓著。这样的文化阵容，"江左所未有也"。永明五年（487），萧子良亲自抄经三十六部，带动了当时抄经活动。建康地区作为南朝图书抄撰中心的地位，也是通过官方馆阁抄撰和萧子良的藩王府抄撰等力量的推动，得以牢固树立。馆阁之中文士众多，遂产生馆阁唱和。抄撰者热衷于对抄撰活动本身或者抄撰环境中某些事物的歌咏。如沈约《和竟陵王抄书诗》，王融《抄众书应司徒教诗》，皆以金玉之词堆砌的秘阁典故，突出抄撰活动的清雅贵重。当时还有一批产生于抄撰活动的游戏之作。再如沈约、王融、范云同赋的《奉和竟陵王郡县名诗》，沈约的《和陆慧晓百姓名诗》《奉和竟陵王药名诗》，王融的《药名诗》等，将所见同类之词，连比为诗，是诗人扩充诗歌素材的尝试。这几首仅存的物名之诗，能够让我们明了南朝诗人获得诗歌典故的过程和方式。

晋安王萧纲继承了萧子良西邸抄撰模式和馆阁唱和，并发展专事抄撰的职位：抄撰学士。在萧纲出镇雍州期间，"高斋十学士"的抄撰阵容已经粗具规模，入京后依然组织抄撰活动。《法苑珠林》录《法宝连璧》一部二百卷，就是在太子之位上组织编抄的。萧纲府中的文士唱和十分频繁，和竟陵王萧子良相比较，萧纲直接参与诗文唱和活动的频次大大提高。宫体诗的兴起，即是在这样的文化氛围中产生的。随着晋安王成为皇太子，徐陵、庾信遂在东宫"并为抄撰学士"。徐陵、庾信的父亲徐摛、庾肩吾都是晋安王萧纲幕中的文人，入幕极早，前后跟随萧纲数十年。徐陵、庾信虽号称是"抄撰学士"，但其本质仍是藩王府幕中文人。

图书抄撰的风行，在北朝同样盛行。北方官方抄撰机制同样是建立在民间。当时的北方社会，出现了"佣书"产业，成为贫困士子立身之依靠。北魏名儒蒋少游、刘芳、崔亮和房景伯都有过"佣书自给"的经历。从洛阳时期开始，北朝开始出现了一些拥有大量私家藏书的士人，如常景身份显贵，家中富有藏书。侯景之乱以后，大量南人北徙，南方的人才和图书都遭到毁灭性打击。颜之推《观我生赋》自注云："北于坟籍少于江东三分之一，梁氏剥乱，散逸湮亡。唯孝元鸠合，通重十余万，史籍以来，未之有也。兵败悉焚之，海内无复书府。"在针对南朝的战争中不断获得成功的同时，为了安置由梁、齐入周的文士，北周和北齐都发展了自身的官方抄撰机制。对于南来士人，北周起初没有授予政治实权，这段时间大约有十年之久。而之后也主要是使其担负文化职能，发挥其文化优势，置麟趾殿，集合南来士人从事抄撰活动。武成中（559—561），周明帝令诸文儒于麟趾殿校定经史。北齐文宣帝天保三年（西魏废帝元钦元年，552），梁元帝平侯景之乱，藏书到江陵，颜之推、王褒、庾信等校之。主持北方官方抄撰的南来文化士人，皆有从事官方抄撰之经历。除庾信、王褒外，其余有宗懔、萧大圆、萧㧑、明克让、姚最、颜之仪、元伟等，主要是从南朝和北齐入周的文人，约30多人得入麟趾殿。同时，南方抄撰群体的向北流播，使得在南北战乱中的一些集部图书，得以传抄。北齐人充分效仿了南朝官方图书抄撰经验。北齐武平三年（572），祖珽采纳阳休之、颜之推的建议，奏立文林馆，又奏撰《修文殿御览》。在馆阁的实际工作中，颜之推与"性好文咏、颇善丹青"的萧放、"工于诗咏"的萧悫等南方士人同任撰例，署文林馆待诏者仆射阳休之、祖孝征以下30余人，主持《修文殿御览》《续文章流别》等编纂。颜之推之所以十分积极地投入这项事业，恐怕和他在江陵之乱中的一段遗憾经历很有关系。颜氏一家，曾有过多次诗文结集，但都因为缺少图书副本，而在遭受困厄之后不复存在。类书的出现，为诗文的发展提供了更多的便利条件，学习创作变得更为容易。

南北朝时期对后世影响较大的两部文学总集是《文选》与《玉台新咏》。《文选》又称《昭明文选》，是中国现存最早的一部汉族诗文总集，由南朝梁武帝的长子萧统组织文人共同编选。萧统死后谥"昭明"，所以他主编的这部文选称作《昭明文选》，原本30卷，分为赋、诗、骚、七、诏、册、令、教、文、表、上书、启、弹事、笺、奏记、书、檄、对问、设论、辞、序、颂、赞、符命、史论、史述赞、论、连珠、箴、铭、诔、哀、碑文、墓志、行状、吊文、祭文等类别。《文选》所选作家上起先秦，下至梁初（以"不录存者"的原则没有收入当时尚健在的作家），作品则以"事出于沉思，义归乎翰藻"为原则，没有收入经、史、子书。萧统是当时文坛上政治地位最高的人物，六朝的绮靡文风在他身上有不可忽视的影响。然而他对文学创作的思想内容和艺术形式的关系，却持重折中，内容要求典雅，形式可以华丽，认为艺术的发展必然是"踵其事而增华，变其本而加厉"（《文选序》）。他指出："夫文典则累野，丽亦伤浮"，要求丽而不浮，典而不野，"文质彬彬，有君子之致"（《答湘东王书》），同时还推崇陶渊明"文章不群，词采精拔，跌宕昭彰，独超众类。抑扬爽朗，莫之与京"（《陶渊明集序》）。所以《文选》所选的作品，其实并没有过分忽视内容。除了选录陶渊明的八首诗以外，还选录了《古诗十九首》和鲍照的作品十八篇。同时，对那些质木无文的玄言诗和放荡、空虚的艳体诗和咏物诗则摒而不取。至于入选的作品是否值得选录，应该选录的又是否有所遗漏，后代的学者曾经有过许多不同的意见，见仁见智，众说不一。总的来说，这部诗文总集仅用三十卷的篇幅，就大体上包罗了先秦至梁代初叶的重要作品，反映了各种文体发展的轮廓，为后人研究这七八百年的汉族文学史保存了重要的资料。

《玉台新咏》是一部东周至齐梁的诗歌总集，共收诗 700 余首，是徐陵入陈之后所编。本书编纂宗旨是"撰录艳歌"，即主要收录男女闺情之作。入选各篇，皆取语言明白，而弃深奥典重者，所录汉时童谣歌，晋惠帝时童谣等，都属这一类。又比较重视民间文学，如中国古代长篇叙事诗《孔雀东南飞》就首见此书。它重视南朝时兴起的五言四句的短歌，收录多达一卷，对于唐代五言绝句诗体的发展有一定推动作用。它不像《文选》那样不录在世人物之作，选录了梁中叶以后不少诗人作品。这些诗作比"永明体"更讲究声律和对仗，可以较清楚地看出"近体诗"的成熟过程。书中收录了沈约《八咏》一类杂言诗，也可以据此了解南朝末年诗和赋的融合以及隋唐歌行体的形成。《玉台新咏》所选诗篇又有可资考证、补阙佚的，如所收曹植的《弃妇诗》，庾信的《七夕诗》，为他们的集子所阙如，班婕妤、鲍令晖、刘令娴等女作家的作品，也赖此书得以保存和流传。其中所收诗歌主要反映女性的生活，表现女性的情思，描绘女性的柔美，吐露女性的心声，同时也表现了男性对女性的欣赏、爱慕，刻画了男女之间的爱恋与相思。

第 二 章
魏晋文学

从东汉最后一位皇帝献帝建安元年（196）至东晋恭帝元熙二年（420），是魏晋文学的起止年代。汉末建安时，政权已经为"挟天子以令诸侯"的曹操所把持，汉朝名存实亡。曹魏形成了一个以曹氏父子（曹操、曹丕、曹植）为中心、王粲、刘桢等文学家为主的文坛。与两汉时的儒生相比，在动乱中成长起来的他们，不再皓首穷经、受拘于礼法，而是注重张扬个性，实现一己事功。因此，他们在创作中表达高扬的政治理想，悲叹人生短暂，世事无常，富有浓郁的悲剧色彩。这些文学特征，被认为是"建安风骨"的重要组成部分。正始是魏齐王曹芳的年号（240—248），"正始文学"常被用来泛指曹魏后期的文学。此时司马氏掌握大权，残杀异己。在政治的白色恐怖大幕降临之时，阮籍、嵇康等文学家表达了对时局、对未来的忧虑，崇尚自然反对名教，作品揭露了礼教的虚伪，来对抗司马氏的残暴统治。"竹林七贤"是此时文学发展的代表人物。此时，蜀国和吴国的文学则相对沉寂。客观地说，吴国文学的发展，对曹魏文学有所借鉴。

西晋武帝太康（280—289）前后，文坛呈现繁荣的局面，有"三张、二陆、两潘、一左"，被称为"文章之中兴"。太康诗风以繁缛为特点，丧失了建安诗歌的那种风力，但在语言的运用上做了许多有益的探索。左思的《咏史》诗，抗议门阀制度，抒发寒士的不平，与建安诗歌一脉相承。西晋末年，在士族清谈玄理的风气下，产生了玄言诗，东晋玄佛合流，更助长了它的发展，以至玄言诗占据东晋诗坛达百年之久。宋初由玄言诗转向山水诗，谢灵运是第一个大力写作山水诗的人。山水诗的出现扩大了诗歌题材，丰富了诗的表现技巧，是中国诗史上的一大进步。在晋宋易代之际，出现了一位伟大的诗人陶渊明。他在日常生活中发掘出诗意，并开创了田园诗。

第一节 从建安风骨到正始之音

汉末建安时期文坛巨匠"三曹"（曹操、曹丕、曹植）、"七子"（孔融、陈琳、王粲、徐幹、阮瑀、应场、刘桢）和女诗人蔡琰继承了汉乐府民歌的现实主义传统，普遍采用五言形式，以风骨遒劲著称，并具有慷慨悲凉的阳刚之气，形成了文学史上"建安风骨"的独特风格，被后人尊为典范。

曹操是汉末最为重要的政治家之一，是曹魏政权的奠基人，他统一了自黄巾起义之后军阀混战多年的北方。他酷爱人才，酷爱文化，在统一北方的混战中，就注意保存文化、吸纳人才。建安五年（200）他击败袁绍后，下令"尽收其辎重图书珍宝"（《三国志·魏书·武帝纪》）。任魏公后，设置了掌管典籍的官吏，广收在战乱中散佚的东汉官府和民间藏书，"采缀遗亡"（《隋书·经籍志》），藏在中外三阁和秘书省。还请蔡邕之女蔡文姬讲述藏书之事，蔡文姬"缮书送之，文无遗误"（《后汉书·列女传》）。曹操还从战火中找回了失传的雅乐。汉时雅乐郎杜夔因乱避乱荆州，荆州牧刘表的儿子投降曹操后，曹操以杜夔为军谋祭酒，参与太乐署之事，令他创制雅乐。他所传的旧雅乐四曲《鹿鸣》、《驺虞》、《伐檀》和《文王》至晋犹存。

曹操精通乐府音律，他的很多诗都是用乐府为题来写成的，但是在内容上对旧式的乐府有所超越，因为他是借古乐府之名来写时事，是拓展乐府诗功能的第一人，让乐府诗从此走上文人化的道路。他的乐府诗大都是四言体，却是以古为新。建安时期诗歌的"梗概而多气"，曹操的诗正是最典型的代表。他的诗朴素有力，粗犷豪迈。常年的军旅生活，让他对兵役之苦极有体会。如《苦寒行》中写出行军的艰苦生活："行行日已远，人马同时饥。担囊行取薪，斧冰持作糜"，更有"熊罴对我蹲，虎豹夹路啼"的危险。著名的《步出夏门行·观沧海》，有"吞吐宇宙气象"，他用最朴素的乐府语言，如"秋风萧瑟，洪波涌起。日月之行，若出其中；星汉灿烂，若出其里"，简直就是口语，却构成了气象万千的形象。这正是英雄的气概。他脍炙人口的《短歌行》，将《诗经》与《楚辞》的传统结合得很好。这首诗中，一方面是对永恒的追慕，一方面是人生的无常。这是《楚辞》里解不开的矛盾。而"青青子衿，悠悠我心。但为君故，沉吟至今。呦呦鹿鸣，食野之苹。我有嘉宾，鼓瑟吹笙"，又是《国风》风格的一种延伸。"老骥伏枥，志在千里。烈士暮年，壮心不已"表达出乐观精神。总之，全诗体现出一种豪壮的英雄主义情怀，是建安时代要求解放追求理想的时代新声。

曹操的儿子曹植的一生，是悲剧的一生。他文学才华很高，几乎被曹操立为太子。但是由于他过于豪放不羁，饮酒无度，而最终让曹操失望。在太子争夺战中，为兄长曹丕深忌。曹丕登位后，始终没有给曹植任何参政的机会，反而对他变相地监视。曹丕死后，曹叡登基，曹植也没有从根本上改善境遇，最终在抑郁中死去。

早年的曹植，充满从政的理想和希望："高念翼皇家，远怀柔九州，抚剑而雷音，猛气纵横浮。"（《鰕䱇篇》）中年以后的曹植，在不断袭来的政治迫害中深沉地低吟："伊洛广且深，欲济川无梁。泛舟越洪涛，怨彼东路长。顾瞻恋城阙，引领情内伤。"(《赠白马王彪》其一）曹植是大力写五言诗的作家，他奠定了五言诗的地位。他的诗"骨气奇高，辞采华茂"，语言功力深厚。比如他的《美女篇》："美女妖且闲，采桑歧路间。柔条纷冉冉，落叶何翩翩。"这样的美人采桑图，和谐而美好，让人心动不已。他的诗中有清新的情调："白日曜青春，时雨静飞尘，寒冰辟炎景，凉风飘我身。"（《侍太子坐》）也有苍茫慷慨的景象："高台多悲风，朝日照北林。"（《杂诗七首》其一）曹植的诗，就是这般"气韵生动"，无怪乎谢灵运说陈思王才高八斗。

　　曹丕的作品多四言乐府诗，风格柔缓。《古诗源》称他"一变乃父悲壮之习"，多少表现出一些贵族气息。他所采择的主题多为表现游子思妇的哀怨与悲伤。如《寡妇诗》"霜露纷兮交下，木叶落兮凄凄"等就是具体例子。他的《燕歌行》更是一幅离人思妇的断肠图："贱妾茕茕守空房，忧来思君不敢忘，不觉泪下沾衣裳。援琴鸣弦发清商，短歌微吟不能长。明月皎皎照我床，星汉西流夜未央。"这首诗，对后来七言诗的发展贡献很大。

　　"七子"之称，始于曹丕所著《典论·论文》："今之文人，鲁国孔融文举，广陵陈琳孔璋，山阳王粲仲宣，北海徐幹伟长，陈留阮瑀元瑜，汝南应玚德琏，东平刘桢公幹。斯七子者，于学无所遗，于辞无所假，咸以自骋骥骤于千里，仰齐足而并驰。"七子中除了孔融与曹操政见不合外，其余六家虽然各自经历不同，都亲身遭遇离乱之苦，后来投奔曹操，地位发生变化，获得了安定、富贵的生活。他们多视曹操为知己，想依赖他干一番事业。故而他们的诗与曹氏父子有许多共同之处。因建安七子曾同居魏都邺（今河北临漳县西）中，又号"邺中七子"。他们当中以王粲的艺术成就最高。王粲《七哀诗》第一首是反映乱离惨景的名作，其中记述的"路有饥妇人，抱子弃草间"，让人为之泪下。第二首写游子的飘零生活，更见风力,"流波激清响,猴猿临岸吟。迅风拂裳袂,白露沾衣襟"等句,在文字的洗练上和曹植的风格很接近。他所代表的感情,正是《古诗十九首》以来的那些寒士的哀怨感情。

蔡琰,字文姬,她的《悲愤诗》很著名,并且在后来衍生为《胡笳十八拍》在民间广泛流传。她的作品之所以受到广大人民的传播和喜爱,是因为她的实录,她把自己被俘到匈奴结婚生子,后来又被汉朝赎回离开夫儿同伴的经历描绘出来,写得极为真实伤感。如描写胡兵劫掠:"马边悬男头,马后载妇女","或有骨肉俱,欲言不敢语"。这是对那个战乱不已的时代发出的最悲愤的控诉。

正始时期,正是曹魏集团与司马氏集团之间的权力斗争异常残酷的时候。天下名士少有全者。在这样朝不保夕的环境下,人们失去理想,失去生活的希望,只有纵酒悲歌,清谈赋诗。他们表面上宗奉老庄、任性放达,而内心实际上因为恐惧、压抑和颓废而变得无比疲惫。正始名士阮籍、嵇康、山涛、向秀、阮咸、王戎、刘伶七个名士常常聚集在竹林中饮酒、清谈玄理,被称为"竹林七贤"。其中,阮籍和嵇康最富文采。

阮籍早年有济世之志,曾登上广武山观看楚汉古战场,对于刘邦称帝,他慨叹是"时无英雄,使竖子成名"。阮籍表面上狂放不羁,终日饮酒,不问世事,但夹在两个水火不容的政治集团中,精神十分痛苦。他常常独自驾着牛车出游,随意而行,行到路的尽头,无法再前行,他会嚎啕痛哭而返。他把自己在黑暗现实中积郁的愤懑发泄到八十二首《咏怀》诗中。

《咏怀诗》大都寓意深刻,充满伤世忧生的感情。例如其"嘉树下成蹊":"嘉树下成蹊,东园桃与李。秋风吹飞藿,零落从此始。繁华有憔悴,堂上生荆杞。驱马舍之去,去上西山趾。一身不自保,何况恋妻子!凝霜被野草,岁暮亦云已。"这是直言悲感,然而有些诗句连悲伤都藏得非常绵邈,大量的比兴与象征让人感觉"归趣难求",如"夜中不能寐":"夜中不能寐,起坐弹鸣琴。薄帷鉴明月,清风吹我襟。孤鸿号外野,翔鸟鸣北林。徘徊将何见,忧思独伤心。"深夜弹琴的情景,孤独不安的忧思,是缘何而起,又是如何释怀,是诗人没有表达也不想表达的潜藏的内容。

阮籍的性格,更趋向于内敛。他"口不论人过",在刀光剑影、血腥恐怖的环境中,这一点给了他很好的自我保护。同辈中的嵇康,性格上很难做到阮籍这样外圆内方,他刚肠疾恶,公开发表一些不苟同于司马氏的政见,反对他们打着"名教"幌子夺取政权。后来他被司马氏集团诬陷处死。嵇康擅长散文,著名的《与山巨源绝交书》嬉笑怒骂,洒脱自如,很能表达作者刚烈傲岸的性格。他的诗以四言诗为主,最著名的是《赠秀才入军》十八首,风格秀逸,充分体现出作者老庄之学方面的修养。第十四首中写道:"目送归鸿,手挥五弦。俯仰自得,游心太玄。"以凝练的语言写出山中高士悠然自得、心游物外的境界,曾获得大画家顾恺之的高度赞赏。

第二节 西晋文坛与贵族文学的深化

西晋统一全国,不过有五十余年相对平静的时间。这个时期,一度出现短暂的安定局面,出现一批卓有才华的文学家,其中,以钟嵘所说的"三张、二陆、两潘、一左"最著名。三张应指张载、张协、张亢三兄弟,"二陆"即陆机、陆云兄弟,两潘即潘安、潘尼兄弟,一左即左思。除这些并称作家外,还有郭璞、刘琨、傅玄、束皙等重要文学家。西晋文坛,并不乏人,较为缺乏的是厚重的思想情怀。他们的创作讲究词藻的堆砌和典雅,艺术形式更加精美,但是忽略了文学的思想内容,走向重形式的贵族化道路。

不论是建安文人还是正始文人,作家的心灵世界往往充满热情与冲突,到了西晋,文士的精神境界普遍缺乏一种崇高精神。司马氏以强取豪夺手段获得政权，却提倡以名教立国，除了孝的观念尚未泯灭，对待忠，则让人处于两难境地。实际上，整个西晋一代文士，忠君的观念十分淡薄，传统的道德崇高感一旦缺失，就会影响到文士的人格建构与理想追求。因此，这一时期文士在出处去留问题上，往往纯然以自我之得失为中心，求名求利成为他们人生追求的目标。正由于此，西晋文士多依附权臣，卷入了政治斗争的旋涡，而在政治斗争中，他们也往往缺乏崇高的道德意识与是非观念，其命运也常随其所依附的权臣在政治斗争中盛衰而沉浮，甚至最终丧命。

张华追求词藻华丽、风格绮靡的文学风格，钟嵘《诗品》评其作品多为"儿女情多，风云气少"。他不仅工诗，也擅长作赋。他的《鹪鹩赋》寓意深刻，刘勰评价说"奕奕清畅"，"即韩非之《说难》也"（《文心雕龙·才略》）。张华编纂有中国第一部博物学著作《博物志》。《博物志》共十卷，分类记载了山川地理、飞禽走兽、人物传记、神话古史、神仙方术等。从权势的角度来说，位高权重的张华无疑是西晋文坛的领袖人物。西晋文学重形式的文学风格的形成，与他有很大关系。两潘、二陆、一左都曾获得他的提携。

潘岳与陆机是西晋太康文学最具有代表性的作家，钟嵘在《诗品》中将他们二人置于上品，并有"陆才如海，潘才如江"之评。江海之间，似有抑扬，但在后人看来，二人则是才华的代名词。唐人王勃《登滕王阁序》末云，"敢竭鄙怀，恭疏短引；一言均赋，四韵俱成，请洒潘江，各倾陆海云尔"，即是这个意思。

陆机（261—303），字士衡，吴郡华亭（今上海松江区）人。陆机出身于东吴世家大族，祖陆逊为吴丞相，父陆抗为吴大司马。陆机20岁时，东吴灭亡，他遂退居旧里闭门苦学。九年后，与弟陆云北上入洛，为张华所赏。曾官至平原内史，后世因称陆平原。二陆来到了京师洛阳，以才学名震当时，获得官职。陆机在当时的文坛尤其突出，被人称为"太康之英"。张华曾评价陆机说："人之作文，患于不才；至子为文，乃患太多也。"(《世说新语》注引《文章传》)他撰写了《文赋》来论述诗歌创作方面的经验，有很多精辟的见解。

陆机是西晋模拟诗风中最典型的代表作家。他尝试了乐府、古诗的各种题材与各种格式，这类诗今存约40余首，超过今存诗歌总数之半，其中以模拟《古诗十九首》的《拟古诗》十二首最为著名。他的诗喜用华丽的词藻与对偶句式。词藻的华丽使他的诗歌带上了更明显的贵族化特征，而对对偶的过分追求则使作品显得呆板而少变化，丧失了作品的灵动。"八王之乱"时，诸王拥兵争权，互相攻伐，赵王伦败亡后，他转投成都王颖，参与了成都王颖与河间王颙讨伐长沙王乂的斗争，担任后将军，率兵二十万，最后战败被成都王所杀。临刑前曾感喟："欲闻华亭鹤唳，可复得乎？"因此，他的一生可说对功名的追求十分执着，但在坚持道义与节操上，则似有欠缺，不免依附权贵，朝秦暮楚。政治品格上的缺陷必然导致思想的浅薄，陆机诗内容肤浅，感情浮泛的特点，即与他的个性品格有关。

潘岳（247—300），字安仁，他是荥阳中牟（今河南开封附近）人。少年时以才慧而为乡里称为奇童。成年后走上仕途，出任贾充司空府掾，以才能为人所嫉，栖迟十年。后来先后任河阳令等官，最后官至给事黄门郎，因此他的作品集即称《潘黄门集》。

潘岳与陆机齐名，后人赞扬他们是"陆才如海，潘才如江"，潘诗以清丽简净见长，他悼念亡妻的三首《悼亡诗》最有名，写得伤感无比。由于他的影响，"悼亡"成为后代诗人追念亡妻的专属题目。事实上，潘岳在妻子死后不久又重新娶了新妻。他的抒情小赋也很有特色，有意境清幽的《闲居赋》《秋兴赋》，也有文辞凄艳的《寡妇赋》《怀旧赋》等。此外他还擅长诔文，这是一种悼念性文体。潘岳辞赋今存20余篇,在各类文体中数量最多,仍以写哀情见长。故《晋书》本传称他"善为哀诔之文"。潘岳在当时受到极高评价,但是后世对他也有不少争议。《晋书》本传称:"岳性轻躁,趋世利,与石崇等诣事贾谧,每候其出,与崇辄望尘而拜。"作为一名文士,潘岳确实德行有所亏缺。金人元好问《论诗绝句三十首》中写道:"心画心声总失真,文章宁复见为人。高情千古《闲居赋》,争信安仁拜路尘。"

左思(约250—305),字太冲,齐国临淄(今山东淄博)人。出身寒门,富有才华。他因妹妹左棻被选为宫中婕妤,全家移居洛阳,左思也从此开始努力向士族阶层靠近,希望能在仕途上获得一官半职。但是左棻因为貌丑而不受皇帝宠爱,左思的努力也常常受到贵族的嘲笑。在写《三都赋》之前,陆机就嘲笑他说等他写好了拿他的文章来盖酒坛子。

这种生存状况让左思的内心非常愤懑,因而表现越发傲岸。他的代表诗作《咏史诗》八首,借古人古事抒写怀抱,对庸碌的贵族冷嘲热讽,对寂寞著书的寒士扬雄、功成不受赏的鲁仲连的高尚人格,则是赞叹不已。他斥责"世胄蹑高位,英俊沉下僚"的不平等社会,勇敢地吼出:"贵者虽自贵,视之若尘埃;贱者虽自贱,重之若千钧"的寒士之声。他的诗,遒劲有力,苍凉浑厚,后人称其风格为"左思风力"。

刘琨(271—318),字越石,中山魏昌(今河北无极附近)人。他出身大世族,是汉朝中山靖王刘胜的后裔,一生历经磨难。他少年时期以雄豪著名,颇负志气,与祖逖交好,有闻鸡起舞的故事传世。他曾事贾谧,是贾谧"二十四友"中最年少者,在洛阳与石崇、陆机、陆云等参与贵游浮华集团的文咏活动。八王之乱起后,又介入诸王争斗杀伐。在晋室危亡之际,他却志于王室,迎惠帝于长安,被封为广武侯。在经历天下大变后,他的思想发生了变化,意识到个人对于国家社会的责任感,因此在给卢谌的信中对自己早年的放纵颇致后悔,从此一改过去的放旷,成为一位爱国志士。37岁后,他出任并州刺史,从中原到北方,以晋阳(太原)为根据地,在极其艰危的条件下,与各路军阀及各少数民族武装集团转战多年,最终被幽州刺史段匹䃅杀害,时年48岁。

刘琨的诗歌现存的只有三首,一首四言《答卢谌》,两首五言即《重赠卢谌》和《扶风歌》。尽管现存的作品数量不多,但却能以刚劲清拔之气抒写英雄失路之悲,在诗坛上独树一帜,因而受到了后代诗评家的好评。钟嵘在《诗品》中说他:"善为凄戾之词,自有清拔之气。"刘勰《文心雕龙》也称他"雅壮而多风"。金人元好问《论诗绝句三十首》则云:"曹刘坐啸虎生风,四海无人角两雄。可惜并州刘越石,不教横槊建安中。"将他的诗与曹操相提并论,确实是建安悲壮慷慨之音在西晋末年诗坛的回响。

郭璞(276—324),字景纯,河东闻喜(今山西绛县附近)人,他博学多闻,但不善口才。他不仅通经术、通古文奇字,而且善于天文卜筮之术,曾注释过《尔雅》《方言》《穆天子传》《山海经》《楚辞》等。西晋灭亡后,他过江避乱,深受王导和元帝、明帝推重,后来为王敦记室参军,因为反对王敦谋反,而被杀害。郭璞与温峤、庾亮等人曾是布衣之交,但他在东晋时却才高位卑,常为缙绅所讥笑,曾著有《客傲》以抒发自己偃蹇傲世之志。当庾亮、温峤致位公卿,自己却沉于下僚,这自然使他不免产生不平,而身处乱世,特别是在残忍的王敦手下,他消极避世的思想尤其突出,因此,在诗歌创作上,他便选择了游仙题材,今存游仙诗19首,其中九首为残篇。

游仙诗起源甚早,秦博士有《仙真人诗》,后代继作者不绝如缕。正宗的游仙诗继承秦汉以来游仙诗传统,以描写轻举高蹈神仙生活为主,表达对神仙长生境界的向往追求。有寄托的游仙诗则往往借游仙形式抒写作者的怀抱与感慨。郭璞的《游仙诗》无疑属于后者。钟嵘在《诗品》中评价是"辞多慷慨，乖远玄宗"，正说明他借游仙以抒怀的特点。刘孝标说："至过江，佛理尤盛，故郭璞五言，始会合道家之言而韵之，询及太原孙绰，转相祖尚，又加以三世之辞，而诗骚之体尽矣。"（《世说新语》注）似乎以郭璞为玄言诗之祖，但钟嵘《诗品》却说郭璞"始变永嘉平淡之体"，这是一个矛盾，值得研究。我们说郭璞游仙诗与孙绰、许询毕竟不同，许、孙是直接说理，而郭璞则借神仙漫游来隐喻玄想，富有形象性，因此不能简单地将二者等同起来。郭璞的游仙诗对后代诗人影响甚大，唐代诗人李贺、李商隐，元代的杨维桢，清代的龚自珍等无不受其影响。

第三节　陶渊明

陶渊明（365—427）字元亮，一说名潜，字渊明，谥号靖节先生。浔阳柴桑（今江西九江）人，后人又称之为陶彭泽、陶征士等。陶渊明的出身不明，据说是东晋大将军陶侃之后。从其诗歌自述看，他的父亲应该是一个没落的下层官僚。陶渊明的一生，有过三次出仕的经历，都是为贫而仕的。他先后担任过江州祭酒、镇军将军和彭泽县令等职，在桓玄、刘裕等风云人物麾下，他更多感到的是对官场的厌倦。41岁时，他选择彻底辞官归隐，从此躬耕陇亩，直到63岁去世。这段归隐时光中，陶渊明既经历了诸多生活的艰辛，比如家宅毁于火灾、饱受饥寒等，也享受到隐逸的自由。而他的隐逸并非与世隔绝，与之来往的有大诗人颜延之，也有与陶渊明并称为"浔阳三隐"的周续之、刘遗民等东晋江州中下层文人群体。

陶渊明是晋宋之交最为独特的诗人。当别人忙于为功名拼命时，他却不肯"束带"见督邮，解印绶去职，不为五斗米向乡里小儿折腰。当别人忙于争权夺利时，他却扛着种豆的小锄，"采菊东篱下，悠然见南山"。别人的诗中布满苍白空洞的哲学，华丽琳琅的修饰，他却坚持用一种最直白的家常语来表达干净的思想。这样一个人，当然不会被他自己的时代所接受。但后人逐渐发现他的与众不同，经过千百年来的重新学习，人们几乎把他视作人生境界的最高代表，诗歌艺术中最超脱、最自然的代表。然而，在陶渊明身上，有着重重的矛盾，他并不是一个无忧无虑的隐逸诗人。

陶渊明的时代，玄学盛行，"贵贱贤愚，莫不营营以惜生"（《形影神三首》序）。对此，陶渊明持批评态度。他尊重自然，尊重生命的规律。他更看重今生而不是来世。所以他写诗，完全抛开了为身后立名的想法。"老少同一死，贤愚无复数。……立善常所欣，谁当为汝誉？……纵浪大化中，不喜亦不惧。应尽便须尽，无复独多虑。"（《形影神三首》其三）在陶渊明的诗中，读不到酸腐、暗仄的气息，也读不到炫耀与做作的文字。那是因为他的诗歌是建立在至善、至真的生命态度上的，它们直接促成了陶诗独特的平淡与醇美。

但是他又不可能不受到玄学时代的影响。陶渊明也关注生命、热爱生命。他爱菊花，世所周知。菊花确实有傲霜不凋的高洁品性，也有的学者认为他采菊是为了服食。服食菊花被那个时代的人们认为是增寿的一种办法。一方面批评惜生，超脱生死；另一方面关注生死，有"悲日月之遂往，悼吾年之不留"（《游斜川》序）的虚无之感。这是陶渊明思想上的矛盾。

隐逸于田园的陶渊明，最希望建立的是一个"傲然自足，抱朴含真"（《劝农》）的桃花源式的社会。但是他并非完全不问世事，在他的诗中依然有政治理想的痕迹，有着对建立和平、稳固社会秩序的期盼。他有平和美好的田园诗《饮酒》，也有讥讽南朝宋代刘裕篡晋的《述酒》，对那些"重云蔽白日"的乱臣贼子很愤慨。安详地在乡村看鸡犬炊烟的陶渊明，内心也充满对社会动荡的不安。这是他作为隐士时内心的巨大矛盾。龚自珍对他的评价很确切："莫信诗人竟平淡，二分梁甫一分骚。"（《己亥杂诗》）意思是说陶渊明的诗并非全然平淡，他对世界的看法，也有像《梁甫吟》和《离骚》一样的深沉感叹。

陶渊明的隐逸生活非常清贫，他笔下的五柳先生正是他自己的写照："环堵萧然，不蔽风日；短褐穿结，箪瓢屡空。"家中发生大火之后，更是"夏日抱长饥，寒冬无被眠"（《怨诗楚调示庞主簿邓治中》），以至于到了要乞食的地步。但是他"不以躬耕为耻，不以无财为病"（萧统《陶渊明集序》）。清贫寡欲的人更懂得生活的美好和大自然给予的财富："少学琴书，偶爱闲静，开卷有得，便欣然忘食。见树木交荫，时鸟变声，亦复欢然有喜。常言五六月中，北窗下卧，遇凉风暂至，自谓是羲皇上人。"（《与子俨等疏》）他满腹诗书，却躬耕南亩，乐与农夫们在一起："日入相与归，壶浆劳近邻"（《癸卯岁始春怀古田舍二首》其二），"时复墟曲中，披草共来往。相见无杂言，但道桑麻长"（《归园田居》其二）。他的性情如此率真，这比那些以躬耕稼穑为耻的人要高尚多了。

陶渊明的诗歌以歌颂田园生活为主，他的诗崇尚自然，诗中的事物都以其本来面目出现，不带雕镂。而且他在这些景物中又会深刻地融入理性的见解，甚至高尚的寄托。如他千古传诵的名句："采菊东篱下，悠然见南山"，似有顿悟，有欣喜，有某种对高洁人格之寄托，品之不尽。

陶渊明的诗在当时看重词藻与修饰的诗坛上并不著名，直到唐代，山水田园诗人们才纷纷发现其诗高超的艺术魅力。宋人更欣赏陶渊明高尚人格，把那种旷远、达观的生命意识和感伤、欢悦交织的生命情绪，带进诗中。苏东坡在贬谪期间，写作百首和陶诗，对人生进行深透的洞察和深情的勉励。

南朝时，陶集已经流传甚广。《晋书》卷六十六《陶侃传附陶渊明传》云："所有文集，并行于世。"《晋书》的记述，应是本于当时所存之晋宋史志传述。手抄口传的陶集，在萧统时得到了较为系统的整理，是其形成定本之始。

第四节　十六国文学的基本面貌

五胡十六国时期（304—439）是中国历史上一段大分裂的时代，始于公元304年刘渊及李雄分别建立汉赵（后称前赵）及成汉起，至439年北魏拓跋焘灭北凉止。范围大致上涵盖华北、川蜀、辽东，最远可达漠北及西域。在入侵中原众多游牧民族中，匈奴、羯、鲜卑、羌及氐为主要力量，统称五胡。他们在这个范围内相继建立许多国家，而北魏史学家崔鸿以其中十六个国家撰写了《十六国春秋》（五凉、四燕、三秦、二赵、一成、一夏），于是后世史学家称这时期为"五胡十六国"，实际上这一时期国家数目远多于十六个。这一时期的文学发展，在过去的文学史叙述中通常处于缺席状态，剧烈的分裂、频繁的战乱，让人以为这个时期的文学难以发展。事实上，十六国中的一些建国者颇有文学才能。他们的政权中也聚集了一些有文学才能的士人，他们之间也曾产生过良好的文学互动。另外，在凉州地区的人们，长期因为偏于一隅的地理位置，获得相对稳定的社会环境，因此也有与中原地区相比不同的文学特点。

在十六国时期的建国者中，前赵刘氏父子的文学才能与学术修养是受到公认的。前赵的建立者刘渊本是屠各杂胡，但实际上是晋阳乡人。他获得文化教养的经历其实和这个地区的普通乡里汉族士人没有太大区别。他自幼在上党游学，师从私学讲授者崔游，综览经史。在崔游门下，他还结交了两个同窗：朱纪、范隆，曾与他们议论汉代历史人物，颇有识见。这些乡党人物，后来成为刘氏所立前赵政权中的第一批文人。赵翼《廿二史札记》卷八"僭伪诸君有文学"曾论及过刘渊父子的文学修养，钱穆先生也讨论过刘氏父子一门承袭东汉之旧传统。

刘聪，刘渊第四子，年14而通经史，并"著述怀诗百余篇、赋颂五十余篇"（《晋书·刘聪载记》）。刘渊青年时两次质于洛阳，在那里曾通过同为并州乡党的屯留崔懿之和襄陵公师彧等人结识了晋阳籍的王浑，与之交往甚密，构成利益关系。王浑后来又为游于洛阳的刘聪树立声望。刘聪登位后，委任"王育为太保，王彰为太尉，任顗为司徒，马景为司空，朱纪为尚书令，范隆为左仆射，呼延晏为右仆射"，这些人物无论胡汉，皆为并州乡党。刘聪杀晋怀帝时，回忆早年曾经造访时为豫章王的晋帝的经历："卿为豫章王时，朕尝与王武子相造，武子示朕于卿，卿言闻其名久矣。以卿所制乐府歌示朕，谓朕曰：'闻君善为辞赋，试为看之。'"（《晋书·刘聪载记》）这里的"王武子"就是指王浑的次子王济，可见刘氏与晋阳王氏两代之间皆关系深厚。

由于战时无暇经营文学，汉赵时期的文学作品留存较少，除一些公牍文字外，赋颂和诗歌基本没有留下具体篇名和内容。军事色彩浓厚的刘氏政权，虽然启用了并州乡党中的寒素汉人，但并不真正依赖他们，更没有拉拢乡里大族，因而其文学传统延续性较为微弱。但是，刘氏政权对乡里士人的启用，开辟了这一时期胡汉士人合作的源头，这一合作基础正是乡党关系。

石勒是曾经被贩卖到并州境内的羯人。他创立石赵（又称后赵）政权时原是没有乡党基础的，是因其个人才干而成就一番霸业。由于是带着阶级、民族仇恨而起义，石勒好杀王公贵族，对于所启用的少数旧族士人，亦不是很重视。这些士人极少有文学作品存世。石勒政权偏爱来自中下层的寒素士人。上党人续咸、京兆人韦謏，都是石勒从前赵政权中获得的。韦謏善于切谏，所著之书"皆深博有才义"。徐光13岁被俘、为其喂马,"光但书柱为诗赋而不亲马事"(《十六国春秋》)。他的文才显露之后,逐渐为石勒所识。其后领命与宗历、傅畅等撰《上党国志》《起居注》《赵书》等。《赵书》是记载后赵史事较早的材料,比崔鸿《十六国春秋》早得多。徐光后因劝石勒杀石虎而下狱,在狱中"注解经史十余万言"。由于石勒重用寒素士人,其本身地位也较为低微,因而石勒政权文学发展水平并不高。从现存作品来看,石勒之书令仿佛口语,大部分篇幅较为短小,即便是篇幅较长的如《下令论功》,全篇也十分平易。这可能主要是因为石勒本人并不识字,而这些文章是由士人根据其口述而整理的。

石虎登位之后,群臣庆贺青州得石虎,"上《皇德颂》者一百七人"。这107人中,当有相当一部分是汉族士人,但是相关作品已佚。总之,从残存作品看,石赵政权的文学发展水平是胡族政权中最低的,但是他们拔擢了大量的寒素士人,这对北方地区文学的复兴亦有其功。

西晋末年,乡里宗族在投靠各种军事力量作为乱离时期的庇护时,为名誉计,一般首先考虑的是西晋汉族旧臣,其次是称臣于晋的少数民族政权,而最不情愿出仕的则是西晋仇敌之胡主,以免"无事复陷身于不义"(《十六国春秋》)。前燕慕容氏居辽东,有着赈恤河北的传统,在西晋败亡之后仍以晋臣自居,承认东晋政权的合法性,遂为流亡士人所接受。慕容氏招抚大量晋时旧人,也是为了获得他们的认可。建兴二年(314)后,前来逃亡的人不断增加,"是时中国流民归廆者数万家"(《资治通鉴》)。至慕容皝时,前燕政权为这些流人重新设置县郡。这些宗族在此后的迁徙中不容易发生大规模流散。于是,北齐时期的《关东风俗传》中才有了一幅这样的宗族聚居的图景:"至若瀛、冀诸刘,清河张、宋,并州王氏,濮阳侯族,诸如此辈,一宗近将万室,烟火连接,比屋而居。"从长远来看，北方宗族力量的复原、发展和壮大，与慕容氏所设置的侨郡关系紧密。受此流亡士人大量侨居的影响，慕容氏政权中的儒学风气也忽然转盛。当时，慕容皝赐立东庠于旧宫，以行乡射之礼，每月临观，考试优劣。他雅好文籍，勤于讲授，学徒甚盛，至千余人，"亲造《太上章》以代《急就》，又著《典诫》十五篇，以教胄子"（《晋书·慕容皝载记》）。这些考试制度使得慕容氏政权中的汉族士人开始拥有正常的向上渠道。慕容皝还仿照中原官制建立了一个官僚体系，以封弈为国相，韩寿为司马，裴开、阳鹜、王寓、李洪、杜群、宋该、刘瞻、石琮、皇甫贞、阳协、宋晃、平熙、张泓等并为列卿将帅，其中部分人是慕容氏最早收纳的士人的后代。大量文人在前燕政权集中，遂致文学创作阵容庞大。在与东晋的外交往来中，慕容廆曾"并赍其东夷校尉封抽、行辽东相韩矫等三十余人疏上侃府"（《晋书·慕容廆载记》）。封抽、韩矫等三十多位士人而为一疏，可见麾下文人之盛。此疏文采宏富，代表了当时北方流亡士人的文学水平，其陈亡国之痛甚深，字字潸然，透露了当时北方流寓士人的普遍情感。而批判南朝此时的政治风气，语气委婉柔和，亦颇有气度。慕容皝时期的《与庾冰书》，同样是出自集体文人之手。这些外交文字，可以视作南北文学交流的早期表现。

十六国后期的前秦和后秦政权都是经历了长期汉化之后方才获得北方大部或者局部领土控制权的。氐、羌在十六国历史上较为著名的一些豪贵，几乎都是在关东出生的。苻坚8岁，"请师就家学"，这与刘氏政权中求学于乡里不太一样。苻坚之弟苻融，"时人拟之王粲"，"尝著《浮图赋》，壮丽清赡，世咸珍之。未有升高不赋，临丧不诔，朱彤、赵整等推其妙速"（《晋书·苻融载记》）。可见朱彤、赵整为苻氏贵族集团的文学侍从。苻坚、姚苌政权先后在长安定都，对于关陇及其周边之乡里士人加以重用，重振关陇地区的文化。前秦名臣王猛，本是靠贩卖畚箕为生的乡里士人，晋末大乱后隐居于华阴山，待时而动。居于坞壁的河东蜀人薛氏薛强"幼有大志，怀军国筹略，与北海王猛，同志友善"(《十六国春秋》)。他们在此还交结了氐族吕婆楼父子。吕婆楼即是后凉创建者吕光的父亲，是他向苻坚推荐了王猛。吕氏也是略阳人，与苻氏之间关系十分深厚。在与苻氏政权相对抗的过程中，姚氏政权也吸引了一些希望在政治上能够实现抱负的关陇及其周边地区的乡里士人。尹纬在苻坚政权中是郁郁不得志的文人，后来"扇动群豪，推纬为盟主"。这里的"群豪"，应该也是在这一时期前后不断向关中地区回迁的秦雍流民。这之后，尹纬还吸引了一些其他地区的关中流民回到长安："纬友人陇西牛寿率汉中流人归兴"(《晋书·姚兴载记下》)。后秦政权取得优势后，甚至于一些早年流亡到南方的关中士人，也开始谋求机会回到长安："京兆韦华、谯郡夏侯轨、始平庞眺等率襄阳流人一万叛晋，奔于兴"(《晋书·姚兴载记上》)。这三个流民队伍的首领中，韦华和庞眺其实都是关中人。在关中士人的支持下，苻、姚政权统治期间，长安作为文化发展中心地位，得到一定程度的恢复。《苻坚时关陇人歌》云："长安大街，夹树杨槐。下走朱轮，上有鸾栖。英彦云集，诲我萌黎。"这首歌谣产生的背景是"关陇清晏，百姓丰乐，自长安至于诸州，皆夹路树槐柳"。长安的繁荣，一度使得上层文人有回归西汉鼎盛时期的历史感，举办的一些文学活动有明显的模拟汉代君臣赋诗的倾向。如梁熙遣使西域之后，朝献者送来马匹，"坚曰：'吾思汉文之返千里马，咨嗟美咏。今所献马，其悉反之，庶克念前王，仿佛古人矣。'乃命群臣作《止马诗》而遣之，示无欲也。其下以为盛德之事，远同汉文，于是献诗者四百余人。"(《晋书·苻坚载记上》)又有东晋太元七年(382)："坚飨群臣于前殿，乐奏赋诗。"(《晋书·苻坚载记下》)参与这场诗会的秦州别驾天水姜平子被苻坚擢为上第，可见当时胡主与在朝的关中乡里士人文学互动之热烈。

姚兴在位时，后秦社会安定、"郡国肃然"，文化发展也臻于全盛。当时长安城中儒者学生动辄数万人，和刘曜时期在长安立学校"简百姓年二十五已下十三已上，神志可教者千五百人"（《晋书·刘曜载记》）相比，不可同日而语。姚兴政权的中坚阶层，都是出自关陇各地乡里的士人们。这些人大多有文学才能，甚至参加过胡主所主持的儒、释讲论。姚兴的周围还有一批以赋作来作为讽谏方式的文人，如京兆杜挻著《丰草诗》以箴，冯翊相云作《德猎赋》以讽。基于此，《隋书·经籍志》对苻、姚政权的文化发展给予了很大的肯定，曰："其中原则战争相寻，干戈是务，文教之盛，苻、姚而已。"长安作为文化中心获得一定程度的恢复。

西晋末年（303—316）以后，地处西陲的凉州地区因其暂安的社会环境，成为晋末文化存续之地。而凉州文学发展主体，并非中原移民，而是本土乡里著姓。凉州本土势力之间互相依赖，其乡里社会的文化传承机制，保证了凉州地区实现文化发展之自足。晋末凉州乡里著姓参与扶持晋愍帝政权，给凉州人造成深刻影响，是其长期坚持西晋遗民立场的重要原因之一。受此影响，凉州地区的文学颇具遗民特质，保留了西晋时期的一些文学传统。

前凉时期，凉州地区通过这种宗族聚居以及相互往来，形成了一个相互传承的文化发展机制。这个体制在晋末乱世不但没有打破，而且因为一些士人自京师返回乡里，进一步加强。如索綝"少游京师，受业太学"，"善术数占候"，"司徒辟，除郎中，知中国将乱，避世而归。乡人从綝占问吉凶，门中如市"（《晋书·艺术列传》）。又有敦煌人氾腾，"举孝廉，除郎中"，"属天下兵乱，去官还家……散家财五十万，以施宗族，柴门灌园，琴书自适"。氾腾回到河西之后，"张轨征之为府司马"，但他拒绝了（《晋书·隐逸列传》）。返回凉州地区的士人，对于乡里社会中的文化传承起到积极作用。河西人"性犹质直，然尚俭约，习仁义，勤于稼穑，多畜牧"

(《隋书·地理志》)。百姓之"习仁义",应当和这类文化的乡里传承有一定的关系。

正是在这个文化体制之下,凉州地区源源不断地产生乡居士人。他们勤于私学讲授,颇有风操,是河西文化得以存续的主体。如敦煌人宋纤,隐居于酒泉南山。他自称"受生方外",颇有魏晋风度。他给张祚的上疏,多以四言为之,文风矜重。《晋书》载宋纤"注《论语》,及为诗颂数万言"。他在当地的影响很大,死后当地人为之建阁。酒泉太守马岌来到此阁,叹曰:"名可闻而身不可见,德可仰而形不可睹,吾而今而后知先生人中之龙也。"并铭诗于石壁曰:"丹崖百丈,青壁万寻。奇木蓊郁,蔚若邓林。其人如玉,维国之琛。室迩人遐,实劳我心。"太守杨宣画其像于阁上,并作颂曰:"为枕何石?为漱何流?身不可见,名不可求。"河西社会对于这类崇尚情操的名士的钦重,说明魏晋以来崇尚高远、清逸的士人风气在此地仍然得到延续。此类例子还有敦煌人郭瑀,以及他的老师郭荷等。

张重华时,谢艾请兵七千而破赵,战果赫赫。谢艾作为将领,同时又善文。《隋书·经籍志》著录其有《谢艾集》八卷,今已亡佚。谢艾通《春秋》,《文心雕龙·熔裁》曾评价道:"昔谢艾、王济,西河文士,张骏以为'艾繁而不可删,济略而不可益',若二子者,可谓练熔裁而晓繁略矣。"可惜谢艾现存作品不完整,无从分析其特点。边陲人士竟能享誉南朝,当并非徒有虚誉。

西凉建立者李暠亦是"兼资文武"。《资治通鉴》载"初,陇西李暠好文学,有令名。尝与郭瑀及同母弟敦煌宋繇同宿"。郭瑀乃是当时著名的乡里私学教授者。之后,李暠出仕,直至敦煌太守。经过与索嗣争权之后,李暠获胜,登位之后,尤爱召集文学集会。这个时期,河西大儒刘昞最具代表性。他"注记篇籍,以烛继昼"(《十六国春秋》),有多种著作传世,在沮渠氏政权中曾被封为"国师",深受宠任。

河西士人留存下来的诗歌作品并不多。现存张骏两首乐府诗《薤露》和《东门行》，其撰写时间已经无从稽考。史书上说张骏"十岁能文"，那也距离永嘉之乱时间已不短。但《薤露》仍然充满了对晋末之反思，说明河西人对那段历史记忆深刻。《薤露》直接模拟了曹操的《薤露》，内容感愤从惠帝到刘聪占领洛阳的过程。其中谈到凉州人"义士扼素腕，感慨怀愤盈。誓心荡众狄，积诚彻昊灵"，正是凉州人以义兵救晋的历史写照。《东门行》则是极具西晋太康诗风的繁缛特点，描绘春日游历所见景象。诗中"毒卉敷荣"这类意象，在刘琨的诗歌中也曾出现，说明他吸收了西晋诗风的艺术遗产。

现存的河西文学作品中，赋的数量较为可观，艺术水平亦较高。后凉吕光统治时期，著作郎段业作《九叹》《七讽》十六篇以讽吕光。西凉王李暠现存赋作数量最多。在位二十四年中，他饱受内外忧困，诚如临终时的这番总结："吾少离荼毒，百艰备尝，于丧乱之际，遂为此方所推，才弱智浅，不能一同河右。今气力惙然，当不复起矣。死者大理，吾不悲之，所恨志不申耳。"（《晋书·凉武昭王》）因而他的赋作十分偏重于对于时代和政权未来的反思与寄情。其中《述志赋》长达近千字，写于李氏政权内外交困之时。这篇赋实际上气概雄长顿挫，辞藻壮丽，可以看出深受"兼资文武"的河西文化特点的影响。此外，北凉大儒刘昞撰写《酒泉颂》，曾被《周书·王褒庾信传论》评价为"区区河右，而学者埒于中原，刘延明之铭酒泉，可谓清典"。《酒泉颂》这篇作品没有流传下来。"清典"之评，应该也是对河西赋作中典故清正这一特征的肯定。

到"五凉"政权后期，凉州地区文学发展优越于北魏文学的趋势很明显。崔浩曾为太武帝代作《册封沮渠蒙逊为凉王》，其祖述北魏先祖之语，与西晋以来述皇考的四言诗风格相类似，其中并不十分用典，只能说是稍有对仗，力求文辞雅正。而这样一篇作品，却是崔浩平生流传至今的唯一一篇骈文。这说明了崔浩对于河西文学的重视和仰慕，故在文辞上颇为用心。

前秦方士王嘉的《拾遗记》是十六国时期具有代表性的神话志怪小说集。王嘉，字子年，陇西安阳人。今传本大约经过南朝梁宗室萧绮的整理。《拾遗记》共10卷，前九卷记自上古庖牺氏、神农氏至东晋各代的历史异闻和怪诞神话。汉魏以下也有许多道听途说的传闻，尤其宣扬神仙方术，多诞谩无实，为正史所不载。末卷则记昆仑等八个仙山。《拾遗记》的主要内容是杂录和志怪。书中尤着重宣传神仙方术，多荒诞不经。但其中某些幻想，如"贯月槎""沧波舟"等，表现出丰富的想象力。文字绮丽，所叙之事类皆情节曲折，辞采可观。而且，其中还穿插了一些七言诗，如《少昊》中的一组对歌，其实具有浓厚的民歌特点。这两篇诗歌，是关于少昊之母皇娥与帝子相遇，泛于海上之后的咏歌。从它的文辞上看，仙人所处的神秘海上世界被表现得光怪陆离、华丽虚渺。这两首诗，穿插在王嘉对于少昊之母与帝子相遇的叙述段落之中，读之更能让人觉得身临其境，能够增强故事叙述的表现力，具有极强的画面感。《拾遗记》中还有《采药诗》等，同样属于宣扬游仙、长生之乐。谶纬与方术往往是紧密结合的，而这些思想潮流，能够影响到当时的文学表现形式。而这样的文学形式，往往具有缥缈、华丽的艺术风格。

第三章
南朝文学

　　南朝时期是指从420年刘裕取代东晋政权，建立宋政权开始，中间经历了萧道成建立的齐代，萧衍建立的梁代和陈霸先建立的陈代，直到589年隋兵南下，陈后主亡国为止。因此，南朝四代存在的时间都很短，政权更迭频繁，其中时间最长的宋代不过59年，而最短命的齐代维持了23年。

　　宋朝开国皇帝刘裕是东晋末年依靠军事权力发展起来的新力量，他在与东晋士族大家族的斗争中取得胜利，最终废晋帝自立。刘裕出身贫寒，又鉴于东晋时大族力量过剩、削弱国力的教训，因而在位期间不再重用名门大族而多用寒人，而兵权多交付给自己的皇子。自永嘉南渡之后，南方这才安定下来，没有再发生大的内乱。刘宋与北魏的战争双方各有胜负，都无力再战。文帝刘义隆在位的三十年间，是宋朝最繁荣的一段时期，这时南方的经济、文化才真正有所发展，迎来了"元嘉之治"。刘宋末期诸皇子争权，导致相互残杀，在此期间，南兖州刺史萧道成趁政治混乱之机而形成较强势力。公元479年，萧道成灭宋建齐。齐高帝、齐武帝在位期间，南齐吸收刘宋灭亡教训，以宽厚为本。而武帝死后，南齐也走上刘宋手足相残的老路。东昏侯统治时尤其黑暗，甚至将朝内大臣几乎全部处死。501年，雍州刺史萧衍起兵攻入建康，结束南齐统治，建立萧梁政权。萧衍是为梁武帝，在位 48 年。在武帝时期，北方的魏国已经衰落，再无能力对南方形成威胁。因此，南朝迎来了最为安定富庶的一段历史时期。直到 548 年，降梁的东魏大将侯景倒戈。他以武帝从子萧正德为内应，进攻梁国。次年，侯景攻陷台城。此时，梁武帝饿死城中，其子萧纲即位，是为梁简文帝。551 年，侯景杀死简文帝。至此，梁处于崩溃边缘。557 年，在讨伐侯景战争中发展起来的陈霸先灭梁，建立陈朝，是为陈武帝。陈武帝与其继承者文帝、宣帝先后消灭了王僧辩、王僧智等反对势力，又在建康附近打败北齐军。在一定程度上巩固了陈的统治，但毕竟由于国力衰微，陈的统治被局限于长江以南，宜昌以东的地方。583 年，后主陈叔宝即位，此时北方已被隋朝统一，全国统一大势形成。589 年，隋文帝杨坚灭陈，结束了中国近三百年的分裂局面。

从宏观上看，虽然南朝四代有更迭，但其社会经济的延续性没有被破坏。此时，相对安定的社会环境为江南经济开发提供了有利条件，北方人口大量南迁，充实了江南的劳动力，带去了先进的生产技术。南方少数民族与汉族融合，加速了当地经济的发展。南朝时期，建康是最大的商业城市，也是当之无愧的文学发展中心。城中有四个市，秦淮河北岸有大市，还有小市十余所。建康以外，京口、山阴（会稽郡治）、寿阳、襄阳、江陵、成都、广州等地也是商业城市。其中，襄阳、江陵是仅次于建康的文学发展重镇。

南朝产生了大量的文学家。刘宋前期，世家大族谢灵运、当朝高官颜延之和寒门后进鲍照是元嘉时期诗人的代表人物。南齐时，围绕在竟陵王萧子良府邸中的竟陵八友，即萧衍、沈约、任昉、谢朓、王融、萧琛、范云、陆倕是永明体的创制者，开创了南齐一代文学新风。南齐还有一位著名诗人是江淹。梁代开国者萧衍擅长文学，他的几个儿子萧统、萧纲、萧绎也都是文学大家。在他们麾下，聚集了当时南朝最优秀的诗人，其中最为著名的是庾肩吾、庾信和徐摛、徐陵父子。

南朝时期各类文体获得长足发展。《文心雕龙》对文体的区分已有十分深刻的辨识，《文选》将文体分为37类，对文体的探讨之深、分类之细，都远远超越前人。这一时期，骈体文的成就颇高。南朝乐府诗的发展也引人瞩目，宋人郭茂倩编《乐府诗集》收录了大量南朝乐府。以"吴声""西曲"为代表的南方民歌歌咏，经过文人的改造，成为南朝文学中一道亮丽风景。南朝还是志人、志怪小说的勃兴时期，产生了很多小说经典作品，《世说新语》《幽明录》是主要代表作。

第一节　元嘉三诗人：谢灵运、颜延之和鲍照

南朝刘宋是中国诗歌史上一个诗运转折时期。与魏晋诗人偏向歌唱自己的情感和内心有所不同，南朝诗人更崇尚声色，追求艺术形式的完善和华美。《文心雕龙·明诗》说："宋初文咏，体有因革，庄老告退，而山水方滋，俪采百字之偶，争价一句之奇。情必极貌以写物，辞必穷力而追新，此近世之所竞也"，其实说的就是这个时期以谢灵运、颜延之和鲍照三位诗人为代表的创作。继陶渊明开辟一片田园风光之后，谢灵运描绘自然山水，让山水诗取代"淡乎寡味"的玄言诗，开创一个诗歌的新时代。颜延之以侍宴、应制之作居多，其特点是典雅、凝练，往往雕琢过甚，用典过多，虽亦有写景之句，常有"雕缋满眼"之弊。鲍照作品以乐府诗成就最高，反映社会现实的深度远胜颜、谢。其他诗作则较重辞藻，与颜、谢相近，其特点是以奇险取胜。《南齐书·文学传论》谈到齐梁诗文时，曾指出有三个流派，一派学谢灵运，一派学鲍照，另一派虽未指出具体人名，而说他们的特点是最讲究对仗和用典，显然指颜延之等人。可见这三位诗人在元嘉年间及以后一段时期确有很大影响。

他们的诗改变了东晋多数诗人平典无味的玄言诗风，形成了注重辞藻、讲究对仗的共同趋向。比起齐梁诗来，他们的诗又都显得较为古奥和刚劲。

谢灵运（385—433），祖籍陈郡阳夏（今河南周口市）。他出身于显赫的士族家庭，是谢玄之孙。刘宋代晋后，降封康乐侯，历任永嘉太守、秘书监、临川内史，终于元嘉十年（433）被宋文帝刘义隆以"叛逆"罪名杀害，时年49岁。他从小才学出众，自称如果天下才学有十斗，陈思王曹植占了八斗，他自己占一斗，而剩下的一斗，是"天下人共分之"。可以看出他对自己才学的自信，也可以看出他性格是比较有锋芒的。他本来在政治上很有抱负，但生活在晋宋易代之际，政治斗争激烈。宋初皇帝刘裕出身寒族，篡位成功后，采取对前朝士族进行压抑、打击政策，谢灵运也因此由公爵降为侯爵，也没有封他很体面的官职。他本来性格就很狂傲，并不擅长在官场钻营，因而抑郁不得志，内心是很愤懑的。为了对抗朝廷，发泄不满，他在出任永嘉太守期间，纵情山水，肆意遨游，有时一两个月都不回来，任由公务堆积如山。谢灵运精通佛学，曾撰写《辨宗论》讨论佛教义理，并在山水清音中获得顿悟，寻求心灵慰藉。东晋时期，以诗歌阐发玄理是一时风尚，而谢灵运的山水诗从根底上说，仍然有志于对生趣、理趣的追求和探索。他那些看似触景而生的感悟，代表了他的这种哲学取向。

谢灵运的山水诗，大部分是他出任永嘉太守以后所写，将占其全部创作的一半。这些作品，以富丽精工、鲜丽清新的语言，生动细致地描写了永嘉、会稽、彭蠡湖等地的自然景色。如写原野的句子："春晚绿野秀，岩高白云屯"（《入彭蠡湖口》），色彩明朗。写林壑的句子："林壑敛暝色，云霞收夕霏"（《石壁精舍还湖中作》），意境朦胧。写深山幽泉的句子："白云抱幽石，绿筱媚清涟"（《过始宁墅》）。幽静中透着活泼。写旷野树林的句子："近涧涓密石，远山映疏木"(《过白岸亭》),远近之景和谐地构成一幅水墨画。当然,他最著名的诗句还是"池塘生春草,园柳变鸣禽"(《登池上楼》),春天的鲜活全被他写出来了。这些垂范后世的名句,善于刻画奇山异水,尤其是对大自然的细节和轻微变化都有很好的把握,体现出高超的描摹技巧,从不同的角度向人们展示着大自然的美。钟嵘所说他"尚巧似",刘勰谈到宋初诗歌所说的"情必极貌以写物",都与谢灵运诗歌在摹像上的特点密切相关。

历代论谢灵运诗,有说他多佳句而少有完美全篇。意思是说,在一首诗里有那么一两句好诗,但是整体上却显得不浑和,缺乏整体意境,没有贯穿全诗的思想。客观地说,这些评论并非无据。谢灵运的诗总在描摹山水之后,硬梆梆地加一句玄言诗来作为结尾。尽管如此,谢灵运的光辉与魅力依然不能被忽略。他是用诗展示山水画卷之美的时代先锋。

谢灵运诗歌代表作如《登池上楼》等,另有赋十余篇,其中《山居赋》《岭表赋》《江妃赋》等比较有名,景物刻画颇具匠心,但成就远不及诗歌。谢灵运早年信奉佛教、道教,曾润饰《大般涅槃经》,撰写《十四音训叙》以注解《大般涅槃经·文字品》。有《辨宗论》为其阐释顿悟的哲学名篇。谢灵运还在元嘉间奉诏撰写《晋书》,惜未成。

颜延之(384—456),字延年,琅邪临沂人。宋孝武帝时,为金紫光禄大夫,领湘东王师,后世称其"颜光禄"。孝建三年卒,时年73岁。

颜延之与谢灵运年岁相差不多,在文坛的名声也相近,合称为"颜谢"。实际上,在思想和艺术成就方面,颜延之与谢灵运有较大差异。二人都重视雕琢刻镂,但谢灵运致力于自然形象的捕捉,景中融情,情中寓理,突破了玄言诗的束缚,使人眼目一新。颜延之则主要着意于用事和谋篇琢句,谨严厚重,缺乏生动自然的韵致,甚至流于艰涩，也就是钟嵘所评价的"踬于困踬矣"。汤惠休说他的诗"如错采镂金"（见《诗品》），钟嵘也说他"喜用古事，弥见拘束"。

颜诗多庙堂应制献奉之作，用语典重，像《三月三日侍游曲阿后湖作》，辞藻华丽，颇能反映"元嘉之治"的气象，用典亦贴切。

颜延之最为人称道的作品是《五君咏》五首，称述竹林七贤中的"五君"，即嵇康、向秀、刘伶、阮籍、阮咸，而山涛、王戎因为贵显而不咏，借五位古人抒发自己的不平，体现了他性格中正直放达的一面，略显清朗。《北使洛》《还至梁城作》，感慨中原残破，像"阴风振凉野，飞云瞀穷天。临涂未及引，置酒惨无言"及"故国多乔木，空城凝寒云；丘垄填郛郭，铭志灭无文。木石扃幽闼，黍苗延高坟"等句，感情比较真实。

颜延之的《秋胡诗》是一首叙事诗，叙写鲁国人秋胡娶妻不久就到陈国做官，五年后归家，见路旁有美妇人采桑，赠之以金，不受。回家，才发现美妇人就是自己的妻子。妻子责以大义，然后投河自尽。

颜诗中也有一些诗句轻快流丽，如"春江壮风涛，兰野茂荑英"（《车驾幸京口侍游蒜山作》），"流云蔼青阙，皓月鉴丹宫"（《直东宫答郑尚书道子》），"侧听风薄木，遥睇月开云"（《夏夜呈从兄散骑车长沙》）。也有一些诗句悲凉壮阔，如"故国多乔木，空城凝寒云"（《还至梁城作》），"凄矣自远风，伤哉千里目。万古陈往还，百代劳起伏"（《始安郡还都与张湘州登巴陵城楼作》），遗憾的是这些佳句数量并不多，而全篇的其他部分也往往不能相称。

颜延之在散文和骈文创作上也取得相当成就。他是最早提出"文""笔"对举的作家。他的作品录入《文选》的有《三月三日曲水诗序》《阳给事诔》《陶征士诔》《宋文皇帝元皇后哀册文》《祭屈原文》。没有入《文选》的《庭诰》和《赭白马赋》也很有特色。如《赭白马赋》虽属奉诏而作，但如"旦刷幽燕，昼秣荆越"之句，描写骏马奔驰之速，对后来许多咏马诗都曾产生过影响。

颜延之和陶渊明私交甚笃。颜延之任江州后军功曹时，二人过从甚密。后来，颜延之出任始安太守，路经浔阳，又与陶渊明一起饮酒，临行并以两万钱相赠。陶渊明死后，他还写了《陶征士诔》，这大约也是颜延之最为著名的一篇作品。这篇诔文，对陶渊明的生平事迹作了简要概括，高度评价了陶渊明的德行。在东晋时，陶渊明并不闻名，他的作品也十分散乱。颜延之这篇诔文对他的文学艺术成就作了充分肯定，实为卓见。萧统《陶渊明集序》充分反映了他对陶渊明的认知和评价，其中不少观点都是基于颜延之的见解。

颜延之和著名的僧人如慧远等人多有来往，是刘宋时期明显受到佛教影响的诗人。在形神生死等问题上，他倾向于唯物主义，认为"有生必有死，形毙神散，犹春荣秋落"。元嘉十二年，颜延之和何承天之间展开了一场关于《达性论》的争辩。这场争辩，引起了宋文帝的注意，还数次致信陈述他对当时佛教流行的理解。

鲍照（414—466），字明远。鲍照地位不高，曾在谒见临川王刘义庆时献诗言志，毛遂自荐，获得赏识。临海王刘子顼镇荆州时，曾任前军参军，世称鲍参军。公元465年，刘彧弑杀前废帝刘子业，自立为帝，是为宋明帝。刘子顼遵奉其兄刘子勋为正统的宋帝，出兵攻打刘彧。鲍照参加了所谓的"义嘉之难"（义嘉为刘子勋年号），在军中被乱兵杀害。鲍照的妹妹鲍令晖，也是著名诗人。

鲍照的人生经历，与颜、谢二人差别很大。他自称"贱门孤生"，钟嵘评价他是"才秀人微"。长期处于底层社会的鲍照，在诗文中主要描述的是坎坷身世和对无常人生的悲愤。他撰写了大量的乐府诗，且以五言为主，较为著名的有《代出自蓟北门行》，写边塞风光，《代白头吟》写世道狭邪，《代贫贱苦愁行》写下层士人生活的艰辛，内容很广，十分关注社会现实。还有一些拟诗，内容题材同样是抒发寒士的困苦与不平，感情十分强烈。如《拟古》八首，有模拟左思《咏史》八首的痕迹。鲍照在诗歌中也摹写山水，但是毫无欢乐欣喜情调，而是常将笔触置于险峻萧条、冷落压抑的氛围之中，流露出格外愤激的心态。正因为此，鲍照的诗在南朝时期评价不高，有"险俗"之评。

鲍照《拟行路难》十八首，表现了建功立业的愿望、对门阀社会的不满、怀才不遇的痛苦、报国无门的怂恿和理想幻灭的悲哀，真实地反映了当时贫寒士人的生活状况。其中还有若干描写边塞战争和征戍生活的诗句，为唐代边塞诗的萌芽。

鲍照的五言诗讲究骈俪，圆稳流利，内容丰富，感情饱满。七言诗变逐句用韵为隔句押韵，并可自由换韵，拓广了七言诗的创作道路。他的乐府诗突破了传统乐府格律而极富创造性，思想深沉含蓄，意境清新幽邃，语言容量大，节奏变化多，辞藻华美流畅，抒情淋漓尽致，并具有民歌特色。清代文学家沈德潜对他评价很高，称其"如五丁凿山，开人世所未有"。

鲍照的辞赋也很优秀，现存十余篇，以《芜城赋》最为有名。元嘉末年和大明中期，广陵城两次遭受战火，生灵遭到荼毒。鲍照将此时凋敝的广陵城，和昔日热闹繁华的广陵城作为对比，抒发了强烈的无常之感。鲍照的《登大雷岸与妹书》作于元嘉十六年，是鲍照赴临川国侍郎的途中所写，常为历代选本收录。这封书信抒发了远离亲人、苦于行役的悲伤，是鲍照初踏仕途充满期待同时又忧心忡忡的生动写照。

在诗歌艺术方面，鲍照的诗主要学习张协和张华，善于摹写形状，与元嘉其他诗人相类似。宋代严羽《沧浪诗话》将谢灵运、颜延之和鲍照的诗风中的相似之处加以概括，名之曰"元嘉体"。

作为一个底层诗人，鲍照的创作又有不同于颜谢的地方，在当时略显异类。颜延之曾问鲍照，他自己与谢灵运有什么优劣，鲍照回答说："谢五言如初发芙蓉，自然可爱；君诗铺锦列绣，亦雕缋满眼。"（《南史·颜延之传》）如果说谢诗自然，颜诗雕缋，那么鲍照则激愤。这种激愤之情，传染到南朝的江淹、谢朓、吴均以及唐代的李白、韩愈等人。明代胡应麟《诗薮》称其"上挽曹、刘之逸步，下开李、杜之先鞭"。

第二节　竟陵八友与永明体

《梁书·武帝本纪》载："竟陵王子良开西邸，招文学，高祖（萧衍）与沈约、谢朓、王融、萧琛、范云、任昉、陆倕并游焉，号曰'八友'。"这八个人，文学史上称为竟陵八友。萧衍代齐建梁后，其中多数人又转而依附萧衍。因此，竟陵八友是一个跨越南齐和萧梁两代的文学群体。他们彼此唱和，形成一股新的文学潮流。

竟陵八友最大的文学贡献，是创制了"永明体"，形成了声律说的基础。《古诗十九首》那个时代的诗歌，每一首都仿佛都是信口说来，语言直白，诗歌的整体意境浑然天成，似乎没有刻意雕琢。到了南朝的齐梁时代，随着诗歌的广泛流行并不断发展，人们开始对诗歌的艺术形式有了声律与对偶的要求。永明年间，佛教盛行，佛经梵音对四声的创立可能产生一定影响。周颙著《四声切韵》，提出平上去入的四声之说。沈约与谢朓、王融、范云等人一起，将四声的区辨同传统的诗赋音韵知识相结合，规定了一套五言诗创作时应避免的声律上的毛病，后人把它记载下来，即所谓"八病"说：平头、上尾、蜂腰、鹤膝、大韵、小韵、旁钮、正钮。这八种声病具体何指，说法不一。但有一点是明确的，即当时诗人已经把声律和对偶方面的知识运用到诗歌创作上，注重平仄协调，音韵铿锵，词采华丽，对仗工整，体裁短小，为格律诗的产生奠定了基础。"永明体"诗人在齐亡之后又仕于梁，在萧衍、萧统父子影响下，在诗歌艺术形式上有了更多深入的研究和实践。萧纲、萧绎继之而起，宫体诗创作成为一时潮流。从永明体到宫体，文学史家通通称为"齐梁体"。他们追求诗歌听觉上的圆美流转，吸收民歌的简洁、明快、平易。即使用典，也尽量追求自然，是对元嘉体的革新和发展。

沈约（441—513），字休文，吴兴武康（今浙江湖州德清）人。他在刘宋时曾仕记室参军、尚书度支郎，在齐仕著作郎、尚书左丞、骠骑司马将军。齐梁易代之际，他帮助梁武帝萧衍谋划并夺取南齐，建立梁朝。萧衍封他建昌县侯，官至尚书左仆射，后迁尚书令，领太子少傅，地位极其显赫。

沈约是"竟陵八友"中最年长者。他长期出任要职，许多重要诏诰都出自他的手笔，在齐梁间文坛上负有重望。钟嵘评价沈约诗的特点是"长于清怨"，是很恰当的。他的诗在整体上具有一种清新流畅之美，在咏物、摹写景物变化的细微笔触之中，常常融入一丝感伤。与同时代的"二谢"等人相比，沈约的山水诗虽不算多，同样具有清新之气，同时又透露出一种哀怨感伤的情调。如《登玄畅楼》写景清新而又自然流畅，尤其是对于景物变化的捕捉与描摹，使得诗歌境界具有一种动态之势。《秋晨羁怨望海思归》，境界阔大高远，给读者展示出天水一色、烟波浩淼的海天景色。结合诗题来看，海天的空旷辽远，正反衬出"羁怨"之情与"思归"之念。此类诗歌在齐梁山水诗中，亦不失为上乘之作。此外，像"日映青丘岛，尘起邯郸陆。江移林岸微，岩深烟岫复"（《循役朱方道路》），"山嶂远重叠，竹树近蒙笼。开襟濯寒水，解带临清风"（《游沈道士馆》），"长枝萌紫叶，清源泛绿苔。山光浮水至，春色犯寒来"（《泛永康江》）等，描写山水的诗句，皆令人耳目一新。

沈约的离别诗也同样有"清怨"特点，最为人所称道的《别范安成》，将少年时的分别同暮年时的分别作对比，蕴含着深沉浓郁的感伤之情；末二句又用战国时张敏和高惠的典故，更加重了黯然离别的色彩。全诗语言浅显平易，但情感表达得真挚、深沉而又委婉，在艺术技巧上具有独创性。他的悼亡怀旧之诗，"清怨"的色彩更加突出，如《悼亡诗》，以大自然的永恒来反衬人生易逝、一去不返的悲哀，同时将悲伤的情感同凄凉的环境融为一处，情状交现，悲怆靡加。他抒怀之作如《登高望春》《古意》《伤春》《秋夜》以及乐府诗《临高台》《有所思》《夜夜曲》等，都具有"清怨"的风格特征。其中《怀旧诗》九首，怀念去世的九位好友，情深意切、悱恻感人。沈约的情诗《六忆》回忆情人的种种情态，可以视为宫体诗的先导。历经三代的沈约，官位虽高，但仕途险恶也让他感慨。《八咏》诗就叙写了人生的忧愤和对前途茫然的困惑，给读者留下深刻印象。

谢朓（464—499），字玄晖，陈郡阳夏（今河南太康县）人。他出身高门士族，与谢灵运同族，世称"小谢"。南齐永明五年（487），他参与竟陵王萧子良西邸之游，初任其功曹、文学，为"竟陵八友"之一。永明九年（491），为随王萧子隆幕僚赴荆州，十一年还京，为骠骑咨议、领记室。建武二年（495），出为宣城太守，故又称谢宣城。东昏侯永元元年（499）遭始安王萧遥光诬陷，死狱中，时年36岁。

谢朓是南齐永明体诗的代表作家。他的诗今存二百余首，主要成就在山水诗方面。谢灵运的山水诗尚未脱离玄言诗风的影响，谢朓的山水诗，语言精美、音韵和谐，抹去了玄理成分，如"余霞散成绮，澄江静如练"（《晚登三山还望京邑》），"天际识归舟，云中辨江树"（《之宣城郡出新林浦向板桥》）等，清新俊逸，精警工丽，是千古传诵的名句。谢朓曾说："好诗圆美，流转如弹丸。"他的诗善于摄取自然景色中最动人的瞬间，以清俊的诗句，率直地道破自然之美。如《游东田》中的"远树暧阡阡，生烟纷漠漠。鱼戏新荷动，鸟散余花落"，《和徐都曹出新亭渚》中的"结轸青郊路，回瞰苍江流。日华川上动，风光草际浮"，《治宅》中的"辟馆临秋风，敞窗望寒旭。风碎池中荷，霜剪江南绿"，等等。这些句子，清丽自然，是当时诗坛中的上品。谢朓最经典的名作是《晚登三山还望京邑》，诗人用流利的语言，道出回望京都时眼中呈现的美好景色："余霞散成绮，澄江静如练。喧鸟覆春洲，杂英满芳甸。"如此美好的景色，"我"却要与之分别，想起以往欢乐的时光，不免"佳期怅何许，泪下如流霰。有情知望乡，谁能鬒不变？"明媚秀丽的家乡景色，催出思乡的忧愁之泪，二者情景交融，风格含蓄婉丽，是当时山水诗中的绝唱。

谢朓的诗在当时就很有影响。梁武帝称："不读谢诗三日觉口臭。"沈约称："二百年来无此诗也。"唐代大诗人李白对谢朓最为倾心，称"蓬莱文章建安骨，中间小谢又清发"（《宣城谢朓楼钱别校书叔云》），清代王士禛《论诗绝句》甚至说李白"一生低首谢宣城"。杜甫说"谢朓每篇堪讽诵，冯唐已老听吹嘘"（《寄岑嘉州》）。这些都能说明谢朓在诗歌史上的重要地位。

第三节　宫体诗与南朝后期诗人

梁简文帝萧纲，是梁代文学重要的代表人物之一。他是梁武帝第三子，昭明太子萧统同母弟。昭明太子卒，立为皇太子，后嗣位。谥曰简文帝，庙号太宗。萧纲自幼爱好文学，自称七岁即"有诗癖"。因为身份特殊，在他的周围，形成了一个主张鲜明的文学集团。

萧纲《答张缵谢示集书》提出了自己的文学主张。他说："纲少好文章，于今二十五载矣。窃尝论之：日月参辰，火龙黼黻，尚且著于玄象，章乎人事，而况文辞可止、咏歌可辍乎？不为壮夫，扬雄实小言破道；非谓君子，曹植亦小辩破言。论之科刑，罪在不赦。至如春庭落景，转蕙承风，秋雨旦晴，檐梧初下。浮云生野，明月入楼。时命亲宾，乍动严驾，车渠屡酌，鹦鹉骤倾。伊昔三边，久留四战。胡雾连天,征旗拂日。时闻坞笛,遥听塞笳。或乡思凄然,或雄心愤薄。是以沉吟短翰,补缀庸音。寓目写心,因事而作。"将文学的地位、文学的特性推到前所未有的高度。

雍府时期,徐陵、庾信先后加入晋安王幕,对于萧纲文学集团来说,堪称一项重大事件。徐陵入晋安王幕,时在普通四年(523),徐陵年十七岁。其父徐摛为晋安王咨议参军。大通元年(527),庾信年十五,随父肩吾入晋安王幕府,释褐为国常侍。徐摛、徐陵,庾肩吾、庾信,共同为晋安王萧纲服务,并以其创作实践,将宫体文学的理想发扬光大。后人所称为"徐庾"体,往往等同于"宫体诗",是指以南朝梁简文帝萧纲为太子时的东宫,以及陈后主、隋炀帝、唐太宗等几个宫廷为中心的诗歌。

宫体之"实",早在萧纲出镇荆雍、徐摛随侍左右时就已具备。萧纲有《雍州十曲抄三首》,萧绎写过《登颜园故阁》《夜游柏斋》等,颜园、柏斋都是荆州名胜。而"太宗在藩,雅好文章士,时肩吾与东海徐摛,吴郡陆杲,彭城刘遵、刘孝仪,仪弟孝威,同被赏接"(《梁书·庾肩吾传》)。他们之间频繁唱和,也参与了宫体诗的写作。如萧纲的《与刘咨议咏春雪》,刘咨议即当时在湘东王府任咨议参军的刘孝绰。萧纲写了《从顿暂还城》,刘遵和作此诗,有《从顿还城应令》,二诗同咏汉水之畔的风光。庾肩吾有《和湘东王二首》,刘缓有《杂咏和湘东王三首》,刘孝威有《奉和湘东王应令冬晓》,徐陵有《奉和咏舞》等作品,都产自荆雍唱和。这些文人除奉和外,还有自己独立创作的宫体诗,如刘孝绰《遥见邻舟主人投一物,众姬争之,有客请余为咏》,刘孝威《都县遇见人织率尔寄妇》(都县在鄀,即荆州所属范围中)等,就是这类作品。

胡应麟认为宫体诗写的是内帏欢爱,是闺阁之诗,称《玉台新咏》"但辑闺房一体,靡所事选"(《诗薮》)。细读宫体诗,却可以看到其中洋溢着浓烈的市井气息,展示出繁华的户外世界,广泛涉及荆雍地区的市井生活，充满了作者街衢游览中的所见、所感，具有明显的开放性，并非拘于封闭的闺帷空间，实是一种"城市文学"。如萧纲的《雍州十曲抄三首》之《南湖》云："南湖荇叶浮，复有佳期游"，是市井之游，第二首《北渚》云："好值城旁人，多逢荡舟妾"，描述城中的市人舟妾往来纷纭，第三首《大堤》云："宜城断中道，行旅亟流连。出妻工织素，妖姬惯数钱。炊雕留上客，赁酒逐神仙。"诗中的客子行旅、妖姬数钱、酒肆客喧，还有以雕胡之饭留客、俗常的赊酒行为等等，正是荆雍城市繁华的缩影。除此以外，宫体诗还较多地涉及了市井娼妓。如萧纲的《和湘东王名士悦倾城》《咏舞》等，萧绎的《夕出通波阁下观妓诗》等。这说明当时荆雍地区城市商业繁荣、妓业发达，所以娼妓进入文人的生活并影响了他们作诗的题材视角。

宫体诗的形成并不是从萧纲才开始，它是自东晋以来形成的一种文学风尚。刘师培在《中国中古文学史》中指出："宫体之名，虽始于梁，然侧艳之词，起源自昔。晋宋乐府，如《桃叶歌》《碧玉歌》《白纻词》《白铜鞮歌》均以淫艳哀音，被于江左。迄于萧齐，流风益盛。其以此体施于五言诗者，亦始晋、宋之间，后有鲍照，前有惠休。特至于梁代，其体尤昌。"宫体诗的形成发展自有其因，单就文学方面而言，它是六朝文学由雅趋俗趋势下的新产物，由玄言而山水再到咏物诗，文学渐入性情声色，形式愈加流畅优美。再加上六朝乐舞发达，民歌盛传至上层社会，引起士人纷纷仿习，宫体渐成。至刘宋时，宫廷民间拟作民歌者甚多，上至孝武帝刘骏，临川王刘义庆，下至鲍照、汤惠休等。昔日被朝廷视如委巷歌谣的民间乐府开始受到前所未有的重视，萧衍等人纷纷拟作《子夜歌》《上声歌》《东飞伯劳歌》等，都与民歌曲词极为类似。南朝民歌以吴声歌曲和西曲歌为主，绝大部分是为表现男女恋情，多以女性口吻吟唱，内容单一，风格轻艳，感情大胆浓烈，也多柔靡，这与一直以来的文学传统有关，楚地吴声多婉转细腻，故也影响了文人创作的乐府。

宫体诗往往略去对男女欢爱场面的直接描绘，以帷帐、香味等烘托出行乐者的感受，从风花雪月到女子饰物，极写美人之艳，雕琢痕迹立现。如萧纲《咏内人昼眠》："北窗聊就枕，南檐日未斜。攀钩落绮障，插捩举琵琶。梦笑开娇靥，眠鬟压落花。簟纹生玉腕，香汗浸红纱。夫婿恒相伴，莫误是倡家。"此可谓秾软香艳，但绝无淫秽之意，是典型的宫体诗，其"酷不入情"（《南齐书·文学传论》）的特点，深为后人诟病。萧绎在《金楼子·立言》中所说："吟咏风谣，流连哀思者谓之文"，又认为"至如文者，惟须绮縠纷披，宫徵靡曼，唇吻遒会，情灵摇荡"。这里包含了对华丽辞藻，悦耳声律等形式方面的要求。如萧纲《赋乐府得大垂手》："垂手忽苕苕，飞燕掌中娇。罗衣姿风引，轻带任情摇。讵似长沙地，促舞不回腰。"这里"掌中娇"是指掌上舞，事见《白孔六贴》六一《舞杂舞》。"罗衣"句，化用《王孙子》。"讵似"二句，事见《汉书·景十三王传》。这首小诗共六句，用典就有三处之多，可见此风弥行。宫体诗吸收了永明声律说的成果，合律者颇多，如萧纲《折杨柳》中："叶密飞鸟碍，风轻花落迟"，已成律句。宫体诗在辞藻方面追求的美，是一种靡丽绮弱的美，只流于形式而不注重内在，即使在内容上对美人的描绘也只是对其容貌姿态的感叹，从未写到美人的内心，这与建安时吟咏女性的作品有很大的区别。萧纲《和湘东王名士悦倾城》虽然文辞华美，音律流转，圆润跳脱，但是同样是"酷不入情"的。佛教主张"缘起、性空"，主张由"色"入"空"。教人看透世间万象，才能放下一切，立地成佛，于是佛经中多有对世间百态的描绘，对女子色欲的描绘也是其中之一，更有故事说，佛化为妇人，传供人淫欲，后又变为骷髅或一团血囊，以教人看破红尘，投入空门。这些描写与印度的文学传统有关，加以翻译事业的进步，许多文字极为轻艳。如《方大庄严经》卷第九《降魔品》叙述波旬魔女以淫欲迷惑佛陀，共写其32种"绮言妖姿"，或"涂香芬烈"，或"媚眼斜乜"，或"露髀膝"，或"现胸臆"，或"递相拈掐"，或"恩爱戏笑，眠寝之事，而示欲相"，宫体诗对这种文字多有模拟。如描写女子欲态："留宾惜残弄，负态动余娇。""逐节工新舞，娇态似凌虚。""珠帘向幕下，娇姿不可迫。""夜夜言娇尽，日日态还新。"佛经不过借这些描绘来劝化世人，不要为美色所惑，而宫体诗人精通佛理，仿佛经而写色与情，其实是其面对女色不动情的修养，是对声色犬马的世俗生活的一种超越。同时，佛经翻译的进步也从形式上影响了宫体诗，宫体诗作为一种尚未成熟的诗歌体裁，实际开了后代抒情诗的先声。而律诗、绝句等体式的完善也是由此过渡而来的，世俗题材的开拓自此而起，集咏物、写景与艳情于一体的手法终于在唐代大放异彩，但其浮浅苍白也是后世应当引以为戒的。

历代对于南朝宫体诗的评价总是贬多褒少，唐朝宰相魏徵在《隋书·文学传叙》中认为它类似于亡国之音，深恶痛绝。李白也反对淫靡之风，认为"自从建安来，绮丽不足珍"。而在现代评价中，将宫体诗等同于"色情文学"。其实，宫体诗本身意味着士大夫的一种审美追求，其背后还有更多的内容。

宫体诗在陈代仍有余绪，代表人物是陈后主。陈后主陈叔宝（553—604），字元秀，小字黄奴，陈宣帝陈顼长子，南北朝时期陈朝最后一位皇帝。他喜爱诗文，在他周围聚集了一批文人骚客，如江总（519—594）、徐陵（507—583）等，皆以文学闻名，诗文多轻靡绮艳。陈叔宝还将十几个才色兼备、通翰墨会诗歌的宫女名为"女学士"，才有余而色不及的，命为"女校书"，供笔墨之职。每次宴会，妃嫔群集，诸妃嫔及女学士、狎客杂坐联吟，互相赠答，飞觞醉月，大多是靡靡的曼词艳语。文思迟缓者则被罚酒，最后选那些写诗写得特别艳丽的，谱上新曲子，令聪慧的宫女们学习新声，按歌度曲。歌曲有《玉树后庭花》《临春乐》等。流传最广的有"璧月夜夜满，琼树朝朝新"，"玉树后庭花，花开不复久"等。陈后主曾作《玉树后庭花》诗曰："丽宇芳林对高阁，新妆艳质本倾城。映户凝娇乍不进，出帷含态笑相迎。妖姬脸似花含露，玉树流光照后庭。"后来，《玉树后庭花》，便成为有名的亡国之音。

第四节　南朝小说

南朝是小说这种文学形式走向成熟的时期，志人小说、志怪小说在此时都获得了很充分的发展。

《庄子·逍遥游》："齐谐者，志怪者也。"六朝人以"志怪"来命名小说，如祖台之《志怪》、曹毗《志怪》、孔约《孔氏志怪》，主要记述神仙鬼怪故事，内容很庞杂。大致可分为三类，炫耀地理博物的琐闻，如托名东方朔的《神异经》、张华《博物志》；记述正史以外的历史传闻故事，如托名班固的《汉武故事》《汉武帝内传》；讲说鬼神怪异的迷信故事，如东晋干宝《搜神记》、旧题曹丕的《列异传》、葛洪的《神仙传》、托名陶潜的《后搜神记》等。志怪小说对唐代传奇产生了直接的影响。

这与当时社会宗教迷信和玄学风气以及佛教的传播有直接的关系。鲁迅《中国小说史略》专辟《六朝之鬼神志怪书》上下篇。他说："中国本信巫，秦汉以来，神仙之说盛行，汉末又大畅巫风，而鬼道愈炽；会小乘佛教亦入中土，渐见流传。凡此，皆张皇鬼神，称道灵异，故自晋迄隋，特多鬼神志怪之书。其书有出于文人者，有出于教徒者。文人之作，虽非如释道二家，意在自神其教，然亦非有意为小说，盖当时以为幽明虽殊途，而人鬼乃皆实有，故其叙述异事，与记载人间常事，自视固无诚妄之别矣。"这里指出魏晋南北朝志怪小说兴盛的原因，是受民间巫风、道教及佛教的刺激，而作者的态度，是将怪异传说视为事实来记载。作为一个基本的概括，鲁迅的总结是正确的。但也要注意到，志怪小说的来源和实际面貌比较复杂。着重于宣扬神道，还是倾心于怪异事迹，以及小说中表现人生情趣的多寡，其间的区别还是很大。

魏晋志怪小说中，干宝《搜神记》最有代表性。干宝（？—336），字令升，新蔡（今属河南）人，是两晋之际的史学名家，著有《晋纪》，时称良史。又好阴阳术数、神仙鬼怪。《搜神记》序称此书是为"发明神道之不诬"，同时亦有保存遗闻和供人"游心寓目"，有赏玩娱乐的意思。此书原已散佚，由明人重新辑录而成，现为20卷，400多则，其中偶有误辑。《搜神记》的内容，一是"承于前载"，但并不都是照旧抄录，还有文字上的加工；二是"采访近世之事"，多出作者手笔。其中大部分只是简略记录各种神仙、方术、灵异等事迹。也有不少故事情节比较完整，在虚幻的形态中反映了人们的现实关系和思想感情。尤其有价值的，是一些优秀的传说故事。如《李寄斩蛇》《韩凭夫妇》《东海孝妇》《干将莫邪》《董永》《吴王小女》等，都很著名，对后代文学有较大影响。《东海孝妇》描写一位孝妇为冤狱所杀，精诚感天，死时颈血依其誓言缘旗竿而上，死后郡中三年不雨。关汉卿的名作《窦娥冤》即以此为蓝本。《董永》描写主人公董永家贫，父死后自卖为奴，以供丧事，天帝派织女下凡为其妻，织缣百匹偿债，而后离去。《天仙配》的故事由此演变而来。以上二则，本意都是表彰孝行，但又不止于此。前者还控诉了官吏的昏庸残暴，后者则表现穷人对美好生活的幻想。而这两点，分别成为《窦娥冤》与《天仙配》的中心。《韩凭夫妇》写宋康王见韩凭妻何氏美丽，夺为己有，夫妇不甘屈服，双双自杀。死后二人墓中长出大树，根相交而枝相错，又有一对鸳鸯栖于树上，悲鸣不已。这则故事控诉了统治者的残暴，歌颂了韩凭夫妇对爱情的忠贞。结尾是一个民间故事中常见的诗意幻想，后世"梁山伯与祝英台"故事的结尾可能受其影响。《干将莫邪》写干将莫邪为楚王铸剑，三年乃成，被杀。其子赤比长大后，为父报仇。故事的后半部分写得壮烈无比。这个故事所表现出来的人民对残暴统治者的强烈复仇精神，是中国文学中少见的。文中写干将莫邪之子以双手持头，并把剑交给"客"，他的头在镬中跃出，犹"瞋目大怒"，不但想象奇特，更激射出震撼人心的力量。鲁迅据此为蓝本，改编而成《眉间尺》。

继《搜神记》之后，刘义庆《幽明录》为南朝志怪小说的代表。刘义庆（403—444），彭城（今江苏徐州）人，宋宗室，袭封临川王。他爱好文学，著述甚多，除《幽明录》外，传世还有志人小说《世说新语》。不过，这些著作主要是其门下文士参与编写的。《幽明录》久已散佚，鲁迅《古小说钩沉》辑有260多则。它和《搜神记》不同之处，是很少采录旧籍记载，多为晋宋时代新出的故事，并且多述普通人的奇闻异迹，虽为志怪，却有浓厚的时代色彩和生活气氛。其文字比《搜神记》显得舒展，更富于辞采之美。这和宋代文学的发展趋势相一致。其中《刘阮入天台》是一则有名的故事，写东汉时刘晨、阮肇二人入天台山迷途遇仙，居留十日，回家后已是东晋中期，遇到的是七世孙。虽写人仙结合，但除末段刘、阮还乡一节，不甚渲染神异色彩而充满人情味。故事中的两个仙女，美丽多情，温柔可爱。文中的描写充满对人间幸福与欢乐的追求，散发着美好的生活气息。《卖胡粉女子》亦是绝佳之作。它虽写了一个死而复生的故事，但神异色彩很淡薄。相反，人物、情节都很贴近生活，很有真实感。富家子每日借买胡粉以接近所爱慕的人，女子在情人猝死时惊惶失措，慌忙逃走，被发现后却毫无畏惧，决心以身相殉，这些描写，都无夸张，令人相信。作者对男女主人公的私通行为，并不指责，反加赞美，肯定了人们追求幸福与快乐的权利。比照南朝民歌，可以看到时代的思想特点。这则故事虽不很长，但能以简练的语言写出曲折变化的情节。单慕、互爱、欢聚、猝死、寻拿、哭尸、复生，环环相扣，波澜迭起，在志怪小说中是不多见的。总之，《幽明录》比以前的志怪小说，更注意人生情趣，也更有文学性。

志人小说是指魏晋六朝流行的专记人物言行和记载历史人物的传闻轶事的一种杂录体小说，又称清谈小说、轶事小说。数量上仅次于志怪小说。它是在品藻人物的社会风气影响下形成的。其中"志人"这个名称，是鲁迅从"志怪"推衍出来的。鲁迅在《中国小说的历史的变迁》中设立"志人"名目与"志怪"相对而言。

志人小说以真人真事为描写对象，以"丛残小语"、尺幅短书为主要形式，语言简练朴素，言约旨丰。它善于运用典型细节描写和对比衬托手法，突出刻画人物某一方面的性格特征。具有这种性质而时代较早的作品，有《西京杂记》，其作者尚有争论。《王嫱》描写女主人公因不肯贿赂画师而远嫁匈奴的故事，为后世许多诗歌、小说、戏剧所袭用。《西京杂记》虽以人事为主，但所涉较杂，而且大多数记载过于琐碎。专记人物言行的，有东晋裴启的《语林》和晋宋之际郭澄之的《郭子》。二书均已散佚。南朝时期的《世说新语》是志人小说的代表作品。

《世说新语》又名《世语》，作者署名刘义庆，实际应当是刘义庆门客所编。这部小说的内容主要是记录魏晋名士的逸闻轶事和玄言清谈，可以说是一部记录魏晋风流故事的总集。全书分为德行、言语、政事、文学、方正、雅量等36门。每类有若干则故事，全书共有1200多则，每则文字长短不一，有的数行，有的三言两语。可见这类笔记小说乃"随手而记"。该书记载东汉后期到晋宋间一些名士的言行与轶事，均实有其人，但他们的言行或不尽符合史实，可能出于传闻。

《世说新语》富有史料价值，其中关于魏晋名士的种种活动如清谈、品题，种种性格特征如栖逸、任诞、简傲，种种人生的追求，以及种种嗜好，都有生动的描写，可以视为魏晋时期士人群体的造像，可以由此了解那个时代上层社会的风尚。《世说新语》3卷36门中，上卷4门，即德行、言语、政事、文学，为孔门4科，如此设置，其思想倾向有崇儒的一面，但是全书中谈玄论佛者不在少数。尤其是从魏晋士人言行故事中可以看到当时谈玄成为风尚。中卷9门，即方正、雅量、识鉴、赏誉、品藻、规箴、捷悟、夙惠、豪爽，都是正面褒扬。《世说新语》及刘孝标注涉及各类人物共1500多个，魏晋两朝主要的人物，无论帝王、将相，或者隐士、僧侣，都包括在内。它对人物的描写有的重在形貌，有的重在才学，有的重在心理，但都集中到一点，就是重在表现人物的特点，通过独特的言谈举止写出了独特人物的独特性格，使之气韵生动、活灵活现、跃然纸上。《世说新语》的语言精练含蓄，隽永传神。胡应麟说："读其语言，晋人面目气韵，恍惚生动，而简约玄澹，真致不穷。"（《少室山房笔丛·九流绪论下》）可谓确评。有许多广泛应用的成语便是出自此书，如难兄难弟、拾人牙慧、咄咄怪事、一往情深、卿卿我我，等等。《世说新语》善用对照、比喻、夸张。后世笔记小说记人物言行，往往模仿《世说新语》高超的文学技巧。鲁迅《中国小说史略》认为《唐语林》《续世说》《何氏语林》《今世说》《明语林》等都是仿《世说新语》之作，称之"世说体"。

第四章
北朝文学

北朝是指从北魏太武帝时期收复北凉、统一北方（439）开始到隋代统一全国（589）之前这段历史时期，是存在于北方五个朝代的总称，即北魏、东魏、西魏、北齐和北周五朝。

北魏由拓跋鲜卑创建，又称元魏。居于今东北兴安岭一带的拓跋鲜卑部，本是游猎民族，文化十分落后。自东晋咸康时（335—342）建国，后为前秦苻坚所灭。前秦解体后，首领什翼犍之孙拓跋珪称代王，建代国，都盛乐，号为登国元年（386）。后改国号为魏，制定典章，拓跋珪即太祖道武帝。道武帝时，迁都平城。从道武帝到太武帝统治时期，北魏陆续吞并了后燕、后秦、大夏、西秦、北燕、北凉等割据势力，统一北方，随后历经孝文帝改革、迁都洛阳，最后因六镇之乱分裂为东魏和西魏。北魏永熙三年（534），高欢立北魏孝文帝曾孙元善见为帝，即东魏孝静帝。同年，北魏孝武帝元修逃至长安依附宇文泰，次年为其所害，另立元宝炬，是为西魏。550年，高欢之弟高洋废静帝自立，是为北齐。北齐经六帝，于577年被宿敌北周攻灭，享国28年。557年，西魏恭帝为宇文护所废，立宇文觉，是为周孝闵帝，建都于长安，史称北周。建德六年（577），北周灭北齐，统一北方。公元581年，杨坚受禅代周称帝，改国号为隋，北周亡。

北魏统一北方后，经过各族人民长期的辛勤劳动和共同努力，生产关系得到调整，生产力得到明显发展。特别是孝文帝改革后，自耕农民显著增加，孝明帝正光以前，全国户数已达五百余万，比西晋太康年间增加一倍多。《洛阳伽蓝记》称北魏后期"百姓殷阜，年登俗乐"，衣食粗得保障。商业也逐渐活跃起来。北齐是同陈、北周鼎立的三个国家中最富庶的。北朝结束了从八王之乱起将近一百五十年的中原混战局面，奠定了隋唐盛世和民族大融合的基础。

与南朝文学家群星闪耀的文学史景观相比，北朝文学相对落寞。至于庾信、王褒和颜之推等都系南朝来的文人，一般研究者也不把他们作为纯粹的北朝作家看待。事实上，北朝文学遵循自己的发展脉络，也有很多值得关注的文学家、文学作品和文学现象。它是中国文学发展从西晋末年到隋唐文学发展的重要环节。

第一节　平城时期与北朝文学发展的起点

学术界一般把从道武帝登国元年（386）建都盛乐及平城至孝文帝太和十九年（495）迁都洛阳这百余年称为"北魏前期"。在西晋末年至十六国初期，拓跋鲜卑主要扮演了军事角色。在中原地区长期驻留的"五胡"汉化程度已经较深时，代国之鲜卑部族却还处在蛮荒阶段。拓跋鲜卑是在攻灭慕容氏势力的过程中，逐渐实现文化实力的迅速膨胀。最早进入北魏政权的士人在阴阳术数方面较为精通，能够提供了一些占卜和预测工作，为制度草创提供一些基本意见，以经学"补王者神智"。拓跋鲜卑通过在诸燕政权中吸纳汉族士人，继承了慕容鲜卑汉化之功。从皇始年间开始，邓渊、董谧、王德、晁崇、崔玄伯皆受重用。崔玄伯的儿子崔浩，更是成为一时重臣。然而，受限于平城政权中拓跋鲜卑贵族较低的文化水平和文化需要，集结于此的文化士人之才能并没有得到全面发挥。而且，由于在平城接连发生多次政治运动，文化士人遭到屠杀者甚多。

北魏前期地位最高的汉族文人是崔浩（？—450）。他继承了东汉儒者传统，热衷经世致用的价值观念，恪守乡里立法，反对"老庄"。崔浩所作的《易注》，《隋书·经籍志》有著录，说明这本书在他死后仍然流行。崔浩评论《老》《庄》"不近人情"，其真正的意思应该是指此二者无益于世用。崔浩权势最盛时，曾在宫中"大集术士"讨论天文历法。崔浩对文学不太看重，《魏书》说他"不长属文"。他现存作品数量不多，且大部分是与他政治地位相应的章奏符表、碑铭颂诔。在这些作品之外，还有一则类似短小散文的《食经叙》流传至今。虽然只有片言数语，却是崔浩对于乡里生活的回忆，饱含追忆往昔的真情，也反映了北方乡里宗族社会生活的一些真实场景，值得一观。

北魏前期另一位重要文人是高允（390—487）。他所写的《咏贞妇彭城刘氏诗》八首，皆为四言，表彰这位类似秦嘉妻子的女性，称之为"异哉贞妇，旷世靡俦"。写刘氏之情感的笔墨，深有汉末诗歌写法痕迹，十分含蓄，情礼谐和，如"率我初冠，眷彼弱笄，形由礼比，情以趣谐，忻愿难常，影迹易乖，悠悠言迈，戚戚长怀"（其四）。这些语句并没有逸出北人所能接受的范围。此时"拘守于汉晋"的复古，其实从一个层面反映了当时诗歌发展的缓慢步伐。高允的乐府诗《罗敷行》描写罗敷的形貌。有人认为这是学习南方歌咏的创作。从内容看，描写并不夸张，是相对严肃的。北方作为宗法社会，不会允许调情式的男女情歌出现，因为那很可能造成对亲族之间关系的刺激和破坏。在礼法为大的北方乡里宗族社会，是不可能出现像《桃叶歌》这类民歌作品的。北人歌咏妇女，仍然歌咏其美德、妇容而已。

北魏前期，还有一批重要的文学家，是从北凉政权进入平城的河西人。崔浩与河西文人张湛之间曾结下深厚情谊，张湛获得崔浩接济。还有河西士人段承根，他赠给李宝的诗歌，虽然在文学形式上仍然是四言组诗形式，可以让人看到他的文辞并不像其他河西士人的四言诗那般典重质木，在用语上较为生活化。

自河西士人来朝之后，河北士人能够明显感到一种文学新风同时刮来。但是，河北士人与河西士人之间短暂的文友之会，并不能给北魏前期略显低迷的文学发展带来根本的转机。因为这种文学样式，并没有扎根于北朝的社会生活，这类四言诗，也脱离北朝人生活实际，并没有太多真情实感。

这个时期的鲜卑族歌谣，据说在唐代还有保存，由于语言的隔阂，这些作品后来全部亡佚。现今所存所谓北朝乐府民歌，大抵见于《乐府诗集》所载《梁鼓角横吹曲》中，其中虽有少数民族歌谣，多数产生在十六国时代的氐、羌诸族，且已经过南方乐工的润饰。《木兰辞》是十六国北朝文学中最著名的民歌，被认为与《孔雀东南飞》同为六朝民歌双璧。《木兰辞》中没有对于战争的怨恨和对战争凄惨之状的描写，而是流露出以女扮男装参加战争、以报君父的荣誉感，通篇轻松流畅，交代得明朗自然。

第二节 洛阳时期的"南朝化"与鲜卑贵族、汉族文士的文学追求

太和十七年（493），孝文帝幸洛阳，巡故宫基址，咏《黍离》之诗而流涕，遂决定迁都洛阳，诏司空穆亮与尚书李冲、将作大匠董爵经始洛京，至太和十九年（495）九月，耗时两年余，六宫文武尽迁洛阳。此后，北朝文学在新的民族关系、国家关系和社会环境中获得新的发展生机。

拓跋鲜卑自迁都洛阳之后，文学士人集中，文化氛围热烈，而

文学活动相对之前也更为频繁。相当一部分鲜卑贵族都能从事汉文学创作。孝文帝本人具有较好的文学修养。太和十年之后，孝文帝的诏告公文皆为己出。孝文帝本人也有文学创作，这些作品甚至曾经编集。文明太后也十分重视鲜卑贵族的文教。孝文帝在洛阳这五年之间，集群僚赋诗，渐成常事。当然，北方贵族的诗歌集会更接近于游戏，较为随兴，没有一定主题。大约这类文学集会在鲜卑贵族府中是较为流行的，因而咸阳王元禧宫人亦能有妙歌："其宫人歌曰：'可怜咸阳王，奈何作事误。金床玉几不能眠，夜蹋霜与露。洛水湛湛弥岸长，行人那得渡？'其歌遂流至江表，北人在南者，虽富贵，弦管奏之，莫不洒泣"（《魏书·咸阳王传》）。此歌苍凉，犹有魏晋宴饮诗歌之风气，而与南方宴饮丝弦之歌乐截然不同。世宗辅臣咸阳王元禧因贪贿过度而被赐死，其亲近之人对此十分感伤。这首回味悠长的民歌，仍然是类似于魏晋时期的民歌那样，所歌的是一种匆匆的、不确定的流逝感。

由于鲜卑贵族对于诗歌集会或者在集会上咏诗的提倡，北魏洛阳政权中，帝后有文学者甚多。胡太后本人具有一定的文学素养，曾让刘廞"以诗赋授弟元吉"。胡太后与肃宗孝明帝元诩幸华林园，宴群臣于都亭曲水，令王公已下各赋七言诗，说明此类文学活动在宫中十分频繁。东魏孝静帝"好文学，美容仪……多命群臣赋诗，从容沉雅，有孝文风"（《魏书·孝静纪》）。临死之前，不堪忧辱，咏谢灵运诗曰："韩亡子房奋，秦帝鲁连耻。本自江海人，忠义动君子。"这说明他对江南文典，十分熟悉。这首《抒怀》，是当年谢灵运起兵前的战斗檄文。

北魏后期，有大量的汉族士人居于鲜卑贵族府中。如京兆王愉府上的宋世景、李神俊、祖莹、邢晏、王遵业、张始均等人，都是当时洛阳最为著名的文化士人。其中，祖莹颇有代表性。祖莹起自彭城王勰府上，当时担任彭城王勰之法曹行参军。祖莹在吏治上才干略少，更长于文学，故为彭城王勰掌书记。祖莹在彭城王勰府上成名，"莹与陈郡袁翻齐名秀出，时人为之语曰：'京师楚楚袁与祖，洛中翩翩祖与袁。'"（《魏书·祖莹传》）之后祖莹迁尚书三公郎，开始在禁中省值。当时，省值诸人常有唱和、谈论，他的《悲彭城》就作于这个时期："悲彭城，楚歌四面起。尸积石梁亭，血流睢水里。"语言直白，所描写的是尸与血的战争景象。祖莹强调风骨和独特，反对"偷窃他文以为己用"，这些观念虽然并不新颖，但也能够说明当时人对于文学创作的思考和自觉。《文镜秘府论》对于太和之后文坛发展气象的描绘，意在表彰孝文帝迁洛前后北魏文学发展到达一个新的阶段，尤其是提到当时文人群落渐已形成："洛阳之下，吟讽成群。"

这个时期北方的诗、赋和骈文，还不足与南朝相媲美，而散文方面却出现了郦道元的《水经注》。这部书虽系学术著作，而且其中有一些传诵的片段如《江水注·三峡》，实取材于宋盛弘之《荆州记》，但仍有不少名篇出自郦氏手笔，代表着当时文章写作的最高水平。此外，杨衒之《洛阳伽蓝记》五卷，以著名佛寺为纲目，兼及有关宫殿、邸宅、园林、佛塔、塑像等，是一部有关北魏洛阳的重要历史资料，同时它又具有较高的文学价值，其结构、语言等富有文学性。

第三节　邺城时期的文学新风与北地三才

从北魏末年到东魏末年，北方出现了"北地三才"，即温子昇与邢劭、魏收。这个省称，大约最早见于《隋书·文学传序》的概括。

温子昇（495—547），字鹏举，自云太原人，生于济阴冤句（今山东菏泽），为晋朝大将军温峤后代。东魏武定五年（547），馆客元瑾作乱，高澄怀疑温子昇同谋，囚入晋阳监狱，饿死狱中。从现存材料看，温子昇在南北地区的知名度，要远高于邢、魏二人。他的诗文传到江南，得到梁武帝赏识，说："曹植、陆机复生于北土，恨我辞人，数穷百六。"（《魏书·温子昇传》）温子昇的诗歌创作上接汉风，没有经历南方玄言诗这样一个环节，因而在艺术特征上保持了意象浑然天成的完整性，使得诗歌具有悠长阔大的艺术韵味。清初王夫之说："江南声偶既盛，古诗已绝，晋宋风流仅存者，北方一鹏举耳。"（《古诗评选》）温子昇的乐府诗或者民歌创作，这种特点尤其鲜明。和北魏初年所流行的冗长滞涩的四言赠答相比，温诗创作形制短小简约，意蕴反而悠长深邃。其中所涉及的一些意象场景，常直接从北朝乐府中借用而来，又不见斧凿痕迹。当洛阳文场倡导骈赋风气时，温子昇却在复兴乐府传统方面勇于实践，并使之逐渐演化为短小的绝句。温子昇所撰写的这些乐府或者民歌中所涉及的经典意象，能在唐诗中找出诸多的例证，而且其中诸多写法是直接从温子昇的诗歌中化用而来。最著名的就是《捣衣》诗。清代沈德潜将它选入《古诗源》，且以"直是唐人"视之。意思是温氏此诗对唐人闺怨诗有一定的影响，而且在艺术水平上已经十分接近。南朝宋谢惠连也有《捣衣》诗，且早于温子昇数十年。谢诗是五言排律，诗歌的主题同样是闺怨，但是由于刻画过甚，缺少流利的风情。由此可以看出，温子昇对于南方诗歌的学习，也并非是生硬搬用。温子昇《相国清河王挽歌》也同样具有这样的汉魏乐府气质，诗云："高门讵改辙，曲沼尚余波。何言吹楼下，翻成薤露歌。"短短四句，将人去楼空哀挽之情抒写得淋漓尽致。薤露二字，已经标明其中的无限伤悼之意。这种"轻约简从"式的写法，在当时文场确实比较稀见。

邢劭（496—?）字子才，河间鄚（今河北任丘）人。北齐时累官骠骑将军、西兖州刺史，太常卿兼中书监，后授特进，死于任上，世称"邢特进"。邢劭擅长骈文，史称其"所作诏诰，文体宏丽"。

又说"每公卿会议,事关典故,勋援笔立成,证引该洽,帝命朝章,取定俄顷。词致宏远,独步当时。与济阴温子昇为文士之冠,世论谓之温邢"。他现存的文章多为应用文字,辞藻华丽,讲究对仗。《北史》和《颜氏家训》都说他爱慕和仿效南朝梁沈约的文风。除骈文外,他也能作诗赋。诗现存8首,其中如《七夕》《思公子》等,内容与形式均摹仿齐梁诗。他的《冬日伤志篇》较有特色,写到了北魏都城洛阳经尔朱荣之乱及高欢挟魏帝迁邺后的残破景象,以"遨游昔宛洛,踟蹰今草莱;时事方去矣,抚己独伤怀"作结,风格比较高古,情调也颇苍凉,以粗犷的笔调勾勒出阔大的境界,其中由个体生命而及世道。粗犷、阔大、苍劲、悲凉等种种形容词所指向的北朝文学特点,仿佛是它始终不变的"里子"。

魏收(506—572)历仕北魏、东魏、北齐三朝。他在北魏末年节闵帝普泰元年(531)就担负了皇家的"修国史"的工作,这时他才26岁。东魏时,他担任过一些重要官职,但始终兼任史职,负责修史。北齐天保二年(551),他正式受命撰魏史。只用了三年多的时间,就撰成《魏书》130篇:帝纪14篇,列传96篇,志20篇。其中,《释老志》是《魏书》首创,记载了佛道两教在中原地区的传播及其变革,对于佛教发展的记述尤详,可看作是一部中国佛教简史。《魏书》历来为人所诟病的地方是其矫饰过甚,但作为研究北魏历史的重要著作,仍有其不容忽视的价值。

魏收又是一位"行人",多次出使南朝。他有多首诗歌明显学习南朝诗歌的特点,如《美女篇》《挟琴歌》《看柳上鹊诗》《后园宴乐》《喜雨》等,其中一些句子颇有宫体诗的风范,工巧婉媚。如《挟琴歌》云:"春风宛转入曲房,兼送小苑百花香。白马金鞍去未返,红妆玉箸下成行。"

从北地三才身上,透露出魏末文坛的一些特点:在南朝文风弥漫邺下文坛的时候,体现北朝文学独特风格的作品,还是不断地涌现出来，如魏收的《大射赋》诗，有"尺书征建邺，折简召长安"这样很见气魄的诗句。《文镜秘府论·四声论》中曾赞叹北齐文学之盛说："及徙宅邺中，辞人间出，风流弘雅，泉涌云奔，动合宫商，韵谐金石者，盖以千数，海内莫之比也。郁哉焕乎，于斯为盛。"这些话虽不免有些颂扬过分，但确也证明东魏、北齐时代文学的繁荣。

第四节　长安地区的文化风气与庾信等南来诗人

永熙三年（534），六镇鲜卑中的少数，由宇文泰、贺拔岳带领西迁，割据关陇，抗衡高氏。西魏统治者汉化程度较低。根据周一良先生的研究，宇文氏并非出于鲜卑，而是源于匈奴南单于远属；宇文诸族国亡入慕容氏，辗转入北魏，之后，宇文泰先后迁武川，另一批宇文氏则随孝文帝迁洛，因此在籍贯上又有河南洛阳宇文。王仲荦先生亦主张宇文氏出于南匈奴，而"宇文"二字，鲜卑称之为"俟汾"，后因音讹之故，称之"宇文"。

北魏统一之后，关中地区动乱纷起，难以治理，孝文帝时就曾慨叹"秦难制"。西魏播迁之后，人才缺乏，其礼乐建设的水平，也不能和建立在北魏汉化基础上的邺城礼乐改革相比。宇文氏的文化建设主要依据关中本地力量基础。长安地区文化保守势力很强大，文化传统驳杂而守旧，文学新风自是难至。西魏北周与江左政权、山东政权也有过一些行聘往来，但很少涉及文学交流。真正能够为长安地区带来地域性文化交流的，主要是西魏趁侯景之乱后攻陷江陵（554），俘获不少南朝文人。后来，西魏又平定邺城，俘获不少北齐士人。这些士人的入关之路，并不平顺。他们所遭遇的巨大阻力，主要是从西魏以来长安地区所形成的顽固、保守的文化风气。庾信、王褒等一批江左文士被迁入关，开始融入并逐渐改变长安的文化风气。

庾信（513—581），字子山，小字兰成。南阳新野（今属河南）人，其家"七世举秀才"，"五代有文集"，他的父亲庾肩吾为南梁中书令，亦是著名文学家。庾信"幼而俊迈，聪敏绝伦"，自幼随父出入于萧纲的宫廷，后来又与徐陵一起任萧纲的东宫学士，成为宫体文学的代表作家。他们的文学风格，也被称为"徐庾体"。侯景之乱时，庾信逃往江陵，辅佐梁元帝。后奉命出使西魏，在此期间，梁为西魏所灭。庾信亦被留在西魏。庾信"多识旧章，为政简静"，为西魏统治者所赏识，即便陈代立国之后，依然被扣留不放。北周取代西魏后，庾信依然受到重视，被视为北周文坛第一人。"世宗、高祖并雅好文学，信特蒙恩礼。至于赵、滕诸王，周旋款至，有若布衣之交。群公碑志，多相请托。唯王褒颇与信相埒，自余文人，莫有逮者。"（《周书·庾信传》）一般认为，齐梁文风也随南来士人而获得北传。而庾信将自己的乡关之思、国破之痛和流离之哀，写进文学作品，昭示着南北文风融合的前景。然而庾信的文学成就，并不是在北周中天然获得，而是经历了一段极为蹉跎、曲折的岁月，这同样与当时北周与其他政权之间的政治关系是密不可分的。

由于西魏、北周军事力量十分强大，在文化发展上又以宗周、复古自居，且明令反对浮华文风，所以南来士人入关中之后要面临诸多压力。庾信、王褒等南来士人在此间的发展并不顺利，庾信初到北方，曾经历三年囚于别馆的痛苦经历。在这三年中，他创作了《拟咏怀二十七首》，"言梁运之将终也"，充满了对梁王室的伤悼、对自身处境的忧虑和不安。此后十年，他没有担任什么重要官职，在政治上并没有受到北周统治者的信任。萧永卒后，庾信写了《思旧铭》，不无怀旧之情。保定二年（562）周弘正回南，庾信写了《别周尚书弘正》，可以看出其强烈的故国之思。

天和三年（568），庾信曾赋闲在家，颇感落寞，慨叹如今不过是咸阳布衣而已，于是写下《哀江南赋》，起于故国之思，其真正用意却是结句："岂知灞陵夜猎，犹是故时将军；咸阳布衣，非独思归王子"，有向北周统治者求官的意愿。此后，庾信在长安开始写作一些歌颂性质的公文，与统治者关系逐渐亲密，开始有一些扈从的机会。其《三月三日华林园马射赋》就作于建德二年（573）。建德四年（575）之后，庾信对返归南方不抱希望，这段时期，他撰写了《贺平邺都表》。又在《奉报寄洛州》《同州还》等诗歌中，表露了羁留之无奈。现存庾信碑志文约31篇，其中12篇为神道碑，19篇为墓志。这些墓志，全部是入北之后受托而作，这一数字远远超过北朝时期的任何一位作家。以王褒为例，同样是由南入北的作家，却仅存四篇同类作品，而且只有墓碑文，没有神道碑。庾信撰写大量这样的碑铭，一方面可能是人情世故所迫，但另一方面也很可能是经济条件所迫。虽然史料记载中没有说他是否收受报酬，但从庾信当时的经济状况，以及当时的社会风俗来看，庾信很可能从中收取费用，以解决生活困窘之状。封演《封氏闻见记》卷六"碑碣"条："近代碑稍众，有力之家，多辇金帛以祈作者，虽人子罔极之心，顺情虚饰，遂成风俗。"庾信所为撰写墓志之家，多为王公贵族，应该算是"有力之家"了。在这些墓志之中，庾信其实大量利用了骈俪化的写作手法，这种手法越到后期越是明显。一般除了对墓主的姓氏、籍贯及生平历官等内容用散体进行必要的说明之外，墓志的其余部分几乎全以骈文写成，工于偶对、典故之运用。这是庾信在复古气氛浓烈的北周所保留的南方特征，而且，这一点应该在当时是深受北周人欢迎的。庾信的诗歌，如《奉和赵王春日美人诗》《和赵王看伎诗》等，仍保留着南朝化倾向。

但是，庾信的晚年毕竟生活在北方，饱尝分裂时代特有的人生辛酸，感伤时变、魂牵故国，是其"乡关之思"的一个重要方面。庾信遭适亡国之变，内心受到巨大震撼。"正是古来歌舞处，今日看时无地行"(《代人伤往二首》其二），这种沧桑之感，使他更深刻地意识到个人命运与国家命运之间，如同"一马之奔，无一毛而不动；一舟之覆，无一物而不沉"(《拟连珠》）。因此，他在抒发个人的亡国之痛时，也能以悲悯的笔触，反映人民的苦难，并归咎于当权者内部的倾轧与荒嬉。久居北方的庾信渴望南归，魂牵梦绕于故国山河。看到渭水，眼前便幻化出江南风景："树似新亭岸，沙如龙尾湾，犹言吟溟浦，应有落帆还。"（《望渭水》）忽见槟榔，也会勾起思乡的惆怅："绿房千子熟，紫穗百花开。莫言行万里，曾经相识来。"（《忽见槟榔》）在《寄王琳》中，庾信接到南方故人的来信后，更禁不住悲慨万端。《四库全书总目》称赞庾信北迁以后的作品"华实相扶，情文兼至，抽黄对白之中，灏气舒卷，变化自如"。从《寄王琳》这首诗中，可以看出作者化精巧为浑成的高超艺术。

叹恨羁旅、忧嗟身世，是其"乡关之思"的另一重要方面。虽然他北迁以后得到的"高官美宦，有逾旧国"（滕王逌《庾信集序》），但内心深处感到无异于"倡家遭强聘，质子值仍留"（《拟咏怀》其三），责备自己的羁留为"遂令忘楚操，何但食周薇"（《谨赠司寇淮南公诗》）。他的羁旅之恨与忧生之嗟是交织在一起的。他以"涸鲋常思水，惊飞每失林"（《拟咏怀》其一）的意象刻画了个人生存的软弱。庾信自谓晚年所作《哀江南赋》"不无危苦之辞，惟以悲哀为主"，倪璠作注解时借以发挥道："子山入关而后，其文篇篇有哀、凄怨之流，不独此赋而已。"（《注释庾集题辞》）可谓深契庾信后期文学的精神特质。他的《拟咏怀》二十七首，以五言组诗的体制，从多种角度抒发凄怨之情，直承阮籍《咏怀》组诗的抒情传统，尤称杰作。如其七中借流落胡地、心念汉朝的女子，比喻自己仕北的隐恨与南归的渴望，真挚感人。又如其十八中所表达的忧思，不只是仕途不达的失意之悲，更是不能为国建勋的失志之恸，因而无法给自己留下排遣或超脱的余地。此诗中"残月"四句写景，

"残月如初月，新秋似旧秋，露泣连珠下，萤飘碎火流"，句式巧拙相间，且能投射诗人独有的心境，可见诗人精切浑成的笔力。

由南入北的经历，使庾信的艺术造诣达到"穷南北之胜"的高度，在中国文学史上具有典型意义。庾信汲取了齐梁文学声律、对偶等修饰辞技巧，并接受了北朝文学的浑灏劲健之风，从而开拓和丰富了审美意境，为唐代新的诗风的形成做了必要的准备。

与庾信一起渡江北上的，还有著名诗人王褒。王褒（513—576），字子渊，琅琊临沂（今山东临沂）人，东晋宰相王导之后。梁元帝时，王褒任吏部尚书、左仆射。西魏入侵江陵，被扣留北方。明帝宇文毓笃好文学，对王褒颇为亲近，颇给官职。

王褒在梁时曾写过《燕歌行》等诗歌，被广泛传诵摹仿。《燕歌行》主要是描写征战艰辛，塞北苦寒，却用宫体诗笔法开头："初春丽晃莺欲娇，桃花流水没河桥。蔷薇花开百重叶，杨柳拂地数千条。"随后，作者用"自从昔别春燕分，经年一去不相闻"转换画面，与开头所呈现的春风温柔之景形成鲜明对比："充国行军屡筑营，阳史讨虏陷平城。城下风多能却阵，沙中雪浅讵停兵。"创造一种春闺、边地两处对立的时空感。这一特点，常常在唐代边塞歌中看到。入北之后，王褒的诗歌虽不免残存南方特点，但是诗歌内容充实许多，风格也发生了很大变化，写了不少关于边塞和征战等方面的乐府诗，《渡河北》《关山月》等是他的代表作。如《渡河北》："秋风吹木叶，还似洞庭波。常山临代郡，亭障绕黄河。心悲异方乐，肠断陇头歌。薄暮临征马，失道北山阿。"风格苍楚，是北朝诗歌中的名篇。

第四编 隋唐五代文学

（公元589—960年）

第一章
概　述

　　隋朝统一全国，结束了自东晋以来长达270余年的南北分裂。继隋而起的唐朝，政治军事强大、经济文化繁荣，在开放的社会文化环境的积极影响下，在继承前代文学丰厚传统的基础上，唐代文学呈现出异常繁荣的局面，在艺术上取得了辉煌的成就。

第一节　唐代文学的辉煌成就

　　唐代是文学发展的黄金时代，这首先表现在艺术创作百花齐放，名家辈出。《全唐诗》收录作品42863首，作者2529人，从数量上看，比前朝有很大增长，但与其后的宋、元、明、清相比，则并无优势。《全宋诗》收录诗人的人数是《全唐诗》的4倍，篇幅字数是《全唐诗》的12倍。宋代诗人陆游自称"六十年间万首诗"，保存至今的有9000多首。清朝仅乾隆皇帝一人，留下的诗作就有4万首左右。显然，衡量一个时代艺术成就的高低，单纯看数量是远远不够的。唐诗的伟大成就，突出地表现在名家辈出与艺术上的百花齐放。唐代诗坛群星璀璨，流派众多，既有李白、杜甫、王维这样的大家，也有初唐四杰、陈子昂、孟浩然、高适、岑参、王昌龄、韩愈、柳宗元、白居易、刘禹锡、李贺、李商隐、杜牧这样的开宗立派，具有独创风格的名家。名垂诗史的诗人数量超过了战国到南北朝的总和。从流派来看，有山水田园诗派、边塞诗派、韩孟诗派、元白诗派。这些都对后世产生了深远的影响。在散文方面，以韩愈、柳宗元为首的古文运动，开创了我国古典散文发展的新时代，既有韩愈、柳宗元等大家，也有皮日休、罗隐、陆龟蒙等著名作者。在骈文方面，则有张说、苏颋等大手笔，有李商隐、杜牧、温庭筠、段成式等骈文名家。在小说方面，唐传奇许多著名的篇章如《李娃传》《霍小玉传》等，都传诵后世。唐五代还出现了前代所无的新文学样式，如词与变文，李煜、韦庄、温庭筠都是在词史上有深远影响的重要作家。

　　唐代文学的繁荣，还体现在对诗、文、小说、词等各类文体的表现艺术做出了许多开创性开拓，为后世树立了艺术典范。在五言古诗方面，陈子昂提倡汉魏古诗格调，确立唐代五古质朴刚健、注重兴寄的新格局，经张九龄继承发扬，至李白、杜甫而更为恢宏。杜甫对五古做了深入探索，其后韩愈、孟郊使五古更趋散文化，白居易、元稹则增添了讽兴时事的内容。从七言乐府中衍化出来的歌行，在初唐时期正式形成，与乐府诗没有渊源关系的七古（七言古诗），与歌行形成明显区别，唐人在歌行与七古创作上都取得了很大成绩。近体诗的格律在初唐定型，唐人在永明体基础上，把四声二元化，解决了粘式律的问题，从律句、律联到构成律篇，摆脱永明诗人种种病犯说的束缚，创造了一种既有程序约束又留有广阔创造空间的新体诗——律诗。律诗的声律、对仗艺术获得全面发展，沈佺期、宋之问、杜审言、李峤、李白、杜甫、王维、王昌龄、李颀、王之涣、韦应物、白居易、元稹、刘禹锡、杜牧、李商隐等人，都在近体诗创作方面卓有建树，成为后世取法的典范。唐人对乐府诗也有可观的开拓，魏晋以后，文人模写乐府体作品，称为拟乐府，李白是拟乐府创作的大家，杜甫的新题乐府、白居易的新乐府，是对汉乐府的积极发展，对后世有很大影响。在文章创作方面，骈文中的四六体在唐代正式形成，并得到极大发展。中唐韩愈、柳宗元创作的古文，上继先秦两汉奇句单行散文的传统，融合八代骈俪之文的某些表现因素，成为极富生命力的新文体，开启了宋元明清古文创作的传统。唐代兴起的配合燕乐倚声填写的新"词"，成为宋词发展的直接源头。唐代的传奇作品，与六朝志怪、志人小说相比，发生了根本性变化。从内容上看，志怪主要记述鬼神怪异之事，传奇则转向描写现实生活。艺术上，传奇有了曲折、完整的故事情节，生动、具体的细节描写，个性鲜明的人物形象，远非六朝志怪的"粗陈梗概"与志人的简述逸事所能比拟。唐传奇的出现标志着中国小说进入成熟阶段。

　　唐代文学繁荣的又一体现，是作者队伍的丰富。六朝时期的文学作者，主要是高门贵族，而唐代诗人的队伍则明显扩大，不但帝王和高级官僚参与其中，大量中下级官僚以及普通士人，也都热情地从事诗歌创作。朝野上下对诗歌都表现出浓厚的兴趣。唐朝的各位皇帝，如太宗、高宗、武后、中宗、玄宗、德宗都喜好诗歌，奖掖诗人。在唐代科举中，进士科要考核诗赋。尽管在程式化的考试中，并没有出现多少出色作品，但这个制度鼓励了士人学诗的风气，唐朝士人"幼能就学，皆诵当代之诗；长而博文，不越诸家之集"（杨绾《条奏贡举疏》）。在中晚唐，有些出身寒微的士子，为了在科场中博得一第而苦心钻研诗艺，甚至"吟成五个字，用破一生心"（方干《遣怀》）。宋代的苏辙说："唐代文士例能诗。"（《题韩驹秀才诗卷一绝》）唐代的一般民众对诗歌也十分热爱。诗人白居易的作品，很多都传唱于江湖。元和九年，白居易贬谪江州，在从长安到江州三四千里的路上，他看到乡间的学校、佛寺、旅舍、甚至行船中，都题写着自己的作品；而"士庶、僧徒、孀妇、处女之口"，也每每吟诵他的诗篇（《与元九书》）。白居易去世后，唐宣宗亲自写诗悼念，诗中称赞白诗家喻户晓："童子解吟长恨曲，胡儿能唱琵琶篇。"（《吊白居易》）一般民众不仅喜爱诗歌，而且也参与诗歌的创作，胡应麟《诗薮》称唐代诗歌作者广泛："帝王、将相、朝士、布衣、童子、妇人、缁流、羽客，靡弗预矣。"

作者队伍的无所不包，使诗歌与唐人生活之间产生了全面的联系，闻一多先生在《诗的唐朝》中说："唐人的生活是诗的生活……凡生活中用到文字的地方，他们一律用诗的形式来写，达到任何事物无不可以入诗的程度。"唐人达到了"全面生活的诗化"（诗的生活化，生活的诗化）。在这个意义上，闻一多先生将唐朝称为"诗唐"（诗的唐朝）。

第二节　政治思想环境与文学创作的活力

唐代文学所以能取得如此辉煌的成就，与唐代独特的政治思想文化环境有着密切的关系。隋唐统治者在统一的国家中，推行了相对清明的政治经济措施，实行科举制选拔人才，极大地激发了社会各阶层的活力，成为文学繁荣的重要基础。

在初盛唐的一百多年里，唐代统治者建立了一系列促使国家长治久安的政治、经济政策。在经济上，实行均田制和租庸调制，适当减轻农民负担，使农业生产迅速恢复和发展。在政治上，从贞观之治到开元之治，统治者为实现清明政治推行了许多积极措施。唐太宗主张以民为本，强调君臣相辅，在此思想指导下，他积极推进政治改革，善于用人，宗室与士庶并用，完善科举制，广揽俊彦。他还善于纳谏，重视立法执法。开元时期，唐玄宗知人善任，任用姚崇、宋璟、张说、张九龄为宰相，同时重视地方吏治。在经济上，他推行了劝农桑、薄税敛、与民休养的政策，采取括户与赋役改革、兴修水利和货币改革等一系列措施，这些都为开元盛世的形成奠定了基础。

经过一百多年的建设，至开元时期，唐王朝经济繁荣，政治安定，被后世史家誉为盛世。大诗人杜甫在安史之乱以后，深情地怀念开元盛世的安定、繁荣与富庶，他说："忆昔开元全盛日，小邑犹藏万家室。稻米流脂粟米白，公私仓廪皆丰实。九州道路无豺虎，远行不劳吉日出。"（《忆昔》）这不是诗人的夸张，而是开元盛世的真实写照。玄宗时，人口增加迅速，天宝十三年（754），全国有961万9000余户，和神龙元年（705）的615万户相比，50年间增加了346万户。天宝时期实际耕地面积大约在800万顷到850万顷之间，不仅农业发达的中原地区垦田有所增加，而且在山坡、沟谷等荒僻的地方也遍布耕地，所谓"四海之内，高山绝壑，耒耜亦满"（《元次山集》卷7《问进士》）。在农业发展的基础上，手工业、商业也有长足进步。商品交换丰富，物价低廉，城市增多，交通便利，社会秩序安定，"远适千里，不持寸刃"（《通典》卷7），"路不拾遗，行不赍粮"（《唐语林》卷3）。经济的发展为文化繁荣奠定坚实的物质基础。

唐朝的思想文化政策也比较开放，儒学固然是统治思想，除唐武宗会昌灭佛那段时间外，在唐代，佛道二教也可以合法存在，三教彼此并行不悖。唐代的皇帝有时组织三教人物一起讨论三教关系。唐代不仅三教并行，许多外来宗教也在中国传播，获得信徒，主要有景教、祆教、摩尼教、回教等，这些宗教亦能在中国人中间引起相当大的反响。当时只被少数外国人和极少数国人信仰的"三夷教"，唐代的统治者也采取了宽容的态度。

国家的统一、政治的清明、思想的包容，造就了唐代士人胸襟开阔、积极进取、开朗自信的精神面貌，这一切都深刻地反映在唐代文学的创作中。唐人多有到名山大川、通都大邑甚至塞外边陲漫游的经历。李白自称"五岳寻仙不辞远，一生好入名山游"（《庐山谣寄卢侍御虚舟》），杜甫亦曾"放荡齐赵间，裘马颇清狂"（《壮游》)。高适、岑参因入幕而远赴边塞,成为边塞诗创作的代表诗人。孟浩然亦曾漫游吴越,描绘吴越山水,写下大量佳作。唐代士人所具有的开阔视野,是前代诗人所难以望其项背的。

唐代士人既有积极进取的激情,又有开朗自信的胸襟,在盛唐作品中,乐观奔放的旋律,处处流露出青春年少的气息,如王维的《少年行》:"新丰美酒斗十千,咸阳游侠多少年。相逢意气为君饮,系马高楼垂柳边。"这是对时代、对国家的自信,超越人生的悲欢离合。高适《别董大》劝慰远行的友人:"莫愁前路无知己,天下谁人不识君?"离别的黯然被爽朗与自信化解。唐代士人这种昂扬自信的面貌,也与唐代统治者对待文学相对宽松的态度有关。唐代士人可以在文学作品中直接或间接地批评时政,不会受到类似后世文字狱那样的迫害。白居易《长恨歌》讽刺唐玄宗,唐宣宗不仅没有责备他,反而赞美《长恨歌》脍炙人口,称"童子解吟长恨曲,胡儿能唱琵琶篇"。宋代魏泰《临汉隐居诗话》批评白居易这首诗"无礼于君",他的态度与唐宣宗形成鲜明对比。

第三节 文化交融与文学繁荣

唐代国势强盛,文化上也呈现出兼容并包的博大气象。在思想方面,唐人尊崇儒学,兼融百家,儒、释、道三教的融合,对文学尤其有深刻的影响。如李白可以在诗中说"我本楚狂人,凤歌笑孔丘"。杜甫世代奉儒,也可以在酒后高唱"儒术于我何有哉,孔丘盗跖俱尘埃"(《醉时歌》)。在多民族文化、中外文化交流方面,唐代也呈现出开放的格局,书法、绘画、音乐、舞蹈各艺术门类都呈现出旺盛的创造力,与文学创作之间形成多方面的、深入的交流,为文学的繁荣奠定深厚的基础。

佛教在唐代有很大发展,统治者大力提倡,对政治、经济、思想、文化等各个领域都产生了广泛的影响。唐代文人普遍研习佛理，熟悉佛典，礼敬佛法，不少人甚至受戒为佛弟子。盛唐大诗人王维习佛甚深，被后人称为"诗佛"，中唐古文家梁肃是天台宗的义学大师，白居易晚年居香山寺为居士，苦吟诗人贾岛早年为和尚。此外，唐朝还有许多僧人精于诗艺，如中唐的灵澈、皎然，唐末齐己、贯休等，都是很有成就的诗僧。《全唐诗》收诗僧113人，诗作2783首。唐代佛教宗派林立，义学发达，对唐代文人的文艺思想、社会人生思想都产生了深刻的影响。例如，唐代诗学思想中的"诗境"论，就与佛教对"境"的认识密切相关，王维对禅宗思想，柳宗元对天台教义，都有很深的领悟。在文学的题材和体裁方面，诗歌多有以禅理入诗者，在佛教影响下出现变文这样新的文学体裁，佛典譬喻与寓言文学的发展也有密切联系。佛典翻译丰富了汉语词汇，对文学语言产生直接影响。

　　道教在唐代也获得极大发展，不少道士长于文学，如司马承祯、吴筠都很爱好文学，与文人多有交往。许多文人倾慕道教，有人更有直接的入道经历，如李白、李商隐、顾况、曹唐等。道教的长生追求、神仙思想，顺应了唐人超越现实、追求自由的精神，而且成为唐代文学想象的丰富宝库。道教的想象世界，道教中的仙人故事如麻姑献寿、弄玉升天、令威化鹤、王质烂柯、曼倩偷桃等，都成为唐代文学创作中反复表现的题材、意象。

　　隋唐时期是中国古代民族融合的高潮。唐太宗说："自古皆贵中华，贱夷狄，朕独爱之如一"（《资治通鉴》卷198）。尽管在观念上，他并不可能彻底泯灭夷夏之别，但在实践中，他所采取的一些民族政策，的确在促进民族和睦方面发挥了重要作用。在唐朝境内生活的汉族和其他民族，相互融入，他们的族属上也经常改变，呈现出互动互补的民族关系。民族交往的加深，极大地推进了文化的融合。唐代文化的繁荣，正是与它广泛吸取各民族文化的影响有直接关系。

唐代的中外交流十分发达，在天文历法、医药、音乐及服饰饮食等生活习俗方面，唐帝国广泛接受外来文化的影响。唐代都城长安，作为一个国际化的都市，最集中地体现了唐代吸收外来文明的成就。对此，向达先生《唐代长安与西域文明》有过详尽的描绘。在唐代，类似长安这样五方杂处的都市，还有南方的广州，江南的扬州，西北的敦煌。唐代的广州港，中外商船云集，居住着许多外国人，成为一个国际性港口城市。随着隋朝开凿大运河，扬州成为连接内地与海外的交通要道，其重要的交通枢纽地位迅速崛起，以至于有"扬一益二"之称。西北的敦煌，地处中原与西域交通的咽喉之地，往来商贾、使节聚集，在丝绸之路上具有极为重要的地位。公元366年，乐尊和尚在敦煌三危山对面的鸣沙山上开凿了第一个石窟之后，后世僧侣佛徒陆续在此开凿窟龛，至今仍可见到492个。1900年在藏经洞中发现了包括西域各种文字的写经、文书和文物四万多件，充分反映了当时的敦煌文化交融荟萃的盛况，而在闻名于世的敦煌壁画中，人们也可以看到来自西方艺术的影响。

开放的时代风气，积极促进了文学艺术的交流与发展。唐代的音乐和舞蹈，广泛吸收其他民族和国家的影响。如唐代初年的九部乐和十部乐，都有四种外来乐舞。唐代有许多著名的艺人和宫廷乐师来自中亚，如琵琶名手曹善才、曹纲来自位于今中亚撒马尔汗北方的曹国，"舞胡"安叱利来自安国。唐代教坊中吸收了一些中亚、印度以及更远地区的乐舞，如《柘枝》来自石国，即今中亚塔什干，《婆罗门》出于印度，《拂林》出于东罗马帝国或其东方属国。著名的《霓裳羽衣曲》的乐曲，就是唐玄宗在汉族传统清商乐的基础上，吸收印度的《婆罗门》曲和龟兹等地的音乐素材而形成。公孙大娘所擅长的《剑器舞》，又叫《剑器浑脱舞》，是用波斯"泼寒胡戏"中的《浑脱舞》与中国传统的剑舞糅合而成的舞蹈。唐代最受中原人民欢迎的是来自西域的《胡旋》《胡腾》《柘枝》等舞蹈。《胡旋》舞快速旋转，舞蹈情绪十分热烈。《柘枝》舞的舞者身穿窄袖罗袍，腰间系紫色的带子，脚穿锦靴，头戴卷檐舞帽，帽子上缀有铃铛，舞姿既婀娜又不失刚健，富有中亚情调。诗人章孝标形容《柘枝》舞者："亚身踏节鸾形转，背向羞人凤影娇。"（《柘枝》）当时擅长表演柘枝舞的舞女称为柘枝妓，中唐时的关盼盼是其中的代表。诗歌与音乐有着密切的关系，唐代诗文对充满胡风的乐舞有丰富的表现，《全唐诗》涉及乐舞的作品很多，如诗人元稹歌咏《胡腾》舞有诗云："蓬断霜根羊角疾，竿戴朱盘火轮炫。骊珠迸珥逐飞星，虹晕轻巾掣流电……万过其谁辨始终，四座安能分背面。"（《和李校书新题乐府十二首·胡旋女》）这些乐舞丰富了唐诗的表现内容。在吸收外来音乐影响下形成的唐代燕乐，还直接促进了词的产生。

唐代书法、绘画、雕塑都取得了辉煌的成就。唐代的书法以楷书成就最为突出，初唐欧阳询、虞世南、褚遂良、薛稷等，师法二王，以楷书著名，称为"初唐四家"。唐代中期的颜真卿（709—785）和晚期的柳公权（778—865）是最有名的楷书大家，人称"颜柳"。颜真卿的楷书气势雄伟、结体端庄，开创了书法的新格局。柳公权的楷书，结构精严，遒媚劲健。唐代的行书是继魏晋以后的又一高峰，前面提到的楷书大家，在行书上也很有造诣。草书名家则有孙过庭、张旭、怀素等。孙过庭功力深厚，他的书法结体坚实而饶有雅趣。张旭的草书奇幻多变，创造了"狂草"。怀素运笔连绵，结体奇逸，挥洒有度。唐代画坛群星灿烂，气象万千，在中国绘画史上写下了最辉煌的一页。初唐阎立本的人物画显示了很高的水平。盛唐时代的吴道子被誉为"百代画圣"。盛唐的张萱以及中唐的周昉则擅长描绘贵族仕女。山水画在唐朝发展成独立的画科，李思训、李昭道父子以山水画著称，他们的山水画与隋代展子虔的一样,都以青绿敷色,被称为"青绿山水"。花鸟画在唐代也发展成独立的画种。著名的画家有薛稷等,画风细致富丽。还有一批以画牛、马等动物知名的画家,如曹霸、韩干、韩滉等。唐代则是莫高窟宗教壁画的全盛时期,今存唐窟200余个,其壁画主要描绘西方极乐世界的净土变相,气势恢宏、情绪欢快,所描绘的佛、菩萨、天王、力士、飞天都更加世俗化,体态婀娜,神态动人,体现了极高的艺术水平。书法与绘画的高度成就,对文学产生了积极的影响,唐人创作了大量歌咏、评论书画的诗歌作品,画论、书论与诗论交相辉映。唐人的咏画、题画诗在《全唐诗》中收录数百首,像杜甫《丹青引赠曹将军霸》刻画曹霸的绘画艺术出神入化,脍炙人口。王维在绘画方面有极高的才华,其诗歌对绘画艺术有很多借鉴,苏轼称赞他"诗中有画,画中有诗"(《东坡题跋》卷下《书摩诘蓝田烟雨图》)。

第四节　唐代文学的经典化

中华民族在历史长河里形成了自身的文学经典传统,唐代文学对中华文学经典的建构,发挥了极为重要的影响。

唐诗在后世被尊为诗歌经典。宋代诗人面对唐诗所取得的辉煌成就,一方面积极拓展新的表现领域、探索新的艺术方法,另一方面,也深入学习取法唐诗艺术,开启了唐诗经典化途径。南宋著名诗论家严羽推崇唐诗,提倡以盛唐为法,明代前后七子提倡"文必秦汉,诗必盛唐",胡应麟《诗薮》、高棅《唐诗品汇》、胡震亨《唐音癸签》等对唐诗体制源流、艺术特点进行深入总结。清代曹寅等奉敕编纂《全唐诗》,这些都充分体现出唐诗经典化后所受到的高度重视。唐诗作为文学经典而广泛流传,许多唐诗作品家喻户晓,是各类诗歌选本中最重要的内容。唐诗艺术对后世产生深远影响,不少唐诗作品成为后世创作的典范，例如元稹《悼亡诗》被后世同类诗作取法，张继《枫桥夜泊》与后世寒山寺诗、李商隐《蝉》与后世咏蝉诗、秦韬玉《贫女》与后世贫士诗都有密切的渊源关系。宋代以后的古典诗学也通过分析唐诗艺术，探索出一系列重要的诗学问题。杜甫诗歌的经典化，是唐诗经典化最集中的体现，宋人尊杜甫为"诗圣"，宋代以下"千家注杜"，对杜诗进行了深入的研究和阐释。

唐代韩愈、柳宗元的古文创作，亦堪称经典。他们二人与宋代六位作者，合称"唐宋八大家"，成为明清时代地位崇高的文章典范。明代的唐宋派、清代的桐城派，都对古文的学习传播发挥了巨大的作用，尤其是桐城派的影响更为巨大。唐五代词，虽然不及两宋词丰富绚烂，但温庭筠、韦庄、李煜等人也在后世被奉为典范。李煜和北宋词人李清照，被称为"男中李后主，女中李易安，极是当行本色"。

第二章
初唐文学

自唐高祖武德至唐玄宗先天年间，也就是公元618年至713年间，人们习惯上称为初唐时期。在这一时期，宫廷文人尚未能完全摆脱齐梁绮艳诗风的影响，但逐步呈现出新的时代气息，统治集团内部，有意识地反对浮靡文风，融合南北文学之长。沈佺期、宋之问等人进一步使律诗定型，在近体诗的表现艺术上做了多方面的探索。初唐四杰提倡刚健的骨气，陈子昂以继承"汉魏风骨"为己任，使创作呈现出刚健质朴、激扬开阔的面貌。贺知章、张若虚等"吴中四士"活跃在初、盛唐之交的诗坛，其狂放超逸的性情、文采飞扬的创作，已经呈现出盛唐文学的风神。

第一节 隋及唐初官廷诗人

隋朝统一中国，为南北文学的融合创造了有利的条件。隋代文学的作者，一部分是北齐、北周的旧臣，如卢思道、杨素、薛道衡等，一部分是由梁、陈入隋的文人，如江总、许善心、虞世基、王胄、庾自直等。其中成就较高的作者是卢思道和薛道衡。

卢思道（约531—582），字子行，范阳（今河北涿州）人。北齐时，为给事黄门侍郎。北周间，官至仪同三司，迁武阳太守。入隋后，官终散骑侍郎。

卢思道的诗长于七言，对仗工整，善于用典，气势充沛，语言流畅，已开初唐七言歌行的先声，在北朝后期和隋初有较高地位。《听鸣蝉篇》抒发客愁乡思，讥讽长安权贵"繁华轻薄"的生活，词意清切，寄托较深。《从军行》以刚健激扬的旋律刻画边塞军旅生活，改变了南朝此类题材多写思妇相思之苦的缠绵笔触，展现出贞刚之气与苍劲的骨力：

> 朔方烽火照甘泉，长安飞将出祁连。犀渠玉剑良家子，白马金羁侠少年。平明偃月屯右地，薄暮鱼丽逐左贤。谷中石虎经衔箭，山上金人曾祭天。天涯一去无穷已，蓟门迢递三千里。朝见马岭黄沙合，夕望龙城阵云起。庭中奇树已堪攀，塞外征人殊未还。白雪初下天山外，浮云直上五原间。关山万里不可越，谁能坐对芳菲月。流水本自断人肠，坚冰旧来伤马骨。边庭节物与华异，冬霰秋霜春不歇。长风萧萧渡水来，归雁连连映天没。从军行，军行万里出龙庭。单于渭桥今已拜，将军何处觅功名。

隋代诗人中与卢思道齐名的有薛道衡。薛道衡（540—609），字玄卿，河东汾阴（今山西万荣）人。历仕北齐、北周。隋朝建立后，任内史侍郎，加开府仪同三司。炀帝时，出为番州刺史，改任司隶大夫，后为炀帝所杀。其诗虽未摆脱六朝文学浮艳绮靡的余风，有些作品却具有一种刚健清新的气息，如与杨素唱和的《出塞》第二首就写得雄健有力：

> 边庭烽火惊，插羽夜征兵。少昊腾金气，文昌动将星。长驱鞮汗北，直指夫人城。绝漠三秋暮，穷阴万里生。寒夜哀笛曲，霜天断雁声。连旗下鹿塞，叠鼓向龙庭。妖云坠虏阵，晕

月绕胡营。左贤皆顿颡，单于已系缨。绁马登玄阙，钩鲲临北溟。当知霍骠骑，高第起西京。

其代表作《昔昔盐》描写思妇孤独寂寞的心情，细腻传神，尤以"暗牖悬蛛网，空梁落燕泥"一联最为新警，甚至传说隋炀帝因嫉妒薛道衡的才华而将其杀害，而最令炀帝嫉妒的就是这一联。薛的小诗《人日思归》："入春才七日，离家已二年。人归落雁后，思发在花前。"构思巧妙，情思婉转，也是脍炙人口。

隋炀帝杨广即位以后，身边聚集的文士多出自南朝，如虞世基、王胄、庾自直、诸葛颖等，他们的作品讲究辞采、追求对仗工整，格局不大。炀帝本人也喜爱作诗，他常在宫廷举行宴饮赋诗，以天子之尊，倡导文雅，促进了宫廷文学创作的发展。他本人的作品也有富于情思之作，如《春江花月夜二首》其一：

暮江平不动，春花满正开。流波将月去，潮水带星来。

清丽秀雅中又蕴含着开阔的境界，与南朝乐府之作的风格已有不同。

唐太宗时期的诗坛仍以宫廷文人为主角，他本人好尚文雅，身边的宫廷文士来自南北。北方文人以关陇士人为主，他们对南朝齐、梁文风虽持批判态度，但提倡"文质彬彬"的美学理想，主张在以风雅为本的前提下，综合南北文风之长，魏征《隋书·文学传序》云：

江左宫商发越，贵于清绮，河朔词义贞刚，重乎气质。气质则理胜其词，清绮则文过其意。理深者便于时用，文华者宜于咏歌。此其南北词人得失之大较也。若能掇彼清音，简兹累句，各去所短，合其两长，则文质斌斌，尽善尽美矣。

这里所提出的"各去所短,合其两长"的文学主张,成为贞观宫廷创作的普遍追求,如何通过南朝文学所注重的辞采声律之美,来表现新朝恢宏刚健的气象,是唐初宫廷文人在创作中最为关注的问题。

唐太宗的诗作,多有表现其昔时征战经历的作品,这些作品充满豪迈的情怀,例如《经破薛举战地》:

> 昔年怀壮气,提戈初仗节。心随朗日高,志与秋霜洁。
> 移锋惊电起,转战长河决。营碎落星沉,阵卷横云裂。
> 一挥氛沴静,再举鲸鲵灭。于兹俯旧原,属目驻华轩。
> 沉沙无故迹,减灶有残痕。浪霞穿水净,峰雾抱莲昏。
> 世途亟流易,人事殊今昔。长想眺前踪,抚躬聊自适。

诗中既有往昔征战经历的刻画,又有抚今追昔的感慨,融合了出征的豪情、征战的勇武、指挥的气魄,下笔英风豪气,壮怀激烈。唐太宗还有一些写景咏物之作,明显受到齐梁绮艳诗风的影响,如《赋得白日半西山》:"红轮不暂驻,乌飞岂复停。岑霞渐渐落,溪阴寸寸生。藿叶随光转,葵心逐照倾。晚烟含树色,栖鸟杂流声。"刻画山野黄昏时分的景象,笔触十分细腻,富有情韵。《帝京篇》十首,描绘长安城的繁华壮丽景象,颇具气势,如:"秦川雄帝宅,函谷壮皇居。绮殿千寻起,离宫百雉馀。连甍遥接汉,飞观迥凌虚。云日隐层阙,风烟出绮疏。"

唐太宗喜好咏物,影响了一时风气。虞世南等人所编的《北堂书钞》《文思博要》和《艺文类聚》等类书,成为宫廷诗人寻章摘句的工具,便于应制咏物时摭拾辞藻和事典,把诗写得华美典雅。这原为南朝文士作诗的积习,在虞世南和许敬宗等人的创作中均有所反映。

虞世南是贞观宫廷诗人最杰出的代表,虞世南(558—638),字伯施，越州余姚（今属浙江）人。少年受到陈朝文学家徐陵赏识，陈朝灭亡后，与其兄虞世基一起进入长安，时人比作吴亡入洛的陆机、陆云兄弟。虞世南在隋时是隋炀帝的文学侍臣，入唐为弘文馆学士，官至秘书监，封永兴公，又工书法。其作品亦多写景咏物之作，饶有生气，如《侍宴应诏赋韵得前字》："芬芳禁林晚，容与桂舟前。横空一鸟度，照水百花然。绿野明斜日，青山澹晚烟。滥陪终宴赏，握管类窥天。"又如《发营逢雨应诏》中的两句"陇麦沾愈翠，山花湿更然"，描绘雨中景物，用词新警，刻画极工，杜甫名句"江碧鸟愈白，山青花欲然"就受到虞诗的影响。虞世南的咏物诗也有特点，如《蝉》："垂緌饮清露，流响出疏桐。居高声自远，非是藉秋风。"寓意巧妙，刻画入神，后人把这首诗与骆宾王、李商隐的同题之作，推为唐人咏蝉诗的"三绝"。

与虞世南成就相当的是李百药，李百药（564—648），字重规，博陵安平（今河北饶阳）人。7岁能属文，隋文帝中授东宫学士，兼太子舍人。隋炀帝即位，贬桂州司马。降唐后，被高祖贬为泾州司户，太宗即位后召拜中书舍人，寻为礼部侍郎，曾撰《北齐书》50卷，兼擅史笔、文才。李百药也擅长咏物、写景，其《咏蝉》《咏萤火》是很出色的咏物诗：

　　清心自饮露，哀响乍吟风。未上华冠侧，先惊鬓叶中。（《咏蝉》）
　　窗里怜灯暗，阶前畏月明。不辞逢露湿，只为重宵行。（《咏萤火》）

两首咏物诗都有较深的寄托。他的《火凤词》二首和《寄杨公》，在声律形式上已符合五律的"粘对"要求，内容情调上近于梁代宫体诗。

武后及唐中宗朝的宫廷诗人以上官仪（约608—664）最有代表性。他字游韶，陕州陕县（今属河南）人，移居江都（今江苏扬州）。唐太宗贞观初，举进士。授弘文馆直学士。累迁秘书郎，转起居郎。常参与宫中宴集，奉和作诗。高宗时，为秘书少监。龙朔二年（662），拜西台侍郎，同东西台三品。因建议高宗废武后，为武氏嫉恨。麟德元年（664），受诬参与梁王李忠谋反，下狱死。

上官仪工于五言诗，他的诗多应诏、奉和之作，辞采华美，对仗工整。如《奉和秋日即目应制》"落叶飘蝉影，平流写雁行"，以飘忽动感的意象，表现季节迁变之无常，极具匠心。又如《奉和山夜临秋》"云飞送断雁，月上净疏林"，写景空净辽远、意境萧疏。《入朝洛堤步月》："脉脉广川流，驱马历长洲。鹊飞山月曙，蝉噪野风秋。"《古今诗话》记载说，上官仪清晨入朝，巡洛水堤，吟咏此诗，群公望之犹如神仙一般（《唐诗纪事》卷六引）。此诗既有"鹊飞""蝉噪"的细腻笔墨，又有"广川""长洲"的开阔境界，诗人承恩入朝、志意满满的神态如在目前。这些作品笔法独到，情思婉转，极大地提高了五言诗的体物写景的艺术表现力，时人谓之"上官体"，成为当时人争相摹仿的对象。

上官仪又撰《笔札华梁》，将六朝以来诗歌的对偶方法归纳为六对和八对，各以名物、声韵、造句、寓意定类相对，利用汉字特点使之程式化，对五言律诗的定型有积极意义。总的来看，上官仪的诗代表当时宫廷诗人创作的最高水平。在唐诗发展史上，上承杨师道、李百药和虞世南，又下开"文章四友"和沈佺期、宋之问。但诗的题材内容还局限于宫廷文学应制咏物的范围之内，缺乏慷慨激情和雄杰之气。

与上官仪齐名的还有许敬宗、上官仪的孙女上官婉儿等。许敬宗编有《文馆词林》，是一部大型的文章总集。上官婉儿（664—

710）是一位颇有才华的女诗人。她的祖父、父亲被武则天处死时，她尚在襁褓，随母郑氏配入掖庭。14岁为武则天内掌诏命，唐中宗即位，封为昭容，专掌制诰。中宗崩，韦后临朝。李隆基起兵，诛韦后及其党羽，上官婉儿亦同时被斩。上官婉儿的诗作工于刻画、富有情思，其《彩书怨》："叶下洞庭初，思君万里馀。露浓香被冷，月落锦屏虚。欲奏江南曲，贪封蓟北书。书中无别意，惟怅久离居。"情思婉转、对仗工切。

第二节　初唐四杰

四杰（王勃、杨炯、卢照邻、骆宾王）都生活在高宗武后朝，他们才华过人，志向远大，但仕途坎坷，皆以文章擅名，史称"初唐四杰"。"才高而位下""志远而心屈"（王勃《涧底寒松赋》）是他们共同的身世特点。王、杨、骆少有神童之誉，踏入仕途后，沉沦下僚，命运多舛，身后萧条（王、骆族灭，杨、骆无子）。尽管如此，他们的作品表现了积极的人生理想，歌咏新朝的宏伟事业，展示了刚健的气骨。对诗歌声律的发展趋势并不排斥，其诗作的律化程度较之高宗朝前期的宫廷诗人有所提高，对歌行的创作有较大贡献。

王勃（650—676），字子安，绛州龙门（今山西河津）人，为隋代大儒王通之孙。9岁能文，17岁举幽素科，授朝散郎。沛王闻其名，召为修撰。当时诸王斗鸡成风，王勃戏作《檄英王鸡》，被逐出沛王府，几年后才起用为虢州参军。又因杀官奴犯法，罪当死，会赦免官。其父王福畤坐罪左迁交趾令。上元三年（676），王勃渡海省父，船覆落水，惊悸而卒，年仅27岁。著有《王子安集》十六卷。

王勃在四杰中名气最大。他的诗气度闳放，情调昂扬阔大，在五律方面成就十分突出。五律在宫廷诗人手中经常用于唱和和咏物，到王勃这里，表现领域有了极大扩展，例如《送杜少府之任蜀川》：

  城阙辅三秦，风烟望五津。与君离别意，同是宦游人。
  海内存知己，天涯若比邻。无为在歧路，儿女共沾巾。

诗中展示出来的阔大胸怀、昂扬情调，一扫离愁别绪的伤感，"海内存知己，天涯若比邻"两句，境界开阔，情感真挚，打动了历代读者，成为人们送别时最常用的相互慰勉的名句。他的小诗《山中》也非常著名："长江悲已滞，万里念将归。况属高风晚，山山黄叶飞。"诗中流露出浓浓的羁旅之愁，在长天下，在秋风中飘飞的千山黄叶，营造出辽远壮阔的境界。

  杨炯（650—693），陕州华阴（今属陕西）人，11岁即待制弘文馆，上元三年（676）制举及第，授秘书省校书郎。光宅元年（684）因族兄反武后而受牵连，出为梓州司法参军，秩满返京，任职于习艺馆。如意元年（692）迁盈川令，未几，卒于任所。

  杨炯虽然没有战争生活的经历，但他的一些边塞题材的作品，充盈着豪迈的意气，十分脍炙人口，其中最有代表性的作品是《从军行》：

  烽火照西京，心中自不平。牙璋辞凤阙，铁骑绕龙城。
  雪暗雕旗画，风多杂鼓声。宁为百夫长，胜作一书生。

从听闻边塞敌情、从军奔赴战场的紧张气氛入手，既刻画了边塞战争的艰苦与激烈，又以响亮的音节、富丽的辞藻，烘托从军将士豪迈昂扬的精神面貌，结句"宁为百夫长，胜作一书生"，表达了投笔从戎的英雄气概。

杨炯的创作成绩在四杰中不算突出，但他对四杰这一群体的文学主张和文学成就，有完整的介绍，他的《王勃集序》说："尝以龙朔初载，文场变体，争构纤微，竞为雕刻。糅之金玉龙凤，乱之朱紫青黄，影带以徇其功，假对以称其美，骨气都尽，刚健不闻。思革其弊，用光志业。"他称赞王勃"八纮驰骋于思绪，万代出没于毫端"，"长风一振，众萌自偃"。

卢照邻（634？—689），字升之，自号幽忧子，幽州范阳（今北京大兴）人。早年因博学能文深受邓王爱重。龙朔年间被人诬告，出为新都尉，数年后离蜀返洛，因风疾而手足痉挛，成为废人。为治病从孙思邈学医，后入太白山学道，隐居具茨山，终因不堪病痛，自沉颍水。

卢照邻在歌行创作方面，最有成就，其《长安古意》是七言歌行巨制，诗作充分发挥歌行体铺叙流转的表现特色，开篇刻画长安权贵之家的豪奢生活，遣词造句，堆金错玉，极尽夸张之能事：

> 长安大道连狭斜，青牛白马七香车。
> 玉辇纵横过主第，金鞭络绎向侯家。
> 龙衔宝盖承朝日，凤吐流苏带晚霞。
> 百丈游丝争绕树，一群娇鸟共啼花。

刻画权贵的狭邪生活，笔致香艳，情辞婉转：

> 双燕双飞绕画梁，罗纬翠被郁金香。
> 片片行云著蝉鬓，纤纤初月上鸦黄。
> 鸦黄粉白车中出，含娇含态情非一。
> 妖童宝马铁连钱，娼妇盘龙金屈膝。
> ……

> 倡家日暮紫罗裙，清歌一啭口氛氲。
> 北堂夜夜人如月，南陌朝朝骑似云。
> 南陌北堂连北里，五剧三条控三市。
> 弱柳青槐拂地垂，佳气红尘暗天起。
> 汉代金吾千骑来，翡翠屠苏鹦鹉杯。
> 罗襦宝带为君解，燕歌赵舞为君开。

诗中对权贵的骄横不可一世，也有生动的描绘：

> 别有豪华称将相，转日回天不相让。
> 意气由来排灌夫，专权判不容萧相。
> 专权意气本豪雄，青虬紫燕坐春风。
> 自言歌舞长千载，自谓骄奢凌五公。

在长篇铺叙之后，篇终感慨人事盛衰变幻无常，繁华如过眼云烟，托身篇籍的文士，过着寂寞的生活：

> 节物风光不相待，桑田碧海须臾改。
> 昔时金阶白玉堂，即今唯见青松在。
> 寂寂寥寥扬子居，年年岁岁一床书。
> 独有南山桂花发，飞来飞去袭人裾。

诗作渲染长安权贵的豪奢骄横之状，固然不乏贬刺之意，而篇中的慨叹，也有一己身世之慨的流露，但全诗以富艳的词采、飞扬跌宕的句式，烘托出长安城富贵繁华的气象，展现了一个王朝在其兴盛时期所特有的生气、生机，这是此诗深厚艺术感染力的真正所在。此外，他的《行路难》也很有特色：

> 君不见，长安城北渭桥边，枯木横槎卧古田。昔日含红复含紫，常时留雾亦留烟。春景春风花似雪，香车玉舆恒阗咽。若个游人不竞攀，若个娼家不来折！娼家宝袜蛟龙帔，公子银鞍千万骑。黄莺一一向花娇，青鸟双双将子戏。千尺长条百尺枝，月桂星榆相蔽亏。珊瑚叶上鸳鸯鸟，凤凰巢里雏鹓儿。巢倾枝折凤归去，条枯叶落任风吹。一朝憔悴无人问，万古摧残君讵知？……

诗人从眼前的"枯木横槎"，联想从前的"姹紫嫣红"，在今昔巨大的反差中，感慨盛衰变幻的无情，诗作用词不乏香艳绮丽，但意绪开阔，饱含深厚的人生哲理，具有壮阔的气势。诗的后半部以"人生贵贱无始终，倏忽须臾难久持"为转折，将世事无常和人生有限的伤悲，抒写得淋漓尽致。胸怀开阔，气势壮大。

骆宾王（619—684?），字务光，婺州义乌（今浙江义乌）人，7岁对客作《咏鹅诗》，被人誉为神童，乾封二年（667），对策中试，授奉礼郎兼东台详正学士。曾有从军边塞的经历。光宅元年（684）在扬州追随徐敬业起兵反叛，兵败后不知所终。

骆宾王也擅长歌行，其中《帝京篇》最负盛名。诗人从当年帝京长安的壮观与豪华写起，首叙形势之恢弘、宫阙之壮伟，次述王侯、贵戚、游侠、倡家之奢侈无度，随后进入议论抒情，评说古今而抒发感慨：

> 古来荣利若浮云，人生倚伏信难分；始见田窦相移夺，俄闻卫霍有功勋。未厌金陵气，先开石椁文。朱门无复张公子，灞亭谁畏李将军。相顾百龄皆有待，居然万化咸应改。桂枝芳气已销亡，柏梁高宴今何在？春去春来苦自驰，争名争利徒尔为。……已矣哉，归去来，马卿辞蜀多文藻，扬雄仕汉乏良媒。

三冬自矜诚足用，十年不调几邅回。汲黯薪逾积，孙弘阁未开，谁借长沙傅，独负洛阳才！

作者将浓烈的感情贯注于对历史人生的思索之中，从而使诗的抒情深化，带有更强的思想力量，形成壮大的气势。作者还直接抒发了自己沉沦下僚而"十年不调"的强烈不满，这种愤愤不平，使诗的内在气势更加激越昂扬。

骆宾王的律诗和绝句也多有可观，如《在狱咏蝉》："西陆蝉声唱，南冠客思侵。那堪玄鬓影，来对白头吟。露重飞难进，风多响易沉。无人信高洁，谁为表予心？"以蝉自喻，抒发自己品性高洁却无人能为己申冤昭雪的痛苦，是兴寄艺术的佳作。他的《于易水送人》："此地别燕丹，壮士发冲冠。昔时人已没，今日水犹寒。"借古咏今，苍凉悲壮，意味深长。

第三节　陈子昂与唐诗风骨

陈子昂（659—700），字伯玉，梓州射洪（今四川射洪）人，出身于富豪之家，祖、父两代习儒，又有豪侠之风。青年时代，他折节读书，21岁时入长安游太学，次年赴洛阳应试，落第还蜀，过了一段访道求仙的生活。文明元年（684）进士及第，释褐将仕郎，两次上谏疏直陈政事，受到武则天赏识，被擢为麟台正字，极大地激发了他的政治热情，此后数年，他接连上书，建言朝政，但未见采纳。延载元年（694），官右拾遗。他曾慷慨从军，随乔知之北征同罗、仆固，跃马大漠南。后又随武攸宜军出击契丹，因言事被降职，愤而解职还乡。回乡后，他被射洪县令段简诬陷入狱，于久视元年（700）在狱中忧愤去世，年仅42岁。他诗文兼擅，今存诗120多首，文110余篇。

陈子昂在武后时期登上文坛，他追求复古，其创作与当时宫廷文人的文风，有着极大的不同，他的文学思想集中体现在《与东方左史虬修竹篇序》中：

> 文章道弊五百年矣。汉魏风骨，晋宋莫传，然而文献有可征者。仆尝暇时观齐、梁间诗，彩丽竞繁，而兴寄都绝，每以永叹。思古人，常恐逶迤颓靡，风雅不作，以耿耿也。一昨于解三处，见明公《咏孤桐篇》，骨气端翔，音情顿挫，光英朗练，有金石声。遂用洗心饰视，发挥幽郁。不图正始之音，复睹于兹，可使建安作者，相视而笑。

在这篇诗序中，陈子昂指出晋宋以来文学"彩丽竞繁，而兴寄都绝"，主张通过恢复"兴寄"与"风骨"来继承风雅传统。所谓"汉魏风骨"是指汉魏诗歌，特别是建安诗歌所表达的乘时建功、悲凉慷慨的精神意气，而"兴寄"则是汉魏诗歌以比兴寄托抒写理想情怀与内心抱负的艺术传统。这一主张，与片面追求藻饰的齐梁诗风彻底划清了界限。他还提出了"骨气端翔，音情顿挫，光英朗练"的美学理想，通过"风骨"与辞采的融合，创造新的美学境界。

在创作实践中，陈子昂有明显的复古倾向，其《感遇》诗三十八首，虽非一时一地之作，但基本上都作于诗人入仕之后，有强烈的政治倾向性，其中多首与作者的政治活动有直接关系。从艺术上看，这些作品取法阮籍《咏怀》和左思《咏史》，述怀言志，寄兴遥深，如《感遇》其三十五：

> 本为贵公子，平生实爱才。感时思报国，拔剑起蒿莱。
> 西驰丁零塞，北上单于台。登山见千里，怀古心悠哉。

> 谁言未忘祸，磨灭成尘埃。

这首诗大约作于作者随军北征期间，充满慷慨壮浪之气，"感时思报国，拔剑起蒿莱"二句，寄托着作者内心的怀抱。"登山见千古，怀古心悠哉"则表现作者纵横古今、拔天倚地的奇崛与伟岸的怀抱。

陈子昂《感遇》组诗于慷慨壮浪中所刻画的风骨卓然的诗人形象，无疑是其夫子自道。其传诵后世的名作《登幽州台歌》更把他的这一怀抱抒写得淋漓尽致：

> 前不见古人，后不见来者。念天地之悠悠，独怆然而涕下。

诗中的"前"与"后"，语义双关，既指在登幽州台四望时，空间上的前后所见，又指时间上悠悠往古与遥远的未来，不经意之间，就将诗人置身于上下四方、往古来今的辽阔宇宙之中，将精神上的超迈高卓以及由此而带来的巨大孤独与孤傲，淋漓尽致地表现出来。

总之，陈子昂在艺术上追求汉魏风骨，注重比兴寄托，确有助于荡涤初唐诗坛的齐梁习气，开创了唐诗的刚健风貌，这些都是他的贡献。同时也需要指出，陈子昂的诗歌理论与实践也有对南朝辞采过于否定的片面性。相比较而言，《感遇》诗的艺术手法比较单调，缺少足够的感染力。

第四节　沈、宋与律诗的定型

唐高宗、武后时期，与"四杰"同时或稍后的一批初唐著名诗人，如杜审言、李峤与苏味道、崔融等并称"文章四友"。此外，还有宋之问、沈佺期等合称"沈宋"。他们都是进士出身，入朝为官后，创作了大量奉和应制、寓直酬唱之类的作品，追求诗律精工，注重诗艺的研练，为唐代近体诗的定型做出了重要贡献。

李峤（645—714），字巨山，赵州赞皇（今属河北）人。少有才名。20岁时，擢进士第。举制策甲科。武后、中宗朝，屡居相位，封赵国公。睿宗时，左迁怀州刺史。玄宗即位，贬滁州别驾，改庐州别驾。李峤的诗，以五言律为主，其文集中有120多首五言咏物诗，多为奉命或应制之作，这些作品大都合律，且十分讲究修辞技巧。如《甘露殿侍宴应制》："月宇临丹地，云窗网碧纱。御筵陈桂醑，天酒酌榴花。水向浮桥直，城连禁苑斜。承恩恣欢赏，归路满烟霞。"工致贴切，裁剪整齐，但生动不足。尽管如此，这组诗在当时仍影响很大，对五律形式技巧的发展起到了积极的推动作用。

苏味道（648—705），赵州栾城（今属河北）人。9岁能属文，以才华著称。20岁进士登第。武后时，累官至凤阁鸾台三品。居相位数年，因阿附张易之，中宗即位，贬郿州刺史，死于任所。苏味道和李峤齐名，并称"苏李"。在初唐诗人中，"苏李"往往与"沈宋"相提并论，他们都大力创作近体诗，对唐代律诗的发展起了推动作用。"苏李"的成就不及"沈宋"，但由于他二人身居高位，在当时有较大的影响。他的名篇《正月十五日夜》："火树银花合，星桥铁锁开。暗尘随马去，明月逐人来。游伎皆秾李，行歌尽落梅。金吾不禁夜，玉漏莫相催。"歌咏长安元宵盛况，辞采富丽，情韵生动，传诵后世。

杜审言（约648—708），字必简，襄州襄阳（今湖北襄阳）人，擢进士第，为隰城尉，性矜诞傲物，受武则天赏识，授著作佐郎，迁膳部员外郎，神龙初，坐与张易之兄弟交往，流放岭南，不久召回，授国子监主簿，加修文馆直学士。在"文章四友"中，杜审言的经历最为坎坷，但艺术成就最高，其五、七律及排律，皆有很高造诣，七绝亦有佳作。在律诗艺术发展定型的过程中，杜审言的贡献可以和沈佺期、宋之问相媲美。杜审言现存近30首五言律诗，除一首失粘外，其余完全符合近体诗的要求。如在江阴任职时写的《和晋陵陆丞早春游望》，是家喻户晓的佳作：

  独有宦游人，偏惊物候新。云霞出海曙，梅柳渡江春。
  淑气催黄鸟，晴光转绿苹。忽闻歌古调，归思欲沾巾。

刻画江南早春，抓住春光初起、物候新变时特有的景象，黄鸟婉转的啼鸣、梅柳新发的枝芽，对春意初生的细腻刻画，与"云霞出海曙"的开阔明秀相映衬，使全诗在羁旅思乡的愁绪中，传达出春日的勃勃生机，表现了虽惆怅而又开朗的心境。杜审言的七律也很精彩，如《春日京中有怀》全诗音调流美，对仗工整，结尾更是气韵不凡："今年游寓独游秦，愁思看春不当春。上林苑里花徒发，细柳营前叶漫新。公子南桥应尽兴，将军西第几留宾。寄语洛城风日道，明年春色倍还人。"其绝句《赠苏绾书记》也是情思婉转、风调流美："知君书记本翩翩，为许从戎赴朔边。红粉楼中应计日，燕支山下莫经年。"可见，杜审言在近体诗的创作上取得了很高成就。

  五律的定型，最后应归功于宋之问和沈佺期。在大量创作应制奉和之作的过程中，沈宋二人有较为充裕的时间推敲诗艺，精益求精，除一联之中轻重悉异外，还要求上一联的对句与下一联的出句平仄相粘，并把这种粘对规律贯穿全篇，从而使一首诗的联与联之间平仄相关，通篇声律和谐。现存宋之问15首应制五言律，沈佺期12首应制五言律，全都符合这种近体诗的粘对规则。元稹《唐故工部员外郎杜君墓系铭序》说："唐兴，官学大振，历世之文，能者互出。而又沈、宋之流，研练精切，稳顺声势，谓之为律诗。"这是最早有关"律诗"定名的记载，故沈、宋之称，也就成为律诗定型的标志。

沈佺期（约656—约716），字云卿，相州内黄（今属河南）人。上元二年（675）进士及第。由协律郎累迁考功员外郎。中宗即位，因谄附张易之，被流放驩州（今越南）。神龙三年（707），召拜起居郎兼修文馆直学士，常侍宫中。后历中书舍人、太子少詹事，开元初卒。沈佺期的诗很讲求技巧，如《奉和春初幸太平公主南庄诗》"云间树色千花满，竹里泉声百道飞"，《人日重宴大明宫赐彩缕人胜应制》"山鸟初来犹怯啭，林花未发已偷新"等，都是构思精致的作品。其获谴下狱和流放岭外时，坎坷的遭遇和更为丰富的人生经历，使其作品更具深度，如《遥同杜员外审言过岭》：

> 天长地阔岭头分，去国离家见白云。
> 洛浦风光何所似，崇山瘴疠不堪闻。
> 南浮涨海人何处，北望衡阳雁几群。
> 两地江山万余里，何时重谒圣明君。

声律谐畅而蕴含深厚，融入了丰富的人生感慨，是早期七言律的成熟之作，被后人称为初唐七律的样板。他的乐府古题之作，也多佳篇，例如《古意赠补阙乔知之》：

> 卢家少妇郁金堂，海燕双栖玳瑁梁。
> 九月寒砧催木叶，十年征戍忆辽阳。
> 白狼河北音书断，丹凤城南秋夜长。
> 谁谓含愁独不见，更教明月照流黄。

又如《杂诗》：

> 闻道黄龙戍，频年不解兵。可怜闺里月，长在汉家营。
> 少妇今春意，良人昨夜情。谁能将旗鼓，一为取龙城。

两首诗皆写思妇与征人之相思,转换自然,对仗工稳。如第一首"催木叶"映照"秋夜长","音书断"呼应"忆辽阳"。后代诗家称其为唐代七律奠基之作。

宋之问(约656—约712),一名少连,字延清。汾州(今山西汾阳)人,一说虢州弘农(今河南灵宝)人。上元二年(675)进士及第。历洛州参军、尚方监丞、左奉宸内供奉。因谄事张易之兄弟,曾贬泷州参军。召为鸿胪主簿,再转考功员外郎,又谄事太平公主。以知贡举时贪贿,贬越州长史。睿宗即位,流钦州,赐死。宋之问为近体律诗定型的代表诗人。他曾以善作应制诗,得到武则天恩宠,但诗意较为深沉的,是他在流放途中创作的作品,如《度大庾岭》:

度岭方辞国,停轺一望家。魂随南翥鸟,泪尽北枝花。
山雨初含霁,江云欲变霞。但令归有日,不敢恨长沙。

刻画贬谪途中,去国日远、归期无着的茫然心情,感人至深。五绝《渡汉江》也很善于刻画内心复杂的情绪:

岭外音书断,经冬复历春。近乡情更怯,不敢问来人。

诗人长期远贬,离乡多年,返乡时复杂微妙的心绪,只通过寥寥数语,就获得真切的传达,体现了极高的艺术功力。

总之,经过杜、李、宋、沈等人的不懈努力,从武后至唐中宗景龙年间,唐代近体诗的各种声律体式已定型,这对于唐诗艺术的发展有重要的推动意义。

第五节　吴中四士

初、盛唐之交，吴越之地的文士贺知章、包融、张旭、张若虚，"文词俊秀，名扬于上京"（《旧唐书》卷190《贺知章传》），号"吴中四士"（《新唐书》卷149《包佶传》）。他们性格狂放、文采风流，其诗歌艺术呈现出与此前初唐诗人颇为不同的面貌，留下了许多千古传诵的佳作。

贺知章（659—744），字季真，越州永兴（今浙江萧山）人。武后证圣元年（695）进士及第，玄宗开元十一年（723），经宰相张说推荐，入丽正殿修撰《六典》及《文纂》等书，开元十三年（725），迁礼部侍郎，后为太子宾客、秘书监。天宝二年（743）冬，因病上表请度为道士，归还乡里。玄宗诏许赐镜湖剡川一曲。归镜湖不久即病逝。贺知章性格狂放，被时人誉为"风流之士"（《旧唐书》本传）。杜甫在《饮中八仙歌》中称他"知章骑马似乘船，眼花落井水底眠"，放诞洒脱之状十分传神。他在长安紫极殿一见李白，便称李白为"谪仙人"，解下金龟换酒，与李尽醉。他还是著名的书法家，其草书《孝经》是书法杰作。贺知章的诗作传世者不多，其中多为应制诗，称颂开元盛世功德，很有气象，但最脍炙人口的，是两首七绝《回乡偶书二首》：

>少小离家老大回，乡音无改鬓毛衰。
>儿童相见不相识，笑问客从何处来。

>离别家乡岁月多，近来人事半消磨。
>唯有门前镜湖水，春风不改旧时波。

这两首诗,描写离乡多年后重返家乡时的感慨,第一首用不无诙谐的笔墨,写去乡日久,家乡人事变换,既感慨沧桑,又为重温淳朴乡情而亲切感动的复杂心情。第二首虽有物是人非的感伤,但镜湖不变的春水绿波,既写出家乡不变的生机,又使作者的感伤没有流于低沉与颓唐。两首小诗很能体现贺知章风流洒脱的性情。后人每每称赞盛唐绝句风神宛然,贺知章这两首诗是盛唐绝句很有代表性的作品。

张若虚(生卒年不详),据《旧唐书·贺知章传》记载,他是扬州人,做过兖州(今属山东)兵曹。中宗神龙间,与贺知章、包融等人驰誉京城。他的诗《全唐诗》仅存录二首,一首是五言排律《代答闺梦还》,没有多少特色,另一首七言歌行《春江花月夜》则是享有盛誉的杰作。这一首长篇歌行,将男女相思离别之情,与对宇宙人生的感悟结合起来,境界深邃而阔大。全诗以"月"为中心,细腻地描绘了迷幻朦胧的月夜景象,从江天一色的辽阔意境,自然过渡到对宇宙的探问,对人生的体悟,在朦胧的月色中,深情地描绘了相思的惆怅与无奈,又以夐绝的宇宙意识,令缠绵的别情更见执着与深挚。这首诗所体现出的对宇宙、对自然、对人生开阔而真挚的感情,集中地体现了盛唐人特有的精神气象。所以闻一多称之为"诗中的诗,顶峰中的顶峰"(《唐诗杂论·宫体诗的自赎》)。

张旭(生卒不详),字伯高,吴郡(今江苏苏州)人,约开元、天宝时在世,一生仕途失意,只做过常熟尉、金吾长史。在"四士"中,他最为狂放,是唐代草书大家,史书记载他嗜酒,每醉后号呼狂走,索笔挥洒,乃至用头发濡墨而书,人称"张颠",誉其为"草圣"。杜甫《饮中八仙歌》描绘他"张旭三杯草圣传,脱帽露顶王公前,挥毫落纸如云烟"。《全唐诗》仅存其诗五首,其两首七绝颇有名,一是《桃花溪》:"隐隐飞桥隔野烟,石矶西畔问渔船。桃花尽日随流水,洞在清溪何处边。"二是《山行留客》:"山光物态弄春辉,莫为轻阴便拟归。纵使晴明无雨色,入云深处亦沾衣。"两首诗都写得飘逸潇洒,笔致轻灵,无论是桃花源,还是物态丰富的山林,都有一种缥缈如幻之感,颇富意趣。

包融(生卒年不详),润州延陵(今江苏丹阳)人,中宗神龙时,与贺知章等驰名京城,《全唐诗》仅录存诗作八首,其中七绝《武陵桃源送人》也很有清幽之趣:"武陵川径入幽遐,中有鸡犬秦人家。先时见者为谁耶,源水今流桃复花。"

总的来看,"吴中四士"是很有特色的诗人群体,四士皆性情狂放,艺术上也文采飞扬,很能体现盛唐文人精神与艺术的特色。

第三章
盛唐文学

从玄宗开元年间到代宗大历初（713—766），是前人所说的盛唐时期。这一时期，政治稳定、社会繁荣，为后世公认的盛世，诗歌创作也迎来黄金时代。宋代诗论家严羽云："唐人与本朝人诗，未论工拙，直是气象不同。"（《沧浪诗话》）当代唐诗专家林庚用"盛唐气象"来描述盛唐诗歌的审美风貌和精神气质。（《唐诗综论》）盛唐诗人积极进取，对时代充满自信，对未来充满幻想，健康开朗、自信从容。盛唐诗歌以开阔的精神面貌，吸取以往一切有益的诗歌艺术成就，追求壮丽雄浑和天然清新的艺术趣味，尤其在意境的创造上取得突出成绩，形成了兴象玲珑、意境深广、情深韵长的美学特色。李白、杜甫、王维以巨大的艺术才力，极大地开拓了诗歌的表现领域，成为中国诗歌史上第一流的诗人。唐代的骈文创作在初盛唐也取得重要成就。

第一节 王维、孟浩然与盛唐山水田园诗

王维和孟浩然是盛唐山水田园诗派的代表诗人。山水田园诗派追求以独特的艺术旨趣观照自然，表现山水田园之美，自东晋南朝以至唐代，涌现出谢灵运、陶渊明、王维、孟浩然、韦应物、柳宗

元等一批艺术上的典范。王维和孟浩然的创作，正是这一诗派在盛唐的最高艺术代表。盛唐山水田园诗在继承传统山水田园诗澄怀观道、静照忘求的审美观照方式基础上，融入了健康爽朗、积极进取的时代情调，诗歌的境界更为开阔，更为清新，艺术上能自觉将主观情兴与对自然山水的观照融合起来，更富韵外之致。

王维（701—761），字摩诘。开元九年（721）擢进士第，释褐太乐丞，因事获罪，贬济州司仓参军。其后，他曾向宰相张九龄献诗以求汲引，官右拾遗，又一度赴河西节度使幕，为监察御史兼节度判官，开元二十八年（740）以殿中侍御史知南选。天宝十四载（755）安史乱起，至德元载（756）叛军攻陷长安，他被迫接受伪职。次年两京收复时，他因此被定罪下狱，旋即得到赦免，官复原职，且逐步升迁，官至尚书右丞。王维晚年已无意于仕途荣辱，退朝之后，常焚香独坐，以禅诵为事，上元二年（761）卒于辋川别业。

王维艺术修养非常全面。《新唐书》本传说："维工草隶，善画，名盛于开元、天宝间。"在音乐方面，他擅长琵琶。在绘画方面，他自称"宿世谬词客，前身应画师"（《偶然作》）。其画作虽已失传，但从历代记载看，可谓传神写照，有很高的艺术造诣。在盛唐，这种诗书画乐俱臻佳妙的情形，并非个案，是盛唐时代艺术繁荣的重要标志，王维是杰出代表。

王维的山水诗继承东晋南朝山水诗的传统而又开拓出新的诗境。他描绘过华山的奇伟、终南山的阔大，展现了北方山水的丰姿。他也刻画过南方水国的汪洋浩淼，蜀中山林的幽深繁茂，大漠风光的开阔与爽朗。如《终南山》：

　　太乙近天都，连山到海隅。白云回望合，青霭入看无。
　　分野中峰变，阴晴众壑殊。欲投人处宿，隔水问樵夫。

诗作以浑厚不凡的笔力，巧妙地运用了中国山水画的散点透视法，从不同的视点去勾勒终南山的宏伟轮廓。先从遥望的角度，描写终南山绵延之广，再变远观而为近视，写终南山之幽深。五、六一联，取由高向下的俯看姿态，刻画山间的千岩万壑，阴晴不同，气象万千。又如《汉江临泛》：

> 楚塞三湘接，荆门九派通。江流天地外，山色有无中。
> 郡邑浮前浦，波澜动远空。襄阳好风日，留醉与山翁。

开篇就烘托出楚地一片水乡泽国的独特景象。"江流天地外，山色有无中"，写出了人在大江之上，于舟行的起伏动荡之间，感受到的江天浩淼。"郡邑浮前浦，波澜动远空"，则描绘了浑浑无涯、包载天地的浩淼江景。又如《使至塞上》描绘雄浑壮阔的大漠景象：

> 单车欲问边，属国过居延。征蓬出汉塞，归雁入胡天。
> 大漠孤烟直，长河落日圆。萧关逢候骑，都护在燕然。

其他如"日落江湖白，潮来天地青"（《送邢桂州》）及"荆溪白石出，天寒红叶稀。山路元无雨，空翠湿人衣"（《山中》）等，以色彩点染，深合画理，创造出"诗中有画，画中有诗"的独特诗境。

王维受佛教影响很深，很早就归心于佛法，精研佛理，受当时流行的北宗禅的影响较大，晚年思想又接近南宗禅，撰写了《能禅师碑》；他还与孟浩然、裴迪、储光羲、刘昚虚、常建等人与禅僧密切往来，因此，他的诗歌从观物方式到感情格调，都受禅宗思想影响，刻画幽静之景，而有空灵的意趣。如《山居秋暝》：

> 空山新雨后，天气晚来秋。明月松间照，清泉石上流。
> 竹喧归浣女，莲动下渔舟。随意春芳歇，王孙自可留。

大自然盎然的生机和诗人心灵的洒脱融为一体，诗中的"空山"，是现实中的山水，更是摆脱一切精神执着，洒脱自在的精神世界的写照。又如《过香积寺》：

> 不知香积寺，数里入云峰。古木无人径，深山何处钟。
> 泉声咽危石，日色冷青松。薄暮空潭曲，安禅制毒龙。

开篇寥寥数语，香积寺深藏于云林之间，令人难寻其踪迹的缥缈幽深已萦绕于笔端。这一种似真似幻的迷惘感觉，正是王维在刻画幽寂之景时最偏爱的基调。类似迷惘幽幻的气息，在其《辋川集》绝句组诗中有更集中的呈现，这组诗被王士禛称为"句句入禅"。如《鹿柴》："空山不见人，但闻人语响。返景入深林，复照青苔上。"《竹里馆》："独坐幽篁里，弹琴复长啸。深林人不知，明月来相照。"《辛夷坞》："木末芙蓉花，山中发红萼。涧户寂无人，纷纷开且落。"青苔上转瞬即逝的夕阳，静夜深林中的月光，涧户中自升自落的辛夷花，这些幽寂已极的景象，既是诗人幽独心境的写照，又呈现出自然永恒的空静之美，融会了佛教寂灭的意趣。

盛唐时代与王维齐名的山水田园诗派代表诗人是孟浩然。孟浩然（689—740），襄阳人，40岁以前隐居于距鹿门山不远的汉水之南，曾南游江、湘，北去幽州，一度寓寄洛阳，往游越中。开元十六年（728），他入长安应举，不幸落第，在长安结交王维、张九龄等人，曾赋诗秘书省，以"微云淡河汉，疏雨滴梧桐"一联名动京师，一年后，他南下吴越，寄情山水。开元二十五年（737）入张九龄荆州幕，酬唱尤多。三年后不达而卒。

李白说："吾爱孟夫子，风流天下闻。红颜弃轩冕，白首卧松云。"（《赠孟浩然》）其实，孟浩然并非不闻世事的隐士，他也同许多盛唐士人一样，对社会、对人生怀有积极的抱负和理想，也为此远赴京洛，漫游吴越。他写赠张说（一说是张九龄）《望洞庭湖赠张丞相》一诗，就表达出强烈的用世之心。诗云：

　　八月湖水平，涵虚混太清。气蒸云梦泽，波撼岳阳城。
　　欲济无舟楫，端居耻圣明。坐观垂钓者，徒有羡鱼情。

孟浩然禀性孤高狷洁，其诗作具有清旷超逸的境界，如《夏日南亭怀辛大》：

　　山光忽西落，池月渐东上。散发乘夕凉，开轩卧闲敞。
　　荷风送香气，竹露滴清响。欲取鸣琴弹，恨无知音赏。
　　感此怀故人，中宵劳梦想。

抒发自己独自乘凉时的感慨，一句"恨无知音赏"，表明了诗人清高自赏的寂寞心绪。以山水自适的情怀，融入池月清光、荷风暗香和竹露清响的兴象中，顿觉清旷爽朗。

孟浩然在山水田园诗创作上有自己的艺术特点。王维善于在诗中融会多种艺术手段，对山水景象做正面深入的描写，孟浩然则善于从侧面烘托渲染，以简传神，不著一字，尽得风流，如《晚泊浔阳望庐山》：

　　挂席几千里，名山都未逢。泊舟浔阳郭，始见香炉峰。
　　尝读远公传，永怀尘外踪。东林精舍近，日暮但闻钟。

开篇从自己环游天下,未逢名山,直到见到庐山才一偿夙愿的经历,烘托庐山的高卓奇崛。诗的后半部勾画庐山高蹈尘外的意境,不直言其间的隐风胜迹,而是从自己内心的长久期盼,侧面烘托庐山胜景,其中"日暮但闻钟"一语,最得传神之妙。诗人并没有见到东林精舍,但那隐约传来的一缕钟声,却可以使人对青山丛林中的僧寺,产生无尽联想。

王维的诗作,善于融会佛理,刻画"空""静"的意趣,传达深邃的意境。孟浩然的诗作更善于表现微妙的情绪。如《宿建德江》刻画孤旅愁绪,十分细腻:"移舟泊烟渚,日暮客愁新。野旷天低树,江清月近人。"又如《春晓》:"春眠不觉晓,处处闻啼鸟。夜来风雨声,花落知多少。"诗中描绘了一个处处啼鸟、虽经风雨依然生机勃勃的春日清晨,其间萦绕着一丝叹息春晚的淡淡惆怅。还有一些作品更富兴会之妙,如《秋登万山寄张五》:

> 北山白云里,隐者自怡悦。相望试登高,心随雁飞灭。
> 愁因薄暮起,兴是清秋发。时见归村人,平沙渡头歇。
> 天边树若荠,江畔舟如月。何当载酒来,共醉重阳节。

诗作落笔处是秋日登山,用意在怀人,贯穿其间的是诗人登高相望的兴致。诗人的兴致充满细腻而丰富的情绪变化,全诗在山水刻画中传情达意,位置经营,空灵生动。

孟浩然继承陶渊明田园诗的艺术传统,很善于表现田园生活的恬淡和乐,其脍炙人口的作品《过故人庄》即是这方面的代表。自中唐大历十才子以下,历代创作山水田园题材的诗人都受到他们的影响。王维和孟浩然在盛唐诗坛享有盛誉,影响很大。以他们为中心,还有一批诗风与他们相近的诗人,如裴迪、储光羲、刘眘虚、张子容、常建等。

第二节　高适、岑参与盛唐边塞诗

唐代从贞观到开元年间的一百多年里，国力强盛，疆域扩大，在边疆加强守卫，激发了士卒的斗志，入幕从军的热情高涨。岑参《送祁乐归河东》："天子不召见，挥鞭遂从戎。"高适《送张献心充副使归河西杂句》："一从受命常在边，未至三十已高位。"高适《信安王幕府诗》："关塞鸿勋著，京华甲第全。"士人向往军旅生活，渴望有所作为。他们要求建功立业，表现出英雄气概。开元、天宝年间，边塞诗大量涌现，这些作品表现杀敌立功的英雄气概，描绘边塞的壮丽风貌，诗中也反映了军中的一些矛盾，抒写了征人思妇的离愁别怨，形成雄浑开阔、慷慨壮浪的风格。高适和岑参是盛唐边塞诗最杰出的代表。

高适（700—765），字达夫，郡望渤海蓨（今河北景县），早年随父旅居岭南。开元中曾入长安求仕，并于开元十八年（730）至开元二十一年（733）间，北上蓟门，漫游燕赵，希望能从军立功边塞，却毫无结果。后寓居宋中近十年，贫困落拓。天宝八载（749），试制举有道科中举，授封丘尉。三年后弃官入河西节度使哥舒翰幕府，任掌书记。安史乱起后，他从玄宗至蜀，拜谏议大夫，先后任淮南节度使和蜀、彭二州刺史。代宗即位后，他入朝为刑部侍郎转左散骑常侍，进封渤海县侯。

高适的人生际遇变化比较大，早年生活困顿，长期浪游，人生的最后十年，仕途畅达，《旧唐书》本传说："有唐以来，诗人之达者，唯适而已。"这样的经历，使他对生活的了解比较丰富，他的诗作也反映了比较广阔的社会生活画面，他的《封丘作》：

我本渔樵孟诸野，一生自是悠悠者。乍可狂歌草泽中，宁堪作吏风尘下。只言小邑无所为，公门百事皆有期。拜迎官长心欲碎，鞭挞黎庶令人悲。归来向家问妻子，举家尽笑今如此。生事应须南亩田，世情付与东流水。梦想旧山安在哉，为衔君命且迟回。乃知梅福徒为尔，转忆陶潜归去来。

此诗作于高适天宝末年安禄山叛乱之前任封丘尉之时，刻画了县尉生活的种种苦况，既抒写了诗人渴望"狂歌草泽"的狷介个性，表达了渴望效法陶潜挂冠而去的心志，又反映了唐代地方官衙、百姓生活的无奈。

高适有着极强的用世之心，性情狂放不羁，他希望通过立功边塞来实现政治抱负。他两次北上蓟门，对边塞生活有了丰富的体验，创作了不少反映边塞生活的作品，诗中既有边塞战争景象的生活描绘，也充满建功立业的豪情。其《送李侍御赴安西》云："功名万里外，心事一杯中。虏障燕支北，秦城太白东。离魂莫惆怅，看取宝刀雄。"开元二十六年（738），他从蓟门归来后，创作了著名的边塞诗《燕歌行》：

汉家烟尘在东北，汉将辞家破残贼。男儿本自重横行，天子非常赐颜色。摐金伐鼓下榆关，旌旆逶迤碣石间。校尉羽书飞瀚海，单于猎火照狼山。山川萧条极边土，胡骑凭陵杂风雨。战士军前半死生，美人帐下犹歌舞。大漠穷秋塞草腓，孤城落日斗兵稀。身当恩遇恒轻敌，力尽关山未解围。铁衣远戍辛勤久，玉箸应啼别离后。少妇城南欲断肠，征人蓟北空回首。边庭飘飖那可度，绝域苍茫更何有。杀气三时作阵云，寒声一夜传刁斗。相看白刃血纷纷，死节从来岂顾勋。君不见沙场征战苦，至今犹忆李将军。

这首诗融会了复杂的内涵,当时契丹背唐,连年侵扰幽蓟边地。诗中不是描写某一次具体战役,而是浓缩了边地战争的种种艰辛与残酷。军队久戍、塞外荒凉、军中苦乐悬殊,敌人凶猛、久战难归。诗人既颂扬了战士的抗敌之志、不畏艰险的英雄气概,又真实地表现了士兵在赴边、抗敌、久戍过程中内心感情的种种变化。

高适一些与从军边塞相关的绝句,也不乏雄浑之音,如《别董大》:"千里黄云白日曛,北风吹雁雪纷纷。莫愁前路无知己,天下谁人不识君。"诗中以对前路的自信冲淡离愁,独到的立意中不无雄健风采。又如《塞上听笛》:"雪净胡天牧马还,月明羌笛戍楼间。借问梅花何处落,风吹一夜满关山。"在边塞的背景下,此诗以明月、羌笛和满山的落梅,营造出新警的意境,给人以悠长的回味。

殷璠在《河岳英灵集》里称赞高适,说他"诗多胸臆语,兼有气骨"。他正是以刚建爽朗的精神气骨,来表现边塞生活,创造出激昂雄浑的独特境界。他的边塞诗令后人难以追摹的,正是这种独特的精神内涵。

盛唐诗人岑参,与高适一样有入幕经历且多创作边塞诗。杜甫在《寄彭州高三十五使君适虢州岑二十七长史参三十韵》中说:"高岑殊缓步,沈鲍得同行。意惬关飞动,篇终接混茫。"高、岑并称始于此。后来严羽在《沧浪诗话》中也说:"高岑之诗悲壮,读之使人感慨。"

岑参(约715—770),祖籍南阳,出生于江陵(今湖北江陵)。他幼年丧父,天宝三载(744)登进士第,授右内率兵曹参军。天宝八载(749),他弃官从戎,首次出塞,赴龟兹(今新疆库车),入安西四镇节度使高仙芝幕府。两年后返回长安,与高适、杜甫等结交唱和。天宝十三载(754),他又再度出塞,赴庭州(今新疆吉木萨尔县),入北庭都护府封常清幕中任职约三年。永泰元年(765)出为嘉州刺史,768年秩满罢官,流寓成都,卒于客舍。

岑参同样有着强烈的功名心,也希望通过立功边塞来踏上仕途的捷径,其《送郭乂杂言》诗:"功名须及早,岁月莫虚掷。"《银山碛西馆》诗:"丈夫三十未富贵,安能终日守笔砚。"他两次出塞深入西北边陲,写了不少边塞诗。杜甫曾称"岑参兄弟皆好奇",殷璠《河岳英灵集》也说:"参诗语奇体俊,意亦奇造。""好奇"是岑参边塞诗的突出特点。如《热海行》:

侧闻阴山胡儿语,西头热海水如煮。海上众鸟不敢飞,中有鲤鱼长且肥。岸旁青草常不歇,空中白雪遥旋灭。蒸沙烁石然虏云,沸浪炎波煎汉月。阴火潜烧天地炉,何事偏烘西一隅。势吞月窟侵太白,气连赤坂通单于。送君一醉天山郭,正见夕阳海边落。柏台霜威寒逼人,热海炎气为之薄。

全诗刻画热海奇异之景,充满新奇的构思与夸张的渲染,给人留下深刻的印象。

不仅描绘西北景色之奇,岑参更将奇景与边地将士豪迈慷慨、昂扬振奋的精神融合在一起,营造出奇伟壮丽的艺术境界,如《轮台歌奉送封大夫出师西征》:

轮台城头夜吹角,轮台城北旄头落。羽书昨夜过渠黎,单于已在金山西。戍楼西望烟尘黑,汉兵屯在轮台北。上将拥旄西出征,平明吹笛大军行。四边伐鼓雪海涌,三军大呼阴山动。虏塞兵气连云屯,战场白骨缠草根。剑河风急雪片阔,沙口石冻马蹄脱。亚相勤王甘苦辛,誓将报主静边尘。古来青史谁不见,今见功名胜古人。

又如《走马川行奉送出师西征》:

> 君不见，走马川行雪海边，平沙莽莽黄入天！轮台九月风夜吼，一川碎石大如斗，随风满地石乱走。匈奴草黄马正肥，金山西见烟尘飞，汉家大将西出师。将军金甲夜不脱，半夜军行戈相拨，风头如刀面如割。马毛带雪汗气蒸，五花连钱旋作冰，幕中草檄砚水凝。虏骑闻之应胆慑，料知短兵不敢接，车师西门伫献捷。

描绘大漠飞沙走石，下笔奇特，惊心动魄。在如此恶劣的环境中，将士英勇抗敌，毫不退缩，在狂风飞沙中，将军身披金甲勇敢前行的身影、战马身上蒸腾的汗气，交织成一幅奇伟壮丽的行军图。

又如《白雪歌送武判官归京》：

> 北风卷地白草折，胡天八月即飞雪。忽如一夜春风来，千树万树梨花开。散入珠帘湿罗幕，狐裘不暖锦衾薄。将军角弓不得控，都护铁衣冷难着。瀚海阑干百丈冰，愁云惨淡万里凝。中军置酒饮归客，胡琴琵琶与羌笛。纷纷暮雪下辕门，风掣红旗冻不翻。轮台东门送君去，去时雪满天山路。山回路转不见君，雪上空留马行处。

胡天八月的飞雪，竟被诗人想象成在春天竞放的千树万树的梨花，荒凉寒冷的边地，挡不住诗人满腔的豪情。作者既描绘了边塞特有的寒冷景象，又表达出内心的热烈与昂扬。岑参以边塞生活为题材的七绝也多佳作，如《逢入京使》："故园东望路漫漫，双袖龙钟泪不干。马上相逢无纸笔，凭君传语报平安。"用家常话写眼前景致，却道出边塞将士的心里话，反映了诗人感情生活及诗风深沉细腻的一面。

在以写边塞题材著称的盛唐诗人里，岑参是留存作品最多的。

他前后两次出塞创作的边塞诗多达 70 余首。尤其是第二次出塞期间的作品，在某些方面，其艺术成就甚至超过高适。与高适、岑参诗风相近的诗人有王之涣、陶翰等。

第三节　李白：天真豪放的盛唐之音

中唐著名文学家韩愈说："李杜文章在，光焰万丈长"（《调张籍》），充分表达出他对李白和杜甫的崇敬心情。李、杜二人不仅最能体现盛唐诗歌成就，在此后诗坛亦有着崇高的地位和深远的影响。李白被称为"诗仙"，杜甫被称为"诗圣"。他们的诗歌创作生动形象地反映了盛唐的气象。

李白（701—762），字太白。他的身世、出生地、行踪、家庭皆异说纷纭。依据现存史料，我们可以大体勾勒出他的生命轨迹：原籍陇西成纪（今甘肃秦安），出生在中亚西域的碎叶城（在今吉尔吉斯斯坦境内）。5 岁时，全家迁居绵州昌隆（今四川江油），在蜀中度过青少年时代。他自称"五岁诵六甲，十岁观百家"（《上安州裴长史书》），"十五观奇书，作赋凌相如"（《赠张相镐》）。魏颢说他"少任侠，手刃数人"（《李翰林集序》）。他仗剑任侠的同时还向往游仙问道的生活："十五游神仙，仙游未曾歇。"（《感兴八首》之五）。开元十二年（724）秋，他"仗剑去国，辞亲远游"（《上安州裴长史书》）。从峨眉山沿江出川，到荆门、游洞庭，又至金陵、广陵和会稽等地，不久回舟西上，寓居郧城（今湖北安陆）。在江陵见到著名道士司马承祯，后者赞其"有仙风道骨，可与神游八极之表"（《大鹏赋·序》）。开元十八年（730）李白由南阳启程入长安，在长安约三年，未能得到仕进机会，怏怏离去。开元二十年（732）夏，李白沿黄河东下，先后漫游了江夏、洛阳、太原等地。二十四年，又举家东迁，"学剑来山东"（《五月东鲁行答汶上翁》）。后又漫游河南、淮南及湘、鄂一带，北登泰山，南至杭州、会稽等地。天宝元年秋，在玉真公主荐引下，唐玄宗下诏征其入京任供奉翰林。李白立志大展宏图，报答玄宗知遇之恩，但在朝中任职只有一年多即遭玄宗疏远，被赐金还山。

天宝十四载（755）安史之乱爆发，李白避地东南，后隐居于庐山。当时玄宗之子永王李璘率师由江陵东下，以复兴大业的名义恭请李白参与其戎幕，李白遂满怀热忱毅然从戎。不料肃宗李亨和永王李璘之间又祸起萧墙，李璘军败被杀。李白也因此获罪下狱，不久被长流夜郎（今贵州桐梓一带），至巫山时遇赦放还。这时他已年近六十，仍壮心未已，上元二年（761）又一次踏上征途，准备参加李光弼的平叛军队，途中因病折回。宝应元年（762），李白病死于当涂族叔李阳冰家，结束了他富有传奇色彩的一生。

纵观李白一生，他的人生选择与出处轨迹，传达了中国古代士人积极进取的人生理想。他不畏强权，傲视权贵，"黄金白璧买歌笑，一醉累月轻王侯"（《忆旧游寄谯郡元参军》）。他追求自由，"不屈己、不干人""平交王侯"，任华说李白"数十年为客，未尝一日低颜色"（《杂言寄李白》）。他又不无虔诚地求仙学道，采药炼丹，甚至还受道箓，履行了正式成为道教徒的仪式。尽管如此，李白并非漠视现实，一味高蹈超然，他深受儒家思想影响，以"济苍生""安社稷"为己任，期望"申管晏之谈，谋帝王之术，奋其智能，愿为辅弼。使寰区大定，海县清一"（《代寿山答孟少府移文书》）。他奉诏入京时的踌躇满志，在安史之乱中入永王幕，遇赦后复欲参加李光弼的平叛军队，都体现出他以天下为己任的责任感。只不过他更希望走一条更加便捷的途径，幻想一鸣惊人，一飞冲天，而不屑于走一般科举入仕之路。同时，他又常常受纵横家影响，喜谈王霸大略，渴望君臣遇合，年轻时"东游维扬，不逾一年，散金三十余万，有落魄公子，悉接济之"（李白《上安州裴长史书》）。

随着对高层权力集团丑恶之状更多的了解，他有了更为强烈的批判精神，为屈死的贤士发出强烈的呐喊，抒发对庙堂的轻蔑："君不见李北海，英风豪气今何在？君不见裴尚书，土坟三尺蒿棘居。少年早欲五湖去，见此弥将钟鼎疏。"（《答王十二寒夜独酌有怀》）在长安供奉翰林期间，他对现实黑暗有了进一步认识，在被玄宗疏远被迫离开长安后创作的《梦游天姥吟留别》中，他发出了"安能摧眉折腰事权贵，使我不得开心颜！"的呐喊，其兀傲不驯、傲睨权贵的气势，感动了后世无数的读者，最鲜明地展示了盛唐士人追求理想、尊重自我价值、追求自由的精神气概。李白的精神是盛唐精神的集中体现，他卓然超迈的风姿，是盛唐士人倾慕的典范，而他的诗歌也最集中地体现了盛唐诗歌的艺术追求。

他以壮观天地的视野，描绘黄河、长江奔腾千里的气势："黄河之水天上来，奔流到海不复回"（《将进酒》）；"登高壮观天地间，大江茫茫去不还。黄云万里动风色，白波九道流雪山"（《庐山谣寄卢侍御虚舟》）。人间的山峰，在他的笔下，也是气势纵横、充塞天地："连峰去天不盈尺，枯松倒挂倚绝壁"（《蜀道难》），"天姥连天向天横，势拔五岳掩赤城。天台四万八千丈，对此欲倒东南倾"（《梦游天姥吟留别》）。他笔下的山河大地，不仅仅阔大、宏伟，更有雄奇豪放的气魄充溢其间，从长天奔涌入海的黄河，有着最为豪放的气魄，而《蜀道难》中所刻画的"难于上青天"的蜀道，则是"奇之又奇"，诗中有大量奇特的想象和极度的夸张。诗人对古蜀国的遥想，对五丁开山的想象，用"六龙回日"来描写山势的高峻，都体现了奇特的想象力。在描绘蜀道奇险时，诗人运用了大量夸张的手法，取得了很强的表现效果。而从抒情特点上看，诗人以强烈的激情来进行创作，诗句充满惊心动魄的情感力量，无论是五丁开山的恢宏气势，还是蜀道行人在山路上所看到的飞湍瀑流、听到的万壑雷鸣，都带给人巨大的震撼。这种充沛的激情和奇特的想象、极度的夸张互为表里，共同营造了"奇之又奇"的艺术世界。当然，这种雄奇狂放的艺术境界，也是李白胸中之奇的写照，雄奇伟岸的山水和傲岸奇崛的人格浑然一体。

李白的诗歌常以狂放的旋律书写对精神自由的渴望，"兴酣落笔摇五岳，诗成笑傲凌沧州"（《江上吟》），《宣州谢朓楼饯别校书叔云》云："弃我去者，昨日之日不可留；乱我心者，今日之日多烦忧。长风万里送秋雁，对此可以酣高楼。蓬莱文章建安骨，中间小谢又清发，俱怀逸兴壮思飞，欲上青天揽明月。抽刀断水水更流，举杯消愁愁更愁，人生在世不称意，明朝散发弄扁舟。"诗人以"抽刀断水"这似乎不近情理的狂放诗句，写尽忧愁、愤懑与无奈之情以及"欲上青天揽明月"的极度渴望。

李白还善于运用奇异的想象来刻画雄奇与狂放的境界。例如他感慨"白发三千丈，缘愁似个长"，用夸张的手法来写忧愁之深。又如"燕山雪花大如席，片片吹落轩辕台"（《北风行》），写朔寒飞雪。又如《将进酒》里的"君不见高堂明镜悲白发，朝如青丝暮成雪"，写时间流逝之速，亦触目惊心。他的许多构思也是出人意表，如"功名富贵若长在，汉水亦应西北流"（《江上行》），反用汉水之不能西北流，以见功名富贵之虚妄；又如《金乡送韦八之西京》："客自长安来，还归长安去。狂风吹我心，西挂咸阳树。"想象自己的心被吹挂到咸阳树上，以此刻画对西归长安友人的眷眷思念。后世一些诗人摹仿李白诗的构思、意象，期望追步其神采，但鲜有成功者，李诗也因此被认为是不可摹仿的，其原因就在于李诗之奇，是胸中之奇和笔下之奇的完美融合，徒摹字句者难得神韵。

李白诗歌还有另外一种风格，即天真自然，有如"清水出芙蓉，天然去雕饰"。如"金陵夜寂凉风发，独上西楼望吴越。白云映水摇空城，白露垂珠滴秋月"（《金陵城西楼月下吟》），金陵的云水空城，白露秋夜，明澈纯净。又如《玉阶怨》："玉阶生白露，夜久侵罗袜。却下水晶帘，玲珑望秋月。"虽是宫怨的传统题材，但诗人为之营造了纯净素洁的意境，让孤独与寂寞有了别样的意味。有时，诗人刻画一种天真的情态，如《越女词》其三："耶溪采莲女，见客棹歌回。笑入荷花去，佯羞不出来。"《长干行》："妾发初覆额，折花门前剧。郎骑竹马来，绕床弄青梅。同居长干里，两小无嫌猜。"他描绘友情也十分纯真，其《赠汪伦》就是脍炙人口的作品。

从体裁上看，他主要写作古体诗、古题乐府、歌行，其中在古题乐府方面，创作成绩尤为突出。他在近体诗方面的创作相对较少，但绝句的成就很突出。从内容上看，他继承了各类体裁的表现手法，感情更为强烈，赋予这些题材前所未有的风貌，在后世赢得广泛尊崇。

第四节　杜甫：诗史与诗圣

杜甫与李白年纪相差 11 岁，这个年龄差使二人的社会经历与精神世界都呈现出显著的差异。李白成长于盛唐最繁荣的开元时期，及至安史之乱爆发，他已进入暮年；杜甫在安史之乱前的天宝年间，刚刚登上诗坛，在天地流血的安史之乱中，他备历坎坷、辗转漂泊，在艰难困苦中，锤炼了精深的诗艺，形成沉郁顿挫的诗歌风格。李白的诗歌是自由灵魂的歌唱，充满天真开朗的旋律。杜甫的诗歌则是深沉博大的心灵，在动荡中的浴血哀歌。

杜甫（712—770），字子美，生于巩县（今属河南）。他的家庭世代为官、尊奉儒家精神。他的十三世祖杜预，既有赫赫武功，又著有《春秋左传注》，是杜甫十分景仰的先祖。他的祖父杜审言是初唐著名诗人。他的母亲一系则是唐代士族中门第最高的清河崔氏，与李唐王室有姻亲关系。杜甫的父亲杜闲虽然只做到奉天县令，但"奉儒守官，未坠素业"（杜甫《进雕赋表》）的家族传统，对杜甫有着强烈的影响。他一生虽备历苦难，但从未绝意仕进，极少高蹈之思，始终期望有为于当世，以天下为己任。祖父杜审言的诗歌成就，也是他有志绍续的家族荣光，称"诗是吾家事"（《宗武生日》）。

杜甫7岁便能写诗，十四五岁"出游翰墨场"（《壮游》）。20岁以后十余年中，他漫游各地，24岁时，赴洛阳考试，未能及第，又漫游齐、赵。33岁时，他与李白相识于洛阳，李白当时已名震天下，杜甫倾慕李白的才华风采，其后在安史之乱坎坷流离中，屡屡写诗表达对李白的思念，感情真挚动人。35岁左右，杜甫来到长安谋求仕进之路。他期望自己能"立登要路津"，实现"致君尧舜上，再使风俗淳"（《奉赠韦左丞丈二十二韵》）的理想。然而现实是残酷的，他辗转十年，奔走权门，过着"朝扣富儿门，暮随肥马尘"的无奈生活，并无所获。此外，他还多次向玄宗皇帝献赋，如《雕赋》《三大礼赋》等，期望得到皇帝的青睐，直到天宝十四载才获得右卫率府胄曹参军这样一个卑微的官职。

安史之乱爆发时，杜甫身陷长安，他只身逃出后，投奔在凤翔的唐肃宗，被任命为从八品的右拾遗，不久就因不满房琯被罢相上疏申救而触怒肃宗，乾元初被贬斥为华州功曹参军。身处战乱，加之对仕途失望，杜甫于乾元二年（759）夏秋之交，杜甫辞华州功曹参军职，避难秦州，作《秦州杂诗》二十首。年底，进入蜀地。在成都时，他在城西修建了一座草堂。其故交严武出任剑南东西川节度使，对他多有照顾，表荐他担任了节度参谋、检校工部员外郎（后世因此称他为"杜工部"）。杜甫在草堂度过两年较为安定闲适的生活。永泰元年（765），严武去世，蜀中大乱，杜甫失去生活依靠，不得已过起流浪逃难生活。最初他想要沿长江东下出川，途中因疾病和战乱，滞留很久。先是在云安居住了一段时间，后又在夔州居住了近两年。57岁乘舟出三峡，在湖北、湖南一带的水路上漂泊。大历五年，他在耒阳附近客死旅舟，在漂泊中结束了艰难的一生，时年59岁。

　　备尝艰难的人生经历，使杜甫能够深刻体察安史之乱前的社会矛盾以及安史之乱给国家和人民造成的巨大灾难。他的诗歌深刻地反映了这段特殊历史时期的复杂面貌，被后人称为"诗史"。杜甫在困居长安十年间，创作了《兵车行》《前出塞》《后出塞》《丽人行》《自京赴奉先县咏怀五百字》等许多反映天宝后期社会危机的作品。在安史之乱爆发后，杜甫创作了《悲陈陶》《悲青阪》《洗兵马》以及著名的"三吏""三别"等。杜诗对历史的反映，不是简单的记录，而是以敏锐的观察揭示社会的重要矛盾，以真切的体察，揭示社会的矛盾所在。《兵车行》揭露统治者穷兵黩武给百姓带来的灾难。诗歌从恸哭送行的出征场面入手，借"头白还戍边"的出征士卒之口，控诉"武皇开边"给百姓带来的无尽苦难；《前出塞九首》则细致地刻画了一个入伍士兵，在残酷的征战生涯中，所经历的劳苦与屈辱，沉痛处力透纸背。在《自京赴奉先县咏怀五百字》中，他敏锐地观察到安史之乱前"朱门酒肉臭，路有冻死骨"的社会现实，深刻地揭露了玄宗朝臣沉湎声色之状，表达了对巨大社会危机的警觉与忧患。安史之乱爆发后，他身陷长安时创作的《哀江头》，刻画了在叛军占领下的长安城的荒凉。从凤翔回鄜州途中创作的《北征》，以长篇巨制，写尽战乱中的颠沛流离，其笔下有山野中荒凉的战场："鸱鸮鸣黄桑，野鼠拱乱穴。夜深经战场，寒月照白骨。"刻画到家后与家人重逢："况我堕胡尘，及归尽华发。经年至茅屋，妻子衣百结。恸哭松声回，悲泉共幽咽。平生所娇儿，颜色白胜雪。见耶背面啼，垢腻脚不袜。床前两小女，补缀才过膝。海图拆波涛，旧绣移曲折。天吴及紫凤，颠倒在裋褐……粉黛亦解包，衾裯稍罗列。瘦妻面复光，痴女头自栉。学母无不为，晓妆随手抹。移时施朱铅，狼藉画眉阔。生还对童稚，似欲忘饥渴。问事竟挽须，谁能即嗔喝？"虽然没有一句提到战乱，但重逢时的悲喜交集、妻儿生活的贫穷艰辛，无一不让人真切感受到战乱所带来的巨大灾难。此外，像著名的"三吏""三别"，也是从百姓的视角，写战乱中亲人离散、家园荡灭的种种苦难。杜诗对社会历史的反映，无论在广度还是深度上，都达到了他人难以企及的水平，也正是在这个意义上，只要一提到"诗史"，人们就会首先想到杜甫。

后世对杜甫还有"诗圣"的评价。"诗圣"有两方面含义，从精神上讲，杜甫的诗歌具有深厚的儒家精神，是儒家诗教的典范。他始终没有改变，直到晚年创作《江汉》时依然如此："江汉思归客，乾坤一腐儒。片云天共远，永夜月同孤。落日心犹壮，秋风病欲苏。古来存老马，不必取长途。"这是他一生的自我写照。从艺术上讲，杜甫的诗歌虽然讲求法度，却能超越法度。他十分注重广泛学习前代诗歌的表现体制，融会众长，被前人誉为"集大成"。元稹《唐故检校工部员外郎杜君墓系铭并序》说：杜甫"上薄风骚，下该沈、宋，言夺苏、李，气吞曹、刘，掩颜、谢之孤高，杂徐、庾之流丽，尽得古今之体势，而兼人人之所独专矣"。在集大成的基础上，杜甫对各类诗歌体裁艺术又有很大的开拓。他的五古融会叙事、写景、议论、抒情，驱驾长篇，内容极为丰富，《北征》全诗长达700字，展现了广阔的历史画面。他创作的"三吏""三别"等"即事名篇，无复依傍"的"新题乐府"，继承了汉乐府的讽谕精神，在表现手法上，也深得汉乐府之神理而又富于变化。其《兵车行》《丽人行》则继承歌行传统，强化了讽兴时事的内容。

杜甫对律诗的开拓尤为深入。他的律诗表现范围十分开阔，举凡社会历史、人情交往、山水游宴、羁旅咏怀，无不入诗，而且工于锤炼，细致入微。如《旅夜抒怀》："细草微风岸，危樯独夜舟。星垂平野阔，月涌大江流。名岂文章著，官应老病休。飘飘何所似，天地一沙鸥。"其中"星垂平野阔，月涌大江流"极富锻炼之功，一个"垂"字、一个"涌"字，描绘出孤舟被大江、旷野所包围，孤独不安的漂泊之感，自然地引发下联的身世之慨。又如"绿垂风折笋，红绽雨肥梅"（《陪郑广文游何将军山林》），将表现色彩的"绿""红"置于句首，突出了风中折笋、雨中红梅带给人的强烈视觉印象。

杜甫七律的创作成就最为人称道。此前，七律多用于宫廷应制唱和，杜甫极大地开拓七律的艺术表现力，如《咏怀古迹五首》《诸将五首》都是传诵千古的名作。特别是《秋兴八首》，怀念故园，想望京华，忧念时事，慨叹漂泊，回顾一生，意味深长。杜甫的七律声律精切、对仗工稳，同时又善于营造流畅连贯的气势，如《登高》：

> 风急天高猿啸哀，渚清沙白鸟飞回。
> 无边落木萧萧下，不尽长江滚滚来。
> 万里悲秋常作客，百年多病独登台。
> 艰难苦恨繁霜鬓，潦倒新停浊酒杯。

全诗八句皆是工整的对仗，前四句写登高见闻。首联围绕夔州的特定环境，调动视觉、听觉、触觉等多种感官，在仰观、俯瞰之中，选取典型景物，书写登高所见所闻，展现了一幅萧索落寞的画面。作者将个人际遇和国家兴衰高度融合，通过诗歌表达自己漂泊无助、老病孤愁的复杂感情。

杜甫诗歌风格多样，最主要的特征是沉郁顿挫，"沉郁"指诗歌的情感深沉郁结，"顿挫"是指感情的表达反复曲折、低回起伏，这与杜甫在艺术上的推敲锤炼密不可分。此外，他在成都草堂时期的作品，闲适恬淡，意趣萧散。当然，杜甫一生多在坎坷辗转、颠沛流离之中，草堂闲居是难得的安宁自在，故而其诗作的主要风格还是沉郁顿挫。

在诗歌史上，杜甫是承先启后的诗人，对后世产生深远影响。

宋代以后，杜甫的地位极为崇高，是无可比拟的典范。

第五节　唐代骈文：精工藻绘与开阔格局

唐代是骈文发展的重要时期，在南北朝骈文基础上，唐代骈文获得许多新的发展。以四六句式为主，工于对仗，故又称四六文，成为当时重要文体，应用十分广泛，国家的军国文书、朝廷诏制、朝臣的表章奏疏、私人的书启序跋等多用骈文。科举进士考试的重要科目之一是诗赋，其中试赋采用律赋形成，律赋即是典型的四六体。这些都极大地促进了骈文创作的兴盛繁荣。

唐代骈文的发展如同诗歌发展一样，也可分为初、盛、中、晚四个阶段。初唐骈文还受到齐梁文风影响，追求形式的绮丽华靡，但也体现出新时代的气象。

初唐四杰是唐代初年文坛最有成绩的骈文作者。他们继承齐梁骈文的艺术传统，在属对工稳、平仄谐调方面有了更进一步的发展，使四六体式更加完备。王勃最具有代表性。他的骈文多用于作序，其次是作碑文和书启。最为人传诵的名篇是《秋日登洪府滕王阁饯别序》。上元二年（675），他南下交趾省亲，途经洪州（今南昌），参与都督阎伯玙在滕王阁举行的饯别宴会，这篇序即作于此时。全文由赞扬洪州人物之众多、宴会之盛大、滕王阁之宏伟、阁上眺望三秋景象之心旷神怡，转入兴尽悲来的身世之慨，最终仍归结到"所赖君子安贫，达人知命，老当益壮，宁移白首之心；穷且益坚，不坠青云之志"的激扬慷慨，体现了初唐士人新的精神风貌。全文由四六句式一以贯之，声律严密，用典贴切，对仗工整，自成对偶，古人谓之"当句对"，如"襟三江而带五湖""控蛮荆而引瓯越""钟鸣鼎食之家""青雀黄龙之轴"。全文意脉灵动，如行云流水，意兴遄飞，在工稳严谨之中，别有一种通透俊逸的姿态，是千古传诵的名作。

杨炯的骈文深闳壮伟，如《群官寻杨隐居诗序》是一篇表现寻访隐士题材的作品，以开阔壮美的笔力，赞美隐士之高洁："若夫太华千仞，长河万里，则吾土之山泽，壮于域中；西汉十轮，东京四代，则吾宗之人物，盛于天下。乃有浑金璞玉，凤螭龙蟠，方圆作其舆盖，日月为其扃牖。天光下烛，悬少微之一星；地气上腾，发大云之五色。以不贪为宝，均珠玉以咳唾；以无事为贵，比旂常于粪土。"文中刻画山林隐士的幽深奇崛之致，说："寒山四绝，烟雾苍苍。古树千年，藤萝漠漠。诛茅作室，挂席为门。"属对工整，韵调和谐，格局开阔。

骆宾王的骈文自然俊逸、意气纵横，代表作是《代李敬业以武后临朝移诸郡县檄》。这是骆宾王随徐敬业起兵讨伐武则天时于军中所作的檄文。文章历数武氏罪状，号召天下人响应徐敬业，共同勤王。文章感情激愤、辞端犀利，议论抒情错综变化，后半部号召朝廷内外起而勤王，极富鼓动性：

> 公等或家传汉爵，或地协周亲；或膺重寄于爪牙，或受顾命于宣室，言犹在耳，忠岂忘心。一抔之土未干，六尺之孤安在？倘能转祸为福，送往事居，共立勤王之勋，无废大君之命，凡诸爵赏，同指山河……请看今日之域中，竟是谁家之天下！

据《新唐书》本传记载，武则天读到此文，初但嬉笑，至"一抔之土未干，六尺之孤何托"，则矍然曰："谁为之？"或以宾王对，后曰："宰相安得失此！"由此足以感受文章的震撼力。

卢照邻亦工骈文，其名篇《乐府杂诗序》，辞藻华丽，用典精切。

盛唐时代兴盛，社会繁荣，骈文追求宽博雅正，文风雍容华贵，极大地革除了齐梁文风的影响。这一时期最杰出的骈文作者,是张说、苏颋。两人都是开元文坛的领袖人物,《新唐书》苏颋本传称他"与张说以文章显,称望略等,故时号燕、许大手笔"。两人皆为台阁重臣,当时朝廷文诰多出其手。他们还撰写了不少碑、志、序文,擅长以四六文作应用文。

张说的骈文不追求用典的繁缛生僻,不务华词丽句,浑融自然而又雍容典雅。《旧唐书》本传说他"为文俊丽,用思精密,朝廷大手笔皆特承中旨撰述,天下词人,咸讽诵之,尤长于碑文、墓志,当代无能及者"。其《齐黄门侍郎卢思道碑》《宋公遗爱碑》《故开府仪同三司上柱国赠扬州刺史大都督梁国公姚文贞公神道碑》《大唐西域记序》《洛州张司马集序》《唐昭容上官文集序》都脍炙人口。其中《洛州张司马集序》是为洛州司马张希元的文集所作的序,序文叙述张希元之家世、才学、仕绩和文学成就,格局开阔,文辞壮丽,文中述及张希元文学成就一段,尤为人传诵:"时复江莺迁树,陇雁出云,梦上京之台沼,想故山之风月,发言而宫商应,摇笔而绮绣飞。逸势标起,奇情新拔,灵仙变化,星汉昭回。感激精微,混韶武于金奏;天然壮丽,绰云霞于玉楼。"又《大唐西域记序》叙述玄奘兄弟共同弘扬佛教的功绩,语言精警,辞采纷呈。其碑志名篇如《齐黄门侍郎卢思道碑》《宋公遗爱碑》《姚文贞公神道碑》,充分吸收了东汉以来的文章精华,文字俊爽,写人则突破传统碑志"铺排郡望,藻饰官阶"的套路,注重表现人物的性格气质,叙事则追求庄重沉稳,笔力雄健,融合散体气息,故能名重一时。

苏颋,武则天时登进士第,袭封许国公。他文思敏捷,运笔如飞,所作制、敕、碑、志著名的有《授张说中书令制》《礼部尚书褚无量碑》《太清观钟铭》《幸新丰及同州敕》等,不以藻绘雕琢为重,而以遣词典雅、直趣深微为特点。

中唐时期,韩柳提倡古文,骈文与古文之争正式开始,骈文在这一时期的创作，其散文化的倾向增强。此期最杰出的作者当推陆贽与柳宗元。

陆贽（754—805），字敬舆，苏州嘉兴（今属浙江）人。大历八年进士及第，又中博学宏词科，授郑县尉，历渭南主簿、监察御史，迁翰林学士。朱泚之乱，德宗幸奉天，陆贽随行在，诸多诏书，皆出其手。贞元八年拜相，永贞元年卒。他的骈文多为制诏表疏，说理细密，言情委婉，基本不用典，不雕饰。据《旧唐书》本传记载，他从幸奉天时，起草诏书，思如泉涌，曲尽事情。如《奉天改元大赦制》《奉天遣使宣尉诸道制》《奉天请罢琼林大盈二库状》《收河中后请罢兵状》《均节赋税恤百姓六条》等都是名篇。《奉天改元大赦制》是平定朱泚之乱后，改建中五年为兴元元年而作的大赦制诰，其中写到德宗悔过引咎，责备自己"长于深宫之中，暗于经国之务"，"不知稼穑之艰难，不察征戍之劳苦"，"天谴于上而朕不悟，人怨于下而朕不知"，"上辱于祖宗，下负于黎庶"，经世之文，言辞恳切，罪己之意十分真诚，行文浅近明白，反复曲畅。史载，此制一出，武人悍卒，无不挥涕，思奋臣节。

柳宗元是中唐古文运动的代表作家，古文造诣极高，但他同时又工于骈文，早年写四六文，其后才转入古文创作。他所写的表状，大都是骈文，一般序文、杂文也以排偶为主。他兼擅骈散，以古文之笔，运行于声律对偶之间，别具特色。其骈文成就很值得重视。

晚唐时期，骈文创作再度兴盛，此前唐人称骈文为"今体""时文"，未有专门名称，这时则被明确冠以"四六"。李商隐汇总自己的骈文创作，编为《樊南四六》，并解释云："四六之名，六博格五，四数六甲之取也。"晚唐骈文注重字句雕琢，采用严整的四六形式，盛唐、中唐骈文中出现的散体化趋向，此时都已趋于消歇。令狐楚、李商隐是晚唐最有成就的骈文作家。

令狐楚（766—837），字壳士，敦煌（今属甘肃）人。贞元七年登进士第，宪宗时任知制诰，充翰林学士，复拜宰相。他是唐代以四六文写章奏的代表性人物。《新唐书》本传载，"每一篇成，人皆传讽"。令狐楚的骈文对仗精巧，用典贴切，富于情韵，讲求气骨，达到了很高的水平。如《代李仆射谢子恩赐表》写得言辞恳切，充分表达了李说蒙皇帝赏赐的感激涕零的心情。又如《河阳节度使谢上表》，情感丰富，行文自然，能于工整丽密的句式中，传达抑扬婉转之思绪，笔力相当深厚，前人给予高度评价。

李商隐诗文兼擅，早年学习古文，后转学今体，在古文、骈文创作上都取得很高成就。他的骈文运笔流畅，用典精深，风格多样，婉转动人。如《上河东公启》是一篇工于言情之作，全文感情真挚，措辞恳切，语意委婉，其中述及自己妻亡子幼、多病孤苦之状，尤为凄婉："某悼伤以来，光阴未几。梧桐半死，方有述哀；灵光独存，且谦多病。眷言息允，不暇提携。或小于叔夜之男，或幼于伯喈之女。检庾信荀娘之启，常有酸辛；咏陶潜通子之诗，每嗟漂泊。"又如《祭小侄女寄寄文》，寄寄是李商隐弟弟义叟之女，四岁而卒，这篇以骈文写成的祭文，情真意切，不用典故，只以平实之语，抒写骨肉至情，极为动人："正月二十五日，伯伯以果子弄物，招送寄寄体魂，归大茔之旁。哀哉！尔生四年，方复本族。既复数月，奄然归无。于鞠育而未深，结悲伤而何极！来也何故，去也何缘？念当稚戏之辰，孰测死生之位？时吾赴调京下，移家关中。事故纷纶，光阴迁贸。寄瘗尔骨，五年于兹。白草枯荄，荒涂古陌。朝饥谁饱，夜渴谁怜？尔之栖栖，吾有罪矣。"深切哀婉，情真意切。

总的来看，骈文在唐代虽一度受到古文运动的冲击，但仍是最受重视的文体，名家辈出，艺术上继承前代骈文精工藻绘的传统，又在格局、境界上积极拓展，更见开阔。同时，唐代骈文还呈现出散体化特点，对宋代骈文的发展、对形成独具特色的宋代四六文，有着重要的影响。

第四章
中唐文学

自代宗大历至宪宗元和末年（766—820），这是中唐时期。这一时期又分前后两个阶段，从安史之乱爆发到德宗贞元前期约四十年间，这是开天盛世向元和中兴的过渡，士人多经历战乱，失去了盛唐昂扬乐观的精神面貌，这一时期的诗歌普遍流露出萧瑟衰飒的情绪，诗风清寂感伤。德宗贞元后期到宪宗元和年间，社会相对稳定，唐王朝出现短暂的中兴局面，一大批士人积极要求政治改革，提倡儒学复兴，表达了强烈的现实关怀，诗歌创作出现许多新变化，对语言、体裁、表现方式进行了多方面的开拓，在审美趣味上，或以通俗直露，或以怪奇幽僻，深刻地改变了以盛唐诗歌为代表的天真自然、风神秀朗的审美趣味。所以白居易说："诗到元和体变新"（《余思未尽加为六韵重寄微之》），这种新变对后世产生深远影响。中唐韩愈、柳宗元等人提倡古文，其古文创作也对后世产生巨大影响。唐传奇的创作也在这一时期趋于繁荣。

第一节　大历诗风

生活在安史之乱爆发到唐德宗贞元年间的诗人，大多在开元盛世度过青少年时代，经历了安史之乱的动荡流离，在衰飒的时局中，深切感受到唐帝国由盛转衰的惶惑与失落,其诗歌创作逐渐失去盛唐所特有的昂扬的精神,诗风也转向幽闲的情味、宁静的意趣。韦应物和刘长卿是这一时期成就最高的诗人,活跃在唐代宗大历年间的"大历十才子",最能代表这一时期的风貌。

韦应物(737—797),京兆万年(今陕西西安)人。15岁时靠门荫成为唐玄宗的三卫近侍,生活放浪不检。安史之乱后,他折节读书,进士及第,于广德元年(763)出任洛阳丞,大历十年前后任京兆府功曹参军,建中兴元年间(780—784)任滁州刺史,贞元初又改任江州刺史、左司郎中、苏州刺史。后人因称之为"韦苏州"。

韦应物的山水诗,善于用温润洗练的语言,营造超逸脱俗的意境,取得了很高的成就,如《寄全椒山中道士》:

今朝郡斋冷,忽念山中客。涧底束荆薪,归来煮白石。
将持一瓢酒,远慰风雨夕。落叶满空山,何处寻行迹?

这首诗从天寒怀人落笔,想象山中道士远离人间烟火的超逸生活,笔法空灵,全诗意境萧疏澄淡,在相思怀人的情味中,以化工之笔传达出清朗出尘的意韵。又如"乔木生夏凉,流云吐华月"(《同德寺雨后》),"绿阴生昼静,孤花表春余"(《游开元精舍》),"微雨夜来过,不知春草生"(《幽居》)等诗句,不加修饰,纯净自然。

韦应物用绝句与七律写成的山水田园之作,也传诵后世,如《滁州西涧》:"独怜幽草涧边生,上有黄鹂深树鸣。春潮带雨晚来急,野渡无人舟自横。"又如《自巩洛舟行入黄河即事寄府县僚友》:"夹水苍山路向东,东南山豁大河通。寒树依微远天外,夕阳明灭乱流中。孤村几岁临伊岸,一雁初晴下朔风。为报洛阳游宦侣,扁舟不系与心同。"在开阔萧疏的景色中,寄托自己对隐逸生活的向往,写出诗人离开洛阳官场后的散淡自在之情。这种生活方式与思想感情，古人谓之吏隐。韦诗能以"高雅闲淡，自成一家之体"（白居易《与元九书》），他的吏隐生活与体验，以及在盛世已逝的时代中的独特情感，都在中国封建社会后半期的古代士人中更具普遍性。他本人也因此被后人与王维、孟浩然、柳宗元并称为山水田园诗人的典范。

刘长卿（726？—？），字文房，先世湖北宣城人，生于洛阳。开元、天宝时读书求仕，应举十年不第，约于天宝十一年（752）及第。入仕后因刚直犯上，负谤入狱，两遭贬谪，最后官至随州刺史，世称刘随州。

刘长卿一生坎坷，心境颓唐衰飒。他的诗着重表现怀乡伤别、羁旅行役、隐逸闲适、叹老嗟卑等题材，其中渗透着国事衰弊、身世飘零的感伤。他自己以"五言长城"自诩，语言省净，富有远韵。如《逢雪送芙蓉山主人》："日暮苍山远，天寒白屋贫。柴门闻犬吠，风雪夜归人。"以孤高幽远而又不乏萧瑟落寞的意境而传诵后世。又如"荷笠带夕阳，青山独归远"，"寒渚一孤雁，夕阳千万山"，"山含秋色近，鸟度夕阳迟"等诗句，都立意高远。

刘长卿的七言律绝，声调流畅，意境浑融，形成了清空流畅的独特风格。如《长沙过贾谊宅》：

> 三年谪宦此栖迟，万古惟留楚客悲。
> 秋草独寻人去后，寒林空见日斜时。
> 汉文有道恩犹薄，湘水无情吊岂知。
> 寂寂江山摇落处，怜君何事到天涯。

这首诗是作者在任鄂岳转运留后时过长沙所作，诗中感叹贾谊的不幸遭遇，传达出浓厚的萧瑟悲凉情绪，全篇音节浏亮，对仗工整，使事精妙，有很强的艺术感染力。又如《别严士元》：

> 春风倚棹阖闾城，水国春寒阴复晴。
> 细雨湿衣看不见，闲花落地听无声。
> 日斜江上孤帆影，草绿湖南万里情。
> 东道若逢相识问，青袍今已误儒生。

全篇语言工稳、谐美流畅，于别情中寄托身世之叹，三、四一联写景细腻入微，隽永婉转。刘长卿的诗作也有概念化、类型化的不足，如诗中"愁""悲""惆怅""寂寞"等词汇频繁出现，"夕阳""秋风""青山""芳草""落叶""沧州""潮水"等意象被反复使用，秋日寒林、夕阳万山之景屡屡出现，语意雷同，这是他的弱点。

"大历十才子"是自代宗朝开始活跃于台阁诗坛的一批诗人，他们的诗歌艺术成为大历诗风最典型的代表。姚合《极玄集》记载，"十才子"包括：钱起、卢纶、韩翃、李端、耿湋、崔峒、司空曙、苗发、夏侯审、吉中孚。这批诗人都有良好的艺术修养，擅长近体诗的写作，风格清空闲雅，韵律和谐流利。其中成就较高的是钱起、卢纶、韩翃、李端、司空曙。钱起（720？—783？），字仲文，吴兴（今浙江湖州）人。他的诗诸体皆工，被誉为十子之冠。卢纶（737？—798或799），字允言，河中蒲州（今山西永济）人。韩翃，字君平，南阳（今属河南）人，李端（？—785？），字正己，赵郡（今河北赵县）人。司空曙，字文初，又字文明，广平（今河北省）人。这十个人的创作倾向虽有差异，但总的来看其诗风相当接近，闻一多先生曾精辟地指出，十子其实只是一个人。他们的诗歌有一些共同的特征：在内容上以赠友惜别、思乡怀亲为主，如司空曙《云阳馆与韩绅宿别》：

> 故人江海别，几度隔山川。乍见翻疑梦，相悲各问年。
> 孤灯寒照雨，湿竹暗浮烟。更有明朝恨，离杯惜共传。

书写离别之悲，流露茫然之感，读来让人黯然神伤。类似这样的情调，在十才子的诗作中很常见。还有大量的山水诗，写得闲雅恬静，韵味悠长，语言也很工巧，如司空曙《江村即事》："钓罢归来不系船，江村落月正堪眠。纵然一夜风吹去，只在芦花浅水边。"又如《听夜雨寄卢纶》："暮雨潇潇过凤城，霏霏飒飒重还轻。闻君此夜东林宿，听得荷花几度声。"又如韩翃《寒食日即事》："春城无处不飞花，寒食东风御柳斜。日暮汉宫传蜡烛，轻烟散入五侯家。"他们的作品善于提炼新鲜意象，构思巧密，如钱起《宿洞口驿》："野竹通溪冷，秋蝉入户鸣。乱来人不到，寒草上阶生。"又如郎士元《柏林寺南望》："溪上遥闻精舍钟，泊舟微径度深松。青山霁后云犹在，画出西南四五峰。"还有一些诗作将细腻的感触和悲凉的意绪、萧瑟辽远的意境结合在一起，形成独特的诗境，如卢纶《晚次鄂州》："云开远见汉阳城，犹是孤帆一日程。估客昼眠知浪静，舟人夜语觉潮生。三湘愁鬓逢秋色，万里归心对月明。旧业已随征战尽，更堪江上鼓鼙声。"

大历十才子的作品，视野比较狭窄，多写细碎之事，反复沉吟内心幽怨纤细的感受，缺少刚健的气骨和昂扬热烈的情感，格局较为狭小。大历、贞元诗坛，还有一些有成就，有个性的诗人，如戴叔伦、李益，他们的诗风与大历十才子等比较，同中有异。

戴叔伦（732—789），字幼公，一说字次公，润州金坛（今属江苏）人，天宝中曾师事萧颖士，建中元年（780），任东阳县令，后入李皋江西节度使幕为判官。兴元元年（784）为抚州刺史，未满任去官。贞元五年（789）卒。戴叔伦的作品对社会现实有较广泛的反映，如《女耕田行》《屯田词》《边城曲》《去妇怨》等，继承杜甫的新题乐府传统，对元白的新乐府有直接启发。他还有不少作品表现了游宦羁旅之情，其《除夜宿石头驿》将羁旅的孤独寥落刻画得极为真切：

> 旅馆谁相问？寒灯独可亲。一年将近夜，万里未归人。
> 寥落悲前事，支离笑此身。愁颜与衰鬓，明日又逢春。

气象较大历十才子更为阔大。他还有一些作品精工闲雅，如《苏溪亭》："苏溪亭上草漫漫，谁倚东风十二阑。燕子不归春事晚，一汀烟雨杏花寒。"

李益（748—829），字君虞，陇西姑臧（今甘肃武威）人，大历四年（769）进士及第，大历六年，登制科，授华州郑县尉，后迁主簿。青壮年在军幕中度过，后入朝，官中书舍人，右散骑常侍，以礼部尚书致仕。

李益长期在军旅之中，这使他对边塞生活有比较丰富的了解，他的边塞诗很有成就。如《塞下曲》："伏波惟愿裹尸还，定远何须生入关。莫遣只轮归海窟，仍留一箭定天山。"很有盛唐边塞诗的昂扬风貌。还有一些作品表现军旅生活的艰苦，悲壮宛转，真挚感人。如《从军北征》《夜上受降城闻笛》，就是两首后世传诵的作品：

> 天山雪后海风寒，横笛偏吹行路难。
> 碛里征人三十万，一时回首月中看。

> 回乐峰前沙似雪，受降城外月如霜。
> 不知何处吹芦管，一夜征人尽望乡。

相比较而言，李益诗歌的题材更为广泛，表现羁旅行役、相思离别更具特色。如《喜见外弟又言别》："十年离乱后，长大一相逢。问姓惊初见，称名忆旧容。别来沧海事，语罢暮天钟。明日巴陵道，秋山又几重。"全诗以平易质朴的语言，抒写亲人暌离、相聚不易的感慨,久经离乱、身世萧然的惆怅与落寞渗透在字里行间。其《江南曲》刻画女性心理也很入神:"嫁得瞿塘贾,朝朝误妾期。早知潮有信,嫁与弄潮儿。"又如《宫怨》:"露湿晴花春殿香,月明歌吹在昭阳。似将海水添宫漏,共滴长门一夜长。"女主人公感觉宫漏就像海水一样滴之不尽,将长夜漫漫、哀怨无尽的凄凉表达得格外感人。李益诗各体皆工,诗作韵味悠然,体现了清奇雅正的艺术风格,是中唐诗坛重要诗人。

第二节 韩孟诗派:雄豪险怪

唐宪宗元和年间(806—820),唐诗迎来了继盛唐之后的第二个创造高潮,前人所说的中唐诗歌,主要是以元和诗坛的创作为代表。李肇《唐国史补》卷下写道:"元和已后,为文笔则学奇诡于韩愈,学苦涩于樊宗师。歌行则学流荡于张籍,诗章则学矫激于孟郊。学浅切于白居易,学淫靡于元稹,俱名为元和体。"元和诗坛大致可以分为两派,一是以韩愈、孟郊以及稍晚的李贺为代表的雄豪险怪一派,一是以元稹、白居易为代表的平易通俗一派,各辟蹊径,走上一条全新的发展道路。关于元、白诗派,下节另述。这里先说韩孟诗派。

韩愈(768—824),字退之,河内河阳(今河南省孟州市)人。郡望为河北昌黎,故又称韩昌黎。他贞元八年进士,贞元十九年,因上疏论天旱人饥,触犯权贵,被贬阳山令。元和十二年(817),他以行军司马佐裴度平淮西,因战功升刑部侍郎。元和十四年固谏迎佛骨触怒宪宗,被贬为潮州刺史。穆宗即位,诏为国子祭酒,长庆四年因病辞官,不久病卒。

韩愈是中唐古文运动的领袖,其诗歌也有很高成就。他对复兴儒学、重振道统有巨大的热情,充溢着追求理想的豪气以及愤激流俗的傲骨。他的诗偏爱惊怖、幽险、怪异的意象，纵横排奡，风格独特。如写洞庭湖是"轩然大波起，宇宙隘而妨"（《岳阳楼别窦司直》），写森林大火是"天跳地踔颠乾坤，赫赫上照穷崖垠"（《陆浑山火》），写曲江荷花是"太白山高三百里，负雪崔嵬插花里"（《奉酬卢给事云夫四兄曲江荷花行》）。这些诗歌，写景状物，抒情叙别，都给人以撞击之感，令人心神骇动。又如描写贬所环境恶劣的《永贞行》："湖波连天日相腾，蛮俗生梗瘴疠烝。江氛岭祲昏若凝，一蛇两头见未曾。怪鸟鸣唤令人憎。蛊虫群飞夜扑灯。雄虺毒蝎堕股肱，食中置药肝心崩。"字里行间蕴含着令人惶恐不安的气氛，形容湖波用"腾"字，蛊虫就火用"扑"字，形容肝心用"崩"字，表现蛮俗瘴疠之地的野蛮、狰狞。韩诗还大量使用奇词僻字来增添奇险的效果，如"虎熊麋猪逮猴猿，水龙鼍龟鱼与鼋。鸦鸱雕鹰雉鹄鹯，燖炰煨燌孰飞奔"（《陆浑山火》），具有典型的"以文为诗"的突出特点，将散文的章法结构、句式、虚词，以至议论、铺排手法移植到诗歌创作之中。《南山诗》铺叙终南山绝顶所见，一连用了51个带"或"字的比喻句和14个叠字句，铺张扬厉，同时又寄寓浓烈的情感。韩愈还常在诗中发议论，如《醉赠张秘书》："君诗多态度，蔼蔼春空云，东野动惊俗，天葩吐奇芬；张籍学古淡，轩鹤避鸡群。"《谢自然诗》《赠侯喜》等诗中的议论则更多。韩诗还有不少游戏之作，对自己的际遇处境加以自嘲，如《嘲鼾睡二首》《孟东野失子》语近鄙俚，《落齿》《病中赠张十八》刻画疾病的生理细节，都是很新鲜的笔法。

韩愈的诗歌为后世诗人开辟出许多新的创作道路，例如宋诗的以文字为诗、以才学为诗、以议论为诗的特点就受到韩诗的影响。

孟郊（751—814），字东野，湖州武康（今浙江德清）人。家境贫寒，性格狷介，46岁才进士及第，50岁始任溧阳尉，一生卑官，不善吏事。

孟郊一生穷愁潦倒，作品以自伤身世的寒苦悲吟之作为主，如写自己贫寒生活："借车载家具，家具少于车"（《借车》），读来令人辛酸；写自己穷困的境遇："食荠肠亦苦，强歌声无欢，出门即有碍，谁谓天地宽？"（《赠别崔纯亮》）孟诗多刻意营造幽僻清冷的诗境，如《苦寒吟》："天寒色青苍，北风叫枯桑。厚冰无裂文，短日有冷光。敲石不得火，壮阴正夺阳，调苦竟何言，冻吟成此章。"描绘苦寒之景，阴森惨酷。又如："冷露滴梦破，峭风梳骨寒。席上印病文，肠中转愁盘"（《秋怀》其二），"秋至老更贫，破屋无门扉。一片月落床，四壁风入衣"（《秋怀》其四），"霜气入病骨，老人身生冰"（《秋怀》其十三）等，用寒意侵入骨髓的感受，来刻画愁苦窘迫的心情。又如"商叶堕干雨，秋衣卧单云。病骨可剸物，酸呻亦成文"（《秋怀》其五），"瘦坐形欲折，晚饥心将崩"（《秋怀》其十三）等，想象嶙峋的瘦骨可以用来割物，甚至坐下去会使瘦骨折断，将孤寒凄凉的晚景描绘得触目惊心。

孟郊以苦吟著称，苦吟与内心的愁苦融合，就形成苦涩幽僻的风格，文字上的推敲往往尖新峭刻，如"春色烧肌肤，时飧苦咽喉"（《卧病》），"瑞晴刷日月，高碧开星辰"（《送淡公十二首》之二）。孟诗的有些构思也很奇特，如《古怨》："试妾与君泪，两处滴池水，看取芙蓉花，今年为谁死。"诗中的思妇要与情人相比，看谁的眼泪多得能把芙蓉花淹死，将思妇的孤独怨艾刻画得不忍卒读。

李贺（790—816）字长吉，福昌昌谷（今河南宜阳县）人。他是唐宗室后裔，故常自称"唐诸王孙""皇孙""诸王孙"。父李晋肃，曾经当过县令，因"晋"与"进士"的"进"音近，李贺便因要避父讳而不能参加科举考试，最后只得靠门荫做了从九品的奉礼郎，不久即托疾辞归，卒于故里，年仅27岁。

李贺才华早著，18岁时，他带着自己的诗作拜谒韩愈，韩愈只读了第一篇《雁门太守行》就大为赞赏。他少有大志，但因不能参加科举，理想无法施展，内心巨大的失意与痛苦，只能借诗歌加以排遣。他作诗呕心沥血，李商隐的《李贺小传》记载说："恒从小奚奴骑距驴，背一古破锦囊。遇有所得，即书投囊中，及暮归，太夫人使婢受囊出之，见所书多，辄曰：'是儿要当呕出心始已耳。'"完全将诗视为生命的寄托。

李贺诗歌偏重从死亡、衰老的否定性角度去抒写对人生近乎绝望的悲剧性感受。他常常写到自己过早衰败的身体与心灵："长安有男儿，二十心已朽"（《赠陈商》），"我当二十不得意，一心愁谢如枯兰"（《开愁歌》）。前人称李贺为鬼才，他的诗作，很多都充满怪异的想象、幽怨的风格，如《秋来》："桐风惊心壮士苦，衰灯络纬啼寒素。谁看青简一编书，不遣花虫粉空蠹。思牵今夜肠应直，雨冷香魂吊书客。秋坟鬼唱鲍家诗，恨血千年土中碧。"通过秋坟鬼唱、恨血千年的意象，将壮士无奈的悲慨、功业虚无的凄凉表达出来，令人惊心动魄。

李贺还善于将阴寒幽冷的气氛和香艳彩丽的辞藻叠加在一起，更见凄怆悲哀，如《长平箭头歌》的"漆灰骨末丹水砂，凄凄古血生铜花"，《南山田中行》的"冷红泣露娇啼色"。在这类作品中，他特别喜欢用"冷红""老红""愁红""寒绿""颓绿"等表现色彩的词句，选择有强烈感情色彩的字眼，如"啼""泣""腥""酸""冷""鬼""死""血"等字，使诗歌充满幽冷哀伤色彩。他还喜欢用特殊的修辞方法表达独特的感受，如"杨花扑帐春云热"（《蝴蝶飞》），"银浦流云学水声"（《天上谣》），"霜重鼓寒声不起"（《雁门太守行》），"羲和敲日玻璃声"（《秦王饮酒》），"向前敲瘦骨，犹自带铜声"（《马诗》其四）等，形容春云曰"热"、流云曰"水声"，鼓声曰"寒"，敲日声曰"玻璃声"，敲骨声曰"铜声"等，这种修辞方法，现代学者将其概括为通感手法。

刘禹锡与柳宗元也是中唐诗坛重要人物。他们的诗风与韩孟、元白两大诗派都有所不同，因两人与韩愈关系密切，故放在这一节叙述。

刘禹锡（772—842），字梦得，洛阳（今河南洛阳）人。他经历坎坷，永贞革新失败后长期遭受贬谪，内心的失意自非常人所能相比，他的《酬乐天扬州初逢席上见赠》就表达了自己长期遭贬的苦闷：

> 巴山蜀水凄凉地，二十三年弃置身。
> 怀旧空吟闻笛赋，到乡翻似烂柯人。
> 沉舟侧畔千帆过，病树前头万木春。
> 今日听君歌一曲，暂凭杯酒长精神。

开篇点明自己二十三年流离放废，颔联抒写在放废中与世隔绝，一旦重归故地，时光已逝，人事全非的凄凉惆怅；颈联今人常作积极昂扬的理解，其实就诗人本意讲，是指自己犹如沉舟、病木，身边的人纷纷荣升，自己徒有欣羡，不无伤感无奈。结尾处写故旧相逢，强为欢笑。当然，刘禹锡并没有被痛苦彻底压垮，他的个性中有一种不屈不挠的倔强气概，如他贬官十年后被召至京师，游玄都观，写下《戏赠看花诸君子》诗："紫陌红尘拂面来，无人不道看花回。玄都观里桃千树，尽是刘郎去后栽。"用桃花影射新贵，为此他再度遭贬，但十四年后他再回京师，又写下一首《再游玄都观》："百亩庭中半是苔，桃花净尽菜花开。种桃道士归何处？前度刘郎今又来。"以桃花开尽，菜花盛开，影射当时占尽风光的权贵只能得幸一时，而自己终究要重回历史舞台，气度不凡，诗意强悍。还有些作品直接表达其乐观积极的精神，如《秋词二首》：

> 自古逢秋悲寂寥,我言秋日胜春朝。
> 晴空一雁排云上,便引诗情到碧霄。
>
> 山明水净夜来霜,数树深红出浅黄。
> 试上高楼清入骨,岂如春色嗾人狂。

悲秋是传统的诗歌题材,而此诗则生动地歌咏秋天的明朗清峻。这种昂扬的精神,与盛唐诗人的开阔爽朗不同,它体现出一种不畏艰难、超越苦难的气概,展现了诗人傲视困苦与挫折的意志。类似这样的作品在刘禹锡集中还有不少,如《酬乐天咏志见示》中的名句"莫道桑榆晚,为霞尚满天",已成为鼓舞垂老之人积极向上的一种力量。又如"莫道谗言如浪深,莫言迁客似沙沉。千淘万漉虽辛苦,吹尽狂沙始到金"(《浪淘沙九首》其八),更是对坎坷与挫折的笑傲与蔑视。至于"塞北梅花羌笛吹,淮南桂树小山词。请君莫奏前朝曲,听唱新翻《杨柳枝》"(《杨柳枝词九首》其一),流露出对新鲜事物的热爱。

刘禹锡在长期的贬谪生涯中还受到民歌的浸染,创作了不少有民歌情调的优秀作品,如《杨柳枝》《竹枝词》《浪淘沙》《堤上行》《踏歌词》《畲田行》等,如《竹枝词》:

> 杨柳青青江水平,闻郎江上踏歌声。
> 东边日出西边雨,道是无晴却有晴。

以"晴"双关"情",既不失民歌的质朴情趣,又增加文人诗的精美,颇为人称道。

柳宗元(772—819),字子厚,祖籍河东解县(今山西省运城市),故世称柳河东。柳宗元是中唐古文运动的代表人物,其古文成就详见下节,其诗大部分写于贬官永州期间。柳宗元的性格比较沉郁,对社会人事的深思敏悟,又加深了他这种性格气质,他只能将感愤时事、自伤身世的激切与愁苦,寄托在诗文创作中。因此,柳诗写百忧攻心的精神煎熬,写幽峭孤高的心境都十分深刻,这两者又常常交织在一起,形成了柳诗的独特风貌。如《登柳州城楼寄漳汀封连四州刺史》:

> 城上高楼接大荒,海天愁思正茫茫。
> 惊风乱飐芙蓉水,密雨斜侵薜荔墙。
> 岭树重遮千里目,江流曲似九回肠。
> 共来百越文身地,犹自音书滞一乡。

以"惊风""密雨"刻画忧患煎熬悲苦,十分传神,既可以象征险恶的政治环境,也深刻地传达了诗人饱受惊惧的心情,而"岭树"一联则描绘出远贬蛮荒之地的凄凉孤独。又如《与浩初上人同看山寄京华亲故》:

> 海畔尖山似剑芒,秋来处处割愁肠,
> 若为化得身千亿,散上峰头望故乡。

山似剑芒,割破愁肠的想象,深刻地表达了诗人被贬他乡的愁苦。

柳宗元与王维、孟浩然、韦应物并称为山水田园诗的四大家。外枯而中膏,似淡而实美,是柳诗的最重要特点。他的山水田园诗善于表现孤峭高洁的境界,寄托精神上的苦闷。如《渔翁》:

> 渔翁夜傍西岩宿,晓汲清湘燃楚竹。
> 烟销日出不见人,欸乃一声山水绿。
> 回看天际下中流,岩上无心云相逐。

描写渔翁的清雅脱俗、飘逸潇洒，是一首诗意清朗、意境旷远的佳作，《江雪》亦有异曲同工之妙：

千山鸟飞绝，万径人踪灭。孤舟蓑笠翁，独钓寒江雪。

江山大地为大雪覆盖，虽然纯洁，又不无肃杀之感。一个"绝"，一个"灭"都显现出环境的严寒寂寥，而寒江上孤舟独钓的蓑笠翁，正是作者孤高芳洁心灵的生动写照。

第三节　元白诗派：避官样而就家常

元白诗派的形成比韩孟诗派稍晚，这派诗人追求通俗坦易，艺术趣味比较入实，和韩孟一派差异较大。

白居易（772—846），字乐天，祖籍太原，后迁居下邽（今陕西渭南），出生于河南新郑（今河南省新郑市）。贞元十六年（800）进士及第，元和三年至五年，授左拾遗，充翰林学士。这一时期，白居易有很高的政治热情，积极进谏，屡次上书指陈时政，创作了大量讽谕诗，包括著名的《秦中吟》十首、《新乐府》五十首等。元和十年（815），因宰相武元衡被盗杀而第一个上书请急捕盗，结果被加上越职言事及一些莫须有的罪名，贬为江州（今江西九江市）司马。这给他以极大的打击，从此开始走上以"独善其身"为主的道路。会昌六年（846）卒。

白居易对新乐府的创作有相当成熟的思考，主张"文章合为时而著，歌诗合为事而作。为君、为臣、为民、为物、为事而作，不为文而作也"（《新乐府序》）。对于新乐府的创作，他特别提倡真实，认为只有"核而实"，才能"传而信"（《新乐府序》）。但艺术性也很重要，他认为："感人心者，莫先乎情，莫始乎言，莫切乎声，莫深乎义。诗者，根情，苗言，华声，实义。……圣人知其然，因其言，经之以六义；缘其声，纬之以五音。音有韵，义有类。韵协则言顺，言顺则声易入。"(《与元九书》)

《新乐府》五十首作于元和四年，至元和七年大体改定。这组诗创作目的明确，内容极为广泛，涉及王化、礼乐、任贤、边事、宫女多方面内容，反映了众多的社会问题。如《杜陵叟》写农民受灾后，官吏们还要横征暴敛以求得自己的政绩："长吏明知不申破，急敛暴征求考课。"皇帝虽然下令蠲免租税，但是等到里胥来宣布皇帝"德音"时，早已"十家租税九家毕"，百姓只能"虚受吾君蠲免恩"。这首诗对吏治的腐败深怀愤怒，对百姓饱受官吏敲诈的苦难深怀同情。《红线毯》抨击宣州太守，为了讨好皇帝，竟以"一丈毯，千两丝"的规格逼迫老百姓织红线毯献给皇帝，使"美人踏上歌舞来，罗袜绣鞋随步没"。在《陵园妾》《上阳白发人》中，他分别倾诉了"山宫一闭无开日，未死此身不令出"的守陵宫女和"入时十六今六十"的老宫女的悲苦心声。这些作品具有鲜明的艺术特色。一是主题明确，内容集中。这些作品是"一吟悲一事"，每首诗都重点突出，中心明确。二是善于选择典型人物与事件，刻画生动。三是议论醒豁，大多能切中要害，极有锋芒，画龙点睛地突出了全诗的中心内容。四是语言通俗流畅，多用口语、俗语，很少使用典故，更不使用生僻艰深的字眼。

长篇抒情叙事诗《长恨歌》《琵琶行》是白居易诗歌艺术的代表作。

《长恨歌》作于元和元年（806），歌咏唐明皇与杨贵妃的故事。作者将帝王之家的爱情故事，放在安史之乱的历史背景之下，抒发了强烈的今昔之慨、盛衰之悲。诗的后半部分写仙山上的杨妃，托寄信物，重申盟誓，将其刻画成善良忠贞、对爱情异常执着的女性，与唐玄宗耿耿长夜的相思之痛相呼应,将李杨爱情表现得异常纯真美好,然而这样的爱情却彻底地毁灭了,即使玄宗身为帝王,杨妃身为仙人,他们也只能永抱无涯之恨。天地有尽,此恨无期。这已经不是一般的相思之苦,而是美的毁灭。

《琵琶行》作于元和十一年(816)江州贬所,这首诗通过亲身闻见,叙述了一个"老大嫁作商人妇"的琵琶女的命运,并由此联想到自己遭受贬谪的遭遇,发出"同是天涯沦落人"的感慨。此诗对琵琶女琴声、神态、性格的刻画很见匠心,刻画环境也有烘托之妙,所表达的身世之慨尤其感人。白居易死后,唐宣宗在吊诗中曾云"童子解吟长恨曲,胡儿能唱琵琶篇",白居易在《与元九书》中也无不自豪地说:"(某)妓大夸曰:'我诵得白学士《长恨歌》,岂同他妓哉!'由是增价。"足见这两首诗在当时影响之广。后来它们又多次被改编为各种戏剧,更提高了其在文学史上的地位。

白居易还有不少表现其闲适生活与心境的作品,其近体诗善于反映生活情状,笔触入实而又富于韵味,如任杭州刺史时所作的《钱塘湖春行》:"孤山寺北贾亭西,水面初平云脚低。几处早莺争暖树,谁家新燕啄春泥。乱花渐欲迷人眼,浅草才能没马蹄。最爱湖东行不足,绿杨阴里白沙堤。"描绘西湖美景历历如画,字里行间渗透着初春的勃勃生机和诗人对西湖美景由衷的热爱与眷恋。又如《勤政楼西老柳》:"半朽临风树,多情立马人。开元一株柳,长庆二年春。"以工妙的对仗,写世事沧桑之慨,极富诗意。又如《问刘十九》:"绿蚁新醅酒,红泥小火炉。晚来天欲雪,能饮一杯无?"作者撷取天阴欲雪,盼友来饮的一个小场景,用细腻的笔触,刻画了日常人生的温馨感受。

白居易的诗歌流畅平易,广泛流传,被称为"白乐天体"。元稹称白诗"自篇章以来,未有流传如是之广者"(《白氏长庆集序》)。白居易《与元九书》曾自负地写道:"自长安抵江西,三四千里,凡乡校佛寺逆旅行舟之中，往往有题仆诗者；士庶僧徒孀妇处女之口，每每有咏仆诗者。"后来，白居易的作品还传播到朝鲜、日本等国，成为影响广泛的中唐诗人。

元稹（779—831），字微之，河南（今河南省洛阳市）人。贞元九年（793）明经及第，时年16岁，十年后与白居易一同以书判拔萃科登第，元和元年（806），与白居易一起以制科入等，授左拾遗，后转监察御史。他入仕初期敢于指陈时弊，被贬为江陵士曹参军，后移通州司马，之后借重宦官崔潭峻、魏弘简等人援引，长庆二年任宰相，后因与同时拜相的裴度不和，四个月后即罢为同州刺史，后又任浙东观察使、武昌军节度使等职，卒于武昌任上。

元稹倡导乐府诗创作，并身体力行。如《上阳白发人》写宫女的幽禁之苦。《胡旋女》讽刺帝王贪恋逸乐，佞臣投其所好，导致国家危乱。《估客乐》对不法商人唯利是图、横行社会深表不满。这些作品概念化的倾向比较突出，不像白居易新乐府那样能塑造生动的艺术形象，不少作品主题不集中，艺术上没有白居易新乐府那样成功。

乐府诗之外，元稹还留下许多很有情味的作品，如《遣悲怀》三首思念亡妻，真挚质朴，对仗工稳而又流畅自然。其二："昔日戏言身后事，今朝都到眼前来。衣裳已施行看尽，针线犹存未忍开。尚想旧情怜婢仆，也曾因梦送钱财。诚知此恨人人有，贫贱夫妻百事哀。"撷取诗人独居思念亡妻的几个生活场景，笔触细腻入实，真切地传达出诗人绵绵思念之情。

元稹还有不少作品表达对友人的挂念以及对历史盛衰的思考。如《闻乐天授江州司马》："残灯无焰影幢幢，此夕闻君谪九江，垂死病中惊坐起，暗风吹雨入寒窗。"《行宫》含蓄地传达了今昔盛衰之慨，为人传诵："寥落古行宫，宫花寂寞红。白头宫女在，闲坐说玄宗。"

第四节 古文运动

唐代贞元（785—805）、元和（806—820）年间，以韩愈、柳宗元为代表的一大批作家，大力提倡并创作古文，掀起了一场影响深远的文体革新运动，被称为"古文运动"。古文是与今文相对的概念，今文是指流行于唐代社会的骈俪之文，古文则是指取法三代两汉的以奇句单行为主要特征的散体之文。

古文运动的出现有着深刻的政治社会背景和思想文化动因。安史之乱以后，唐王朝由盛转衰，许多有识之士以强烈的忧患意识和深刻的社会责任感，迫切要求社会改革，挽救唐王朝的颓势。从思想文化背景来看，人们认为王纲不振、藩镇割据以及社会上吏治败坏、士风浮薄等种种问题，都源于儒家思想的衰微，儒学复兴的思潮在这一时期空前高涨。古文运动的兴起，反映了政治变革与儒学复兴的深刻要求。韩愈明确提出"文以明道"的主张，所谓"君子居其位，则思死其官；未得位，则思修其辞以明其道，我将以明道也"（《争臣论》），柳宗元在其《答韦中立论师道书》中也明确写道："始吾幼且少，为文章，以辞为工。及长，乃知文者以明道。"韩、柳期望通过儒道的重振来达成改革现实的愿望。其古文创作，展现了抨击时弊、重振儒道的巨大热情。

韩柳重道而不轻文。他们都主张文与道二者必须互相结合，将"文以明道"和抒发不平之鸣联系起来。韩愈继承了屈原发愤抒情和司马迁发愤著书的精神，提出了"大凡物不得其平则鸣"（《送孟东野序》）的创作观点，把"文以明道"与对社会现实的揭露、批判联系了起来。柳宗元也明确提出："文之用，辞令褒贬，导扬讽谕而已。"（《杨评事文集后序》）而他被贬谪之后所写的"嬉笑之怒，甚于裂眦；长歌之哀，过于痛哭"的作品，也正是他对社会现实的不平之鸣,极大地丰富了古文的抒情内涵。

韩、柳十分强调作家本人的修养,即重视作家的思想、人格、气质、品德等内在精神力量对文学创作的影响。韩愈在《答尉迟生书》中说:"夫所谓文者,必有诸其中,是故君子慎其实。实之美恶,其发也不掩。"在《答李翊书》中,他明确提出养气说:"无望其速成,无诱于势利。养其根而俟其实,加其膏而希其光……仁义之人,其言蔼如也。""气盛,则言之短长与声之高下者皆宜。"柳宗元也强调作家"文以行为本,在先诚其中"(《报袁君陈秀才避师名书》)。"文章,士之末也,然立旨在乎其中。"(《与杨京兆凭书》)

韩愈主张"气盛言宜",体现在他的文章中,往往笔力雄健,词锋震烁,感情激烈。如《论佛骨表》就直接抨击宪宗的佞佛之举,斥佛骨为"朽秽之物",指责宪宗佞佛为"伤风败俗,传笑四方,非细事也"。他希望"以此骨付之有司,投诸水火,永绝根本"。韩愈写作此文时,朝廷上下奉佛如痴如狂,倘触怒圣听,会招致杀身之祸,而韩愈一往无前,其勇气与胆识,真是常人难以企及。韩愈的论说文,抗击流俗的胆识与气势同样感人。如《师说》针对当时士大夫阶层耻于从师的社会风气,论证从师的必要,提出"吾师道也"的主张,韩愈的"抗颜为师"在当时引起流俗的很大非议,这篇文章体现了他直道而行的勇气。

韩文的气势源于他深厚的感慨,浓烈的感情。如《送董邵南序》感叹董邵南仕进无路,不得不远走他乡,到河北藩镇割据之地谋求出路,作者既不愿友人从事于割据之幕府,又对其在"明天子"之朝坎坷无成的命运深感无奈。全文顿挫抑扬,欲言又止,将对世事的愤郁笼罩在强烈的悲怆之情中。其名篇《祭十二郎文》,通过亲人死别的哀痛,深刻地抒写凄凉的人生感怀。

韩愈追求"惟陈言之务去",同时又强调"文从字顺",这就使其语言极富表现力。如《柳子厚墓志铭》,以低回屈抑的句式和明白晓畅的语言，淋漓尽致地传达出作者复杂的心情。韩愈还很善于将骈文的语言艺术融会到散体文的创作中，如"先生口不绝吟于六艺之文，手不停披于百家之编。记事者必提其要，纂言者必钩其玄。贪多务得，细大不捐。焚膏油以继晷，恒兀兀以穷年。先生之业，可谓勤矣！"（《进学解》）。同时，韩文还创造出许多生动的词汇，有些被后世长期使用，已经成为成语，如"业精于勤荒于嬉""贪多务得""细大不捐""跋前踬后""形单影只""刮垢磨光""含英咀华""动辄得咎""曲尽其妙""自强不息""一发千钧""蝇营狗苟""深居简出"等。

韩文很善于叙事描摹，刻画了许多生动的文学形象。如《试大理评事王君墓志铭》中的"天下奇男子"王适，《蓝田县丞厅壁记》中的崔斯立，《柳子厚墓志铭》中的柳宗元，《国子助教河东薛君墓志铭》中的薛公，《进学解》中的国子先生，一人一样，栩栩如生。

韩愈的文章，如长江大河，浑浩流转，"文起八代之衰，而道济天下之溺"（苏轼《潮州韩文公庙碑》），对后世产生深远影响，位居唐宋八大家之首。

柳宗元是中唐时期杰出的思想家和政治家，与韩愈攘斥佛老的态度有所不同，他并不排斥佛老，力图统合儒释，而以儒家思想为主，追求"辅时及物为道"，对现实有强烈的关注。他积极地参与了永贞革新，被贬后，特别是在柳州，他还在力所能及的范围内实行一些社会改革，利国利民，遗惠一方。《送薛存义序》提出"官为民役"的观点，《捕蛇者说》抨击苛政，《种树郭橐驼传》批判官吏扰民。这些言行，都反映了他的精神追求。

柳宗元早年工于骈文，被贬永州后主要转向古文创作，论说、寓言、游记、传记等，无不兼善。他的论说文虽无韩愈之文那种纵横排宕的气势，但识见高深，逻辑详密，形成了峻洁雄健、无可置辩的文风。《封建论》是其政论文的代表作，文章坚定地肯定郡县制,否定封建制,论证严密,体现了深厚的理论思辨能力。

柳宗元的寓言,结构精巧而极富哲理意味。《三戒》《蝜蝂传》《罴说》《鞭贾》等是代表作。《三戒》由三个寓言组成,借麋、驴、鼠的故事,讽刺缺少自知之明、忘乎所以、仗势逞能之辈。显然,这组寓言寄寓着作者深刻的现实人生感慨。从艺术上看,三篇作品皆语言精练,善于抓住细节来刻画神情,如《黔之驴》中老虎对驴始而试探,终则完全看破的过程,写得惟妙惟肖;《临江之麋》写小鹿之天真无知,家犬虽怀杀机而怯于主人不敢发作之态,"然时啖其舌",都十分生动。

柳宗元的山水游记,是中国古代山水游记中的精品。柳宗元在被贬永州期间,经常游山历水以排遣内心的痛苦,创作了不少山水游记。永州的山水风光,并没有真正抚平柳宗元内心的创伤,他曾向人谈及自己徜徉山水,不过是强为欢笑,表面的自在掩饰的是内心的痛苦,所谓"嬉笑之怒,甚于裂眦;长歌之哀,过乎痛哭"(《对贺者》)。因此,山水之游是对柳宗内心悲情的宣泄而非化解,奇山异水,往往使他更深地自伤怀抱,感郁无已。"永州八记"是柳宗元山水游记的代表作,这八篇作品按照游历的顺序,描绘了八处奇异的景致。作者笔下的景物,很多都是自身精神怀抱的寄托与象征,如第一篇《始得西山宴游记》描写登上西山,四望辽阔,"心凝形释,与万化冥合"。文中描绘登山后心胸开阔的感受,可以看到来自庄子的影响,所谓"悠悠乎与灏气俱,而莫得其涯;洋洋乎与造物者游,而不知其所穷"。就全篇的立意来看,则表现了作者精神的奇崛之气。如《小丘西小石潭记》写石潭之"峭怆幽邃"十分入神:

全石以为底,近岸,卷石底以出,为坻,为屿,为嵁,为岩。青树翠蔓,蒙络摇缀,参差披拂。潭中鱼可百许头,皆若空游无所依。日光下澈，影布石上，怡然不动；俶而远逝，往来翕忽，似与游者相乐。潭西南而望，斗折蛇行，明灭可见。其岸势犬牙差互，不可知其源。

柳宗元的游记为山水赋予了灵性，又不同于一般的拟人，而是寄托了高绝的意趣，因此，他以高度的艺术提炼来描写山水，或晶莹雅洁，或意态峥嵘，语言也富于特色，字句凝练，清峻自然，体现了很高的造诣。

柳宗元在传记文学上也取得了很高的成就，《种树郭橐驼传》《梓人传》《宋清传》《童区寄传》《河间妇传》《段太尉逸事状》等是其中的代表。这些作品虽取法史传，但多有突破，手法更为灵活。

柳宗元与韩愈共为唐代古文运动的倡导者，二人彼此是好友，是文章知己，虽文风不同，政治见解也未必一致，但能彼此欣赏，为唐代古文运动做出了巨大贡献。

中唐时期还有一大批作家参与古文写作，与韩、柳年辈相近或略早的，有权德舆、刘禹锡、欧阳詹、李观、张籍、吕温、白居易、元稹等人，他们共同参与古文写作，造就了古文写作的繁荣局面。此外，韩门弟子李翱、皇甫湜、沈亚之、樊宗师、孙樵等人，亦有意取法韩愈，在古文创作方面，也形成了自己的特色。

第五节　作意好奇的唐传奇

古代小说在唐代出现了一种新的体式，叫唐传奇。唐传奇与此前就发展起来的志怪小说、志人（轶事）小说有明显不同。首先，它是文人"作意好奇""幻设为文"的产物，通过想象虚构、编织故事情节等方式，从事比较自觉的创作，而不是以实录的方式记述传闻。其次，传奇小说往往以铺叙曼衍为能事，藻饰丰富，情节复杂，人物丰富，这些特点在志怪、志人小说中都没有得到充分的发展。唐传奇的出现，标志着中国古典小说达到了一个新境界。

唐传奇的发展大致经历三个阶段。初盛唐时期是由六朝志怪、志人小说向成熟的唐传奇的过渡时期，作品数量较少，艺术上也不够成熟，题材以神鬼怪异为主，但其创作意图已经不同于六朝志怪小说，主要不是证明神道不诬，而是更多地呈现自己的俳谐意趣。王度的《古镜记》、张鷟的《游仙窟》是其中的代表作。

中唐时期是传奇的兴盛时期，从德宗到宣宗朝，名家辈出，群星璀璨。传奇题材涉及爱情、历史、政治、豪侠、梦幻、神仙等诸多方面。中唐传奇完整保存下来的作品约四十种，陈玄祐《离魂记》、沈既济《任氏传》、李朝威《柳毅传》、白行简《李娃传》、元稹《莺莺传》、蒋防《霍小玉传》是其中优秀代表。

陈玄祐的《离魂记》大约创作于建中（780—783）初年，它标志着传奇创作开始步入兴盛。此文描写张倩娘与王宙相恋的故事。张倩娘的父亲将她许配别人，倩娘卧病不起，其精魂离躯体而去，追随王宙，并生下两子。后来返回故里，精魂始与闺房中卧病数年的身躯"翕然而合为一体"，王宙才知与自己成婚者，乃倩女离魂。小说叙写神奇，笔致灵动。这篇作品在后世流传极广，并被改编为诸宫调、戏文、杂剧、传奇等，元人郑光祖《倩女离魂》是其中最著名的改编之作。

《任氏传》作者沈既济，德清（今属浙江）人，唐德宗时做过史馆修撰，富于史才，著有《建中实录》十卷、《选举志》十卷、《江淮记乱》一卷。《任氏传》大约作于建中二年（781），描写由狐精幻化而成的美女任氏和贫士郑六相爱，郑六妻族的富家公子韦崟知道后，公然白日登门，粗鲁地要求欢好。任氏坚决不从，并对韦崟责以大义。后来，郑六到外地任职，携任氏同往，任氏在途中被猎犬所害。任氏虽为女狐，但作者充分展现了她身上的人情之美，表现了她对爱情的执着，对友谊的忠诚，明代冯梦龙称赞她是"人面人心"。作者利用生动的对话，精彩的细节描写，表现了任氏多情、开朗、精明、诙谐、刚烈的个性。

白行简（776—826）是沈既济之后又一重要传奇大家。他是白居易之弟，字知退，华州下邽（今陕西渭南县北）人。《李娃传》作于贞元十一年（795），据作者在传末说，李娃的故事是闻之于伯祖，白行简述于李公佐，"公佐拊掌竦听，命予为传"。元稹创作有《李娃行》，时间不详，估计是在《李娃传》成文以后。这篇作品没有神鬼灵异、离奇荒诞的内容，而是围绕男女主人公的悲欢离合展现了相当广阔的社会生活。李娃作为一个风尘女子，她身上既有温柔多情的一面，也有工于心计、富于城府的一面。她以妖艳的姿色吸引了荥阳生，令其在妓院中流连忘返，"诙谐调笑，无所不至"。在赶走荥阳生的过程中，她直接参与了鸨母的计划，而且整个过程都表现得不动声色，致使荥阳生完全被蒙在鼓里，任人摆布。后来，她在雪天与沦为乞丐的荥阳生重逢，决意相救，并有力地回击鸨母的阻拦。作者深刻地展现了李娃在妓院这个特殊环境中养成的深通世故、颇富心计的独特性格，而她对荥阳生的真情，正是在这种独特性格中曲折地得以展现。李娃的形象十分丰满、真实，成为唐传奇中最具光彩的人物形象之一。李娃的故事在后世有广泛的影响，在南宋被演为话本，李娃被称为李亚仙，荥阳生被称为郑元和。至明代，仍有《李亚仙话本》流传。戏文、杂剧、传奇多有演出者，今犹存《曲江记》《绣襦记》等。还传播到日本，室町时代（1392—1568）有《李娃物语》，故事即本于《李娃传》。

李朝威的《柳毅传》是同时代又一篇传奇佳作。《柳毅传》原名《洞庭灵姻传》，今题是宋人所改。小说描写书生柳毅在泾阳邂逅远嫁异地、被逼牧羊的洞庭龙女，得知她的悲惨遭遇后，柳毅十分气愤，毅然为之千里传书。当钱塘君将龙女救归洞庭，酒后逼柳毅娶龙女时，柳毅断然拒绝，其凛然正气，赢得了龙王的钦佩。经过一番波折，龙女化作凡女与柳毅成亲，生了儿子后方揭开自己的身份。这篇作品描写神人相恋，人物刻画形神兼备，如柳毅的性格豪侠刚烈，他感于义愤，为龙女千里传书，尽管他对龙女心生爱慕，但在钱塘君的逼迫下，不为之屈，严词拒绝他的要求，但离开龙宫，"殊有叹恨之色"，流露出对龙女的眷恋。其他人物如龙女的温柔多情、勇于追求爱情，钱塘君性情暴烈但知错能改，洞庭君则宽厚仁义，都各具特色，给人留下深刻的印象。这篇作品的另一特色是情节波澜起伏，善于制造悬念，引人入胜。

元稹的《莺莺传》描述一出动人的爱情悲剧。小说深刻地刻画了一个追求爱情的贵家小姐，既有追求爱情的叛逆精神，又有来自封建教养的犹疑与软弱。小说写出了莺莺性格中的深层悲剧。这篇作品以卓越的艺术成就，赢得了"大手笔"的赞誉。崔、张故事，后来成为诗词小说戏曲中长期流传的题材，是唐传奇中影响最巨、流传最广的作品。王实甫的《西厢记》就本此而编，成为家喻户晓的作品。

蒋防（？—835？），字子征（一作子微），义兴（今江苏宜兴）人，生卒年不详。元和中历任拾遗、补阙，长庆元年（821）因元稹和李绅的举荐，为翰林学士，后亦因李绅被贬而谪为汀州刺史，改袁州刺史。其诗文有少量遗存，《霍小玉传》则是他的代表作。《霍小玉传》以凄怨的笔调描绘了一个士人倡女相恋的爱情悲剧。霍小玉虽身为妓女，却有着至真至纯的品行。与身在风月场、成熟老练的李娃不同，霍小玉对爱情表现得纯情而执着。她在作品中甫一出场，即展现一个纯洁少女的形象。她虽与李益两情欢好，但因自知身世低贱，因此最大的愿望不过是与李益欢爱数载，然后请李益另选高门，而自己则"舍弃人事，剪发披缁"。这个哀婉凄楚的愿望，表达了她内心对爱情的执着。遭到李益背弃以后，她生活困窘，靠典当度日，直至缠绵病榻，含恨离开人世，在无尽的幽怨中，读者不难体会到她对爱情的坚贞与执着。这是一个虽身在风月场，却纯真得冰清玉洁的女性，同自私与薄情的李益形成鲜明对比，造就了强烈的悲剧冲突。作品的许多描写都极为传神，如霍小玉与李益最后相见的场面十分感人，次要人物如媒婆鲍十一娘的花言巧语也很生动。作品还穿插了众多的情节与人物，波澜起伏，意趣绚烂，可称得上是唐传奇的压卷之作。

除上述以爱情为题材的作品外，中唐传奇还有一些借寓言、梦幻以讽刺社会的作品，其中《枕中记》《南柯太守传》最为有名。《枕中记》与上述《任氏传》同出沈既济之手，作品描写卢生在邯郸道上遇到道士吕翁，枕着吕翁授予的青瓷枕入梦，梦见自己娶了高门女子，又中进士，出将入相，享尽人间的荣华富贵，醒来才知是一场梦，而店主所蒸黄粱还未熟。《南柯太守传》的作者李公佐，字颛蒙，陇西人。该作品作于贞元十八年（802），描写游侠淳于棼梦游"槐安国"，做了驸马，又任南柯太守，因有政绩而位居台辅。公主死后，失宠遭谗，被遣返故里，一觉醒来，才发现刚才所游之处原为屋旁古槐下一个蚁穴。这两篇作品借梦境的破灭，揭示了功名富贵的虚幻，对汲汲于功名富贵的士子予以讽刺。作品真幻错杂，笔法灵动。后来，"黄粱美梦""南柯一梦"成为流传甚广的典故。

晚唐时期，传奇的创作由盛转衰，此期作品数量不少，并且出现不少专集，如袁郊的《甘泽谣》、皇甫枚的《三水小牍》、裴铏的《传奇》、薛用弱的《集异记》、李复言的《续玄怪录》等。其中，《聂隐娘》（见《传奇》）、《红线》（见《甘泽谣》）、《昆仑奴》（见《传奇》）、《贾人妻》（见《集异记》）以及杜光庭《虬髯客传》等是其中有代表性的作品。

《甘泽谣》与《三水小牍》是晚唐时期较有代表性的传奇小说集。《甘泽谣》作者袁郊，咸通时人，其书久佚，明代有辑本，凡九篇，其中《红线》是最有名的作品。作品描写一个隐身在婢侍中的女侠，能夜行数百里，为主人取临镇长官床头的金匣，使之不敢有所觊觎，从而避免了两个藩镇之间的一场战争。《三水小牍》作者皇甫枚，是唐末五代人，其书久佚，除《太平广记》所引外，有缪荃孙辑本。

《传奇》是晚唐最重要的传奇小说集，作者裴铏，生卒年不详，咸通中为静海军节度使高骈掌书记。乾符五年（878），以御史大夫为成都节度副使。原书久佚，有今人周楞伽辑注本，1980年上海古籍出版社出版，收文31篇，大体恢复了此书的原貌。此书名篇甚多，最有名的是《昆仑奴》和《聂隐娘》。昆仑奴能够身负二人"飞出峻垣十余重"，而毫不为人所察觉，又能在"甲士五十人，严持兵仗"的情况下，"持匕首飞出高垣，瞥若翅翎，疾同鹰隼，攒矢如雨，莫能中之"。聂隐娘更为神奇，她幼时被一尼领去习武，练成飞檐走壁、白日杀人于市而莫能见的高超武功。归家后与一磨镜少年结为夫妇，后为陈许节度使刘昌裔所收，为其杀死邻镇派来的刺客精精儿，又以巧计挫败另一武艺更高的杀手妙手空空儿。作品生动地刻画了聂隐娘的机敏果断，集仙侠于一身的独特形象，开创了将武侠小说与神仙道术融合为一的思路。

《虬髯客传》是一篇很重要的唐传奇作品，其作者，一说为杜光庭所作，一说为张说所作，又说为《传奇》作者裴铏所作。众说纷纭，尚无定论。《虬髯客传》叙述隋末乱世，红拂妓慧眼识李靖为英雄，与之私奔，路遇虬髯客，同至太原观察李世民，确认其有帝王相。李靖遂尽心辅佐李世民，而虬髯客则放弃逐鹿中原的打算，另去扶余国发展。小说描写三人形象十分突出，故习惯上又称之为"风尘三侠"。这篇小说塑造人物形象十分成功，红拂的机智聪慧、富于胆识，李靖的沉雄英武，虬髯客的剽悍豪爽，都跃然纸上。作品很善于通过人物对话表现人物的性格，叙述中悬念不断，情节十分紧张，如红拂夜奔，李、红二人在灵石旅舍初遇虬髯一节。

　　总的来看，唐传奇取得了高度的艺术成就，情节曲折生动、构思离奇变幻。在人物刻画方面，传神写照，极具功力。从整体上看，许多传奇作品，富于意境，以奇异绚丽的美感深深打动读者。唐传奇显示了小说这一文体在独立的历程上迈出了关键的一步，对后世的小说艺术产生了深远影响。

第五章
晚唐五代文学

　　自穆宗长庆到唐朝灭亡（821—907），这是晚唐时期。穆宗长庆年间，元和时期的诗歌新变高潮趋于衰落。唐王朝在短暂的元和中兴之后，全面衰落。晚唐时期，藩镇割据、宦官专权、朋党之争等种种矛盾日益激化，兵连祸结，社会动荡。晚唐诗歌的演变可以分为前后两期，从长庆到宣宗大中年间为前期，懿宗咸通以后到唐朝灭亡为后期。前期诗坛活跃着贾岛、姚合，产生了杜牧、李商隐这样较有成就的诗人，后期的诗坛全面萎弱，以因袭前期诗风为主，有的文学史家将这一时期称为唐末。

　　五代诗坛创新不多，分裂割据的时局也带来诗风地域差异。词这一新兴文体在晚唐五代获得深入发展，出现了温庭筠、韦庄、李煜等大家。

第一节　苦吟与清丽诗风

　　贾岛和姚合在元和后期就开始享有诗名，但他们在长庆以后还有相当一段时间从事创作，贾岛卒于会昌中，姚合卒于大中年间，他们所开创的诗风在晚唐产生了很大影响，因此，将他们称为晚唐诗人比较合理。

贾岛（779—855?），字阆仙，范阳（今属北京市）人。初为浮屠，名无本。后到洛阳，遇韩愈，韩愈教其为文，遂还俗。举进士，初累试不中，后中第，曾任长江（今四川省蓬溪县）主簿，后改任普州（今四川省安岳县）司仓参军，并卒于此。

贾岛作诗以苦吟著称，据曾慥《类说》引《唐宋遗史》云："贾岛苦吟赴举，至京师，得句云：'鸟宿池边树，僧敲月下门。'又欲改'敲'为'推'，骑驴举手吟哦，引手推敲之势，不觉冲京尹韩退之节，左右拥之至，具述其事，退之笑曰：'作敲字佳。'乃命乘驴并辔哦诗，久之而去。"又据《唐才子传》载，一次他因骑驴赋诗，以得"落叶满长安"之句来对"秋风吹渭水"而喜不自胜，因而唐突京兆尹刘栖楚，被系一夕。可见他用心推敲，近乎痴狂。他的《送无可上人》中有"独行潭底影，数息树边身"两句，其后随注曰："二句三年得，一吟双泪流。知音如不赏，归卧故山秋。"

贾岛的五律最有特点，其内容多为羁旅怀人与萧寺孤馆之作，以萧瑟孤寒的环境烘托孤介奇僻的气质。如《寄华山僧》："遥知白石室，松柏隐朦胧。月落看心次，云生闭目中。五更钟隔岳，万尺水悬空。苔藓嵌岩所，依稀有径通。"全诗以奇险的句式造成峭拔之势，突出了华山僧的孤高不群。又如《宿山寺》："众岫耸寒木，精庐向此分。疏星透林木，走月逆行云。绝顶人来少，高松鹤不群。有僧年八十，世事未曾闻。"绝顶之上有遗世独处的老僧，这一富含震撼力的意象传达出诗人迥脱凡尘的志趣。

贾岛经常采用感情色彩十分凄清的意象，如"寒泉""寒骨""破宅""寒鸿""孤鸿"等。为了增强效果，还经常在同一诗中反复使用这样的意象，如"孤屿消寒沫，空城滴夜霖"（《送韦琼校书》），"独鹤耸寒骨，高杉韵细飔"（《秋夜仰怀钱孟二公琴客会》），"萤从枯树出，蛩入破阶藏"（《寄胡遇》），等等。他有时还

283

将多重通感容纳在简短的诗句里,使诗意变得十分深微幽曲,如"磬通多叶罅,月离片云棱"(《夏夜》),将磬声的传扬比喻为流水,又通过赋予行云以质感而在"流云吐月"的传统意象里生发新的诗意。

贾岛还有一些平淡有味的作品,如《忆江上吴处士》:"闽国扬帆去,蟾蜍亏复团。秋风生渭水,落叶满长安。此地聚会夕,当时雷雨寒。兰桡殊未返,消息海云端。"诗中以节物之变,秋风萧瑟寓怀人之慨,很有"味外之旨"。

姚合(775?—855?),吴兴(今浙江湖州)人,宰相姚崇的曾侄孙。元和十一年(816)进士及第,授武功主簿。元和十四年(819)后任富平、万年尉。宝历年间除监察、殿中御史。之后历户部员外郎、金州刺史、刑部、户部郎中。大和九年(835)任杭州刺史。开成四年(839)八月起为陕虢观察使。会昌年间任秘书监。

姚合的五律主要流露出沉潜和品味普通人生的闲适意趣,艺术上追求平淡含蓄的风格。内容上多风景流连、池台院落之作,《闲居遣怀》十首、《武功县中作》三十首、《秋日闲居》二首、《闲居晚夏》《闲居遣兴》《春日闲居》《早春闲居》以及《游春》十二首、《题金州西园》九首等是这方面的代表。他很少使用奇僻的意象,而是善于以平淡的语言摹写景致,如《送李起居赴池州》的"红旗高起焰,绿野静无尘",比喻准确,描绘红旗在旷野中迎风飘动的态势很形象。又如《送裴中丞赴华州》的"径草多生药,庭花半落泉",通过细节的捕捉刻画出华州公署的幽静。又如《武功县闲居》的"马随山鹿放,鸡杂野禽栖",表现了山居萧索的景况。

姚合有时也会用一些比较奇僻的语言方式,如《闲居晚夏》"片霞侵落日,繁叶咽鸣蝉",句中动词的使用就比较奇特。又如"红旗烧密雪,白马踏长风"(《送郑尚书赴兴元》),"烧"字的使用给人印象较深。姚合也不时会使用孤清意象,如"蚁行经古藓,鹤毳落深松"(《过无可上人院》),"斜阳通暗隙,残雪落疏篱"(《过城南僧院》),"寒蝉近衰柳,古木似高人"(《假日书事呈院中司徒》)等,但这样的作品不是姚合作品的主流。

在晚唐五代诗坛,一大批诗人沿续贾岛、姚合的创作道路,用力于五律。方干、李频、曹松、张乔、许棠、李洞等人是其中代表,许棠的"饭野盂埋雪,禅云杖倚松"(《赠志空上人》),"逼晓人移帐,当川树列风"(《边城晚望》),"喷月泉垂壁,栖松鹤在楼"(《宿华山》);曹松的"直峰抛影入,片月泻光来"(《题鹤鸣泉》),"林残数枝月,发冷一梳风"(《言怀》),"湖影撼山朵,日阳烧野愁"(《岳阳晚泊》);张乔的"孤峰经宿上,僻寺共云过"(《送陆处士》),"板阁禅秋月,铜瓶汲夜潮"(《金山寺空上人院》)等,都有贾岛追奇求僻的风格。最得贾岛之神的是李洞,如"吏穿霞片望,僧扫月棱归"(《寄贺郑常侍》),"溪声过长耳,筇节出羸肩"(《赠禅友》),"夜寒吟病甚,秋健讲声圆"(《登圭峰旧隐寄荐福栖白上人》)等,这些诗句都酷似贾岛。姚合对其他诗人也有影响。如方干"凉随莲叶雨,暑避柳条风"(《东溪别业寄吉州段郎中》),"野渡波摇月,空城雨翳钟"(《送从兄郜》),"满湖风撼月,半夜雨藏春"(《湖上言事寄长城喻明府》),李频"微泉声小雨,异木色深冬"(《送延陵韦少府》)等,都可以看到姚合的影响。

晚唐还有一批工于七律的诗人,以工丽的语言创造空灵飘逸的意境,形成一种清丽感伤的诗风。晚唐前期的许浑、杜牧、张祜、赵嘏、李群玉、刘沧等人都是其中的代表,以许浑和杜牧最突出。杜牧是晚唐时期最有成就的诗人之一,艺术造诣深厚,将在下节专门介绍。

许浑(791?—858?),字用晦。高宗宰相许圉师之后,郡望湖北安陆,早年家于洛阳。元和九年、十年间平淮西战役初期,吴元济兵锋扰及河南,与诸亲友举家南迁至湖南,约于长庆初迁居江南,在京口（今江苏镇江）南郊丁卯涧桥置别墅，并在此编订诗集，称《丁卯集》，其诗约520首左右。

许浑诗歌的内容比较丰富，体裁以近体五、七律为主，以清丽的风格意境，表达萧瑟感伤的情绪，形成了很有个性的艺术风貌，其中最有特色的是怀古诗，如《咸阳城西楼晚眺》：

> 一上高楼万里愁，蒹葭杨柳似汀州。
> 溪云初起日沉阁，山雨欲来风满楼。
> 鸟下绿芜秦苑夕，蝉鸣秋叶汉宫秋。
> 行人莫问当年事，故国东来渭水流。

又如《金陵怀古》：

> 玉树歌残王气终，景阳钟断戍楼空。
> 秋梧远近千官冢，禾黍高低六代宫。
> 石燕拂云晴亦雨，江豚吹浪夜还风。
> 英雄一去豪华尽，唯有青山似洛中。

这些作品都是典型的怀古诗，不以议论具体的史事为主，重在抒发今昔之慨，流露出强烈的感伤情绪，其中"山雨欲来风满楼"一句尤其表现了对现实的忧戚。

许浑很注重字句的雕琢锻炼，对偶工整自然。在声调平仄方面，许浑深谙韵律，粘对得法，平仄合辙，有时也作拗体，别具一格，前人谓之"丁卯句法"。如"月过碧窗今夜酒，雨湿红壁去年书"（《再游姑苏玉芝观》），"经函露湿文多暗，香印风吹字半销"（《题灵山寺行坚师院》）。在表现题材上，许浑擅长写水，宋初人谓之"许浑千首湿"（《苕溪渔隐丛话》前集引《桐江诗话》）。如《凌歊台送韦秀才》："云起层台日未沉，数村残照半岩阴。野蚕成茧桑柘尽，溪鸟引雏蒲稗深。帆势依依投极浦，钟声杳杳隔前林。故山迢递故人去，一夜月明千里心。"

许浑的诗歌在晚唐影响很大，韦庄有诗赞之曰："江南才子许浑诗，字字清新句句奇。十斛明珠量不尽，惠休空作碧云词。"（《题许浑诗卷》）

第二节 小李杜

杜牧和李商隐是晚唐诗坛成就最高的诗人，被后人称为"小李杜"。

杜牧（803—852），字牧之，京兆万年（今陕西省西安市）人。祖父杜佑系中唐名相，父亲早逝，家道中落。杜牧于大和二年（828）中进士，曾在江西、淮南、宣歙幕中任幕僚近十年。在牛李党争中，他不肯苟附一党，故一生受排斥，历任监察御史、膳部及比部员外郎，黄州、池州、睦州和湖州刺史，中书舍人等职。

与盛唐和中唐元和诗人相比较，杜牧在艺术上的开拓之功并不显赫，但他还是为唐诗艺术增添了许多新的亮点。晚唐诗人普遍格局不大，作品内容贫乏，体裁的运用也比较单调，而杜牧则兼善众体，诗文俱佳。

杜牧对中唐元和诗歌的偏颇表示不满，不赞成韩孟一派僻涩的倾向，也对元白一派的平易表示不满。他自述作诗追求云："某苦心为诗，本求高绝，不务奇丽，不涉习俗，不今不古，处于中间。"（《献诗启》）力图在艺术上融合古今之长，创造出自己的风格。

杜牧诗很有气势，格调也比较开朗，如《山行》（远上寒山石径斜）描绘了秋天高爽绚丽的景象，没有一丝悲秋的感伤。《长安秋望》："楼倚霜天外，镜天无一毫。南山与秋色，气势两相高。"通过明朗的秋景，抒写了开阔的心胸。还有一些表现日常风物的作品，也很明丽生动，如《齐安郡后池绝句》："菱透浮萍绿锦池，夏莺千啭弄蔷薇。尽日无人看微雨，鸳鸯相对浴红衣。"以鲜艳明媚的色彩，刻画了生意繁茂的盛夏气氛。这些作品在感伤低迷的晚唐诗坛显得特立杰出。杜牧生活在国事日非的晚唐，他的作品也不可避免地带上感伤的情绪，如《九日齐山登高》："江涵秋影雁初飞，与客携壶上翠微。尘世难逢开口笑，菊花须插满头归。但将酩酊酬佳节，不用登临叹落晖。古往今来只如此，牛山何必独沾衣。"借重阳登高，抒发人生短暂，欢寡愁殷之叹。又如《泊秦淮》（烟笼寒水月笼沙）感叹时人不知国事之非而犹流连歌舞，将讽刺现实的用心和迷茫惆怅的心绪结合在一起。又如《江南春》（千里莺啼绿映红）以开阔的视野，刻画江南春色的明媚绚丽，而其中通过隐藏在烟雨迷蒙中的寺院楼台，传达出历史兴亡变幻的沧桑感受。

杜牧一生有很长时间是在繁华的江南度过的，歌舞声色的内容不时在作品中流露出来。如《寄扬州韩绰判官》："青山隐隐水迢迢，秋尽江南草未凋。二十四桥明月夜，玉人何处教吹箫。"虽取材于友人携妓游乐生活，但诗意清雅脱俗，传达出江南风物的巨大魅力。又如《遣怀》："落魄江湖载酒行，楚腰纤细掌中轻。十年一觉扬州梦，赢得青楼薄幸名。"流露出诗人对壮志消磨的无尽感慨。

从艺术上看，杜牧的古诗受到韩愈古诗的影响，善于叙事、抒情、议论，造句瘦劲。律诗和绝句的创作方面，成就更为引人注目，尤以七律和七绝最为出色。这些作品能在短短的两句或四句中，勾画出一幅画面，或表达出深曲蕴藉的情思，为晚唐诗坛平添许多色彩。

李商隐（812—858），字义山，号玉溪生，又号樊南生。原籍怀州河内（今河南省沁阳市），自祖父起迁居郑州（今河南郑州市）。10岁父卒，17岁被天平军节度使令狐楚召聘入幕，令狐楚爱其才，亲自教授他写作今体文，并让儿子令狐绹与之交游，开成二年

（837），令狐绹帮助他中进士，同年，令狐楚去世。开成三年春，李商隐入泾原节度使王茂元幕，王爱其才，以最小的女儿妻之。当时牛僧孺和李德裕两大官僚集团斗争激烈。令狐父子为牛党要员，而王茂元则被视为亲近李党的武人。李商隐转依王茂元，在李党看来是"背恩"的行为，令狐绹对他十分不满，从此成为牛李党争的牺牲品，一生沉沦下僚。

由于政治上的失意，李商隐的诗歌往往流露出浓厚的感伤情绪，如"巧啭岂能无本意，良辰未必有佳期"（《流莺》），"狂飙不惜萝阴薄，清露偏知桂叶浓"（《深宫》），"中路因循我所长，古来才命两相妨"（《有感》）等。有些作品也曲折地反映出晚唐衰飒的时代气氛，如著名的《登乐游原》："向晚意不适，驱车登古原。夕阳无限好，只是近黄昏。"面对黄昏夕阳，诗人的感慨，既是内心怅惘与失意的写照，也是晚唐每况愈下的征兆。

李商隐的咏史诗在后世很受推重，这些作品既体现了以史为鉴的深刻用心，又有深沉的感慨，艺术上情思并重，代表了晚唐咏史诗的最高水平。如《隋宫》（紫泉宫殿锁烟霞）辛辣地讽刺炀帝流连荒亡的昏聩之举，但诗意并不仅仅是尖刻的讽刺，而是在表现炀帝的骄纵轻狂、至死不悟的字里行间渗透着深长的叹息，这正是此诗不单以辞锋犀利取胜，而能富有回味的地方。又如《马嵬》（海外徒闻更九州）讽刺唐玄宗荒淫误国，以安史之乱时仓皇出逃、马嵬坡六军不发的狼狈之状与当年宠爱杨妃、荒纵享乐的生活对照刻画，既辞端犀利，又饱含沉重的叹息，读来很令人感慨。李商隐还有一些咏史诗，寄托着自己的身世之慨，如《筹笔驿》（猿鸟犹疑畏简书）围绕才与命的冲突，慨叹诸葛亮的遭际，同时也是借古人来抒发诗人内心怀才不遇、才命相妨的痛苦与无奈。

李商隐的咏物诗既能细致地表现所咏之物的形态，又寄寓着诗人自己的身世之慨，体物与咏怀合二为一。如《流莺》："流莺漂荡复参差，度陌临流不自持。巧啭岂能无本意，良辰未必有佳期。风朝露夜阴晴里，万户千门开闭时。曾苦伤春不忍听，凤城何处有花枝？"在长安城万户千门中飘荡无依的流莺象征着诗人漂泊的身世。又如《蝉》："本以高难饱，徒劳恨费声。五更疏欲断，一树碧无情。薄宦梗犹泛，故园芜已平。烦君最相警，我亦举家清。"对蝉竭力嘶鸣的柔弱无助，对碧树无动于衷的冷漠，表现得很传神，有着凄凉的身世之感。

李商隐集中以"无题"为题的诗可以认定的有十四首，此外，还有相当数量的诗被研究者称为类似无题、准无题或广义无题。从内容上看，基本与爱情有关。这些作品将对人生和命运的领悟融进爱情的体验中，深刻地表达了爱情幻灭的悲剧性体验。他与妻子王氏感情甚笃，有不少作品是写给王氏的，当然也不仅仅限于无题诗。王氏去世后，李商隐写有不少怀念之作，如《正月崇让宅》《暮秋独游曲江》《悼伤后赴东蜀辟至散关遇雪》等，均情真意切，悲戚动人。还有一些爱情诗不是写给王氏的，故冠以无题或准无题，本事多很难考，诗句却很传神。如"春心莫共花争发，一寸相思一寸灰"，"刘郎已恨蓬山远，更隔蓬山一万重"，"神女生涯原是梦，小姑居处本无郎"，"曾是寂寥金烬暗，断无消息石榴红"，等等，展现了对爱情的追求，不寄希望于有无。

在艺术上，无题诗采用的诗体有五古、七古、五律、七律和七绝，多情思蕴藉。作者并不特别记述具体的爱情经历，而是重在表现心灵的感受。如《无题》（相见时难别亦难，东风无力百花残）一首，以暮春众芳飘零的景象，表现情人别离时的黯然，同时也象征了爱情在现实中无法永驻的命运。又如《无题》："紫府仙人号宝灯，云浆未饮结成冰。如何雪月交光夜，更在瑶台十二层？"写仙人云浆未饮，旋即成冰，由此勾画出仙人世界高华清寒的气氛。《锦瑟》（锦瑟无端五十弦）围绕追忆华年的主题，塑造了一个个含蕴丰富的意象：庄生梦蝶、杜鹃啼血、良玉生烟、沧海珠泪，这些意象象征着诗人追求华年时，留恋与失落、向往与幻灭交织在一起的怅惘与感伤，诗意朦胧，意蕴深远。李商隐善于用典，其典故取材于经典、史籍、神话、传说；手法上或正用，或反用，或据原典内涵演绎出新意。如《安定城楼》一诗，八句中连用四个典故，多而切合事情，精妙绝伦。大量用典，使其诗构思更加新奇，诗旨更加丰富，抒情状物更加工巧。

第三节　唐末五代衰世诗文

唐懿宗咸通以后，唐王朝迅速衰朽，社会矛盾加剧，兵连祸结，时事动荡，这一时期的文坛创作全面萎缩，诗歌创作内容或表达对时事的讥弹怨刺，或抒发乱世悲慨与感伤情绪，罗隐、皮日休、陆龟蒙等人写作小品文，直斥现实黑暗。五代时期的创作则以承袭为主，格局较小。

韦庄、郑谷、韩偓是唐末诗坛很有影响的诗人。在艺术上，韦、郑多受许浑、杜牧影响，韩偓则与李商隐、温庭筠更为接近。韦庄（836？—910），字端己，长安杜陵（今陕西省西安市东南）人。中唐诗人韦应物四世孙，广明元年（880）在长安应举。黄巢攻占长安，他身陷兵火，弟、妹散失，中和二年（882）逃至洛阳，后入镇海节度使幕。景福二年（893）入京应举不第。次年再试及第，任校书郎。昭宗受李茂贞逼迫，出奔华州，韦庄随驾。乾宁四年（897）奉使入蜀，结识王建。天复元年（901）应聘为西蜀掌书记。天祐四年（907），朱全忠灭唐建梁，他劝王建称帝，建前蜀，官至吏部侍郎平章事。

韦庄对现实的黑暗多有讽刺与抨击，如《咸通》诗就是在黄巢入关、皇室播迁的大动荡之后追忆咸通年间贵戚醉生梦死的生活：

"咸通时代物情奢,欢杀金张许史家。破产竞留天上乐,铸山争买洞中花。诸郎宴罢银灯合,仙子游回璧月斜。人意似知今日事,急催弦管送年华。"在黄巢起义军攻占长安以后,韦庄创作了长篇歌行《秦妇吟》,借一个逃离长安的秦妇之口,描写了黄巢起义军攻占长安后,建国称帝,与唐军反复争夺长安,最后城围粮绝的过程。全诗长达一千六百六十六字,是现存唐诗中最长的一首,着力描写战乱给社会带来的巨大灾难,一方面起义军攻占长安,横扫公卿显贵,"内库烧为锦绣灰,天街踏尽公卿骨",另一方面也因治军不严而出现烧杀劫掠的行为:"西邻有女真仙子,一寸横波剪秋水。妆成只对镜中春,年幼不知门外事。一夫跳跃上金阶,斜袒半肩欲相耻。牵衣不肯出朱门,红粉香脂刀下死……昔时繁盛皆埋没,举目凄凉无故物。"对于官军抢夺残害百姓的事实,诗中也有真实的描写:"千间仓兮万丝箱,黄巢过后犹残半。自从洛下屯师旅,日夜巡兵入村坞……入门下马若旋风,罄室倾囊如卷土。"全诗对生灵涂炭、繁华丧尽的社会灾难的反映,非常真实,成为唐末反映乱世悲慨的代表性作品。此诗久佚,清光绪二十六年(1900)重新发现于敦煌石窟。

韦庄还有一些歌行作品描写男女情事,辞藻比较艳丽,如《上春词》《捣练篇》《长安春》等。他的律诗与绝句较有特色。如《古离别》:"晴烟漠漠柳毵毵,不那离情酒半酣。更把玉鞭云外指,断肠春色在江南。"写离别之际,眼前春色已经使人不胜离愁,而离人将去的江南,春色将更令人断肠,全诗以春光的明媚,反衬内心别离之惆怅。又如《秋日早行》:"半山残月露华冷,一岸野风莲萼香",《题盘豆驿水馆后轩》:"滩头鹭占清波立,原上人侵落照耕。去雁数行天际没,孤云一点净中生"等,刻画工细,情韵悠长。韦庄的诗也渗透着浓厚的感伤气氛,如《上元县》:"南朝三十六英雄,角逐兴亡尽此中。有国有家皆是梦,为龙为虎亦成空。残花旧宅悲江令，落日青山吊谢公。止竟霸图何物在，石麟无主卧秋风。"在今昔盛衰之慨中抒发萧瑟感伤的心绪。

郑谷（851？—910？），字守愚，袁州宜春（今江西宜春市）人。光启三年进士及第，仕至都官郎中，晚年归隐宜春。郑谷有大量作品表达国事艰危、身世飘零的感叹，如《漂泊》："槿坠蓬疏池馆清，日光风绪淡无情。鲈鱼斫脍输张翰，橘树呼奴羡李衡。十口飘零犹寄食，两川消息未休兵。黄花催促重阳近，何处登高望二京。"刻画身在漂泊之中的黯淡心绪，其中提到两川战乱，将个人的流离之苦与国家的动荡联系在一起，真切地反映了唐末乱世的时代气氛。在艺术上，郑谷的七律较多地接受许浑等人的影响，善于塑造情境，语言清丽，而萧瑟感伤的色彩更为浓厚，如《鹧鸪》："暖戏烟芜锦翼齐，品流应得近山鸡。雨昏青草湖边过，花落黄陵庙里啼。游子乍闻征袖湿，佳人才唱翠眉低。相呼相应湘江阔，苦竹丛深春日西。"这首诗很受时人推重，郑谷因此被称为"郑鹧鸪"。

郑谷的七绝也留下一些为人传诵的作品，如《雪中偶题》："乱飘僧舍茶烟湿，密洒歌楼酒力微。江上晚来堪画处，渔翁携得一蓑归。"又如《淮上与友人别》："扬子江头杨柳春，杨花愁杀渡江人。数声风笛离亭晚，君向潇湘我向秦。"前者通过傍晚携蓑而归的渔翁表现闲淡飘逸的情趣，后者通过离亭分别的场景表现惆怅衰飒的心绪，构思很富有情韵。

韩偓（842—914？），字致尧，小名冬郎，号五樵山人，京兆万年（今陕西省西安市）人。少有诗才，入仕后，历任左拾遗、谏议大夫、中书舍人、兵部侍郎、翰林学士承旨等，后因忤朱温被贬，遭弃官南下，依威武节度使王审知，朝廷屡召不应。唐亡后，写诗只记干支，不记年号，以示忠于唐室。韩偓的《香奁集》收诗百篇，多数是早年作品，风格绮艳，流露出取法李商隐的迹象，而更加轻艳，如《席上有赠》《袅娜》《咏浴》等，在当时影响很大。《香奁集》中的绝句，善于提炼有意味的画面，传达难以言传的情绪、气氛和感受。

韩偓任翰林学士期间和贬离朝廷之后的一些作品，摆脱了香艳的色彩，表现出对人生命运、家国前途的反思，如《有瞩》："晚凉闲步向江亭，默默看书旋旋行。风转滞帆狂得势，潮来诸水寂无声。谁将覆辙询长策，愿把梦丝属老成。安石本怀经济意，何妨一起为苍生。"表达出对世事的忧虑。一些七律作品通过跌宕的句式表达内心的波澜，如《半醉》（水向东流竟不回）、《寄隐者》（烟郭云扃路不遥）等，在反思中渗透丰富沉郁的情感。这些作品可以看到来自李商隐七律的明显影响。

晚唐诗坛出现了一些批判现实的作品，以曹邺、刘驾、聂夷中、皮日休为代表。他们的作品或者伤民病痛，或者通过对人事风俗的批评总结人生经验，抨击社会败象，但艺术上创新性不足。真正写出晚唐特点且数量较多的诗人是罗隐和杜荀鹤。

罗隐（833—909），字昭谏，新登（今浙江省新登县）人，一说杭州新城（今浙江省桐庐县）人。罗隐科举极为坎坷，自大中末年起竟十举不第。曾历游湖南、大梁、淮、润等地，皆不得意。后依杭州刺史钱镠，受重用，历任钱塘令、镇海军掌书记、节度判官，后钱镠表其为吴越国给事中。

坎坷的生活经历使他目睹了唐末社会大量的丑恶现象，对此他给予了毫不留情的抨击。如《蜂》："不论平地与山尖，无限风光尽被占。采得百花成蜜后，不知辛苦为谁甜。"讽刺当时不劳而获之辈的贪婪侵榨，使辛勤劳动者饥不得食。《感弄猴人赐朱绂》："十二三年就试期，五湖烟月奈相违。何如买取猢狲弄，一笑君王便著绯。"讽刺唐昭宗为弄猴艺人赐绯之举。诗人感叹多少士人辗转科场，很难中第，而耍猴人却因为君王取乐而易获官禄，语意辛辣，辞端犀利。又如《西施》："国家兴亡自有时，吴人何苦怨西施。西施若解倾吴国,越国亡来又是谁?"尖锐地讽刺了女色误国说的荒谬,寄寓深刻的现实感慨。

罗隐的讥弹之作,尖刻直白,令人过目不忘。如《筹笔驿》慨叹时命对人的影响:"时来天地皆同力,运去英雄不自由",《西京道德里》感叹身世:"老去渐知时态薄,愁来惟愿酒杯深",《自遣》发泄牢骚:"今朝有酒今朝醉,明日愁来明日愁",《春日独游禅智寺》写人事沧桑:"花开花谢常如此,人去人来自不同。"这些诗句道出了诗人的牢骚,讽刺多于深邃的思考,语言犀利而缺少回味,在艺术上还比较欠缺。

杜荀鹤(846—907),字彦之,池州石埭(今安徽省石台县)人。出身寒微,早年曾隐居读书于九华山,屡试不第。四十六岁时得朱温引荐中进士,曾为宣州节度使田頵的从事,后依朱温,朱温表荐他,授翰林学士、主客员外郎,仅五天而病卒。

杜荀鹤也有大量讥弹时事之作,如《再经胡城县》:"去岁曾经此县城,县民无口不冤声,今来县宰加朱绂,便是苍生血染成。"尖锐地讽刺地方官鱼肉百姓以取官禄的黑暗现实。又如《山中寡妇》:"夫因兵死守蓬茅,麻苎衣衫鬓发焦。桑柘废来犹纳税,田园荒后尚征苗。时挑野菜和根煮,旋斫生柴带叶烧。任是深山更深处,也应无计避征徭。"揭露官吏对百姓的横征暴敛。《旅泊遇郡中叛乱示同志》诗,揭露叛乱军将帅劫掠百姓、无法无天的嚣张气焰:"握手相看谁敢言,军家刀剑在腰边。遍搜宝货无藏处,乱杀平人不怕天。古寺拆为修寨木,荒坟开作甃城砖。邪侯逐出浑闲事,正是銮舆幸蜀年。"

杜荀鹤还有一些作品抒发身世之叹,叹老嗟卑、世事空虚之感,情绪大多低沉。如"举世尽从愁里老,谁人肯向死前闲"(《秋宿临江驿》),"九州有路休为客,百岁无愁即是仙"(《乱后山居》),"易落好花三个月,难留浮世百年身"(《晚春寄同年张曙先辈》),

"宁为宇宙闲吟客,怕作乾坤窃禄人"(《自叙》),"无况青云有恨身,眼前花似梦中春。浮生七十今三十,已是人间半世人"(《感春》),通俗平易,有其个性,但诗意很颓唐。

罗隐、皮日休、杜荀鹤在小品文的创作上,取得较高成就,可谓颓败世俗中的一股清风。

罗隐的小品文立论深刻,笔锋犀利。如《英雄之言》围绕刘邦、项羽之言,讽刺统治者以济民自我标榜,而其所作所为,不过是为满足其私欲:"物之所以有韬晦者,防乎盗也,故人亦然。夫盗,亦人也;冠履焉,衣服焉。其所以异者,退让之心,贞廉之节,不恒其性耳。视玉帛而取者,则曰牵于饥寒;视国家而取者,则曰救彼涂炭。牵于饥寒者,无得而言矣;救彼涂炭者,则宜以百姓心为心。而西刘则曰:'居宜如是。'楚籍则曰:'可取而代。'噫!彼未必无退让之心,贞廉之节,益以视其靡曼骄崇,然后生其谋耳。当英雄者犹若是,况常人乎?是以峻宇逸游不为人所窥者鲜矣!"文章无情揭露了以"救彼涂炭"自命的帝王,其本质与强盗无异。

罗隐的小品文,既尖锐地抨击现实,又寄托着作者自身的强烈感慨,如《叙二狂生》对祢衡、阮籍的处境与遭遇寄予深切的同情,流露出强烈的知己之感。罗隐的小品文,艺术手法较为丰富,嬉笑怒骂,明快泼辣,其中又蕴涵深刻的现实感慨,读来发人深省,显示了杰出的讽刺艺术才能。

皮日休(834?—883?),字袭美,一字逸少,襄阳(今湖北省襄樊市)人,曾隐居鹿门山,自号鹿门子。他历任苏州刺史从事、太常博士、毗陵副使等,后为黄巢起义军俘获,黄巢入长安称帝,皮日休任翰林学士。后黄巢退出长安,他可能就死于那个时期。皮日休的重要诗文著作多写于前期。他论诗主美刺,受白居易影响很深。他的小品文讥刺时弊,词锋异常犀利,如《鹿门隐书》:"古之杀人也,怒。今之杀人也,笑。""古之置吏也,将以逐盗。今之置吏也，将以为盗。"《读司马法》："古之取天下也，以民心。今之取天下也，以民命。"《原谤》："呜呼！尧舜大圣也，民且谤之。后之王天下者，有不为尧舜之行者，则民扼其吭，捽其首，辱而逐之，折而族之，不为甚矣。"这些作品表达了对现实异常愤激不满的情绪，词锋犀利直率，略无遮掩，显示了抨击现实的极大勇气。

陆龟蒙虽长期隐居，但很关心现实。他的小品文或托物寄讽，或托古刺今，手法多样，笔锋犀利。其小品文收录自编的《笠泽丛书》中。《野庙碑》抨击现实中的贪官悍吏，文章先描写瓯越间"疭竭其力，以奉无名之土木"的淫祀风俗，接着笔锋一转，直指贪官悍吏"升阶级、坐堂筵、耳弦匏、口粱肉、载车马、拥徒隶"，但"解民之悬，清民之喝，未尝贮于胸中。民之当奉者，一日懈怠，则发悍吏，肆淫刑，殴之以就事"，其"平居"貌似贤良，"一旦有天下之忧，当报国之日，则恂挠脆怯，颠踬窜踏，乞为囚虏之不暇"。文章犀利地指出，这些贪官悍吏其实就是"缨弁言语之土木"，其贪取百姓之奉养更在真土木之上。文章对腐败吏治的批判尖锐大胆。《记稻鼠》《蠹化》以叙议结合的方式，对腐败官吏的贪残同样给予尖锐批判。《招野龙对》以寓言的形式，讽刺那些为功名利禄所束缚的士人最终都将成为可悲的牺牲品。《治家子言》《蚕赋》《田舍赋》《登高文》《祀灶解》《后虱赋》等，都是比较出色的小品文。从艺术上看，陆龟蒙的小品文善于引类取譬，构思新奇，比皮日休的小品文在艺术手法上要丰富一些。

五代十国（907—960）诗坛，整体创作水平不高。五代诗人较有影响的有冯道、王仁裕、和凝、李昉、王溥、刘兼、王周、陶穀、卢多逊等。冯道身事五朝，是五代政坛上的不倒翁。他的诗歌浅易通俗。王仁裕的诗歌创作十分高产，早年入蜀时被人称作"诗窖子"。和凝以香艳的宫词百首知名。李昉、王溥、刘兼、王周、陶穀、卢多逊等，由周入宋，成为宋初诗坛最初的诗作者，其创作体现出白居易近体创作的显著影响。十国之中，南唐诗歌最为发达。著名诗人有韩熙载、孟宾于、徐铉、李中、郑文宝等人。不少人进入宋初诗坛，朝廷诗人中的徐铉、郑文宝、张洎随南唐灭亡而入宋，在野诗人杨徽之、孟贯投奔后周，由周而入宋。这些诗人在宋初诗坛都扮演了比较重要的角色。西蜀文学中，词的创作较繁荣，著名诗人有贯休、韦庄等，后蜀花蕊夫人的百首宫词十分有名。楚国在马殷的统治下出现了一个由刘昭禹、徐仲雅、李宏皋、蔡昆、廖匡图、廖凝、韦鼎、诗僧虚中等人组成的诗人群体。诗僧齐己虽然远居荆南，也与这个群体往来密切。十国初期聚集于闽地的诗人主要有韩偓、徐寅、黄滔、翁成赞、崔道融等。吴越的诗歌散失最多，现存作品以罗隐和钱俶及其宗族子弟的创作为主。

五代十国诗歌在艺术上并无明显开拓，但这一时期的诗人，在动荡的时世中，努力继承前代艺术，不少人还成为宋初诗坛的活跃人物。从这个意义上说，五代十国的诗歌创作，是从"唐音"向"宋调"的过渡，自有其重要的诗歌史认识价值。

第四节　唐五代词

词是在唐代开始兴起的配合燕乐倚声填写而形成的一种新文体。词的称谓很多，如乐府、曲子词、诗余、长短句、乐章、歌曲、曲子、倚声、琴趣、歌、谱等。词有各种不同的曲调，每一曲调都有一个名称，谓之词牌，如《浣溪沙》《念奴娇》《菩萨蛮》等。早期的词，内容往往与词牌名相关，如《江南好》就是赞美江南风光。在词的演变过程中，两者逐渐脱离关系，词牌就成为一种特定填词格式的标志。每个词牌有固定的曲调，这就决定了依据每个词牌所填之词都有固定的句数、字数、用韵的位置和平仄关系，也就是说，每个词牌都有固定的填写格式，即所谓"调有定格，字有定声"。词的格律比较复杂，仄声要分上、去、入，句式参差不齐，押韵位置则有句中押、上下句押、隔句押、隔三句押等，押韵方式则有通首平韵、通首仄韵，不同韵部的平仄换韵及同韵部的平仄押韵等。词是供演唱的，一支乐曲演奏一遍叫一阕，因此一段歌词也叫一阕，或称一片。词一般分上下两阕，又称前后阕、上下片，或称双调。只有一段歌词的叫单调，少数词分三阕或四阕。根据篇幅的大小，词又可分为"小令"（五十八字以内）、"长调"（九十一字以上）以及介于两者中间的"中调"。长调又称慢词。

敦煌遗书中有不少歌辞作品，主要包括曲子辞和大曲辞等。大曲辞与词的关系不大，而曲子辞，又称曲子词，是今天了解词在唐代起源与发展的重要资料。敦煌曲子词有温庭筠、李晔（唐昭宗）、欧阳炯的词共五首，其余作者皆姓氏不详。从词的内容来看，这些作者多出于社会下层，写作时间则大抵上起武则天末年，下至五代。其中《云谣集杂曲子》抄卷，收词30首，抄写时间不晚于后梁乾化元年（911），比《花间集》的编定（后蜀广政三年，940）早出近三十年，这是我国第一部词的总集。

敦煌曲子词内容非常广泛，有边客游子的呻吟，有忠臣义士的壮语，有隐君子的怡情悦志，有少年学子期望与失望，还有佛子的赞颂，医生的歌诀，等等。其中，关于妇女题材的作品最值得注意，如：

> 枕前发尽千般愿，要休且待青山烂。水面上秤锤浮，直待黄河彻底枯。　白日参辰现，北斗回南面。休即未能休，且待三更见日头。（《菩萨蛮》）

词中一连用了六件绝不可能发生的事来发誓，表达了对爱情的忠贞执着，感情泼辣而率真，很有民间作品的纯朴特色，读来十分动人。

又如：

> 莫攀我。攀我太心偏。我是曲江临池柳，者（这）人折去那人攀，恩爱一时间。(《望江南》)

词中以巧妙的比喻，表达了对自身饱受凌辱与伤害的不幸命运的痛恨与无奈。

词兴起于民间。盛唐和中唐一些文人开始尝试词的写作。韦应物、戴叔伦、张志和、王建、白居易、刘禹锡等人都有这方面的作品。

张志和，肃宗时曾待诏翰林，后放浪江湖。他最有名的词作是《渔父》五首，如其一：

> 西塞山前白鹭飞，桃花流水鳜鱼肥。青箬笠，绿蓑衣，斜风细雨不须归。

这首词是大历八年在湖州刺史颜真卿席上与众人唱和的首唱之作。作者以清新飘逸的笔致描绘了江南的风物之美，也展现了词人的高雅格调，一时和者极多，而且后来还传播到海外，日本嵯峨天皇及其臣僚都有多首和作。

韦应物、戴叔伦等的《调笑令》表现边塞风光，均为传世之作：

> 胡马，胡马，远放燕支山下。跑沙跑雪独嘶，东望西望路迷。迷路，迷路，边草无穷日暮。(韦应物)

> 边草，边草，边草尽来兵老。山南山北雪晴，千里万里月明。明月，明月，胡笳一声愁绝。(戴叔伦)

《调笑令》是唐时行酒令所用的曲调名。这两首词，描写久戍边塞士兵难以排遣的思乡之情。韦词结句中包含"边草"，而戴词以"边草"开篇，这符合酒令中"改令""还令"的要求，可能是唱和之作。这些作品，产生于文人唱和，可见从大历到贞元前后，填词的风气在文人中已经比较流行。

白居易和刘禹锡也留下不少填词作品，他们都爱好声乐歌舞，经常为歌者作诗填词，白居易有三首《忆江南》：

> 江南好，风景旧曾谙：日出江花红胜火，春来江水绿如蓝，能不忆江南？
>
> 江南忆，最是忆杭州：山寺月中寻桂子，郡亭枕上看潮头，何日更重游？
>
> 江南忆，其次是吴宫：吴酒一杯春竹叶，吴娃双舞醉芙蓉，早晚复相逢？

这三首《忆江南》，皆以"江南"二字领起，概括尽江南风物之美。三章彼此贯通，而又自具首尾，显示了对词体的自如运用。刘禹锡的《忆江南》自注"和乐天春词，依《忆江南》曲拍为句"，说明是与白居易《忆江南》的唱和之作，其词云：

> 春去也，多谢洛城人。弱柳从风疑举袂，丛兰裛露似沾巾，独坐亦含嚬。

白居易的词作是咏调名本意，而刘禹锡的词则已不是咏调名本意，婉转深致，柔弱纤丽，与词体成熟后的婉约风格近似。

中唐文人词与晚唐文人词相比，更接近敦煌曲子词中自然活泼、流丽婉转的特点，不像后者那样雕琢深细，富于深婉缠绵的心理刻画，但它已经没有曲子词俚俗质直的特点，显示了词在文人的自觉创作中，艺术上更见成熟，情趣上趋于雅化的特点。

温庭筠和韦庄是晚唐词人的代表。他们二人的文学成就都不局限于词，在诗的创作上都有可观的成绩，而在词史上，二人占据了更为突出的位置。

温庭筠是中国文学史上第一个以词名家的人。其词今存76首，为唐代词人之冠。作品内容以闺怨、宫怨等题材为主，描摹细腻、浓艳香软。如《菩萨蛮》："小山重叠金明灭，鬓云欲度香腮雪。懒起画蛾眉，弄妆梳洗迟。　　照花前后镜，花面交相映。新贴绣罗襦，双双金鹧鸪。"美人的情思只在堆金错玉的词藻间似隐若现，慵懒背后的无聊与寂寞，罗襦上双双金鹧鸪映衬下的孤独，都在似有若无之间，十分深隐含蓄。又如："水精帘里颇黎枕，暖香惹梦鸳鸯锦。江上柳如烟，雁飞残月天。　　藕丝秋色浅，人胜参差剪。双鬓隔香红，玉钗头上风。"意境深微，情思杳渺，技巧精致，集中体现了温词的成就。

温庭筠的词以其独特的造诣，使词这一文体开始真正走向独立，开创了文人词的创作传统。从题材上看，他的词"类不出绮怨"，树立了"词是艳科"的樊篱，香软浓丽的风格，奠定了词"以婉约为宗"的基调。温词在当时即广为流传，在五代直接影响了花间词派，对宋代周邦彦、吴文英等词人都有很大影响。由于他精通音律，在词调的创新和格律的规范化方面也有突出的贡献。

韦庄是晚唐时期另一位重要词人，其词与温庭筠齐名，并称"温韦"。今存词55首，在艺术风格上，韦词不像温词那样浓艳密丽，而是比较清丽疏朗。温词的意象错彩镂金，韦词则比较清新自然。在抒情方法上，温词比较深微隐曲，韦词则明白如话，直抒胸臆，如《思帝乡》："春日游，杏花吹满头。陌上谁家少年，足风流。妾拟将身嫁与，一生休。纵被无情弃，不能羞！"写少女一往情深之状，十分泼辣率直，语言风格很像敦煌曲子词。韦词很多作品构思之间还很见匠心,与敦煌曲子词的粗朴不同,如《女冠子》:"四月十七,正是去年今日,别君时。忍泪佯低面,含羞半敛眉。不知魂已断,空有梦相随。除却天边月,没人知。"由于身历丧乱,韦庄词在描写男女之情,抒写旖旎风光时,常渗透了人事漂泊的感慨、思乡羁旅的愁绪,寓感伤惆怅于飘逸秀丽之中,这种情感内涵与温词颇为不同,如《菩萨蛮》:"人人尽说江南好,游人只合江南老。春水碧于天,画船听雨眠。 垆边人似月,皓腕凝霜雪。未老莫还乡,还乡须断肠。"这首词词意飘逸中见低回,潇洒里有沉郁,显示了韦词艺术上的独特创作。又如《菩萨蛮》:

> 洛阳城里风光好,洛阳才子他乡老。柳暗魏王堤,此时心转迷。 桃花春水渌,水上鸳鸯浴。凝恨对残晖,忆君君不知。

桃红水碧的春光中,沉吟着"洛阳才子他乡老"的感喟。

五代十国时期,西蜀词的创作很兴盛。后蜀赵崇祚于广政三年(940)选录温庭筠、韦庄、皇甫松、孙光宪、薛昭蕴、牛峤、张泌、毛文锡、牛希济、欧阳炯、和凝、顾夐、魏承班、陆虔扆、阎选、尹鹗、毛熙震、李珣等十八家词共五百首,编为《花间集》十卷。作者中的温庭筠、皇甫松是晚唐人,并未进入五代,孙光宪仕于荆南,和凝仕于后晋,其余都仕于西蜀。《花间集》是我国最早的文人词总集,集中选录的词人生活环境接近,又都师法温庭筠,故其词风也大体相近。花间词派也因此集而得名。

《花间集》是供歌妓伶工演唱的曲子词选本。编选的目的,就是远绍南朝宫体诗的香艳,表现绮罗香泽、花间脂粉的风月生活。因此,《花间集》的内容基本不脱歌筵酒席、洞房密室、小园香径,着意于女性的姿色服饰、生活情状等。

五代十国时期的南唐，偏安江左，经济比较繁荣，君主右文，吸引不少中原文士，词的创作虽比西蜀兴起要晚，但取得重要成就，代表人物是冯延巳和李璟、李煜父子。

冯延巳（904—960），字正中，广陵（今江苏省扬州市）人。中主李璟时官至宰相。冯词多是流连光景、相思离别、花前月下之作，内容多不出闺怨春愁。其笔力特殊之处，在于很善于表现心绪的细微波动，如传诵一时的名作《谒金门》：

  风乍起，吹皱一池春水。闲引鸳鸯香径里，手挼红杏蕊。
  斗鸭阑干独倚，碧玉搔头斜坠。终日望君君不至，举头闻鹊喜。

整首词写相思怀人，能将感情处理在有意无意之间，没有相思刻骨的痛苦，只将一种惆怅萦绕于字里行间，创造了很独特的审美效果。

冯延巳很善于将闺怨春愁表现得蕴藉缠绵，千回百转，如其《鹊踏枝》（其十一）：

  几日行云何处去？忘却归来，不道春将暮。百草千花寒食路，香车系在谁家树？
  泪眼倚楼频独语。双燕飞来，陌上相逢否？撩乱春愁如柳絮，悠悠梦里无寻处。

冯延巳在南唐位至贵显，但他在政治上无所建树，又卷入党争，数度浮沉。加之南唐国势不稳，国事身世的触动，自然会对他的精神产生影响。因此，他同韦庄一样，也在闺怨春愁、光景流连中融入人生感怀的复杂情绪。如《鹊踏枝》（其二）：

  谁道闲情抛掷久？每到春来，惆怅还依旧。日日花前常病酒，不辞镜里朱颜瘦。

河畔青芜堤上柳，为问新愁，何事年年有？独立小桥风满袖，平林新月人归后。

年年为春光所唤起，萦绕心头，无法排遣的惆怅，不是刻意的伤春，没有刻骨的伤痛，有的是遣之不去、挥之不尽的无奈与落寞。这已经不是一般意义上的春愁，而是敏感的心灵所体悟到的人生世事之悲。

正因为有这样的情感底蕴，冯词中写到愁绪，每每蕴藉哀婉，悱恻动人，如：

马嘶人语春风岸，芳草绵绵，杨柳桥边，落日高楼酒旆悬。
旧愁新恨知多少，日断遥天，独立花前，更听笙歌满画船。
（其二）

花前失却游春侣，独自寻芳。满目悲凉，纵有笙歌亦断肠。
林间戏蝶帘间燕，各自双双，忍更思量，绿树青苔半夕阳。
（其十三）

词中清丽的辞藻，因为融入悲凉的人生感喟，较之温、韦词，更深入地触及了文人士大夫特有的精神世界，形成惆怅空阔的意境，推动了晚唐以来词风的变化。

李璟（916—961）字伯玉，徐州（今江苏省徐州市）人。南唐中主，在位十九年。前期尚思振作，开疆拓宇；后期荒于政事，国势日衰，先则屈服于后周，去帝号，称国主，称臣纳贡，以求苟安，后则臣服于宋。李璟多才艺，好读书，喜结交文士。今存词四首，《摊破浣溪沙》为其代表作：

>　　菡萏香销翠叶残，西风愁起绿波间。还与韶光共憔悴，不堪看。
>
>　　细雨梦回鸡塞远，小楼吹彻玉笙寒。多少珠泪无限恨，倚阑干。

此词虽由伤春怀远这种传统题材落笔，但上阕刻画韶华零落、百卉凋残，以萧骚不宁的笔势写出良辰已去的凄凉感喟，境界阔大，有浓厚的忧患感。

李煜（937—978），字重光，李璟第六子。建隆二年（961）即位，史称后主。当时赵匡胤已经取代后周建立宋朝，南唐受到巨大压力。他虽心怀忧虑，但又治国乏术，只有年年对宋称臣纳贡，以求苟安享乐。他在参禅拜佛、吟咏游宴之中度过15年苟且偷安的岁月。开宝八年（975），宋军攻破金陵，李煜肉袒出降，后被押送至汴京，封为违命侯，度过两年零两个月"日夕只以眼泪洗面"的囚徒生活，宋太平兴国三年（978）七夕，被宋太宗派人送药毒死。

李煜从小生活优裕，家庭文学环境极佳，其父李璟及其两个弟弟均有很好的文学修养，他的两位夫人也都精于音律，能歌善舞。他本人更是多才多艺，擅长书画，妙解音律，善属文，喜聚书，又喜招延文士，终日在后宫征歌逐舞、沉湎酒色，多愁善感，舞文弄墨。李煜词今存30余首，以亡国为界，明显分为前后两期。

前期词主要描写宫廷生活和男女艳情，与花间词人相比，辞藻比较清丽，抒情自然。如《玉楼春》：

>　　晚妆初了明肌雪，春殿嫔娥鱼贯列。笙箫吹断水云间，重按霓裳歌遍彻。
>
>　　临风谁更飘香屑？醉拍阑干情味切。归时休放烛花红，待踏马蹄清夜月。

降宋以后，李煜的人生发生巨大变化，近三年的囚徒生活，使他的感情世界变得异常丰富与沉郁。亡国之痛、故国之思、今昔对比，无时不撞击着他的心灵，使他体味到早年完全不能想象的凄凉与哀痛，词风也随之发生重大变化。如：

多少恨，昨夜梦魂中；还似旧时游上苑，车如流水马如龙，花月正春风。

多少泪，断脸复横颐。心事莫将和泪说，凤笙休向泪时吹，肠断更无疑。(《望江南》)

四十年来家国，三千里地山河；凤阁龙楼连霄汉，玉树琼枝作烟萝，几曾识干戈？

一旦归为臣虏，沈腰潘鬓消磨。最是仓皇辞庙日，教坊犹奏别离歌，垂泪对宫娥。(《破阵子》)

这两首词都从今昔对比处落笔，在梦中重归昔日宫廷，花月春风的景象，唤起多少回忆，然而这一切都将随梦境而消散。又如《浪淘沙》：

帘外雨潺潺，春意阑珊，罗衾不耐五更寒。梦里不知身是客，一晌贪欢。

独自莫凭栏，无限江山，别时容易见时难。流水落花春去也，天上人间。

今日之囚徒与昔日之帝王，难堪的现实与欢乐的梦境，词意的震撼不仅仅在于写出这两者尖锐的对比，更在于写出了人生中最美好的时光已经永远逝去，是对人生深怀绝望的悲痛。

李煜晚年的词作，普遍萦绕着这种深哀巨痛，绝望使他对世事无常有了异乎寻常的体验,而悟彻世事的清醒又无法冷却他的诗人愁肠,故笔下奔涌而出的是无尽的愁绪,不可遏制。《乌夜啼》和《虞美人》就写出这种人生一去不复返的悲哀:

  林花谢了春红,太匆匆,无奈朝来寒雨晚来风。
  胭脂泪,留人醉,几时重?自是人生长恨水长东。

  春花秋月何时了,往事知多少?昨夜小楼又东风,故国不堪回首月明中。
  雕栏玉砌应犹在,只是朱颜改。问君能有几多愁?恰似一江春水向东流。

作者以浩荡东流的春江比喻愁绪,极具震撼力。这种愁,不是李白纵情宣泄的"万古愁",而是饱含着无法宽释的绝望。

  李煜后期的词作,透过个人的身世故国之思,展示了对宇宙人生的悲剧性体验,又能将这一体验通过不可遏制的愁绪来传达,取得强烈的抒情效果,极大地拓宽了词的抒情内涵。正是从这个意义上,王国维说:"词至后主而眼界始大,感慨遂深,遂变伶工之词而为士大夫之词。"(《人间词话》)

  总之,词在唐五代文人创作中,逐渐形成独立的文体特色,尤其在题材上偏于男女之情,抒情风格偏于阴柔之美,形成了"词为艳科"的传统。

第五节　讲经文、变文与通俗诗

  通俗文学是唐代文学的重要组成部分,它主要包括通俗诗、变文、讲经文、俗赋、话本、词文及民间歌谣等。其中只有寒山、拾得、丰干等少数通俗诗人的作品为传世文献所记载，其他作品都是因敦煌遗书的发现才得以重新面市。20世纪初，敦煌莫高窟藏经洞发现了敦煌遗书，总数达四万余件，为研究唐代的社会历史、经济、哲学、宗教、文化艺术以及东西方交流提供了极为珍贵的文献资料，由此也产生了国际性的敦煌学。敦煌遗书中包含大量的文学作品，大体可以分为六类。（一）讲唱类，是以说唱方式加以表现的作品，包括变文、讲经文、词文、故事赋、话本、因缘、诗话等体以及押座文、解座文等附体。（二）曲辞类，指诗歌中用于合乐歌唱的作品。敦煌曲辞的音乐系统丰富而颇具特色，既有燕乐雅乐曲辞，又有民间曲调，还有中国边疆少数民族音乐以及印度等外来乐曲（如梵呗）的影响。（三）诗赋类，是指诗歌中用于吟诵的齐言或杂言的骚体、古体、近体、歌行及赋体作品。（四）小说类，是指和魏晋南北朝时期的志人、志怪小说以及唐人传奇相类的作品，主要是话本小说。（五）散文类，主要指小说以外的文章，如书、启、碑、铭、传记、祭文等，这些作品多系敦煌当地创作。（六）杂著类，包括童蒙读物、斋戒文、书仪、偈赞等难以归属上述五类而又有文学色彩的作品。由此可见，敦煌遗书中的文学作品范围十分广泛，既有通俗文学，也有典雅文学。由于唐代通俗文学的资料长期散佚，因此，敦煌遗书对于研究唐代的通俗文学，尤其具有突出的意义。这里着重介绍其中的讲经文、变文与通俗诗。

讲经文是俗讲的底本。俗讲是指佛教僧徒依经文为俗众讲解佛家教义的一种宗教性说唱活动。佛家讲经有僧讲与俗讲之别，僧讲针对的听众是僧众。俗讲与我国固有的说唱传统有关，但它更主要的来源是六朝以来佛教一种讲道化俗的手段，具体说，即"转读"与"唱导"。转读，又称咏经、唱经，指讲经时抑扬其声，讽诵其文。唱导，是宣唱法理、开导众心。转读与唱导，以及偈颂歌赞的梵呗，将讲说、咏唱融为一体，有说有唱，逐渐形成唐代俗讲。

唐代俗讲十分盛行，日僧圆仁《入唐求法巡礼行记》卷三记载，武宗会昌元年（841）仅长安一次就有七座寺院同时开讲，"自正月十五日起首，至二月十五日罢"。俗讲法师有海岸、体虚、文淑等。赵磷《因话录》亦载，僧文淑讲唱时，"假托经论，所言无非淫秽鄙亵之事，不逞之徒转相鼓扇扶树，愚夫冶妇，乐闻其说，听者填咽寺舍，瞻礼崇奉，呼为和尚教坊，效其声调、以为歌曲"。皇帝也曾"幸兴福寺观沙门文淑俗讲"。韩愈《华山女》诗描述佛道利用俗讲争夺听众的情况是"街东街西讲佛经，撞钟吹螺闹宫庭"，造成"观中人满坐观外，后至无地无由听"的盛况。

敦煌遗书中保存有十来种讲经文，最为完好的是《长兴四年中兴殿应圣节讲经文》，此外还有《金刚般若波罗蜜讲经文》《维摩诘经讲经文》《佛说观弥勒菩萨上生兜率天经讲经文》《无常经讲经文》《佛说阿弥陀讲经文》《妙法莲花经讲经文》《父母恩重经讲经文》等，都是韵散结合，说唱兼行。说为浅近文言或口语，唱为七言，间用三三句式或六言或五言。其上往往有平、断、侧、吟之类的辞语，标示声腔的唱法。

讲经文取材于佛经，思想内容以宣扬佛教的教义为主，其中一些作品通过生动的譬喻，曲折的故事，通俗的语言，将深奥的教义传播到社会民众当中，具有一定的文学价值。如《妙法莲花经讲经文》用一位国王毅然抛弃人世的荣华富贵，遭受种种磨难而仍甘心为仙人所驱使，执着追求大乘真理的故事，说明供养僧人，就是敬奉佛菩萨。情节跌宕起伏，令人娓娓忘倦。《维摩诘讲经文》规模宏伟，想象丰富，很有文学色彩。

敦煌遗书中的变文，又简称"变"，是唐五代流行的另一种说唱伎艺"转变"的底本。"转变"即说唱变文，在唐五代十分流行，而且出现了专门的演出场所"变场"。敦煌遗书中保留的变文作品较多，现知明确标名"变文"或"变"的有八种：《破魔变文》《降魔

第四编　隋唐五代文学　第五章　晚唐五代文学

变文》《大目乾连冥间救母变文并图一卷并序》《八相变》《频婆娑罗王后宫彩女功德意供养塔生天因缘变》《汉将王陵变》《舜子变》（又题《舜子至孝文变》）《前汉刘家太子变一卷》（又题《前汉刘家太子传》）。此外，尚有题目残佚，据其体制推断应属变文一类的有《伍子胥变文》《李陵变文》《王昭君变文》《张议潮变文》《张淮深变文》《目连变文》等数种。据研究，变文的典型结构形式是，先录一段俗语或浅近骈体的说白，再录一段韵文体的唱辞，多为押偶句韵的七言诗，间杂以三言，也有少数间杂以五言或六言。在由说白向唱辞过渡之际，必定有某些表示衔接过渡的惯用句式，如"看……处""看……处，若为陈说""当尔之时，道何言语""……处若为陈说"等。有人认为这是演唱前指示听众看相应的图画，由此可以推测，"转变"的表演是配合故事性图画（变相）来进行的。讲唱变文时一般有音乐伴奏。变文名称的含义，古人未有明确的说明，目前中外学者有许多推测，尚无定论，这一问题的最终解决有赖于新资料的发现。僧、道、俗家都可以演唱变文，男女均可表演。变文的形成受到佛教文学的影响，佛教传入中国，汉译佛典保留了许多原典语汇、文法与风格。"十二部经"内有长行（契经）散文直说义理，重颂（应颂）以诗重述长行之义，伽陀偈（偈、讽颂、孤起颂）不依长行而以诗直说教义等文体，对转变与变文的出现，无疑有很大影响。我国古代也有讲故事、唱歌谣、韵散兼行的叙事传统，这也是转变与变文的渊源之一。[①]

变文的内容大体可分为三类：宗教题材、历史和现实生活题材、民间传说题材。第一类如《八变相》《降魔变文》《破魔变文》《大目乾连冥间救母变文》《频婆娑罗王后宫彩女功德意供养塔生天因缘

[①] 以上所述参见袁行霈主编《中国文学史》第2册，高等教育出版社1999年版，第398—403页。

变》等。这些作品讲唱佛经故事，宣扬佛教的教义，与讲经文不同的是，不直接援引经文，而是选取佛经故事中最有趣味的部分加以发挥渲染，以生动的情节吸引听众，不太受佛经内容的限制。如《大目乾连冥间救母变文》叙述目连到地狱中救母的故事，其中描绘地狱的阴森凄惨，刑罚的残酷，如来的佛法无边，其曲折的情节、离奇的构思，读来扣人心弦。又如《降魔变文》描写舍利佛与六师外道斗法，六师的六种变化，都被舍利佛一一击败，奇幻的想象，挥洒的描写，对后世《西游记》《封神演义》等神魔小说显然多有影响。

  取材于历史和现实生活题材的变文，主要包括取材于历史的《伍子胥变文》《李陵变文》《王昭君变文》《汉将王陵变》以及取材于现实生活的《张议潮变文》和《张淮深变文》。取材于历史题材的变文，大多围绕一个历史人物的生平大事，吸收民间传说，增以逸闻趣事，通过虚构和想象，加以渲染。《伍子胥变文》现存四个残卷，拼合后尚有一万六七千字。它叙述了楚平王无道，杀害伍奢，其子伍子胥亡命入吴，辅佐吴王灭楚复仇。后来，伍子胥因忠谏而被吴王夫差所杀。全文情节跌宕起伏，引人入胜，刻画了伍子胥历尽艰难而不屈不挠的性格。这篇作品是敦煌变文中的代表作之一。

  《张议潮变文》是敦煌艺人直接根据现实题材，歌颂张议潮收复河西的事迹创作的。作品生动地描绘了张议潮的部队威武强大的军容。以民间传说为背景的变文有《孟姜女变文》《舜子至孝变文》《刘家太子变》等。

  唐代变文作为说唱结合的长篇叙事文学，以其独特的艺术价值，在中国文学史上赢得了独特的地位，它是唐代通俗文学最重要的成果。它对唐传奇产生了影响，对宋元明清的说唱文学以及戏曲艺术都有深远的影响。

  唐代通俗文学中的另一重要内容是通俗诗。王梵志、寒山是通俗诗的代表作者。王梵志，卫州黎阳（今河南省浚县）人。生平事迹不详，目前所能考知的是，他的创作活动在初唐时期。王梵志诗今存三百四十余首，这些作品揭露世态人情的炎凉，反映人民的困苦生活，讽刺贪恋名利之辈，笔锋十分犀利。如其《贫穷田舍汉》一诗：

贫穷田舍汉，庵子极孤凄。两穷前生种，今世做夫妻。妇即客舂捣，夫即客扶犁。黄昏到家里，无米复无柴。男女空饿肚，状似一食斋。……门前见债主，入户见贫妻。舍漏儿啼哭，重重逢苦灾。如此硬穷汉，村村一两枚。

再如《吾富有钱时》一诗：

吾富有钱时，妇儿看我好。吾若脱衣裳，与吾叠袍袄。吾出经求去，送吾即上道。将钱入舍来，见吾满面笑。绕吾白鸽旋，恰似鹦鹉鸟。邂逅暂时贫，看吾即貌哨。人有七贫时，七富还相报。从财不顾人，且看来时道。

他的不少作品宣扬佛教思想和佛教戒律，表现出浓厚的宗教色彩。还有一些家训、世训等格言体的通俗诗，总结处世经验，惩恶劝善，可以看到来自儒家和佛教思想的多方面影响。从形式上看，他的通俗诗以五言为主，长短不拘，一韵到底，大量运用俚语俗谚，富于谐谑讽刺的意味，具有鲜明的个性风格。

诗僧寒山、拾得、丰干等也是唐代著名的通俗诗人，其中以寒山的成就最为突出。寒山，生卒年不详，姓氏、籍贯亦无考。他长期隐居于浙江天台西的"寒岩"（即寒山），故号寒山子。旧传其为唐初诗人，似不足信。今人余嘉锡考证，唐玄宗先天年间（712）已有其行踪，其卒年约在唐德宗贞元九年（793）以后。

寒山一生写了大量通俗诗，仅《全唐诗》所收即达三百余首。其内容也多为针砭世态人情、宣扬佛家轮回因果之说及道教神仙之事，也有表现山林隐逸之兴的作品。语言多用俗语口语，幽默诙谐，如：

> 杳杳寒山道，落落冷涧滨。啾啾常有鸟，寂寂更无人。
> 碛碛风吹面，纷纷雪积身。朝朝不见日，岁岁不知春。

> 东家一老婆，富来三五年。昔日贫于我，今笑我无钱。
> 渠笑我在后，我笑渠在前。相笑傥不止，东边复西边。

寒山的诗似信手拈来，机趣横溢，亦庄亦谐，在宋以后渐被重视，王安石、朱熹、陆游等人或有拟作，或有称羡。20世纪以后更引起学术界的广泛兴趣。在公元8—9世纪时，寒山诗即已传播到日本，迄今仍有大量读者。

第五编　宋辽金文学

（公元960—1279年）

第一章
概　述

第一节　多元一体的民族文化格局与文学多样性

作为一个多民族国家，各民族之间的碰撞与交流，是推动中国发展的重要动力之一。宋辽金时期是中国历史上著名的民族大融合时期。在近四个世纪的时间里，有辽、金、西夏、回鹘、吐蕃等多个民族政权与宋朝并立，形成与宋朝并存的诸多政治板块与文化板块。各板块之间，经历了冲突、制衡、交流、融合、重组等种种复杂互动，由对峙并立逐渐走向多元统一，推动着这一时期中华文化与文学的不断深化与自我更新。

公元960年，后周将领赵匡胤趁乱发动陈桥兵变，得以黄袍加身，建立宋朝政权。经由宋太祖、宋太宗两朝皇帝十余年的征战，基本结束晚唐五代以来长达百年的割据纷争。不过，宋朝的疆域远不如唐朝广大，而且长期承受着来自少数民族政权的沉重压力。先有辽与北宋的长期并存，后有金与南宋的多年对峙。在中国正史中，宋、辽、金三史是并列的。辽的建立者为契丹。契丹是我国北方古老的民族之一，源出鲜卑。唐时曾在契丹地区设立松漠都督府。10世纪初，契丹统一大漠南北，耶律阿保机于公元916年建立辽政权。

五代后唐的石晋将燕云十六州割让给辽国，北宋与辽国也曾发生过多次战争，割让的土地始终未能完全收复。金的建立者为女真族。公元1115年，活跃在东北白山黑水间的女真完颜部，建立金国并迅速崛起。金国不但一举消灭辽国，而且大肆入侵中原，侵占淮河以北地区，迫使赵宋南迁，偏安江南。南宋与金划淮河为界，南北对峙长达百余年。

辽、金以外，还有西北地区的西夏政权。西夏是以党项羌为主体的多民族王国，本名大夏，宋人称为西夏。公元1038年，元昊建国称帝后，曾多次向北宋发起进攻，给北宋造成一定威胁。宋与西夏议和后，虽仍有冲突摩擦，但大体维持了和平。

除与宋朝对峙的少数民族政权，宋朝内部也有多民族的存在。西域地区的回鹘依然活跃。他们地处中西交通要道，是中国文明与波斯、阿拉伯文明、印度文明交会融通之处。回鹘所建立的高昌回鹘王国和喀喇汗王朝，都与宋朝有密切的往来。高昌回鹘王国的大汗，曾以西州外甥的名分向宋廷朝贡。喀喇汗王朝也多次派使团来到宋朝。西藏地区则有吐蕃。吐蕃在唐时曾一度统一，到宋代时，统一政权已分崩离析，取而代之的是一批地方性部族。吐蕃部族与宋朝保持了复杂的关系。一部分成为宋王朝统治下的部族，一部分则因地理位置的重要性而成为宋、辽、西夏的争夺之地。西南方的南诏，于937年建立大理国，属于宋朝的藩属国，与宋朝常年维持着良好的交流。宋太宗时，曾册授其国主为云南八国都王。到宋徽宗时，又册授其国主为大理王。

如此复杂的政治版图，直接促成了这一时期丰富多元的文化版图。各民族之间虽存在冲突与摩擦，却也在频繁的交流中实现了文化的碰撞与再生。在这数百年中，宋朝所代表的汉民族文化始终居于中心地位，以强大的魅力辐射到周边民族地区。无论辽、金还是西夏，在政权的建立、制度的设置、文字的创制等一系列行为中，都深受汉文化的影响。与此同时，周边民族地区在接受文化辐射的过程中，又为汉文化注入质朴清新、壮阔强悍等特质。宋辽金文学的整体面貌，正是在这充满活力的动态过程中得以生成、发展并日臻完善。

　　在各民族的交流中，文学传播是重要的一环。宋朝文学以其成熟的形态、丰厚的魅力，获得周边民族的无限景仰。据叶梦得《避暑录话》卷三记载，西夏的归朝官曾说："凡有井水饮处，即能歌柳词。"可见柳永词传唱之广。比柳永晚了百余年的金主完颜亮，听闻柳永《望海潮》词云"三秋桂子，十里荷花"，感慨江南风物之美，"遂起投鞭渡江之志"（罗大经《鹤林玉露》丙编卷一）。又据欧阳修《六一诗话》记载，苏轼曾得到西南夷人所卖的蛮布弓衣，上面织着梅尧臣的《春雪》诗。欧阳修表示，这首诗在梅尧臣集中并非特别有名，却已传至夷狄之地，足见梅尧臣诗名远播。胡仔《苕溪渔隐丛话》前集卷四一还记载说，元祐四年（1089），出使辽国的苏辙，不但发现苏氏家集已传播到这里，而且不断有人向他询问苏轼，于是作诗云："谁将家集过幽都，逢着胡人问大苏。"出于对宋朝文学的喜爱，辽国曾通过国信使、榷场等各种途径搜集宋人图书。如宋真宗时，到访宋朝的辽国使者表示，他们喜欢魏野的诗歌，已"得其《草堂集》半帙，愿求全部"（《续资治通鉴长编》）。由于图书传播的广泛，以致有大臣忧心边防机要外泄，曾提出禁止图书北传的建议（《宋会要辑稿》），然而依旧阻断不了书籍的流传。后来甚至发现，宋朝民间印刷的书籍，"北界无所不有"，"多已流传在彼"（苏辙《北使还论北边事札子》）。金国官方还曾集中刊刻王禹偁、欧阳修、苏轼、王安石、秦观、张耒等人的别集。种种事实，无不印证着宋朝文学的巨大魅力与深广的影响力。

　　宋朝文学传播至周边民族地区，又成为各民族学习和模仿的重要对象，刺激了当地文学的发展。辽、金两朝的君主及上层贵族，不乏爱诗、工诗者。辽朝的圣宗、兴宗、道宗、天祚帝、东丹王耶律倍，金朝的海陵王、宣孝太子、章宗等，都是不错的诗人，辽道宗的皇后萧观音可以说是辽代最有成就的女性作家。相较而言，辽朝文学成就有限，金朝文学则在对汉文学充分吸纳的基础上，取得了更高的成就。许多宋朝文人在金国都有追随者，尤以苏轼、黄庭坚为甚。杨万里诚斋体北传后，金人李纯甫也盛称其影响难以企及。王庭筠、赵秉文等人创作的一些新、奇、快、活、趣的小诗，很可能是诚斋体影响下的产物。由此可见，江西诗派的影响已深入金朝诗坛。在充分汲取宋文学精华的同时，金朝文学又融入北方特有的雄浑刚健之气，形成酣畅明快的特点。金朝的蔡松年、党怀英、赵秉文，金亡入元的王若虚、元好问等，都是一时名家。就连曾入侵南宋的金主完颜亮，不仅在政治上颇有作为，在文学上也可圈可点，被认为颇有汉高祖、魏武帝之风。还有诸宫调，虽然是由北宋人创制，却在金朝取得了长足的发展，出现了《刘知远诸宫调》《西厢记诸宫调》两部颇为成熟的作品。

尽管宋朝文学居于中心地位，但周边民族文学的传入，也在一定程度上丰富了宋文学的面貌。辽代的俗文学曾传入宋朝，据曾敏行记载，徽宗时，京师的"街巷鄙人多歌蕃曲，名曰《异国朝》《四国朝》《六国朝》《蛮牌序》《蓬蓬花》等，其言至俚，一时士大夫皆歌之"（曾敏行《独醒杂志》）。金代文学传入南宋，也激起一定反响。如以吴激、蔡松年为代表的"吴蔡体"，不但开创了北方词学传统，而且对南宋词的发展也有推动作用。据《宋史·辛弃疾传》记载，辛弃疾年轻时曾经师从蔡松年。蔡松年词步武苏轼，辛弃疾豪迈奔放词风的形成，在一定程度上受到了"吴蔡体"的熏染。

此外，周边民族地区也在自身文学传统基础上，诞生出许多重要作品。11世纪70年代前后，在回鹘地区出现了《福乐智慧》《突厥语大词典》《玛纳斯》《乌古斯传》《先祖库尔阔特书》等著名著作与故事传说,在吐蕃地区出现了《格萨尔王传》、在蒙古族地区出现了《江格尔》《蒙古秘史》《格斯王》等著名史诗。

总之,宋辽金文学是多民族齐头并进、共荣共生的文学。这一时期的文学,充分展现了中国广袤疆土上文学的多样性。中原汉民族农耕文化与北方民族游猎文化的相互碰撞,不同文学形态间的交互影响,促成了这一时期气象万千的文学景观。

第二节　科举制与科举型士大夫与道统、文统的形成

隋代创立进士科,中国官僚体系逐渐从血统决定的门阀士大夫转向考试决定的科举士大夫,至宋代,文官选官制度得以确立。"朝为田舍郎,暮登天子堂"也可能成为现实。我们熟悉的范仲淹、欧阳修、王安石、曾巩、苏轼、苏辙等人,他们几乎都没有大富大贵的家庭血统,都经历过少年时代的艰辛苦读,通过科举考试才得以步入高级官僚行列。这批以科举起家的士大夫,凭借自身的文化素养,达者入朝执政,穷者亦为乡居绅士或江湖名流,依然发挥着自己的独特作用。

与唐代及此前社会相比,宋代士大夫多是全能型的,集官僚、文士、学者于一身是很常见的现象。他们拥有强烈的济世情怀,注重道德人格修养,在政治、思想、文化领域中发挥着举足轻重的作用。纵观两宋文学史,众所瞩目的大家如欧阳修、王安石、苏轼、陆游、辛弃疾、朱熹、文天祥等,无不具备这些特点。这些士大夫具备深厚的古典教养,真诚地相信古代圣贤学说是救世良药,并以此为准绳,身体力行。但在现实生活中,这种信仰往往会受到冲击,于是,"冲撞"与"融合"不可避免。因此,两宋士大夫的思想与实践,也有其发展演变的过程。

宋代前期的范仲淹、欧阳修明确要求以学识和理想去改造宋朝

立国以来的政治格局，他们以天下为己任，将夏、商、周三代的王道视为最高理想，获得社会的广泛响应。范仲淹等人发起的庆历新政，欧阳修在古文运动中的引领，都有其深厚的历史背景。王安石变法，带来了复杂的新旧党争，进而发展为北宋晚期的党禁。士大夫的儒学思想开始出现分裂。新学、关学、洛学、蜀学等各自成家。执政者如蔡京等沿着王安石新学的走向，提倡点缀升平的"丰亨豫大"之说，成为徽宗朝的官方意识形态。在野者反复体会颜子"箪食瓢饮"的况味，追求个体独立，逐渐形成精英地方化倾向。

靖康事变以后，士大夫阶层受到强烈冲击。国家面临危亡，追求个人超越显然已不合时宜。这时，士大夫再次将自己的人生价值与朝廷政权相结合，主动承担挽救国家民族的重任。不过，很多以地方命名的"浙东学派""湖湘学派""闽学""江西宗派""永嘉四灵"等学术和文学流派表明，这种以追求个性发展的思潮，依然广泛存在。南宋末年，面对强大的元军入侵与南宋覆亡，这一时期的士大夫所感受到的痛苦，尤为深巨。高歌"留取丹心照汗青"（《过零丁洋》）的文天祥最具有代表性。此外，方逢辰、谢枋得、谢翱等，同样具有坚贞不屈的意志。

科举型士大夫的出现，促进了道统与文统的形成，并对宋代文学产生了深刻影响。

宋代道统与文统的形成，可以追溯到中唐时期。中唐时期兴起的儒学复古运动，既是一场文学运动，更是一场思想运动。韩愈《原道》罗列历史上的圣贤，认为真正的儒家之道仅存在于他所认定的谱系中，从而确立自己的"道统"，开启了儒学的新时代。为宣扬古道，他采用古文写作方式，又确立了自己的文统。在韩愈看来，古道、古文实为一体，不可须臾或离。

韩愈的意义在宋代获得充分肯定。宋初的柳开、孙复、石介等人鲜明地表态，要继承韩愈"道统"，促进古文发展。范仲淹、欧阳修等新一代士大夫群体更将"复古明道"与修身、行事、立言相结合，既重视儒道的现实践履，又注重将其发之于文章，推动了诗文的革新，遂使文道传统取得了全面复兴的成就。

然而，随着士大夫对于"道"的理解出现分歧，北宋中后期，道统与文统又呈现出分离的趋势。以二程为代表的洛学、以三苏为代表的蜀学各执己见。洛学认为文虽能够载道明理，但只是一种工具，过分追求文采乃是舍本逐末，故有"作文害道"之论。蜀学则强调文的价值，文可以曲尽自然之理，从"文"中可以获得对"道"的真切体验。甚至说由"文"获"道"。

由于对"道"与"文"的关系认识出现分歧，文统反而从道统中独立出来，形成了两种不同的谱系。南宋时期，程门弟子所构筑的道学统绪，到朱熹手中得到了进一步的完善，在《伊洛渊源录》中，以周敦颐、程颢、程颐、张载、邵雍为宋代道统，南宋文人亦将北宋以来的文学统绪进行了梳理，将欧阳修、苏轼、黄庭坚等人作为宋代文统。文统的独立，意味着文学进一步获得独立性发展的空间。

第三节　城市文化空间与平民文学的兴起

宋代是中国古代城市发展的繁荣时期。宋初百年的安定局势，促使宋代经济飞速发展，达到前所未有的水平。随着农业生产的稳定增长，以及手工业和商业的兴盛，城市得以迅速繁荣起来，形成了一批大都市。北宋都城开封、南宋都城临安，都是人口数十万的大都市，苏州、洛阳的人口也不下于十万户，成都、鄂州、襄阳、潭州、福州等地，也都是时人心目中的大都会。孟元老《东京梦华录序》详尽描述了东京开封的繁华景象，勾画出一幅富庶繁华的城市图景。

随着城市经济的繁荣，传统的坊市制在宋代彻底打破。在唐代，商业区与居住区是分开的。以唐代长安为例，皇宫封闭，全城划分出很多坊，也就是居民区。设立东市与西市两个商业区，白天开放，黄昏关闭。宋代城市的充分发展，必然冲破坊市界限，商业区和居住区不再分隔，店铺遍布城市内外，交通便利的埠头、桥畔、寺观等处亦成为商业活动的场所，通衢小巷也都可以成为市场，而且出现了各种各样的夜市。就连皇宫大门宣德楼前的御街，也变得熙熙攘攘。北宋末年张择端的名画《清明上河图》就是最生动的写照。

随着城市人口的增加，宋代城市文化风貌也发生重要转变。北宋的开封、南宋的临安以及其他许多城市，既是行政中心和文化中心，同时又是商业中心和娱乐中心。这一切将宋代城市构筑为一种新的生活环境与文化空间。官员、士人、市民等各类人士都生活在这一空间中，并参与着这一文化空间的塑造。在这一文化空间中，文学的题材和主题、作者和接受者、文化功能、传播方式、审美风格、精神风貌、甚至作为表达媒介的语言，都随之而改变，平民文学迅速兴起。首先在都城东京，继而在各地重要都市里，瓦市诞生了。瓦市，又称瓦肆、瓦舍、瓦子，是综合性的娱乐场所。孟元老在《东京梦华录》里记述的瓦市就包括新门瓦子、桑家瓦子、朱家桥瓦子、州西瓦子、保康门瓦子和州北瓦子等。这里聚集了种种民间伎艺及相应的服务性商业点，成为都市民众娱乐消费的文化市场。瓦市中的勾栏，则是由栏杆、幕幛等物封闭起来的剧场，规模大的，可以容纳上千名观众。勾栏集中了各种各样的伎艺。与文学关系密切的，有小唱（包括嘌唱）、说书（讲史、小说，包括说诨话）、诸宫调、杂剧（包括散乐、杂班）、傀儡戏和影戏等，都是市民群众喜闻乐见的通俗文艺形式。这种世俗化的审美风尚，与士大夫阶层的清雅趣味形成鲜明对照。雅俗之间，相互渗透、相互影响，必然为文学发展注入新鲜活力。譬如词，就是雅俗融合的绝佳例证。

词起源于隋唐燕乐，本是一种娱乐性极强的艺术形式。宋代以后，词逐渐融入士大夫阶层的日常生活，也是市民娱乐生活中的消费热点。一些有特色的俗词艳词，从市井传至士大夫的酒席歌筵，甚至传入内廷之中。而士大夫所作的词，也通过各种途径流传于民间，成为传唱的对象。混迹于青楼市井之间的柳永，以其独特的才华成为市井间的风流人物。他的词融入鲜明的世俗情味，深受民众喜爱。可以说，城市文化的发展，雅俗之间的融通，是宋代文学发展的重要动因之一。

第四节　印刷术与文学风尚新变

宋代盛行的雕版印刷与活字印刷，是中国文化发展史上一次革命性变化，深刻地影响到中国文学的阅读与创作。宋代文学呈现的浓厚书卷气象，与这种文字载体的变化密切相关。

雕版印刷出现于唐代，但仍属于初创期，应用范围相对有限，以日历、字书等通俗日用读物和佛教经文较为多见。北宋初期的几十年间，刻书依然不多，抄本仍扮演着重要角色。如韩琦，"少年时家贫，学书无纸，时印板书绝少，文字皆是手写"（焦竑《焦氏笔乘》）。苏轼《李氏山房藏书记》也说："予犹及见老儒先生，言其少时《史记》《汉书》皆手自书，日夜诵读，惟恐不及。"到宋真宗、宋仁宗时，随着社会的安定、经济的发展、技术的完善，雕版印刷遂日益兴盛起来。宋真宗时，国子监书版十余万，是宋初的数十倍。宋仁宗时大量校刊各种史书、医书。欧阳修《论雕印文字札子》曾叹云："近日雕板尤多。"除了雕版印刷的活跃，活字印刷术也发明了。据沈括《梦溪笔谈》所记，大约在宋仁宗庆历年间（1041—1048），布衣毕昇创制了活字印刷，这一技术大约比德国古登堡使用铅活字早了四百多年。到宋神宗时，解除了擅刻书籍的禁令，出版自由，各种印本大幅增多。刻本已不再是稀罕之物，士人获取书籍也不再是什么难事。到了南宋，印刷术达到极盛。北宋印刷业还集中并局限于几个主要地区，南宋印刷业则活跃于全国各地，并形成一系列著名的印刷中心，如浙江、四川、福建等地，刻书最多，也最为有名。书籍的种类极为丰富，既有经史经典，也包括科举应试之书、百姓日用之书等。

书籍数量成倍增长，从珍稀罕见、不易复制，变得数量丰富、传播迅速。宋代的公私藏书也因此得到极大的发展。不但皇家秘阁和州县学校藏书丰富，私人藏书更是日益兴盛，出现了许多藏书家。曾任参知政事的宋绶及其子宋敏求藏书多达三万卷。不少士人为了到宋家借阅图书，就在宋家居住的开封春明坊一带租房，由于租房人多，致使这一带的房租比别的地方贵出一倍。南宋的叶梦得，其藏书"逾十万卷"。晁公武、尤袤、陈振孙等，不仅藏书极富，而且分别编成《郡斋读书志》《遂初堂书目》《直斋书录解题》等以私人藏书为对象的目录学专书，成为藏书史和目录学史上的重要事件。

宋朝的右文政策与科举制的成熟，进一步推动了这场技术革命。宋太祖赵匡胤虽为后周禁军将领，却深深意识到读书的重要性，虽在军中，手不释卷。他不但认为宰相须用读书人，就连军事机构的枢密院长官，也由文臣担任。宋太宗继承并发展了太祖的重文政策，进一步兴文教，抑武事，扩大科举取士，发展教育事业，大力编纂、刻印、收集图书，促进学术文化的繁荣。宋朝几位创业垂统的皇帝，重视文治的政治倾向影响了两宋三百多年。尤其是在科举成为入仕的最重要途径后，读书成为士人取得自身社会资格的依据，形成"万般皆下品，唯有读书高"的知识崇拜。而印刷术的发展，则使知识普及程度大大提高。

阅读，不再是取得仕途的唯一目的，而是一种精神享受。黄庭坚说："士大夫三日不读书，则义理不交于胸中，对镜觉面目可憎，向人亦语言无味。"（苏轼《记黄鲁直语》）苏轼诗说："粗缯大布裹生涯，腹有诗书气自华。"（苏轼《和董传留别》）满腹诗书不但是士人身份的证明，更是士人生命的重要支点。

有宋一代，书籍的刊刻与流通非常便利，读书可以说已成为士人最基本的生活方式。杜甫自诩"读书破万卷"（《奉赠韦左丞丈二十二韵》），对宋代士人而言，这可不是什么了不得的事。王安石称自己无所不读。如欧阳修、王安石、苏轼、黄庭坚等人，读书之多，学问之博，都超越前代众多文人。欧阳修不但读书多，而且以读书为人生第一乐事，终日伏案。据陈岩肖《庚溪诗话》记载，有人对宋神宗说，苏轼之才可与李白相比，宋神宗回答："不然，白有轼之才，无轼之学。"论诗歌的天才，李白、苏轼或可比肩。而论学识的渊博，则李白不如苏轼。陆游，甚至将书房命名为"书巢"，饮食起居，与书相伴。宋人讲究"无一字无来处"（黄庭坚《答洪驹父书》），形成"铺张学问以为富，点化陈腐以为新"的特点（王若虚《滹南诗话》），都是以博览群书为基础。宋人以博学相尚。宋诗之所以形成"以才学为诗"特色，也正是植根于此。哪怕是对"以才学为诗"有所异议的严羽，却也不得不承认，诗歌"非多读书，多穷理，则不能极其至"（《沧浪诗话》）。

宋人的学识积累，不仅体现为典故的妙用、征引的广博，更体现在思想的深刻、格局的宽阔以及境界的高远。罗大经说："凡作文章，须要胸中有万卷书为之根柢，自然雄浑有筋骨，精明有气魄，深醇有意味，可以追古作者。"（《鹤林玉露》）黄庭坚评苏轼词时说："语意高妙，似非吃烟火食人语。非胸中有万卷书，笔下无一点尘俗气，孰能至此？"（《跋东坡乐府》）宋代文学所以能有新的面貌，新的格局，都与当时书籍的普及有直接关系。

以科技发展、思想多元为基础，文学的综合优势也在这一时期凸显出来。诗、词、古文、骈文、赋以及话本、诸宫调等通俗文学，各种文类共存共荣，交相辉映。就诗而言，宋诗在繁盛的唐诗之后，另辟蹊径，形成独特的"宋调"，与唐诗双峰并峙，成为古典诗歌两大美学范式。宋代以后的诗歌，虽也有发展，却大体未能越出唐宋诗的范围。词在宋代发展可谓登峰造极，不但在题材内容和风格倾向上开拓了广阔的空间，而且在词调、字声、句读、章法等方面建立起严格的典范。这一时期的散文也取得辉煌成就。在唐代散文发展基础上，宋代散文很好地处理了文与道、难与易、骈与散等关系，在实用与审美之间取得难得的平衡，实现叙事、抒情、议论的水乳交融，既切于实用，又具备行云流水之美。宋代骈文吸纳古文创作手法，化散入骈，以流动的气势、明畅的风格，形成骈文史上独具一格的"宋四六"。

值得注意的是，宋代文化在高度繁荣的同时，"破体为文"中又隐含转型因素。"破体"实际上是以"尊体"为基础的。"破体"的前提，是各文体范型的成熟与定型，已具备相对稳固的体制与特性。因此，"破体"与"尊体"这对既相互矛盾又相互促进的复杂倾向，恰恰体现了文学在这一时期由整合到转型的系列演进。新的经典范型以及新的审美趣味，也就在这样的背景中得以孕育成长。譬如，宋代诗歌中，有不少描写日常琐细生活，从中寻找诗料与诗意，文人的笔墨纸砚、茶酒饭点，劳动者的水车、秧马，以致理发、洗足、服药、打瞌睡、肚子痛的日常生活中的涓滴细事，一一被纳入宋人视野。对日常生活以及个人化生命感受的关注与表达，使得诗歌更为频繁地呈现具体的人生情境，从而带上了私人生命史和生活史的意味。

第 二 章
宋　诗

宋诗在唐诗之后另辟蹊径，形成独特了的"宋调"。宋诗与唐诗堪称古典诗歌两大美学范式。此后的诗歌，或宗唐，或宗宋，大体未能超出唐宋诗范围。

第一节　北宋前中期诗坛

一　宋初三体

宋初诗坛以模仿唐诗为一时风尚。在北宋初期的六十年中，相继出现了白居易体、晚唐体和西昆体等不同的宗唐诗派。

白居易体，又称白体，这是宋代诗坛最早流行起来的一种诗风类型。作者多为五代旧臣，如徐铉、徐锴、李昉等人。他们师法白居易晚年流连光景之作，以平易浅近为宗，故称白居易体。其中成就最著的诗人是王禹偁。王禹偁（954—1001），字元之，巨野（今属山东）人，世称王黄州，有《小畜集》。其诗有同情人民的沉郁之作，如《感流亡》，也有清新自然的写景之作，如《村行》，"万壑有声含晚籁，数峰无语立斜阳。棠梨叶落胭脂色，荞麦花开白雪香"，山川有情，色彩鲜美。

晚唐体的模仿对象是中晚唐的贾岛、姚合等苦吟诗人。作者多为僧人和隐士。僧人以希昼、保暹、文兆、行肇、简长、惟凤、惠崇、宇昭、怀古为代表,号称"九僧"。他们恪守贾、姚之法,致力于字句的推敲,但诗境比较狭窄。隐士以潘阆、魏野、林逋等为代表,学习贾、姚的锻字炼句,却能脱离险怪,力求平易。林逋(967—1028),字君复,钱塘(今浙江杭州)人,隐居西湖孤山,不娶不仕,喜好梅与鹤,时人称他"梅妻鹤子",著有《和靖诗集》。他的诗歌颇有清逸幽远的意趣,最有名的作品当推《山园小梅》:

众芳摇落独暄妍,占尽风情向小园。
疏影横斜水清浅,暗香浮动月黄昏。
霜禽欲下先偷眼,粉蝶如知合断魂。
幸有微吟可相狎,不须檀板共金樽。

既写出梅花特点,又寄托自己的高情逸韵。"疏影"两句,兼得梅花形、神之美,遂成为咏梅的经典名句,不但引发后来苏轼、朱熹等一系列名家对此二句的品评赞赏,姜夔的两首著名自度曲《疏影》《暗香》也正出于此。

西昆体的兴起得名于《西昆酬唱集》。宋真宗景德二年(1005),杨亿等人受诏编纂《册府元龟》,工作之余,以诗唱和,编辑为集。集中收录杨亿、刘筠、钱惟演等17人的唱和之作,共200余首,体裁以五七言律诗为主,内容与艺术上以李商隐为宗,讲究声律词采、堆砌事典,以致诗意晦涩,这是西昆体深受诟病的地方。西昆体的出现,又将晚唐五代以来的芜鄙文风扫尽,也不无是处。宋诗重视学问、好用事典的特色,西昆体导夫先路。

二 欧阳修与梅尧臣、苏舜钦

为宋代诗歌引入新鲜风气的关键人物是欧阳修。欧阳修（1007—1072），字永叔，号醉翁，晚号六一居士，庐陵（今江西吉安）人，有《欧阳文忠公集》。他学问渊博，讲究命意，是当时公认的文坛领袖，在诗、词、文方面成就卓著。在诗歌方面，他深受李白和韩愈的影响，既有李诗语言清新畅美的特点，又以韩诗为法，将散文笔法引入诗中。欧阳修抒发个人生活情趣的作品，多以近体为之，写得清新俊朗，意态生动，如"残雪压枝犹有橘，冻雷惊笋欲抽芽"，"曾是洛阳花下客，野芳虽晚不须嗟"（《戏答元珍》），交织着明朗的自信与含蓄的幽怨。欧阳修咏史感事多用古体，如《食糟民》《南獠》等，结构峭拔，议论奇警。欧阳修的诗歌创作扭转了五代以来诗歌的卑弱凡俗，为宋诗昭示新的景象。

梅尧臣（1002—1060），字圣俞，宣城（今属安徽）人，有《宛陵先生集》。早在宋仁宗天圣末年，梅尧臣就深受西昆体诗人钱惟演的器重，又与同在西京洛阳任职的欧阳修、谢绛、尹洙等人交游唱和，致力于诗风变革。梅尧臣的仕途并不顺遂，但诗名甚著，欧阳修说他是"穷而后工"。在诗歌题材上，梅尧臣继承《诗经》讽刺传统，多以反映人民疾苦的题材入诗，如《田家语》《汝坟贫女》等，又善于从生活中拾取诗材，无论是吃蛤蜊、食荠菜这样的琐细之事，还是一些过去诗中少有的题材都被他收拾入诗，拓展了诗歌的题材范围。在诗歌美学风格上，梅尧臣追求一种平淡的诗风。如《东溪》：

> 行到东溪看水时，坐临孤屿发船迟。
> 野凫眠岸有闲意，老树著花无丑枝。
> 短短蒲茸齐似剪，平平沙石净于筛。
> 情虽不厌住不得，薄暮归来车马疲。

平淡，是宋人理想的审美之境，梅尧臣正肇其端。欧阳修将他的诗比作橄榄，"真味久愈在"（《水谷夜行寄子美圣俞》），刘克庄视之为宋诗的"开山祖师"（《后村诗话》）。宋诗也由此超越西昆体的富艳，形成自己的典型风格。

苏舜钦（1008—1048），字子美，开封（今属河南）人，有《苏学士文集》。他与梅尧臣齐名，人称"苏梅"。不过，与梅尧臣的覃思精微、平淡闲远不同，苏舜钦为人为文皆豪迈雄放。他胸怀大志，心系家国，多感时伤事之作，如《庆州败》表现出爱国志士对丧权辱国行径的愤慨，笔力豪纵的同时，又穿透着一股沉郁顿挫之气。他也有一些清新自然的写景抒情小诗，如《淮中晚泊犊头》："春阴垂野草青青，时有幽花一树明。晚泊孤舟古祠下，满川风雨看潮生"，艺术上颇为精致。他是宋代较早学习杜甫的诗人，所编《杜甫别集》，引领着北宋学杜的风气。

三　王安石与"半山体"

王安石（1021—1086），字介甫，号半山，抚州临川（今江西临川）人，有《临川文集》。他是政坛上的风云人物，同时也是一位出色的诗人。他的诗歌已具有典型的宋诗面目。宋诗以才学为诗、以议论为诗的特色都在他身上有所体现。

王安石的诗歌可以熙宁九年（1076）退居江宁为界分为前后两期。前期的诗歌有不少"补察时政"之作，如《河北民》，咏物、咏史诗也别具一格，如《孤桐》寄托其不屈的斗争精神，《明妃曲》借昭君抒写怀才不遇的之情，议论果敢，见解鲜明。

王安石退居江宁后，淡出政治舞台，心情较为闲适平淡，写出不少优美的抒情写景小诗，风格迥异于前期，炼字精绝，修辞巧妙，所谓"半山体""王荆公体"一般即指此类作品。如《书湖阴先生壁》就是这样的作品：

> 茅檐长扫静无苔，花木成畦手自栽。
> 一水护田将绿绕，两山排闼送青来。

"护田""将绿""排闼""送青"，将远眺中本应呈现静态的绿水青山动态化和人格化，写出溪水充满灵性的活力和春山扑人眉睫的新绿。而"护田""排闼"之语，均出自《汉书》，既是用典，又将水、山拟人化，还形成工整的对仗。"半山体"诗律精严、诗境精美，于此可见一斑。

第二节 宋诗巨擘苏轼

苏轼（1037—1101），字子瞻，号东坡居士，眉山（今属四川）人，有《苏轼诗集》《苏轼文集》《东坡乐府》等。苏诗现存2700多首，题材广泛，内容丰富，以多变的风格、精湛的技巧与真率的性情，成为宋诗史上极具影响力的人物。

苏轼诗歌的一大成就，就是无事不可入诗。他人难以想象、难以形容的内容，到了苏轼手中，偏能妙笔生花，别开生面，不但形容得淋漓尽致，而且看上去轻松自如，不费丝毫力气。如《饮湖上初晴后雨》："水光潋滟晴方好，山色空蒙雨亦奇。欲把西湖比西子，淡妆浓抹总相宜。"写西湖由晴转雨的不同景色，惟妙惟肖，又以美女西施比喻西湖之美，形象贴切。他对雨中西湖的赞赏，又体现了苏轼善于发现美的独特眼光。

苏轼写了不少政治讽谕诗，反映了多方面的社会矛盾，如《吴中田妇叹》写谷贱伤农，揭露新法的某些流弊。正是这类正直而大胆的诗歌，直接导致了"乌台诗案"的发生。然而苏轼并未因此放弃对朝政的关心，晚年的《荔枝叹》，依然笔法辛辣，批判历代向皇帝进奉贡品的弊政。

苏轼一生宦海沉浮，却以一种超然的态度，在诗中表现其对悲哀的扬弃。如《初到黄州》中的"长江绕郭知鱼美，好竹连山觉笋香。逐客不妨员外置，诗人例作水曹郎"，从容洒脱，掩饰不住骨子里的兀傲不平。又如写于晚年的《六月二十日夜渡海》，以"云散月明谁点缀？天容海色本澄清"寄托内心的一片澄明，以"九死南荒吾不恨，兹游奇绝冠平生"，把远贬海南的沉痛，消弭在豁达的散淡中。这份超脱，是历代读者欣赏苏轼诗歌的重要原因。

苏轼学识渊博，阅历丰富，善于从人生遭遇中总结经验，在平常事物中寄托深刻的哲理，使以文为诗、以才学为诗、以议论为诗，也成为苏诗的重要特色。如《题西林壁》和《琴诗》：

> 横看成岭侧成峰，远近高低各不同。
> 不识庐山真面目，只缘身在此山中。

> 若言琴上有琴声，放在匣中何不鸣？
> 若言声在指头上，何不于君指上听？

写的是日常生活中的习见事，透出的却是隽永深邃的理趣。

苏轼的诗歌常有一种游戏笔墨的洒脱。好友送他六瓶酒，信到而酒未到，他调侃说："岂意青州六从事，化为乌有一先生"（《章质夫送酒六壶，书至而酒不达》），化用《世说新语》中桓温主簿称好酒为"青州从事"以及《子虚赋》中"乌有先生"的典故，将这样一件小事说得别有情趣。

苏轼才力雄浑，性情洒脱，想象和比喻丰富奇妙，因此诗备众体，诗风不拘于一格，对后代影响极大。金代最出色的诗人元好问就是从学苏诗入手的。明代人贬抑宋诗，唯独对苏轼称赞有加。毫无疑问，苏轼的诗歌，代表着宋代诗歌创作的最高成就。

第三节　黄庭坚与江西诗派

一　黄庭坚与陈师道

黄庭坚（1045—1105），字鲁直，自号山谷道人，又号涪翁，分宁（今江西修水县）人。23岁进士及第后，长期担任县尉、知县等品级较低的官职。元丰八年参编《神宗实录》，后旧党失势，被贬宜州，并在那里去世。有《山谷内集》《外集》《别集》。他是苏轼的学生，也是苏轼的密友。苏门四学士中，他的诗歌最为出色，也最能代表宋诗的艺术特征，在诗坛上与苏轼并称"苏黄"。

黄庭坚在实践中总结出一整套操作性很强的作诗方法，易于人们领会和学习，因而逐渐形成了一个以他为首的诗歌流派。南北宋之交的吕本中作《江西诗社宗派图》，以黄庭坚为祖师，下列陈师道等25人，因为黄和半数以上的作家都是江西人，因此称为江西诗派。江西诗派的灵魂人物是黄庭坚，他的诗歌理论和创作实践都代表了江西诗派的特色。

黄庭坚诗歌理论的中心是求新求变的独创。他说"文章最忌随人后"（《赠谢敞王博喻》），又说"随人作计终后人，自成一家始逼真"（《以右军书数种赠丘十四》）。为此，他在构思立意、章法布局、句法安排等方面，刻意推陈出新。这种出新，又不是凭空臆造，而是建立在扎实的学问与广博的阅读之上。黄庭坚所处的时代，书籍印刷日益普及，黄庭坚读书广泛，下笔"无一字无来处"（《答洪驹父书》）。他倡导"夺胎换骨"（惠洪《冷斋夜话》）的诗法，是他"推陈出新"的具体体现。所谓"夺胎"，主要指变化发展前人的诗意为己所用。所谓"换骨"，主要指袭用前人诗意而在语言上多所变化。在诗歌章法与句法结构上,他主张回旋转折,曲尽其变。在遣词用韵上,他力避俗熟,爱用奇字僻典和拗体险韵,由此形成了一种生新峭硬的诗风。《题落星寺》其三堪为代表:

> 落星开士深结屋,龙阁老翁来赋诗。
> 小雨藏山客坐久,长江接天帆到迟。
> 宴寝清香与世隔,画图绝妙无人知。
> 蜂房各自开户牖,处处煮茶藤一枝。

全诗迷离惝恍,使人仿佛置身清绝幽绝的落星寺中。"藏山"既可指雨雾藏山,又可指山中藏雨,语典又出自《庄子·大宗师》"藏山于泽",引发多重联想和隐喻。以蜂房比僧舍之窗亦是奇喻。全诗无一句完全合律,大拗大救,奇峭之极。

正因黄诗句法奇崛,笔意峭健,因此在宋代诗坛自成一体,被称为"黄庭坚体"或"山谷体",对传统诗法造成冲击。他的主张与创作往往被自己和后人有意无意极端化。如"无一字无来处",让人走向以书本、学问为创作源泉的脱离现实之路。"点铁成金""夺胎换骨"容易滋生陈陈相因的流弊。过分追求奇字僻典,也容易产生文理不通和诗意晦涩的毛病。苏轼对黄庭坚诗曾有过一个诙谐的譬喻,恰好切中黄诗的优点与缺点:"如蝤蛑、江瑶柱,格韵高绝,盘飧尽废,然不可多食,多食则发风动气。"(《书鲁直诗后》)

黄庭坚中年之后的诗作淡化了奇崛突兀之感。他对杜甫"平淡而山高水深"(《与王观复第二书》)的境界有了更多的体认,写出了一些好句,如"落木千山天远大,澄江一道月分明"(《登快阁》)、"桃李春风一杯酒,江湖夜雨十年灯"(《寄黄几复》)、"头白眼花行作吏,儿婚女嫁望还山"(《次韵柳通叟寄王文通》)等,妥帖自然,为人传诵。晚年诗作如《雨中登岳阳楼望君山二首》等,更体现出宋诗追求平淡之美的总体趋向。

黄庭坚之外，江西诗派中以陈师道的成就较高，他与黄庭坚并称"黄陈"。陈师道（1053—1102）字无己，自号后山居士，彭城（今江苏徐州）人，有《后山集》。他走苦吟路线，每逢有灵感来时，就赶紧关上房门，拥被而卧，苦吟终日，甚至将猫儿狗儿也赶到邻家。黄庭坚称他"闭门觅句"，却也贴切。虽然他的诗歌题材相对狭窄，但往往蕴含着极真的情感。他作诗学黄庭坚，又学杜甫，主张"宁拙毋巧，宁朴毋华"（《后山诗话》），形成一种朴拙老硬的诗风。其《示三子》："去远即相忘，归近不可忍。儿女已在眼，眉目略不省。喜极不得语，泪尽方一哂。了知不是梦，忽忽心未稳。"写一位远归父亲的复杂心情，情真语切，意味悠长。

二 南渡后的江西诗派

江西诗派的影响一直从北宋末期延伸到南宋。不过，随着政治局势的变化与诗风弊端的显露，黄庭坚的追随者们也陆续发生了一些转向，促成江西诗派内部的新变。

为江西诗派命名的是吕本中及其《江西诗社宗派图》，而推动江西诗派新变的也是他。吕本中（1084—1145），字居仁，世称东莱先生，寿州（今安徽寿县）人，官至中书舍人。他早年独尊黄庭坚，进入南宋后，则提倡"活法"之说："学诗当识活法。所谓活法者，规矩备而能出于规矩之外，变化不测而亦不背于规矩也。"（《夏均父集序》）"活法"说力图补救江西诗派末流之弊，成为南宋诗学中重要话题之一。吕本中的诗歌颇有轻快流转的风味，不过他最著名的作品却是沉重悲凉的《兵乱后杂诗》29首。靖康事变中他身处汴京，亲身经历亡国之痛，这组感慨沉痛的悲歌，是对动荡时局的真实写照。

深受吕本中影响并后来居上的是曾几。曾几（1084—1166），字吉甫,号茶山居士,赣州(今属江西)人。曾官江西、浙东提刑,有《茶山集》。曾几学习杜甫,推崇黄、陈,更服膺吕本中"活法"说。他曾向吕本中请教诗法,又将其所得传授给陆游。两宋诗风的传承与嬗变,正是在这样的诗学脉络中得以实现。曾几为诗不主一格,既有悲愤的忧国之作(如《寓居吴兴》),又有清丽可喜的小诗,《三衢道中》尤为人称诵:"梅子黄时日日晴,小溪泛尽却山行。绿阴不减来时路,添得黄鹂四五声。"看似平凡,细品却别有情趣,写出一种行路中的独特兴味。

陈与义是江西诗派又一位重要人物。元初的方回将他与黄庭坚、陈师道一同称为江西诗派的"三宗"。陈与义(1090—1138),字去非,自号简斋,洛阳(今属河南)人,官至参知政事,有《简斋集》。以"靖康之变"为界,他的创作可分为前后两个时期。前期多写个人愁怨,后期则多为忧时伤乱的诗篇,风格酷似杜甫,突破了江西诗派的艰涩瘦硬,如《伤春》:

> 庙堂无策可平戎,坐使甘泉照夕烽。
> 初怪上都闻战马,岂知穷海看飞龙。
> 孤臣霜发三千丈,每岁烟花一万重。
> 稍喜长沙向延阁,疲兵敢犯犬羊锋。

诗中不但写个人辗转流亡的悲苦,更大胆揭露出朝廷的无能,致使祖国大好河山沦陷,并礼赞向子諲的奋起抗敌。讲究字句的锤炼,却不显山露水,杨万里称赞他得到杜甫真传。

此后,江西诗派逐渐式微,但余风未息。南宋中后期四灵与江湖诗派对江西诗派公开发难,正说明江西诗派直至彼时仍是牵引诗坛的重要张力。事实上历代都有不少诗坛名家受到江西诗派的影响,它是中国古典诗歌影响最大的流派。

第四节　中兴四大家

南宋中期的诗歌以陆游、杨万里、范成大、尤袤为代表，号称中兴四大诗人，或称南宋四大家。他们早期都曾受到江西诗派的影响，但半壁河山沦丧的严酷现实，让他们奋起，各骋才华，摆脱江西诗派的束缚，用诗歌反映广阔的现实生活。四家中陆游成就最为突出。尤袤因为文集散佚，从现存诗文看很难与其他三人比肩。

一　杨万里与范成大

杨万里的诗，个性鲜明，灵动诙谐，当时有"诚斋体"的美誉。杨万里（1127—1206），字廷秀，自号诚斋，吉水（今江西吉安）人，有《诚斋集》。他是诗人，同时也是理学家。理学注重观物、讲求心胸透脱的思维方式对他有潜移默化的影响。

杨万里最初效仿江西诗派，后来转学王安石绝句，又学晚唐人绝句，最后全抛师法，创出一种师法自然、语言鲜活、饶有谐趣的诗歌写法，即"诚斋体"。"诚斋体"的背后，是一种独到的观物眼光，重视师法自然，重新恢复诗人对自然生活的真切感知。

那些以描写自然景物和日常生活为题材的诗歌最能代表诚斋体特色。它们构思精巧，想象丰富，语言通俗易懂、机智风趣，如：

> 雨来细细复疏疏，纵不能多不肯无；
> 似妒诗人山入眼，千峰故隔一帘珠。（《小雨》）

> 泉眼无声惜细流，树阴照水爱晴柔。
> 小荷才露尖尖角，早有蜻蜓立上头。（《小池》）

清新俚俗，别有一种观察自然的角度，透露着好奇的天真，充满情趣与诗趣。诚斋体在语言上有俚俗化和口语化特色，一反传统诗歌的典雅温厚和江西诗派的奇奥生僻，具有极大的独创性。当然，走向极端，也容易产生粗糙浮滑、浅俗无味的弊病。

范成大（1126—1193），字致能，自号石湖居士，吴郡（今江苏苏州）人。历任礼部员外郎、广西安抚使、四川制置使、参知政事等职，有《石湖居士诗集》。在诗歌风格上，他或许不如杨万里的新颖，但他的创作有直面现实的勇气。

范成大的诗歌，值得注意的有三类。第一类是他使金北上途中纪行的大型组诗，共72首绝句，有对抗敌英雄的歌颂，有对昏君的无情谴责，更有对沦陷区人民的深深同情。《州桥》一诗传诵最广："州桥南北是天街，父老年年等驾回，忍泪失声询使者，几时真有六军来？"表达了沦陷区人民盼望南宋朝廷收复失地的强烈愿望。第二类是继承唐代新乐府传统，反映社会现实和民间疾苦的诗作，《催租行》《后催租行》等是代表作。第三类是田园诗，最有名的是《四时田园杂兴》60首，分"春日""晚春""夏日""秋日""冬日"五组，每组12首，非常全面地描写了江南农村的劳动生活、风俗人情、田园风光和岁时景物等。如：

> 昼出耘田夜绩麻，村庄儿女各当家，
> 童孙未解供耕织，也傍桑阴学种瓜。
>
> （《夏日田园杂兴》之七）

> 新筑场泥镜面平，家家打稻趁霜晴。
> 笑歌声里轻雷动，一夜连枷响到明。
>
> （《秋日田园杂兴》之八）

历来田园诗,多表现农村生活的恬静,用以折射作者内心的隐逸情怀。范成大笔下的田园,则还归田园的泥土本色:既有真切的农事劳动场景,也有清新自然的农村风光;既有耕织田园的愉悦,也有农业生活的艰辛。有赞美,也有同情。这组诗拓展了田园诗的领域,成为中国田园诗的集大成之作。

二 陆游

四大家中成就最高的是陆游,诗歌创作保存下来的有九千多首,为宋代诗人之最。这些作品,内容丰富、技巧纯熟,饱含真挚动人的思想情怀。

陆游(1125—1210),字务观,自号放翁,山阴(今浙江绍兴)人,有《剑南诗稿》《渭南文集》等传世。偏安江南,他念念不忘的是恢复中原:"王师北定中原日,家祭无忘告乃翁。"(《示儿》)这是他诗歌创作的一个永恒的主题。抗敌复国的抱负,具有震撼人心的力量:"赵魏胡尘千丈黄,遗民膏血饱豺狼"(《题海首座侠客像》),声讨金人荼毒沦陷区人民的罪行;"遗民泪尽胡尘里,南望王师又一年"(《秋夜将晓出篱门迎凉有感》),和着血泪写出了沦陷区人民渴求恢复的愿望;"楚虽三户能亡秦,岂有堂堂中国空无人"(《金错刀行》),那是南宋军民不甘屈服的壮思;"胡儿敢作千年计,天意宁知一日回"(《闻武均州报已复西京》),更写出对北伐胜利的欢欣和信心;"公卿有党排宗泽,帷幄无人用岳飞"(《夜读范致能揽辔录言中原父老见使者多挥涕感其事作绝句》),"和戎诏下十五年,将军不战空临边"(《关山月》),则是对投降派无情的揭露和抨击。

"爱国诗人"是陆游最耀眼的头衔,但"爱国"绝非陆游诗歌的全部主题。这位"夜阑卧听风吹雨,铁马冰河入梦来"的诗人,还写过"伤心桥下春波绿,曾是惊鸿照影来"(《沈园》其一)这样深情绵邈的爱情诗篇。陆游年轻时与妻子唐氏伉俪情深,却被迫离婚,不久后唐氏病逝,这成为陆游心中一大憾事。据说他在晚年常常眺望沈园,那是他与唐氏分开后又再次相遇的地方。而他为悼念唐氏所写的一系列诗篇,是古代爱情诗中的精品。

陆游还善于从广阔的日常生活中发现诗材,从琐细的事物中捕捉到诗意,并写得极富情趣。如"小楼一夜听风雨,深巷明朝卖杏花"(《临安春雨初霁》),抒写书斋狭小天地中的逸情别致;"醉倒村路儿扶归,瞠儿不识问是谁"(《醉歌》),写醉态可掬;"酒似粥醲知社到,饼如盘大喜秋成。归来早觉人情好,对此弥将世事轻"(《秋晚闲步邻曲以予近尝卧病皆欣然迎劳》),写对平静安乐的乡村生活的热爱。《游山西村》更是表现农村风土人情之美的佳作:

> 莫笑农家腊酒浑,丰年留客足鸡豚。
> 山重水复疑无路,柳暗花明又一村。
> 箫鼓追随春社近,衣冠简朴古风存。
> 从今若许闲乘月,拄杖无时夜叩门。

陆游很多诗歌的题材都极富现实意义,但题材的现实性并不意味着描写手法的写实化。相反,陆游常常以虚写实。他的记梦诗最为典型。因为现实中朝廷的软靡无法承载诗人巨大的爱国热情,这种热情便屡屡泛滥到梦境里,变幻成种种尽复故地的快意画面。清人赵翼统计,陆游的记梦诗有99首之多,大多言恢复之事。陆游以记梦来寄托理想,这便是他能以浪漫主义手法表达现实主义题材的原因所在。事实上,即使在陆游较为纯粹的反映现实的诗篇里,他也不像杜甫那样作细致微观的描绘,而是善于将主观感受融入其中,体现出虚实结合的趋向。浪漫主义与现实主义交替为用,相互渗透,使陆游形成了瑰丽雄奇的独特诗风。

总之，陆游继承了屈原、杜甫等人的爱国主义传统，将中国诗歌的爱国主义推向一个新的高峰。当他人都在醉生梦死之际，陆游的心中却总是萦绕着复故土、靖国难、纾君忧、抚民意的情思。每当民族危机严重的时候，人们总能想起陆游，听到他那如黄钟大吕般鼓舞人心的诗声。

第五节　朱熹与理学诗

说起理学家，给人的印象大多是重道轻文。其实，多数理学家并未废弃诗歌，反而认为只要不沉溺其中以致"害道"，不妨通过诗歌适度发抒情性，并从中观道、体道、悟道。他们的诗歌有自己的特色，可称为理学诗，著名理学家朱熹是其中的代表。

朱熹（1130—1200），字元晦，又字仲晦，号晦庵，晚称晦翁，谥文，世称朱文公。祖籍徽州府婺源县（今江西省婺源县），出生于南剑州尤溪（今属福建省尤溪县），有《晦庵先生文集》。他以理学家的眼光看待世界，善于从万事万物中发现宇宙造化之理，在寻常的景物中寄寓悟道的情怀。如《春日偶作》诗云：

> 闻道西园春色深，急穿芒履去登临。
> 千葩万蕊争红紫，谁识乾坤造化心。

常人眼中所见是百花争艳的华丽，理学家却从中领会到宇宙的造化之妙。另一首《春日》更加有名：

> 胜日寻芳泗水滨，无边光景一时新。
> 等闲识得东风面，万紫千红总是春。

这首诗中的"万紫千红"谓万物各殊，"总是春"谓其理则一，理无处不在，这其实就包含着朱熹"理一分殊"的重要思想。纷繁复杂的天地万物是"分殊"，而一以贯之的道理只是一个，即"理一"。诗人借万紫千红的诗歌审美形象来传达其理学思想，感发力量大大增强。朱熹还有两首《观书有感》：

> 半亩方塘一鉴开，天光云影共徘徊。
> 问渠那得清如许，为有源头活水来。

> 昨夜江边春水生，艨艟巨舰一毛轻。
> 向来枉费推移力，此日中流自在行。

如果不看诗题，似在写自然现象，实则是写读书问学的感受。抽象的道理借助生动具体的艺术形象呈现出来，理在其中，不言而喻。

其他理学家也多有类似的理学诗。如张栻《立春日禊亭偶成》："律回岁晚冰霜少，春到人间草木知。便觉眼前生意满，东风吹水绿参差。"大地春回，草木返青，水波泛绿，使人感受到春意的萌动，亦体会到冬去春来、四季变化的自然节律。吕祖谦的《游丝》体会自然生机更加细腻："游丝浩荡醉春光，倚赖微风故故长。几度莺声欲留住，又随飞絮过东墙。"本无生命的微渺游丝，在理学家眼中变成了欢乐调皮的精灵，大自然的生机无处不在。

当然，并非理学家的诗歌都是理学诗，只有在其以理学精神观察万物，并试图在诗歌中表现所领悟的生命之意和万物之理时才能称其为理学诗。不过，理学家首先是人，他们的诗歌同样表现着人的各种性情和生活的方方面面。朱熹就很爱评说历史，创作了不少咏史诗，也写有很多爱国诗歌，如《感事书怀十六韵》《次子有闻捷韵四首》《闻二十八日报喜而成诗七首》等，体现出一个有血性的爱国士大夫复杂的内心情感，与陈与义、陆游等人的相关诗歌同调。即使是那些自然山水诗，朱熹也并不总是用它来探究性理，发明圣道，而时常表现为纯粹的自然审美，最典型的莫过于组诗《武夷棹歌》十首，自然活泼，仿佛天籁，写活了武夷山下九曲溪的风景，如第三首：

> 二曲亭亭玉女峰，插花临水为谁容。
> 道人不复阳台梦，兴入前山翠几重。

说的是二曲的玉女峰虽美，但作者游兴未足，并不就此歇足，而是要穷览九曲。其中虽有感怀和哲思，却无关道学和性理，尤其"不复阳台梦"的比喻，以不受玉女的撩拨来比拟玉女峰未能满足作者的游兴，大胆风趣，哪里有一丝道学家的严肃感！

第六节　永嘉四灵与江湖诗人及其他宋末诗人

南宋后期，日益衰颓的国势、混乱的朝政，使得整个诗坛弥漫着消极颓废的情绪。诗人们或沉湎于诗酒，或悠游于林泉，逃避对现实的失望和不满，致使抗敌呼声有所低落，流连光景、写景抒情、应用酬酢之作渐多。这一时期，出现了江西诗风的鲜明对立者：永嘉四灵与江湖诗人。如果说江西诗派是典型的"资书以为诗"，那么对立者们普遍主张的是"捐书以为诗"。不过，他们对江西诗风的流弊虽在一定程度上有所纠正，但依然未能脱离对前人诗歌的袭用与化用，并未全然跳出江西诗风的制约。

一　永嘉四灵

永嘉四灵，指永嘉（今浙江温州）地区的四位诗人：徐照（？—1211，字灵晖）、徐玑（1162—1214，字灵渊）、翁卷（生卒年不详，字灵舒）、赵师秀（1170—1220，字灵秀）。他们都是永嘉人，各人字中又皆有一个"灵"字，因此被称作"永嘉四灵"。他们的诗歌写法、风格取向与北宋初期的九僧遥相呼应，以晚唐贾岛、姚合为宗，主张清新平易。他们反对理学对诗歌的束缚，也反对江西派的用事和晦涩。不过"四灵"取径太狭，多在题咏写景、幽情琐事和酬唱应答中打转，虽有小巧清新之作，但风格大同小异，格局不大，总体成就不高。

"四灵"诗歌体裁多用五律，注重写景，时有佳句，如"野花春后发，山鸟涧中飞"（赵师秀《大慈道》），"千岭经雨后，一雁带秋来"（徐照《山中即事》），纯用白描，写景传神。七绝也清新通俗、轻灵精巧，如赵师秀的《约客》：

> 黄梅时节家家雨，青草池塘处处蛙。
> 有约不来过夜半，闲敲棋子落灯花。

用江南夏夜的雨声、蛙声渲染烘托出等客不来的寂寞之情，语言也清爽可喜。

二 江湖诗派

江湖诗派比"四灵"稍晚，是一个由江湖游士构成的松散创作群体。他们既无固定的组织，身份又较为复杂，只是因为杭州书商陈起将他们的诗作汇集刊印，总名《江湖集》，"江湖诗派"之称才开始流传起来。江湖诗人的处境相似，多浪迹江湖，以卖文谋生，大多数人对国事并不甚关心，更加关注生存的实际利益。因此献谒、应酬的庸俗之作不在少数。不过，长期社会底层的经历也使他们写出一些反映农民和城市贫民生活的作品，如许棐的《泥孩儿》、罗与之的《商歌》、赵汝燧的《耕织叹》等。江湖诗人更擅长写景抒情，他们继承了"四灵"的艺术手法，而境界又比"四灵"稍阔。叶绍翁的"春色满园关不住，一枝红杏出墙来"（《游园不值》）就是脍炙人口的写景名句。

江湖诗人的创作多数未能自成一家，只有戴复古、刘克庄能自出机杼，卓然鹤立。

戴复古（1167—1248?），字式之，自号石屏，天台黄岩（今浙江）人，有《石屏诗集》。他早年曾从陆游学诗，后来一度推崇晚唐清幽诗风，但始终保留陆游诗风中那种雄浑气势和爱国热忱，因而与只知流连光景的其他江湖诗人区别开来。如《淮村兵后》：

> 小桃无主自开花，烟草茫茫带晚鸦。
> 几处败垣围故井，向来一一是人家。

描写淮河边村庄遭金兵洗劫后的荒凉，控诉战争的罪恶，流露出忧时伤世的情怀。此外，"一春一夏为蚕忙，织妇布衣仍布裳"（《织妇叹》），"饿走抛家舍，纵横死路歧。有天不雨粟，无地可埋尸"（《庚子荐饥》）等，也都从不同侧面反映出诗人对人民悲惨生活的同情。

刘克庄（1187—1269），字潜夫，号后村居士，莆田（今属福建）人。曾任真州录事参军、潮州通判、龙图阁学士等职，为官忠贞，屡遭贬谪。刘克庄是江湖诗派中的大家。他的诗，早年学晚唐贾岛、姚合、许浑等，后来转学陆游、杨万里。他对时事非常关心，创作了不少忧国忧民之作，如《北来人》：

> 试说东都事，添人白发多。寝园残石马，废殿泣铜驼。
> 胡运占难久，边情听易讹。凄凉旧京女，妆髻尚宣和。

通过北来人之口，生动描述了北宋帝王陵墓的荒凉和敌占区人民盼望恢复的急切心情。其他如《筑城行》《苦寒行》《军中乐》《戊辰即事》等，也都是抨击时弊的力作。

刘克庄也是颇为重要的诗论家，他的《后村诗话》有不少精彩的见解。

南宋末年诗坛充满血和泪。文天祥、谢翱、汪元量、林景熙、郑思肖等，用鲜血和生命写下锥心之痛与无限哀思，为两宋诗坛留下了最后的诗篇。

文天祥（1236—1283），字履善，一字宋瑞，号文山，吉州庐陵（今江西吉安）人。宝祐四年（1256）进士第一，德祐二年（1276）以右丞相兼枢密使出使元营议和，被扣留，后逃脱，至温州，拥立端宗。景炎二年（1277）出兵江西，兵败被俘，被囚燕京三年，英勇不屈，以身殉国。有《文山诗集》《指南录》《指南后录》《吟啸集》等。文天祥前期诗多为应酬之作，较为平庸草率。从德祐元年（1275）起兵抗元开始，艰苦的斗争生活淬砺了他的爱国激情。此后的诗，多表达对宋末人民疾苦的同情、对元兵烧杀抢掠暴行的愤怒以及国破家亡的痛苦，同时也记录了他忠于国事直至英勇就义的人生遭遇和心路历程，如《过零丁洋》：

辛苦遭逢起一经，干戈寥落四周星。
山河破碎风飘絮，身世浮沉雨打萍。
惶恐滩头说惶恐，零丁洋里叹零丁。
人生自古谁无死，留取丹心照汗青。

以光照千古的人格，表现了具有崇高民族气节的精神风范。《金陵驿》则写出了他对宋室江山衰败的伤痛悲苦：

草合离宫转夕晖，孤云飘泊复何依。

> 山河风景元无异,城郭人民半已非。
> 满地芦花和我老,旧家燕子傍谁飞?
> 从今别却江南路,化作啼鹃带血归。

诗中景物描写和家国兴亡、自身遭遇交织一片,情调苍凉悲壮。《正气歌》更全面反映了他的忠义情怀和凛然正气,慷慨激昂,感人肺腑。

谢翱(1249—1295),字皋羽,号晞发子,长溪(今福建霞浦县)人,有《晞发集》。他曾聚兵数百参加文天祥的抗元部队。文天祥殉国后,他多次设其牌位北向哭祭。其诗风格奇崛,悲凉沉痛,如《书文山卷后》:"魂飞万里路,天地隔幽明。死不从公死,生如无此生。丹心浑未化,碧血已先成。无处堪挥泪,吾今变姓名。"泣血吞声,感情深挚,思国思人,沉痛悲壮。

汪元量(1242?—1317?),字大有,号水云,钱塘(今浙江杭州)人,有《水云集》《湖山类稿》。他原本是南宋宫廷供奉琴师,元兵灭宋,俘虏宋恭帝及太后等北去,他随至燕京,晚年请为道士,不知所终。他亲尝国破家亡之痛,以朴素的语言,白描的手法,记叙了宋室灭亡的情景,具有诗史价值。代表作有《醉歌》10首、《湖州歌》98首、《越州歌》20首。如《醉歌》之四:

> 六宫宫女泪涟涟,事主谁知不尽年。
> 太后传宣许降国,伯颜丞相到帘前。

如实叙写南宋小朝廷被迫投降的种种难堪和屈辱,字里行间,隐寓悲痛。再如《湖州歌》之六:

> 北望燕云不尽头,大江东去水悠悠。
> 夕阳一片寒鸦外,目断东西四百州。

夕阳之下，江水悠悠，满是经历亡国巨变后的沉郁与沧桑。

林景熙（1242—1310），字德旸，号霁山，平阳（今属浙江）人，有《白石樵唱》。其诗寄情于景，善用比兴，情思幽宛，如"深夜无风莲叶响，水寒更有未眠鸥"（《梦回》），借鸥自喻，寄托了他对宋王朝的绵绵哀思。

郑思肖（1241—1318），字忆翁，号所南，福州连江（今福建省内）人。宋亡后坐卧皆不北向，以示遗民之志。《寒菊》诗云："宁可枝头抱香死，何曾吹落北风中"，抒写宁为玉碎不为瓦全的坚定志向。他又是有名的画家，尤善画兰，宋亡后所画之兰皆无土护根，象征遗民无家无国、无处安身。他最有名的著作据说是明末在苏州承天寺一眼枯井中发现的《心史》手稿，包括诗集《咸淳集》《大义集》各一卷、《中兴集》二卷。另有文章结集《久久书》《杂文》《大义略叙》各一卷。其真伪迄今未有定论。

第三章
宋　词

词的起源与燕乐的流行密不可分。酒边筵下是词的主要演唱场合，娱宾遣兴则是词的重要功能。这样的语境，使得词在内容、风格、地位等方面都与传统诗歌存在鲜明差异。传统的说法，"诗庄词媚"，词更擅长于处理细腻宛曲的情感，呈现出幽微精致的风格。词这一文体，在经历了中晚唐和五代时期的酝酿与发酵后，在宋代日益吸引着文人的眼光。宋人不但将词的这些特性发挥到了极致，而且完成了词体的建设，提升了词的地位，拓宽了词的境界，最终将词发展为一种独具特色的抒情表达形式。

第一节　柳永与北宋前期词坛

一　"晏欧"词风

北宋前期词苑沿袭五代风尚，或写男欢女爱、离情别绪，或展现悠闲自得的生活情趣。体制上以短章小令为主，长于抒情，多用比兴手法，风格绮丽柔婉。代表作家有晏殊、欧阳修等。他们的词中，渗入了士大夫的清雅与思致，在继承中显现出革新的一面。晏殊（991—1055），字同叔，临川（今江西抚州）人。他少年多才，十四岁以神童荐举，赐同进士出身，此后仕途顺利，官至宰相。有

《珠玉词》。晏殊的生活比较悠闲，诗酒为乐。他的词受南唐李煜及冯延巳影响较大。但比起李、冯二人的感性执着，晏殊的伤春悲秋、愁思离怨则较为圆融节制，略显华贵。如《浣溪沙》：

  一曲新词酒一杯，去年天气旧亭台，夕阳西下几时回？
  无可奈何花落去，似曾相识燕归来，小园香径独徘徊。

  一向年光有限身，等闲离别易销魂，酒筵歌席莫辞频。
  满目山河空念远，落花风雨更伤春，不如怜取眼前人。

词中虽有悲哀，却是柔和的，以浅斟低唱的姿态，写出幽微隐曲的生命体悟及包揽宇宙的情感体会。

  宋初词坛与晏殊词风相近的是欧阳修，二人并称"晏欧"。欧阳修有《六一词》，其词多有对时光不再的感慨，但这种感慨并不一味沉重，而是一种洒脱的轻愁，如"直须看尽洛城花，始共春风容易别"（《玉楼春》）等，构成了欧词的主要基调。但欧阳修一生宦海沉浮，仕途不像晏殊那样一帆风顺，因而词中会偶露"世路风波险"（《圣无忧》）这样的峥嵘之句。欧阳修的爱情词中也颇多佳句，如"泪眼问花花不语，乱红飞过秋千去"（《蝶恋花》），"寂寞起来搴绣幌，月明正在梨花上"（《蝶恋花》）等，细腻刻画了深闺女子暮春时节的寂寥愁苦。又如《踏莎行》：

  候馆梅残，溪桥柳细。草薰风暖摇征辔。离愁渐远渐无穷，迢迢不断如春水。
  寸寸柔肠，盈盈粉泪。楼高莫近危阑倚。平芜尽处是春山，行人更在春山外。

抒写游子的离愁与思妇的哀怨，褪去了五代以来类似题材的脂粉香艳之气，一往情深，意境浑融，仿佛弥散出珠玉般莹润离合的微光。

二 张先等人的创作

北宋前期除晏、欧外，尚有一批词人如范仲淹、张先、王安石等，以其别具特色的创作，显示了宋词的新变。

范仲淹（989—1052），字希文，吴县（今江苏苏州）人。北宋初期著名政治家。曾官陕西经略安抚副使，治军有方。庆历三年担任枢密副使、参知政事，主持"庆历新政"，改革国家积弊。有《范文正公集》。现存词作五首，多别开生面，意境深沉。代表作为《渔家傲》：

> 塞下秋来风景异，衡阳雁去无留意。四面边声连角起，千嶂里，长烟落日孤城闭。
>
> 浊酒一杯家万里，燕然未勒归无计。羌管悠悠霜满地，人不寐，将军白发征夫泪。

写边地生活的艰苦、战士浓重的思乡情绪和热烈的报国情怀，风格苍凉悲壮，开豪放词先声。

张先（990—1078），字子野，乌程（今浙江湖州）人，有《张子野词》。张先词内容不出传统相思离别题材，但立意工巧，语丽辞美，如《千秋岁》："天不老，情难绝，心似双丝网，中有千千结。""丝"与"思"谐音，"千千结"比喻两人同心，不可离分，设喻新巧奇妙。张先还善用以虚写实的手法来写景，如"云破月来花弄影"（《天仙子》），"娇柔懒起，帘压卷花影"（《归朝欢》），"柳径无人，堕絮飞无影"（《剪牡丹》），"中庭月色正清明，无数杨花过无影"（《木兰花》）等，皆以物影的虚来刻画景物的动态和朦胧美。前三句尤为人传诵，为张先赢得了"张三影"的称号。还值得注意的是，张先率先在词中使用题序，像诗歌一样，将词的写作用于文人间的唱和酬答，如《山亭宴慢·有美堂赠彦猷主人》《定风波令·再次韵送子瞻》等，拓展了词的实用功能，也提高了词体地位，对苏轼的创作亦有影响。

王安石不只诗写得好，词也很有特点。其词存29首，初步突破以词描摹个人轻愁的传统。如《桂枝香》，怀古登临，融入了深沉的历史感悟：

登临送目，正故国晚秋，天气初肃。千里澄江似练，翠峰如簇。征帆去棹残阳里，背西风，酒旗斜矗。彩舟云淡，星河鹭起，画图难足。

念往昔，繁华竞逐，叹门外楼头，悲恨相续。千古凭高，对此漫嗟荣辱。六朝旧事随流水，但寒烟衰草凝绿。至今商女，时时犹唱，后庭遗曲。

这是北宋词坛较早的怀古词，在山河盛衰中寄托对六朝兴亡的反思，写景如画，词气清空，意境高远。这类词中，作者抒己之情、言己之志的倾向日趋鲜明，显露出词从应歌娱人向抒情言志的逐渐蜕变。

三 柳永词的新变

柳永（987？—1053？），原名三变，字景庄，后改名为永，字耆卿，崇安（今属福建）人。通晓音律，早年屡试不第，中年后进士及第，曾任县令、屯田员外郎等小官，后穷困而死。有《乐章集》，存词213首。柳永是北宋以来第一个专力写词的作家，从体制到内容诸方面都给宋词带来重大影响，可谓当时词坛的风云人物，"凡有井水处，即能歌柳词"（《避暑录话》卷三），他的词甚至远播西夏、高丽，反映了柳词受欢迎的程度以及在词史上的重要地位。

首先，柳永发展了词的体制。他大量采用慢词长调，共创作慢词87调125首，打破了长期以来文人词以小令为主的惯例。慢词篇幅较长，音乐上的变化也较小令为多，擅长表现抑扬高下、曲折宛转的情思。慢词的流行，扩大了词的含量，丰富了词的表现力。

其次，柳永拓展了词的表现题材。尽管传统的相思之作仍占很大比重，但柳词吸纳不少新的内容。都市词、羁旅词、歌妓词就是其中几个重要方面。柳永以多彩的笔触描绘了汴京、苏州、长安、杭州等大城市的繁华生活，如《望海潮》写尽杭州风情的美好，据说金主完颜亮读到其中"三秋桂子，十里荷花"的句子时不禁神往，遂兴起南侵念头。柳永屡试不第，为了生计到处宦游，因此其词又善于抒写失意文人的凄凉悲怆，如《八声甘州》上阕："对潇潇暮雨洒江天，一番洗清秋。渐霜风凄紧，关河冷落，残照当楼。是处红衰翠减，苒苒物华休。惟有长江水，无语东流。"萧瑟秋景与羁旅失意水乳交融。柳永长期沉沦社会下层，与市井歌妓乐工时相往来，因此其歌妓词数量极多。尽管此点常为人诟讥，但其中一些词作真切写出了歌女们对自由生活的向往，如"万里丹霄，何妨携手同归去"（《迷仙引》），表现歌女的从良愿望。另一些词作以平等相知的姿态赞美歌妓的"心性温柔，品流详雅，不称在风尘"（《少年游》），都体现出人性纯真与美好的一面。

再次，他提高了词的表现技巧。柳永词长于铺叙，善用白描，语言雅俗相间，熔写景、叙事、抒情于一炉，丰富了词体的表现力，如《雨霖铃》：

> 寒蝉凄切，对长亭晚，骤雨初歇。都门帐饮无绪，留恋处，兰舟催发。执手相看泪眼，竟无语凝噎。念去去，千里烟波，暮霭沉沉楚天阔。
>
> 多情自古伤离别，更那堪，冷落清秋节！今宵酒醒何处！

杨柳岸，晓风残月，此去经年，应是良辰好景虚设。便纵有千种风情，更与何人说！

以赋体铺陈手法，恣意渲染离别场面及离后情思，尤其是"今宵酒醒何处？杨柳岸，晓风残月"三句，用"杨柳岸""晓风""残月"三个意象，构成了一个似真似幻、迷离惝恍的意境，清丽凄凉，将诗人孤独寂寞的情怀深挚含蓄地表达出来。他还擅长利用回忆与想象来叙事言情，或由当下回想从前，或由现在设想未来，或设想未来回忆现在，多重时空，往复穿插，形成独特的结构方式。

最后，柳永词在审美情趣上有着变雅为俗的一面。他混迹于市井青楼，创作众多迎合大众审美需求的词作，用通俗化的语言表现市井民众的情感世界。如"悔当初、不把雕鞍锁。向鸡窗，只与蛮笺象管，拘束教吟课"（《定风波·自春来》），写出世俗女性率直泼辣的爱情追求。

柳永全面开创了宋词的新局面，对后世作家沾溉颇深。后代词人如苏轼、秦观、黄庭坚、周邦彦、李清照、辛弃疾、吴文英等都曾从他的作品中汲取过营养。他的艺术手法甚至被冠以"柳氏家法""屯田蹊径"的名称，长久地浸润着后来词人的创作。

第二节 苏轼、周邦彦与北宋后期词坛

一 苏轼词的开拓

在宋代词坛上，苏轼是很重要的一位词人。他完成了词体的全面变革，突破了"诗庄词媚"、词为"艳科"的传统格局，使得词成为独立的抒情诗体，为词的发展"指出向上一路"（王灼《碧鸡漫志》卷二）。

苏轼对词的革新，被后人概括为"以诗为词"（《后山诗话》）。

"以诗为词"首先体现为以写诗的态度来写词,将词用于抒写作者自身的性情怀抱和人生感悟。凡诗可以表现的,苏轼亦用词来表现。举凡怀古、感旧、记游、悼亡、送别、咏史、说理等向来诗家惯用的题材,一一被苏轼纳入词中。如《浣溪沙》(簌簌衣巾落枣花)第一次将农村题材正式引入词中,《江城子·乙卯正月二十日夜记梦》可谓文学史上第一首悼亡词,《江城子·密州出猎》描绘射猎之壮阔、抗敌之壮怀,亦为此前词中所无。苏轼还常在词前标示词题、撰写小序,一如诗歌题序,使词可以更好地抒发一己悲欢。如此,苏轼从文体观念上将词提到了与诗齐平的位置,词的地位得到了真正的提升。

苏轼"以诗为词",又体现在将诗歌的表现手法移入词中。比如在词中大量用典,始于苏轼。如《江城子·密州出猎》上阕用孙权射虎的典故概写出城打猎,写出了围猎的盛况和恣肆的豪情,下阕用冯唐的典故,以魏尚自许,表达忠心为国之志,同时也暗含怀才不遇的抑郁。通过丰富的事典,作者将内心的复杂情志传达得极为精彩。诗歌表现手法的引入,不但丰富了词的表现力,亦有助于词的风格境界的拓展。

苏轼在词中尽情挥洒、展现自己的真性情和真怀抱,他的豪迈、疏狂、壮志、哲思、苦闷、浩叹,无不流泻在词中,充满动人魅力,极大地拓展了词的情感内涵和风格境界。苏轼词常被看作豪放词风的代表,这不仅是因为他词中的主人公不少是老夫、醉客或豪杰,更重要的是因为他词中表现出的历史意识、人生情怀和洒脱豪迈的胸襟。如《定风波》序称:"三月七日,沙湖道中遇雨,雨具先去,同行皆狼狈,余独不觉。已而遂晴,故作此。"词云:

> 莫听穿林打叶声,何妨吟啸且徐行。竹杖芒鞋轻胜马,谁怕?一蓑烟雨任平生。

> 料峭春风吹酒醒，微冷，山头斜照却相迎。回首向来萧瑟处，归去，也无风雨也无晴。

借题序所记遇雨小事，即景生情，抒写词人旷达淡泊的胸怀和自然合道的人生感悟，这样的心灵赞歌和哲理思考，一洗传统词作的脂粉媚态。再如《念奴娇·赤壁怀古》：

> 大江东去，浪淘尽，千古风流人物。故垒西边，人道是，三国周郎赤壁。乱石穿空，惊涛拍岸，卷起千堆雪。江山如画，一时多少豪杰！
>
> 遥想公瑾当年，小乔初嫁了，雄姿英发。羽扇纶巾，谈笑间，樯橹灰飞烟灭。故国神游，多情应笑我，早生华发。人间如梦，一樽还酹江月。

境界雄阔，吞吐古今，将思古豪情与作者深沉的身世之感融合一处，堪称千古绝唱。

值得注意的是，苏轼的词风不主一格，并非"豪放"二字所能概括。他有不少情致婉约、细腻宛曲之作。如"谁见幽人独往来？缥缈孤鸿影"（《卜算子》），凄婉孤寂。"春色三分，二分尘土，一分流水。细看来，不是杨花，点点是离人泪"（《水龙吟·次韵章质夫杨花词》），婉转缠绵。"碧纱窗下水沈烟，棋声惊昼眠"（《阮郎归·初夏》），清丽闲雅。类似这样的词句，在苏轼词中，可以举出很多。总之，苏轼大大提升了词的地位，扩大了词的表现功能，开拓了词的风格境界，建立起一种新的美学风范，在词风转变过程中具有关键性意义。

二 晏几道、秦观、黄庭坚、贺铸等人的创作

北宋后期词坛，在苏轼影响下，黄庭坚、晁补之等人也都有较

为俊健的作品。婉约词风仍然是主流，音韵格律进一步得到规范，长调慢词也得到进一步发展，主要作家有晏几道、秦观、周邦彦等，其中又以周邦彦成就最高、影响最大。

晏几道（1038—1110），字叔原，号小山，与其父晏殊合称"二晏"（又称"大晏""小晏"），有《小山词》。他出身富贵风流之家，但晚岁家道中落，故常以感伤笔调追忆往昔繁华生活。他的词技巧圆熟，小词尤美，如《鹧鸪天》：

彩袖殷勤捧玉钟，当年拼却醉颜红。舞低杨柳楼心月，歌尽桃花扇底风。

从别后，忆相逢。几回魂梦与君同？今宵剩把银釭照，犹恐相逢是梦中。

上片写当年狂欢之态，"舞低"二句对仗精美，如梦如幻。下片写别后及重逢情怀，"剩把""犹恐"等虚词的运用，化质实为空灵宛转，将意外重逢惊喜交织的心理活画而出。

秦观（1049—1100），字少游，号淮海居士，高邮（今江苏高邮）人。少读兵书，有大志。但元丰八年始中进士，至元祐年间不过官秘书省正字。绍圣初，新党执政，因其出自苏轼门下，受牵连被贬郴州、横州、雷州等地。徽宗立，被召还，途中死于藤州，有《淮海词》，存词100余首。他是苏门四学士之一，其词风却跟老师大相径庭。他是北宋婉约词的代表作家，被后人誉为"婉约正宗"。他将小令作法引入慢词，用小令的含蓄深婉，来弥补慢词疏散直露的不足，达到情辞兼胜的艺术效果。其词情调柔婉，语言精美，长于抒情，上承柳永，下启周邦彦。

秦观词中愁、恨、苦等字出现频率极高，这源于他极度敏感的心灵和较弱的心理承受能力。随着他人生失意的加剧，其创作可分为前后两期。前期的秦观对人生尚抱积极态度，其愁多是一种柔婉幽微的闲愁和轻愁，如《浣溪沙》：

> 漠漠轻寒上小楼，晓阴无赖似穷秋，淡烟流水画屏幽。
> 自在飞花轻似梦，无边丝雨细如愁，宝帘闲挂小银钩。

轻寒、淡烟、飞花、细雨等，一个沉重的字都没有，一切都很轻柔，连花落都是无声无息、无所牵绊。这里面的愁没有具体的内容，只是极纤细、极敏锐的一种内心感悟。后期被贬，秦观的愁一变为江海般深重的苦愁和深愁。如"便做春江都是泪，流不尽，许多愁"（《江城子》），"春去也，飞红万点愁如海"（《千秋岁》），情调悲苦之至。

从内容上看，秦观词无非是写男女恋情和离愁别绪，但他能"将身世之感，打并入艳情"（周济《宋四家词选》），为婉约词别开生面。如《满庭芳·山抹微云》在离别的悲凉中，寄寓作者功名失意的感慨，"伤情处，高城望断，灯火已黄昏"数句，尤其感人。再如《踏莎行》：

> 雾失楼台，月迷津渡，桃源望断无觅处。可堪孤馆闭春寒，杜鹃声里斜阳暮。
> 驿寄梅花，鱼传尺素，砌成此恨无重数。郴江幸自绕郴山，为谁流下潇湘去？

愁似乎是重叠坚固的石块砌成，既沉重又细腻地写出逆境中的失意之感。词尾两句，更形象地比拟出文人无法把握自身命运的哀怨。无怪王国维感慨此词已由"凄婉"变为"凄厉"（《人间词话》）。

黄庭坚词存世近200首，可分为俗词、雅词两类。前者以俚俗写侧艳之情，近于柳永，为人诟病。这些作品多作于早年，只占

《山谷词》的六分之一。代表黄庭坚词风的主要是那些作于贬谪期的清逸俊健之作，如《鹧鸪天》：

> 黄菊枝头生晓寒，人生莫放酒杯干。风前横笛斜吹雨，醉里簪花倒著冠。
>
> 身健在，且加餐，舞裙歌板尽清欢。黄花白发相牵挽，付与时人冷眼看。

词的上片写劝酒和酒后狂态，"横"字、"倒"字皆露强倔之气。下片写对世俗的挑战和不合作心态。"黄花"象征御霜耐寒的坚贞，正是他精神个性的写照。黄庭坚踵武苏轼以诗为词的作风，为词的诗化和南宋豪放词的创作起到推动作用。

贺铸（1052—1125），字方回，原籍山阴（今浙江绍兴），生长于卫州（今河南汲县）。贺铸是宋太祖贺皇后五世族孙，状貌奇丑，人称"贺鬼头"。贺铸少时豪侠使气，入仕后傲视权贵，一生沉居下僚，晚年退居苏杭，自称庆湖遗老，有《东山词》。贺铸词题材广泛，风格多样，秾丽与清刚兼而有之。如《青玉案》（凌波不过横塘路），秾丽婉约，情思缠绵，其中"一川烟草，满城风絮，梅子黄时雨"三句，形象地写出了愁的广度、密度和长度，被人誉为"贺梅子"。而《六州歌头》（少年侠气）慷慨激昂，以英雄豪侠气魄，上承苏轼，下开张孝祥、辛弃疾、刘过词之先路。

三 周邦彦对词的贡献

周邦彦（1056—1121），字美成，号清真居士，钱塘（今浙江杭州）人。因精通音律，徽宗时召为大晟府提举，有《清真集》，又名《片玉集》。

周邦彦词作题材近于柳永，多写风月艳情和羁旅愁恨，但较为含蓄淡雅。羁旅词虽与柳永相似，在景色中寄寓身世之感，亦不像柳词那样平铺直叙，而是话不说尽，更多波澜余味，如《一落索》：

> 杜宇思归声苦。和春催去。倚阑一霎酒旗风，任扑面，桃花雨。
> 目断陇云江树。难逢尺素。落霞隐隐日平西，料想是、分携处。

用"料想是、分携处"暗示别情，深婉有致。周词中还有近20首咏物之作，视角灵活，时而言情，时而写物，交错结合，如《丑奴儿·咏梅》。

周邦彦词作内容与苏轼相比虽显视域狭窄，但在词的结构安排、语言声律的运用方面却有自己不俗的贡献。

周词善于铺叙，意象密集，又巧于结构，词的章法并不显得杂乱繁沓，而是开合动荡、张弛相间，虽回环曲折却法度谨严，一丝不苟。如长调《六丑·蔷薇谢后作》抒发作者伤春、惜逝之情，是周邦彦咏物词的名作之一。其中"愿春暂留，春归如过翼，一去无迹"三句，几乎一句一转：愿春暂留而不奢望长留，是一转；春却如飞鸟归去，又一转；不但归去，且归去得全无踪迹可寻，更一转，感情也随之步步加深。即使篇幅不长的词作，也颇能见出他的结构功夫。如《玉楼春》：

> 桃溪不作从容住。秋藕绝来无续处。当时相候赤栏桥，今日独寻黄叶路。
> 烟中列岫青无数。雁背夕阳红欲暮。人如风后入江云，情似雨余粘地絮。

工于对仗，辞气相连，景色与情感的变化分明连贯，读来但觉沉着有力，情意流转，并无板滞之病。

周词语言工雅又格律谨严。所谓"工"指他工于锤炼字句，如以"叶上初阳干宿雨，水面清圆，一一风荷举"（《苏幕遮》）写荷，就很传神。所谓"雅"指他善于化用前人诗句诗意和善用代字，使词避免粗露，显得雅驯，上举《玉楼春》八句即分别化用了八处前人成诗。周邦彦精通音乐，又曾为大晟府提举，讨论古音，审定古调。除整理完善旧有曲调外，他还大量创制慢、引、近、犯等新调，如《玲珑四犯》将四个不同调子结合一起，《六丑》将六种不同调子结合一起，都是难唱之调，如此进一步繁荣了词的体制。所谓"格律谨严"多类此。这说明他的词能够音声谐美合乐，不同凡俗。

周邦彦之前的北宋词坛，创作多以直接感发为主，周词在兼取婉约诸家之长的基础上，又有创造性的发展，尤重人工的修饰和安排，对南宋词坛特别是姜夔、吴文英、王沂孙、张炎等人影响深远，被视为南宋格律词派的开山之祖。

第三节　李清照与南渡词人群体

南北宋之交的巨大变故，对南渡词人群体创作有直接的冲击。他们前期生活相对安定，创作风格偏于闲适。后期的词作转为对现实的忧患伤感，在此基础上，或退为忆旧的凄苦呻吟，或进为抗战的凄厉呼声。代表作家有李清照、朱敦儒、陈与义、岳飞等。其中，李清照以其独特的女性视角和别具一格的艺术成就，成为当时词坛最亮丽的光彩。

一　李清照与"易安体"

李清照（1084—1155），自号易安居士，济南（今属山东）人，有《漱玉词》。她出身书香门第，父亲李格非是有名的文学家。丈夫赵明诚亦在金石学方面学有专长。李清照有很高的文学素养，也有过人的见识。她所著的《词论》，是最早的词论著作之一。与苏轼"以诗为词"不同，李清照明确提出词"别是一家"，强调词作为一种抒情为主的音乐歌词的特色，重视词所特有的音律、语言、情韵等美学特征。她认为词应"协律""可歌"，需要"分五音，又分五声，又分六律，又分清浊轻重"，从词的本体论立场维护了词体的文学地位。

李清照现存词70余首，以"靖康之变"为界，大致可分为前后两期。前期词多写闺中少女之乐、夫妻恩爱之情，如"倚门回首，却把青梅嗅"（《点绛唇》），描写少女的天真活泼，"兴尽晚回舟，误入藕花深处"（《如梦令》），表现作者野游欢乐。《一剪梅》则是写相思的名篇：

红藕香残玉簟秋，轻解罗裳，独上兰舟。云中谁寄锦书来？雁字回时，月满西楼。
花自飘零水自流，一种相思，两处闲愁。此情无计可消除，才下眉头，却上心头。

以轻柔缠绵的笔调，将无可把握的思念动态具象化，"才下""又上"连用，表现出心理由外到内的复杂微妙变化，贴切形象。

从靖康元年起，李清照迭遭国破、家亡、夫死之痛，人生命运的变更，使其词风由前期的温情脉脉转向感喟家国之痛的苍凉凄清。《声声慢》是代表性作品：

寻寻觅觅，冷冷清清，凄凄惨惨戚戚。乍暖还寒时候，最难将息。三杯两盏淡酒，怎敌他晚来风急！雁过也，正伤心，却是旧时相识。

满地黄花堆积，憔悴损，如今有谁堪摘？守着窗儿独自，怎生得黑！梧桐更兼细雨，到黄昏点点滴滴。这次第，怎一个愁字了得！

开篇以十四个叠字，铺写出一片阴冷凄清、孤独悲戚之气。接着用急风、旧时雁、凋零的黄花、梧桐细雨等具有伤感意味的意象，铺叙了秋日傍晚难以排遣的深哀巨痛。千言万语，归结为最后的一声沉重叹息，倾尽内心的无限哀愁。

　　李清照的词自成一家，后人誉为"易安体"。"易安体"的首要特色，是擅以女性笔描绘女性日常生活，展现女性独特心理。如"知否，知否，应是绿肥红瘦"（《如梦令》），用人的体态来作比拟，形象写出风吹雨打后海棠绿叶繁茂、红花稀少的凄凉情状，反衬女主人的自伤多愁，惜春情深。《永遇乐》将青春少女和残年寡妇两种不同的生活情态和心境展露无遗，是青春的哀歌，也是时代苦难的写照。其次，"易安体"的特色表现为擅以白描之法写含蓄之情。李清照的词，极少用典，常以极平常、极生活化的明畅之语，锻造出生动形象的比喻，揭示出富于发展变化的抽象的自我情感，如"只恐双溪舴艋舟，载不动、许多愁"（《武陵春》），仿佛愁有重量。"柔肠一寸愁千缕"（《点绛唇》），仿佛愁有数量。"莫道不销魂，帘卷西风，人比黄花瘦"（《醉花阴》），仿佛愁又有色彩和形状等。同是写愁，却偏有如此多细腻曲折的表达方法。语言的通俗与意境的朦胧所形成的张力，使易安词别具一种魅力和风情，"易安体"遂成为后世作家效仿的对象之一。

二　其他南渡词人

　　南渡词坛上，朱敦儒的词具有鲜明的自我抒情特色，上承东坡，下启稼轩，在宋代词坛颇有影响。朱敦儒（1081—1159）字希真，号岩壑,洛阳(今属河南)人。南渡前曾拒绝南宋朝廷征召,追求人格自由。南渡后始赴临安就职,以国家利益为重。晚年对国事失望,遂放浪山水。有词三卷,名《樵歌》。

朱敦儒南渡之前即有"词俊"之称,词风狂放洒脱,如《鹧鸪天·西都作》:

> 我是清都山水郎,天教分付与疏狂。曾批给雨支风券,累上留云借月章。
> 诗万首,酒千觞,几曾著眼看侯王。玉楼金阙慵归去,且插梅花醉洛阳。

全词竟以"疏狂"为线索一贯到底,极尽风流洒脱之态。靖康之难后,民族的悲剧和社会的苦难使其词一变为忧愤凄壮。《采桑子·彭浪矶》:

> 扁舟去作江南客,旅雁孤云。万里烟尘,回首中原泪满巾。
> 碧山对晚汀洲冷,枫叶芦根。日落波平,愁损辞乡去国人。

将国破家亡的悲哀与飘零江南的孤独心态结合起来,给人以强烈的感染力。朱敦儒的词不论叙事抒情,还是赋物纪游,都带有强烈的自传色彩,反映了他一生的情感历程,而且语言清新晓畅,被人称为"朱希真体"。

陈与义的词作多以忆旧为主题。《临江仙·夜登小阁忆洛中旧游》是其名作:

> 忆昔午桥桥上饮,坐中多是豪英。长沟流月去无声。杏花疏影里,吹笛到天明。
> 二十余年如一梦,此身虽在堪惊。闲登小阁看新晴。古今

多少事，渔唱起三更。

在清丽的语言、沉重的感慨中包蕴了复杂的怀旧心态。尤其"杏花疏影里，吹笛到天明"两句，从静与动、光与影、色彩与香味、时间与声响等不同角度观照，塑造出一幅空灵透明的画境，从中衬出人的闲情豪兴，为人激赏。

有别于怀旧之词的，是那些能够直面现实苦难并企图有所改变的词作，如张元干、张孝祥、叶梦得、岳飞等人的作品。张元干（1091—1161），字仲宗，号芦川居士，长乐（今福建永泰）人，有《芦川词》。他曾有"群盗纵横，逆胡猖獗。欲挽天河水，一洗中原膏血"（《石州慢·己酉秋吴兴舟中作》）的呐喊。张孝祥（1132—1169），字安国，号于湖居士，乌江（今安徽和县）人，有《于湖词》。其《六州歌头》（长淮望断）抒爱国之情、忠义之愤，以豪放见长，成为辛词的前驱。叶梦得（1077—1148），字少蕴，号石林居士，苏州长洲（今江苏苏州）人，有《石林词》。其人既善理财，又能征战，亦有"谁似东山老，谈笑静胡沙"（《水调歌头》）的壮思。岳飞（1103—1142），字鹏举，汤阴（今属河南）人。他是南宋初期抗金名将，虽不以词名，但传为其作的《满江红》却代表了当时抗战的最强音：

怒发冲冠，凭栏处，潇潇雨歇。抬望眼，仰天长啸，壮怀激烈。三十功名尘与土，八千里路云和月。莫等闲，白了少年头，空悲切。

靖康耻，犹未雪。臣子恨，何时灭？驾长车、踏破贺兰山缺。壮志饥餐胡虏肉，笑谈渴饮匈奴血。待从头，收拾旧山河，朝天阙。

此外，李纲、赵鼎、李光、胡铨等南宋四名臣，亦有词作，为收复半壁江山而号呼。

第四节　辛弃疾与辛派词人

南宋中期词坛上，辛弃疾是最为耀眼的词人之一。他以慷慨纵横、雄深雅健的词风步武苏轼，确立并发展了豪放一派。在辛弃疾的影响下，陈亮、刘过、刘克庄等辛派词人将词与现实生活紧密联系起来，将词与个人遭际、国家命运联系起来，纵笔驰骋，尽情挥洒，抒写出众多豪情激昂的词篇。

一　辛弃疾

辛弃疾（1140—1207），字幼安，号稼轩，历城（今山东济南）人。生于沦陷区，自幼有恢复中原的志向，曾组织抗金队伍，亲身经历与金人的战争，只可惜南宋朝廷苟且偷安，致使他请缨无路、报国无门。他将一腔报国热情，倾吐在文学创作中，散文议论奇警，诗歌悲壮雄豪，词作成就最高，有《稼轩长短句》传世。

辛弃疾现存词 620 余首，是两宋词人中存词最多的作家。在内容上，他进一步扩大了词的题材范围，不仅是以诗为词，而且以文为词，题材范围比苏词更为广阔，几乎使词起到了与诗文同等的社会功效。

辛弃疾作为一个乱世之中的伟大爱国志士，抗战救国理所当然地成为他创作的主题。他利用酬唱赠答、写景咏物、怀古咏史多种题材，抒发自己强烈的抗敌爱国的决心。《永遇乐·京口北固亭怀古》是其中的名作：

千古江山，英雄无觅，孙仲谋处。舞榭歌台，风流总被雨打风吹去。斜阳草树，寻常巷陌，人道寄奴曾住。想当年，金戈铁马，气吞万里如虎。

元嘉草草，封狼居胥，赢得仓皇北顾。四十三年，望中犹记，烽火扬州路。可堪回首，佛狸祠下，一片神鸦社鼓。凭谁问，廉颇老矣，尚能饭否？

登临怀古中渗透着作者对伐金的清醒认识和老当益壮的战斗意志，情感炽烈，气势豪迈。另一些词作则抒发壮志难酬的苦闷忧患和对投降派的深刻批判。如《破阵子·为陈同甫赋壮词以寄之》以"可怜白发生"抒写英雄失志之悲。《水龙吟·甲辰岁寿韩南涧尚书》则借古讽今，既批判"夷甫诸人，神州沉陆"的不思进取者，又以"整顿乾坤事了"的豪情激励朋友为国效力。《小重山·与客泛西湖》中的"君恩重，教且种芙蓉"，则讽刺宋光宗不能用人的短视。

辛弃疾被朝廷压制，退居江西上饶、铅山几达二十年，因此其农村闲居词数量颇夥，它们多层次地描绘了农村自然风光和农民的日常生活，为词注入了一股清新自然的乡村气息，如《西江月》：

明月别枝惊鹊，清风半夜鸣蝉。稻花香里说丰年，听取蛙声一片。

七八个星天外，两三点雨山前。旧时茅店社林边，路转溪桥忽见。

全篇紧扣道中夜行这一视角，在空间的不断推移中，呈现出夏夜村野优美的风光以及作者对于丰收年景的由衷喜悦。

辛词不但题材比前代词人有所扩大，而且在艺术创作上也有了较大发展。首先，辛词在意象的选择上更加自由灵活，不仅经常出现刀枪剑戟、铁马旌旗等军事词汇，也经常出现鸡笼黄犊、稻花野草甚至眼耳舌齿等日常用语,五光十色的意象使辛词形成了以悲壮沉郁为主、妩媚清丽为辅的多样风格。像"叠嶂西驰,万马回旋,众山欲东"(《沁园春》),巍峨群山在作者眼中变成了奔腾的战马,这是何等雄阔的想象。"马作的卢飞快,弓如霹雳弦惊"(《破阵子》),更是借梦境淋漓描摹出英勇的战姿。而妩媚明丽的《祝英台近·晚春》,清新恬静的《清平乐·村居》,幽独缠绵的《青玉案·元夕》等,则又反映出英雄的人间情怀和宛转柔肠。

其次,辛词还将古文诗赋的比兴、典故、章法、议论、对话等艺术手法运用于词中,名作《摸鱼儿》(更能消几番风雨)联翩用典,甚至被人讥为"掉书袋",《西江月·遣兴》引入对话体,风趣生动,《贺新郎·别茂嘉十二弟》用赋体,《木兰花慢·可怜今夕月》仿《天问》等,也都表现了辛词在艺术手法上的开拓。

另外,辛词还熔铸经、子、史、小说的语言入词,突破了词与其他文体的语言界限,增强了词的表现力,丰富了词的语言。如《南乡子·登京口北固亭怀古》中的"不尽长江滚滚流"用杜诗,"生子当如孙仲谋"用《三国志》注,《哨遍·秋水观》隐括《庄子·秋水》,《贺新郎·甚矣吾衰矣》中的"不恨古人吾不见,恨古人不见吾狂耳"用《南史》张融语,"甚矣吾衰矣"及"知我者,二三子"从《论语》中化出,"大儿锄豆溪东,二儿正织鸡笼"(《清平乐》)直接提炼民间口语入词。多样化的尝试,形成辛词既雄深雅健又清新流转的语言风格。

辛弃疾继承并发展了苏轼开创的豪放词风,以文为词,并将爱国主义注入词中,把词作推向了一个更高的境界。无论在当时还是后世,辛词都产生了强烈而深远的影响。

二 韩元吉、陈亮、刘过等词人

和辛弃疾同时或稍晚的南宋词人中,受辛词影响的多达数十家,他们共同构成了豪放爱国词派。曾和辛弃疾以词唱和的韩元吉、陈亮、刘过等堪称辛派辅翼。

韩元吉（1118—1187），字无咎，号南涧翁，许昌（今河南许昌）人。官至吏部尚书，有《南涧甲乙稿》。辛弃疾曾在淳熙十一年写《水龙吟·甲辰岁寿韩南涧尚书》，以恢复大业相激励，韩于次年步辛词原韵回赠一首《水龙吟·寿辛侍郎》，中有"南风五月江波，使君莫袖平戎手。燕然未勒，渡泸声在，宸衷怀旧"诸句，以窦宪、诸葛亮比拟辛弃疾，期许其将来收复中原，气势豪迈，非一般流行寿词可比。

陈亮（1143—1194），字同甫，号龙川，永康（今属浙江）人。喜谈兵论政，力主抗战，三罹大狱而志气不改，有《龙川词》。陈亮为词长于议论，有强烈的现实针对性，常常用词来表达他的政治主张。其词气势豪迈，雄恣奔放，如《水调歌头·送章德茂大卿使虏》：

> 不见南师久，漫说北群空。当场只手，毕竟还我万夫雄。自笑堂堂汉使，得似洋洋河水，依旧只流东。且复穹庐拜，会向藁街逢。
>
> 尧之都，舜之壤，禹之封，于中应有，一个半个耻臣戎，万里腥膻如许，千古英灵安在，磅礴几时通？胡运何须问，赫日自当中！

议论捭阖，直抒报国之情，在一片苟安声中奇峰突起，充满着昂扬豪放的感召力量。

刘过（1154—1206），字改之，号龙洲道人，太和（今属江西）人，有《龙洲词》。其词多壮语，有意师法稼轩。《沁园春·斗酒彘肩》模仿辛弃疾《沁园春·将止酒戒酒杯使勿近》的对话体，颇得辛词狂放幽默之神髓。刘过也有一些情调凄恻之作，如《唐多令·

芦叶满汀洲》抒写家国亡恨,较为曲折含蓄,读来十分苍凉感人。

辛派词人追求豪迈洒脱,容易产生粗率外露、缺少余蕴的毛病。陈亮、刘过等人,都不免存在这样的问题。

三 刘克庄与刘辰翁

刘克庄是江湖诗派的主要作家,也是南宋后期成就最高的辛派词人,有《后村长短句》。其词多以国事为念,充满忧患意识和强烈的危机感。他对社会现实有着广阔的关怀和呈现,在一些方面的拓展甚至超过辛弃疾,如《满江红·送宋惠父入江西幕》涉及南方少数民族的起义,这是前人未曾表现过的题材。其词风格雄肆,虽亦有粗疏之弊,但他优秀的作品往往能有慷慨悲凉之气。《贺新郎·送陈真州子华》:

> 北望神州路,试平章、这场公事,怎生分付?记得太行山百万,曾入宗爷驾驭。今把作握蛇骑虎。君去京东豪杰喜,想投戈下拜真吾父。谈笑里,定齐鲁。
>
> 两河萧瑟惟狐兔,问当年、祖生去后,有人来否?多少新亭挥泪客,谁梦中原块土?算事业须由人做。应笑书生心胆怯,向车中闭置如新妇。空目送,塞鸿去。

开篇便就关系国家命运的"公事"设问,抖落出焦灼深切的忧虑;中间又以击楫北伐的祖逖勉励陈子华,希望他能振作国事、平定齐鲁;末尾感慨自己为无用书生,不能为国效力,只好将满腔报国之志交付给对方。全词充满对国事的关切,慷慨豪肆,深沉悲凉。

刘辰翁(1232—1297),字会孟,号须溪,庐陵(今属江西)人。曾受学于陆九渊,后任濂溪书院山长。宋亡后不仕,有《须溪集》。其词风格在遗民词人中最近辛弃疾。不过他经历了亡国的巨变，无法再像辛弃疾那么豪迈洒脱，而多为追悼故国、感情沉痛之作。如"江南正是堪怜！但满眼杨花化白毡。看兔葵燕麦，华清宫里；蜂黄蝶粉，凝碧池边。我已无家，君归何里"（《沁园春·送春》），"那堪独坐青灯，想故国、高台月明。辇下风光，山中岁月，海上心情"（《柳梢青·春感》）等，满溢亡国流落的悲痛，字字似有呜咽之声。

第五节 姜夔与吴文英

南宋中期，在辛派词人外，另有以姜夔为首，史达祖、高观国为辅的格律词派，直追辛派词人，其影响下及宋末元初，吴文英、周密、王沂孙、张炎、蒋捷等人，皆远绍周邦彦，近以姜夔"雅词"为宗，追求音律的严整，字句的雕琢，讲究含蓄婉转，在词的艺术技巧上有所发展。

一 姜夔

姜夔（1155？—1221？），字尧章，号白石道人，江西鄱阳人。曾谢绝张鉴为其买官的盛情，一生清贫自守。他兼通诗词文及书法，尤精音乐，其《白石词》存词84首，其中17首为自度曲谱，是现存唯一的宋代乐谱，为后世研究音乐史、词史提供了宝贵资料。

姜夔词的佳作集中在感世伤怀、恋情、咏物等题材。《扬州慢》描写扬州战后的破败荒芜，情调悲凉，是其代表作：

> 淮左名都，竹西佳处，解鞍少驻初程。过春风十里，尽荠麦青青。自胡马窥江去后，废池乔木，犹厌言兵。渐黄昏，清角吹寒，都在空城。
>
> 杜郎俊赏，算而今、重到须惊。纵豆蔻词工，青楼梦好，

> 难赋深情。二十四桥仍在，波心荡、冷月无声。念桥边红药，年年知为谁生！

全词写景虚实相间，实写眼中今日扬州之惨况，虚写心中昔日扬州之繁华，"厌"的是废池乔木，"惊"的是设想中的杜牧，"冷"的是月，寂寞的是芍药，作者虽无一个字正面抒情，却写尽了"黍离之悲"，体现出其清空骚雅的词风。

所谓"清"，指其语言和意象的清丽、清雅甚至清寒、清冷，这是姜词用语的一大特色。姜夔爱用阴冷意象，如"波心荡，冷月无声"（《扬州慢》）、"数峰清苦，商略黄昏雨"（《点绛唇》）、"冷香飞上诗句"（《念奴娇·闹红一舸》）等，将柳、周词中的香艳暖色变为一种具有刚劲之风的冷色调，给人一种冷劲之感。"空"，指词境的空灵。抒情咏物皆若即若离，遗貌取神，忌凝滞于对象本身，如《扬州慢》写人们对战争的厌倦，只以"废池乔木，犹厌言兵"虚写，树犹如此，何况人乎？

"骚雅"，指继承《诗经》《楚辞》的传统，用比兴寄托手法表达深沉宛曲之情，如"今何许？凭阑怀古，残柳参差舞"（《点绛唇》）、"高柳晚蝉，说西风消息"（《惜红衣》）等，在凄清的比兴中含而不露地揭示出对家国时事和人生的感喟。"雅"不仅指内容的蕴藉雅正，而且指语言的醇雅。姜词下字用意，皆力求反俗为雅，被后人奉为雅词正宗。

姜夔恋情词和咏物词亦多名篇。如《鹧鸪天·元夕有所梦》写相思的真挚和坚贞，风格缠绵。《踏莎行》相思彻骨，直至魂梦牵绕，"淮南皓月冷千山，冥冥归去无人管"两句，警策动人。咏物词以《暗香》《疏影》最为著名，借咏梅花，表达自己复杂的情绪感受，其中多有寄托又不着痕迹，一片神行之气。

姜夔于婉约、豪放之外别立"骚雅"一派，以清劲清刚之笔法挽救传统婉约词的柔靡软媚，又以骚雅蕴藉之风神补救辛派末流的粗犷浮躁，卓然成为南宋词坛大家，对南宋末期乃至后世词坛影响不绝。

二　吴文英

吴文英（1207？—1269？），字君特，号梦窗，晚年别号觉翁，四明（今浙江宁波）人。以布衣身份长期充当权贵幕僚，但并不以此干禄，是一个清高耿介之士，有《梦窗词》，存词341首。吴文英词作数量在南宋仅次于辛弃疾和刘辰翁，但多应酬唱和、伤时怀旧、咏物写景之作，视野较狭。唯其在艺术技巧上创造性地发展了周邦彦、姜夔之词，以跳跃式的思维和结构、怪异生新的语言卓然而成大家。《齐天乐·与冯深居登禹陵》颇具代表性：

> 三千年事残鸦外，无言倦凭秋树。逝水移川，高陵变谷，那识当年神禹。幽云怪雨，翠萍湿空梁，夜深飞去。雁起青天，数行书似旧藏处。
>
> 寂寥西窗久坐，故人慳会遇，同剪灯语。积藓残碑，零圭断璧，重拂人间尘土。霜红罢舞。漫山色青青，雾朝烟暮。岸锁春船，画旗喧赛鼓。

上片写景看似杂乱无序，实是白天所览各种风景的零碎印象，符合心理逻辑。下片则由所见所忆引出末句联想：今年春日凄冷，不似往年春日人们皆以彩船赛会以庆祝禹王生日，言外之意是昔日盛事何日能复呢？将实景与幻景、怀古与伤今统摄起来。再如词史上最长的、达240字的自度曲《莺啼序》更是由一堆缺乏理性逻辑的形象片断组成，实质上是以感情的起伏变化为内在结构线索，多层次、多维度地表达了对亡故恋人的思念。这种以心理时空的变幻为主，穿插物理时空发展的跳跃式结构，使词中看不出明显的呼应线索，带有现代意识流的超前意味。其词境的模糊性、多义性，也使心灵的微妙感受得到了最大限度的释放。

吴词语言的生新怪异主要表现在用字上。吴文英爱用具有强烈感觉性或情绪性的刺激字眼，如以"粉烟蓝雾""腻涨红波"（《过秦楼·芙蓉》）写烟雾和池水，带给人强烈的视觉刺激。他词中又多出现腻、冻、酸、腥、咽等字，如"箭径酸风射眼，腻水染花腥"（《八声甘州》）、"仙人凤咽琼箫"（《惜黄花慢》）等，增强了触、味、嗅、听等感觉强度，从而使人从心理上感受到新鲜的刺激。

吴文英词在结构和用语上的这些特点虽然极大地拓展了主观心灵感受的深广度，但由于缺乏必要的理性逻辑交代，也使人不易理解。张炎就指责曰："吴梦窗词如七宝楼台，眩人眼目，碎拆下来，不成片段。"（《词源》）

不过吴文英也有一些婉丽易晓之作，如悼念亡姬的名作《风入松》（听风听雨过清明），写对亡姬和过去美好时光的怀念，感情细腻而不生涩。《唐多令·惜别》更是无须辞费的白描：

> 何处合成愁，离人心上秋。纵芭蕉、不雨也飕飕。都道晚凉天气好，有明月、怕登楼。
>
> 年事梦中休，花空烟水流。燕辞归、客尚淹留。垂柳不萦裙带住，漫长是、系行舟。

吴文英在艺术上的独特营造，对词的发展做出了重要贡献，产生了较大影响。当时尹焕、沈义父、周密等人就很推崇他，清代词人如周济、戈载、陈廷焯、况周颐等人更是对他赞誉有加。

第六节　宋末词人

　　1276 年，南宋王朝宣告灭亡，一些词人便成所谓遗民，形成了以张炎、周密、刘辰翁、王沂孙、蒋捷等为代表的"遗民词人群"。这个群体大致分为两派，一是继承姜夔格调，代表人物有张炎、周密、王沂孙、蒋捷。一是以辛弃疾为宗，代表人物有刘辰翁、文天祥等。

　　张炎（1248—1320?），字叔夏，号玉田，又号乐笑翁，临安（今浙江杭州）人。张俊后裔，其祖父为元兵所害，张炎由贵公子流落江湖以终，有《山中白云词》，存词 302 首。张炎著有《词源》二卷，上卷论音律，下卷论词的创作，涉及音律、字面、句法、章法、用事等技巧。其论词重协律，宗法姜夔，推崇其词为"不惟清空，又且骚雅"，对后世影响较大。张炎词多以凄凉萧瑟之音，备写身世盛衰之苦，风格与姜夔相近。代表作《解连环·孤雁》，借失群孤雁寄托其沉哀的飘零之态与家国之思，为其赢得了"张孤雁"的美誉。

　　周密（1232—1298），字公谨，号草窗，吴兴（今浙江湖州）人。曾为南宋义乌县令，宋亡后不仕，专心整理文献，撰成《武林旧事》《齐东野语》等影响较大的笔记多种，编有《绝妙好词》七卷，流传甚广，有《草窗词》，存词 152 首。周密词受到姜夔、吴文英不同程度的影响，尤以吴的影响更为直接。但他后期遭受亡国之痛，风格转为苍凉，如"回首天涯归梦，几魂飞西浦，泪洒东州。故国山川，故园心眼，还似王粲登楼"（《一萼红·登蓬莱阁有感》），凄苦悲咽，既异于吴文英的缠绵哀愁，亦不同于自己前期的吟风弄月。

　　王沂孙（1240?—1310?），字圣与，号碧山，又号中仙，会稽（今浙江绍兴）人，有《碧山乐府》，存词 64 首，以工于咏物著称。如《天香·龙涎香》：

　　　　孤峤蟠烟，层涛蜕月，骊宫夜采铅水。汛远槎风，梦深薇露，化作断魂心字。红甆候火，还乍识、冰环玉指。一缕萦帘翠影，依稀海天云气。
　　　　几回殢娇半醉。剪春灯，夜寒花碎。更好故溪飞雪，小窗深闭。荀令如今顿老，总忘却，樽前旧风味。谩惜余薰，空篝素被。

上片写龙涎被采，只好在梦中怀念故地，而炼成香后，绿烟缭绕，结而不散，仿佛又回到海天。下片由香及人，回想当年燃香，玉人相伴，窗外飞雪，何等令人难忘，如今却盛景不再，空留余香，让人不禁生起故国之思。其他词作如"病翼惊秋，枯形阅世，消得斜阳几度"（《齐天乐·咏蝉》），"叹慢磨玉斧，难补金镜"（《眉妩·新月》），也都象征着亡国遗民的寂寞凄苦之情。王沂孙词也因此甚得前人特别是清常州词派的青睐，认为意境最深，力量最重，缠绵忠爱，感时伤世，并有君国之忧。

　　蒋捷，字胜欲，号竹山，阳羡（今江苏宜兴）人。咸淳十年（1274）进士，宋亡后坚不出仕，有《竹山词》。蒋捷秉性孤介，与周密、张炎、王沂孙等遗民词人均无来往，其词亦跳出辛、姜樊篱，独辟蹊径，兼有豪放清空、沉郁含蓄之美，如"夜倚读书床，敲碎唾壶，灯晕明灭"（《尾犯·寒夜》），沉郁心情中包蕴激昂爱国之气。"彩角声吹月堕，渐连营马动，四起笳声"（《声声慢·秋声》），雄阔景象中藏有清奇婉转之音。而《虞美人·听雨》更是杂糅豪放婉约之意的佳作：

　　　　少年听雨歌楼上，红烛昏罗帐。壮年听雨客舟中，江阔云低，断雁叫西风。

而今听雨僧庐下，鬓已星星也。悲欢离合总无情，一任阶前，点滴到天明。

词中选取三幅具有象征和暗示意义的画面，凝练概括出自己颠沛忧患的一生，最后以"一任"二字总结现在淡漠无奈的心情。其词蕴藉厚重，耐人寻味。

蒋捷的词还注重语言的精致和音声的婉美，如《一剪梅·舟过吴江》：

一片春愁待酒浇，江上舟摇，楼上帘招。秋娘渡与泰娘桥，风又飘飘，雨又萧萧。

何日归家洗客袍，银字笙调，心字香烧。流光容易把人抛，红了樱桃，绿了芭蕉。

全词句句用韵，上下片各用两组四字相叠的排句，加强了词作的表现力和节奏感，读来回环缭绕，悠扬悦耳。

宋亡之后，词坛凄音苦调满耳，辛派后劲尚有一些激昂之气。与辛弃疾的英雄豪气不同的是，此时的激昂不免空泛。如文天祥的词，以"世态便如翻覆雨，妾身元是分明月"（《满江红》）之忠贞气概，唱响昂扬之曲，以"人生欻歘云亡，好烈烈轰轰做一场。使当时卖国，甘心降虏，受人唾骂，安得流芳"（《沁园春·至元间留燕山作》）之激越声调，鼓舞人心，但底气不足，语言也失之粗豪。唯其耿耿爱国忠心，令人肃然起敬。

第四章
宋文与小说

宋文同样取得了辉煌成就。古文实现了实用性与审美性的完美结合，形成平易畅达、简洁明快的主流风格，开辟出全新的艺术境界。古文以外，骈文和赋也得到发展。宋人用古文之句法与气韵改造骈文和赋，创造出带有散体化风格的四六和文赋。宋人多将古文用于文章著述及日常写作，而将骈文集中在特定的应用领域。自此古文与骈文分疆而治，各擅风流。

宋代小说也得到发展。文言小说延续前代传统，又体现出自己的时代特色。同时，城市经济的繁荣与市民阶层的兴起，推动了话本小说的流行。话本以其世俗化的风貌，与雅正的诗文传统形成鲜明对照，并显示出强大的生命力。

第一节 宋代散文

一 诗文革新与北宋散文

晚唐的浮艳文风，贯穿五代和北宋初期，一直延续到宋仁宗年间。特别在真宗朝和仁宗朝前期，"缀风月，弄花草，淫巧侈丽"（石介《怪说》）的西昆体文风大行其道，虽有柳开、穆修、石介、尹洙等对西昆体猛烈抨击，极力提倡古文，但因过于重道而忽略诗文的艺术性，未能彻底扭转当时文风。

仁宗天圣八年（1030），欧阳修进士及第，此后逐渐成为文坛领袖。他不仅参与诗风改革，也领导了文风革新。欧阳修认为，文道并胜的文章才能流传后世。其理论较好地解决了文与道的关系，给诗文革新指出了正确的发展道路。除理论方面的建树，欧阳修又以自己的文学活动影响了散文写作。他早年曾与尹洙等人切磋古文，推崇韩愈，取法其文从字顺的一面。嘉祐二年（1057）知贡举，对文风险怪的太学体痛加排抑，选拔出苏轼、苏辙、曾巩等人。在文坛盟主欧阳修的影响下，宋代散文逐步走向黄金阶段，涌现出一批优秀的散文名家，他们的创作平易畅达、反映生活，共同扫清了晚唐五代以来绮靡浮华的文风，使北宋中叶成为唐代古文运动以后的又一个散文的繁荣时期，诗文革新运动至此始竟全功。

在欧阳修等人发起诗文革新之前，北宋散文创作较有成就的作家是王禹偁、范仲淹。诗文革新兴起后，代表性作家除了成就最高的苏轼外，还有苏洵、苏辙、王安石、曾巩、晁补之、李格非等，可谓群星璀璨。

王禹偁的创作多以散体形式表现出对现实政治和民生疾苦的热切关注，抒情写志真实自然，形成了简朴平易的文章风格。其《待漏院记》通过剖析两种不同类型宰相上朝前的心理，颂忠抑奸，透露出作者强烈的正义之情。《黄州新建小竹楼记》写自己谪居竹楼的文人雅趣，表达了作者"屈于身而不屈于道兮，虽百谪而何亏"（《三黜赋》）的坚贞品质，具有打动人心的力量。

范仲淹的文章于写景之中寄情寓志，亦较有特色。《岳阳楼记》是他最负盛名的篇章。其中"先天下之忧而忧，后天下之乐而乐"的议论，成为有宋一代士大夫精神理想的写照。

苏洵长于策论，其文往往能从历史上的兴衰成败和重大的政治措施出发、联系现实政治军事中的有关问题进行议论，析理透辟，见解深刻，针对性很强。《权书》十篇和《衡论》十篇是他议论文的代表作。苏洵的议论文章辞锋犀利，纵横开合，善用排比，有战国策士之风而又具宋人简练质实的特色。如《管仲论》论述政治家举贤自代问题的重要性。文章首先肯定管仲辅桓公"霸诸侯，攘夷狄，终其身齐国富强，诸侯不叛"的功劳，接着笔锋一转，指出管仲死后齐国大乱的事实并提出这样的观点："齐之治也，吾不曰管仲，而曰鲍叔。及其乱也，吾不曰竖刁、易牙、开方，而曰管仲。"然后论述管仲不能临终荐贤之过，文章有起伏，有照应，纵横开合，层层深入，不愧为议论文中的上品。《六国论》写六国赂秦而灭的历史教训，指出六国破灭之道在于"赂秦而力亏"，以此讽谏北宋王朝妥协苟安的外交政策，针对性极强。文章从正面、反面、侧面层层剖析，论述深刻而畅快淋漓。

　　苏辙的议论文善以譬喻、铺陈进行说理，论述委曲详备。其游记文往往写景传神，如在目前。《黄州快哉亭记》是他的名篇，文章写江山形胜，抒思古之情并贯以"快哉"之意，情辞并胜，有一唱三叹的韵味。

　　王安石是北宋著名的政治家，一生致力于革新事业，他的散文创作与政治事业紧密相连。王安石散文最突出的特色是长于议论。他的许多散文是向皇帝陈述政见、揭露时弊的上疏，或是与政敌的论战书。这些文章都措辞简练，语气决绝，逻辑谨严，表现出一个锐意进取、执着己见的政治家风范。如《上仁宗皇帝言事书》陈述自己富国强兵、选贤任能的政治措施，《本朝百年无事札子》揭露社会弊端并对当朝皇帝提出革弊中兴的殷切希望，最能代表他政论文的成就。《答司马谏议书》是给对新法表示不满的司马光的回信，文章以简劲的语言一一驳斥了对方的指责，表现出执着理想、勇于革新的精神。

　　王安石的其他文章如书札、小品、游记等均能在写景叙事之中引出发人深思的议论。如《伤仲永》以天才儿童方仲永日趋平庸的事实，引出人生如逆水行舟，不进则退的道理，具有深广的社会意义。《读孟尝君传》则在百字之内的短篇中，四次转折，提出并论述了"孟尝君不能得士"的新见。

曾巩的散文成就虽不如韩、柳、欧、苏，但也有其独特之处。他的文章无论叙事说理，都周密详实，受欧阳修文风影响较大。其序文、杂说、小品、往往于条理分明的叙述中谈古论今、深寓理趣。如《墨池记》以大书法家王羲之的轶事，阐明欲有所成则需努力苦学的道理。文章即事生情，题小意宏，体现了作者谨严明洁的文风。《送李材叔知柳州序》则劝慰李材叔不必以柳州偏远为意，措辞委婉而情意自现。曾巩论文主张质朴，因此写景文字不多。

其他如晁补之散文以描绘山林景物见长，其《新城游北山记》以简洁之语绘出北山的清幽胜景，读之令人耳目一新。李格非的《书〈洛阳名园记〉后》从洛阳名园盛景和达官贵人的享乐生活中引出时代沧桑之感，篇幅短小而寓意丰厚，文章婉转多姿，有欧阳修史论之风。这些也都是北宋散文中的佳作。

二 欧、苏散文

欧阳修散文在韩愈的雄肆、柳宗元的峻切之外，另外开辟了一种新的文风。其总体风格是平易自然，婉转多姿，别有一种从容舒缓、纡徐委备的风姿，人称"六一风神"。其散文有政论、史论、杂记、题跋、游记、赋等多种样式，但大致可分为议论、记叙两大类。

欧阳修的政论、史论文指陈时弊，析理详赡，笔端常带感情。如《朋党论》，针对当时朝中出现的欧范（仲淹）为朋党害国的谣言和仁宗皇帝"戒百官朋党"的诏令，指出朋党有君子之朋和小人之朋的分别："大凡君子与君子，以同道为朋；小人与小人，以同利为朋。"小人为朋，往往"见利而争先，利尽而交疏"。君子为朋，可以同心共济，修道事国。所以，为人君者当退小人之伪朋，用君子之真朋，可使天下大治。文章征引历史，正反论述，逻辑谨严。《五代史伶官传序》是一篇出色的史论，文章借后唐庄宗李存勖因宠信伶人而导致身死国灭的历史教训，指出"忧劳可以兴国，逸豫可以亡身"，进而得出"祸患常积于忽微，而智勇多困于所溺"的道理。文章以抒情的笔调进行记叙议论，有一种抑扬顿挫、唱叹自如的节奏感。

欧阳修的记叙文包括记人、叙事、写景诸方面。其记人叙事文章多以书信、序跋、墓志等方式为之，内容多关人生穷达、盛衰变幻、生死离合，均能在简而有法、纡徐有致的叙述中寄寓感慨，有浓厚的身世之感。如《梅圣俞诗集序》在"穷而后工"的论点下，为友人梅圣俞才华出众而一生失志鸣不平。文章平实简练而行文曲折有致，先提出世俗所谓"诗人少达而多穷"之说，然后从中翻出自己"非诗之穷人，殆穷者而后工"的观点，离合变化，令人应接不暇。文中有称扬，有义愤，又有无奈、爱惜之情，感情充沛，行文曲折有致。

欧阳修的写景文往往借景抒情，纡徐委婉，摇曳多姿。《丰乐亭记》《醉翁亭记》《秋声赋》等都是这类文章的代表。《醉翁亭记》是脍炙人口的名篇，文章写滁州的优美景色和人情风物，展现出一幅官民同乐的图景，表现出自己身处逆境而能泰然处之的达观胸怀。其写景生动自然，语言骈散相间，又多用语气词，波澜曲折。他的《秋声赋》按赋的规格运笔，采用对话方式，讲究排比、铺张，注重音调、韵节，在灵活流畅、自由飘洒中，描摹了秋声秋色，抒发了人世多忧的低沉情绪。以散文手法写赋，是欧阳修对赋体文学的一大贡献。

苏轼是与韩、柳、欧齐名的散文大家，他的散文众体皆备，内容广博，在吸收前人成果的基础上有独特发展，代表了宋代散文发展的最高成就。

苏轼的政论往往能从北宋现实出发,提出治乱图强的政治见解。如《教战守策》针对北宋西、北边界外族威胁的现状,联系历史和现实,多方面论述训练百姓以备战的重要性。苏轼的史论爱翻新出奇,发古人所未发,而又能言之成理,不作空论。如历史上的贾谊本是统治阶级埋没人才的典型,而苏轼在《贾谊论》中却提出"非汉文之不能用生,生之不能用汉文"的新论点。

苏轼的杂记类文章包括各类亭台记、游记、人物传记、书信等。这类文章往往记叙、描写、议论相结合,神随笔至,做到诗情画意和深邃哲理的统一。如《石钟山记》,重在说明石钟山命名的原因。文章先反驳古人石钟山命名的种种解释,然后写自己经过实地考察后终于弄清了以"石钟"命名的原因,并由此指出"事不目见耳闻,而臆断其有无"的错误。文章写景文字虽不多,却能抓住事物神韵给以简洁生动的描绘,使人如临境中。又如《文与可画筼筜谷偃竹记》,既写了文与可画竹的相关逸事,又夹叙夹议说出了成竹在胸的道理,还追忆了自己与文与可之间充满趣味的书信往来,最后道出追悼亡友的满怀深情。文章安排收放自如,理、事、情无不恰到好处。

苏轼散文成就极高。从立意和布局谋篇看,皆能突破传统,新颖奇特,变幻多姿。如《喜雨亭记》以亭为名而重在记雨。《石钟山记》虽为游记而重在说明道理。《刑赏忠厚之至论》则变幻历史资料为己所用,以无为有,使文情缥缈多姿。人物传记略去世系生平和官爵升降而突出某一特征等,都能于变中求新,对文体有进一步发展。

从艺术手法看,苏文无论长篇还是短制皆能记叙、描写、议论相结合,情、景、理相统一。即使是篇幅短小的随笔小品亦是如此。如《记承天寺夜游》:

> 元丰六年十月十二日夜，解衣欲睡。月色入户，欣然起行。念无与为乐者，遂至承天寺，寻张怀民。怀民亦未寝，相与步于中庭。庭下如积水空明，水中藻荇交横，盖竹柏影也。何夜无月？何处无竹柏？但少闲人如吾两人者耳！

全文仅 80 余字，即生动传神地勾画出一幅月夜寺游图。文笔清丽淡泊，简洁流畅，叙事、写景、议论三者结合，写出清澈澄明的夜景和作者闲适淡泊的心境，意境优美，语淡意浓。

从风格看，苏轼散文通脱自然，情感真挚，有一种酣畅淋漓的气势和灵活流转的风姿，恰如他自己在《自评文》中所言："吾文如万斛泉源，不择地而出，在平地滔滔汩汩，虽一日千里无难。及其与山石曲折，随物赋形而不可知也。所可知者，常行于所当行，止于不可不止。如是而已矣。"这正是对苏轼散文总体风格的最好概括。

三 南宋散文

南宋前期散文以国计民生为忧，直抒胸臆，情调昂扬激越。从岳飞的誓师词《五岳祠盟记》到宗泽的《乞毋割地与金人疏》、李纲的《论天下强弱之势》、张浚的《论复人心张国势疏》、胡铨的《戊午上高宗封事》等，都具有这个特色。南宋前期著名的散文作家还有李清照、陈亮、朱熹、陆游等。

胡铨（1102—1180）的《戊午上高宗封事》直指权贵，请诛王伦、秦桧、孙近等议和派，情辞激越，声震朝野。

李清照的《〈金石录〉后序》回忆了与丈夫赵明诚搜集整理金石书画的乐趣和恩爱生活，叙述了社会动乱中书画器物的丧失、赵明诚的去世和自己流离漂泊的无限悲辛，情辞真切，感人至深。

陈亮的《上孝宗皇帝第一书》指出国家萎靡不振的原因在于奸

人窃位，有才之人遭到排斥，而道学家空谈性命无益国事等，凡此种种，亟须改革。所论切中时弊，犀利深刻。其他如《中兴五论》《又甲辰秋书》《戊申上孝宗皇帝书》也颇精辟。

朱熹散文能突破其道学理论束缚，以简练的文笔写景叙事，自然清新、意趣盎然。如《百丈山记》记述作者登百丈山的过程和周围景色，既有涧水石梁与苍藤古木互相掩映的幽美，又有"投空下数十尺，其沫乃如散珠喷雾，日光烛之，璀璨夺目，不可正视"的瀑布壮美。显示出作者的审美情趣和文学才华。他如《名堂室记》《归乐堂记》《卧龙庵记》也都情景兼胜，为记游写景的佳作。

陆游一生力主抗金恢复，其散文内容广泛，无论纪事写人、绘景抒情，或是直议朝政，都贯穿着深厚的爱国热情。所著《老学庵笔记》和《入蜀记》两部笔记都很有名。《老学庵笔记》所记内容多是他对世事的所闻所见或读书心得，以简练的语言信笔道出，形式灵活自由。《入蜀记》述陆游沿长江入蜀的见闻，记载了长江两岸的风光和风俗民情，表现了作家对祖国河山的深厚感情。文章语言简练，善于抓住事物的特征，使所绘景物逼肖自然而情韵毕现。

南宋后期散文是在朝代迭替的变换中诞生的，其内容或表现誓死卫国的爱国精神，或寄亡国之思，哀痛中蕴悲壮之气。主要作家有文天祥和谢翱。

文天祥的散文可分为政论、序文、游记三类。其政论多陈述政见，指斥时弊，浸透着浩然正气，而言辞剀切，以风骨和气势取胜，《御试策题》《己未上皇帝书》等文为代表。他的序文、游记往往融叙事、议论、抒情于一炉，感情强烈，气势奔放。如《〈指南录〉后序》记录了他初次被俘后的种种遭际，文笔简练而委曲详尽，字里行间充溢着激昂慷慨的忠烈之气。

文天祥忠心报国、誓死抗元的英勇事迹受到后人的崇敬。他殉国后，人们纷纷作文悼念这位民族英雄，其中以谢翱的《登西台恸哭记》最为有名，文章以梦中相忆，登台痛哭、风凛雪暗的天气及"以竹如意击石作楚歌""竹石俱碎"的细节描写，表现了对死者的深切怀念和沉痛的心情，隐含着强烈的爱国民族感情。

南宋时还涌现了大量笔记散文。这些散文绝大多数以散体文形式，记载读书心得、生活见闻、风景名胜、朝政掌故、历史传说等，洪迈《容斋随笔》、罗大经《鹤林玉露》、孟元老《东京梦华录》等是其代表。笔记形制自由，长短不拘，不但拥有可贵的史料价值，亦呈现出丰富多彩的文学风貌。

第二节　宋代骈文与辞赋

一　宋代骈文

宋初骈文多沿袭唐人旧制。较早对骈文进行改革的，是欧阳修。他在写作骈文时，融入散体单行古文笔法，减少典故的使用，不严求句式对偶工整，促使骈文趋于散文化。可以说，以古文体为诗，自韩愈始，而以古文体为四六，则从欧阳修开始。如其《蔡州乞致仕第二表》，打破四六句式，杂以七、八、九字句，叙事明洁生动，是散体化的四六名篇。

此后，曾巩、苏轼、王安石皆效其体，使这种新体四六得以流行。其中苏轼成就最为突出，他善用古人成句组成偶对，引用经典却明白畅达，秉承他一贯的行云流水、挥洒自如的风格。他在迁谪期所写的表启，文情尤为沉痛，如《乞常州居住表》《谢量移汝州表》等，皆脍炙人口。

北宋末至南宋前期，骈文家汪藻、孙觌、洪适、綦崇礼、周必大等，继承欧苏传统，打破四六格式，运散入骈。使用长句，是宋代骈文的显著特点。尽管长句对偶早在欧苏时已出现，但成为一种风气还是在此期。汪藻（1079—1154）博极群书，手不释卷。他所作的《〈世说新语〉叙录》，是最早对《世说新语》进行全面系统研究的成果，有极高的学术价值。他的文章，继承六朝以来的优秀传统而又推陈出新。如《隆祐太后告天下手书》代写于二帝被掠、太后令康王即位之时。文中称"汉家之厄十世，宣光武之中兴。献公之子九人，惟重耳之尚在。兹为天意，夫岂人谋。尚期中外之协心，共定安危之至计"。用典贴切，措辞得体，一时广为传诵。其他如陆游、杨万里、楼钥亦善为骈文，颇有佳句。

南宋后期，骈文家李刘、方岳，文风流丽，用典稳帖平易，语言清新，代表了末期的骈文特点。李刘，嘉定七年（1214）进士，官至吏部侍郎。他的四六作品多达1100篇，其中不乏名篇，如《贺丞相明堂庆寿并册皇后礼成平淮寇奏捷启》祝贺平定叛将李全，典故对仗运用得十分工巧贴切。不过，过分追求工巧也导致了四六文风的纤弱靡丽，不复北宋至南宋初期的浑灏之气。

方岳（1199—1262）的《两易邵武军谢庙堂启》用骈文叙事，尤为难得。其他如真德秀、魏了翁、刘克庄等人的骈文自成一家，与李刘风格相异。宋末文天祥、陆秀夫等人写于国家倾危之时的四六名篇，更是慷慨悲壮，一扫晚宋流丽靡弱之气。如陆秀夫《拟景炎皇帝遗诏》，辞意悲痛恳切，使人感奋。

骈文在宋代不仅被广泛运用于训诰诏策、启表章奏等官方文体中，而且在民间也有着深厚影响，如社会上通行的碑文、青词、祝疏、上梁文甚至小说戏文中，都习用四六，可见骈文之流行。有关骈文的理论著作也出现不少，如王铚作于宣和四年（1122）的《四六话》，模仿诗话，总结四六修辞技巧，开"四六话"先河。宋末王应麟《辞学指南》，讨论了四六文的作法，并附有范文，是一部较为系统的骈文理论著作。

二　宋代辞赋

宋代辞赋以文赋为主，兼有其他赋体，如律赋、骚赋等。

文赋指用古文写作的赋，不拘骈偶，结构松散，句式灵活，更近于散文，也可说是特殊的一类散文。宋代著名的文赋，如欧阳修的《秋声赋》、苏轼的《前赤壁赋》等，在保持汉赋主客问答体制的同时，又增加叙事、写景、抒情部分。而《后赤壁赋》则完全摆脱汉赋体制，独创夜游赤壁等情节，更准确地说，是一篇游记。综合看来，文赋融写景、抒情、叙事、议论于一体，句式灵活，押韵自由，有如下三个主要特征。

一是纪实叙事性。与汉赋有较大的虚构性不同，文赋多纪实性游记，时间地点较为真实清楚，如《前赤壁赋》中的"壬戌之秋，七月既望，苏子与客泛舟游于赤壁之下"，时间、地点、人物一清二楚。接着描写主人与客泛舟赏月、议论风生的情景，最后接以"不知东方之既白"，是一个完整的游记过程。杨万里的《浯溪赋》开篇展现自己游览浯溪的时间、地点，然后写"剥苔读碑，慷慨吊古"的事，从而引发对安史之乱与唐代兴废的议论，最后写自己离开时的情景："已而舟人告行，秋日已晏，太息登舟，水驶如箭。回瞻两峰，江苍茫而不见"，层次井然。

二是议论性。文赋多通过对答形式发表议论，或者通过观览景物，欣赏艺术作品而引出感慨，大多是即景议论与抒情。与其他赋作往往借景抒情、景情不可分的特点不同，文赋中的景往往只是一个引子，重在引出其议论和哲理，如《前赤壁赋》的江月，不过是作者用以印证自己思想的一个例子，议论在这里脱离了"景"而获得了独立的地位。

三是灵活性。文赋无整齐的四六对偶句式，甚至无古赋那样的骈散结合。至于押韵更加自由，有人讥讽一篇文赋只押几个韵，其对韵脚的宽松性可以想见。文赋虽亦讲究对偶，却不甚工整，句子中常夹以大量散文用语，如"宜其""奈何""亦何以"等以加强语气，体现了文赋散文化的趋势。

律赋至唐大盛。北宋神宗以来，科举渐重经学，所开九经、五经、开元礼、三史、三礼，三传、明经、明法等科，取士名额比进士要多得多，促使文人由诗赋的极妍精工转向经义策论的理论思考。因此，只是在北宋初到仁宗年间，由于科举仍沿唐制，加之西昆体的兴盛，律赋曾流行过一阵，徐铉、田锡、王禹偁等均有律赋作品。从北宋后期至南宋灭亡，大宋王朝一直被内忧外患所困扰，骈散结合的骚体赋与文赋逐渐流行。特别是苏轼等人的赋多以议论为主，抒发人生感喟，开启南宋陆游、范成大、杨万里等人文章的议论风气，赋体从此更流于政论化、散文化。

第三节 宋代话本

一 话本的产生与体制特点

话本，原意是说话人讲故事用的底本。"话"在唐宋人口语中有"故事"之意，"说话"就是讲故事，类似后代的说书。说话本是一种民间伎艺，在唐代已经萌芽。到了宋代，随着城市的繁荣和市民阶层的扩大，说话艺术应市民的文化需要迅速在瓦舍勾栏（市民游乐场所）流行起来。同时出现了专门从事这一伎艺的说话人，有些说话人把自己说唱的故事用文字记录下来，以作备忘和传授之用。说话便由口头文学发展为书面文学。这就是话本产生的背景。

宋代话本的兴盛主要是由于市民阶层的文化需要。宋代工商业的发展和城市的繁荣促进了市民阶层的壮大，包括手工业工人、中小工商业者、僧侣、艺人等。因文化程度和思想意识的差异，传统的诗、词、散文对他们来说过于雅化，于是各种民间伎艺应运而生。

据《东京梦华录》《都城纪胜》《西湖老人繁胜录》等书记载，当时已出现了"瓦舍、勾栏"这种群众性的娱乐场所，并有许多说话艺人在这里献艺，有些说话人有固定的场所和自己专长的题材。这些说话艺人以"说话"为生，为了吸引听众和在当时的竞争中取胜，他们不得不努力丰富自己的学识，对说话的内容和方式做不断的改进，"使听众终日居此，不觉抵暮"，"不以风雨寒暑，诸棚看人，日日如是"（《东京梦华录》）。随着说话的流行，还出现了说话人的行会组织，拥有一批专为说话人编写话本的书会才人。行会组织对外保护会员利益，对内开展竞赛、切磋技艺。书会才人是市民阶层的代表，一些书会才人有着很高的学识和艺术素养，他们写作的话本虽然题材广泛，讲古论今，但却是根植于市民生活，站在市民立场反映市民的思想意识，代表市民的道德观点和审美情趣，语言通俗，有浓郁的生活气息，因而受到广大市民的喜爱而流传开来。

适应"说话"需要的话本，形式上有着自己的特点。其一，有序诗和头回。说话人为吸引听众，在开讲前先说几首诗词概述大意，序诗之后通常还要讲一个小故事，以等待听众到齐并引出正文，称为"得胜头回"。其二，篇尾结诗。说话人往往在说话结束时以诗点明主旨，总结全篇，或提出鉴戒。其三，正文散韵相间。正文是故事的主体，故事以散文形式展开，中间穿插大量诗词歌赋等。篇幅较长的话本还有分回和目录，宋代说话艺人开创的这种结构形式，成为中国后世章回小说体裁的滥觞。

宋代话本数量很多，据罗烨《醉翁谈录》记载，仅小说一项就有100多种，但大部分已失传。现存话本除少数单行本外，多散见于《话本通俗小说》《清平山堂话本》《古今小说》《警世通言》《醒世恒言》等书。

二 话本的类型及特色

由于话本崛起并兴盛于宋元时代，而对一些话本归属于宋还是元也往往有不同的看法，文学史上一般将这一时期产生的话本小说统称为宋元话本。

宋元话本的分类历来众说纷纭。从现存话本类型看，大致可分三类，即讲史、说经、小说。讲史是讲述前代历史故事并加以评说，是后代历史演义小说的先驱。说经，即讲佛经故事。相对于前两类，小说类的篇幅一般较短，既没有"说经"的宗教意味，也不像"讲史"讲述前代兴亡战争的重大题材，而是以市民生活为主，所以又称之为白话短篇小说。小说类话本是宋元话本中数量最多、文学成就最高的一类。

小说话本的艺术成就，首先表现在塑造了一批下层劳动人民的艺术形象。小说话本首次以城市平民为主人公，表现他们反封建礼教、控诉吏治罪恶、追求民主和自由的思想倾向。有反映爱情类的作品，如《碾玉观音》《闹樊楼多情周胜仙》《金明池吴清逢爱爱》等。有描写当时社会对女性的压迫和不公平待遇的作品，如《快嘴李翠莲》。还有公案类小说话本，侧重写案件的起因、经过及审理情况，透露出封建官僚的昏庸和残暴，主要有《三现身包龙图断冤》《宋四公大闹禁魂张》《错斩崔宁》等。也有灵怪、神仙类的，如《西湖三塔记》《洛阳三怪记》《西山一窟鬼》《白娘子永镇雷峰塔》等。作者站在他们的立场，表现他们的遭际，诉说他们的愿望，让我们直接触碰古代社会中下层劳动人民的生活与理想，这正是传统诗文所不曾表达过的。其次，小说话本以白话代替文言，形成了通俗、生动、活泼的白话文学语言。再次，情节曲折、引人入胜也是小说话本的特色。宋代小说话本是中国小说史上的重大转折，开创了古代小说的新局面。后世戏曲、小说普遍采用白话文体并形成了人民群众喜闻乐见的民族形式，小说话本有着不可忽视的贡献。

宋元讲史家的话本又称平话，多是说话人根据史书和各种野史笔记、民间传说加工整理而成。现存宋元讲史类平话按所叙故事的朝代顺序有《武王伐纣平话》《七国春秋平话后集》《秦并六国平话》《前汉书平话续集》《三国志平话》《薛仁贵征辽事略》《五代史平话》《宣和遗事》等。所叙多为各个朝代争战兴废的军国大事，流露出反对残暴和荒淫，希冀清平盛世和贤君廉吏出现的思想倾向。有不少讲史话本只是说话人的一个内容提纲或备忘提示，需要说话人在说话过程中加以丰富、扩充。因此流传下来的讲史话本艺术成就不如小说话本，但其体制规模为明清演义小说奠定了基础，并形成独特的民族风格，对明清通俗小说、戏曲都有深刻影响。如《三国志平话》已具备《三国志通俗演义》的基本情节，从《大宋宣和遗事》也可以看出《水浒传》的最初面貌等。

说经源于唐代僧人的俗讲变文。唐代僧人为了宣传佛教教义，往往在佛经故事的基础上发挥想象和创造以吸引听众，从而削弱了俗讲中的宗教成分，增强了娱乐性。现存宋元说经的代表性话本是《大唐三藏取经诗话》，以唐代僧人玄奘不辞辛苦，冒着重重危难前往天竺寻求佛旨的事迹为基础，加入了许多神奇怪异的成分。如遇"猴行者"，经"沉香国""狮子国""树人国""女人国"等，降服白虎精等妖魔鬼怪，抵达天竺，最终取得经文，返回长安，成仙上天而去。虽然总的艺术成就不高，但却为长篇小说《西游记》的创作提供了最早的素材。

第四节　宋代文言小说

通俗的话本小说在宋代取得了巨大成功，同时，由文人创作整理的文言小说也在社会上广为流行。二者并行，互相渗透。话本小说从文言小说借鉴题材,文言小说则从话本小说的艺术方式吸取营养,如以市民生活为题材、诗文相间的表达方式等。

宋代文言小说,多收集在《太平广记》《夷坚志》《绿窗新话》《醉翁谈录》等书中。其中《太平广记》是一部六朝到宋初的短篇文言小说总集,由李昉、徐铉、吴淑等人奉太宗之命编纂,成于太平兴国三年(978)。全书分类收集了6500多个故事。徐铉和吴淑都是文言小说的专家,由他们编书,收载就比较全面,分类也很清晰。南宋洪迈编撰的《夷坚志》主要收录神仙、鬼怪、灵异等故事,也有现实社会的逸闻趣事及历史掌故。南宋末叶的罗烨编撰《醉翁谈录》是唐宋文言小说合集,内容主要关于男女离合、艳情公案等。这几部书中的情节,很多成为当时说话人编撰故事的依据,宋、元、明三代短篇小说和戏剧也多从中取材。此外,宋代还有不少关于异闻、杂记、逸事记载的短篇集,如赵令畤的《侯鲭录》、孔平仲的《续世说》等。

由于中国古代文论向来不重视小说,小说的概念又相当模糊,因此文言小说的内容往往杂乱错综。大体而言,宋代文言小说主要有以下几类。

叙鬼神灵异和虚诞怪异之事。这类小说多承六朝志怪而来,如北宋徐铉的《稽神录》、吴淑的《江淮异人录》、张君房的《乘异纪》、张师正的《括异志》等,南宋洪迈的《夷坚志》、郭彖的《睽车志》等,多是这类作品,在虚妄怪诞之中有所劝诫。

记述历史、现实人物及相关的逸闻趣事。如费衮的《梁溪漫志》记载宋人葛君曾在醉后到邻家染房偶坐,并随手翻看账簿。染房失火账簿被焚后,染房主人遭到物主的加倍勒索而不知所措,找葛君求助,葛君在豪饮之后将账簿所记一一列出,丝毫不差。于是染房主人持账而归,众物主莫不叩头骇伏,一场纠纷就此圆满解决。记载历史人物逸事的小说往往于趣味中突出人物品格,多与正史互相发明。这篇短文通过记述葛君两次喝酒的经历，突出了他过人的记忆力和豪放洒脱的个性。

上述两类作品一般篇幅较短，宋代还有些篇幅较长的文言小说，称为宋代传奇。这类作品多和前两类作品收集在一起，也有的单独成篇。如以历史为题材的主要有秦醇的《赵飞燕别传》、乐史的《绿珠传》和《杨太真外传》，作者姓名不详的《李师师外传》等，多取材于帝王后妃、贵族官僚等鲜为人知的私人生活，有些揭示上层社会的腐败黑暗。这类作品除少数塑造了个性丰满的人物形象外，大都缺乏独创性和感染力，艺术成就不高。取材于现实生活的作品以柳师尹的《王幼玉记》、秦醇的《谭意歌传》、作者不详的《王魁负心桂英死报》等较有代表性。其中《王魁负心桂英死报》写士子登第后忘恩负义、终遭报应之事，一定程度上反映出宋代科举制度下的社会现实，具有普遍意义。有些传奇表现普通市民的生活及其品德，并表现出进步的思想倾向。但由于受传统文以载道和理学的思想影响，宋代文言小说往往含有说教性很浓的议论，限制了其思想的进步意义，与充满反抗和叛逆精神的话本小说相比，优劣自现。如《杨太真外传》篇末讲述一番道理，说明作者"今为外传，非徒拾杨妃之故事，且惩祸阶而已"，反映出宋人思想在理学影响下的沉重和束缚。

尽管宋代文言小说存在着种种缺点，但它们上承六朝志怪和唐人传奇，下启明清文言小说，在中国文言小说发展史上起着承前启后的重要作用，并对元、明两代的戏曲、杂剧有一定影响。

第五章
辽、金、西夏及其他民族文学经典

在宋代文学不断发展的同时，辽、金、西夏也取得了各自的文学成就，不但充分吸纳汉民族文学的养分，而且汇入北方游牧民族所特有的质朴刚健的气息。金朝的文学创作尤为繁荣，还出现了元好问这样诗词文兼擅、且在文学批评方面卓有贡献的大家。

我国其他少数民族也创造了众多风格各异的文学经典，构成了我国文学的多样性。尤其是蒙古族、藏族和柯尔克孜族民众创造的宏篇史诗《江格尔》《格萨尔》和《玛纳斯》，弥补了汉族文学史上没有史诗的缺憾，成为中国文学史上的不朽之作。

第一节 辽、金、西夏文学

辽（916—1125）是契丹族在我国北方建立的一个多民族政权，与五代、北宋对峙了200多年。契丹族崇武尚勇，在思想文化方面多受中原地区影响。辽政权用汉人为文学侍从，效法中原地区典章制度，实行科举取士，刊行汉文典籍，并依据隶书制定了契丹文字。这在一定程度上提升了黄河以北地区，特别是幽燕地区的政治地位和文明程度。

辽代统治者颇喜文学，辽圣宗、兴宗和道宗都能写诗作文，道宗耶律弘基还与臣下以诗唱和。陆游《老学庵笔记》载："辽相李俨作《黄菊赋》，献其主耶律弘基。弘基作诗题其后以赐之，云：'昨日得卿黄菊赋，碎剪金英填作句。袖中犹觉有余香，冷落西风吹不去。'"诗思颇为别致。

辽代后妃也多有诗才，以道宗妃萧观音和天祚帝妃萧瑟瑟最为出色。萧观音曾随道宗出猎，并作诗曰："威风万里压南邦，东去能翻鸭绿江。灵怪大千俱破胆，那教猛虎不投降。"风格刚健质朴，表现出辽代以勇武安邦治国的精神。萧观音失宠被疏后曾作《回心院词》十首，抒写孤寂落寞之情，情辞凄婉。她又有《怀古》七绝："宫中只数赵家妆，败雨残云误汉王。惟有知情一片月，曾窥飞燕入昭阳。"以赵飞燕失宠自况，流畅婉转，有唐人之风。

辽代后期，女真族逐渐强大起来，对辽虎视眈眈，而天祚帝却游猎无度，不恤国事，以致忠贤遭斥，奸邪当朝。其妃萧瑟瑟忧国伤时，尝作《咏史》诗以谏，激励皇帝卧薪尝胆以壮士气，扫清外患重振国风，行文流畅，语言质朴，字里行间透出对国家中兴的希望。

此外，契丹大臣及汉人入辽为宦者也多有诗文创作，如《辽史·萧柳传》载："耶律观音奴集柳所著诗千篇，目曰《岁寒集》。"又有赵延寿《失题》之诗，描绘塞外风卷黄沙、雪重云暗和持箭射雕、马渡冰河的场景，真切自然。

总的说来，辽代文学多效唐宋人笔法，受白居易、苏轼影响较大，又颇具刚健质朴的民族特色，但毕竟数量有限，艺术上也较粗糙，与中原地区难以相较。不过辽代的乐风和一些"武夫马上之歌"，对宋代以后的散曲有深远影响。今人陈述编有《全辽文》，收录作品八百余篇，阎凤梧、康金声编有《全辽金诗》，收录完整诗作八千余篇，由《全辽诗》和《全金诗》两部分组成。

金（1115—1234）是继辽之后女真族在我国北方建立的政权，

曾深入中原并先后在中都（北京）和开封定都，与南宋对峙一百多年。金朝更深入全面地接受了中原文化的影响。据《大金国志·章宗下》载："（章宗）性好儒术，即位数年后，兴建太学，儒风盛行……群臣中有诗文稍工者，必籍姓名，擢居要地，庶几文物彬彬矣。"金代从武功走向文治，重视文学，又有较长时期的安定局面，因而文学成就超过了辽代，在师法唐宋文学的基础上又有一定的发展，以诗、词、曲成就较高。与国势发展紧密相联，金代文学可分三个时期。

第一个时期，金建国之初，政治很不稳定，战争频仍，统治者崇勇尚武，无暇顾及文学。文坛上只有被迫仕金的辽、宋旧臣如宇文虚中、吴激、蔡松年等在诗词中抒发他们羁旅异域、怀念故土的情怀。如宇文虚中的"孤臣不为沉湘恨，怅望三韩别有天"（《己酉岁抒怀》）和"不堪南向望，故国又丛台"（《又和九日》），蔡松年的《念奴娇》上阕："离骚痛饮，问人生佳处，能消何物？夷甫当年成底事，空想岩岩青壁。五亩苍烟，一丘寒玉。岁晚忧风雪。西州扶病，至今悲感前杰。"都充满凄惋沉痛的感情。不过这些诗词只是北宋诗风的余绪，并不能代表金代文学风貌。能初步代表金代文学特色的，是海陵王完颜亮的作品，如《南征至维扬诗》："万里车书尽会同，江南岂有别疆封。提兵百万西湖上，立马吴山第一峰。"气势雄壮，境界阔大，正是金人入侵中原、不可一世精神的再现。

第二个时期，金世宗即位之后，与南宋议和。国内局势稳定，加强了对思想文化、典章制度的建设，文学也相对繁盛，出现了一批文学之士如蔡珪、党怀英、王庭筠等。他们的诗歌师法宋朝苏轼、黄庭坚等人，多绘景状物，表现优游闲适之情，偶有佳篇，如党怀英《鹧鸪天》词：

云步凌波小凤钩，年年星汉踏清秋。只缘巧极稀相见，底用人间乞巧楼。

天外事,两悠悠,不应也作可怜愁。开帘放入窥窗月,且尽新凉睡美休。

文笔轻巧,词意曲折,艺术水平较高。但这一时期文坛出现了雕琢尖巧的文风倾向,因而总体成就并不大。此期值得一提的是王若虚的文学批评。王若虚(1174—1243),字从之,藁城(今属河北)人,有《滹南遗老集》。其论诗文主平易自然,反对雕琢奇险,"文章自得方为贵,衣钵相传岂是真"(《论诗诗》),针对的就是当时的雕琢模拟之风,对金代文学创作和其后元好问的诗论有较大影响。

第三个时期,金代后期,蒙古族兴起并常南下侵扰,金宣宗时被迫南渡,河北之地尽失。民族矛盾、阶级矛盾日益尖锐,社会动荡不安、民生困苦,文风也随之一变,忧时伤乱、立志报国成为这一时期诗文的主旋律。除杰出诗人元好问外,赵秉文、赵元、宋九嘉也都以自己的诗篇投入时代主流。

赵秉文诗文兼擅,所作多反映金遭入侵的现实,或表现自己豪迈洒脱的个性,笔势纵放,不拘一格。如《从军行》:

北兵数道下山东,旌旗绛天海水红。
胡儿归来血饮马,中原无树摇春风。

写蒙军入侵烧杀抢掠给金人带来的巨大灾难,寄寓作者沉重的叹息。笔势纵横,深得唐律之风。其他如赵元的《修城去》《邻妇哭》,宋九嘉的《途中书事》也都真实、沉痛地反映了蒙军入侵后百姓遭殃、兵荒马乱的社会现实,并表现出作者的同情。这一时期的诗文风格激越悲凉,代表了金代文学的最高成就。

传统诗文以外,金代通俗文学的成就也很突出,尤其是金院本和诸宫调。院本是杂剧艺人演出的脚本,金代院本在北宋杂剧基础上进一步发展,直接启发了元杂剧创作。据记载,金院本在当时有很多作品流行,可惜都已失传。诸宫调则是一种说唱文学。金代诸宫调以董解元《西厢记诸宫调》、无名氏《刘知远诸宫调》影响较大,为元杂剧提供了创作基础。

西夏是位于宋朝西北的少数民族政权。西夏文化是中华民族文化的重要组成部分。在其演进过程中,西夏逐渐摒弃西蕃游牧文化,靠拢汉族农耕文化,形成"外蕃内汉"特色,最终融入汉文化之中。西夏王朝在广泛吸收汉文化的基础上,尤其注重对礼仪文化和佛教信仰的受容和吸纳。

西夏位于古丝绸之路的要冲,境内多民族混居,其文学带有民族融合的特色。如西夏乾祐七年(1176),学者梁德养完成了谚语《新集锦合辞》的选编工作,该书反映出多民族的生活内容与特点。西夏的诗歌有浓厚的民谣风味,诗句长短不一,没有中原汉诗那样严格的格律要求,内容多为颂扬西夏祖先及劝人为善。其中《夏圣根赞歌》堪称一首小型的西夏史诗,叙述了党项族从起源到开国的历程,是西夏诗歌中的杰作。西夏文学中还有一些表文、碑铭等,具有鲜明的中原文化色彩。这说明,宋与夏虽各自为政,但西夏文学里流淌着中华民族文化的血液,渗透着汉民族文学的基因。

第二节 元好问与董西厢

一 元好问

金代文学成就最高的代表是元好问。元好问(1190—1257)字裕之,号遗山,太原秀容(今山西忻州)人。金朝进士,历任国史院编修、南阳县令、行尚书省左寺员外郎等职,金亡,被羁管于聊城，后回故乡，致力于金代史料的搜集整理，并编撰金诗总集《中州集》传世。

元好问现存诗歌一千四百余首，在金代诗人中数量最多。由于生活在金代后期，身经金元易代的乱离之苦，他的诗多反映蒙古军入侵带给国家人民的巨大灾难，表现出对敌人的憎恨和对故土的怀念。公元1231年蒙古军攻破凤翔，诗人有诗云：

> 百二关河草不横，十年戎马暗秦京。
> 岐阳西望无来信，陇水东流闻哭声。
> 野蔓有情萦战骨，残阳何意照空城。
> 从谁细向苍苍问，争遣蚩尤作五兵？
> ——《岐阳三首》（其二）

诗中写战乱过后白骨蔽原野、残日照空城的荒凉景象，触目惊心。1233年汴京陷落，五月，元好问和众多金朝臣民及皇家眷属被蒙军驱遣北行，沿途所见更令诗人痛不欲生：

> 道旁僵卧满累囚，过去旃车似水流。
> 红粉哭随回鹘马，为谁一步一回头！
> （《癸巳五月三日北渡》其一）

国破家亡，山河残破，君臣受辱，饿殍遍野。元好问以极其沉痛的感情将这种种惨象写入诗中，展开一幅易代之际惨烈悲壮的历史画卷，表现出反对侵略和战争、向往和平生活的浓烈情感。

元好问又是金代最杰出的词人。其词以心系国事、抒忧感愤为基调，风格雄放，有如苏辛。如"黄河九天上，人鬼瞰重关。长风怒卷高浪，飞洒日光寒"（《水调歌头·赋三门津》）。也有一些绮丽缠绵之作，如《鹧鸪天·莲》："瘦绿愁红倚暮烟，露华凉冷洗婵娟。含情脉脉知谁怨，顾影依依定自怜。"《摸鱼儿·雁丘词》是其名作：

> 问世间，情是何物，直教生死相许？天南地北双飞客，老翅几回寒暑。欢乐趣，离别苦，就中更有痴儿女。君应有语，渺万里层云，千山暮雪，只影向谁去？
>
> 横汾路，寂寞当年箫鼓，荒烟依旧平楚。招魂楚些何嗟及，山鬼暗啼风雨。天也妒，未信与，莺儿燕子俱黄土。千秋万古，为留待骚人，狂歌痛饮，来访雁丘处。

词人于"太和五年乙丑岁，赴试并州，道逢捕雁者云：'今日获一雁，杀之矣。其脱网者悲鸣不能去，竟自投于地而死'"。词人感其痴情，"因买得之，葬之汾水之上"，并写《雁丘词》以表怀念。因此，这是一首为殉情大雁而写的哀歌。首句奇思妙语，横空而来。接着驰骋想象，以人拟雁，刻画出为情所困的凄苦心情，描绘出痴情动人的艺术形象，实是歌赞人间"痴儿女"之"生死相许"的爱情，绵至之思，一往而深。与之交相辉映的是另一首同调之作《咏并蒂莲》："天已许，甚不教、白头生死鸳鸯浦。"摹写情态，曲折尽意，哀感无端，立意高远。

元好问在诗歌理论上也颇有建树。他的《论诗绝句三十首》系统地论述了建安以来的重要诗人及其风格，如赞美陶渊明的诗"一语天然万古新，豪华落尽见真淳"，称道李白的诗"笔底银河落九天"，推崇曹氏父子和刘琨的诗歌为"曹刘坐啸虎生风，四海无人角两雄"，欣赏《敕勒歌》的"中州万古英雄气"，不难看出，作者推崇清新自然、雄浑豪放的创作，反对雕琢华艳的倾向。这种理论主张对当时和后代的诗歌创作及理论都有较大意义。

二 董解元的《西厢记诸宫调》

诸宫调是宋、金、元时流行于民间的一种有说有唱而以唱为主的说唱文学,因以不同宫调的多支曲子联套演唱而称诸宫调。它产生于北宋初期,对元杂剧的形成有重要影响。现存诸宫调作品,只有董解元《西厢记诸宫调》、无名氏《刘知远诸宫调》和王伯成《天宝遗事诸宫调》三种。其中董解元《西厢记诸宫调》成就最高。"解元"是当时对读书人的称呼,并非专用人名。

《西厢记诸宫调》根据唐代元稹的小说《莺莺传》改编而成。《莺莺传》写贵族女子崔莺莺与张生的爱情悲欢,肯定女性对自由爱情和幸福生活的追求,但对张生始乱终弃后善补过的安排,表现出作者思想中的封建意识。这篇小说被收入《太平广记》。赵令畤曾在鼓子词《商调蝶恋花·会真记》中说唱莺莺与张生故事。崔、张故事在民间长期流传之后,由董解元改编成《西厢记诸宫调》(以下简称《董西厢》),对主体情节、人物安排、故事结局都做了重大的改变,并表现了新的思想主题。

其一,《董西厢》以张生莺莺相偕出走的团圆故事代替《会真记》中张生抛弃莺莺的悲剧结局。

其二,《董西厢》改变了原来的人物形象内涵,还增添了许多人物。如张生从忘恩负义的无行文人变为做高官而不弃糟糠、重情重义之人,莺莺也变成为爱情与封建礼教作不妥协斗争的叛逆女性。原来在故事中无足轻重的红娘成为个性鲜明、推动情节发展的主要人物。她聪明能干,乐于助人,热心为崔张二人牵线,并勇敢机智地同阻挠他们结合的老夫人做斗争。老夫人则被塑造成阻挠崔张二人爱情自由的封建家长形象。《董西厢》还增加了郑恒、法聪两个人物,前者是老夫人为莺莺选定的夫婿,为了得到莺莺不惜造谣中伤张生,后者则是一个见义勇为的和尚。

这样一来，两部作品的主旨便有了实质上的不同：《莺莺传》主旨在于表彰张生能在抛弃莺莺之后改弃前非，并流露出"女人祸水论"的情感倾向。《董西厢》通过对人物形象的改变，增加团圆结局的安排，突出了封建礼教的不合理，表现出反封建礼教力量的抗争与胜利。

《董西厢》在艺术上也取得了很高成就。它接连展开了诸如崔张相遇、月下联吟、琴挑芳心、掷简传情、张生相思、莺莺探病及拷红、惊梦、婚变、出走、团圆等情节场面，将原来情节单纯的小说改编为结构复杂、情节曲折的大型说唱文学作品，增强了作品的趣味性和艺术感染力。

《董西厢》还擅长刻画人物心理，以景物描写渲染气氛，突出主题。如写莺莺在接到张生的信后，"把简儿拈来抬目视"，"低头一想，读了又寻思"。之后却又忽然发作，要打红娘。分明有情于张生却又要在侍女面前保持身份。这些描写准确地刻画出封建礼教束缚下的女性追求自由爱情而又心存戒惧的心理。又如"长亭送别"一段：

【越调·上平西缠令】景萧萧，风浙浙，雨霏霏，对此景怎忍分离？仆人催促，雨停风息日平西。断肠何处唱《阳关》？执手临岐。

蝉声切，蛩声细，角声韵，雁声悲，望去程依约天涯。且休上马，若无多泪与君垂。此际情绪，你争知，更说甚湘妃！

以风雨萧萧、雁声悲鸣的秋景衬托离情别绪，感染力极强。

《董西厢》在艺术上的不足之处是情节略有枝蔓，人物个性也稍欠丰满。但《董西厢》在由《莺莺传》到王实甫《西厢记》的发展中起到过渡作用，代表了当时说唱艺术的较高成就，对元杂剧的语言、风格都有深刻影响。

第二节　蒙古族文学史上的三大高峰

《蒙古秘史》、史诗《江格尔》和《格斯尔》是蒙古族文学史上的三大高峰。

一　《蒙古秘史》

《蒙古秘史》是蒙古族第一部古典文学名著，是研究蒙古族古代历史、文学和语言的不可多得的文献。《蒙古秘史》以其在历史、文学、语言、宗教、社会学等多方面的重要价值引起了国内外蒙古学界的广泛关注，已经成为一个国际性的学术领域，形成专门的学科"《秘史》学"。

《蒙古秘史》的内容主要分为三大部分。第一部分是自成吉思汗二十二世祖上至其父亲也速该·把阿秃儿以来的世系谱。第二部分是成吉思汗的生平事迹。第三部分是成吉思汗之子窝阔台即位后的简史。关于《蒙古秘史》原文的写作年代学界有几种不同的看法，其作者亦众说纷纭。过去有种种不同作者的推测，现在也有人说是集体创作。

《蒙古秘史》运用蒙古民间广泛流传的族源传说、历史传说、民歌、赞歌、谚语等文学描写方法，形象地刻画出古代蒙古人的社会历史。《蒙古秘史》以《孛儿贴赤那与豁埃马阑勒》的传说开端，在第 21 节中借助蒙古族民间流传的感孕传说形象地描写蒙古族女始祖阿阑豁阿感孕，神奇地生下孛儿只斤姓氏的先祖孛端察儿，解释了孛儿只斤姓氏的起源。《蒙古秘史》擅长使用形象的比喻，如第 22 节中，用五支箭干比喻阿阑豁阿的五个儿子，假如各执一支，任何人都可轻易折断，若兄弟同心，如五支箭干束在一起，就不容易折断，形象地揭示出团结就是力量的深刻道理。第 33 节中，用"人

第五编　宋辽金文学　第五章　辽、金、西夏及其他民族文学经典

的身子有头呵好，衣裳有领呵好"来形容普通百姓需要首领的道理。第62节中，描述九岁的铁木真"眼明面光有"，这是一句描述蒙古史诗主人公英雄朝气蓬勃精神状态的惯用诗句。第78节中，用蒙古族谚语"除影子外无伴，当尾子外无鞭子"来形容孤独无友的人。

《蒙古秘史》中以文学的手法成功地塑造了成吉思汗、札木合、拙赤合撒儿、孛斡儿出和成吉思汗的母亲诃额仑等个性鲜明的人物形象。成吉思汗英明、胸怀大志、有着务实的施政理念和自强不息的个性，是蒙古族领袖的典范。孛斡儿出代表忠诚。诃额仑非常典型地体现出蒙古族女性忍辱负重、坚忍不拔的博大胸襟。

《蒙古秘史》对蒙古族文学的影响很大。蒙古族著名文学家尹湛纳希创作的《青史演义》是在《蒙古秘史》的直接影响下产生的历史题材小说。《蒙古秘史》描述成吉思汗少历苦难，磨炼出百折不挠的个性，成为日后完成伟大事业所必备的主观因素，这一叙事模式，也常被以《江格尔》为代表的蒙古族史诗所采用。

二　《江格尔》

《江格尔》是以主人公的名字命名的蒙古族长篇史诗，也是中国三大史诗之一。《江格尔》至今已录制一百五十余部长诗和异文，多达十九万诗行，堪称蒙古史诗发展的巅峰。《江格尔》主要以口耳相传的方式流传于我国新疆卫拉特蒙古人、俄罗斯伏尔加河流域的卡尔梅克人和蒙古国西部卫拉特人当中。它以韵文体为主，有着优美的演唱曲调，有的江格尔奇（蒙古语，指演唱《江格尔》的民间艺人）演唱时弹陶布舒尔琴。《江格尔》演唱没有严格的时间、地点的限制。但通常在冬天的长夜里演唱。从卫拉特和卡尔梅克的汗宫、王府、喇嘛庙到普通牧民的蒙古包都有江格尔奇的演唱。

《江格尔》主要描述了以江格尔为核心的英雄们反抗外族或外部

侵犯，誓死保卫家乡的英勇事迹，塑造了英明的江格尔、英勇无比的洪古尔、智慧过人的阿拉坦策吉、美男子铭彦、力大无比的哈尔萨纳拉等12位个性鲜明的可敬可爱的英雄形象。史诗中描绘的英雄们的家乡宝木巴国，没有战乱，自由安宁，长生不老，生活富裕，四季如春，完美地体现了经历长期战乱和动荡不安的苦难生活的卫拉特人渴望自由、和平、统一、安宁的生活的美好理想。《江格尔》提炼大量民间谚语、祝词、赞词等，又精心使用比喻、夸张、拟人等艺术手法，使语言和意境都臻于优美，达到蒙古史诗文学艺术上的最高境界。

三 《格斯尔》

长篇史诗《格斯尔》是广泛流传于蒙古族各部落、各地区的史诗。从我国西端新疆到东部边疆呼伦贝尔、蒙古国、俄罗斯伏尔加河流域的卡尔梅克共和国和贝加尔湖畔的布里亚特共和国的广阔草原，那里生活的蒙古族普遍存在演唱《格斯尔》的习俗。史诗《格斯尔》以口头和手抄本的形式流传。蒙古族史诗《格斯尔》与藏族史诗《格萨尔》的核心人物名称、性格特征和故事情节基本相似，但在故事细节和艺术表现等方面各具特色。因此，蒙古族学界认为，《格斯尔》和《格萨尔》是同源异流的史诗。蒙古族《格斯尔》学界通常称之为《格萨（斯）尔》。

《格斯尔》属于英雄史诗，它善于将激烈的战斗和诗意的抒情结合起来，色彩浪漫神奇，情节曲折多变，有巨大的艺术感染力。同时，《格斯尔》吸收了大量神话传说和民间俗谚格言，富于草原生活气息，被誉为蒙古族古代文学和语言的宝库。

第四节　藏族文学经典《格萨尔王传》

　　《格萨尔王传》是广泛流传于西藏、青海、四川、甘肃、云南等地藏族民间的长篇史诗，大致产生在11世纪。在后来数百年的不断传唱中，积累形成两百多部、长达百万行的鸿篇巨制，是迄今为止世界上最长的史诗。藏族是全民信仰佛教的民族。格萨尔王是广大藏族民众心目中的保护神，他们深信说唱《格萨尔王传》、传抄和收藏《格萨尔王传》会消灾祛病、化险为夷、逢凶化吉。从藏族普通民众帐篷、贵族家庭到寺院普遍供奉着格萨尔的雕像、壁画、唐卡、画像和手抄本。史诗《格萨尔王传》以口头说唱和手抄本形式在藏族民间传播，深受广大民众的喜爱。

　　《格萨尔王传》描述了藏族人民反抗侵略、保卫祖国、渴望和平生活的美好理想。其篇幅浩大，气势磅礴，幻想奇丽，成功塑造了众多人物形象，尤其是格萨尔王的英雄形象经久不衰。其文体形式采用说唱体，由散文和韵文两部分组成。散文部分介绍故事内容和情节，韵文部分主要是人物对话和抒情。唱词一般采用民间广泛流行的鲁体（藏族民歌的一种，又名山歌）民歌或自由民歌的形式。全书语言活泼，并引用了大量的藏族谚语，富有生活气息，因此又可视为一部研究古代藏族社会的百科全书。

　　值得注意的是，藏族史诗《格萨尔王传》与蒙古族史诗《格斯尔》尽管史诗主人公的名字和降魔除妖、反对侵略、惩治强暴等主题相同，但故事情节有着很大区别。

第五节　突厥语民族文学经典

　　突厥语民族创造了《玛纳斯》《乌古斯传》《福乐智慧》《先祖

库尔阔特书》和《突厥语大词典》等文学经典。

一　维吾尔族古代史诗《乌古斯传》

《乌古斯传》是流传在古代维吾尔族人民当中的一部散文体史诗。

英雄乌古斯一生下来就不同凡俗。长大后，他带领部族打败女真可汗、乌鲁木（东罗马），俘虏其臣民。他还征讨身毒（指印度）、唐古忒（指西夏）、沙木（依伯希和说指叙利亚）、巴尔汗（似指西辽或黑契丹），经过多次激烈的战斗，把它们的疆域并入自己的版图。史诗的末尾叙述乌古斯可汗分封其领地给诸子。太阳、月亮、星星三子在东方。天、山、海三子在西方。并把前三子从东方拾来的金弓断成三截分给他们，把后三子从西方拾来的三只银箭分给他们。最后告谕诸子："三兄长是金弓，金弓射银箭，愿你们像银箭一样服从弓！"

史诗《乌古斯传》中记录了"克普恰克"和"康里"等古老的突厥部落名称的起源传说。反映了古代维吾尔人的狼崇拜和萨满教信仰。有的学者认为，《乌古斯传》可能是一部长篇史诗，用文字记录的只是史诗的故事梗概。史诗《乌古斯传》不仅在维吾尔族文学史上占有重要的位置，在中亚文学史上也具有重大的影响。

二　维吾尔族古代文学经典《福乐智慧》

《福乐智慧》是维吾尔族著名诗人、学者、思想家玉素甫·哈斯·哈吉甫（1010？—1092？）于1069—1070年在喀什噶尔（今新疆喀什市）用回鹘文（古代维吾尔文）创作的古典名著，长达一万三千行。该诗反映了喀喇汗王朝时期回鹘的社会生活、思想意识及文化背景，不仅继承了古代回鹘民间文学传统，而且受到阿拉伯文学和波斯文学的影响。

《福乐智慧》意思是赐予幸福的知识，全书用韵文写成，由2篇序言、85章正文以及3个附篇构成。《福乐智慧》是一部哲理性极强的叙事性诗作。作品塑造了四个人物：日出国王、月圆大臣、月圆之子贤明大臣以及隐士觉醒，他们的寓意分别是"公正""幸运""智慧""知足"。围绕这四位主要人物，作者表达了对政治、社会、法度、伦理等问题的看法。其核心思想是追求富民强国。为此，国家应该保证社会的公正，平等执法，建立良好的法度。国君应该用智慧和知识来治理国家，选贤举能，任用有学识、有才干的人。国家应该保护人民，使其免受伤害。国君要广积善德，获得好名声。这些思想也反映了人民渴望贤明的君主与社会稳定的美好愿望。

《福乐智慧》不但规模宏大，而且用阿鲁孜诗律以及玛斯纳维体（为阿拉伯诗歌韵律）写成，开创了维吾尔诗歌古韵律双行体的先河，成为维吾尔文化史上的第一座文学丰碑。《福乐智慧》的语言丰富流畅，音调铿锵，兼具形象美和音乐美，而且叙事和说理融为一体，有深刻精辟的哲言警语，很像一部诗剧。《福乐智慧》是维吾尔族对于中华文学发展的重要贡献。

三 柯尔克孜族史诗《玛纳斯》

长篇史诗《玛纳斯》广泛流传在我国新疆克孜勒苏柯尔克孜自治州以及中亚的吉尔吉斯斯坦、哈萨克斯坦和乌兹别克斯坦等国家，是深受广大柯尔克孜人民喜爱的民间文学作品。在柯尔克孜民间口耳相传的过程中融入了历代柯尔克孜人对自然、社会、人生的认知、思考和追求，成为柯尔克孜人语言、历史、文化、文学艺术、宗教信仰和民俗生活的百科全书，也是柯尔克孜民族精神的支柱和文化的象征。《玛纳斯》不仅是我国三大史诗之一，而且是世界文学遗产中的珍宝，在中亚文学史上占有显赫的地位。

《玛纳斯》有广义与狭义两层含义。广义指整部史诗，狭义则仅指史诗的第一部。第一部《玛纳斯》是八部史诗《玛纳斯》的核心部分。《玛纳斯》主要描述和讴歌了以玛纳斯家族八代英雄为核心的柯尔克孜民众反抗卡拉玛克[①]蒙古人的侵略，保护民族生存与独立的英勇事迹。

悲剧美是《玛纳斯》的重要美学特征之一，它塑造了众多个性鲜明的悲剧英雄的形象。《玛纳斯》八部中的主人公即玛纳斯八代英雄均悲壮牺牲或不幸死亡。这与蒙古史诗《江格尔》《格斯尔》和藏族史诗《格萨尔王传》明显不同。史诗《玛纳斯》的悲剧特征与柯尔克孜民族的悲剧性遭遇和苦难经历密不可分，它是反映柯尔克孜民族历史悲剧和反抗外族侵略的不屈斗争的民族史诗。

《玛纳斯》的叙事结构是以玛纳斯八代英雄为线索，按照谱系进行编排。每部描写一位英雄的事迹。各部史诗情节内容、叙事结构完整，都能独立成篇。同时，八部史诗的情节、人物和叙事结构又紧密相连，形成一部完整的史诗。《玛纳斯》的这种叙事结构与史诗《江格尔》和《格萨（斯）尔》的以一位主人公的英雄行为贯穿整部史诗的叙事结构不同。

《突厥语大词典》和《先祖库尔阔特书》也是突厥语民族创造的传世之作。《突厥语大词典》是古代维吾尔著名学者马赫穆德·喀什噶里于11世纪70年代完成的一部百科全书式的文化巨著，涵盖了突厥语民族的地理、宗教、民俗、文艺等方方面面。全书用阿拉伯文编写，是为阿拉伯人学习突厥语言而编纂的词典。该书在词条注释中引用了大量的民间文学作品，包括两百多首诗歌与俗谚。《先祖库尔阔特书》是一部韵散相间的古代突厥语民族的英雄史诗集。

[①] 卡勒玛克，在《玛纳斯》《阿勒帕梅斯》等突厥语民族史诗中经常出现的对敌对部落的称呼，指卫拉特蒙古人。后变成敌对者的统称。

第六编　元代文学

（公元 1279—1368 年）

第一章
概　述

第一节　蒙古族统治下的文学风貌

　　1206年，蒙古族首领成吉思汗在漠北建国，大蒙古国先后灭西辽、西夏、金朝，忽必烈继位之后，定都大都（今北京），1271年改国号为"大元"，1279年灭南宋之后，元朝成为统一中原地区的大一统王朝，至1368年为明朝取代，历时九十八年。

　　元朝是中国历史上第一个由少数民族统治中心疆域的王朝，在文化与文学上彰显出与前代截然不同的取向与特质。作为政治上的统治者，蒙古人以本族文化为本位，导致儒家正统思想受到冲击，与此同时，多民族聚集造成的多元文化的交融，又打破了文化的程式性与单一性。从整个中国古代文学史着眼，元代文学所展现的新现象与新风格，充分展现了这一朝代有别于其他朝代的独特风貌，成就其在文学史上独特的地位。

　　蒙古统治者入主中原之后，实行了一系列新的文化政策。一方面，统治者重视继承前代的传统，元世祖积极标榜文治，设学校，建官制，征召著名儒士。开国初期，耶律楚材、郝经、刘秉忠等身居高位的重臣，对国家经济、政治的发展提出多项重要提议，其中就包括重用汉族文人，采纳他们的观点与建议。耶律楚材建议以儒治国，《元史》载耶律楚材奏曰："制器者必用良工，守成者必用儒臣。儒臣之事业，非积数十年，殆未易成也。"帝曰："果尔，可官其人。"楚材曰："请校试之。"乃命宣德州宣课使刘中随郡考试，以经义、词赋、论分为三科。儒人被俘为奴者，亦令就试，其主匿弗遣者死。得士四千余人，免为奴者占四分之一。蒙古统治者对汉族士子免徭役，开科举，对前代的大儒和大文学家十分尊崇，这对文化与文学的继承与发展显然是有正面意义的。

另一方面，元代早期的统治者在积极吸收汉族统治方法与经验的同时，坚持以蒙古利益为先的原则，在文化上以蒙古为尚。蒙古人有着自己的文化传统与特色。蒙古族以游牧狩猎为生，经过长年征战，足迹遍布欧亚大陆，形成乐观、豪迈、开阔的民族精神，在审美趣味上，则相对追求本色、朴拙。叙事性的史诗传统，让他们对长篇叙事文学有着天然的亲近；热爱歌舞的天性，又让他们对商业表演给予充分支持。出于文化上的隔膜与差距，他们对汉族诗文较为排斥，认为诗赋无关修身为国，"汉人惟务课赋吟诗，将何用焉"，"经学的是说修身齐家治国平天下的勾当，词赋的是吟诗课赋作文字的勾当。自隋唐以来，取人专尚词赋，人都学的浮华了"。元代科举重经学而罢诗赋，在一定程度上阻碍了诗文的创作。元朝时期，汉族人，尤其是生活在北方的汉人，或多或少地受到蒙古风俗与文化的影响，具体表现在学习蒙古语、与蒙古人通婚、穿着蒙古服饰等诸多方面。明人曾批评"元有天下已久，宋之遗俗，变且尽矣"，这虽是明初"去蒙古化"政策背景下较为激进的论断，却也反映了一定的元代社会状况。

蒙古族和汉族的两种不同文化传统，是游牧社会与农耕社会的巨大差异造成的必然现象，两种不同社会形态的并合，形成了两种文化的剧烈碰撞。虽有裂变，更有文化的融合与重建。蒙汉两个民族在历史积累、人口比例、文化发展上都存在显著差异，"悉以胡俗变易中国之制"，这一结论显然言过其实。然而，在倾向性政策与绝对化权力的推动之下，汉族尤其是北方地区汉人的"蒙古化"也是值得留意的现象。总而言之，多民族、多文化碰撞交流的结果，如胡适所说，"与陌生文明的接触带来了新的价值标准，本族文化被重新审视、重新评估，而文化的自觉改革、更新就是此种价值转换的自然结果"。元代的文化发展正是如此，故而陈垣有"儒学、文学，均盛极一时"的评价。

第二节　元代文士的生存与创作环境

一直以来，学界认为蒙古统治者所采取的民族歧视态度，对元代文学的发展造成了巨大的负面影响。军事上的成功，无疑让统治者对作为失败者的汉人存有蔑视心理。武力征服的后果，是在政策制定上的盲目自负，近臣别迭等甚至提出"汉人无补于国，可悉空其人以为牧地"等极端提议。有学者认为，元代实行了"四等人"的等级制度，蒙古人和色目人地位高，然后是汉人，南人位居最末，汉族在科举、仕进、刑律乃至日常生活上所遭受的不公可想而知。

另一方面，也有学者提出，蒙古人的文化政策中，不乏重视文教、促进学术思想自由等积极意义。窝阔台曾说："自国朝开创以来，论其得贤，于斯为盛。"统治者崇文尊儒，保存典籍，使得书院普及，书业发达，文人儒士有了更为开放和自由的创作空间，文学创作也的确在新的历史条件下出现了一些新的气象与风格。

从现存材料看，汉族文人儒士的生存条件确实受到民族政策和文化政策的强烈影响，最为显著的是科举制度的影响。科举作为选拔人才的有效方式不断发展完善，至元代时，科举时行时止，在科举罢行时期，儒士入仕十分艰难，导致"中州人每每沉抑下僚，志不获展"。于是乎,"夫以是人而居卑秩,宜其歌曲多不平之鸣"。与前代儒家士大夫相比,元代儒生仕途之路受阻,失去上升通道,地位自然大为下降。因此,他们大多怀有深重的危机感,或选择退隐山林,以游山玩水为乐;或选择混迹市井,与优伶为伍,并引以为知己。这样的社会环境,铸就了元代曲家这一特定文人群体,以及他们或讽喻世情或寄怀山水的整体形象。大多数文人门第卑微,职位不振,从而打破了"货与帝王家"的约束,摆脱了朝廷官吏的身份,在创作与表达上更为自由。自《诗经》以来,"诗以言志",诗文等文学创作被赋予了讽喻、教化、明道的功能,而在元代,这种功能逐渐退化。因而在题材的选择上,文人们一定程度上摈弃了以往习惯的文学主题,而选择以隐逸、山水、调笑、戏谑为主的创作内容。

从文学创作和风格上来说,最为重要的现象和特色是民族性。整个元代社会以蒙古为主的民族旨趣为主导,在少数民族文人涌现,书写北方生活的同时,豪放自然的文学特质凸显出来,影响了诗、文、曲等各种文体的总体风貌。其次是地域性。宋、辽、金的地域分割,造成文学风格上的分化。在元朝吞并金、西夏并灭南宋之前,中国的历史进程长期处于南北分立状态。契丹、女真、蒙古政权更迭,统治北方三百余年,北方文人较早地接受现实,与蒙古等北方民族接触较多,互相影响更为深厚;南方文人则长期处于亡国的末世氛围中,对蒙古等外族的抵御情绪更为浓厚。元代统一天下之后,并没有迅速弥合南北文化上的分裂。

南北文学的对峙以及逐步的融合,是元代文学发展中的重要现象。大都作为金、元首都,必然成为文化中心,聚集来自全国各地尤其是北方地区的重要文人学者。南宋首都杭州,山水、物资富甲天下,无论从书籍刊刻、书院教育还是文学创作上,都达到了其他地区无法企及的高度。有元一代,南北不同的创作风格经历了从分裂到融合的过程，其成因来自元代大一统的政治环境。朝廷征召南方儒士入朝为官，南人北上成为一种风气，南北交流频繁，作品的刊行与传播较之以前更为便利。从诗、词、文等各种传统文体的发展来看，在南方文学风格北上的同时，北方风格的若干要素也渗透到南方文人的创作中。

元朝是中国历史上第一个少数民族掌握最高统治权力的大一统王朝。宋元易代，对于坚守儒家思想的文人来说，还要面临出处的艰难选择。所以有学者说，元代前期，是一个特殊的时代，既为文人士子带来沉重的心理压力，又带来新的生活体验。诸此种种，反映在文学之中，必然出现前代所未曾有的全新景象。

第三节　文学形式与思想的丰富与融通

元朝的建立结束了宋、辽、夏、金、吐蕃、大理等多王朝并存割据的局面，无疑有利于社会稳定和经济发展。宋元时代，经济的繁荣，城市的兴起，市民阶层的壮大，让文学艺术在传统的抒情与教化功能之外，承担了更多的娱乐功能。在北宋、南宋时期，杭州等地作为人口密集的城市，出现了瓦舍勾栏，聚集大量娼妓优伶，孕育了丰富的娱乐形式。市民享乐意识有了更为明确的表现和更为强烈的需求。文人对市井生活的描写，显示出他们与底层人民的紧密关系与对下层生活的熟悉。

更为关键的是社会形态与主导思想的转变。自秦汉大一统政权出现之后，长期以来，儒家思想在统治者的支持下占据主导地位。元代的多民族杂居，使多元化成为社会的主流形态，如舆服之制，"便宜行事，及尽收四方诸国也，听其俗之旧，又择其善者而通用之"，在日常生活、民俗文化等方面都是如此。

宗教方面，信仰多元化，使佛教、道教、伊斯兰教、基督教、犹太教都得到广泛传播，其中，佛教、道教的影响尤为深远。全真教是金朝时兴起的新的道教派别，创立者王嚞是儒士出身，熟知儒家经典，在思想上吸收了儒家教义，教中弟子多为士子遗民，与著名文人的关系十分紧密，所以对文坛影响较大。全真教提倡息心养性，除情去欲，与文士消极遁世的思想情怀恰相契合，在元代叹世、遁世作品中多有体现，直接导致杂剧中神仙道化剧的大量产生。

思想方面，理学的发展是元代思想的重要现象，也是影响元代文学的重要因素。元朝统治者弘扬程朱理学，将其立为官学，著名理学家姚枢、许衡、郝经都是忽必烈的幕僚。理学追求真实与自然，强调经世致用与文道合一，不重辞章，在一定程度上影响了元代诗文的平易自然的文风。

多元并存下的大融合，致使这一时期的文化呈现多种特色。最重要的有两点。其一是多民族文士的涌现。各民族都有本族杰出的代表。他们兼用双语，或擅长汉、回鹘、蒙古、藏、梵等多种语言文字，不仅利用这些语言从事各种典籍，尤其是佛经的翻译，而且大多能够运用本族语言和汉语进行诗文等体裁的文学创作。多元文化体系内部的交流和影响，不是单向的，而是相互促进的融通关系。汉族文学对于其他民族文学具有示范效应，而少数民族的审美风格也很快就融入汉族文学的创作中。其二是多种文学形式的萌芽和发展。话本等在两宋城市中流行的娱乐方式继续发展；元杂剧成为元代文学中最令人瞩目的文艺形式。元曲的成就与唐诗、宋词并峙。在元曲形成过程中，少数民族对歌舞的喜爱是其动因之一，为适应蒙古族观众的欣赏要求，元杂剧的文本中吸收了大量的蒙古语词汇，音乐上也借鉴了北曲、胡乐中的若干因素。

第四节 雅俗文学的分裂与新变

元代之前,雅、俗文学之间存有较多隔膜。诗文独领风骚,是正统雅文学的代表性文体。秦汉以来,诗文作为文人士大夫的自我抒发与自我满足,在取得极高成就的同时,往往也仅限于读书识字的中上阶层中流传,具有一定的封闭性。民间小曲、鄙俚之作,与诗文相比犹如江湖之远和庙堂之高,相互隔绝甚深。自王国维《宋元戏曲史》问世以来,元曲得到现代研究者的尊崇,并在现代学术史和文学史上,作为元代的代表性文学样式,成为元代文学的主要组成部分和主流研究对象。以元曲为代表的"俗文学"异军突起,被视为"活文学出世",颠覆了既有的文学格局。

也正因为如此,元代的诗文创作,反而受到忽视。明人曾论断元代无诗文。今天看来,元代诗文与杂剧、散曲相比,似乎有式微之势,但在数量和质量上也并非毫无称道之处。近年,《全元文》和《全元诗》的编撰出版,展现出元代诗文的总体面貌令人耳目一新。元人尚雅集,促成诗人结社之风。在题材上,题画诗成为元代诗作的一大亮点。在诗学理论上,宗唐与宗宋的争鸣,反映出元代诗人对于诗歌的理解与对前代诗学的总结。

元代雅文学的地位与成就,需要学界重新审视与检讨。与此同时,仍需要承认与肯定的是,元曲的成就,让一向不入大雅之堂的俗文学毫无愧色地与传统诗文相颉颃。元人罗宗信已将元曲与诗词并称:"世之共称唐诗、宋词、大元乐府。"曲在元代所达到的高度,自明代起亦获得公认,如《元曲选》的编者臧晋叔尝言:"曲自元始有。"

元代杂剧的出现,是元代特殊文化氛围造成的。蒙古族整体文化水平与平民通俗娱乐的需求,是促成杂剧形成与发展的重要条件之一。歌女舞姬加入创作使得编撰者大众化；以公案等故事作为主要题材使得内容平民化；吸收大量口语使得语言通俗化，符合了多民族社会中大多数人的审美需求，都是元杂剧取得成功，获得欢迎的组成因素。

元代之前，雅文学占据不可撼动的主导地位，不仅是出于社会审美，更是出于巩固封建统治和强化意识形态的需要。杂剧虽然兴盛，广受市民欢迎，却也受到了理学家的鄙视与贬低。以《录鬼簿》一书为杂剧作家作传的钟嗣成曾说："若夫高尚之士，性理之学，以为得罪于圣门者。"从这个角度看，元曲虽然在元代极为盛行，却并未取代诗文的主流地位。

但是，元代文学的独特性，加速了雅俗文学前所未有的融合，这正是元代文学最为重要的贡献。

第 二 章
元代杂剧

王国维《宋元戏曲考》说:"凡一代有一代之文学:楚之骚,汉之赋,六代之骈语,唐之诗,宋之词,元之曲,皆所谓一代之文学,而后世莫能继焉者也。"元曲,尤其是元代杂剧,作为王国维理想中"自然本色的活文学",自此成为元代文学最具代表性的艺术样式,进入研究者的视野。

第一节 元代杂剧概说

戏曲演出的萌芽,早在春秋时期的"俳优"表演中已经出现。此后,汉代角抵戏"东海黄公"、唐代歌舞戏"踏摇娘",都是戏曲发展初始阶段的产物。宋杂剧通常被视为最早具有完备形态的戏曲形式。宋代杂剧的演出,由滑稽表演、歌舞和杂戏组合而成,包含"艳段""正杂剧""杂扮"等几个部分。依宋制,"每年春秋圣节三大宴,小儿队、女弟子队各进杂剧"。宋、金割据而治之后,金院本在北方广泛流行。院本,王国维解为"行院之本",本为勾栏妓院等行院演唱之本,后成为院本表演形式的概称。

元杂剧上承宋代杂剧和金代院本发展而成,因其主要流行于北方地区,又称北杂剧。它的兴起,向前可追溯到蒙古帝国与南宋王朝对峙时期。王国维以元太宗六年（1234）为元杂剧史的起点。元朝统一南北，为杂剧的成熟创造了良好的外部环境。一般认为，元杂剧形成于金末元初，繁盛于元大德年间（1297—1307）。就演出而言，元杂剧是在金院本和诸宫调的直接影响下，融合各种表演艺术形式而形成的一种完整的戏剧形式。元杂剧在唐宋以来话本、词曲、讲唱文学的基础上，形成了大量具有固定文体形式的成熟剧本。

元杂剧剧本已经形成了固定的体制，包括曲词、宾白和科介三个部分。每本杂剧内容基本上是四折加一楔子，这可能是受到宋杂剧演出分为数段的影响并对其加以定型的结果。折，在舞台表现上，大体相当于现代戏剧的"幕"。四折之外，楔子补足之。楔子一般在开头用以交代剧情开端或梗概，有时也在两折之间用以过渡和连接。纪君祥的《赵氏孤儿》为五折加一楔子，王实甫的《西厢记》为五本共二十折，均是少见的变体。孙楷第说："折应有三意：一以套曲言，所谓一折等于一章。一以科白言，所谓一折等于一场或一节。一以插入之歌曲舞曲乐曲言，所谓一折等于一遍。"从内容来看，每折是故事情节发展的一个自然段落。从音乐来看，一折之内是一支完整的套曲，一个相对独立的音乐单元。

元杂剧的音乐形式也十分稳定，实际使用的宫调共九个，即五宫四调：正宫、中吕宫、南吕宫、仙吕宫、黄钟宫、大石调、双调、商调、越调，亦称为"北九宫"。宫调作为音乐概念，有调高和调式两层意义。每一宫调各有其特色风格，即燕南芝庵在《唱论》中所言"大凡声音，各应于律吕""仙吕调唱清新绵邈，南吕宫唱感叹伤悲，中吕宫唱高下闪赚，黄钟宫唱富贵缠绵，正宫唱惆怅雄壮，大石唱风流酝藉，双调唱健捷激袅，商调唱凄怆怨慕"之类是也。元杂剧中，每一折使用的宫调大致有一定的格局，各折的宫调均不重复；每一折之内，每一套曲均由同一宫调下的若干曲牌组成，同一宫调的曲牌也有大致固定的次序。最为常见的情况，是第一折用仙吕宫,第二折用南吕宫,第三折用中吕宫,第四折用双调。

　　王国维说:"杂剧之为物,合动作、言语、歌唱三者而成。"也就是说,杂剧的表演,由演唱、道白、表演三个部分组成。元杂剧的演唱形式十分独特,每本只由一人主唱,大都由正旦或正末从头唱到尾,正旦主唱的剧本称为"旦本",正末主唱的剧本称为"末本"。一人主唱的长处,王骥德在《曲律》中指出,"北剧仅一人唱,一人唱则意可舒展,而有才者得尽其春容之致"。如学者所指出的那样:一人主唱,给予优秀的演员更为广阔的发挥空间。歌唱是塑造和刻画人物的主要手段,主要人物在全剧情节发展的几个重要地方连续唱套曲,就可充分抒发人物情感,表现人物性格,达到连贯而完整的艺术效果。

　　但是,一人主唱也有明显不足。一场演出的主要演唱者始终不换,即使演员的天赋高、嗓子好,完成演出也是相当吃力的。对于资质普通的演员来说,更是难以胜任。况且,恪守一人主唱到底的固定体制,让其他人物只能念说白,不能唱一句正曲,也会使这些人物形象显得单调乏味和平面化。有时,为了迁就角色的主唱,往往不得不在剧中硬加人物,拼凑情节,更暴露出一人主唱的缺陷。

　　元杂剧的角色分工,有旦、末、净、外、杂五大类,其中末、旦为当场正色,在演出中最为重要。每类之中又细分为多种。如末分为正末、副末、外末、小末、冲末等;旦分为正旦、副旦、外旦、贴旦、小旦、老旦、色旦、搭旦等;净分为净、副净、外净等;一位演员可以兼饰不同角色,即"一角众脚"。旦、末之外,其他角色都只有道白和动作。

　　元杂剧中的道白又叫"宾白",在剧本中往往用"云"字加以提示。有散而无韵的散白和押韵的韵白。韵白包括诗、词、曲等形式,散白则有独白、对白、白白等形式。徐渭说:"唱为主,白为宾,故曰宾白,言其明白易晓也。"宾白之中多鄙俚蹈袭之语,故学界有伶人自为创作的说法。一部优秀的杂剧作品，曲、白水乳交融、相辅相成。一般说来，曲文抒情，宾白叙事。所谓叙事，大致包括人物通报姓名、自叙身世、交代事件来龙去脉、说明人物活动环境、人物之间的对话或者独抒心事等。由于元杂剧采用一人主唱，所以除了主唱角色有唱有白之外，其他各色人物莫不通过宾白交代相互关系，表白自己的处境，透露内心世界，表现性格特征。尤其是元杂剧的楔子，一般只唱一两支曲子，而以宾白为主体，也就更要充分发挥宾白的作用。

元杂剧剧本里关于演出的提示，包括表演动作、人物表情，以及歌舞、武打等舞台效果，叫作"科"或"科介"。如"出门科""入房科""把盏科"起到提示的作用。元杂剧的科范，并非仅是对实际生活的逼真模仿，而是有所提炼，有所省略，有所渲染，有所夸张。通过虚拟化的表演动作，结合一定的"砌末"（道具），艺术地表现生活。

第二节　元杂剧的分期、题材与代表作

元杂剧作者灿若星辰，身份、地位各不相同。他们分别来自书会才人、勾栏艺人、医生、商贾、下层官吏、名公巨卿等各个阶层。根据钟嗣成《录鬼簿》等书记载，元代共有杂剧剧本五百多种，剧作家一百余人。流传至今的剧本有一百五十余种。这些作品，或沉雄悲壮，或激越豪放，或典雅工丽，或温润醇厚，或冷峻峭拔，或婉转绵丽，或自然本色，或清幽脱俗，具有多种风格。

元杂剧的类别，以主要题材来分，有包公戏、水浒戏、三国戏；从主要类型来说，有爱情剧、公案剧、历史剧、神仙道化剧等。元杂剧反映生活的广泛深刻、塑造人物的复杂多样，"外则曲尽其态，内则详悉其情"，让它充分地展现出了元代社会斑斓多彩的面貌。

《录鬼簿》以作者钟嗣成自身所处为界限，划分出"前辈已死名公才人""方今已亡名公才人"和"方今才人"三个阶段，并分别概括出"繁荣""中落"和"衰微"的特征。李修生《元杂剧史》也将元杂剧史分为初、中、晚三期。大多数学者将元杂剧创作分为前后两期。前期创作以北方为中心。后期，北方杂剧作家纷纷漫游或迁居南方，南方文人也多有杂剧创作。大致到大德末年以后，杂剧创作活动的中心逐渐由大都转移到杭州。由此时到元末是元杂剧的后期，著名作家相继离世，杂剧创作逐渐衰微。

王实甫被列入"前辈已死名公才人"。其生活年代应当在宋元交替前后。我们下设专节论述。在文学史上，最负盛名的有所谓元曲四大家，即关汉卿、白朴、马致远、郑光祖四位元代杂剧作家。四者代表了元代不同时期、不同流派杂剧创作的成就。元代周德清在《中原音韵》序中说："乐府之盛、之备、之难，莫如今时……其备，则自关、郑、白、马。一新制作。韵共守自然之音，字能通天下之语，字畅语俊，韵促音调。观其所述，曰忠，曰孝，有补于世。"周氏从文本创作的角度将此四位作家的特色和成就并列。明代何良俊则明确提出："元人乐府，称马东篱、郑德辉、关汉卿、白仁甫为四大家。"

白朴和关汉卿是元代早期的作家，主要活动地区在真定和大都。关汉卿下设专节论述。先看白朴，本名白恒，字仁甫，后改名朴，字太素，号兰谷，隩州（今山西河曲）人，生于金哀宗正大三年（1226），后随父亲徙居真定（今河北正定），晚岁寓居金陵（今江苏南京）。白朴的伯父白贲和父亲白华均为进士，有文名。白朴身历乱世，与母亲在逃难中失散，由著名诗人元好问抚养长大，文学修养赖其熏陶，思想也受其影响，淡泊名利，终身未仕，至元成宗大德十年（1306）尚在世，此后行踪不详。

白朴著有杂剧十五种，题材多出自历史故事和民间传说，剧情则多为才子佳人的婚姻、爱情韵事。《梧桐雨》，全名《唐明皇秋夜梧桐雨》，取材于白居易的《长恨歌》，写唐明皇与杨贵妃的爱情悲剧。唐明皇身为一国之主，贪图享乐，厌倦朝政，直接导致了安史之乱的恶果。《梧桐雨》以安史之乱为历史背景，主题却是"情"，唐明皇强纳太真入宫，封为贵妃，恩宠无比，却也无力改变马嵬坡香消玉殒的绵绵长恨。与此前文学作品或批评李隆基荒淫误国，或赞誉李杨二人矢志不渝不同，《梧桐雨》一剧并非仅是对"汉皇重色思倾国"的批判，也不仅是对二人"世世永为夫妇"而不得的同情，白朴所营造的悲剧意蕴，似乎想说明，虽处帝王之尊，拥有无上的权力，但也只能屈从于情势，表达一种虚无和幻灭之感。第四折描写李隆基对杨玉环的思念之情，是全剧的精华。

《墙头马上》也是一出爱情剧，改编自白居易的诗作《井底引银瓶》，白朴在剧作中加强了故事冲突与戏剧性。尚书之子裴少俊与李千金一见钟情，私订终身。裴少俊将李千金私藏在裴家后花园中，并与其育有一双儿女。七年之后，二人私情被撞破，受到裴父阻挠。李千金力争无果，被弃归家。裴少俊考取功名，重新求娶李千金，夫妻终于团圆。白居易诗作本意立足于"聘则为妻奔则妾"的礼教，提出"寄言痴小人家女，慎勿将身轻许人"的告诫。白朴则赞许李千金主动大胆地追求爱情，以"这姻缘也是天赐的"强调自己婚姻的合理性，捍卫人格尊严，扭转了原作的悲剧结局，在立意上更胜一筹。

纪君祥也是早期杂剧作家，《赵氏孤儿》是元杂剧前期代表性作品，很早就传入欧洲。1754年，法国启蒙思想家伏尔泰把它改编为歌剧《中国孤儿》，并注明"五幕孔子的伦理"。纪君祥，大都人，生卒年代及生平事迹均不详，约生活在至元（1264—1294）年间。所作杂剧著录有六种，仅有《赵氏孤儿》完整传世。主要是根据《史记·赵世家》所记春秋晋灵公时赵盾与屠岸贾两个家族矛盾斗争的历史故事敷演而成，并强调了赵盾作为"忠良"和屠岸贾作为"权奸"之间的道德对立。

马致远和郑光祖是元代杂剧繁盛时期的代表作家。

马致远，号东篱，大都人。生于1250年前后，卒于1321—1324年。元世祖至元二十二年（1285），曾任江浙行省的小官，后归隐田园。《汉宫秋》是马致远早期作品，也是马致远杂剧创作的代表作。昭君出塞的故事最早见于《汉书》记载，是文学创作的常见题材，前人一般着重描绘昭君的不幸遭遇和悲剧命运。但是，马致远笔下的《汉宫秋》是一出末本戏，主要人物是汉元帝。汉元帝身为帝王，尚且无法主宰自己的命运。昭君本是无缘得见君王之面的宫女，马致远虽将其变为汉元帝钟爱的妃子，但仍是一名无法自保的弱女子，从而更为深刻地反映出个人在历史洪流中颠沛流离的沧桑无奈之感。马致远改编这一故事，在蒙古族当权的现实背景下则包含了作者更为深层的思想内涵。马致远笔下的汉元帝，更多地表现出普通人的情感和欲望。此剧的名段，为第三折汉元帝送别昭君所唱的【梅花酒】：

> 他、他、他伤心辞汉主，我、我、我携手上河梁。他部从入穷荒，我銮舆返咸阳。返咸阳，过宫墙；过宫墙，绕回廊；绕回廊，近椒房；近椒房，月昏黄；月昏黄，夜生凉；夜生凉，泣寒螀；泣寒螀，绿纱窗；绿纱窗，不思量。

《汉宫秋》之外，马致远还创作有神仙道化剧《黄粱梦》《岳阳楼》和以儒士为主角的《青衫泪》《陈抟高卧》等。

杂剧后期的创作中心在杭州。北宋时，杭州已是"东南第一州"，南宋时成为首都，更是成为"普天下锦绣乡，一哄地人烟辏集"。北方杂剧作家南下，南方杂剧作家聚集，同时，它还是杂剧演出和剧本刊刻的重镇。根据钟嗣成《录鬼簿》的记载，在江浙一带活动的杂剧作家，除了"元曲四大家"郑光祖，还有宫天挺、金仁杰、乔吉等。

郑光祖，字德辉，平阳襄陵（今山西临汾）人。生卒年不详。《录鬼簿》说他"以儒补杭州路吏，为人方直，不妄与人交"，"名香天下，声振闺阁，伶伦辈称郑老先生"。郑光祖任职杭州，是后期南方作家群的代表人物。郑光祖精于音律，何良俊称四大家之中，"当以郑为第一"。朱权则评价其词"如九天珠玉"。

《录鬼簿》载郑光祖剧作十七种，《倩女离魂》和《王粲登楼》是他的代表作。《倩女离魂》一剧以唐朝陈玄祐的《离魂记》小说为素材，故事讲述王文举与张倩女指腹为婚，二人互相爱慕。王文举赴京应试，柳亭相别之后，倩女由于思念王文举，魂魄便离了原身，追随王文举一起奔赴京城。而王文举却不知是倩女的魂魄与他在一起，以为倩女本人同他一起赴京。魂魄与情人朝夕相对，肉身却在病榻缠绵，剧中对不同情境下倩女的思虑都有着细致入微的描画。王文举状元及第后，从京城启程赴官，顺便去探望岳父岳母，便先修书一封告知倩女的父母，偕同倩女魂魄来到倩女身边，魂魄与身体又合而为一，一对恩爱夫妻得到团圆。郑光祖将倩女的"一点真情"写得细致入微，王国维称其曲词"如弹丸脱手，后人无能为役"。

第三节　关汉卿与大都作家圈

《录鬼簿》记载"前辈已死名公才人有所编传奇行于世者"共五十六人。关汉卿名列第一。朱权在《太和正音谱》中也说关汉卿"初为杂剧之始，故卓以前列"。

关汉卿的生卒年不详，约生于金末或元太宗时。孙楷第考其生年在1248—1250，卒年在延祐七年（1320）之后、泰定元年（1324）之前。关汉卿的籍贯，有祁州（今河北安国，《祁州志》卷八）、大都（今北京，《录鬼簿》）、解州（今山西运城，《元史类编》卷三十六）等说法。

关于关汉卿的生平，现存资料相当缺乏，只能从零星的记载中窥见大略。《录鬼簿》载关汉卿小传云："关汉卿，大都人，太医院尹，号已斋叟。""太医院尹"，别本《录鬼簿》又作"太医院户"。学者考证，《金史》和《元史》的"百官志"之中，均设有"太医院"，但无"太医院尹"之职务。"尹"为官正之意；"医户"也是元代户籍之一种，受太医院管理。因此，关汉卿很可能是元代太医院的一个医生。他的剧作《拜月亭》中有一段临床诊病的描写，活灵活现，宛若医人声口，可以作为辅证。

《析津志辑佚·名宦》曰："关一斋，字汉卿，燕人。生而倜傥，博学能文。滑稽多智，蕴藉风流，为一时之冠。是时文翰晦盲，不能独振，淹于辞章者久矣。"贾仲明《录鬼簿》中的吊词称关汉卿为"驱梨园领袖，总编修师首，捻杂剧班头"，可见他在元代剧坛上的卓越地位很早就确立了。

从诸家记载中，不难勾勒出关汉卿广闻博学、诙谐幽默、倔强不屈的性格特征。【南吕·一枝花】《不伏老》是关汉卿自述心志的一首套曲作品，他在曲中毫无惭色地自称："我是个普天下的郎君领袖，盖世界浪子班头。愿朱颜不改常依旧，花中消遣，酒内忘忧。分茶撷竹，打马藏阄。通五音六律滑熟，甚闲愁到我心头。"在结尾一段，更狂傲地表示"我玩的是梁园月，饮的是东京酒，赏的是洛阳花，攀的是章台柳。我也会围棋、会蹴鞠、会打围、会插科、会歌舞、会吹弹、会咽作、会吟诗、会双陆，你便是落了我牙、歪了我嘴、瘸了我腿、折了我手，天赐与我这几般儿歹症候，尚兀自不肯休"，这一气魄，无愧于他所自诩的"我是个蒸不烂、煮不熟、捶不扁、炒不爆、响当当一粒铜豌豆"。

《元史补遗》中说"关汉卿，工乐府，著北曲六十本"，可见其著述之丰。综合各种文献资料记载，关汉卿编有杂剧六十七部，现存十八部。个别作品是否出自关汉卿手笔，尚有分歧。他以善于描写复杂现实生活和底层人民命运为世人所称道。《窦娥冤》《救风尘》《望江亭》《拜月亭》《鲁斋郎》《单刀会》《调风月》等是他的代表作，影响深远，至今仍享有盛名。

《窦娥冤》是元代杂剧中悲剧的典范之作。此剧正名为《感天动地窦娥冤》，主要情节源自《列女传》中"东海孝妇"的故事。主人公窦娥因为家贫，自小被父亲抵债在蔡婆婆家做童养媳。丈夫病故后，她立志守节，却受无赖逼婚并诬陷，又被官府错判斩刑，身负无限冤屈。第三折《法场》是全剧的高潮，窦娥在法场之上，念及自己"没来由犯王法，不提防遭刑宪"，不由得"叫声屈动地惊天"，并唱出了著名的"将天地也生埋怨"的曲子，字字血泪：

【滚绣球】有日月朝暮悬，有鬼神掌着生死权。天地也，只合把清浊分辨，可怎生错看了盗跖颜渊？为善的受贫穷更命短，造恶的享富贵又寿延。天地也，做得个怕硬欺软，却原来也这般顺水推船。地也，你不分好歹何为地？天也，你错勘贤愚枉做天！哎，只落得两泪涟涟。

为一雪冤屈，她临终前含恨发下三桩誓愿：血溅白绫、六月飞雪、三年大旱，结果桩桩灵验。这一幕，诚如王国维所说，"即列之于世界大悲剧中，亦无愧色也"。

关汉卿还创作了多部婚姻爱情剧以及反映市井生活、语言诙谐戏谑的喜剧作品。他的创作，特别关注女性的命运，并给予女性深切同情。他塑造了个性鲜明、千人千面的女主角，既有窦娥这样恪守妇道和孝道的传统女性，也有《救风尘》中出身青楼但义薄云天的女主角赵盼儿，还有《望江亭》中青春守寡却胆识过人的女主角谭记儿。他对女性抱有尊敬、理解与同情，这些冷静练达、洞悉世情的奇女子在他的笔下表现出一个共同的特征，敢于反抗、敢于斗争，从而以积极的态度改变自己的命运。

关汉卿剧作的主题和题材非常丰富，无论是公案剧、风月剧、历史剧，他都很擅长。《单刀会》是关汉卿历史剧中的出色作品。三国时，鲁肃为索还荆州设下埋伏，关羽单刀过江赴宴，展现出不凡的英雄气概。波澜汹涌之中的一阕【新水令】和【驻马听】，唱出了孤胆英雄豪情无限以及对成就千秋功业的复杂意绪。

【双调·新水令】大江东去浪千叠，引着这数十人驾着这小舟一叶。又不比九重龙凤阙，可正是千丈虎狼穴。大丈夫心别，我觑这单刀会似赛村社。(云)好一派江景也呵，(唱)

【驻马听】水涌山叠，年少周郎何处也？不觉的灰飞烟灭，可怜黄盖转伤嗟。破曹的樯橹一时绝，鏖兵的江水犹然热，好教我情惨切！(带云)这也不是江水，(唱)二十年流不尽的英雄血！

关汉卿的剧作以节奏紧凑、当行本色著称，结构、语言都精致严谨。特别值得称道的是，他长期浪迹勾栏，与乐师、歌女朝夕相伴，自叙"争挟长技自见，至躬践排场，面傅粉墨，以为我家生活，偶倡优而不辞"，故而对舞台极为熟悉。在【南吕·一枝花】《不伏老》中，他也曾夫子自道："伴的是银筝女银台前理银筝笑倚银屏，伴的是玉天仙携玉手并玉肩同登玉楼，伴的是金钗客歌金缕捧金樽满泛金瓯。你道我老也，暂休。占排场风月功名首，更玲珑又剔透。我是个锦阵花营都帅头，曾玩府游州。"

关汉卿在当时已是大都杂剧作家当中的领袖人物。元杂剧既冠以"北曲"之名，萌发并流行于北方地区是毋庸置疑的。它的作者，也以北方人占据多数。金、元之际，杂剧在山西平阳、河北真定、山东东平等地均广受欢迎。随着元王朝统一中国，元朝大都建成之后，大都城不仅成为中国政治和文化中心，而且迅速发展成为经济繁荣、消费性商业色彩浓厚的大都会。城市的繁华直接影响到人口的增长和商业的繁荣。市民阶层的形成与壮大，促成了大都娱乐的兴起。黄文仲的《大都赋》描绘说："华区锦市，聚四海之珍异；歌棚舞榭，选九州之秾芬。"《析津志辑佚·岁纪》中则说："南北二城，行院、社直、杂戏毕集。"歌舞表演如斯繁盛，亭台楼榭自然遍布于元大都之中。

出色的剧作家和演员从各地纷纷汇集大都，如河北的王实甫、马致远，陕西的红字李二等。大都作为元代杂剧的中心，形成了一个庞大、优秀的作家群。现今仅存的元刊杂剧三十种，多署"大都新编""大都新刊"，足见大都在元代杂剧编撰方面的地位。

《录鬼簿》中记载的大都杂剧作家有十九人，此外还有多名长期寓居大都，从事戏曲活动的作家。

大都作家群以关汉卿为领袖，贾仲明《凌波仙》吊词已经足以说明他在戏曲界的崇高声望。又据《录鬼簿》记载，与关汉卿有交往的大都剧作家就有杨显之、梁进之、费君祥等多人。如"杨显之"条云："大都人，关汉卿莫逆之交，凡有珠玉，与公较之。""费君祥"条曰："与汉卿交，有《爱女论》行于世。"贾仲明吊词曰："君祥前辈效图南，关已相从看老聃。""梁进之"条谓其"与汉卿世交"。贾仲明吊词曰"关叟相亲为故友"。"凡有珠玉，与公较之"，所说的"珠玉"指的是杨显之的文学作品，自然应该包括杂剧剧本。这种密切的交往和切磋，对杂剧艺术的提高以及创作风格的趋同，当然是大有助益的。

杂剧作家之间的交流,是通过"书会"这一组织来实现的。书会,是宋元时期戏曲、曲艺作者、艺人的行会组织,对创作者和表演者起着联络、沟通的作用。目前见于记载的书会活动,有玉京书会和元贞书会。

玉京书会成立较早,其成员都是元代初期活跃在燕赵之地的书会才人。玉京,是对元大都的美称。贾仲明在《书录鬼簿后》中说:"载其前辈玉京书会燕赵才人、四方名公士夫,编撰当代时行传奇、乐章,隐语,比词源诸公卿士大夫,自金之解元董先生,并元初汉卿关已斋叟以下,前后凡百五十一人,编集于簿。"燕赵才人,明确指出的是当时居住在大都的杂剧作家,以关汉卿为领军人物,又包括有:"岳伯川,老父共汝不相知,鬼簿钟公编上伊。度铁拐李新杂剧,更梦断杨贵妃。玉京燕赵名驰。言词俊,曲调美,衰草烟迷""孟汉卿,亳州人。已斋老叟播声名,表字相同亦汉卿。摩合罗一段题张鼎,运节意脉精。有黄钟商调新声。喧燕赵,向玉京广作多行"。书会的成员不仅包括长期居住在大都的作家,白朴在大都游历之时,也曾经参与玉京书会的活动。

元大都又有元贞书会。元贞为元成宗年号,《录鬼簿》吊赵子祥中记载:"一时人物出元贞,击壤讴歌贺太平,传奇乐府时新令。锦排场,起玉京。害夫人,崔和檐生。白仁甫,关汉卿,丽情集天下流行。"

书会类似于古代文人的诗社,创作形式灵活多变。书会才人既是独立创作的个体,也常常互相切磋,取长补短。有时,他们采取同题共作的形式。如睢景臣著名的《高祖还乡》套曲,就是在书会中大家同题俱作,但睢景臣"制作新奇,诸公者尽出其下"。书会才人也合作编写剧本,《黄粱梦》就由马致远、李时中、花李郎、红字李二共同写成。所以,宋元时期的部分剧本,署名为书会的共同创作。

第四节　王实甫与《西厢记》

王实甫，名德信，大都人。《录鬼簿》列入"前辈已死名公才人"，生卒年不详，主要生活在金元之际，周德清《中原音韵》谓泰定元年（1324）时已经去世。他著有剧本十四种，流传至今的最为著名的是《西厢记》。

贾仲明有《凌波仙》词吊王实甫："风月营密匝匝列旌旗，莺花寨明飚飚排剑戟，翠红乡雄赳赳施谋智。作词章，风韵美，士林中等辈伏低。新杂剧，旧传奇，《西厢记》天下夺魁。""风月营""莺花寨""翠红乡"，都代指元代官妓聚居的教坊、行院或上演杂剧的勾栏。显然，与当时大多数杂剧作家一样，王实甫对勾栏瓦舍中的生活是极为熟悉的，因此擅长以"儿女风情"为主题的创作。

唐代贞元末年，著名诗人元稹创作了自传性质的传奇小说《莺莺传》，讲述书生张生寄居普救寺时，与远房表妹崔莺莺相爱，却始乱终弃的故事。宋金时期，张生和崔莺莺的故事成为说唱文学的重要题材，秦观、毛滂的"调笑转踏"《会真记》，赵令畤的鼓子词，都改编自元稹的作品。金人董解元所写的"诸宫调"《西厢记》，一般称为"董西厢"，是"西厢"故事发展过程中具有重要意义的一座里程碑。董解元对原作故事情节和人物形象都做了较大改动，张生从寡情薄幸变为有情有义，莺莺从懦弱消极变为自主勇敢，两人冲破阻碍，私奔结合。"董西厢"也成为王实甫创作的蓝本。

王实甫的《西厢记》全名《崔莺莺待月西厢记》，故事的主题升华成为"愿普天下有情人都成眷属"的美好愿望。张生、莺莺为了二人的真挚爱情，蔑视门第、权势，而与身为相国夫人的莺莺母亲不懈斗争，一直被视为个人自由向封建礼教发起的无畏挑战。王实甫将崔张二人的爱情从萌生滋长到坚定成熟的过程，写得极为细腻婉转。正如郑振铎所言:"中国的戏曲小说,写到两性的恋史,往往是二人一见面便誓订终身,从不细写他们的恋爱的经过与他们的在恋时的心理。《西厢记》的大成功,便在婉曲的细腻的在写张生与莺莺的恋爱心境的。似这等曲折的恋爱故事,除《西厢记》外,中国无第二部。"

王实甫改编《西厢记》的最大贡献,一是对剧本结构的重组,二是对人物性格的塑造。元稹原作的主题思想是对张生"善于补过"的褒奖。《莺莺传》中张生始乱终弃,称自己"德不足以胜妖孽",被认为是"文人无行",造成了莺莺"愚不敢恨"的悲剧结局,受到读者诟病。在董解元和王实甫的共同努力下,男女主人公被塑造成在爱情上坚贞不渝,敢于冲破封建礼教的束缚,敢于克服种种阻碍,经过不懈的努力,终于得到美满结果的一对伉俪。王实甫的《西厢记》更是重新塑造了张生、莺莺和红娘等三位主角,使之均有血有肉,丰满真实,成为了戏曲史中经典的人物形象。

崔莺莺贵为相国小姐,是一位深沉含蓄又生机勃勃的大家闺秀。她外表凝重守礼,同时内心富有激情,这就让她在陷入爱情时犹豫不决,心情跌宕起伏,言行前后矛盾。她向往真挚的爱情,在遇到张生之后,有"临去秋波那一转"的怦然心动,此后"每日价情思睡昏昏",期待与他相识、相会。但是,当红娘为张生传书,送来简帖,莺莺却佯装发怒,坚称自己"几曾惯看这等东西"。她主动约张生到花园相会,见面之后又惺惺作态,质问他为何"无故到此"。恰如此,才生动展现了一位青春少女身处幽闺,追求真情时瞻前顾后、又羞又怕的真实心态。

《西厢记》中的张生完全颠覆了元稹笔下软弱无能的负心书生形象,而是一名为爱"风魔了"的至诚情种。他对莺莺一见钟情,"魂灵儿飞在半天"。他一往情深,憨态可掬,与莺莺联诗,互诉心事之后,完全为她着迷,"宿鸟飞腾"才"一声猛惊";为私会莺莺,半夜跳墙。他痴情之下的傻头傻脑和呆里呆气,构成剧中的喜剧元素。当大难临头,贼人来袭,强抢莺莺为妻,他临危不惧,挺身而出,用计"笔尖儿横扫了五千人",从而为自己赢得美人归。

"红娘"这一角色由董解元首创,但在王实甫的妙笔之下焕发出特别的光彩。红娘身为婢女,地位卑微,却在全剧中主唱了八套曲子,成为推动剧情发展的关键人物。红娘机智聪明,热情泼辣,又富于同情心,她一手促成了莺莺和张生的爱情,并在二人身处困境之时,以其特有的机警使矛盾获得解决。红娘的真、善、美,是与莺莺、张生和老夫人形成鲜明对比的。她伶牙俐齿,据理力争,无论张生的酸腐软弱、莺莺的顾虑矫情,还是老夫人的固执蛮横,都逃不脱她搬出周公之礼、孔圣之道来进行讽刺、挖苦乃至严辞驳斥。

王实甫将张生和莺莺的故事集中在二人为相爱、结合,与莺莺之母相国夫人的戏剧冲突这条主线上。《西厢记》的主要矛盾,是以老夫人为一方,以莺莺、张生、红娘为另一方的矛盾,亦即封建家长势力和试图冲破父母之命、媒妁之言的礼教叛逆者的矛盾。老夫人视莺莺为掌上明珠,但她并不了解女儿的喜怒哀乐,而是将莺莺套在封建礼教的层层枷锁之中。哪怕在贼兵当前,考虑的还是如果莺莺被掳,会导致家门名声受辱,"俺家无犯法之男,再婚之女,怎舍得你献与贼汉,却不辱没了俺家谱",如果与张生结亲,"虽然不是门当户对,也强如陷于贼中"。女儿幸福与否,只是一枚交易筹码,是置之于门楣光耀、名声清白考虑之后的。

与崔莺莺、张生、红娘三人跟老夫人斗智斗勇并行的另一条线索,是崔、张爱情发展过程中,莺莺、张生、红娘之间性格的矛盾。红娘看破崔、张二人"一双心意两相投""两下里都一样害相思",居中传信、撮合。但张生痴狂风魔,莺莺欲迎还拒,红娘有意无意间造成了不少误会。无论是月下传柬,花园幽会,都有充分的空间展现出三人的性格特点,又构成了激烈的戏剧冲突。

围绕这两条故事线索,在关目的设置上,王实甫精心做了安排。崔、张的爱情,于内经历了听琴、传书、拜月、私会的过程,二人逐渐加深了解,于外通过了孙飞虎围寺抢亲,老夫人许婚反悔的重重考验,结构紧凑,环环相扣。在剧本体制上,《西厢记》在元杂剧中也是极为独特的。《西厢记》一共五本二十一折五楔子,突破了元杂剧四折一楔子的常见体制,也突破了元杂剧一人主唱的通例,整折戏,实际上由末与旦轮番主唱。在每一本第四折的末尾,既有"题目正名",标志着故事情节到了一个转折性的段落;又有很特别的【络丝娘煞尾】一曲,起着上联下启沟通前后两本的作用。

《西厢记》中的优美唱词向来受到极高的评价。朱权《太和正音谱》评曰:"王实甫之词,如花间美人,铺叙委婉,深得骚人之趣。极有佳句,若玉环之出浴华清,绿珠之采莲洛浦。"他的小令风格正是符合这一评价,如最有名的《别情》:

> 自别后遥山隐隐,更那堪远水粼粼。见杨柳飞绵滚滚,对桃花醉脸醺醺。透内阁香风阵阵,掩重门暮雨纷纷。 怕黄昏忽地又黄昏,不销魂怎地不销魂。新啼痕压旧啼痕,断肠人忆断肠人。今春香肌瘦几分?缕带宽三寸。听得道一声去也,松了金钏,遥望见十里长亭,减了玉肌,此恨谁知。

这一风格与意境,尤其适合作为莺莺的唱词,将深闺少女的曲折心事刻画得惟妙惟肖。第一本楔子,莺莺出场,只唱了一曲【幺篇】:"可正是人值残春蒲郡东,门掩重关萧寺中。花落水流红,闲愁万种,无语怨东风。"少女怀春,无限心事,已经跃然纸上,如在眼前。剧中著名的唱段,还有第四本《草桥店梦莺莺》第三折《长亭送别》:"碧云天,黄花地,西风紧,北雁南飞。晓来谁染霜林醉?总是离人泪。"虽为化用前人诗句而来,但起到了极好的渲染气氛作用。

王实甫还擅长把握人物的口吻，以道白表现其性格，推动情节的发展。第一本第一折张生初见莺莺，只几句道白，已经勾勒出了神魂颠倒的张生形象："呀！正撞着五百年前风流业冤。颠不剌的见了万千，似这般可喜娘的庞儿罕曾见。只着人眼花撩乱口难言，魂灵儿飞在半天。"

送别时莺莺唱【叨叨令】，大胆吐露相思之意，体现她和张生情感的加深，与此前的吞吞吐吐、支支吾吾，已经是大相径庭："见安排着车儿、马儿，不由人熬熬煎煎的气；有甚么心情花儿、靥儿，打扮的娇娇滴滴的媚；准备着被儿、枕儿，只索昏昏沉沉的睡；从今后衫儿、袖儿，都揾做重重叠叠的泪。兀的不闷杀人也么哥，兀的不闷杀人也么哥！久已后书儿、信儿，索与我凄凄惶惶的寄。"

《西厢记》是中国文学史上影响最大的戏曲作品之一。明代王世贞认为"北曲故当以《西厢》压卷"。金圣叹将其列为"第六才子书"，与《离骚》等经典并列。李渔说："吾于古曲之中，取其全本不懈，多瑜鲜瑕者，惟《西厢》能之。"对于《西厢记》也有批评的声音，认为其是"戏谑亵狎之编"，明时"禁书坊不得鬻，禁优人不得学"，清时称"是淫书之尤者，安可不毁"，但这无损于它的声誉和影响。《西厢记》甫一问世，在当时就已经引起广泛的回响，郑兴祖将之改编为《㑇梅香》，李日华和陆采又先后完成了南方曲调的改编本。

第三章
南戏的兴起

南宋时,永嘉地区流行"南戏",亦名"戏文"或"南曲"。《水云村稿》中称之为"永嘉戏曲",这是现存最早使用"戏曲"一词的文献。明代《永乐大典》收录南曲戏文三十三种,计二十七卷,今有《张协状元》《小孙屠》《宦门子弟错立身》三种存世。书会才人集体创作的《荆钗记》《刘知远白兔记》《拜月亭记》与《杀狗记》是元末明初南戏的代表作,高明的《琵琶记》是南戏中最著名的作品,更被誉为"词曲之祖"。

第一节 南戏的形成与发展

在元杂剧盛行于北方的同时,南方也有戏曲形式在孕育、生长。南戏,又称戏文,是"南曲戏文"的简称,被誉为中国的百戏之祖。因其最早产生于浙江温州地区(旧名永嘉),故又称"温州杂剧""永嘉杂剧"或"永嘉戏曲"。它萌生于宋朝,经过长期发展演变,到元末趋向成熟,后来演化为明清戏剧的主要形式——传奇。

南戏的产生时间,实际上早于北曲杂剧。明代祝允明在《猥谈》中说:"南戏出于宣和(1129—1125)之后,南渡(1127)之际,谓之温州杂剧。予见旧牒,其时有赵闳夫榜禁,颇述名目,如《赵贞女蔡二郎》等，亦不甚多。"徐渭在《南词叙录》中则说"始于宋光宗朝（1190—1194），永嘉人所作《赵贞女》《王魁》二种实首之"；"或云：宣和间已滥觞，其盛行则自南渡，号曰'永嘉杂剧'，又曰'鹘伶声嗽'"。元人刘壎在《水云村稿》里则写到南戏从浙江流传至江西的情形："至咸淳（1265—1274），永嘉戏曲出，泼少年化之，而后淫哇盛，正音歇。"

宋室自南渡之后，定都临安，宗室勋戚、文武百官纷纷南迁。温州旧名永嘉，地处东南沿海，对外贸易发达，是南宋除临安（今杭州）以外最繁华富庶的商业都市之一，勾栏瓦舍林立，为南戏的产生提供了温床。南戏早期称为"温州杂剧""永嘉杂剧""永嘉戏曲"等，从中可以看出温州是南戏萌生之处。

追溯南戏的渊源，它在音乐体制方面受到南方民间小曲的影响，《南词叙录》说是以"宋人词而益以里巷歌谣"。南戏的文本体制，是曲牌连缀体，并用代言体的形式搬演长篇故事，从而创造出一种新兴艺术样式。就演出形式而言，它综合了宋代众多的伎艺，如宋杂剧、影戏、傀儡戏、歌舞大曲，以及唱赚、缠令等在表演上的优点，与诸宫调的关系则更为密切。宋代"说书"的盛行，也影响了南戏的念白。

南戏熔歌唱、舞蹈、念白、科范于一炉，表演一个完整的故事。篇幅长短不拘，根据剧情的需要可长可短，具有较大的灵活性。由于故事情节比较曲折，剧本一般都是长篇，数倍于杂剧。一本南戏长的可达五十多出，短的则为二三十出。如《永乐大典戏文三种》中，《张协状元》长达五十三出，《宦门子弟错立身》最短，只有十四出。一般在第一出前有四句"题目"，概括介绍剧情大意。南戏多采用南方曲调，乐器以鼓板为主。

角色方面，主要有生、旦、净、末、丑、外、贴等七种，一本杂剧只能一人主唱，南戏则场上任何角色都可以演唱，而且有独唱、对唱、接唱、同唱等多种演唱形式，还有在后台用以渲染气氛的帮腔合唱。演唱形式的灵活多变，不仅可以调节演员的劳逸，活跃场上气氛，而且有利于表现各个角色的思想感情，有利于刻画身份不同、性格各异的人物形象。

南戏产自民间，与元杂剧相比较，较少文人参与剧本创作，故多无署名。如早期南戏《赵贞女》和《王魁》，只署"永嘉人作"，一般均署"才人"。剧本创作多集中在各书会中，如温州的九山书会、永嘉书会，杭州的古杭书会，苏州的敬先书会等。"九山书会"编撰有《张协状元》，"古杭书会"编撰有《小孙屠》等。

南宋戏文，目前可考的有《赵贞女蔡二郎》《王魁》《乐昌分镜》《陈巡检梅岭失妻》《王焕》《张协状元》等，故事多以婚姻、爱情为主线。除《张协状元》外，均无传本。《张协状元》与元代南戏《宦门子弟错立身》《小孙屠》被收入《永乐大典》，得以保存，人们统称为《永乐大典戏文三种》。其中，《张协状元》是南宋时期温州九山书会的才人创作的，其故事则从诸宫调里移植改编而来。它是唯一完整保留下来的南宋戏文，弥足珍贵。《张协状元》情节是中国戏剧史上典型的"书生负心戏"模式，讲述的是书生张协赴考遇难，得到破庙贫女救助，二人结为夫妇。张协中状元之后，嫌弃贫女"貌陋身卑，家贫世薄"，不肯相认，后来竟然用剑将贫女砍落山崖。贫女被王德用救起。张协后来迫于王德用的权势，与贫女团圆。

《宦门子弟错立身》和《小孙屠》是元人作品。《宦门子弟错立身》，署"古杭才人编"，讲述河南同知完颜永康之子完颜寿马积世簪缨、宦门之后，却醉心演戏，追随女伶王金榜的家庭戏班，成为"路歧人"，走南闯北，撂地演出的故事。此剧中保存了许多元代戏班演出的史料。《小孙屠》全名《遭盆吊没兴小孙屠》，署"古杭书会编"，写开封的孙必达兄弟遭到陷害，屈死狱中，后经包拯重新审理案件，得到昭雪。这两部作品和早期南戏的主题已经大不相同，反映出元人有别于前人的创作观念和价值取向。

第二节　四大南戏"荆刘拜杀"

"荆刘拜杀"是《荆钗记》《刘知远白兔记》《拜月亭》和《杀狗记》四部南戏的简称，又称为"四大南戏"，是元末南戏到明初传奇的过渡性作品。

《荆钗记》全名《王十朋荆钗记》，一般认为是元人柯丹邱所作。剧本叙穷书生王十朋和大财主孙汝权分别以一支荆钗和一对金钗为聘礼，向钱玉莲求婚，玉莲因仰慕十朋的才学，接受了他的荆钗。二人成婚后，十朋赴京赶考，高中状元。因其拒绝万俟丞相的逼婚，被调至烟瘴之地潮阳任职，不准返乡。他的家书被孙汝权截去，改为休书。玉莲不信休书是真，坚拒继母要她改嫁孙汝权的威逼，投江自杀以全名节，被人救起。十朋闻知玉莲自杀，设誓终身不娶。后夫妻间仍以荆钗为缘，得以团聚。

《荆钗记》的故事原型写的是十朋负心抛弃玉莲，玉莲投江自尽，与《王魁》《赵贞女》同属书生负心的故事类型。《荆钗记》改变了这一主题，开场"家门"声明此剧是为表彰"义夫节妇"而作，它的宗旨是提倡夫妇间的相互忠信。"节义"并不是对于女性单方面的要求和束缚，对于夫妻双方来说，"守节"是平等的，对应的，故而王十朋是"义夫"，钱玉莲是"节妇"。《荆钗记》利用荆钗这一道具贯穿全剧，层次分明地展开冲突与纠葛，很适宜舞台表演。

《白兔记》为"永嘉书会才人"编，全名《刘知远白兔记》，写刘知远与李三娘悲欢离合的故事。《白兔记》是在《新编五代史平话》和《刘知远诸宫调》等讲史、平话基础上改编而成。刘知远身负一身武艺，与李三娘成婚后，从军屡立战功。三娘在家产子，取名"咬脐郎"，并将孩子送至刘知远处抚养。咬脐郎成年后回家探母，一天出外打猎，因追赶一只白兔，与正在井边汲水的母亲相遇，一家三口团圆。此剧最大的特点是文字上质朴通俗，其中《塞愿》等出，尚保存着"祭神还愿"等古代农村风俗和情趣。

《拜月亭》同样也是改编作品，全名《王瑞兰闺怨拜月亭》，又名《幽闺记》。元杂剧里有关汉卿的《幽闺佳人拜月亭》和王实甫的《才子佳人拜月亭》等同题之作。《拜月亭》讲述蒋世隆和王瑞兰历经战乱，终成眷属的悲欢离合。因其以蒙古入侵金国的战争为故事背景，在情节上不落一般才子佳人故事的窠臼。南戏《拜月亭》的作者尚存争议。《曲律·杂论》谓"世传《拜月》为施君美作"。《曲品》则认为："云此记出施君美笔，亦无的据。"元钟嗣成《录鬼簿》卷下列于"方今已亡名公才人，余相知者"项内，云"惠字君美，杭州人。居吴山城隍庙前，以坐贾为业。公巨目美髯，好谈笑。余尝与赵君卿、陈彦实、颜君常至其家。每承接款，多有高论。诗酒之暇，唯以填词和曲为事。有《古今砌话》，亦成一集，其好事也如此"。施惠在元贞初年（1295—1297）前后尚在世。《拜月亭》的艺术成就，可称是"四大南戏"之首，一直与《琵琶记》并称。李贽甚至认为它超过《琵琶记》，可与《西厢记》媲美，夸赞道："此记关目极好，说得好，曲也好，真元人手笔也。"又说："《拜月》曲白都近自然，委疑天造，岂曰人工！"

《杀狗记》，全名《杨德贤妇杀狗劝夫》。元杂剧后期作家萧德祥作有《杨氏女杀狗劝夫》杂剧，《杀狗记》的故事情节与之大致相同。《杀狗记》是一出家庭伦理剧，提倡的是"孝悌""妻贤夫贵"等观念。全剧三十六出，描写富豪子弟孙华与市井无赖柳龙卿、胡子传交往，把同胞兄弟孙荣赶出家门。孙华的妻子杨月贞屡劝不听，便设下一计，杀狗伪装成死尸，放置门外。孙华深夜归来，大惊,急忙去找柳龙卿、胡子传,柳、胡推脱不管。孙荣却不记前恨,帮他把"尸首"埋掉,使孙华深受感动,于是兄弟重新和好。

第三节　高明与《琵琶记》

　　高明(1306—1359),字则诚,一字晦叔,号菜根道人,人称"东嘉先生",浙江瑞安人。高明出身书香门第、翰墨世家,祖父高天锡、伯父高彦、弟高旸皆能诗。少博学,方志载其"属文操笔立就"。他早年曾为理学家黄溍的弟子,与宋濂等著名文人同门求学。至正五年(1345)中进士后,先后任处州录事、江浙行省掾史、浙东道都元帅府都事、福建行省都事等职,官声颇佳。晚年坚辞方国珍留幕,隐居于宁波城外的栎社,以词曲自娱,《琵琶记》就创作于这段时期。高明的文学作品,《琵琶记》之外还有《柔克斋集》二十卷,今仅存诗歌五十余首,文十余篇,今人辑为《高则成集》。

　　以文学成就而言,《琵琶记》较《永乐大典戏文三种》中的作品,已是极大提升。《琵琶记》也是改编剧本。此前的戏文,出自书会才人之手,较为粗率,演出时也可任意增删。高明在民间创作基础上,将剧本创作提高到一个全新水平。《南词叙录》记载他撰写《琵琶记》的过程:"则诚坐卧一小楼,三年而后成。其足按拍处,板皆为穿。"因此夸赞其"用清丽之词,一洗作者之陋,于是村坊小伎,进与古法部相参,卓乎不可及已"。

　　陆游曾在诗中写道:"死后是非谁管得,满村听说蔡中郎。"可见赵贞女和蔡伯喈的故事,在南宋时期已经广为流传,为民众津津乐道。宋元之际流行的早期南戏作品,《张协状元》《王魁》及《赵贞女》,都以书生负心婚变为主题。《赵贞女》原作已亡佚,《南词叙录》在此剧目下注言:"即旧伯喈弃亲背妇,为暴雷震死。"蔡伯喈,即著名文人蔡邕,本以孝行著称。高明的创作受到这一民间剧目的影响,"惜伯喈被谤,乃作《琵琶记》雪之"。

　　高明对"忠""孝"极为看重。他在任官时旌表过孝妇,也曾写过《王节妇诗》《孝义井记》。仁、义、礼、智、信等伦理道德是儒家修身齐家的基础,借助戏剧作品宣扬儒家传统道德,以此来纠正"恶化"的风俗,调和社会矛盾,是高明的一种社会理想,也是他创作《琵琶记》的初衷。在《琵琶记》开场词中,作者批评一般戏剧"少甚佳人才子,也有神仙幽怪,琐碎不堪观",宣称"不关风化体,纵好也枉然",而对此剧的创作意图,明确地提出"休论插科打诨,也不寻宫数调,只看子孝与妻贤"。

　　《琵琶记》的主要情节线索,可概括为"三不从"。蔡伯喈与赵五娘成婚后,想侍奉双亲,安心生活,其父蔡公不从;蔡伯喈高中榜首,被牛丞相许婚,蔡虽不允,但牛丞相不从;蔡伯喈想念父母,欲辞官回家,朝廷不从。"三不从"的后果,一边是蔡伯喈无奈抛下年迈父母、新婚娇妻,进京赶考;辞婚、辞官不成,无奈与丞相之女牛小姐成婚,无奈滞留京师三载而不能与家中通书;另一边蔡公蔡婆因家乡大旱,饥病而亡,赵五娘断发卖钱,罗裙包土,埋葬公婆,怀抱琵琶进京寻夫。无论是蔡伯喈本人,还是蔡公、蔡婆、赵五娘、牛小姐,都是受"三不从"损害的悲剧人物。

　　赵五娘是其中塑造得最为成功的形象。高明在《琵琶记》起首云:"论传奇,乐人易,动人难。"为求"动人",赵五娘是《琵琶记》一剧中着重刻画的人物。作者为她设计了极端艰难的处境:新婚两个月,丈夫便不得不离家赴京赶考,她忍受着"他恋着被窝中恩爱,舍不得离海角天涯"的猜疑,必须竭力尽孝,奉养公婆;家境贫寒又遭遇灾年,她典当钗梳首饰换取米粮,自己以糠果腹,还被婆婆埋怨"只得些淡饭,教我怎的捱"。

　　在著名的《糟糠自餍》一出里,赵五娘用四支"孝顺歌"借物抒怀,淋漓尽致地道出了生活的艰难、内心的痛苦:

【孝顺歌】呕得我肝肠痛，珠泪垂，喉咙尚兀自牢嗄住。糠！遭砻被春杵，筛你簸扬你，吃尽控持。悄似奴家身狼狈，千辛万苦皆经历。苦人吃着苦味，两苦相逢，可知道欲吞不去。

　　【前腔】糠和米，本是两倚依，谁人簸扬你作两处飞？一贱与一贵，好似奴家共夫婿，终无见期。丈夫，你便是米么，米在他方没寻处。奴便是糠么，怎的把糠救得人饥馁？好似儿夫出去，怎的教奴，供给得公婆甘旨？

　　赵五娘以糠自比，以米比喻已经飞黄腾达的蔡伯喈。自己经历千辛万苦，"苦人"却仍要吃着"苦味"；丈夫已跃龙门，和自己是天壤之别，一贱一贵，终无见期。纵然如此，她仍然矢志不渝，侍奉二老，并立誓为夫守节。

　　《琵琶记》标举"劝忠劝孝"，在把握这一核心内涵的同时，高明对蔡伯喈故事的主要情节作了重大改动。最关键的地方，是把抛弃妻子，追求荣华，作为反面人物的蔡伯喈改造成一个忠孝双全的正面人物，把他不养高堂、停妻另娶的卑劣行为，处理成被君、被亲胁迫而不得已。《琵琶记》成为一部思想内容极为丰富的作品，集中体现在蔡伯喈的形象塑造上。

　　从出场开始，蔡伯喈就深陷两难之境。他怀抱济世奇才，满心期待春闱高中。但是，家中父母已过八旬，他不忍远游，所谓"幼而学，壮而行，虽望青云之万里；入则孝，出则弟，怎离白发之双亲。到不如尽菽水之欢，甘齑盐之分"。他虽无意求取功名，无意攀附富贵，但是天不遂人愿，处处不得已，处处不能自主。他向往"夫妻和顺，父母康宁"朴素的生活，却与父亲的期待相违背。他选择忠君，就不得不"宦海沉身，京尘迷目，名缰利锁难脱。目断家乡，空劳魂梦飞越"。高中金榜和洞房花烛本是人生一大乐事，但在蔡伯喈身上，却成为禁锢的枷锁。他不能不赴试，不能不娶妻，不能不为官。他在一段唱词中说："我穿着紫罗襕到拘束我不自在，我穿的皂朝靴怎敢胡去揣？我口里吃几口荒张张要办事的忙茶饭，手里拿着个战钦钦怕犯法的愁酒杯。"内心充满自责与痛苦，这让他和一般的负心书生有了本质区别。

改编后的《琵琶记》，通过蔡伯喈的遭遇，揭示了"忠"与"孝"这封建时代两大基本伦理观念之间的冲突。王世贞说："南曲以《琵琶》为冠，是一道《陈情表》，读之使人唏嘘欲涕。"《陈情表》即李密辞官奉其祖母，但蔡伯喈要尽孝尽忠，就必须放弃自我诉求。无论是赴试还是成婚，任何决定，均由不得他个人作主，并违背了他个人本意。"三不从"的情节，同时也反映了以蔡公、皇帝、牛丞相为代表的纲常伦理的现世权力对蔡伯喈个人意志的压迫。

《琵琶记》结局还是圆满的，"一夫二妇，旌表耀门闾"。没有多少新意。但是《琵琶记》的伟大之处，在于从平常生活里写尽中国传统社会家庭生活中的伦理道德。剧中的重要角色都非反面角色，君臣、父子、夫妻，均是在传统道德观念教导下的为人处世，但恰恰事与愿违，造成了自己和他人的悲惨命运。

《琵琶记》的结构布置颇见匠心。作者把蔡伯喈在牛府的生活和赵五娘在家乡的苦难景象交错演出，形成强烈对比。《成婚》与《食糠》，《弹琴》与《尝药》，《赏月》与《筑坟》，以及《写真》，都是写得很成功的篇章。对比的写法突出了戏剧冲突，渲染了悲剧气氛。剧中的语言，符合人物性格，平实自然。

《琵琶记》被视为"词曲之祖"，固然与其内容大力宣扬风化思想，受到历代统治者欢迎有关。《宁波府志》载明太祖朱元璋即位后，曾召见高明，高明以疾辞。"使者以《琵琶记》上，上览毕曰：四书五经在民间譬如五谷之不可无；此记乃珍馐之属，俎豆间亦不可少也。"朱元璋认为它的可贵，甚至超过四书五经，"如山珍海错，富贵家不可无",但并不能据此而草率认定《琵琶记》对"忠"与"孝"观念的推崇只是一种陈腐的说教。

高明在剧作中开篇名义:"知音君子,这般另做眼儿看。"他的创作初衷,就是不与时流趋同。他所言的"不关风化体"之"风化",是针对当时盛行的"才子佳人"和"神仙幽怪"剧来说的。高明将戏曲的创作转向社会实际生活,关注真实的个人命运和情感。剧中所涉及的一系列问题,如"忠"与"孝"的矛盾,个人意愿与社会统治力量的冲突,是这部剧作千载不朽的关键所在。

第四章
元代散曲

　　元曲，是元代杂剧和散曲的合称。与杂剧一样，散曲也是在元代大放异彩的一种新文学形式，在诗词之外，别开一朵奇葩。散曲与词的渊源极深，有"词余"之称，但是，它采用了更为活泼的口头语言和更为灵动的诗体形式，从而构造出独特的美学特色：自然生动的文体特征和活色生香的市井风情。

第一节　散曲的渊源与形成

　　散曲，元代称为"乐府""今乐府""北乐府""大元乐府"，也称为"乐章""时曲""清曲"，乃词的变体，可以合乐而唱，是当时的流行歌曲。《四库全书总目》论曰，"古诗而变近体，近体变而词，词而变曲，层累而降，莫知其然"，笼统地说明了诗、词、曲三者的渊源关系。从文体上来说，词和曲直接承继，二者都是倚声填词，以长短句的形式形成的调牌体音乐文学。宋、金时期的文人所作的俗词，以及民间流行的词作，均大量以口语写作，对散曲的形成与发展有着重要的影响。

　　在音乐上，元曲的形成和"胡乐"密不可分。王世贞在《曲藻》序中说："曲者，词之变。自金元入主中国，所用胡乐，嘈杂凄紧，缓急之间，词不能按，乃更为新声以媚之。"徐渭的《南词叙录》亦载："今之北曲，盖辽、金北鄙杀伐之音，壮伟狠戾。武夫马上之歌流入中原，遂为民间之日用。宋词既不可被弦管，南人亦遂尚此，上下风靡，浅俗可嗤。然其间九宫二十一调，犹唐、宋之遗也。"

由以上记载不难看出，元朝时蒙古族入主中原，带来了北方音乐的因素，是元曲出现的直接原因。元曲的音乐，是在民间俗曲和固有词乐的基础上，吸收了外来民族的音乐而形成的。曲分南北，南曲则多以南方小调为音乐来源。元朝初期北曲大盛，作家也多聚集于北方；元朝统一南北之后，南曲渐兴，散曲中也出现了南、北音乐联合的"南北合套"。

"散曲"之名最早见于明初朱有燉的《诚斋乐府》，不过该书所收"散曲"专指小令，尚不包括套数。在明初朱权所撰的《太和正音谱》中，所有的套数均标为"散套"，以区别于一本四套的杂剧。明代中叶以后的著作，如王世贞《曲藻》、王骥德《曲律》中，散曲的范围逐渐扩大，最终成为"小令"和"套数"的统称。

元代散曲多采用白描手法，无堆砌典故之弊，前人曾以"蛤蜊"和"蒜酪"形容它。无论是"蛤蜊"还是"蒜酪"，都是王公大人的盛宴上上不得台面之物。由此可以看出，在很多文人眼里，散曲偏于流俗。王国维对元曲的风格做了极为精辟的总结，他说："元曲之佳处何在？一言以蔽之，曰：自然而已矣。"何谓"自然"？任中敏更进一步地通过比较词、曲之别加以阐释："曲以说得急切透辟，极情尽致为尚，不但不宽弛、不含蓄，且多冲口而出，若不能待者；用意则全然暴露于词面，用比兴者并所比所兴亦说明无隐。此其态度为迫切、为坦率，恰与诗余处相反地位。""词静而曲动，词敛而曲放，词纵而曲横，词深而曲广，词内旋而曲外旋，词阴柔而曲阳刚。词以婉约为主，别体则为豪放；曲以豪放为主，别体则为婉约。

词尚意内言外，曲意为言外而意亦外——此词曲精神之所异，亦即其性质之所异也。"

第二节 小令与套曲

散曲的体制，主要分为小令、套数以及介于两者之间的带过曲等三种。

小令，又称"叶儿"，是散曲体制的基本单位。小令之名，源自唐代的酒令。单片只曲，调短字少，是其最基本的特征。小令虽短，却可以联章成体，又称重头小令，它由同题同调的数支小令组成，最多可达百支，用以合咏一事或分咏数事。如张可久的【中吕·卖花声】《四时乐兴》，以四支同调小令分咏春、夏、秋、冬，构成一支组曲；《雍熙乐府》载【小桃红】一百首咏《西厢记》故事，以及《录鬼簿》载乔吉咏西湖的【梧叶儿】百首，都是重头小令之最长者。联章体虽以同题同调的组曲出现，内容上互有联系，但组曲中的各支曲子仍是完整独立的小令形态，故仍属于小令的范畴。

套数，又称"套曲""散套""大令"，是从唐宋大曲、宋金诸宫调发展而来。又以诸宫调的影响最深。套数的体式特征最主要有三点，即它由同一宫调的若干首曲牌联缀而生；各曲同押一部韵，一韵到底；通常在结尾部分还有【尾声】，以示全套完结。

套数中最著名者，除了关汉卿的【一枝花】《不伏老》，还有睢景臣的【般涉调·哨遍】《高祖还乡》。时人称，维扬诸公，俱作《高祖还乡》套数，睢景臣的制作最新奇。

社长排门告示，但有的差使无推故。这差使不寻俗。一壁厢纳草也根，一边又要差夫，索应付。又是言车驾，都说是銮舆，今日还乡故。王乡老执定瓦台盘，赵忙郎抱着酒胡芦。新刷来的头巾，恰糨来的绸衫，畅好是妆幺大户。

【耍孩儿】瞎王留引定火乔男女，胡踢蹬吹笛擂鼓。见一彪人马到庄门。匹头里几面旗舒。一面旗白胡阑套住个迎霜兔，一面旗红曲连打着个毕月乌。一面旗鸡学舞，一面旗狗生双翅，一面旗蛇缠葫芦。

【五煞】红漆了叉，银铮了斧，甜瓜苦瓜黄金镀。明晃晃马镫枪尖上挑，白雪雪鹅毛扇上铺。这几个乔人物，拿着些不曾见的器仗，穿着些大作怪衣服。

【四煞】辕条上都是马，套顶上不见驴。黄罗伞柄天生曲。车前八个天曹判，车后若干递送夫。更几个多娇女，一般穿着，一样妆梳。

【三煞】那大汉下的车，众人施礼数。那大汉觑得人如无物。众乡老展脚舒腰拜，那大汉挪身着手扶。猛可里抬头觑，觑多时认得，险气破我胸脯。

【二煞】你身须姓刘，你妻须姓吕。把你两家儿根脚从头数。你本身做亭长耽几盏酒，你丈人教村学读几卷书。曾在俺庄东住，也曾与我喂牛切草，拽坝扶锄。

【一煞】春采了桑，冬借了俺粟。零支了米麦无重数。换田契强秤了麻三秤，还酒债偷量了豆几斛。有甚糊突处。明标着册历，现放着文书。

【尾声】少我的钱差发内旋拨还，欠我的粟税粮中私准除。只道刘三谁肯把你揪扯住，白甚么改了姓、更了名，唤做汉高祖？

另有一种"带过曲"，是两三支不同曲牌所组成的一组曲子，即一支填毕，意犹未尽，另"带过"一两支补足之意。根据《全元散曲》的统计，常用的带过曲一般是同宫调带过，曲子均属同一宫调，音律能够互相衔接连贯，不可换韵。极少数是属于不同宫调，或者南北曲兼带。

第三节　代表作家与作品

元代散曲的创作，从时间发展线索看，和元杂剧有相似之处，一般分为前后两期。前期以北方作家为主；元代统一南北之后，创作中心南移，南方文士大量参与创作，风格也由此发生转变。就散曲创作风格说，可以简单地划分为豪放派和清丽派，前人将豪放派特色归纳为重本色、少典故；清丽派则炼词句，含蓄蕴藉。实际上，并不能简单地将一名散曲作家的风格定义为"豪放"或"清丽"，在大多数作家的作品中，这两种风格通常并存不悖。

元散曲的主题，一般分为归隐、咏史、写景、闺怨等几大类，隐逸是其中最重要的主题，也是元代文学创作的特色之一。元人创作，无论身份地位，多喜标举"避世"，崇尚"隐逸"，其原因包括文人难以通过科举出仕、汉人地位卑微、民族间矛盾冲突等社会现实因素，此外，道家崇尚自然、无为而治的思想的影响，也是一个重要因素。

作为元代具有代表性的文学形式，散曲的创作吸引了当时绝大多数文人的参与，散曲作家涵盖了官员、文士、乐工、歌姬等不同阶层、不同身份的人群。

仕宦作家群体的代表有刘秉忠（1216—1274）、商挺（1209—1288）、胡祗遹（1227—1293）、卢挚（1242—1315后）、姚燧（1238—1313）、冯子振（1257—1337后）、张养浩（1270—1329）、马致远（1250前后—1321后、1324前）、张可久（1278—1354）、汪元亨（1300前后—？）等。

元代前期，卢挚、张养浩、王恽等一批曾在官场中取得较高地位的文人，以散曲创作知名。受到背景、身份、学识等影响，他们的创作风格有着较为一致的地方，与普通文人、底层歌妓写作有明显差异。他们身处庙堂，很少涉及市井风流放浪的生活，多以怀古咏史为主，表现传统士大夫的思想情趣，用词更为雅致。

刘秉忠，字仲晦，号藏春散人。位至太保，是元代前期重要的仕宦作家，诗文词曲兼擅。他的散曲创作，尚未脱离词作痕迹。自创【干荷叶】曲牌，本为民间小调，杨慎评语云"其曲凄恻感慨，千古之寡和也"。试举其一为例，以见一斑：

> 干荷叶，色苍苍，老柄风摇荡。减了清香，越添黄。都因昨夜一场霜，寂寞在秋江上。

卢挚，字处道，一字莘老，号疏斋，又号蒿翁。涿郡（今河北涿州）人，官至翰林学士承旨。诗文与刘因、姚燧齐名。传世散曲一百二十首。《太和正音谱》列入"词林之英杰"。题材广泛，以怀古为主，文词清丽。贯云石评其曲"媚妩，如仙女寻春，自然笑傲"。【节节高】《题洞庭鹿角庙壁》是他的名作：

> 雨晴云散，满江明月。风微浪息，扁舟一叶。半夜心，三更梦，万里别。闷倚篷窗睡些。

张养浩，字希孟，号云庄，济南人。少有才学，曾官礼部尚书、中书省参知政事等。后辞官归隐，有《云庄休居自适小乐府》，存小令三十五首，套数二首。最脍炙人口的作品，是借怀古来表达关心百姓疾苦的一阕【山坡羊】《潼关怀古》：

> 峰峦如聚，波涛如怒，山河表里潼关路。望西都，意踌躇。伤心秦汉经行处，宫阙万间都做了土。兴，百姓苦；亡，百姓苦！

与身居高位的曲家不同，马致远一生沉沦下僚，仕途不畅。他早年锐意进取，求取功名而不得，"困煞中原一布衣"，唯有移情，专心治曲，现存小令一百三十余首，套数二十二首，另有残套四首。他的作品内容，以感叹历史兴亡、歌颂隐逸生活、吟咏山水田园风光为主，在保持散曲特有的艺术风格的同时，又常具有诗词的意境和秀丽的画面感，语言自然清丽，雅俗相兼。其思想意蕴和艺术风格最容易引起文人士子内心的共鸣。

小令【天净沙】《秋思》寥寥数笔，勾勒出一幅意境幽远的水墨画，向来为人传诵：

枯藤老树昏鸦，小桥流水人家，古道西风瘦马。夕阳西下，断肠人在天涯。

马致远曾满怀济世抱负。"二十年龙楼凤阁都见"，"写诗曾上龙楼"，但无奈宦途蹭蹬，【金字经】写道：

夜来西风里，九天雕鹗飞，困煞中原一布衣。悲，故人知未知。登楼意，恨无上天梯。

马致远借王粲怀才不遇而写《登楼赋》的典故，抒发自己的情怀。类似这样直接感怀的作品，还有【拨不断】："叹寒儒，漫读书，读书须索题桥柱。题柱虽乘驷马车，乘车谁买长门赋？且看了长安回去。"他自我解嘲说"本是个懒散人"，"老了栋梁材"，于是选择了"恬退"，学习陶渊明，"不管人间事"，过上避世隐居的生活：

绿水边，青山侧，二顷良田一区宅。闲身跳出红尘外，紫蟹肥，黄菊开，归去来。

元朝时未出仕的普通文人曲家，还有元好问（1190—1257）、白朴（1226—1291以后）、关汉卿（1227—1297以后）、王和卿、乔吉、睢景臣、钟嗣成、周德清等。

这些文士中，有些与上层官宦交好，有些与底层歌女亲近，个人经历、交游的差别，也直接影响到他们的创作风格。元代下层文士身份卑微，与歌女关系密切，是元代曲学中的显著特色。歌楼舞榭是散曲中的常见内容，著名歌姬如珠帘秀等亦有小令存世。

关汉卿、王和卿、白朴等作家，兼作杂剧、散曲，多用口语，一般将他们视为豪放派作家，但他们的作品仍不失细腻清逸之处。

关汉卿的小令，风格多变。同是写女性，既有【大德歌】这样的清新之作，如谓："风飘飘，雨潇潇，便做陈抟也睡不着。懊恼伤怀抱，扑簌簌泪点抛。秋蝉儿噪罢寒蛩儿叫，淅零零细雨打芭蕉"，也有【一半儿·题情】这样口语化的作品："多情多绪小冤家，迤逗得人来憔悴煞，说来的话先瞒过咱。怎知他，一半儿真实一半儿假。"

王和卿，大名（今属河北）人，《录鬼簿》列于"前辈名公"之中。滑稽佻达，善诙谐，其词虽鄙俗，但有奇妙的想象力和大胆夸张的表现力，以咏大蝴蝶的【醉中天】最为脍炙人口："弹破庄周梦，两翅驾东风。三百座名园一采一个空。难道风流种，吓杀寻芳的蜜蜂。轻轻的扇动，把卖花人扇过桥东。"

白朴一生闲居不仕，所著散曲以隐逸题材为多。【沉醉东风】《渔夫》虽写渔夫的日常，却传达出作者本人的追求与情怀。

黄芦岸白苹渡口，绿杨堤红蓼滩头。虽无刎颈交，却有忘机友，点秋江白鹭沙鸥。傲杀人间万户侯，不识字烟波钓叟。

张可久和乔吉是元代后期散曲作家中的佼佼者,并称为元散曲两大家,一直被视为清丽派的代表,人谓"乐府之有乔、张,犹诗家之有李、杜","元张小山、乔梦符为曲家翘楚"。元代统一南北之后,创作中心南移,南曲影响到散曲的创作风格,整体呈现出尚文崇雅的倾向。张可久和乔吉的创作,是这一时期的杰出代表。

张可久(约1270—1348后)字小山,庆元路(路治今浙江宁波)人。散曲集有《今乐府》《苏堤渔唱》《吴盐》《新乐府》等四种,前三种元时已行于世,"一时脍炙人口"。现存有小令855首,套数9套,创作数量和成就在散曲作家中首屈一指。

他早年与马致远、卢挚、贯云石有交往,互相作曲唱和,但生活时代较马致远略晚。张可久一生担任的都是"路吏""首领官""昆山幕僚"一类的小吏,所以贯云石说他"小山以儒家读书万卷,四十犹未遇",作品中多写志气未伸的郁闷之情。他的抑郁,和马致远一样,都是普通下层知识分子无可奈何的身世之叹。他和马致远唱和的九首【庆东原】值得注意:"诗情放,剑气豪,英雄不把穷通较。江中斩蛟,云间射雕,席上挥毫。他得志笑闲人,他失脚闲人笑。"虽然故作疏狂之态,但真实的情感却在末句"他失脚闲人笑"。知音无多,他只能接受青云无路的现实。

> 人生底事辛苦,枉被儒冠误。半纸虚名,十载功夫。人传梁甫吟,自献长门赋。谁三顾茅庐。

张可久的散曲,主题丰富。如他写闺情的小令就生动活泼,充满生活情趣。【朝天子】:

> 与谁画眉,猜破风流谜。铜驼巷里玉骢嘶,夜半归来醉。小意收拾,怪胆禁持,不识羞谁似你?自知理亏,灯下和衣睡。

又如写景抒情的作品也空灵幽远，回味悠长。【凭栏人】：

  灯下愁春愁未醒，枕上吟诗吟未成。杏花残月明，竹根流水声。

与前期北方散曲作家不同，张可久的作品，很少用口语、俗语，而是着力于锻字炼句，对仗工整。他喜用典故，且多熔铸、化用前人诗词中的名句。如【醉太平】："猿啸黄昏后，人行画卷中，萧寺罢疏钟。湿翠横千嶂，清风响万松，寒玉奏孤桐，身在秋香月宫。"这让他的散曲以"清雅"见长，但也招来过于雕饰、过于注重形式美的批评。

乔吉，一作乔吉甫，字梦符，号笙鹤翁，又号惺惺道人。《录鬼簿》称其"美容仪，能词章"；陶宗仪则称"博学多才，以乐府称"。乔吉原籍太原，长期流寓杭州，主要创作活动时期在元大德年间至至正初年。他的足迹遍及各地，自谓纵横江湖四十载。【绿幺遍】：

  不占龙头选，不入名贤传，时时酒圣，处处诗禅。烟霞状元，江湖醉仙，笑谈便是编修院。留连，批风抹月四十年。

乔吉的生活年代，研究者多认为在元代中晚期。延祐二年（1315），科举制得到恢复，乔吉却没有踏上这条荣身之路，他自谓"不应举江湖状元"，曾叹道"苍天负我，我负苍天"。【山坡羊】《冬日写怀》一曲透露出他在仕与隐的选择上的矛盾心情：

  朝三暮四，昨非今是。痴儿不解荣枯事。攒家私，宠花枝，黄金壮起荒淫志。千百锭买张招状纸。身，已至此。心，犹未死。

乔吉的散曲作品，今存小令209首，套数11首，数量之多仅次于张可久；作品的题材，大抵围绕其四十年落拓漂泊的生涯，写男女风情、离愁别绪、诗宴酒会，歌咏山川形胜，抒发隐逸襟怀，感叹人生短促、世事变迁。乔吉的隐逸与其他文人不同，他未曾出仕，生活更为自由放浪，作品中呈现出一个洒脱不羁的江湖才子的精神面貌。他常常嘲讽仕宦者的"愚眉肉眼"，对自己的放旷生活表现出自得的陶醉，却也难免透露出世事无常的凄凉。如"风风雨雨梨花，窄索帘栊，巧小窗纱。甚情绪灯前，客怀枕畔，心事天涯"。又如"三千丈清愁鬓发，五十年春梦繁华。蓦见人家，杨柳分烟，扶上檐牙"。

乔吉性格中有狂傲不羁、不入时流的一面，但怀古之作，最见其功底，风格沉郁顿挫。笔下不时流露出古代文人的家国之思：

> 江南倦客登临，多少豪雄，几许消沉。今日何堪，买田阳羡，挂剑长林。霞缕烂谁家画锦，月钩横故国丹心。窗影灯深，磷火青青，山鬼喑喑。

乔吉善用叠字写景，【天净沙】全用叠字写成，别有一番意趣："莺莺燕燕春春，花花柳柳真真。事事风风韵韵。娇娇嫩嫩，停停当当人人。"

元曲作家中有一类作家值得特别留意，即大量涌现的蒙古族、维吾尔族、回族等少数民族曲家，其中最为重要者有阿鲁威、薛昂夫、贯云石等。他们写出了大量优秀的散曲作品，表现出元代文学在多元文化融合中的独特风貌。

阿鲁威，蒙古族人。字叔重，号东泉。曾任南剑太守、经筵官、参知政事。能诗，尤擅长作散曲。现存散曲19首，计【蟾宫曲】16

首,【湘妃怨】2首,【寿阳曲】1首。《太和正音谱》称其词曲风格"如鹤唳青霄"。【双凋·落梅风】词曰:"千年凋,一旦空,惟有纸钱灰晚风吹送。尽蜀鹃啼血烟树中,唤不回一场春梦。"

薛昂夫,维吾尔族人。原名薛超吾,汉姓为马,又字九皋,故亦称马昂夫、马九皋。他兼擅诗曲,自视甚高。《太和正音谱》评其词"如雪窗翠竹"。【中吕·山坡羊】为其心境自况:"大江东去,长安西去,为功名走遍天涯路。厌舟车,喜琴书,早星星鬓影瓜田暮。心待足时名便足。高,高处苦;低,低处苦。"【朝天曲】二十首,以嬉笑怒骂的笔法咏史,颇见性情。

贯云石是元代少数民族曲家中成就最高者。贯云石(1286—1324),本名小云石海涯,字浮岑,号疏仙、酸斋,维吾尔族人。贯云石的祖父为元朝名臣阿里海涯。贯云石文武全才,"年十二三,膂力绝人,善骑射,工马槊"。初袭父官,为两淮万户府达鲁花赤,后任翰林侍读学士。他醉心江南山水,仰慕隐逸之士,主动称疾辞官,浪迹江浙一带。与汉族士大夫交游,制作了大量散曲,著称于当时。

贯云石在诗文、词曲方面均有所成。作为一名少数民族作家,他从姚燧等汉族文人学习,不免受到儒家思想的影响。他主动选择辞官归隐,从作品中看,是出于"远祸全身"的考量。【清江引】小令写道:

竞功名又如车下坡,惊险谁参破。昨日玉堂臣,今日遭惨祸。争如我避风波走在安乐窝。

避风波走入安乐窝,就里乾坤大。醒了醉还醒,卧了重还卧。似这般得清闲的谁似我。

隐居之后,他的散曲主要以隐逸为主题,多表现恬淡闲适的生活情趣，有宋词含蓄蕴藉之风。如【金字经】：

> 金芽薰晓日，碧风度小溪。香暖金炉酒满杯。奇，夜来香透帷。人初睡，玉堂春梦回。

前人评价贯云石的散曲作品，多认为"清新俊逸""清高拔俗"，也有"如天马脱羁"之说。这些评价看似差异很大，实则为贯云石特殊的身世背景与生活经历，使他的散曲创作既有北方豪士的飒爽英风，又有江南文人的飘逸之气。

第 五 章
元代诗歌

元代诗歌文献非常丰富。据杨镰先生《全元诗》统计,元代共有五千余位作家,现存约十三万二千首诗歌。与同时代的戏曲相比,元代诗歌不是元代文学的主流;从文体内部相比,元代诗歌在艺术成就上也不及唐宋诗歌。但是元代诗歌仍有自己的特色和价值。

明人李东阳说:"宋诗深,却去唐远;元诗浅,去唐却近。"(《怀麓堂诗话》)元诗与宋诗确有很大不同,尤其是元人"主情",排斥议论,与唐诗更为接近。总体而言,元人的诗歌不仅追步盛唐,对晚唐亦有偏爱,可见元人学唐是多元的。

元代诗歌的一个主要特色,是叙事特征十分明显。这可能与元代叙事文学发达有关。另外一个特色是双语作家众多。大批少数民族作家既用本民族语言写作,也用汉语写作。纵观历代诗坛,只有元代出现了大批的双语作家。这是元代诗坛对于中华文明大一统的重要贡献,有力地证明了中华民族文化的开放性、包容性与凝聚力。

第一节　前期诗歌

元初诗坛呈现出南北分裂的局面,诗人身份也较为复杂。元初诗人多是从金或宋入元的遗民诗人,一部分来自北方的金朝,一部分来自南方的宋朝,加之入元的时间又有差异,因此这两个群体基本上没有太多的交集。海内混一后,元代诗坛才出现了南北诗风融合的现象。而这一时期的诗人也表现出对于蒙元政权的不同态度:或持合作态度,进入元朝的统治阶层;或以遗民自居,浪迹江湖。

元代诗歌的开端可以从成吉思汗时期算起,随着蒙古部落的崛起与强大,在蒙古人西征到灭金(1234)前后,出现了蒙元第一位有影响力的诗人,他就是耶律楚材。耶律楚材本是契丹人,他的始祖辽太子耶律倍已开始自觉地学习汉诗,是辽国第一个较为有名的诗人。耶律楚材的《湛然居士集》是元诗史的开篇,可惜"为未足本"。

耶律楚材(1190—1244),字晋卿,号湛然居士,政治家,诗人。公元1215年蒙古围攻金中都燕京(北京),耶律楚材时在金尚书省任职,他"绝粒六十日,守职如恒"(《湛然集序》),中都陷落后,成为蒙古治下的子民。成吉思汗于1218年召耶律楚材赴行在,雅重其言,留在身边,咨询议事。自此,他得到成吉思汗的赏识,并逐渐进入蒙古统治的核心。关于他的逸事中,影响最大的就是由于他的规劝,蒙古大汗没有采纳杀尽汉地(中国北方)百姓的建议。

耶律楚材的诗歌创作处于金元过渡之际,今存耶律楚材诗文全部作于入元之后的十几年间,其中最好的作品是跟随成吉思汗西征时写作的诗篇。1220年,成吉思汗攻克了原属西辽的河中府(今乌兹别克斯坦撒马尔罕),耶律楚材驻守此地期间,写有大量优秀诗篇。其中,《西域河中十咏》堪称代表:

> 寂寞河中府。连甍及万家。葡萄亲酿酒,杷榄看开花。
> 饱啖鸡舌肉,分餐马首瓜。人生惟口腹,何碍过流沙。
>
> (其一)

耶律楚材的诗篇主要写自己在西域的见闻与印象。在对与其家乡迥然不同的自然风光描写中，诗人所凸显的只有一个人物，那就是诗人自己。西行的过程中，故国王孙耶律楚材目睹了西北民族的激烈冲突，他将历史兴亡与其身世相结合，写出了不少浸润沧桑之感的诗作，如《和王巨川》：

> 今年扈从入西秦，山色犹如昔日新。
> 诗思远随秦岭雁，征衣全染灞桥尘。
> 含元殿坏荆榛古，花萼楼空草木春。
> 千古兴亡同一梦，梦中多少未归人。

1234 年，金亡国后，一批重要的金朝遗民诗人由金入元，其中的领袖是元好问，另有与元好问关系密切的河汾诸老诗人群体。他们政治态度相似，均不与蒙元政权合作并以金遗民自居，在蒙元生活了二三十年，客观地说，他们的诗文创作活动实际上已经进入蒙元时期，但并未得到统治阶层的认可。耶律楚材较早进入蒙古统治阶层，可以说是蒙元第一位诗人。耶律楚材之后，受到统治者器重的重要诗人是刘因。

刘因（1249—1293），字梦吉，号静修。雄州容城（今属河北）人。由不忽木举荐于朝，至元十九年（1282）征为承德郎、右赞善大夫，未几以母病为由辞归。至元二十八年（1291）又以集贤学士召入朝，称病固辞不就。元世祖忽必烈目其为古之"不召之臣"，卒谥文靖，著有《静修先生文集》。

刘因是元代北方重要理学家，与许衡并称为"元北方两大儒"（全祖望补《宋元学案》），虽然他不是宋朝遗民，却不愿仕元，且对于故宋被俘而不屈、具有气节的宋臣饱含敬意。刘因自身讲究气节、人格尊严，推崇陶渊明的清高傲骨，写有七十多首《和陶诗》。在他的诗作中，关于南宋灭亡的咏史诗可以说是元诗中的名篇，如

《白沟》：

> 宝符藏山自可攻，儿孙谁是出群雄。
> 幽燕不照中天月，丰沛空歌海内风。
> 赵普元无四方志，澶渊堪笑百年功。
> 白沟移向江淮去，止罪宣和恐未公。

这首诗对于北宋转向南宋的历史事实进行书写，以原来辽宋边界的"白沟"作为吟咏对象，说明北宋覆亡是施政不当的必然结果，不能只怪罪宋徽宗宣和一朝。

刘因的诗歌大多与宋亡的历史相关，如七绝《宋理宗南楼风月横披二首》其一："试听阴山敕勒歌，朔风悲壮动山河。南楼风月无多景，缓步微吟奈尔何。"其二："物理兴衰不可常，每从气韵见文章。谁知万古中天月，只办南楼一夜凉。"刘因对于南宋灭亡的感情是复杂的，他经常通过南宋的灭亡来表达对汉文化衰亡的哀叹，其关注点并非在于政权兴替。除律绝外，刘因的古诗也很出色，如当时就脍炙人口的名篇《黄金台》：

> 燕山不改色，易水无新声。谁知数尺台，中有万古情。区区后世人，犹爱黄金名。黄金亦何物？能为贤重轻。德辉照九仞，凤鸟才一鸣。伊谁腐鼠弃，坐见饥鸢争。周道日东渐，二老皆西行。养民以致贤，王业自此成。黄金与山平，不救兵纵横。落日下荒台，山水有余清。

这首诗被多种元诗选本收录。元中期编选的《皇元风雅》，将刘因视为元诗第一家，其选诗也较多。

说到《皇元风雅》，在刘因之前还有一位诗人的作品被收录，那就是蒙古的统军元帅伯颜丞相。他的诗作今存仅四首，却反映出蒙

古人在灭宋过程中对于汉语诗歌的学习情况,如《度梅关》:

> 马首经从庾岭归,王师到处悉平夷。
> 担头不带江南物,只插梅花一两枝。

诗歌不长,文意浅显晓畅,感情却十分真挚动人。伯颜丞相作为军事统帅,在平定南宋的过程中立下赫赫战功,他能用汉语写下这样成熟的诗作,可以视作蒙汉文学交流的典型事例。

除蒙古人学习汉诗外,元代初期许多色目人也开始自觉地学习汉诗,较有成就的是画家诗人高克恭。

高克恭(1248—1310),字彦敬。西域人,占籍房山(今属北京)。高氏祖先从西域入居中原后,最初定居大同。作为受儒家典籍熏陶的第二代色目人,高克恭"早习父训,于经籍奥义靡不口诵心研,务极原委,识悟宏深"(邓文原《巴西文集·故太中大夫刑部尚书高公行状》)。他是较为成功的官吏,政绩官声俱佳;也是当时名声颇高的画家,文集有《房山集》,已不存,今辑其诗仅得三四十首,诗名长期为画名所掩。其诗篇佳作尚有多篇。

> 北来朋友不如鸿,几个西飞几个东。
> 多少登临旧楼观,阑干斜在夕阳中。
>
> ——《过京口》

> 溪头白鹭来相安,溪上红桃雨打残。
> 满目云山为谁好,一川晴色上楼看。
>
> ——《满目云山楼》

高克恭的这些诗歌被吴师道认为"似王维、张籍","自有天趣"。可以说,高克恭是第一个用汉语写作,被称为诗人的色目人。

他晚年定居江南,成为最早融入江南,被汉人所接受的色目作家之一。

除蒙古灭金所产生的金遗民以及蒙古、色目诗人群体外,蒙古灭宋后的大量宋遗民,实际上成为元初江南地区诗歌创作的主体。元代前期长期未举行科举,这些遗民诗人失去仕进机会,便将自己的才华宣泄于诗歌创作中,其中影响最大的就是月泉吟社的诗会活动。

元世祖至元二十三年(1286)十月十五日(望日),曾任南宋义乌县令的诗人吴渭以金华浦江"月泉吟社"的名义,向各地诗社(吟社)和诗友广泛发出帖子,以"春日田园杂兴"为题征诗,要求在次年的正月十五前收卷,请参赛者"如期差人来问浦江县西地名前一吴(村镇)"的原"吴知县"家,"对面交卷",并"守回标照"(拿到回执)。同时允诺在来年三月三日将评定结果揭晓,"赏随诗册分送"。当时江南各地,特别是一些自古就重视诗文的郡邑,都有吟社(诗社)或类似的组织;这种赛诗之会,也并非唯一一次。但这一次竟是在战争硝烟刚刚散去的江南城镇村墟,引起空前广泛的关注。吴渭与月泉吟社之名响彻江南。这一切,全靠《月泉吟社》一书流传至今,才成为元诗史一个抢眼亮点。可以说这是元代初期江南诗坛最重要的活动,其中涌现出许多优秀诗人。但此时最为优秀的南方诗人并非他们当中的某位,而是稍晚的一位具有宋朝皇室后裔身份的诗人赵孟頫。他与这些遗民诗人不同,成为元代前期文臣诗人的代表。

赵孟頫(1254—1322),字子昂,号松雪道人。湖州(今属浙江)人。宋朝宗室秦王赵德芳之后。元世祖至元二十四年(1287),程钜夫到江南搜访遗才,将赵孟頫举荐于朝,次年授兵部郎中。至元二十七年(1290)授集贤学士。元成宗即位,诏赵孟頫参与编辑《元世祖实录》,并奉旨书写金字《大藏经》。元仁宗即位,授集贤侍讲学士,元仁宗曾把他比作唐代的李白、宋代的苏轼。元英宗至治二年（1322）六月卒，享年69岁。著有《松雪斋集》十卷。他是元代著名的书法家，又是元代重要的画家，艺术修养极高，这些才华也多少掩盖了他的诗名。

今存赵孟頫诗，以五古和七律为多，他的五言古诗受到世人的好评，《罪出》是其复杂矛盾内心的写照：

> 在山为远志，出山为小草。古语已云然，见事苦不早。
> 平生独往愿，丘壑寄怀抱。图书时自娱，野性期自保。
> 谁令堕尘网，宛转受缠绕。昔为水上鸥，今如笼中鸟。
> 哀鸣谁复顾，毛羽日摧槁。向非亲友赠，蔬食常不饱。
> 病妻抱弱子，远去万里道。骨肉生别离，丘陇谁为扫。
> 愁深无一语，目断南云杳。恸哭悲风来，如何诉穹昊。

他七律也写得出色，有人认为比五古更好，试看《次韵信仲晚兴》：

> 萧萧残照晚当楼，寒叶疏云乱客愁。
> 岁月蹉跎星北指，乾坤浩荡水东流。
> 古来人物俱黄土，少日心情在一丘。
> 独立无言风满袖，青山相对共悠悠。

赵孟頫留存的五百余首诗歌当中，几乎看不到宋元人诗篇中常见的反复重复自己或他人的累句，他用诗句表达所思所想，看上去一点都不勉强，而是游刃有余，似乎是脱口而出。这与他艺术家的气质是密切相关的。他的另一首七律《岳鄂王墓》在当时就广为传唱：

> 鄂王墓上草离离，秋日荒凉石兽危。
> 南渡君臣轻社稷，中原父老望旌旗。

英雄已死嗟何及，天下中分遂不支。
莫向西湖歌此曲，水光山色不胜悲。

可以说，正是赵孟頫的诗篇，拉开了元诗与宋诗的距离。他虽然并未列于"元诗四大家"之中，但其成就绝不在"四大家"之下。赵孟頫与刘因代表了元初诗坛南方与北方的最高成就。

第二节 中期诗歌

元代中期诗坛在经历了元代初期诗歌北方与南方的分裂后，走向南北融合的发展轨道。元朝中期政治稳定，经济繁荣，科举恢复，加之元朝舆地广大，很多文人不禁生出"盛世"之感，诗风以"雅正"为主要追求目标。这一时期公认的诗坛大家有虞集、杨载、范梈、揭傒斯等，被称为"元诗四大家"。此时，少数民族诗人的杰出代表是马祖常、萨都剌。

虞集是当时最负盛名的诗人，也是元代中期的文坛领袖。虞集（1272—1348），字伯生，号道园，祖籍蜀郡仁寿（今属四川）。著有《道园学古录》五十卷、《道园遗稿》六卷。虞集诗以风格遒劲见长，从以下两首诗，可以窥见他创作的特色：

矶头风急潮水涨，蒹葭苍苍縶渔榜。青山一发是江南，白头不归神独往。幽篁绕屋茅覆檐，木叶脱落秋满帘。买鱼沽酒待明月，定是黄州苏子瞻。子瞻文章世希有，谪向江波动星斗。夜投断岸发清啸，楼鹘惊飞怒蛟吼。图中风景偶相似，欣然挥洒春云开。子瞻应是念乡里，还化江东孤鹤来。

——《题柯博士书》

徒把金戈挽落晖，南冠无奈北风吹。
子房本为韩仇出，诸葛宁知汉祚移。
云暗鼎湖龙去远，月明华表鹤归迟。
不须更上新亭望，大不如前洒泪时。

——《挽文山丞相》

这两首诗，前一篇想象丰富而出之以拗兀不凡的笔法，后一篇则以对一位民族英雄的悼念，来反映自己出仕异族的矛盾心理，感情十分真挚，所以陶宗仪说："读此诗而不泣下者，几希！"（《南村辍耕录》）

杨载（1271—1323），字仲弘，建宁浦城（今属福建）人，徙居杭州。因其文才曾得到赵孟頫的赏识，享有盛誉。七律《宗阳宫望月分韵得声字》是其代表作：

老君台上凉如水，坐看冰轮转二更。
大地山河微有影，九天风露寂无声。
蛟龙并起承金榜，鸾凤双飞载玉笙。
不信弱流三万里，此身今夕到蓬瀛。

范梈（1272—1330），字亨父，一字德机，临江清江（今属江西）人。范梈有两本专讲"诗法"的书。《木天禁语·内篇》说："外则用之以观古人之作，万不漏一；内则用之以运自己之机，闻一悟十。"就是说古人之法，只具有借鉴、启发的作用，在创作实践中要灵活地运用，切不可拘泥于成法，而应发挥自己的聪明才智。他的古、近体诗都有些佳作：

游莫羡天池鹏，归莫问辽东鹤。人生万事须自为，跬步江山即寥廓。请君得酒勿少留，为我痛酌王家能远之高楼。醉捧勾吴匣中剑，斫断千秋万古愁。沧溟朝旭射燕甸，桑枝正搭虚窗面。昆仑池上碧桃花，舞尽东风千万片。千万片，落谁家？愿倾海水溢流霞。寄谢尊前望乡客，底须惆怅惜天涯。

——《王氏能远楼》

一春归计又蹉跎，穷粤风光奈病何！
总有青山千万叠，行人长少鹧鸪多。

——《过三合驿》

范梈的诗歌受李白、李贺诗雄奇浪漫风格的影响而不蹈前人旧辙，别有新意。

揭傒斯（1274—1344），字曼硕。龙兴富州（今江西丰城）揭源人。在"四大家"之中，他名列最后，但由于他的卒年比杨载、范梈晚得多，所以在元文宗死后、虞集以眼疾辞官的一个时期内（大约十余年），实际上他就是在朝诗人的泰斗，对元代诗坛有风行草偃的影响力。"四大家"之中，他与虞集都是诗文兼工，总体来说，成就要大于杨、范二家。如古乐府《高邮城》：

高邮城，城何长？城上种麦，城下种桑。昔日铁不如，今为耕种场。但愿千万年，尽四海外为封疆。桑阴阴，麦茫茫，终古不用城与隍。

原来借以防卫、确保安全的城墙，如今却沦为种麦植桑之地。最后几句表达了对和平的向往。揭傒斯还针对特权人物写过一些讽刺诗，曲折地反映出南人的不幸。如《秋雁》诗："寒向江南暖，饥向江南饱。莫道江南恶，须道江南好。"

这一时期的少数民族诗人，最有成就的是萨都剌，其成就不在

"元诗四大家"之下，可以说是少数民族诗人的冠冕。还有一位重要的馆阁诗人马祖常，其地位与影响在少数民族诗人中亦少有人可比。

马祖常（1279—1338），字伯庸，号石田。西域雍古族人，占籍光州（今河南潢川），延祐二年（1315）首榜进士，官至御史中丞。他是当时朝野具有广泛知名度的诗文家之一，实际上对元代馆阁诗人群体的形成，起到中转、定位作用。著有《石田集》十五卷。

马祖常于元仁宗延祐四年（1317）以监察御史身份巡视河西，当时很多诗人为他写了送行诗，如袁桷《送马伯庸御史出使河西》说："君行河之西、春雪深五尺。"而马祖常自己的《庆阳》和《河湟书事》（二首）则是纪行诗中的佳作：

> 首蓿春原塞马肥，庆原三月柳依依。
> 行人来上临川阁，读尽碑词野鸟飞。

> 阴山铁骑角弓长，闲日原头射白狼。
> 青海无波春雁下，草生碛里见牛羊。

> 波斯老贾度流沙，夜听驼铃识路赊。
> 采玉河边青石子，收来东国易桑麻。

"河湟"，一般是指湟州与河州附近地区。马祖常祖上曾定居的狄道（今甘肃临洮），就在河湟。诗咏河湟，实是咏故土根基。第二首作品直接写到了西域丝绸之路上人员往来，反映了陆上丝绸之路再次开通后，元代繁荣的贸易景象。

萨都剌（1280？—1346？），字天锡，号直斋。西域答失蛮氏。"答失蛮"是元史特有的词汇，指信仰伊斯兰教的人。因父祖出镇云代，便留居雁门（山西代县）。萨都剌的卒年不详，也许是因为晚年他隐居深山，行迹少有人知，但至正中期他已经去世。有《萨天锡诗集》等传世。顾嗣立《元诗选》初集选录其诗 303 首。

文坛泰斗虞集曾说，萨都剌诗"最长于情，流丽清婉"（虞集《傅若金诗序》）。这是元人对萨都剌及其诗的基本看法。读萨都剌诗集，一个突出的感受就是他的诗歌比较关注时事，相当贴近生活，也许这就是萨都剌诗名颇大、较受民间欢迎的直接原因。在元代诗坛，萨都剌本以《宫词》知名。他的"宫词""上京杂咏"等组诗，广泛流传，时人甚至将其比作唐代的王建。他的《纪事》诗写道：

> 当年铁马游沙漠，万里归来会二龙。
> 周氏君臣空守信，汉家兄弟不相容。
> 只知奉玺传三让，岂料游魂隔九重。
> 天上武皇亦洒泪，世间骨肉可相逢。

这样的"纪事"诗，可以看作"宫词"的变体。七律《越台怀古》是怀古诗的代表：

> 越王故国四围山，云气犹屯虎豹关。
> 铜兽暗随秋露泣，海鸦多背夕阳还。
> 一时人物风尘外，千古英雄草莽间。
> 日暮鹧鸪啼更急，荒苔野竹雨斑斑。

萨都剌的一些小诗也写得风致绝佳，如《秋夜闻笛》：

> 何人吹笛秋风外，北固山前月色寒。
> 亦有江南未归客，徘徊终夜倚阑干。

尽管有关萨都剌的族属、生卒年、诗歌真伪等问题仍有争议，但他在元代诗坛的地位无可取代，就对元代诗坛的影响而言，只有虞集、杨维桢可与其比肩。

第三节 后期诗歌

元朝最后一个皇帝元顺帝在位的三十多年是元末诗坛，此时元朝已经进入一个动乱的时代，各地起义军揭竿而起。诗人也不再以"雅正"为自己的诗歌追求，而更注意吟咏性情，可以说"主情"是元末诗坛最突出的特征，代表人物就是杨维桢。同时在昆山由顾瑛主持的玉山草堂雅集则是元末诗坛影响最大的诗歌集会。此外，被认为元末最具写实倾向的诗人是擅画梅花的名士王冕。这一时期仍有非常出色的少数民族诗人出现，代表人物是金元素和迺贤。

杨维桢（1296—1370），字廉夫，山阴（今浙江绍兴）人。少年时博学强记，其父为之建读书楼于铁崖山中，因自号铁崖。元泰定四年（1327）进士及第，署天台尹。元末兵乱，避地富春山，后徙钱塘，又徙居松江，与当时"东南才俊之士"交往，过着放荡不羁的名士生活，吹铁笛，作《梅花弄》，"以为神仙中人"，借此韬光养晦，苟全性命于乱世。洪武二年（1369）朝廷召聘杨维桢纂修礼乐书，他辞谢说："岂有老妇将就木，而再理嫁者邪？"不愿出仕，但留京百余日，所纂叙例略定，即辞归。宋濂赠诗曰："不受君王五色诏，白衣宣至白衣还。"（《明史·杨维桢传》）

杨维桢以诗著称，号铁崖体。在元代后期诗风趋向萎靡之时，他提倡古乐府，拟古乐府之作备受时人称赞，代表作是模仿李贺《公莫舞歌》的《鸿门会》：

天迷关，地迷户，东龙白日西龙雨。撞钟饮酒愁海翻，碧火吹巢双猘猣,照天万古无二鸟,残星破月开天余,座中有客天子气,左股七十二子连明珠。军声十万振屋瓦,拔剑当人面如赭。将军下马力拔山,气卷黄河酒中泻。剑光上天寒彗残,明朝画地分河山。将军呼龙将客走,石破青天撞玉斗。

与李贺所作构思相似,但文字上没有雷同,驰骋变化,炫人耳目。杨维桢的诗歌在当时即以气象壮丽、构思奇特著称,也是其铁崖体的特色,另一首代表作《庐山瀑布谣》云:

银河忽如瓠子决,泻诸五老之峰前。我疑天仙织素练,素练脱轴垂青天。便欲手把并州剪,剪取一幅玻璃烟。相逢云石子,有似捉月仙。酒喉无奈夜渴甚,骑鲸吸海枯桑田。居然化作十万丈,玉虹倒挂清泠渊。

此外,杨维桢还积极向民歌学习,写有大量具有民歌风味的竹枝词:

潮来潮退白洋沙,白洋女儿把锄耙。
苦海熬干是何日?免得侬来爬雪沙。

——《海乡竹枝词》

石新妇下水连空,飞来峰前三万重。
妾死甘为石新妇,望郎或似飞来峰。

——《西湖竹枝词》

虽然杨维桢的诗歌也经常受到后世的批评,但在元末诗坛他无疑是影响最大的诗人,具有诗坛盟主的地位。杨维桢是元诗的压卷,此为不刊之论。

顾瑛（1310—1369），又名顾德辉、顾阿瑛，字仲瑛，号金粟道人。昆山（今江苏太仓）人。顾氏是昆山世族，顾瑛出身于豪富之家，早年轻财结客。年近四十，将旧业悉付子婿，在原来宅地之西重建一处园林，名为"玉山佳处"。顾瑛的园林"玉山佳处"和倪瓒在无锡的园林"云林隐居"，是元顺帝前期东南文人的两大活动中心。从至正八年（1348）起，玉山佳处定期举行觞咏之会，这类聚会举行了十几年，尽管战乱期间时断时续，仍延续到元末。玉山草堂的雅集在元末最具规模，历时最久，档次最高，顾瑛也成为最具影响力和感召力的诗坛东道主。《草堂雅集》《玉山名胜集》以及顾瑛自己创作的《玉山璞稿》，已由中华书局出版。

顾瑛的诗，风格上与杨维桢的"铁崖体"很不相同。如《漫成》：

　　三月江南春尚寒，花枝强半雨摧残。
　　通街不使新交钞，到处都添滥设官。
　　虎士挥戈回落日，海神跃马障狂澜。
　　畏途客里能相见，取醉高歌拔剑看。

除杨维桢与顾瑛作为诗坛盟主影响较大外，元末最具写实精神的诗人是王冕。王冕（1300—1359），字元章，号煮石山农，诸暨（今属浙江）人。应进士举不第，遂漫游吴楚，以卖画为生，有《竹斋集》。王冕作为画家，擅画梅花，代表作为《墨梅》《梅花》：

　　吾家洗砚池头树，朵朵花开淡墨痕。
　　不要人夸好颜色，只留清气满乾坤。

三月东风吹雪消，湖南山色翠如浇。
一声羌管无人见，无数梅花落野桥。

元代末期少数民族诗人已经完全融入诗坛，此时成就较高的有金元素、廼贤。

金元素（约1310—1378），原名哈刺，字元素；号葵阳（或葵阳老人）。拂林人，出身于信奉基督教的家族。至顺元年（即元文宗天历三年，1330）进士，由元文宗赐姓"金"，所以又称为金元素、金哈刺。

金元素的《南游寓兴》是重要的元代佚诗文献，复见于邻国日本，存诗365首。《墨梅四首》为其代表作：

山边篱落水边村，楚楚孤标迥出群。
历尽风霜清不减，尽将春意报东君。

月中清影雪中香，老树槎牙近野塘。
为报诗人高著眼，调羹滋味在岩廊。

无边风雪冻关河，不减当年铁石柯。
疏影汀窗香满屋，玉堂清梦近来多。

东阁西湖春意多，香凝玉阶影沉波。
而今见画风霜里，尤爱昂藏铁石柯。

这四首《墨梅》实际就是诗人的自标自赞。他甚至不在乎词句是否重复，不回避用韵的迭压，他歌颂梅花，就是表达个人不畏苦寒、无视环境恶劣的昂扬斗志。

廼贤（1309—1368），字易之，号河朔外史、紫云山人。西域葛逻禄人，葛逻禄，又译作合鲁。汉姓马，以字行，名为马易之。又曾以族为姓，叫葛逻禄易之、合鲁易之，或简称为葛易之。家族进入中原之后，最初定居于河南南阳，因此廼贤以南阳为郡望。著有《金台集》二卷。

廼贤是元末重要的诗人之一。他属于中国古典作家当中这样一种类型：全身心去做诗人，以诗为自己的皈依，用诗为自己代言。他用诗歌叙写自己来到大都后的感受。诗题《京城燕》，下有小注："京城燕子三月尽方，甫立秋即去，有感而赋。"诗云：

三月京城寒悄悄，燕子初来怯清晓。河堤柳弱冰未消，墙角杏花红萼小。主家帘幕重重垂，衔芹却旁檐间飞。托巢未稳井桐坠，翩翩又向天南归。君不见，旧时王谢多楼阁，青琐无尘卷珠箔。海棠花外春雨晴，芙蓉叶上秋霜薄。

《金台集》中最好的诗几乎均为怀念家乡亲人之作。《三月十日得小儿安童书》与《秋夜有怀侄元童》是其代表作：

辞家海上忽三年，念汝令人思惘然。
万里书来春欲暮，一庭花落夜无眠。
贾生空抱忧时策，季子难求负郭田。
但得南归茅屋底，仅将书册教灯前。

病里思家怜稚子，灯前听雨忆江乡。
墓田丙舍知何所，一夜令人白发长。

作为元代最后一位色目诗人，廼贤用他的怀乡诗为元代诗坛画上句号。

第六章
元代小说和散文

第一节 元代小说

元代小说，以话本为主，分"小说""讲史"两类。

保存元代"小说"原貌的唯一物质证据，是1979年发现的元刻本《新编红白蜘蛛小说》残页，共四百余字，是《醒世恒言》卷三十一《郑节使立功神臂弓》的前身。其他"小说"文本多已亡佚，明代中期的话本选集保存了少数元代作品，但多经过后人编辑修订，已非原貌。孙楷第《中国通俗小说书目》宋元部著录小说三十种。胡士莹《话本小说概论》判断现存于各种集子中的话本作品，属于宋代的有四十种，属于元代的有十六种。邓绍基主编《元代文学史》认为元代作品共九种，分别是：《简帖和尚》（《古今小说》卷三十五）、《曹伯明错勘赃记》（《清平山堂话本》）、《宋四公大闹禁魂张》（《古今小说》卷三十六）、《任孝子烈性为神》（《古今小说》卷三十八）、《汪信之一死救全家》（《古今小说》卷三十九）、《金海陵纵欲亡身》（《醒世恒言》卷二十三）、《裴秀娘夜游西湖记》（《万锦情林》卷二）、《西游记平话·梦斩泾河龙》（《永乐大典》）、《西游记平话·车迟国斗法》（《朴通事谚解》）。过去以为保存了

《西游记平话》段落的《朴通事谚解》成书在高丽朝末年，即中国的元末明初。但石昌渝指出，此书成书时间实在朝鲜显宗朝，也就是康熙年间，不能排除此段情节吸纳《西游记》的可能性。

元刊"讲史"小说，今存八种：《新编五代史平话》十卷；《新刊大宋宣和遗事》；《全相平话武王伐纣书》上中下三卷，别题《吕望兴周》；《全相平话乐毅图齐七国春秋后集》上中下三卷；《全相秦并六国平话》上中下三卷；《全相平话前汉书续集》上中下三卷；《全相三国志平话》上中下三卷，别题《三分事略》；《薛仁贵征辽事略》。其中有六种称为"平话"。平话的得名缘由，一说"平"与"白"通，即以通俗白话讲说历史；一说"平"与"评"通，即讲说历史而加以评论。总的说来，平话是普及性的历史读物，语言半文半白，叙事上杂糅史传和民间传说，虚实相间，情节骨架依从历史，多以编年体叙事，故事细节却出自杜撰或杂采传说，艺术上比较粗糙，对历史事件和历史人物的评价往往带有民间拙朴率直的色彩。

在中国古代小说发展史上，元刊讲史小说具有很重要地位。首先，平话体制已初具后世章回小说的雏形。全书分卷，每卷又有细目，一目即似后世章回小说之一回。每卷开头有开场诗，结尾有下场诗，概述卷内内容，总结历史经验教训。其次，《三国志平话》《大宋宣和遗事》《武王伐纣书》是明代长篇小说《三国志演义》《水浒传》《封神演义》成书过程中比较重要的文本资料，从中可以窥见"讲史"与历史演义、英雄传奇、神魔小说之间的发展轨迹。

第二节　元代散文

在元代四种文体中，散文比较缺乏活力与生气，基本延续唐宋古文的道路缓慢发展，总体成就不如元诗。对元代散文的评价，既不应像明人王世贞那样,以所谓"元无文"而一概加以否定,也不应像元人戴良说的那样,可"拟诸汉唐"而赞誉太过。总之,元代散文的整体成就不及唐宋,也无法与明清相比,但在它发展过程中提出的直追秦汉和唐宋并尊的观点对明代散文产生过一定影响。

元代散文在发展过程中,曾有过宗唐与宗宋的不同倾向。前期的散文作家如姚燧、元明善等,倾向于宗唐,主要师法韩愈,颇有雄刚深邃之风。另一些作家如刘因、王恽等,则师法宋文,文风趋于平易流畅。后来,宗唐与宗宋的倾向又逐渐合流。

元代散文最突出的特征是理学与文章合一。理学思想对元代散文的具体影响,主要体现为"雅正"的文学观念以及经世致用的写作目的。元人批判、扬弃了宋代理学家否定和轻视文辞的观点,承继了理学与文章融会的观点,提出理学、古文合一的主张。

元初的戴表元和赵孟頫对理学家轻视文章都表示过不满。他们推崇欧阳修重道又重文的主张。赵孟頫所谓文章以理为本,以经为法,实际上就是反对理学家作文害道的观点。而后,虞集更明确地批评了"宋末说理者鄙薄文辞之丧志"(《刘桂隐存稿序》)的谬误。

元人的论文主张从总的倾向看,都是要维护韩愈以来的古文家讲文的传统,在这点上,元人是值得肯定的。如果考虑到程、朱理学在元代成为显学乃至官学这一事实,元人的这一功绩更应受到肯定。至于自韩愈开始就存在"文""道"关系上另一方面的矛盾和偏向,即易于导致不重视散文文学特征的偏向,元人没有能够提出新的观点。元人在文章理论与写作实践两个方面,都强调经世致用。

文以经世的主张,容易导致重实用而轻文采的倾向。加上元代延祐年间恢复科举取士时规定:"试艺则以经术为先,词章次之。浮华过实,朕所不取"(程钜夫为仁宗所写《科举诏》),建议改革隋、唐以来取士尚词赋,士习浮华之弊。这也影响到元文面貌,使之偏于纪事明道,缺乏抒发情性。元末的杨维桢倡导抒写个人性情,也仅限于诗歌领域，对散文影响有限。

元代较有成就的散文作家有姚燧、虞集、欧阳玄和黄溍。

姚燧（1238—1313），字端甫，号牧庵，洛阳人，祖籍营州柳城（今辽宁朝阳）。姚燧十八岁时受学于许衡，元世祖忽必烈将蒙古王朝改称大元的次年（1272），许衡任国子祭酒，召姚燧至京。元贞、大德年间任江东道肃政廉访使、江西行省参知政事。至大年间任太子宾客、翰林学士承旨。至大四年（1311）告归，皇庆二年（1313）去世，享年76岁。姚燧的散文当时颇负盛名。清代黄宗羲论文，于元代推崇姚燧和虞集，遂有元文两大家之说。现存姚文大部分是碑铭诏诰等应用文，抒情写景之作很少。他的文章于刚劲雄豪中略见古奥，于严谨简约中求得生动。一些神道碑和墓志铭中对人物的生平行事、思想性格，大抵都有清晰的描写和刻画。

虞集不仅是元代中期的诗坛领袖，也是当时的文坛盟主。虞集各类散文很多，《元史》记他"平生为文万篇，稿存者十二三"。现存的《道园学古录》共五十卷，其中散文占三十八卷，多数为朝庭官场应用文字，也有书信传记、题跋序录等。虞集有一些散文表现了他对社会人情物理的体会。《海樵说》写一个人取名海樵，自言："人樵于山，我樵于海。山有木，樵则取之；海无木，而我樵之者，俟于海滨，有浮槎断梗至乎吾前者取之，不至乎吾前者，吾漠然与之相忘也。"作者借此说明了"有者未必皆得，无者未必不可得"的道理。虞集有不少文章倡言为人要具有独立的政治怀抱和道德风貌。在《友松记》中，他赞扬宋云举"屹乎独立不为势利之所移"。宋云举以松为友，虞集颂扬他说："公友松乎？松友公乎？""贯四时而不改，亢金石而不渝，公其松乎！"虞集有些墓志铭文善于刻画人物形象。如《张隐君墓志铭》写张隐君"聚财于庭，任盗掠取"的忠厚性格，颇为奇特。

欧阳玄（1273—1358），字原功，号圭斋，祖籍庐陵，迁居潭州浏阳（今属湖南）。延祐元年（1314），元政府下诏恢复科举，他以攻读《尚书》被推荐。翌年，赐同进士出身，授岳州路江州同知。官至翰林学士承旨，卒于大都，年八十五。著有《圭斋集》，今存十六卷。欧阳玄的文风大抵是于廉静中求深醇，一些议论文开头几句遣辞命意乃一篇警策所在，过后即趋平易。如《逊斋记》中劈头就发问："有一言而可终身行之者乎？圣门高弟固尝有如是问矣。"然后说："盖人之一生，苟有得于一言而合于道，则其生平精神心术，凡见诸行事者，莫不于此取则焉。"接下去再称赞他的学生吴礼逊"愿仍逊以自号"，称"逊斋"。这样的议论文，篇幅短小，却具波澜。欧阳玄的这类散文中写得较好的还有《奇峰说》《芳林记》《听雨堂记》等。

黄溍（1277—1357），字晋卿，婺州义乌（今属浙江）人，世称金华先生。少从方凤学，壮岁隐居不仕。延祐二年（1315）县吏强迫参加考试，中进士，授台州宁海县丞。曾任翰林直学士、知制诰，晚年辞官还乡，至正十七年（1357）逝世，年八十一。今存《黄学士文集》四十三卷。《元史·黄溍传》记黄溍为学甚博，他剖析经史疑难，"多先儒所未发"。还说他的文章"文辞布置谨严，援据精切，俯仰雍容，不大声色"。这大致符合黄文实际。他的散文大多是应用文，不以闳肆豪刚取胜，而以流畅清峻见长。黄溍为人正直孤洁，有些文章颇能见出他的个性。他的《上宪使书》约写于大德七年（1303），以布衣上书，表现出一种介立不阿的性格。《柳立夫传》颂扬一位光明正直，不计酬劳，尽心竭力救死扶伤的医生。《贾论》（"论"一作"谕"）则颂美商界的真诚美德。"其货诚千金也，人且以千金至矣。"只要货真，就肯出高价，买卖双方，都诚实相待，彼此谁也不欺骗谁。黄溍文章中又曾写到那些"饰虚怀枵"，以取得高官厚禄，不讲信义道德的士大夫。他认为，商贾被士大夫所贱视，实在不公平。在重本抑末思想长期占统治地位的封建社会中，这种观点十分罕见，也显得十分可贵。《说水赠春卿》以水喻人，设想奇妙，"持涓滴以助波澜，只强颜耳"。说一个人大材被小用，虽然"强颜"，但总算付出一点自己的力量，实际上寄托了他自己的心声，也表现了他自己的性格。

第七编　明代文学

（公元1368—1644年）

第 一 章
概　　述

第一节　传统文体的衰微

　　明代二百七十余年，作家、作品数量不少，《全明文》《全明诗》《全明词》的编纂工作迄今尚未彻底完成，但与前代相比，尤其是与唐宋的辉煌比较，"传统文体"（文、诗、词）的总体成就历来评价不高，前人颇多微词。

　　明文，黄宗羲（1610—1695）《明文案序》称："有明之文，莫盛于国初，再盛于嘉靖，三盛于崇祯……较之唐之韩杜、宋之欧苏、金之遗山（元好问）、元之牧庵（姚燧）、道园（虞集）尚有所未逮。盖以一章一体论之，则有明未尝无韩、杜、欧、苏、遗山、牧庵、道园之文。若成就以名一家，则如韩、杜、欧、苏、遗山、牧庵、道园之家，有明固未尝有其一人也。"

　　明诗，屠隆（1544—1605）《鸿苞集·论诗文》称："善论诗者，政不必区区以古绳今，各求其至可也……如必相袭而后为佳，诗止三百篇，删后果无诗矣。至我明之诗，则不患其不雅，而患其太袭，不患其无辞采，而患其鲜自得也。夫鲜自得，则不至也。"

　　明词，吴衡照（1771—?）《莲子居词话》称："论词于明，并不逮金元,遑言两宋哉?盖明词无专门名家,一二才人如杨用修(杨慎)、王元美(王世贞)、汤义仍(汤显祖)辈,皆以传奇手为之,宜乎词之不振也。其患在好尽,而字面往往混入曲子……去两宋蕴藉之旨远矣。"

传统文体黯淡无光,前人多归咎于八股文。平心而论,诗古文词这些传统文体,在长期的历史实践中,经过无数天才作家的创造和贡献,产生了数不胜数的优秀作品,无论内容、形式、技巧,确实都取得了难以超越的成就。所谓明代传统文体的"衰微",并不意味着明代文学无足称述。即以明文而论,以归有光、李贽、公安三袁、张岱等为代表的晚明散文,其文学成就和文学价值并不逊色于秦汉唐宋。其中所蕴含的求新求变的现代精神,在20世纪初被重新发掘,成为新文化运动的重要推手。

第二节 文学思潮的多重轨迹

明代是一个文学思潮十分活跃的时期,诗歌与散文作者几乎各有文学主张,出现了众多文学集团或文学流派,著名的有台阁体、茶陵派、前后七子、唐宋派、公安派、竟陵派,复古、反复古的讨论和争论贯穿始终,各派之间和各派内部也往复辩难,形成了百家争鸣的多元局面。

明初,太祖朱元璋对思想领域实行严厉管制,成祖朱棣大力弘扬程朱理学,以"三杨"为代表的台阁体应运而生,旨在传圣贤之道、鸣国家之盛,提倡和平温厚的文风。明中期从弘治到嘉靖末年,以李东阳为首的茶陵派,以李梦阳、何景明为首的"前七子",以谢榛、王世贞为代表的"后七子",主张文必先秦两汉、诗必汉魏盛唐,复古思潮笼罩文坛百余年。万历年间,王阳明心学左派横行天下,文学解放思潮风起云涌,有徐渭、李贽、汤显祖、袁宏道等人反对复古，提倡真情性灵，主张表现个性欲望。明末内忧外患，叶向高、顾宪成、陈子龙等又重提政教说，主张文以理为主，回归性情之正。有明一代文学思潮的发展，可谓以政教说始，以政教说终。文道关系，本是中国传统文论的重要命题。明代文学思想的发展轨迹已渐趋综合，既有儒家文学思想体系的内部综合，又有教化理论与审美理论的综合，这种综合到清代全面成熟。

明中叶复古运动虽然先后两次形成思潮，但复古与崇古思想不同程度地贯穿整个明代。"前七子"领袖李梦阳"卓然以复古自命"（《明史》本传），也有"今真诗乃在民间"（《诗集自序》）这样反复古的口号；"后七子"领袖王世贞，早年声称"文必西汉，诗必盛唐，大历以后书勿读"（《明史》本传），后期却趋于圆融灵活，有"情景妙合，风格自上，不为古役，不堕蹊径"（《艺苑卮言》卷五），"文之所以为文者三，生气也，生机也，生趣也"，"愿足下多读《战国策》、史、汉、韩、欧诸大家文"，"至于诗，古体用古韵，近体必用沉韵，下字欲妥，使事欲稳，四声欲调，情实欲称，彀率规矩定，而后取机于性灵，取则于盛唐"（《与颜廷愉》）等论调。同一个人，既有复古、崇古思想，又有非复古、反复古的思想；而复古思潮本身，瑕瑜互见，既有偏激之语，也有精辟之论。

明代复古思潮影响下的创作实绩，很难与同样高举复古旗帜的唐代古文大家相比。原其初衷，明人复古的终极目的，无外乎想自成一家。前代经典不可企及，"影响的焦虑"如影随形，复古与反复古思潮集中反映了明人文学理论与创作实践的痛苦挣扎。

第三节 通俗小说的繁荣

明代嘉靖以后，随着《三国志演义》《水浒传》等长篇小说刊刻问世，至明末已形成讲史小说、神魔小说、世情小说和话本小说（白话短篇小说）等多种成熟类型，涌现出"四大奇书""三言二拍"等不朽名著，众多小说的人物形象、故事情节几乎家喻户晓，迄今未衰。

明代通俗小说的繁荣是各种历史因素交互影响的结果。经济的发展、印刷技术的进步和相应的文化普及都是通俗小说脱颖而出的重要条件，但决定通俗小说质量本身的却是创作者的素质和水平。从《唐太宗入冥记》《韩擒虎话本》等敦煌石室所藏唐五代话本，到《三国志平话》《武王伐纣平话》等元刊平话，艺术上都较为朴陋粗疏，几百年间未有长足进步，这与通俗小说地位卑下、从业者多为文化程度不高的书会才人或民间艺人有关。嘉靖以后，文人对待通俗小说的态度发生了显著变化。嘉靖年间，出身世家的洪楩编刊《六十家小说》（今称《清平山堂话本》），开启了文人参与话本小说编创之先河；武定侯郭勋刊刻《三国志演义》《水浒传》，也许还策划组织了《皇明开运英武传》的创作，另如唐顺之、王慎中、李开先、崔铣等精英文人也都以赞赏的口吻论说《水浒传》。逮至万历年间，《金瓶梅》已是士大夫公开谈论的热门话题，而直接从事通俗小说创作和批评的著名文人如冯梦龙、凌濛初、金圣叹等屡见不鲜。这种风气由嘉靖、隆庆时期一直延续到清乾隆时期，造就了通俗小说空前绝后的辉煌。

士人参与通俗小说的创作和批评是中国传统思想的一个重大转变，这个转变与王阳明心学和李贽"童心说"密切相关。阳明心学主张"致良知""亲民"，提倡"须做得个愚夫愚妇方可与人讲学"（《传习录》），鼓励士人以愚夫愚妇所能接受的方式在下层民众中传道宣教；而作为王学左派中坚人物的李贽，其"童心说"则推重百姓日用之道和率真之言，张扬人性、肯定人欲。这些冲破传统儒学樊篱的激进思潮，不仅召唤士人投身于通俗小说的创作和批评，历史性地改变了通俗小说的作者身份，还全面革新了小说的创作题材和艺术观念：创作题材从帝王将相转向寻常百姓的悲欢离合，艺术观念从重视故事情节转向重视人物性格塑造。从此，宋元以来的通俗小说终于异军突起，大放异彩，成为明代文学的主要代表。

当然，明代通俗小说作者身份的转变是有限的。"四大奇书"的作者问题至今尚无令人满意的定论，"三言二拍"改编的成分大于独创，文类等级的传统序列摇而不坠。直到清乾隆年间《红楼梦》《儒林外史》问世后，文学史上才有了真正意义上的文人小说；而直到帝国末期，随着西学东渐，随着现代性进程，通俗小说的文学地位才完全确立。

第四节 商业出版与文学生产

随着印刷术的普及和商业出版的繁荣，明代文学，尤其是晚明文学，不纯粹是一种精神产品，而是充满了浓厚的商业气息，文学生产在一定程度上成了以盈利为宗旨的商业行为，很多文学现象只有从出版市场的角度才能给予更好的解释。

例如，前代作家作品的经典化，既与明代复古思潮密切相关，相关选本的刊行也功不可没。明初高棅（1350—1423）于洪武年间编成的《唐诗品汇》，将唐诗分为初、中、盛、晚四期，特重盛唐，奠定了明诗复古宗唐的基调。此书虽为后世所重，但嘉靖年间才刊刻问世，且几无明人为其作注。明代最有影响的唐诗选集反而是后七子李攀龙的《唐诗选》，由于晚明书贾坊肆伪托改刻，流传过程中出现了二十多种笺释、评注本，"盛行乡闾间"（《四库全书总目》），成为通行的学塾启蒙读本，明清两代，其影响超过《唐诗三百首》。万历末年，竟陵派声势远超公安派，很大程度上应归因于钟惺、谭元春合作选评的两部诗歌选本《古诗归》《唐诗归》。唐宋派茅坤编选的《唐宋八大家文钞》是现存最早的八大家散文选本，"其书盛行海内，乡里小生无不知茅鹿门者"（《明史》本传），唐宋八大家之名也随之流行，后世治古文者皆以八家为宗。

商业出版对通俗文学发展的影响，更是引人瞩目。嘉靖四十五年（1566），藏书家谈恺（1509—1568）整理出版了卷帙浩繁的《太平广记》，不仅为晚明文言小说、白话小说创作提供了丰富的素材，也引发了重新编纂文言故事选本的热潮。仅冯梦龙一人，就以剪裁文本、增加评点序跋等方式编刊了《古今谭概》《笑林》《情史类略》《智囊》等专题选本。通俗小说讲史、神魔两大类型的崛起，首先与书坊主的策划和推动密切相关，如万历二十年（1592）《西游记》刊行后，万历三十年（1602）前后集中涌现了二十部神魔小说。冯梦龙编创"三言"，固然有"话须通俗方传远，语必关风始动人"导愚化顽的考虑，也有"因贾人之请"（《古今小说叙》）的成分。凌濛初编撰"二拍"，又是因为"三言"刊布后"行世颇捷"（《拍案惊奇序》），极受读者和市场的欢迎。书坊主刊刻小说戏曲，为了扩大销路，经常重金请托名士评点或撰写序跋，也将正统文类的评注体例引入通俗文学领域，推动了小说戏曲理论的发展。

商业语境还改变了作家的生活方式。他们不仅从事创作，还涉足编辑、出版、评论等各种文化活动。过去的传统文人一般只有出仕为官一条窄路，如今却能借商业市场出人头地、名利双收，其中最负盛名者莫过于陈继儒（1558—1639）。陈继儒，号眉公，二十九岁时焚儒生衣冠，绝意仕进，杜门著述，名倾朝野，"延招吴越间穷儒老宿隐约饥寒者，使之寻章摘句，族分部居，刺取其琐言僻事，荟蕞成书，流传远迩。款启寡闻者，争购为枕中之秘。于是眉公之名，倾动寰宇。远而夷酋土司，咸丐其词章，近而酒楼茶馆，悉悬其画像，甚至穷乡小邑，鬻粔籹市盐豉者胥被以眉公之名"（钱谦益《列朝诗集小传》）。隐士陈眉公名满天下，不能不说是晚明商业文化的产物，就像鲁迅形容晚明性灵小品"赋得性灵"（《且介亭杂文二集·杂谈小品文》）一样，充满了反讽。

第二章
明代诗文

明初作家大多由元入明,他们身上既有蒙元时期士人旷逸自由的胸怀,也有济世救民的伟大理想,更有对庙堂文化的追从,整体上形成了恢复汉唐、崇儒复雅的风尚。主要代表作家有宋濂、刘基、高启、方孝孺。

宋濂(1310—1381),字景濂,号潜溪,浦江(今浙江金华)人,早年师事古文家柳贯、黄溍、吴莱,并为理学流派金华学派的正宗传人。仕元为翰林编修,以老辞。至正二十年(1360),朱元璋征聘宋濂、刘基、章溢、叶琛四人至,崇礼独异。入明,官至翰林学士承旨,为《元史》总裁官。因长孙犯法,又牵涉胡惟庸案,全家贬谪,死于途中。

宋濂被人称为"开国文臣之首"(卷一二八《宋濂传》),在明代庙堂文化建设中起到特殊作用,《明史》说:"一代礼乐制作,濂所裁定者居多"(卷一二八《宋濂传》)。他力主宗经,祖述朱学,表现出强烈的正统意识。《文原》强调"余所谓文章者乃尧舜文王孔子之文"。《文说赠王生黼》:"明道之谓文,立教之谓文,可以辅俗化民之谓文。"宋濂在明初庙堂文学中占有重要地位,写了大量朝贺、宸游、台阁酬应之作,同时编修国史、宝训,为名公贵戚撰写墓志碑文。代表作如《进大明律表》《平江汉颂》《见山楼记》《阁江楼记》等。后者最为有名，是一篇奉旨所撰的文章，在叙写登楼阅览之中歌颂朱元璋定鼎金陵、一统天下的功业。歌颂功德中寄寓规劝讽谕，纡余委备而又文达理畅，既庄重典雅又委婉含蓄，创造出雍容华贵的境界，是一篇得体的台阁应制之文，体现了宋濂文道合一、醇深演迤的散文风貌。

他在元末的创作与明初不同，特别是传记小品和记叙性散文。如《秦士录》写道士邓弼磊落的性格和坎坷的命运，酒楼戏弄冯、萧二生和东门挥剑砍马等场面，更是铺叙张扬，奇气四溢。《王冕传》则多侧面展示王冕亦狂亦狷的奇士风采。《李疑传》和《杜小环传》表现两个下层人物赈济病贫、舍己为人的侠义品德。《竹溪逸民传》描写一个脱俗的高士，别具风韵。《记李歌》记述一个生于娼门的少女李歌，顽强地维护自己的尊严。

他的散文风格多样，如《送东阳马生序》有感而发，不假说教，寓理于事，以事明理，风格温厚和平，语言质朴简洁，明白流畅。写景散文如《桃花涧修禊诗序》《环翠亭记》，描绘风景，清新秀丽。

刘基（1311—1375），字伯温，处州青田（今属浙江）人，是元至顺年间进士，因受排挤而去官归隐。后为朱元璋征召，参与机要，佐命出政。明初任御史中丞兼太史令，封诚意伯。洪武四年（1371）辞官归乡，后为胡惟庸毒死。有《诚意伯文集》。

在刘基的思想中，充满了对乱世的苦闷与悲愤和救世补天的责任感。正是基于这种思想，他仕于元，后又仕于明。故明末的人说他非爱功名，其意实以救民为主。朱元璋对他非常信任，称之为吾子房也，时人也视之为诸葛孔明之俦。刘基身上的儒家忧患意识和社会责任感，使他坚决地反对"诗贵自适"的文学观，反对吟弄花月、诗酒自娱、清虚浮靡的风气，倡导伤时忧愤、美戒讽刺的变风变雅。这种论点强化了儒家思想中的忧患感和责任感。

《四库全书总目》评价说："其诗沉郁顿挫，自成一家，足与高启相抗。其文闳深肃括，亦宋濂、王祎之亚。"他之所以能够在元末明初文坛上独树一帜，主要是因为他的诗文具有感时忧世的思想内涵和沉郁顿挫的文学风格。如他元末被排挤羁管绍兴时写的《癸巳正月杭州作》，以及作于明初的《旅兴》五十首，将目光投向广阔的社会现实，揭露元军中苦乐不均，直指统治者。或关注统治者横征暴敛，连年战争给人民带来的深重灾难，如入明后写的《二鬼》诗，写管理日月的结邻、郁仪二鬼，被天帝谪放人间。后来相约为天帝除翳，再造乾坤。天帝大怒，将二鬼拘压。二鬼无可奈何，只能等待，表现了他在新朝政治下的苦闷。在这种形势下，他的创作有所转变，由力倡"变风变雅"而为"理昌气明"。

刘基写于元末的讽谕性杂文，集中在《郁离子》一书中，第一篇《郁离子谓执政》针对元代用人弊端发表看法，《穆天子得八骏》等也有此针对性。《卖柑者言》则揭露统治者的腐朽本质。著名的《楚有养狙以为生者》本诸《庄子》和《列子》，而旨意有所不同，意在告诫统治者：如果以术使民而无道揆，则民一旦觉悟，就会起而反叛。此外，《松风阁记》《活水源记》亦为世所称。

高启（1336—1374），字季迪，长洲（今江苏苏州）人。元末隐居吴淞青丘，号青丘子。明初召修《元史》，书成，授户部侍郎，力辞不受。洪武七年（1374），因苏州知府魏观事触怒朱元璋，被腰斩于南京，年仅三十九岁。有《高青丘集》。高启在明初革新元代诗风、开启明代诗风方面有其重要贡献。杨慎说他"首开大雅"（《升庵诗话》卷七），四库馆臣以为"振元末纤秾缛丽之习，而返之于古者，启实为有力"（《四库全书总目》卷一六九）。在理论上，他提出了格、意、趣的要旨："格以辨其体，意以达其情，趣以臻其妙。"（《独庵集序》）倡导兼师众长，随事摹拟，浑然自成。这种主张比较倾向于古典主义美学理论，所以他的诗歌追求雄健浑雅的境界。如写于明初的杰作《登金陵雨花台望大江》，四句一转韵，七言之中杂以三言九言，错落有致，气势酣畅而又跌宕多姿，纵横恣肆而又意境浑成。写于元末的《青丘子歌》，以浪漫的笔调，刻画了谪仙式的自我形象，奇思妙想，笔墨酣畅，音节铿锵，诗句错落，使人有美不胜收之感。高启诸体皆长，全面摹拟古人诗体，兼有古人的各种长处，同时又能在摹拟中有自身的精神意象。开启明代诗人重视诗体之全的传统。

方孝孺（1357—1402），字希直，人称正学先生，宁海（今属浙江）人。洪武间为汉中府教授，为蜀献王世子师。建文帝时，为侍讲学士，朱棣入南京，命他起草继位诏书，不从被杀，宗族亲友坐诛者数百人。朱棣的谋士姚广孝曾劝成祖不要杀他，说"杀孝孺，天下读书种子绝矣"（《明史》卷一四一）。有《逊志斋集》。

方孝孺极力维护程朱理学"扶天理，遏人欲"（《后正统论》）主张，维护道统与文统的纯正性。有志于道，上欲"建太平之策，康斯民于无穷，续周统于既绝"，下欲"抉幽探微，明天人性命之奥，以诏来世"。（《与王德修书》）当这种思想与现实相激荡，就产生了毅然以道自命的精神力量和鄙视世俗的斗争精神。《吴士》直接表现他对生活的体验和认识，通过写巫的心理变化来刻画丑恶的灵魂，揭露元末明初社会上浮夸之徒的劣根性。《蚊对》从异类相食引申到对社会现象的批判。他的诗歌充满独立人格美与阔大境界，又兼具洒脱超然和崇高并存的高古之境。

第一节　台阁文学

永乐至洪熙、宣德年间，明代政治经济出现了所谓治平之象，在文学上，台阁独尊，雍容典雅的治世之音占据主导地位，形成台阁派。代表人物是杨士奇、杨荣、杨溥。三人仕历四朝，官至大学士。当时阁臣位重，朱学独尊，台阁作家作为执政者与既得利益者，对台阁政治有一种特殊的体验和感情。他们认为台阁作家应该具有和平易直之心，抒写爱亲忠君之念，"考见王政之得失，治道之盛衰"（《玉雪斋诗集序》），提倡雍容大雅、清粹典则、冲和雅赡之风。李贤在为杨溥文集所作序文中说：

> 观其所为文章，辞惟达意而不以富丽为工，意惟主理而不以新奇为尚，言必有补于世而不为无用之赘言，论必有合于道而不为无定之荒论，有温柔敦厚之旨趣，有严重老成之规模，真所谓台阁之气象也。（《杨文定公文集序》）

杨士奇（1366—1444），名寓，以字行，江西泰和人。历事五朝，为内阁首辅。为官谨慎，温和廉能，被后人视为明代少有的贤相。卒谥文贞。有《东里集》。他的诗文皆名重一时，王世贞评"其文尚法，源出欧阳氏，以简澹和易为主，乏充拓之功"。其诗冲和雅澹，清新自然，但"如流水平桥，粗成小致"。（《艺苑卮言》卷五）

成化、正德年间，由于宦官汪直专权，继之以刘瑾等"八虎"横行，加之武宗荒淫，宁王叛乱，盛世的幻影消失，台阁文学独尊的局面受到冲击和挑战，文坛上转而出现以李东阳为首的茶陵派。

李东阳（1447—1516），字宾之，号西涯，湖南茶陵人。进士出身，官至吏部尚书兼文渊阁大学士。有《怀麓堂集》。他在朝五十年，入内阁十八年，天下文士尽趋其门，形成了以他为中心的茶陵诗派，在一定程度上摆脱了早期台阁正统束缚，但总体上仍属于台阁文学。他们依然强调文章与德行的关系，追求和平雅正的风格。李东阳论诗，崇唐黜宋，力主宗法杜甫。追求和平醇粹的诗文风格。

李东阳对文学特别是诗歌自身的审美特征和要求进行探讨,更重视诗文的形式、声律,强调"诗文之别":"夫文者言之成章,而诗又其成声者也。"(《春雨堂稿序》)反对诗的理化与俗化,因而贬黜宋诗,认为"宋人于诗无所得","宋诗深,却去唐远;元诗浅,去唐却近"。(《怀麓堂诗话》)

第二节　"前七子"的文学复古运动

弘治一朝是明代比较开明的时期,明代文学第一次文学复古运动由此蓬勃展开。"前七子"包括李梦阳、何景明、徐祯卿、边贡、康海、王九思、王廷相,代表人物是李、何。他们力图恢复古典审美理想,提倡真情,突出情与理的对立,甚至以情反理。主张诗文必须表达真实感情,反映重大社会现实。注重作品的文采和形式技巧,使诗歌具有高尚之格与流美之调;倡导超宋元而上,以汉魏盛唐为师。

台阁文学和理学反复强调的是"道",只倡导雍容平易一体,而排斥其他风格。复古派则认为人有七情,情因感遇而生,人的感遇千差万别,人的情感也就是多样的,文学风格也应该是多种多样的。他们对古典诗歌的审美特征进行了全面的研讨,提出了格调说,李梦阳说:"夫诗有七难,格古,调逸,气舒,句浑,音圆,思冲,情以发之。七者备而后诗昌也。"(《潜札山人记》)徐祯卿说诗歌必须思精,情备,词博,气调,格叶(《谈艺录》)。王廷相说诗有四务:运意,定格,结篇,炼句(《与郭介夫学士论诗书》)。格调中的调指诗歌作品中的情与理、意与象、诗与乐相结合构成的具有动态特征的总体形态。格即这种混合流动的境界、层次的高下。达到了情与理、意与象、诗与乐的一定程度的统一,具备了情、气、音、味、词藻、文采等,就具备了文学的基本特征。前七子对其他时代的文学并不完全加以排斥。在学古问题,他们的观点是一致的,但是如何学古，各家却有分歧。李梦阳认为应从古人诗歌的体裁法度入手，从具体的字法、句法、篇法入手，在创作时，根据内容选择适当的体裁法度，达到无一不合于古人，却并不与古人雷同的境界。何景明则主张不必拘泥于体裁法度，而是要广泛学习模拟前人名作，从总体上领会其神情意象，自然悟入，心神俱化。

在创作上，复古派作家在思想上比较保守，不是怀疑和否定程朱理学思想，而是力图维护它。而且，他们是在旧有文学样式中进行创作，很少能够提供新的表现手法，在题材、语言上没有创新。李梦阳的乐府诗、五古、七言歌行、七律写得较好。如受刘瑾迫害时写的《离愤》《秋夜叹》，描写边关的《乙丑除夕追怀往昔写愤五百字》《君马黄》《土兵行》《秋怀八首》《石将军战场歌》，诗风沉郁悲慨、雄豪亢硬。何景明的创作以五律为多，诗风流丽俊逸。如《杂诗》《晓起见雪》为其代表。徐祯卿是吴中四子之一，中进士后入京，成为复古派中人。他也是一位诗歌理论家，他的《谈艺录》是明代论诗代表作。康海、王九思二人比较独特，康以散文见长，所谓以质直之笔，抒写胸臆，不遵古法。王九思的散曲在明代颇为出色，多写闲适之美兼对世俗的讥讽。

第三节　吴中诸子

在元末明初著名诗人高启、杨基、张羽、徐贲谢世之后，吴中文坛开始走向沉寂。成化以来，吴中文学复兴。吴中地区远离政治中心，经济发达，交通畅达，又有着深厚的文化传统。吴中文人博学多才，不以仕宦为人生价值归宿。作为才子式的人物，吴中文人往往不拘世俗礼法，放浪形骸。在前七子于京城倡导复古之际，吴中文人也出现了"好古"倾向。同时身兼书法家、画家，是吴中文人身份上的典型特征。在思想上，他们明确抨击理学，作品大多作于不经意间，于题材、格调不复留意。他们的诗歌注重自适的趣味，不再像复古派那样追求情感与形象的规范性，同时，将视线投向山林及市井，缘情尚趣，呈现出独特的美学风貌。

文征明（1470—1559），初名璧，字征明，后更字征仲，号衡山，长洲（今江苏苏州）人。科举失意，嘉靖初征为翰林待诏，不久便致仕回到苏州。他诗书画兼长，并不刻意为诗，其诗情思娴静温柔，笔致灵动细润，诗风婉丽，和谐清淡。唐寅（1470—1524），字伯虎，长洲（今江苏苏州）人。一般并不将他视为重要诗人，主要是因为他的诗过于俚俗，语意浮薄显豁。《落花诗》《花月诗》《漫兴》《警世》都表现了特殊的人生况味。抒情诗《桃花庵歌》最为有名。他的作品在愤世嫉俗之中呈现出忧怨之美，不无怨愤之气。同时，作品又表现出一种超尘脱俗的飘逸之美。呈现出不同的风貌。

第四节　唐宋派诸作家

《明史·文苑传》说嘉靖年间，王慎中、唐顺之等，文宗欧、曾，诗仿初唐，再加上茅坤、归有光，就构成了唐宋派。唐宋派与复古派与是对立的，但早年王、唐也深受复古派影响，王慎中先师法秦汉，后转向唐宋，出入欧、曾之间。他们反对极端的复古主张，讥其为臃肿浮荡之文，意卑语涩，归有光甚至讽刺王世贞为"妄庸巨子"（《项思尧文集序》）。

唐宋派之所以能够卓然自立于文坛，关键是因为他们提出了独特的文学理想。唐顺之说："洗涤心源，独立物表。"（《答茅鹿门知县书》）只要心地超然，直据胸臆，信手写出，便是宇宙间一样绝好文字。学习秦汉古文不得不致力于词汇、语法，这势必影响到思想情感的自由表达。而学习唐宋古文则不用时刻留意于此，可以将重心放在主体精神的展现上。

王慎中（1509—1559），字道思，晋江（今属福建）人，嘉靖五年（1526）进士，官至河南布政司参政。他的散文铺叙详明，结构严密，悟于理而达于情，见理明澈，委曲详尽，有一种"浑厚大雅之气"。但有时理过其辞，缺乏形象性。归有光（1507—1571），字熙甫，又字开甫，别号震川，又号项脊生，世称震川先生，昆山（今属江苏）人，嘉靖四十四年（1565）进士。他的文章致力于描写日常生活，处处渗透着王阳明"致吾心良知之天理于事事物物"（《传习录》中）的精神，为明中叶的雅文学开辟出一条理性化与生活化协调发展的道路。《项脊轩志》《先妣事略》《寒花葬志》《尚书别解序》是其代表作。这些文章，表现人伦亲情中纯真自然之美，于不要紧之题，说不要紧之语，却自风韵疏淡。结构在有意与无意之间，语淡而情长，言浅而意深。

第五节 "后七子"的文学复古运动

嘉靖、隆庆年间，"后七子"李攀龙、王世贞、谢榛、宗臣、梁有誉、徐中行、吴国伦兴起，在与唐宋派的对抗中占据上风，继"前七子"主盟文坛。在理论上，他们强调用文学反映现实，尤其注重文学"怨"的作用，揭露和批判现实生活的黑暗，疗疾救弊。他们对古典诗歌的体裁、风格、流变有深入而精到的研究。但在创作上不免狭隘僵化，有较大的局限性。如何守法而不为法所拘限呢？他们强调悟的作用，即在熟练掌握众法的基础上，领悟用法的精意。悟由勤来，悟以见心，勤以尽力。

学古的目的还在于创新，"后七子"的理想是既学古人，遵古法，又有所创新，不流于雷同剽窃。尽管他们对剽窃模拟也深表不满，但还是无法根除这一顽疾，因为他们最终不会放弃复古的追求。

在创作上，李攀龙的泥古之弊表现得最为突出，如他的乐府诗往往更动古诗的几个字，便视为己作，有的地方甚至改错。他的七言律绝比较出色，有王维之秀雅、李颀之流丽。谢榛长年流徙，寄人篱下，困窘异常，饱尝世态炎凉。李攀龙之后，王世贞成为文坛盟主。他的诗长于抒写情感，反映社会离乱，反映人情冷暖，富于激情，以气势取胜。《乐府变》二十二首是反映社会现实的优秀作品，有写抗倭，有写俺答入侵，有写南京兵变、东北战事及陕西、山西大地震。主要是反权贵，有写皇亲国戚、权臣大将。王世贞的散文，既继承了"前七子"的慷慨激昂、沉雄浑厚之风，又拓展为宏博广大的境界，法度严谨，意蕴深厚，气象宏大。

第六节 晚明性灵文学：公安派和竟陵派

公安派代表人物是三袁兄弟：袁宗道、袁宏道、袁中道。袁宏道提出了公安派的主张："独抒性灵，不拘格套，非从自己胸臆流出，不肯下笔。"（《叙小修诗》）这一文学主张，显然受到李贽的影响。

公安派的文学理论以反复古为核心，认为"代有升降，而法不相沿，各极其变，各穷其趣"（《叙小修诗》）。认为法无完法，法无定法，主张以意役法。其次是主张性灵说，强调意趣盎然的灵机与妙解。公安派的文学创作，追求"趣""韵"，趣在雅俗之间。雅趣是赤子之心，绝假纯真，俗趣则是市井的俗趣俗情。他们的文学语言，畅达自然。艺术境界空灵圆转，表现为一种体悟到自我心性与物象内核的和谐圆满，自适自足的空灵与超逸之境。

竟陵派的代表人物钟惺、谭元春，皆为湖北竟陵（今湖北天门）人，同为此派开宗人物，倡导幽深孤峭的诗歌风格，曰竟陵体。

在晚明性灵文学中，公安派与竟陵派为重要流派，公安派有开拓之功，竟陵派则有深厚之力，故钱谦益说"钟谭一出，海内始知性灵二字"（《列朝诗集小传》丁集中）。钟、谭二人编选的《诗归》盛行一时。竟陵派的文学主张是师心与师古并存，学古人真情真诗。与公安派不同的是他们不是在意境上进行"万象俱开"式的开拓，而是偏重于对情感深度的开掘："察其幽情单绪，孤行静寄于喧杂之中，而乃以其虚怀定力，独往冥游于寥廓之外。"（《诗归序》）"幽情单绪"及谭元春所说的"孤怀""孤诣"意指诗人对自然、人生独特的艺术感受和领悟，并出之以孤高耿介的情怀。在艺术上，他们把荒寒、幽寂的境界作为创作的最高追求，强调诗歌含蓄蕴藉、余味深长的特点。钟惺说，我辈文字到极无烟火处，便是第一等文字，谭元春则自名其堂为"简远"。含蓄自然并不等于散漫无序，而是要在不经意间运笔修词，以达到"宁简无繁，宁新无袭，宁厚无佻，宁灵无痴"（陆云龙《钟伯敬先生小品序》）的境界。

第七节 明代民歌

明代民歌为"有明一绝"（陈宏绪《寒夜录》引卓珂月语），自明中后期以来流行于世，不仅为市井细民所喜爱，也得到文人阶层的提倡。

最早重视民歌的是李梦阳、何景明。李梦阳甚至提出"真诗只在民间"（《诗集自序》），李开先也大力宣传，称民歌"语意则直出肝肺，不加雕刻，俱男女相与之情，虽君臣朋友，亦多有托此者，以其情尤足感人也"（《市井艳词序》）。到了晚明，提倡民歌的文人渐多，袁宏道说："故吾谓今之诗文不传矣。其万一传者，或今闾阎妇人孺子所唱《擘破玉》《打草竿》之类。"（《叙小修诗》）冯梦龙说山歌是"诗坛不列，荐绅学士大夫不道"，正因为如此，"歌之权愈轻，歌者之心亦愈浅"，不受任何格套的束缚，故能写"男女之真情"。（《叙山歌》）

明代民歌的兴起和繁荣有两个原因，一是城市经济的发达，市井平民需要表达自己的情感和需求，有一种自然的娱乐要求，由此孕育出消费市场；二是开放的思想舆论环境为这种民歌的发展提供了适宜的土壤。

明代民歌有两个发展阶段，宣德、成化至嘉靖初为前期，嘉靖后为后期。前期流行的民歌有《锁南枝》《傍妆台》《山坡羊》《耍孩儿》《驻云飞》《醉太平》等，内容比较丰富，多以叙事为主，如李濂编《沔风》收录沔人"鼓櫂之歌，击柝之吟，相杵之讴，插秧之曲"，表现劳动生活的诗歌，也有一些作品表现男女情爱，比较细腻，不像后期民歌那样直露泼辣。如《驻云飞》：

> 侧耳听声，却是郎君手打门。我这里将言问，他那里低声应。嗏，不由我笑欣欣，去相迎。准备着万语千言，见了都无论。今日相逢可意人。

后期流行的民歌有《闹五更》《寄生草》《罗江怨》《哭皇天》《干荷叶》《粉红莲》《银纽丝》等，流行最广的是《打枣竿》《挂枝儿》等，主要内容是表现男女私情，冯梦龙称《山歌》"皆私情谱耳"（《叙山歌》）。

现存最早的明代民歌集是成化年间金台鲁氏所刊《新编四季五更驻云飞》《新编题西厢记咏十二月赛驻云飞》《新编太平时赛赛驻云飞》《新编寡妇烈女诗曲》四种。正德、嘉靖以后，出现了一些戏曲、散曲选本，收录了一些民歌，如无名氏《盛世新声》、张禄《词林摘艳》、郭勋《雍熙乐府》、陈所闻《南宫词纪》。如《南宫词纪》中收录"汴省时曲"里一首民歌：

> 傻俊角，我的哥，和块黄泥捏咱两个，捏一个儿你，捏一

个儿我,捏的来一似活脱,捏的来同床上歇卧。将泥人儿摔碎,着水重和过。再捏一个你,再捏一个我。哥哥身上也有妹妹,妹妹身上也有哥哥。

这是一首明代民歌中的经典之作,流传极广。后来冯梦龙的《挂枝儿·欢部》也有一首《泥人》,应该是流传过程中有所改编。李开先《词谑》中也有数首民歌,如《锁南枝》:

鞋打卦,无处所求,粉脸上含羞,可在神面前出丑,神前出丑。告上圣听诉缘由:他如何把人不睬不瞅,丢了我又去别人家闲走?绣鞋儿亵渎神明,告上圣权将就。或是他不来,或是他另有。不来呵根儿对着根儿,来时节头儿抱着头。丁字儿满怀,八字儿开手。

这首民歌写女子以鞋子占卜情人对自己的态度,形象生动,琐琐可喜,代表了民歌生活化的一面。

冯梦龙所辑《挂枝儿》和《山歌》是两部影响最大的明代民歌集。前者指万历年间北方兴起的民歌小调,又叫"打枣竿"或"打草竿",流传到南方后叫"挂枝儿"或"挂真儿"。后者所收皆吴地民歌。二书所收民歌大体上可分三类:男女私情、性事描绘、讽刺世相,前两类是最多的。如《月》:

青天上月儿恰似将奴笑,高不高,低不低,正挂在柳枝梢,明不明,暗不暗,故把奴来照。清光,你休笑我,且把自己瞧。缺的日子多来也,团圆的日子少。

《数归期》:

数归期数得我指尖痛，若数得他归来了，这是痛有功，到如今不归来，你痛成何用！他若不把归期来哄着我，为甚的一日间数上他几百通？骂一声薄倖的冤家也，就是指尖儿也被你哄。

在民歌广为传播的风气下，有的文人也受到影响，加入到民歌写作中来，如晚明文人董遐周所作的《喷嚏》：

　　对妆台，忽然间打个喷嚏，想是有情哥思量我，我寄个信儿，难道他思量我刚刚一次？自从别了你，日日珠泪垂。似我这等把你思量也，想你的喷嚏儿常似雨。

第 三 章
明代戏曲

戏曲经过元杂剧的兴盛，发展至明代，达到另一个高峰。上至藩王、巨宦、士大夫、学问家，下至伶人戏班，皆投入戏曲创作，系统研究音律、技法等问题，共同推进了戏曲文学、艺术的进步。由此，传奇文体最终确立，昆曲唱腔广泛传播，众多文人参与创作。在这样一个浓郁的戏曲文化氛围中，中国古典戏曲之巅峰——汤显祖及其《牡丹亭》应运而生。

第一节 明代初期至中叶的戏曲创作

明朝建国以后，朱元璋在文化思想上独尊儒学，宣扬理学，对伶人演出活动多所限制，一方面制定法律，如《大明律·禁止搬做杂剧律令》规定，严禁伶人在舞台上装扮历代帝王后妃、忠臣、节烈、先圣先贤的形象，以维护统治者之尊严。另一方面，戏曲演出中涉及神仙及义夫、节妇、孝子、贤孙、劝人为善者不在禁限，鼓励这些戏曲作品，为统治者宣传因果报应与封建道德观念服务。其中的代表作就是理学名臣丘濬的《五伦全备记》。

丘濬（1420—1495），字仲深，广东琼山人，景泰五年（1454）中进士，入翰林院，历事景泰、天顺、成化、弘治四朝，先后出任翰林院编修、侍讲学士、翰林院学士、国子监祭酒、礼部尚书、文渊阁大学士等职，弘治七年（1494）升户部尚书兼武英殿大学士，被明孝宗称为"理学名臣"。丘濬善诗文，曾有"诗文满天下"之誉。钱谦益的《列朝诗集》称其"七八岁能诗，敏捷惊人"，现有诗文集《琼台会稿》，存诗千首。丘濬著述丰富，仅剧作就有《投笔记》《罗囊记》《举鼎记》《龙泉记》和《五伦全备记》等，其中以《五伦全备记》最广为人知，17世纪即流传至朝鲜，影响深远。

丘濬认为，"若于伦理无关紧，纵是新奇不足传"。《五伦全备记》主人公是伍伦全、伍伦备兄弟。作者通过伍氏兄弟恪守礼教，一门向善最后得登仙籍的遭际，表达了作者对于礼教伦理的态度，其目的就是"要使人心忽惕然"。剧中许多唱词说白充满封建说教意味，第三出里四支【金字经】甚至全用《论语》的句子写成，所以王世贞评价为"元老大儒之作，不免腐烂"。徐复祚又说"纯是措大书袋子语，陈腐臭烂，令人呕秽"。

宋元时期，南戏在民间盛行，但因文词俚俗，良家子不屑为之。丘浚以理学名臣的身份，参与南戏的创作，成为传奇追求辞藻的先导。他期望以纲常之理来劝化世人，正如高明在《琵琶记》中所说，"不关风化体，纵好也徒然"。这一段自白，便是由戏曲来传扬礼教观念的发展。

明初帝王之家中，有两位藩王对戏曲发展做出了杰出的贡献。朱元璋十七子朱权（1378—1448），号大明奇士，又号臞仙、涵虚子、丹丘先生，封宁王，有"善谋"之称。他于经史文学、岐黄算卜均有涉猎，所著《太和正音谱》是专门的戏曲文学和音乐理论研究著作，主张以杂剧饰太平之世，并强调音律的重要性。此外，他还有杂剧十余种，现存《卓文君私奔相如》《冲漠子独步大罗天》两种，前者讲述卓文君司马相如的爱情故事；后者是吕洞宾度脱冲漠子的神仙道化剧。

明初最负盛名的杂剧作家是朱有燉（1379—1439），为明太祖朱元璋之孙，周定王朱橚长子。朱有燉号诚斋，又署锦窠道人、梁园道人、老狂生、全阳翁等。因卓有声誉，为朝廷所忌，故寄情声乐以韬晦避世。朱有燉喜吟咏，工法书，精绘事，尤善度曲，诗文有《诚斋集》，现存杂剧三十一种，又有散曲集《诚斋乐府》。

朱有燉的剧作，在内容上以升平宴乐、神仙道化、风花雪月为主，主旨是歌颂太平之世。此外，还有"水浒"人物故事的作品《豹子和尚自还俗》和《黑旋风仗义疏财》，作者自称是"以适闲中之趣""为佐尊之一笑"。他还在《关云长义勇辞金》中塑造了一个忠义英勇兼具的关公形象。朱有燉的剧作，在当时有着广泛的影响，后世曾有"齐唱宪王新乐府""唱彻宪王新乐府"的记载。

明中叶出现的比较有成就的戏曲作家有康海和王九思，二人文学理念相近，明中叶尊崇复古文风，康海、王九思与李梦阳、何景明、徐祯卿、边贡、朱应登、顾璘、陈沂、郑善夫等号称"十才子"，又与李梦阳、何景明、徐祯卿、边贡、王廷相号称"七才子"，亦即文学史上有名的明代"前七子"。康、王二人是同乡、同官，境遇相似，均失志遭迁谪，又有着共同的文学观念，反对虚浮萎弱的"台阁体"，倡导"复古"风气，其文学思想也影响了戏曲的创作。

康海（1475—1541），字德涵，号对山，又号沜东渔父，别署浒西山人，西安府武功县人。弘治十五年（1502），状元及第，任翰林院编修，后因名列掌权宦官刘瑾之党而免官。康海此后自称"以文为身累，遂倦于修辞"，又言"辞章小技耳，壮夫不为，吾咏歌舞蹈于泉石间已矣，何以小技为哉"，故而放形物外，寄情山水，广蓄优伶，制乐府、谐声容。康海精琵琶，自创家乐戏班，人称"康家班社"。

康海的著作有诗文集《对山集》，杂剧《中山狼》和散曲集

《沜东乐府》。《中山狼》全称《东郭先生误救中山狼》，是根据明人马中锡的寓言小说《中山狼传》改编而成，情节基本一致。《中山狼》共四折，写东郭先生冒险救下中山狼，使它逃过赵简子的猎杀。中山狼脱险后，恩将仇报，反欲吃掉东郭先生。东郭先生大恐，幸遇杖藜老人，将狼骗进书囊杀死。作品一再流露作者对当政者的不满。第四折中杖藜老人说："那世上负恩的好不多也！那负君的受了朝廷大俸大禄，不干得一些儿事，使着他的奸邪贪佞，误国殃民，把铁桶般的江山败坏不可收拾……你看世上那些负恩的却不个个是这中山狼么？"词锋显然是有所指的，旨在鞭笞世上负恩之人。明沈德符《顾曲杂言》曾载，正德时，李梦阳替户部尚书韩文起草弹劾宦官刘瑾疏而入狱，康海与刘瑾有同乡之谊，为救文友，前往拜见求情。正德五年（1510）八月，刘瑾事发，处以凌迟之刑。康海受其株连，被削职为民。传言李梦阳不曾进一言以救。以此之故，旧传此剧为影射李梦阳负恩而作。然而，据专家考证，此说或属讹传。

王九思（1468—1551），字敬夫，号渼陂。明孝宗弘治九年（1496）进士及第，曾任翰林院检讨、吏部郎中。因被诬为刘瑾同党遭贬谪，后归农，乡居四十余年。

王九思的著作有诗文集《渼陂集》、杂剧《沽酒游春》《中山狼》（一折），以及散曲集《碧山乐府》等。杂剧《杜子美沽酒游春记》描写安史之乱后，杜甫在春天闲游长安的见闻，剧中借杜子美之口，痛责李林甫祸国害民之举，揭露"昏子谜做三公"的荒唐现实，下决心拒绝征召，乘槎浮海，去过隐居生活。杜甫形象实际上是作者的化身，他借杜甫之口，倾吐自己的愤懑。王世贞在《艺苑卮言》中认为剧中李林甫乃影射当时宰相李东阳。作者因为这一影射之笔，未能再受朝廷征召起用。

康、王二人的文学思想属于复古派，在文学创作上极力主张复古之风，倡导文必秦汉、诗必盛唐，这也反映在其杂剧作品当中。

二人的创作，基本延续元杂剧一角主唱的惯例，在曲词上也追摹元曲风味。剧作内容上有新意，单折短剧体式，表现出明代杂剧的一些新变化。

明代中叶出现了一位曲坛奇才，其生平经历、思想著述都卓异于他人。徐渭（1521—1593），字文长，号青藤，又号天池，别署田水月、柿叶翁等，浙江山阴（今绍兴）人。徐渭在诗文、戏曲、书画等领域皆造诣非凡。但孤高自许，科举屡试不中。壮年时，曾入浙江总督胡宗宪幕，掌文书之职。因出奇计，破倭寇而受倚重。后胡因与严嵩过从甚密，得罪被杀，徐渭心生忧惧，屡次自杀未成，又以杀妻之罪入狱七年，得友相救而出，晚年悲苦异常，潦倒终身。

徐渭生性放纵，藐视礼法，潜心道禅，与世俗格格不入。在诗歌上，当时复古之风正盛，徐渭对此深有不满，给予尖锐批评。他自评"吾书第一，诗二，文三，画四"，著作有《徐文长集》。

徐渭戏曲代表作是《四声猿》，又有《南词叙录》，为南戏研究的理论著作。《四声猿》是四部短剧的合称，包括《狂鼓史渔阳三弄》《雌木兰替父从军》《女状元辞凰得凤》《玉禅师翠乡一梦》。《四声猿》的取名应取自巴东三峡民谣"猿鸣三声泪沾裳"，意思是猿鸣三声足以堕泪，何况四声。《狂鼓史渔阳三弄》，又称《阴骂曹》，有感于严嵩杀害沈炼之事而创作，写祢衡阴间击鼓痛骂曹操的故事。作者写他一句句锋芒飞剑戟，一声声霹雳卷黄沙，将曹操的罪行一一数落，实际指向的是当权者严嵩。《雌木兰替父从军》《女状元辞凰得凤》都是写女扮男装建功立业的故事。雌木兰替父从军，女状元文章出众，作者充分肯定了女子的勇气与才华。《玉禅师翠乡一梦》本民间传说"月明和尚度柳翠"的故事，写玉通和尚持戒不坚，致被临安府尹柳宣教设计破戒，他出于报复心理转世投胎为柳家女儿的故事。

《南词叙录》对南戏的源流、风格、音律和作家、作品都有精到的分析，是中国戏曲理论发展史、南戏研究史上的重要著作。徐渭倡导"本色"，认为戏剧语言应当符合人物身份，使用口语，不避俗语，以保证人物的真实性，反对典雅的骈语，过度的修饰。

嘉靖之后，明代传奇的创作呈现出全新的内容和形式，以李开先《宝剑记》为代表。李开先（1502—1568），字伯华，号中麓，山东章丘人，嘉靖八年（1529）进士，曾任太常寺少卿，后因不满朝政，抨击权臣而罢官，归居田园。居家近三十年，广藏词曲书画，宏富一方，并作有《闲居集》十二卷，其中诗词四卷、文章八卷。此外，有散曲集《中麓小令》，又有杂剧、传奇多种，并曾编订《改定元贤传奇》。他提倡自然真情，反对一味模拟，所以非常推崇民歌，认为"真诗只在民间"，先后编刻《烟霞小稿》《傍妆台小令》等民歌集。

在文学思想上，李开先认为"情足以感人"，提倡本色和真情，认为戏曲语言"俗雅俱备""明白而不难知"。现传剧作有《宝剑记》，改编自水浒故事，写北宋禁军教头林冲上疏弹劾奸臣童贯、高俅，被高俅以借看宝剑为名，设计陷害，逼上梁山，最后仍受招安，同被高衙内迫害的妻子张贞娘团圆。作者将林冲受到诬陷，被迫落草为寇的经历，改写为朝廷招安之后夫妻团圆、升官受封的传统故事结局，借此表达"诛谗佞、表忠良"的主旨。

第二节 《浣纱记》与昆曲的兴盛

明中叶前后流行的戏曲唱腔影响较大的有弋阳腔和昆山腔。弋阳腔源出于江西弋阳，最初流行于赣北、皖南等地，比之产生于工商业高度发展地区的海盐腔、昆山腔，它更显得粗犷而富有民间气息。弋阳腔主要以锣鼓等打击乐器伴奏，有滚唱和帮腔，适应广场演出需要。与其他唱腔相比，弋阳腔流传地区更广。《南词叙录》

载:"今唱家称'弋阳腔',则出于江西,两京、湖南、闽、广用之。"

与弋阳腔并称的是昆山腔,发源自苏州昆山一带。苏州是明代东南沿海地区工商业经济发展的中心,戏曲演出最盛,这就使原来在昆山地区流行的戏曲唱腔有可能吸收其他唱腔的长处来丰富自己。昆曲素称百戏之师或百戏之母,各种地方戏曲无不受到昆曲的哺育和影响。元代末叶,昆山名士音律家顾坚等人改进江苏昆山地区流行的南戏,经与当地音乐结合,明初渐有昆山腔之名。昆山魏良辅是昆山腔的又一重要改革家。他汲取北曲、海盐、弋阳等腔精粹,潜心揣摩改进,形成一唱三叹的水磨腔——即沈宠绥《度曲须知》所谓"拍捱冷板,声则平上去入之婉协,字则头腹尾音之毕匀,功深镕琢,气无烟火,启口轻圆,收音纯细"。早期昆山腔只是一种清唱形式,魏良辅《曲律》称"俗语谓之'冷板凳',不比戏场借锣鼓之势,全要闲雅整肃,清俊温润"。经魏氏改革的昆山腔,集中表现了南曲清柔婉折的特点,同时保存了部分北曲激昂慷慨的声腔。它的伴奏乐器兼用箫管和琵琶、月琴等弦乐,较弋阳、海盐等腔为丰富。因此昆山腔流行以后,除弋阳腔外,其他唱腔大都不能同它竞争。

隆庆时期,昆山人梁辰鱼对昆山腔再次加以创新和改革。梁辰鱼(1519—1591),字伯龙,号少白,仇池外史。资貌甚伟,平生风流跌宕,慷慨任侠,善度曲,足迹遍吴楚,科举却不得意。他编写了第一部昆山腔传奇剧目《浣纱记》,开拓了以爱情抒发兴亡之感的模式,引发文人争相撰写昆山腔传奇,艺人演出也随之增多。梁辰鱼的《浣纱记》取材于《史记》《吴越春秋》等史籍记载,以春秋时期吴越争霸为背景,通过西施、范蠡之离合,反衬吴、越两国之兴亡,借史实以抒情抱。

当然,《浣纱记》最大的价值还在唱腔上,它恪守昆山腔新声,音调柔美。它率先将水磨调用于舞台演出，作为一部最早采用经过魏良辅改进的昆山腔演唱的传奇戏，《浣纱记》对昆山腔的传布起到很大作用。

第三节　汤显祖和《牡丹亭》

"情不知所起，一往而深。生者可以死，死者可以生。生而不可与死，死而不可复生，非情之至也。"四百年前，明代戏曲家汤显祖在自己的不朽杰作《牡丹亭》卷首写下的这段题词，是中国古代文学作品中最为炽热大胆的爱的宣言。

汤显祖（1550—1616），字义仍，号海若，自署清远道人，是明代杰出的戏曲家、文学家。他祖籍江西临川，出身书香门第，祖上四代均享有文名。汤显祖天资聪颖，卓尔不群。年方弱冠，就已经饱读五经、诸史、诗书，精通歌行、乐府、五七言诗。此外，他还旁涉天官、地理、医药、卜筮，可谓通才。虽然少年成名，但因不受张居正招揽，两次参加会试均告落榜。张居正病逝后，汤显祖虽如愿得中，却因拒绝继任为相的张四维、申时行的拉拢，只担任了区区七品的南京太常寺博士。在随后的荆棘仕途中，他因直言上谏，被贬为广东徐闻县典史，后虽调任浙江遂昌知县，以"循吏"闻名远近，却因无法施展个人抱负而选择弃官隐居，最后被当朝忌恨者在官籍中除名。

汤显祖出仕为官，历经曲折磨难而不悔，"雪白本自性，云清无俗娱"，此诗可以视为他的心境写照。不媚流俗的人生观念，深刻地影响了他的文艺思想。明朝末年，国势日趋衰微，理学占据思想界的绝对统治地位。在汤显祖的时代，李梦阳、何景明、王世贞等前后七子倡导的复古之风大行其道。汤显祖却认为，汉宋文章，各异其趣，所以今人的创作不必一味摹写前朝，墨守成规，而应该推陈出新。汤显祖的文学思想，意在冲破明末程朱学说的刻板教条，在"理""性""道"的钳制中别出新声，独树一帜。他认为文章之妙在于"自然灵气"，"词以立意为宗"，"文以意趣神色为主"，这些主张，得到袁宏道的赞许，后者称他"脱尽今日文人蹊径"。

汤显祖的创作，绮丽清新、字字珠玑，当得起"当行本色"四字。一出《惊梦》，从"原来姹紫嫣红开遍，似这般都付与断井颓垣"，到"则为你如花美眷，似水流年"，"你在幽闺自怜"，让林黛玉也情不自禁"感慨缠绵"，"心动神摇"，继而"心痛神痴，眼中落泪"。其中的核心，就是情。汤显祖认为"情"是一种"至情"，对自由、青春、爱情与幸福的不懈追求，能够超生死、超形骸、超时空，具有冲击、击溃现实束缚的威力。

《牡丹亭》是汤显祖最负盛名的戏曲作品。闺阁妙龄少女杜丽娘、名门翩翩公子柳梦梅，二人因梦生情，花园叙情，人鬼通情，朝堂定情。这个对"情定胜天"进行极致阐释的故事，在明、清两代曾以情节奇幻瑰丽、文词典雅蕴藉广受称道。

"传奇"之盛，因其"传"奇幻之事，奇艳之辞。《牡丹亭》的情节想落天外，又能不落入愈造愈幻、一味猎奇的窠臼，"无一不出乎人情之外，却无一不合乎人情之中"。也就是说，虽然杜丽娘为情而死，亦为情复生，具有某种超自然、超现实的色彩，但是整个故事却是建立在当时的社会现实之上的。丽娘白日春困、私游花园，只不过稍一逾矩，便遭来父母的痛斥。她与柳梦梅之情，因无父母之命、媒妁之言，被生身之父斥为"妖孽之事"，必须"灭除为是"。诸此种种，都是当时女性生活的真实写照。剧中杜宝、春香、陈最良等次要人物，无一不刻画得细致入微，栩栩如生，被誉为"飞神吹气为之"。

元代王实甫的杂剧《西厢记》与明代汤显祖的传奇《牡丹亭》，可并称为我国戏曲史上的双璧，讲述的都是年轻女子追求自由爱情的故事。在汤显祖的生花妙笔之下，杜丽娘借由一枕美梦，为圆梦出生入死，死而复生。花神、阎罗、小鬼一路伴随保护，终究达成中国传统的大团圆：情郎柳梦梅高中状元，皇上许婚，夫妻幸福美满。但所谓一梦堪惊。《牡丹亭》造就了无数丽娘之梦，杜丽娘式的结局却是十分难得。《牡丹亭》高举"情"之大旗，后世奉其为中国妇女大胆反对封建束缚，高调追求自由解放的振聋发聩之作。广陵曾有一位叫冯小青的女子，阅读《牡丹亭》之后，感于身世，气绝而亡。临终前作绝命诗云："冷雨幽窗不可听，挑灯夜读《牡丹亭》。人间自有痴于我，岂独伤心是小青。"从某种意义上说，正是一代代青年女性以生命、情感凝结而成的阅读体验，造就了《牡丹亭》的长盛不衰，历久弥新。站在这样的背景下来理解女主人公杜丽娘的故事，我们才有可能对她的追求产生共鸣。

除《牡丹亭》外，汤显祖还写了《紫箫记》《紫钗记》《邯郸记》《南柯记》。后面三种和《牡丹亭》合称为"临川四梦"。

第四节　汤、沈之争与吴江派

汤、沈之争是明代戏曲史上的一个反复论争的问题。以沈璟为代表的吴江派和汤显祖影响下形成的临川派，因为"音律""意趣"等戏曲理念的差异，产生激烈交锋。

沈璟（1553—1610），字伯英，晚字聃和，号宁庵，江苏吴江人。他二十二岁中进士，历官至光禄寺丞。三十七岁时弃官归乡，寄情词曲，于戏曲创作和曲学研究颇有建树。他平生精研曲律，与曲家孙鑛、吕天成、王骥德等来往甚密，互相切磋，对昆腔音律的整理有一定贡献。所著诗文集《属玉堂稿》二卷，又有传奇十七种，合称《属玉堂十七种》，现存有《红蕖记》《义侠记》《博笑记》等七八种；另有散曲集《词隐新词》《曲海青冰》等。曲学著作有

《遵制正吴编》《论词六则》《唱曲当知》《古今词谱》等，今未传。

沈璟的《红蕖记》是他的第一部戏曲作品，为当时曲家徐复祚、王骥德等所推许。此剧本事出于唐人传奇《郑德璘传》，演绎书生郑德璘、崔希周和盐商的女儿韦楚云、曾丽玉在洞庭湖边停舟相遇，以红蕖、红绡、红笺等互相题赠，辗转各成夫妇的故事。其主旨在于宣扬善恶有报，"愧天下不知报德者"。

沈璟的戏曲理论主张集中在两个方面，一是重视声律，二是强调本色，这些主张在戏曲史上占有一席之地。

音律和文词是戏曲创作中并重的两个方面。杰出的戏曲作品，要求词工音协，二者兼美。元明时期，音律和文词，即"声"与"辞"，或"调"与"词"孰轻孰重的问题，引发了众多曲家的激烈争论。何良俊最早将"声律"拔高至文词之上，他评价《吕蒙正》等南戏作品说，"词虽不能尽工，然皆入律，正以其声之和也。夫既谓之辞，宁声叶而辞不工，无宁辞工而声不叶"。沈璟进一步发展何良俊的观点，强调音律至上，将声律和谐的重要性推到极致，甚至不惜伤害文词达意的地步："宁律协而词不工，读之不成句，而讴之始叶，是曲中之工巧。"沈璟说："怎得词人当行，歌客守腔，大家细把音律讲。"他重视音律，是针对文人创作不适宜场上演出而提出的，对戏曲声腔发展确实有推进作用。

沈璟的曲学观念，对同时期部分创作者产生影响，形成流派，后世称为"吴江派"或者"格律派"，包括吕天成、王骥德、冯梦龙、袁于令等。他们或者延续了沈璟对格律的探索，如王骥德、吕天成；或者在创作上践行沈璟的戏曲观念，如叶宪祖、汪廷讷、冯梦龙等。

叶宪祖（1566—1641），字美度，号六桐，又号桐柏、紫金道人。浙江余姚人。五十四岁登进士第。诗文集有《青锦园集》，戏曲作品有《骂座记》等，恪守音律，人称为"词隐高足"。

汪廷讷（1569？—1628之后），字去泰，后改字昌朝，号无如、坐隐先生、无无居士。戏曲作品有《广陵月》等杂剧九种及《狮吼记》《天书记》等传奇十六种。守律甚严，曾在《广陵月》中宣传沈璟论曲的观点。

徐渭与沈璟的意见背道而驰。他在《南词叙录》中认为，南曲本来就是民间俚曲，无处求取宫调。高明的《琵琶记》优点就在于"也不寻宫数调"，给予文人创作的自由。汤显祖同样反对以音律来束缚创作，他的著名观点为："凡文以意趣神色为主。四者到时，或有丽词俊音可用，尔时能一一顾九宫四声否？如必按字摸声，即有窒滞迸拽之苦，恐不能成句矣。"

正因为持此观点，汤显祖反对改易他创作的剧本，认为"虽是增减一二字以便俗唱，却与我原做的意趣大不同了"。他认为作文以意趣为尚。汤显祖崇尚文词的观念影响了一批曲家，后世统称为"临川派"或"文采派"。孟称舜、凌濛初等剧作家明显受到汤显祖推崇意趣、重情的观念的影响。孟称舜（1599—1684），字子塞，又字子若，会稽（浙江绍兴）人。屡试不第，故专心制曲。传奇有《娇红记》《贞文记》《二胥记》传世。又编有《古今名剧合选》。凌濛初在短篇小说集之外，也创作有多种杂剧的传奇作品。

从整体文学观念看，沈璟重视音律的观点，实际上是与文学复古的主张同步的，汤显祖的主张，则是尚"情"，与明代心学流行有着密切关系。学者认为，实际上，汤、沈二人均关注戏曲的当行本色，注重曲律，不能将二人的分歧简化为"音律"和"文词"之争，而是分别从文体创作和舞台演出上共同推动了明代传奇的发展。

第四章
明代小说

第一节 《三国志演义》

一 《三国志演义》的作者和版本

《三国志演义》的作者，现存文献俱指罗贯中。罗贯中，生平事迹不详，相关记载异说纷纭。比较可靠的记录，是明初贾仲明记叙元明杂剧作家作品资料的《录鬼簿续编》："罗贯中，太原人，号湖海散人。与人寡合。乐府隐语，极为清新。与余为忘年交。遭时多故，天各一方。至正甲辰复会。别来又六十余年，竟不知其所终。""至正甲辰"为1364年，距元亡仅隔三年，可知罗贯中为元末明初人，大约生活在1320—1400年。他的杂剧作品，今存《赵太祖龙虎风云会》一种，《忠正孝子连环谏》《三平章死哭蜚虎子》两种已佚。其小说创作，姑且不论真实与否，今存署名罗贯中的小说，除《三国志演义》外，还有《隋唐志传》《残唐五代史演义传》《三遂平妖传》三种，明代另一部著名小说《水浒传》的编写者之一也署名为罗贯中。

明清两代所刊《三国志演义》传世版本极多，堪称中国古代小说之冠。最通行的本子，是清初苏州文士毛纶、毛宗岗父子的改评本，刊于1666年（康熙五年），学界称为"毛本""毛评本"。毛氏父子对嘉靖本的整理修订，深受金圣叹（1608—1661）改评《水浒传》的影响，但又不像金圣叹那样大刀阔斧、恃才任气，只作局部细节的增删润饰，很大程度上保留了明刊本的原貌。毛氏父子的整理工作，据其凡例，主要体现在四个方面：（1）改正内容，辨正史实；（2）整理回目，改为对偶；（3）增删诗文，削除论赞；（4）注重辞藻，修改文词。经过毛氏父子的修订，全书结构更加谨严完整，情节更加符合史实，文字也更加简洁流畅。毛本刊出之后，其他刊本皆废而不传，毛本一枝独秀三百余年，流传至今。

二 《三国志演义》的思想和艺术

《三国志演义》取材于东汉末年及魏、蜀、吴三国的历史，从东汉灵帝中平元年（184）黄巾起义开始，一直写到晋武帝太康元年（280）为止。

《三国志演义》的艺术成就，首先体现在它的结构上。小说以蜀汉的兴亡为中心，以魏、吴两方为烘托陪衬，统摄纷繁复杂的历史人物和历史事件，驾驭将近一百年的三国纷争史，使之成为一个前后照应、脉络贯通的完整故事。这一主从关系，从篇幅上就可见一斑。全书一百二十回，自刘关张桃园结义到诸葛亮秋风五丈原这五十一年间的事就占了一百零四回，以后四十六年间的事只用了十六回。而在描写蜀汉时，诸葛亮又成为重中之重。诸葛亮虽然迟至第三十七回才出场，但全书超过半数的篇幅均以他为中心，其余四百多个人物全都成了配角。诸葛亮死后，小说也就草草收场了。从某种程度上说，一部《三国志演义》，就是诸葛亮的个人传记。诸葛亮是小说的灵魂人物，他的生平事迹成了作者讲述三国纷争故事的主线，魏、蜀、吴三大支线的人物和事件，都直接或间接地与主线发生关系，牵一发而动全身。

其次，《三国志演义》特别善于描写各个利益集团之间的政治、军事斗争。在作者笔下，战争千变万化，各具特点，关羽温酒斩华雄和三英战吕布不同，官渡之战和赤壁之战不同，七擒孟获和六出祁山不同。战术上，有守有攻，有偷袭，有遭遇，有截杀，有追击，有时用火，有时用水。而战术的实施，除了战将本领、天时地利和莫测的命运之外，最重要的就是战前的谋划策略。风波亭、战吕布、古城会、过檀溪、空城计，斗智斗勇，莫不精彩绝伦。以赤壁之战为例，《三国志》的记载十分简略，小说却花了整整八回篇幅，写得跌宕起伏、悬疑刺激，诸葛亮舌战群儒、蒋干盗书、黄盖诈降、庞统献计、孔明祭东风、草船借箭等情节，没读过小说原著的人都耳熟能详。

最后，小说在人物塑造上也有非同寻常的成就，有所谓"三绝"之说，即曹操的奸绝、关羽的义绝、孔明的智绝。此外，刘备的仁慈长厚、张飞的粗豪善良、周瑜的机智多疑、赵云的勇武忠诚，也都写得十分生动。抓住人物性格的某个方面而集中加以突出、夸张，是前现代小说塑造人物的基本手法，《三国志演义》运用得炉火纯青。这种手法，虽有过火之嫌，如鲁迅批评说"欲显刘备之长厚而似伪，状诸葛之多智而近妖"（《中国小说史略》），但却符合普通民众的审美心理，平面化的典型人物具有广泛的代表性和普遍性，易于辨认，易于记忆，能在不同时代、不同媒介的传播中经久不衰。

《三国志演义》的语言，"文不甚深，言不甚俗"（庸愚子《序》），是半文半白的通俗文言，这是有其历史原因的。小说从宋元"讲史"演化而来，所谓"演义"，就是演说史书之义，牵就史事、牵引史书在所难免，抄录、改写史籍的结果就是文言成了主要的语体。与此相关的便是小说创作上的另一个特色，即叙述多于描写，只叙述人物的行动，不描写人物的心理变化。王允通过貂蝉，运用连环计、美人计，借吕布之手除掉董卓，情节比莎士比亚的

《奥赛罗》复杂得多,但小说对该事件核心人物貂蝉的心理动机却着墨甚少,甚至没有交待貂蝉的结局,因为蜀汉的命运才是小说的中心,无关大局的情感和欲望根本不值一提。

《三国志演义》的情节人物始终围绕蜀汉的兴亡,反映了小说"拥刘反曹"的思想倾向。这一思想倾向是在三国故事的长期流传过程中慢慢确立的,是官方思想和民间意识的融合,其核心则是儒家的仁政理想。小说的作者就是用这个思想来处理千头万绪的三国历史人物故事的,他反复强调说:"天下者,非一人之天下,乃天下人之天下也,惟有德者居之。"基于这个思想,广施仁义的刘备集团成为小说的情节主干,与曹操的奸诈雄豪形成鲜明对比,桃园结义以民间朴素的伦理思想打动了无数读者。同样基于这个思想,诸葛亮的个人魅力被渲染得光彩夺目,他既是军事智慧的代表,又是贤能宰相的典型,他与刘备和谐的君臣关系更为士人津津乐道。蜀汉虽亡,仁义、仁政却大于事业的成败,刘备、诸葛亮是永垂不朽的英雄。尤其是诸葛亮,终其一生,知其不可为而为之,顽强不屈地与"天不佑汉"的命运抗争。

三 《三国志演义》的地位和影响

《三国志演义》是我国第一部长篇历史小说,在中国古代小说发展史上,它流传最广、影响最深,既是历史小说的开山之作,又是难以逾越的巅峰。

《三国志演义》确立了中国古代小说的"演义"一体。自它之后,历史演义小说层出不穷,《开辟演义》《东西汉演义》《东西晋演义》《前后唐演义》《南北宋演义》《清史演义》《民国演义》等,从开天辟地讲起,讲遍历朝历代。

《三国志演义》还规范、限制了后世的历史演义小说创作。后来的各种战争描写,尽管竭力腾挪变幻,却无作者能出其右。人物塑造方面，则以智诸葛、莽张飞的影响最为深远。智诸葛，如明《水浒传》中的军师吴用、清《女仙外史》中的军师吕律、清《野叟曝言》中的文武全才文素臣，都是精英文士对儒家政治军事理想人物的想象；莽张飞，如明《水浒传》中的李逵、清《隋唐演义》中的程咬金、明清"说岳"故事中的牛皋，则体现了民众对叛逆张扬的率真人物的本能偏爱。

《三国志演义》在历史小说中独领风骚，主要是因为它的题材优势。鲁迅说："三国底事情，不像五代那样纷乱；又不像楚汉那样简单；恰是不简不繁，适于作小说。而且三国时底英雄，智术武勇，非常动人，所以人都喜欢取来做小说底材料。"（《中国小说的历史的变迁》）小说虽然"七分实事，三分虚构"（章学诚《章氏遗书·丙辰札记》），这虚构的"三分"却有丰富的民间传说、民间故事，甚至民间信仰做底子，虚的部分是小说最精彩的章节，而后来的很多历史演义小说，只能依傍正史，"按鉴演义"，深受史实的束缚，作者既没有足够的素材资源，也没有非凡的才华进行富有想象力、创造力的虚构。

《三国志演义》难以超越，也迫使其他小说作者另辟蹊径，开出了中国古代小说创作的新方向。这个新方向便是贴近民间，虚化正史，恣肆狂放地述说野史，以塑造英雄人物为中心，形成了以《水浒传》、杨家将、说唐、说岳故事为代表的英雄传奇小说。

第二节　《水浒传》

一　《水浒传》的成书过程、作者和版本

《三国志演义》中都是真实的历史人物，《水浒传》所写的一百零八位梁山造反英雄，除主人公宋江以外，其他基本上都出于虚构。宋江起义事迹，史传记载并不多，其声势和对朝廷的威胁也远远不

及北宋其他几次农民起义。宋江故事之所以能成为民间传说的内容，并最终演变为白话长篇小说巨制，是与特定的时代社会背景密不可分的。

宋元时期是《水浒传》成书的关键时期。1127年北宋覆亡后，金朝统治下的北方人民和南宋统治下的南方人民，各自怀着抗金的情绪，以"忠义"救国为统摄，在讲述宋江故事时不断加入新内容、新经验。南宋职业"说话"有不少水浒好汉故事，但今天仅存名目，具体内容不得而知。到了元代，《大宋宣和遗事》已有"梁山泺聚义本末"故事，包括杨志卖刀、智取生辰纲、宋江杀阎婆惜、梁山聚义、受朝廷招安平方腊等情节，粗具《水浒传》雏形。元代还出现了众多描写梁山好汉的杂剧，所写内容与《水浒传》还有一定距离。总的说来，随着时间的流逝，元代水浒故事已经没有了民族矛盾的影子，宋江等人的"盗贼"形象盖过了"忠义"思想。

《水浒传》的成书时间，一般认为在元末明初。这个判断主要依据的是明刊本作者题署为罗贯中、施耐庵。施耐庵生活在元末明初，是罗贯中的同时代人，他的生平事迹不可详考。近年来已有学者对作者和成书时间提出质疑，但尚未形成统一意见。

《水浒传》的版本十分复杂。嘉靖年间（1522—1566）高儒《百川书志》著录《忠义水浒传》一百卷，书已早佚。嘉靖年间武定侯郭勋（1475—1542）刊印的《水浒传》一百回，今也不传。万历以后各刊本，因各地书坊依据手中本子进行修改补充，文字有繁有简，有百回本、一百一十回本、一百一十五回本、一百二十回本等。崇祯十四年（1641），金圣叹有感于李自成、张献忠等盗贼内乱，评点并"腰斩"《水浒》，刊刻七十回本，删除征辽、征田虎王庆、征方腊等情节，最末一回叙梁山英雄大聚义排座次，并添上卢俊义的噩梦作为结尾，暗示梁山英雄被一网打尽。金评本《水浒传》是清代最流行的本子，其评点极具研究价值。

二 《水浒传》的思想和艺术

《水浒传》的思想主题包含了一个明显的悖论，它一方面写草莽英雄壮怀激烈、反抗暴政，另一方面又写他们一心渴望朝廷招安，最后还奉命征讨方腊，死伤殆尽，落得悲惨下场。思想主题上的矛盾，与小说长达几百年的成书过程有关，与不同时期传述水浒故事的社会心理有关。如前所述，小说成书的关键阶段是宋元之际民族危机比较严峻的时期，由于朝廷软弱，民众希望招抚宋江这样的强盗悍匪以抵御外侮，宋江等绿林好汉身上有北方抗金"忠义军"的影子，也有南宋含冤而死的抗金名将岳飞（1103—1142）的投射。万历刊本《忠义水浒传》托名李贽（1527—1602）的序言说："施、罗二公身在元，心在宋，虽生元日，实愤宋事也。是故愤二帝之北狩，则称大破辽以泄其愤；愤南渡之苟安，则称剿三寇以泄其愤。敢问泄愤者谁乎？则前日聚啸水浒之强人也。欲不谓之忠义不可也。"反抗朝廷、以下犯上的盗贼，与接受招安、辅助朝廷抵御外忧内患的忠义，就这样调和在一起。而且，这种调和也符合古代中国的历史社会现实。从历史上看，造反与招安并不矛盾，朝廷对盗匪剿抚并用，软硬兼施，反叛者也往往以声势、实力作为自己接受朝廷招安的筹码，故宋人笔记所载民谣有"仕途捷径无过贼，上将奇谋只是招""欲得官，杀人放火受招安"（庄绰《鸡肋编》卷中）之说。官、匪之间，身份随时转化，并无严格界限。无论是明刊《水浒传》强调"忠义"，还是明末金圣叹腰斩水浒故事、清中叶俞万春（1794—1849）撰《荡寇志》强调忠义、盗贼之别，均与阅读传播文学故事的现实环境密切相关。

作为世代累积型作品，《水浒传》的结构不可避免地以连缀型、板块化为特点，林冲、鲁智深、武松、杨雄等人的故事均可自成单元，现代扬州评话艺术家王少堂（1889—1968）讲说的《武松》就是最好的例子。《水浒传》没有贯穿中心的人物，前七十回以"逼上梁山"为主题，把各个单元自成一体的人物传奇故事串联起来，是全书最精彩的部分，后面征辽、征田虎、征王庆、征方腊故事，则拼凑痕迹较重，叙事粗疏草率。"逼上梁山"不全是官逼民反的结果，梁山好汉的构成既有自愿入伙的不法之徒，也有被梁山毒计逼反、被迫入伙的军官富户。小说开篇写林冲故事，此故事又从受皇帝宠幸的高俅弄权写起，先声夺人，奠定了小说强调乱自上作、官逼民反的基调。

《水浒传》最值得称道的艺术成就是人物塑造。金圣叹说："水浒所叙，叙一百八人，人有其性情，人有其气质，人有其形状，人有其声口。"（《序二》）又说："只是写人粗卤处，便有许多写法，如鲁达粗卤是性急，史进粗卤是少年任气，李逵粗卤是蛮，武松粗卤是豪杰不受羁靮，阮小七粗卤是悲愤无处说，焦挺粗卤是气质不好。"（《读第五才子书》）书中很多人物给读者留下深刻印象，一提到林冲，就会想到"误入白虎堂""刺配沧州道""风雪山神庙"；一提到鲁智深，就会想到"拳打镇关西""大闹野猪林"；一提到武松，就会想到"景阳冈打虎""醉打蒋门神""血溅鸳鸯楼"。宋江是梁山领袖，身为朝廷命官，混迹黑白两道，"担着血海也般干系"庇护晁盖等人劫取生辰纲的行为，刻意结交江湖好汉，既有"敢笑黄巢不丈夫"之志，又不肯落草为寇，最后被逼无奈，"身居水浒之中，心在朝廷之上，一意招安，专图报国"（李贽《序》）。宋江形象塑造上的矛盾冲突，集中反映了小说主题思想上造反与忠义的悖论。

《水浒传》的艺术成就还表现在它的语言上。小说以北方口语为基础，经过加工，明快洗炼，生动准确，富有表现力，无论是叙述事件还是刻画人物，寥寥几笔就能达到绘声绘色、形神毕肖的地步。

三 《水浒传》的影响

《水浒传》问世以后，为其他文艺形式改编、再创作提供了取之不尽的灵感。明清戏曲作品，无论是杂剧、传奇，还是连本大戏，都有以水浒故事为题材者。直到今天，水浒戏仍然活跃在戏曲舞台上，《林冲夜奔》《打渔杀家》《野猪林》《武松打虎》《狮子楼》《十字坡》《李逵负荆》《乌龙院》《翠屏山》《时迁盗甲》《逼上梁山》《三打祝家庄》等都是常见的保留剧目。在小说方面，《金瓶梅》故事发生在《水浒传》第二十三回至二十六回之间，直接续写《水浒传》的作品则有二十余种，其中艺术成就较高、影响较大的是明遗民陈忱的《水浒后传》和清俞万春的《荡寇志》（详见清代小说部分）。

以官逼民反为主题、具有强烈反抗暴政意识的《水浒传》，其影响不仅限于文学文本的虚构世界，还对后世民众组织武装反抗运动产生显著影响。从明末李自成起义到太平天国、义和团运动，甚至从天地会、洪门等反清秘密会社到一般的黑社会组织，都以《水浒传》为"师资"，标榜的口号是"替天行道"的各种变文，聚会的场所多名为"忠义堂"，将领头目的绰号直接袭用梁山好汉的姓名、绰号，战略战术也多从《三国志演义》《水浒传》中获取灵感。正因为这样，《水浒传》被目为"诲盗"之书，金圣叹论《水浒传》"无恶不归朝廷，无美不归绿林，已为盗者读之而自豪，未为盗者读之而为盗也"（《序二》），代表了传统社会的主流看法，所以小说多次遭到官府禁毁。《水浒传》不加掩饰的血腥暴力描写、是非不分的行帮道德观念以及极端仇视女性的态度，也使得很多现代研究者也对这部杰作持保留意见。但是，尽管有诸多可议之处，特殊非凡的英雄行为、英雄气质是人类内心深处的永恒向往，而且如梁启超（1873—1929）所言，《水浒传》对重文抑武的文化传统和国民性格实有矫正之力。

第三节 《西游记》

一 《西游记》的成书过程、作者和版本

与《三国志演义》《水浒传》一样，《西游记》也是世代累积而成的长篇小说。

小说取材于真实的历史事件。唐贞观元年（627），僧人玄奘（602—664）只身前往天竺（今印度）求取佛经，往返数万里，历经五十余国，前后用时十七年。门徒据其口述录为《大唐西域记》，又有门徒撰《大唐慈恩寺三藏法师传》，其间穿插不少神奇传说。南宋的《大唐三藏取经诗话》开始把各种神话与取经故事串联起来，很多描写可见《西游记》某些章回的雏形，还出现了猴行者的形象，这是取经故事的中心人物由玄奘变为猴王的开端。迟至元末，还出现了《西游记平话》，此书今佚，据《永乐大典》保存的片段来看，取经故事已基本定型。与此同时，还出现了以取经故事为题材的戏曲作品，其中最重要的是元末明初杨讷的《西游记杂剧》六本二十四折，取经一行中加入了沙和尚、猪精和白马。

通行本《西游记》分为三个部分：第一至第七回，叙孙悟空出身、大闹天宫；第八至第十二回，叙取经缘起，插入唐僧出身、唐太宗入冥故事；第十三回至第一百回，是小说的主体部分，叙唐僧师徒四人一路斩妖降魔，历经九九八十一难，最终取得真经、修成正果。早期传说中并没有孙悟空大闹天宫的情节，猴王形象的灵感，既来自本土志怪小说中的猿精，也与印度传说有关。唐僧的出身，史传有明确记载，小说却称他的父亲陈光蕊在赴任途中遇害，怀有身孕的妻子被强盗霸占，生下儿子后把他放在木板上顺水漂流，后被僧人收养取名江流儿，成人后法号玄奘。这类故事在民间传说中

颇为常见，宋元南戏中即有题为《陈光蕊江流和尚》者。唐太宗入冥，原本也是独立的传说故事，敦煌遗书中有《唐太宗入冥记》变文，可见该故事在唐代已盛传于民间。《西游记》成书具有明显的拼合痕迹。

《西游记》现存最早刊本是万历二十年（1592）世德堂刻本。明清两代各种《西游记》刊本，或署编辑、校订者姓名，或署元代著名全真道士丘处机（1148—1227）撰。直到20世纪20年代，经过胡适、鲁迅的考证，才确立吴承恩的作者身份。从目前资料看，将《西游记》的著作权归于吴承恩尚缺乏确凿证据，但同时也没有确凿证据可将他排除在外。吴承恩（1510？—1582？），字汝忠，号射阳山人，淮安山阳（今江苏淮安）人，短暂出任过县丞一职，自幼喜欢稗官传奇，曾撰有传奇小说《禹鼎志》（今佚），有《射阳先生存稿》四卷传世。作为西天取经故事的集大成者，吴承恩不仅吸收了民间传说、前人文本的精华，还以天赋才力将取经故事再造为一部全新的小说杰作。他把孙悟空突出为全书的中心人物，还把许多人所熟知的神话人物、神话故事有机地组织在一起，赋予它们以新的意义，尤其是书中无处不在的幽默、讽刺笔调，在中国古代小说史上实属罕见。

二 《西游记》的思想和艺术

作为一部以取经求道为框架的作品，《西游记》被明清评论家视为寓言不足为奇，现存清代评本即多以"真诠""正旨""原旨""证道"为题。至于所寓何意？则歧见纷纭，莫衷一是。尤侗（1618—1704）以小说为大乘佛教经典《华严经》之外篇，"盖天下无治妖之法，惟有治心之法，心治则妖治。记西游者，传《华严》之心法也"（《西游真诠序》）。刘廷玑（1654？—？）以为道教证道之书，"借说金丹奥旨，以心猿意马为根本，而五众以配五行"

(《在园杂志》卷二)。张书绅(生卒年不详)则称小说无关乎仙佛,"《西游记》是把《大学》诚意正心、克己明德之要,竭力备细,写了一尽,明显易见,确然可据,不过借取经一事,以寓其意耳"(《新说西游记总评》)。也有人调和三教,如袁于令(1592?—1674?)说:"说者以为寓五行生克之理,玄门修炼之道。余谓三教已括于一部,能读是书者,于其变化横生之处引而伸之,何境不通,何道不洽?而必问玄机于玉匮,探禅蕴于龙藏,乃始有得于心也哉!"(李卓吾评本《西游记》题辞)张含章(约1821年前后在世)也说:"《西游》之大义,乃明示三教一源。故以《周易》作骨,以金丹作脉络,以瑜伽之教作无为妙相。"(《西游正旨后跋》)

现代研究者对小说意旨的认识,则经历了一个从反传统到回归传统的过程。胡适、鲁迅等小说研究先驱更强调作品的诙谐、游戏笔调,摈弃传统的宗教寓意解读。而近年来,余国藩、浦安迪、李安纲等学者又重拾儒释道寓意说,并将小说与王阳明心学思想联系起来。孙悟空本是个石猴,从师学得法术后大闹天宫,被佛祖压在五行山下。作为救赎,他戴上金箍,一路护送唐僧至西天求取真经,成为了一个"收放心"的英雄。取经路上的九九八十一难,有自然的险阻,有外在的妖魔鬼怪,更有取经人内心的"心魔"。第五十七、第五十八回真假猴王的故事,假猴王不过是孙悟空自己"二心竞斗"的外化,作者反复传达的是"人有二心生祸灾"的教训。从一定意义上说,《西游记》与王阳明心学可能确实存在直接关系,整部小说可视为心灵历程的一种寓言,即经过磨难试炼,无论是学圣、修仙,还是成佛,结果都是脱胎换骨、重新做人。

实际上,普通中国读者并不关心《西游记》的寓意,书中随处可见的、具有深刻内涵的佛道术语,如心猿意马、木母金公、婴儿姹女等,也没有成为读者热爱这部小说的障碍,这实在要归功于小说高超的艺术水准。

首先,《西游记》虚构了一个富有想象力的神魔世界,充满了神奇瑰丽的幻想。这个世界有玉皇大帝统治的天宫系统,有如来佛祖掌管的西方极乐世界,有性格各异的天神仙佛和妖魔鬼怪,有五花八门、刁钻古怪的法术和法宝,有紧张激烈、变幻无穷的斗法场面。这个虚构的想象世界,既是取经故事必不可少的背景,也是孙悟空扫荡群魔、施展本领的舞台,说来荒唐无稽,却又合情合理。

其次,《西游记》塑造了一系列性格鲜明的人物形象。孙悟空是取经路上的英雄,也是小说真正的主人公。他本领高强,会七十二变,有火眼金睛,一根金箍棒打遍天上地下,敢与天宫分庭抗礼,敢与佛祖赌斗争胜,保护唐僧忠心耿耿,乐观开朗,机智顽皮,遇到困难从不退缩,战斗到底,最后被佛祖封为"斗战胜佛"。还有猪八戒,愚骏粗鲁,意志薄弱,遇到困难时总想散伙回高老庄做"回炉女婿",他对孙悟空的嫉妒差点毁了取经大业。猪八戒代表了人性中的食、色两种贪欲,最后成佛之际,佛祖称他"色情未泯",所封佛号"净坛使者",也是满足他受人供奉、吃吃喝喝的欲望。猪八戒和孙悟空是一种互补关系,有学者比之为桑丘和堂吉诃德。小说中的唐僧,已不是真实历史上那个心诚志坚、勇敢无畏的高僧了,而是个软弱无能的"脓包"和尚,严守戒律到迂腐不近人情的地步,甚至是非不分,易受欺骗,遇到险阻,动辄泪下。若从修心的角度说,三位主人公都没能在磨难中成长,孙悟空在决定护送唐僧取经那一刻实已"收放心",后来的一切不过是展示他作为英雄的全部品格和行动。

最后,幽默诙谐是《西游记》风格上的一个重要特点。《西游记》的幽默诙谐,既有古代俳谐的传统,又与明中后期笑话文学的繁荣密切相关。"好耍子",不仅是孙悟空的口头禅,也体现在小说的字里行间,可谓涉笔成趣。例如,第二十六回五庄观八戒见福禄寿三星:

那八戒见了寿星,近前扯住,笑道:"你这肉头老儿,许久不见,还是这般脱洒,帽儿也不带个来。"遂把自家一个僧帽,扑的套在他头上,扑着手呵呵大笑道:"好,好,好!真是加冠进禄也!"那寿星将帽子掼了,骂道:"你这个夯货,老大不知高低!"八戒道:"我不是夯货,你等真是奴才!"福星道:"你倒是个夯货,反敢骂人是奴才!"八戒又笑道:"既不是人家奴才,好道叫做添寿、添福、添禄?"那三藏喝退了八戒,急整衣拜了三星。那三星以晚辈之礼见了大仙,方才叙坐。……正说处,八戒又跑进来,扯住福星,要讨果子吃。他去袖里乱摸,腰里乱吞,不住的揭他衣服搜检。三藏笑道:"那八戒是甚么规矩!"八戒道:"不是没规矩,此叫做番番是福。"三藏又叱令出去。那呆子蹭出门,瞅着福星,眼不转睛的发狠,福星道:"夯货!我那里恼了你来,你这等恨我?"八戒道:"不是恨你,这叫回头望福。"那呆子出得门来,只见一个小童,拿了四把茶匙,方去寻钟取果看茶,被他一把夺过,跑上殿,拿着小磬儿,用手乱敲乱打,两头玩耍。大仙道:"这个和尚,越发不尊重了!"八戒笑道:"不是不尊重,这叫做四时吉庆。"

福、禄、寿三星,是中国民间信仰中最受欢迎的三位福神,代表世俗生活的美满理想。小说这一段描写令人捧腹,不仅借民间风俗写出了猪八戒的憨直呆笨,还嘲笑了高高在上的神仙,因为添寿、添福、添禄是当时奴仆的常见名字。这样随手一枪、插科打诨的例子在《西游记》中不胜枚举,"虽述变幻恍忽之事,亦每杂解颐之言,使神魔皆有人情,精魅亦通世故,而玩世不恭之意寓焉"(鲁迅《中国小说史略》)。中国古典文学一向崇尚温柔敦厚、文以载道,像《西游记》这样嬉笑谐谑、以文为戏的长篇巨制实属罕见,而且至今无有能超越者。

三 《西游记》与神魔小说的兴起

《西游记》问世以后，流传甚广，影响很大，效仿者纷起。至明末，神魔小说已成为与历史演义小说并驾齐驱的小说类型，至少有十九部神魔小说作品（包括《西游记》的两种简本）刊刻发行，其中较为重要的是《三宝太监西洋记》《封神演义》《西游补》。

《三宝太监西洋记》一百回，刊刻于万历二十五年（1597），距世德堂本《西游记》刊行仅五年。作者罗懋登，生平事迹不详。小说叙明初郑和（1371—1433）奉旨出使西洋故事，对西洋诸国的描写大多取自史地著作，遇难斗法场面甚至直接抄袭模仿《西游记》。嘉靖以来，倭寇肆虐东南沿海，丁历二十年（1592）日本丰臣秀吉入侵朝鲜，明廷出兵支援，战争至万历二十六年（1598）才结束。罗懋登旨在以古讽今，借小说创作表达政治批评，希望朝廷能够重振雄风，像郑和时期那样"安远抚夷"、威慑海外。

《封神演义》一百回，约成书于万历（1573—1620）末年，现存最早刊本署"许仲琳编辑"，许仲琳生平无考。小说以武王伐纣、商周易代历史为背景，叙写各路天神助战，战争结束后无论善恶都名列"封神榜"。《封神演义》也属于世代累积型作品，元刊《武王伐纣平话》、明万历三十三年（1605）刊《列国志传》为小说创作提供了基本的结构框架和部分情节单元，但作为小说主体的神魔助战内容，则基本上是作者依据民间传说、民间宗教信仰加以创作的。从艺术上看，这方面的描写，想象奇特恢宏，光怪陆离，如土行孙穿地而行，雷震子肉翅飞翔，顺风耳、千里眼能感知远方之事，为民众所津津乐道；从思想上看，这部小说既反映了明中后期三教混同的社会现实，反过来又对现实生活的民众信仰产生深刻影响，不仅整合了原有的民间信仰神谱，还创造了一大批民间信仰崇拜的新神。值得注意的是，小说作者重写武王伐纣故事，尽管"侈谈神怪，什九虚造"（鲁迅《中国小说史略》），却也并非无的放矢。明太祖朱元璋曾下令删除《孟子》论武王伐纣"臣弑君"合法性的相关言论，《封神演义》却重倡《孟子》本义，足见作者对明末时事政治的不满和他的批判指向。从一定意义上说，《封神演义》的中心思想是君若无道，臣民可起而伐之，这与《孟子》思想是一脉相承的。

《西游补》十六回，作于1640年，刻于明末。作者董说（1620—1686），字若雨，浙江乌程（今湖州）人，明亡后削发为僧。小说所叙故事插在《西游记》第六十一、第六十二回之间，写孙悟空三调芭蕉扇之后，被鲭鱼（谐音"情欲"）精所迷，陷入青青（谐音"情情"）世界。《西游补》故事完全发生在梦境之中，无理路可循，近似于现代西方的"意识流"小说。第四回叙孙悟空入"万镜楼台"，楼台四壁都是宝镜砌成，百万面镜子里面都别有天地日月山林，唯独没有孙悟空"自家影子"。这是小说最著名的一段情节，暗示如何在虚实、真幻之中发现真正的自我。

第四节 《金瓶梅》

一 《金瓶梅》的作者和版本

《金瓶梅》最初以抄本流传，16世纪90年代袁宏道、袁中道、冯梦龙、沈德符（1578—1610）等著名文人开始提及这部小说。据现代历史学家吴晗（1909—1969）发表于1933年的论文《金瓶梅的著作时代及其历史背景》考证，《金瓶梅》成书约在万历十年至三十年（1582—1602），这一结论被学界广泛接受。

据万历四十五年（1617）《金瓶梅词话》刊本欣欣子"序"，《金瓶梅》的作者乃"兰陵笑笑生"，这是一个笔名。兰陵，即鲁南峄县（今山东枣庄），证以书中大量使用山东口语，作者或是山东人，但真实姓名不可考。沈德符《万历野获编》"闻此为嘉靖间大名士手笔"的说法影响很大，清人据此附会为嘉靖、万历年间著名文人王世贞（1526—1590），并编造出王世贞以小说为父报仇的离奇故事来。据说宰相严嵩（1408—1567）为强夺王家珍贵藏画而谋害王父，王世贞得知严嵩好读市井小说，于是创作《金瓶梅》，以"毒水濡墨刷印"进献严嵩并毒杀之。时至今日，不仅"王世贞说"并未消歇，潜在的作者名单甚至多达二十多位，李开先（1502—1568）、徐渭（1521—1593）、屠隆（1544—1605）、汤显祖（1550—1616）等著名文人均被提名为小说作者。当然，这些说法都只是推论而已，并没有直接有力的证据。

《金瓶梅》一百回，其版本可归为两个系统：一是序署万历四十五年（1617）的《金瓶梅词话》系统，简称"词话本"；一是崇祯年间（1628—1644）刊刻的《绣像金瓶梅》系统，简称"崇祯本"或"绣像本"。就像《三国志演义》有毛氏父子评点本、《水浒传》有金圣叹评点本一样，《金瓶梅》也有以崇祯本为底本的张竹坡（1670—1698）评点本，其评语受到现代研究者的高度重视。张评本自康熙三十四年（1695）问世以后，就成为最盛行的版本，词话本长期湮没无闻，直到1932年才重新被人发现。

现代研究者一般偏爱词话本，因为词话本较为早出，且保留了大量当时流行的俗曲，这些内容在崇祯本中被删除或剪裁。不过，也有学者认为崇祯本更胜一筹，不仅文辞更为简洁、雅致，也有明确的结构意识。例如，词话本第一回"景阳冈武松打虎，潘金莲嫌夫卖风月"，直接从《水浒传》故事开始续写，崇祯本第一回"西门庆热结十弟兄，武二郎冷遇亲哥嫂"，则先从西门庆写起，再自然接入潘金莲。西门庆热结十弟兄，无疑是对《水浒传》中好汉结义的反讽。以此为基础，《金瓶梅》对儒家伦常进行了彻底的反讽，各种乱伦关系在对财色的追逐中逐一展现。崇祯本第一回的这种处理，也更能体现作者的创作意旨，即试图全面呈现人伦败坏、纲纪弛废的末日景象。

二 《金瓶梅》的思想内容

《金瓶梅》的情节内容从《水浒传》第二十三至第二十七回武松杀嫂故事引出，主要描写西门庆的家庭生活史。故事发生在 12 世纪的北宋末年，实际上是 16 世纪末明朝社会生活的写照。

小说前二十回，确立了故事发生的基本背景，并将全书主要人物聚集在了一起。这包括西门庆和他的六个妻妾（妻子吴月娘，第二房妾李娇儿、第三房妾孟玉楼、第四房妾孙雪娥、第五房妾潘金莲、第六房妾李瓶儿），家中的小厮仆妇以及店铺伙计，此外还有围绕在西门庆身边的一群"结义兄弟"，其实是混吃混喝的帮闲。这二十回主要讲述西门庆私通潘金莲、李瓶儿，并相继迎娶二人为妾的故事，还穿插有迎娶孟玉楼、梳拢妓女李桂姐等情节。

第二十七至第七十九回，随着权势与财富的扩张，西门庆越发纵欲妄为，他的性爱对象不分性别、阶级，而家中妻妾争风吃醋的明争暗斗也格外残酷，最重要的权力斗争发生在潘金莲和李瓶儿之间。与西门庆有染的仆妇宋惠莲被迫自杀身亡，不过是潘金莲嫉恨、谋害李瓶儿事件的预演。李瓶儿带着前夫的大量财产嫁给西门庆，不仅深受西门庆宠爱，还在西门庆加官晋爵之际生下儿子官哥。潘金莲妒火中烧，设计害死官哥，李瓶儿因此悲痛而亡。西门庆对李瓶儿的伤悼并没有持续太久，很快又恢复他猎艳纵欲的日常。第七十九回，西门庆终因过量服用胡僧春药暴卒，这一场景被视为世界文学性场景中最为怪诞的一幕。他死的那天，吴月娘生下儿子孝哥。

小说最后二十一回，故事节奏变得急促迅速。西门庆死后，他的结义兄弟们一个个散去，投靠新主子，仆人和店铺伙计也卷带钱财货物潜逃。西门庆临死前曾像曹操一样希望妻妾不要分散，这个愿望也落空了。李娇儿拐了财物逃走，重操旧业做了妓女，很快又琵琶别抱。孟玉楼也改嫁给一个知县的儿子。潘金莲与西门庆女婿陈敬济勾搭成奸，吴月娘窥破奸情后，撵走陈敬济，将同谋庞春梅卖给周守备为妾，又将潘金莲卖给王婆。潘金莲最后成为复仇归来的武松的刀下之鬼。潘金莲死后，庞春梅成为小说结尾部分的中心人物，她被扶正成为正妻，与穷困潦倒的陈敬济旧情复燃，后陈敬济被人杀害，春梅则死于纵欲无度。在第一百回，金兵入侵，宋朝灭亡，吴月娘与十五岁的儿子孝哥避难佛寺，僧人言孝哥乃西门庆转世，唯有出家才能洗脱西门庆罪孽。月娘高寿而终，小厮玳安改姓继承家业，人称西门小官人。

三 《金瓶梅》的艺术特点及其影响

《金瓶梅》的结构艺术在中国古代长篇小说发展史上具有开创性的意义。《金瓶梅》之前的其他三部"奇书"《三国志演义》《水浒传》《西游记》，题材都经过长期累积，结构上也相应地具有连缀性、板块化特点。《金瓶梅》写的是一个家庭的生活史，结构空间主要在家宅内部，主要人物都在这个空间里活动，人物性格和人物间的矛盾冲突都在家庭日常琐事中自然展开，而与这个家庭有关的外部社会生活也得到自然呈现。牵一发而动全身，人和事纷至沓来，都成为纷繁复杂的网络中不可忽视的部分。《金瓶梅》不再是相对独立的故事的连缀，人物事件之间存在深刻的联系，像现实生活本身一样看似琐碎却又浑然一体。

《金瓶梅》给文学史留下了众多不朽的人物形象，尤其是潘金莲，她本是被侮辱、被损害者中的一员，为了确保自己在家中的受宠地位，却毫无悲悯地对自己的竞争对手痛下杀手。作为西门庆的泄欲对象，随着情节的发展，她却成功地控制了西门庆的性生活，最后还让西门庆死在自己身下。潘金莲是一个简单化的人物，其性格中少有值得同情之处，代表了作者所处时代对那些有自主意识、性欲旺盛的女性的全部偏见，但与此同时，这个简单化的人物却写得极有深度，使潘金莲几乎成了淫荡、嫉妒、狠毒、刻薄的代称。潘金莲的命运结束在第八十七回，此时她已被吴月娘转卖给王婆，再次沦为任人宰割的商品，在一个大雪天，武松来和王婆商议娶她"一家一计过日子"，在后面偷听的潘金莲听到这句话，"等不得王婆叫，自己出来"。潘金莲欣然落入武松为她设好的圈套，张竹坡眉批说："读至此，不敢生悲，不忍称快，然而心实恻恻难言哉。"

西门庆是恶霸兼淫棍，对财色的追逐贯穿其一生，但作者并没有把他简单化。虽然是一家之主，因为有潘金莲作陪衬，他经常表现得毫无主见、性格随和，潘金莲私通童仆的事情也可以轻轻放过。尤其是李瓶儿之死，西门庆罕见地流露出了真情实感。如果只读第五十八至第六十二回，不但李瓶儿温柔多情、贤惠达理，西门庆也像是知冷知热、有情有义的男子汉。李瓶儿死后，西门庆痛不欲生，不时睹物思人，感伤哀叹，当然这期间他也继续寻花问柳，包括寻访妓女郑爱月，勾搭奶妈如意儿。

作为明代"四大奇书"之一，《金瓶梅》的奇，首先奇在它赤裸裸的性描写上。《金瓶梅》最引人瞩目的是它的性描写，最受非议的也是它的性描写。明清两代开列的各种禁毁书单，《金瓶梅》总是因"诲淫"而榜上有名。直到今天，《金瓶梅》也没有完全摘掉"淫书"的帽子，图书市场公开流通的只有"洁本"，虽然曾经出版过未删节的"足本"，但均内部限量发售，只供学术研究之用。平心而论，性描写并不是此书吸引读者的噱头，作者下笔极有分寸，西门庆、潘金莲是小说的中心人物，也是作者否定、谴责的人物，所以性描写大多与这两个人物有关，文笔也特别放肆。通过有选择地描写性事，作者告诉我们，性不仅是权力关系的展现，也是具有购买力的硬通货。删除这些段落，就不能完整呈现人物的精神气质，不能准确反映明末"不以纵谈闺帏方药之事为耻"（鲁迅《中国小说史略》）、商品经济无孔不入的社会风气。

《金瓶梅》的奇，还奇在人物的非英雄化，素材的当代化，情节的非传奇化。作者耐心细致地描写日常生活细节，令人信服地呈现人物置身其间的那一社会背景，笔法细腻，文风流畅。《金瓶梅》是中国第一部文人独创的长篇小说，也是第一部以家庭生活为题材的长篇小说。它对后来的世情小说、家庭小说创作产生了极为深刻的影响。《红楼梦》在题材和细节上对它的继承是显而易见的，清人甚至有"《红楼梦》是暗《金瓶梅》"（张新之《红楼梦读法》）之说。在《金瓶梅》的世界里，不仅性是真实多样的，人性的卑俗肮脏、黑暗丑陋、蝇营狗苟也暴露无遗。

第五节　传奇小说与话本小说

一　传奇小说

明初传奇小说的代表作是瞿佑的《剪灯新话》和李昌祺的《剪灯余话》。

瞿佑（1347—1433），籍贯山阳（今江苏淮安），祖居钱塘（今浙江杭州），幼年有诗名，受到杨维桢（1296—1370）、丁鹤年（1335—1424）等著名文人的赏识，身历元末战乱，入明后任周王府长史。周王是永乐皇帝的同母兄弟，但皇帝对他心存猜忌，瞿佑大概因此牵连被祸，贬谪异地十余年，赦还时年已七十九。《剪灯新话》成书于洪武十一年（1378），共二十一篇作品，模拟唐传奇笔法以写神怪。小说具有鲜明的时代特色，折射出元末社会的战乱。《太虚司法传》描写乡村"荡无人居，黄沙白骨，一望极目"，可谓生活实景。《爱卿传》《翠翠传》《秋香亭记》三篇表现的都是战乱背景下的爱情悲剧。

李昌祺（1376—1452），庐陵（今江西吉安）人，永乐二年（1404）进士，以翰林身份参加纂修《永乐大典》，官至河南左布政使。《剪灯余话》乃模拟《剪灯新话》之作，不仅体例、故事题材相近，甚至连作品篇数也是二十一篇。书中艺术成就较高的是那些描写爱情故事的作品，如《秋千会记》《芙蓉屏记》《贾云华还魂记》《连理树记》等。

《剪灯新话》《剪灯余话》两书很受读者欢迎，不断有人抄写、镂版，效仿之作也纷纷涌现，袭用"剪灯"之名的就有《剪灯传奇》《剪灯续录》《剪灯琐语》等。明代中叶，《剪灯新话》甚至流传到朝鲜、日本和越南。朝鲜的汉文小说《金鳌新话》，日本的《奇异杂谈录》《御家婢子》，越南的《传奇漫录》等，从内容到体裁都可以明显看出《剪灯新话》的影响。

明代中后期的传奇小说，数量最多的是中篇故事，学界称之为"中篇传奇小说"，这是一个定义模糊的概念。这类作品基本上都是描写儿女私情，语言是浅显的文言，篇幅比一般文言小说长得多，至少万余字，叙事中羼入大量诗词，作者不再是瞿佑、李昌祺那样的精英，而是下层文士。刊于弘治十六年（1503）的《钟情丽集》是现在所知明代中篇传奇小说的最早刊本。明代中叶这类单本刊行的中篇传奇小说应当很普及，但因后来各种小说集和通俗类著述争相辑录选编，单行本渐渐湮没无闻。现存明代中篇传奇小说集有《风流十传》《花阵绮言》两种，通俗类著述辑录传奇小说有《国色天香》《绣谷春容》《万锦情林》《燕居笔记》等。

受明中后期淫靡世风影响，大量笔涉淫秽的中篇传奇小说涌现，代表作有《如意君传》《痴婆子传》。《如意君传》约成于嘉靖以前，作者徐昌龄，生平不详，小说以史传编年体叙武则天与男宠薛敖曹的性爱故事，《金瓶梅》中的一些描写受其影响。《痴婆子传》，作者不详，小说中老妇上官阿娜以第一人称追叙自己的性生活史，在中国古代小说上可谓独一无二。

二 话本小说

话本小说，是指源于宋元"说话"技艺并在一定程度上保持"说话"叙事方式的小说作品，主要指白话短篇小说。白话长篇小说也从"说话"演变而来，但因篇幅较长，且在发展中形成独特的章回体式，故自话本小说中独立出来，称为章回小说。

宋元两代是话本小说发展的初始阶段，但文本大多已经亡佚，少数作品被明人编辑，经过了修改润色，不应视为宋元时期的原始形态。明代话本小说的发展变化，与图书市场的繁荣密切相关，经历了搜集改编旧本、改编当朝时事新闻、文人独立创作三个阶段，艺术上也由俗到雅，与民间口头"说话"渐行渐远。

嘉靖年间著名学者、藏书家洪楩编刊的《清平山堂话本》是现存最早的明刊话本小说集。此书原名《六十家小说》，分"雨窗""长灯""随航""欹枕""解闲""醒梦"六集，每集十篇，共六十篇，今存二十九篇。这二十九篇作品中，宋元作品十八篇，其余为明人所作。此外尚有万历年间熊龙峰刊单行本小说，今存四种，宋明作品各两种。这两部话本小说集所收作品，都是记录"说话"再加以润饰，保留了口头文学的诸多特征，故事的价值也重在娱乐。

话本小说能在文坛上占领一席之地，首先应归功于泰昌、天启年间冯梦龙编刊的《喻世明言》（《古今小说》）、《警世通言》、《醒世恒言》，合称"三言"。冯梦龙（1574—1646），字犹龙，别署顾曲散人、墨憨斋主人等，长洲（今江苏苏州）人。明末出任过知县，有循吏之称，明亡后忧愤而卒。冯梦龙毕生致力于搜集、整理、出版通俗文学。他推崇王阳明心学，希望借此启迪愚夫愚妇"良知"，又受李贽"童心说"影响，认为饮食男女就是人伦物理，宣扬通俗文学就是"立情教"(《情史序》),"借男女之真情,发名教之伪药"(《叙山歌》)。"三言"共一百二十篇小说,部分改定宋元旧本,部分改写现成的文言故事。就题材内容而言,有历史故事,有文人风流,有商旅风波,有男欢女爱,有公案,有宗教传说,有鬼神灵异,但主体是对普通市井小民生活情感的描绘,大量小商人、小店主、小手工业者成为故事主角,而且是作为被理解、被同情、被赞扬的对象出现在小说里。"三言"影响最大的作品是爱情故事和公案故事,前者以《蒋兴哥重会珍珠衫》《杜十娘怒沉百宝箱》《卖油郎独占花魁》《白娘子永镇雷峰塔》为代表,后者以《沈小官一鸟害七命》《况太守断死孩儿》《一文钱小隙造奇冤》《十五贯戏言成巧祸》为代表。"三言"是话本小说文体的奠基之作,冯梦龙统一了结构方式,每篇故事都有入话和正话,故事题目也仿长篇章回小说回目,定型为七字或八字,叙事风格上虽然保留了"说话"痕迹,但描写更加细腻,善于通过对话和行动来描写人物、推动情节。

"三言"出版后"行世颇捷",话本小说创作出版呈现繁荣局面。凌濛初编写《拍案惊奇》(1628,崇祯元年)、《二刻拍案惊奇》(1632,崇祯五年),合称"二拍"。陆人龙编写《型世言》(刊于崇祯初年),简称"一型"。其他影响较大的话本小说专集还有《西湖二集》《欢喜冤家》《鼓掌绝尘》《石点头》《鸳鸯针》等。

凌濛初(1580—1644),字玄房,号初成,别号即空观主人,浙江乌程(今湖州)人,做过县丞、通判,明亡时殉难。"二拍"七十八篇作品,创作方式与"三言"相似,也是"取古今来杂碎事可新听睹、佐谈谐者,演而畅之"(《拍案惊奇序》),绝大多数都有本事来源。"二拍"多借因果报应惩劝世风,教化意味更重,插入评论较多,对科举制度、官僚体制、司法实践以及盗匪娼妓等社会弊病都有淋漓尽致的批评。

陆人龙,字君翼,浙江钱塘人,生卒年不详。《型世言》四十回，每回演一故事，均写明代故事，包括了靖难之役、倭寇入侵以及魏忠贤专权等重大政治事件，描写的人物大多是忠臣、孝子、烈女、义士，试图以道德典范"树型今世"，反映了作者对明末社会现实的深切关注。

《西湖二集》刊于崇祯年间，作者周清源，名楫，杭州人，生卒年不详。书题"二集"，当有"一集"在前，但未见传本。全书共收以西湖为背景的小说三十四篇，故事多有本事来源，但作者意在自浇胸中块垒，富有文人气息，与"三言""二拍"叙写市民情感大异其趣。

第八编　清代文学

（公元1644—1911年）

第一章
概　述

清朝是中国最后一个君主专制王朝。从定都北京（1644）到黯然终局（1911），清朝统治中国达二百六十八年之久。尤可称者，康熙帝在位六十一年，雍正帝在位十三年，乾隆帝在位六十年，三帝雄才大略，共同开创了康乾盛世，促进了中华民族多元一体格局的最终形成，其丰功伟绩，昭焕今古。有清一代，中国古典文学在历经数千年驰骤顿挫、跌宕起伏之后，迎来了最后的辉煌。道、咸之际，中国与西方相遇，被迫卷入肇端于西欧的全球现代化运动。此后，中国文学栉欧风、沐美雨，开始了从古典向现代的艰难转型。

第一节　清廷的文艺政策

清朝诸帝均受良好教育，大多爱好诗文创作。他们的诗文创作、文学趣味和文化政策，既是清代文学的主要组成部分，也是清代文学繁荣的背景和内在动力，更在相当程度上决定着清代文学的走向和总体面貌。

满清皇族来自白山黑水之间，文明程度本较低下。为了有效管理国家，清帝登极前都受过极其严格的文化教育。据赵翼《檐曝杂记》所载，他亲眼目睹，每日五鼓，天还未明，贵如金玉的皇子已手执白纱灯，步入书房上课，先作诗文，后习国书、国语等。清帝登极之后，除了制度性的春秋经筵讲学之外，多数在万机之暇，仍攻书不辍。康熙帝年十七八岁时，因用功过劳，以至于咯血，其刻苦研习至老不倦，为历来帝王所罕见。

清代诸帝，从顺治到光绪，皆有诗文传世。康熙、雍正、乾隆和嘉庆四年的诗文尤称浩繁，古来帝王之作，未有若此之美富者。康熙帝诗作有一千一百余首，乾隆帝诗作有四万余首。这浩瀚的篇什，虽不乏文臣代笔，却也彰显了盛世君王的文采风流。由于康、乾二帝学养湛深，其诗文中的优秀之作绝非寻常文士可比。

康、乾二帝尊儒右文。康熙帝曾诏开博学鸿词科，延揽名儒；又亲临曲阜，拜谒孔庙；组织纂修《康熙字典》《古今图书集成》《全唐诗》《佩文韵序》《骈字类编》和《子史精华》等巨著。乾隆帝对文化事业的重视又凌迈其祖。在位期间，他支持纂修书籍过百种。其中，《四库全书》尤为旷世大典。这套大型丛书收录了从先秦到清初的重要籍典，涵盖了几乎所有的古典学术领域。

文字狱是清廷的恶政。满清王朝的极权专制本性决定了其必钳制言论自由、学术研究自由和文学创作自由。康熙朝有文字狱十余起，著名者有庄廷鑨《明史》案、戴名世《南山集》案。雍正朝有文字狱二十余起，著名者有查嗣庭案、吕留良案。乾隆朝的文字狱登峰造极，多达一百三十余起，著名者有徐述夔诗集案、王锡侯《字贯》案等。这些文字狱的受害者真正思念前明、不满当朝者极少，其案多为锻炼周纳而成。清廷对堕入文网者处置极酷。一狱之兴，不仅作者被严惩，其家属、出版者、参订者、抄写者，乃至购藏书者，等等，均受株连。这一恶政严重阻碍了学术和文学的发展。

第二节　文学的全面繁荣

　　清代文学最重要的特征是集以前各代文学之大成。就文体而论，清代之前，一代有一代之胜。周秦以诸子称，楚人以骚体称，汉代以词赋称，魏晋六朝以骈文称，唐代以诗称，宋代以词称，元代以曲称，明代以小说、戏曲和制义称。唯独清代文学，没有创造出任何一种特殊的文体卓出于前代之上，代表一个时代而无愧。但是，也唯有清代文学，包罗万象、兼有以前各代文学之长，而放射出璀璨光芒。

　　清代小说、戏曲继明代之后取得非凡成就。《儒林外史》是古代讽刺小说的登峰造极之作。《红楼梦》以全新的思想和手法，铸造出一个悲凉之雾遍被华林的艺术世界，成为中国小说史上巅峰之作。《聊斋志异》和《阅微草堂笔记》也在唐宋传奇之外另辟新境。清代戏曲名作结构谨严，协律订谱远在明代戏曲之上。清初，一些名流如吴伟业、尤侗等，摒弃传统文士轻视戏曲的俗见，操觚染翰，抒写亡国之痛。洪昇的《长生殿》，孔尚任的《桃花扇》，在强烈的戏剧性中，在典型的历史题材中，寄托遥深，成为剧坛佳构。

　　清代诗词浩如烟海，其实绩可与唐诗、宋词鼎足并立。虽然一些诗家为尊唐、宗宋的命题所缠绕，但清诗既非唐，也非宋，而是在融通唐宋典范的基础上，传神写照，自具面目。诗坛大家钱谦益、吴伟业、施闰章、屈大均、王士禛、袁枚、赵翼、黄景仁、龚自珍和陈三立等，足与唐宋优秀诗人并驾。词在两宋极盛之后久入沉寂，到清代突然再度勃兴，成为文士抒情写心的主要艺术形式。清词流派林立，名家辈出。以陈维崧为宗主的阳羡词派，以朱彝尊为领袖的浙西词派，以及清季四大词人王鹏运、朱祖谋、况周颐和郑文焯等，均能开疆拓土，或以比兴寄托为高，或以重拙大为贵，在两宋之外别开生面。

清代文章写作，大家林立。骈文家陈维崧、吴绮、袁枚、胡天游、杭世骏、洪亮吉、汪中、孙星衍、孔广森和吴锡麒等，才情洋溢，腹笥丰赡，其沉博绝丽之作多有魏晋六朝俪体未到之境。古文家以桐城派为中心，学继孔孟程朱，文承左史韩欧，文风雅洁素朴，兼擅阴柔与雄奇，进入近代仍能与时俱进，阐旧邦以辅新命，以至于历数百年而不衰，成为文学史上的奇异景观。

清代文学的庄严开篇，是由胜朝遗民群体饱蘸着血和泪书写而成。这血泪中浸满了明清鼎革、九州板荡带来的愤怒和痛苦，也浸满了深沉的绝望和深刻的反思。自秦汉以后，中国的王朝更迭主要有两种方式：一是在华夏民族内部改朝换代，二是由来自华夏民族外部的异族入主中原。前者江山易姓，而衣冠礼乐犹存。后者不仅金殿换主，而且衣冠顿改，华夏礼乐文明面临沦夷危机，赵宋灭于蒙元、朱明亡于满清，皆属此类。顾炎武称前者为亡国，后者为亡天下。明遗民面对亡天下之局，犹如身经天崩地解，心灵受到无比震撼。明遗民文学群体异常庞大。单是诗人，卓尔堪纂《明遗民诗》就辑录有五百余家，诗作两千八百余首。明遗民文学群体中最知名者有顾炎武、黄宗羲、王夫之、吴嘉纪、屈大均、杜濬、钱澄之、归庄、申涵光和阎尔梅等。这些遗民文学家终生严夷夏之防，保持华夏民族气节，反对满清贵族的种族压迫。他们以天下兴亡、匹夫有责的高度责任感，为华夏文明免于隳堕而奔走呼号，而执笔劳作。他们以为，故国陆沉，王学末流的空谈心性难辞其咎，故而倡导经世致用的实学，用实证方法探究儒家原典内涵，开乾嘉汉学之先河。他们的诗文既是其上述精神和思想的艺术反映，也是其心灵经受炼狱般磨难的真实写照。此外，由于历史境遇相似，一些明遗民诗人对宋遗民，连带对宋代的历史、思想，对宋诗，心有戚戚。南宋统治的重心在两浙，因而明遗民中籍贯两浙的诗人如黄宗羲等，尤其对宋代、宋诗怀有炽热的情感。明遗民诗人的宋诗趣味是对明代前后七子以来尊唐风气的反拨。此后穿越清代中、晚期，直至民国时代，宗宋胜过尊唐，成为诗坛主流。

满族本以采集、狩猎为生，以骁勇善战著称。入关以后，在漫长岁月中，满族虽然在政治、经济、文化和社会生活诸方面散发着浓重的游牧气息，但汉化日益加深。同时，汉族也不可避免地出现了满化倾向。满汉互相同化的结果，使得以汉族为中心的清代文学充溢着浓郁的满族元素。在近三百年的清代文学史上，满族作家众多，作品宏富。这些作品多用汉语写成，却与汉族作家的创作有别。它们抒写了满人的信仰、历史、环境和习俗，揭示了这个来自边地民族所独具的心理和性格特征。纳兰性德为清代第一词家。他那些描写北国风光、满人风土人情之作，能以自然之眼观物，以自然之舌言情，其真切清新迥非纯粹的汉族词人所能有。子弟书为八旗子弟所创，在清代曲坛至为活跃。韩小窗创作的子弟书以演绎历史、爱情和英雄人物故事见长，其《露泪痕》演唱《红楼梦》故事，堪称绝唱。曹雪芹的《红楼梦》是典型的满汉文化合璧之作。书中流露的审美情趣固然与汉族的古典文学传统一脉相承，但其所描绘的宗教祭祀、衣食住行、婚丧嫁娶和典章礼法，却是一派满族气象。《红楼梦》是对女儿的一曲礼赞。贾宝玉以为，女儿是水作的骨肉，男人是泥作的骨肉，扬女抑男，清浊分明。其女性观是对儒家男尊女卑、三从四德之说的挑战，却是满族重视女性传统的生动写照。在满人信仰的萨满教中，女神地位至高，女萨满主管祭祀。在满人渔猎生活中，女性的重要性不亚于男性。满族未过门的女孩子俗称姑奶奶，极受尊重，在家庭中有时甚至可以做父母的主。若无满族此类风习熏染，曹雪芹欲塑造出大观园中优美的少女群像，实无可能。

清代学术主要分宋学、汉学两家。这两家学术决定性地影响着清代文学的风貌。清代各体文学在康、雍时代以程朱理学为底色，乾、嘉以降则无不涂上汉学色彩。桐城派的先驱方苞提出义法说，主张言有物和言有序。桐城派的开派者姚鼐创立义理、考据、辞章三者合一之论。方苞身处宋学方盛之际，竭力将古文与程朱理学沟通。姚鼐面对汉学方兴未艾之势，试图把汉学考据纳入古文创作之中。此派既迎合庙堂旨趣，又预于学坛潮流，其能长盛不衰的密钥多半在此。翁方纲是汉宋兼综的学者。在他之前，王士禛的神韵说强调诗尚含蓄蕴藉，沈德潜的格调说强调诗应温柔敦厚。翁方纲以为，神韵、格调，皆虚而不实，于是提出别具一格的肌理说。肌理说提倡以学问为诗。这学问既包括程朱义理，更是指汉学的训诂考据。汉学之风甚至渗透到不登大雅之堂的小说创作之中。《野叟曝言》《镜花缘》等小说的作者即在塑造人物时逞才弄学。总体而论，清代学术充实了文学作品的内容，也在一定程度上约束了作家的艺术创造力。

第三节　女性文学的昌盛

在中国文学史上，清代的女性文学最为昌盛。胡文楷撰《历代妇女著作考》著录女作家四千余人，清代女作家即有三千八百多人。这些女作家多生长在城市化和商业化程度较高的江南，受到良好教育，思想观念较为开明。自幼有父兄齐陶铸，有姐妹共笔砚，成年后有夫君伴吟，才情因得施展。

在文学诸体中，她们尤擅长诗词创作，或展现自我，抒发怨怒哀伤、缠绵悱恻之情，表达对自由幸福生活的向往。或为时而著，为事而作，忧生念乱，心系家国。或风云月露，白雪阳春，赏爱大自然的优美。柳如是、徐灿、林以宁、贺双卿和顾春等以其卓异的成就在清代诗坛各据一席之地。与前代迥异的是，清代女诗人非常热衷于结社，已知女性诗社有五十余个，较为知名的有，清初顾之琼、林以宁领衔的蕉园诗社，清中叶张滋兰创办的清溪诗社，晚清沈善宝、顾春主持的秋红诗社。借助结社，女诗人们从各自幽闭的闺阁走入由她们营造的社会文化空间，沟通心灵，切磋诗艺。清代女性倚声填词蔚成风气。仅徐乃昌所辑《小檀栾室汇刻闺秀词》和《闺秀词钞》收录女词人就有六百余家，其中徐灿、顾贞立、吴藻、顾春和秋瑾等皆成绩优异。女词人们的作品主题多元。除伤春悲秋、离愁别恨外，一些重大的历史、社会、政治事件如宋室南渡、太平天国战争、列强入寇等，也形诸笔端。清季秋瑾、徐自华等人的词作表达了期盼人格独立的愿望，透露着妇女解放的曙光。

　　诗词之外，清代女作家所撰其他文体的作品虽不多，却也各有精彩。其弹词创作尤其成为清代文学的一抹亮色。陈端生以一部惊才绝艳的弹词《再生缘》，令异代大才陈寅恪、郭沫若为之倾倒。这部未完成之作借助元成宗时尚书之女孟丽君与都督之子皇甫少华的悲欢离合故事，讴歌了女性挣脱礼教束缚的思想和行为，讴歌了女性的才识和胆略。全书六十余万字，结构宏伟，情节离奇，显示出作者丰蔚的才情。陈寅恪以为此书可与印度、希腊的著名史诗媲美。绝代风华的顾春是中国文学史上第一位写作白话小说的女性，其《红楼梦影》展现了她作为满洲贵族才女所独具的人生体验，在众多《红楼梦》续书中独树一帜。吴藻撰《乔影》是一出抒情短剧。剧中，谢絮才女扮男装，面对自画的一幅男装饮酒读骚小影，豪饮痛哭，一泄其郁结绸缪，抒发了作者对禁锢女性的历史传统和社会环境的愤懑，抒发了其对自由生活的渴望。

　　清代女作家很注意搜罗编辑女性文学文献。完颜恽珠纂《国朝闺秀正始集》是清代中叶以前闺秀诗人作品的总集，其女孙妙兰宝继之编纂《国朝闺秀正始集续集》。完颜恽珠排斥青楼文学，其书专选遵守儒家诗教和妇德的闺秀之作。清代也出现了一些具有独到眼光的女性批评家。沈善宝所撰《名媛诗话》是现存规模最大的古代女性诗话。作者通过对历代卓越女作家的评论来建构女性文学经典。汪端则在所辑《明三十家诗选》中以女性身份月旦有明一代著名男性诗人，这在文学史上尚属首次。

第四节　从古典向现代转型

清代道、咸之后，伴随着西方列强的东来，中国艰难地踏上了现代化征途。到中华民国建立，中国的政治制度、物质生活和精神世界渐次发生了由表及里的嬗变，中国的文学体系也开始了从古典向现代的全面转型。从此，作家队伍、文学观念、创作内涵、形式体制、文学语言、文学作品的传播方式，以及中国文学与世界文学的关系，都由旧貌渐换新颜。

龚自珍（1792—1841）是清代得风气之先的思想家和诗人。他深受明末以来尊重个性思想的影响，反对压制，富于叛逆色彩，具有鲜明的个性解放倾向，成为近代最早的启蒙思想家。他的诗歌揭露封建统治的腐朽本质与没落，抒发了关心祖国民族命运的激情、忧国忧时而不见容于世的苦闷，饱含深沉的忧患意识，新奇奔放，傲岸不羁，彻底打破了诗坛的庸俗风气，成为近代文学的开山。

古典时代的中国文人大多怀抱着儒家致君泽民的理想，而近代文人则在思想观念、知识结构方面出现了迥异于前贤的变化。科举制度的废除、新式学堂的创办以及留学大潮的兴起，使一批具有近代思想意识、文学独立意识和职业多元意识的作家登上文坛。文学观念的剧变发生在光绪朝后期：一是以进化论为内核的文学革命论取代了以复古为本的史观，二是文学新民说取代了载道教化说，三是历来遭贱视的小说被梁启超视为文学的最上乘，四是大团圆的美学趣味被扬弃，悲剧的价值受到王国维等学者的肯定。近代文学内容丰富，题材广泛，紧贴现实，呈现了中国社会生活和文人精神走向现代的历程。

受西方文学激励,近代作家在文学表现形式方面迸发出惊人的活力。梁启超所创的报章新文体横空出世。这种风靡文坛的新文体平易畅达,笔锋常带感情。翻译小说输入了西方文学中常见的叙事手法以及肖像刻画、环境描写和心理描写的技巧,为近代作家所吸纳。晚清文学的语言变革主要体现在两个方面:一是白话进入书面语言,成为开启民智的工具;二是创造了能够表现新的思想情感的语汇和句式。作家从生硬地捋扯新名词、新文法到对新名词、新文法运用自如,极大地改变了汉语书面语言的风貌。传统作家主要通过政治、书院教育、家门之内互为师友和刊刻著作等方式传播自己的著述。与西方相接后,报纸、杂志、出版社慢慢成为传播文学作品的主要渠道。这些新的传播渠道扩大了文学作品的流通范围和速度,推进了文学的社会化和商品化,为作家摆脱依附地位而成为独立的自由职业者提供了物质保证。

1915年9月至1921年7月,陈独秀、胡适等掀起新文化运动,提倡民主、科学,反对专制、迷信;提倡新道德、新文学,反对旧道德、旧文学。文学革命由此而起。新文学占据中心,古文学逐渐从中心退居边缘。但古文学并未销声匿迹。马其昶、姚永概、姚永朴、唐文治和吴闿生等的古文创作,刘师培、黄侃、饶汉祥、李详和黄孝纾等的骈文创作,陈三立、郑孝胥、关赓麟和柳亚子等的诗歌创作,龙榆生、吕碧城、唐圭璋、夏承焘和丁宁等的词创作,吴梅、卢前、冒广生和顾随等的戏曲创作,陈衍、汪辟疆、林庚白、胡怀琛和王揖唐等的诗话创作,为古文学赢得最后尊严。

中国古代文学在发展过程中曾经吸收过印度佛教文学的营养,但它基本上是一个在内部继承和更新的自足系统。中国文学体系从古典向现代转型过程中,中国作家努力打破这个自足系统,别求新声于异邦,创造出新的文学,从而改变了中国文学的发展方向。

第二章
文章学的集成与开拓

第一节　骈文的繁荣

在经历唐宋古文运动的重创之后，骈文创作及其文学史地位迅速跌入低谷。此后数百年中，骈文一直处于偏安而不灭亡的状态。由此，一个有趣的文学史现象引起我们的关注：骈偶已逐渐内化成那个时代文人必须掌握的写作技巧。纵观唐宋以后文士生活常态，不外乎科举、仕途两端，无论是科举应试的训练，还是为官职业的实践，骈文的写作技能始终是文人生活中的重要组成部分。举凡科举中的律赋、试帖、八股文，还有仕宦生涯中的疏、奏、笺、启等公牍，以及各种场合的应酬文字，都必须出之以骈体，这就为已经退居文学史边缘的骈文复兴埋下伏笔。

明清易代之际，地处江南的文人，不愿意接受亡国的现实，纷纷枕戈泣血，幽愤洒泪，参与到抵御清军的战斗中，写出许多惊天地、泣鬼神的骈文佳构。陈子龙、夏完淳、顾炎武、陈维崧等诸多骈文名家的写作，在原型意象、境界构成以及情感心理的表现上，无不显现出一种浓厚的"哀江南"情结。这是对南北朝时期庾信《哀江南赋》这类骈文抒情传统的继承。他们借助骈文多用历史典故这个文体特征,将明亡之后的家国兴亡之痛在骈偶文字中淋漓尽致地表现出来,少年文学家夏完淳《大哀赋》中的一句"至若江关不见,乡国何方","归去而杜鹃啼月,力微而精卫填江",则用骈偶文字写尽了亡国之后的悲情。

随着清廷文网的日益严密,夏完淳式的情感抒写逐渐变得繁晦隐约,清初骈文大家陈维崧的作品就印证了这一点。他的《金陵览古序》一文,几乎通篇采用金陵的历史典故,这些过往的历史故事,又时时切合着明亡的现实,将内心"不可尽言之深意"和创痛,曲折巧妙地书写出来。这样的书写,使得许多遗民志士曲屈萦回于内心的百千心结得以释放,便立即引起了强烈而广泛的共鸣,因此成就了陈维崧一代骈文大家的文学史地位,从中也可看出骈文这一沉寂已久的文体能在清初风云激荡中兴起的重要因素。

清初遗民作家的"哀江南"情结甚至还远涉重洋,留驻在漂流海外的遗民笔端,其中尤以朱舜水为最。在东瀛,他不仅创作了《游后乐园赋》这样骈散并行的辞赋佳作,更在传播中华文化中实现了"文翁教洽"的理想。

顺治、康熙之际的不少遗民作家在其泣血悲歌的写作中,笔下风霜裹挟着强烈的情感意绪以驱遣文辞,造就了诸多骈文大家和佳作。但随着清王朝文治的推进,满汉之争、夷夏之辨的日渐淡化,这样的骈文作品逐渐淡出文学史的视野,取而代之的是乾隆、嘉庆时期沉博典雅一路的骈文,这完全得益于此际学术的繁荣发展。

乾、嘉时期,朴学大兴,大儒名宿辈出,最终形成中国学术史上的高峰。学术的空前繁荣,无疑是骈文大繁荣最为重要的原因之一。因为要想在骈文中"旁引曲喻,以求类情而通德"(周济《与吴石华书》),因难见奇,因繁见畅,必须要有足够的才力与学识供其任意驱遣,早在明代李东阳就在《篁墩文集序》中反复申明此意:"旁引曲证,而才与力又足以达之",这也便是清代著名诗人赵翼

《瓯北诗话》中所说的"学之富而笔之灵也"。

综观乾、嘉文坛，当时的骈文大家，如胡天游、袁枚、邵齐焘、刘星炜、汪中、洪亮吉、孙星衍、阮元、孔广森、李兆洛等，几乎每一位都是为学务求博通的鸿儒巨哲。蕴蓄深湛的学养，让这些作家对骈文词章的驾驭游刃有余，他们在写作时，几乎完全不受声律、骈偶、属对、用典等诸多形式镣铐的束缚，可以达到"使典如贯珠，逞才如运气"的境界，表现出行云流水的韵致，不但给人以强烈的感官享受，更在精神上给人以震撼与共鸣。这就是赵翼《瓯北诗话》中所赞赏的最高境界："才思横溢，触处生春，胸中有书卷繁富，又足以供其左旋右抽，无不如志。其尤不可及者，天生健笔一枝，爽如哀梨，快如并剪，有必达之隐，无难显之情。"

古人常说"长袖善舞，多财善贾"（《韩非子·五蠹》），学富、才足则可将骈文典故、辞藻等方面的形态美发挥到极致。浙江作家胡天游堪称代表。以扬州作家汪中为代表的一些骈文作家，又能在华美的文采中融入诚挚的情感和深刻的思想，"写尽世态"，把自己对社会、历史的反思在文章中淋漓尽致地展现，足以代表清代骈文的"高格"，也正是因为这样精彩的创作，真正实现了清代骈文的全面中兴。

胡天游（1696—1758），榜姓方，一名骙，字稚威，一字云持。浙江山阴（今绍兴）人。乾隆元年举博学鸿词科。为人气刚好奇，恃才使气，所作诗文往往即席挥毫，一气呵成。他的骈文作品"锦摛霞驳"，深得世人好评，"天才绝特""横绝海内""国朝冠冕"这样的赞誉之词在当时比比皆是。袁枚在《胡稚威骈体文序》中更以"旷世奇才"许之，认为非但清代"无偶之者"，即使置身于自古以来骈文大家之列，亦丝毫不逊色。

胡天游的骈文，无论炼字造句，还是谋篇布局，皆力避软媚俗熟，追求独出奇秀，最为独特的便是他将中唐古文浑灏流转的笔调

第八编 清代文学 第二章 文章学的集成与开拓

和气势融入骈文创作中，奥衍奇肆、矫健纵横的行文，以及遒劲的力度，雄奇强烈的气势，无不给人以"虽偶实奇"的强烈印象。《报友人书》是写给常熟旧友瞿颉的，书信的前半部分追忆昔日深厚的情谊，多用节奏明快的短句，辞若贯珠，神思飞扬流宕。其文曰："于时扬壮色，飞琚谈；振遥步，畅崇观。丝竹旁罗，倡讴并发。綦策未已，縢魷无算……招清吹于霄度，弄素照于波下。"而后笔锋陡转，开始感慨人事之沧桑更迭，文势跌宕纵横，摄人心魄，文章最后发出深沉的喟叹："顾眷良游，弥益噫叹。知佳赏之有属，何曩胜而云再也？"另一篇佳作《贻友人书》，则在俯仰天地、凭吊兴亡中，抒发了强烈的羁旅思乡之情，眼前景、心中情，最后都归结到王粲《登楼赋》中"虽信美而非吾土"这样的感慨中，感人至深，无怪乎后来的骈文家姚燮读后，要击节称赏并作点评曰："抒仲宣之郁伊，导明远之凄厉，情文之交胜者。"

汪中（1744—1794），字容甫，江都（今江苏扬州）人。少时孤贫，勤奋好学，遍读百家。乾隆拔贡生，后绝意仕进，长为幕客，清苦以终。三十岁以前能诗善文，尤工骈体，后专注于经学，和同里王念孙、刘台拱为友。汪中的骈文，突破四六程式，状难写之情，含不尽之意，沉博绝丽，磊落不平，感情深挚，韵味悠长，用典属对精当妥帖，是清代骈文中兴的高格。

汪中的骈文创作，善于借用古典以述今事，抒写人生的苦难和悲悯，刘台拱在《汪君传》中对此推崇备至，赞其"哀感顽艳，志隐味深"。《自序》作为汪中骈文的代表作，通过自己和南朝文学家刘孝标人生经历的比照，列举"四同""五异"。在"四同"中，充分反映了"古今"文士学富命啬、才高运蹇的共同悲剧；而后又通过"五异"对比，翻出新意。诚如作者在结尾所说："敬通穷矣，孝标比之，则加酷焉；余于孝标，抑又不逮。"在古今"两两比较"中，笔调抑扬顿挫，行文"兀臬恣肆"，情感激昂悲愤，慨当以慷，

561

写尽世态炎凉。汪中骈文的其他名作，诸如《吊黄祖文》《狐父之盗颂》《经旧苑吊马守贞文》等，都是这种"融会异同，混合古今，别造一同异俱冥"（陈寅恪《读〈哀江南赋〉》）境界的绝妙之文。

人生的感慨源于作者切身的社会体验，故而在汪中文集中不乏像《哀盐船文》这样正面批判现实的作品。他以慷慨激昂的笔调揭露了"乾隆盛世"中不为人知的社会背阴面，作者"迫于其所不忍"，欲"发其哀矜痛苦"，但又慑于"天朝"的高压，遂"饰之以文藻"。作为一名饱学之士，调用丰富的历史典籍资源，藉以抒臆，实现了骈文"托物以寓情"，"引辞表悄，触类而发"（张惠言《七十家赋钞目录序》）的抒情功能。

乾、嘉时期骈文的繁荣是全面的，数量众多的优秀骈文作家集聚在一起，形成了诸多流派、群体。以胡天游、袁枚为代表的浙江作家逐渐形成了"博丽派"，以洪亮吉、刘星炜、孙星衍、李兆洛为代表的常州作家形成了"常州派"，以孔广森为代表的作家形成了"六朝派"，以汪中、阮元为代表的扬州地区作家形成了"扬州派"（或称为"仪征派"）。就创作队伍的规模和成就来说，常州派尤为引人注目，晚清学者张维屏在其《艺谈录》中将常州派代表作家洪亮吉与胡天游，并列为乾隆骈文之最。

随着乾、嘉时期骈文创作和理论的发展繁荣，让原本对六朝骈偶避之唯恐不及的桐城派文人也开始对原先的文章理论进行反思，并在创作上出现细微新变。忝列"姚门四弟子"之列的刘开在《与王子卿太守论骈体书》一文中总结自己创作经验时说："骈中无散，则气壅而难疏；散中无骈，则辞孤而易瘠，两者但可相成，不可偏废。"刘开的文章在姚门诸子中，最为雄健，自成一体。

晚清七十年的骈文创作，江、浙两省的作家依然活跃，在湖湘大地出现的以王闿运、皮锡瑞、王先谦为代表的骈文家群体尤其令人瞩目。这些骈文家有其相近的学术背景，大多走着公羊学的路数，与常州学派有着很深的渊源关系。他们多主张文章写作要"思兼单复""骈散兼蓄",因而在骈文创作上继承乾、嘉以还常州派骈文绵邈之风,"其音则哀而多思,其词则丽而能则"(刘师培《论近世文学之变迁》)。

清末民初,刘师培为代表的骈文作家依然专注于六朝文章的研究和弘扬,并在京师大学堂占据重要教习,一时间,与桐城派古文、白话新文学鼎足而三。但是,新文化运动的大潮很快就席卷而来,六朝骈文派和桐城派古文最终退出文学史的中心舞台,这是大势所趋。

第二节　桐城派与清代散文的昌盛

清代是中国传统学术文化的大总结时期,以考据为代表的清代"朴学"直接影响到清代散文的发展。

顾炎武为清代学术文化的开山鼻祖。他一生论学,不外乎"博学于文""行己有耻"这两个方面,极力主张文章为道德、为学术张目。在《日知录》中,他高举"文须有益于天下"之大旗,明确说道:"文之不可绝于天地间者,曰明道也,纪政事也,察民隐也,乐道人之善也。"顾炎武文集中的《与友人论学书》《郡县论》《生员论》《书潘吴二子事》诸篇,《日知录》里的论学文字,无一不是散文经典名篇。如《廉耻》一篇,针对现实有感而发:"人之不廉,而至于悖礼犯义,其原皆生于无耻也。故士大夫之无耻,是谓国耻。"字里行间充满着激愤之情,堪称振聋发聩之音。

在清初,顾炎武这样的文章观念带有时代的普遍意义。黄宗羲认为"儒者之学,经纬天地",所以他认为文章应该在钻研学问的基础上,"敛于身心之际","发之为文章,皆载道也","皆经术也"。他的《原君》一文,以犀利的文笔,发出这样的呐喊:"为天下之大害者,君而已矣。"这种激烈地批判封建专制制度的文章,是中国古代民主进步思想的体现，尤为宝贵。

在康熙帝统治时期，清王朝逐渐进入全面鼎盛时期。为笼络文人参政，康熙特设博学鸿儒等名目征召士人，逐渐消解士绅群体对清王朝的对立情绪，也引领着文风朝着皇家倡导的"敦厚醇雅"方向发展。

康熙五十二年（1713），戴名世因"恃才放荡"，《南山集》中"语多狂悖"，结果被处死。此事对当时文人产生很大震动。身受《南山集》案株连的方苞，在获赦出狱后，"欲效涓埃之报"，一改先前的文章做派，将文章视为"以助流政教之本志"（《古文约选序例》），力主文章"严于义法，非阐道翼教、有关人伦风化不苟作"（《新世说》卷二）。在朝廷的推挹下，方苞倡导的"澄清无滓""淳实渊懿"的文风逐渐盛行起来，尤为桐城后学所尊崇，被推尊为"桐城派"的开创者。

方苞（1668—1749），字凤九，一字灵皋，号望溪。桐城（今属安徽）人。方苞提出的"义法"说，称为后来桐城派散文最为核心的理论。方苞要求文章的内容与形式相统一，他的《又书货殖传后》一文中对"义法"有较为详细的论说："义，即《易》之所谓'言有物'也；法，即《易》之所谓'言有序'也。义以为经，而法纬之，然后为成体之文。"他主张散文要有益于世教、人心、政法，提倡清真雅正的文风。其代表作《左忠毅公逸事》《万季野墓表》《游潭柘记》等，皆属于这类简练雅淡的佳作。

桐城派散文的艺术性，在刘大櫆手里得到了进一步的发展。刘大櫆（1698—1779），字才甫，一字耕南，号海峰。安徽桐城人。早年所作散文，曾得到方苞的激赏。在长期的创作实践中，刘大櫆发展了方苞"义法"理论中的"法"，在《论文偶记》中提出了"因声求气"之说。在刘大櫆心目中，"神气者，文之最精处也"，所以他主张散文的写作，当以"神为主，气辅之"，至于散文的"神气"，则应该认为"得之于音节"，而"求音节而得之于字句"。在这一文章观念的指引下，刘大櫆的散文喜欢铺张排比，以辞藻气势见长，具真气淋漓之格调，所作《焚书辨》《书荆轲传后》《送姚姬传南归序》《黄山记》皆是这类文风的代表作。

乾隆末年，姚鼐继承桐城先贤的古文传统，集其大成，取得了很高的艺术成就。姚鼐（1731—1815），字姬传，一字梦穀，室名惜抱轩，人称惜抱先生。安徽桐城人。他提倡义理、考证、文章三者相济，同时将"神理气味""格律声色"作为文章的八大要素，对"阳刚之美"和"阴柔之美"都不偏废，主张"文之雄伟而劲直者，必贵于温深而徐婉"（《海愚诗钞序》）。观其为文，如《登泰山记》《伍子胥论》《刘海峰先生八十寿序》《答翁学士书》《朱竹君先生传》诸作，多有简洁清淡、纡徐要渺韵致。

姚鼐自己在散文创作上的突出成绩，再加上他曾多次出任山东、湖南等省乡试考官以及会试同考官，先后执掌梅花、紫阳、敬敷和钟山等书院的讲席长达四十年之久，以其个人影响及所编《古文辞类纂》，真正使桐城文脉张大其帜，在全国范围内产生极大影响。一时间，桐城文派的作家辈出，形成了天下云集响应的局面，除了"桐城三祖"方苞、刘大櫆、姚鼐之外，还有诸如姚范、沈彤、王又朴、钱伯坰、王灼、程晋芳、管同、梅曾亮、方东树、姚莹、朱琦、龙启瑞、邓显鹤、陈用光、鲁一同、邵懿辰等一大批作家，声势浩大。

就在桐城派风行文坛之际，时人对桐城文章依然有着不同的声音。著名诗人袁枚就从"性灵"理论出发，主张文章应该根据作家各自的"天性所长"，自由书写，表达出自己的思想和情感。散文作家既不应以复古为创新，更不能被门户"家法"束缚住手脚，骈、散之间也没有绝对的鸿沟，"一奇一偶，天之道也；有散有骈，文之道也。"（《书茅氏八家文选》）

乾嘉时期苏州文人沈复的自传体散文《浮生六记》，以率真质朴的语言，写出了下层士人的欢愉与愁苦，"笔墨之间，缠绵哀感，一往情深"，感人肺腑，可以视为袁枚性灵理论在散文中的展现。

在乾嘉学术隆兴的时候，杭世骏、全祖望、王鸣盛、戴震、赵翼、钱大昕、汪中、洪亮吉、孙星衍、张惠言、阮元等大批一流学者孜孜于"无征不信"的学术研究，他们在古代学术史上地位极高，他们的散文融学于文、学文互济，不完全沉溺于辞藻，以"明道义、维风俗以昭世"为己任，属于典型的学术散文，在文学史上自应有一席之地。

这其中尤以张惠言为首的常州派散文作家最为突出，在桐城派之后，形成了"阳湖文派"。张惠言与阳湖文派的另一名开创者恽敬曾受文法于刘大櫆门人钱伯坰，但他们能先"入"后"出"，最后形成自己的散文理论和文章特色，在张琦、李兆洛、陆继辂、董基诚、董祐诚等人的辅翼下，阳湖文派最终"拔戟自成一队"，足以"与桐城相抗"。

在清代常州学术"会通致用"的风气影响下，阳湖派作家们主张师法广博和并蓄，在学习桐城的基础上，向上追溯唐宋大家，乃至秦汉史传以及先秦经义、诸子。在文体上，他们突破桐城散文"不入六朝语"的戒律，提出兼融"骈散"的文章理论。经世与事功并重的学风使得阳湖派散文作家的笔触较多地关注社会现实，他们内心深处强烈的忧患意识更表现出一种思想的警醒和自觉。因而，阳湖文派无论是散文理念上，还是创作题材和风格，都极具开创性，成为中国文学近代化进程中的关键转捩点，这突出表现在对龚自珍、魏源等人散文创作的影响上。

鸦片战争以还，救亡图存的浪潮中，经世致用的学术传统得到了前所未有的彰显。常州学派的公羊今文之学，高扬变革的微言大义，被许多志士仁人引为思想资源，从魏源的"师夷长技以制夷"，乃至康有为、梁启超的"变法维新"者,莫不借此力辟墨守,广揽新知。在这一社会、学术背景下,中国古代文章的经世功能得到了前所未有的表彰。

龚自珍、魏源以及林则徐等人的文集中,关涉家国天下的宏论,比比皆是,如龚自珍的《明良论》《乙丙之际箸议》《病梅馆记》,魏源的《道光洋舰征抚记》和《默觚》中的诸篇。贺长龄与魏源,更是秉着"凡文字足备经济、有关治世者,无不搜录"的原则,编辑《皇朝经世文编》。此后,《皇朝经世文编》的续编、补编竟有二十余种之多。在清末同、光年间,还出现了数十种以《危言》《卮言》命名的经世文章集和著作,其中最著名的当数郑观应的《盛世危言》。在这一历史背景下,无论新派、旧派,还是政治家、学问家,诸如俞樾、曾国藩、左宗棠、张之洞,都不约而同地肯定了这一文章风潮。俞樾则在《皇朝经世文续编·例言》中明言:"凡讲求经济者,无不奉此书为矩矱,几于家有其书。"在这一进程中,当数曾国藩的影响最大。

曾国藩(1811—1872),字涤生。湖南湘乡人。早年散文学桐城派,推崇姚鼐,曾言:"国藩之粗解文章,由姚先生启之也。"(《圣哲画像记》)因曾国藩位高权重,其鼎力推崇,扩大了桐城派的声势。其实,曾国藩并不局限于桐城派,自言"平生好雄奇瑰玮之文"(吴敏树《与筱岑论文派书》引),更在《送周荇农南归序》中说突破桐城派的戒律,明确主张骈散并用。他的散文气势舒展雄厚,与桐城文派"清淡简朴"的雅洁之风相去甚远,故而在他身后有"湘乡派"之称。关于散文的内容,曾国藩则在姚鼐"义理""考据""词章"之外,更增加了"经济"(即经世致用)一目,要求应时济世,纠正了桐城派末流一味追求清闲雅淡而日益脱离现实的倾向。曾氏门下的四大弟子张裕钊、吴汝纶、黎庶昌、薛福成等,亦能适应时代巨变,接触新思想,他们的散文也已非桐城派所能限。以曾国藩为代表的散文创作新变,和此时蔚然兴起的资产阶级改良运动者的新体散文合流,构筑成近代散文发展的滚滚潮流。

第三节 文界革命与报章文体

近代"文界革命"的概念范畴可以有广、狭之别。狭义的"文界革命"是指19世纪末20世纪初,由梁启超提出、倡导、亲身实践且成绩斐然的一场"新文体"运动。广义上来说,自19世纪中期以后,一批接触西学、有志革新的本土知识人在写作中突破传统文言书写的文章范式,逐渐形成容纳大量新式语汇以至句法、趋于浅易和口语化、篇幅长短咸宜的新的写作趋向,其影响乃及于今日正在使用的汉语书面语。

"革命"一词,虽在中国古已有之,而如学者所言,近代作为revolution译词的"革命",实属自日本输入的新义语汇。梁启超在呼吁文学界"革命"之时,对于该词的确切涵义,乃至自身的政治立场,其实尚没有较为成熟的考量。取"革命"(revolution)一词的广义,近代的"文界革命",其实是一场社会性的文化运动。

从历史发展来看,汉语书面语在近代发生的这场"革命"性变化,主要经过四代人物之手。首先是生于19世纪二三十年代之间者。其时,国人接触西学的途径主要是通过与传教士的交往,以及由此而可能获得的海外游历的私人经验。他们中的极少数人(如王韬,1828—1897),在19世纪70年代以后,随着本土印刷业的发展和中文报刊的真正肇端,得以在开始浮现的公共言论场域崭露头角,文章写作亦出现新质素。稍后生于19世纪四五十年代者,可说是西学输入的关键一代,代表人物如黄遵宪(1848—1905)、严复(1854—1921)、林纾(1852—1924)等。他们具有良好的旧学功底,并借助时代的逐步"开放",可能得以通过公派出使或游学的官方途径获得新的知识与经验。伴随内地报刊事业的发展，他们在公共领域的发声与出生于19世纪六七十年代者大体处于同一时期，也就是19世纪末以后。在这一代人中，梁启超（1873—1929）自是其中最具影响力的人物，"文界革命"的口号正是由他提出，并以其"新文体"写作实践为人瞩目。至出生于19世纪八九十年代者，则已可以相对轻易地在新学环境中成长，继而出洋留学。他们中的一些人如章士钊（1881—1973）、胡适（1891—1962）等，与"文界革命"亦发生关系，后来成为著名的"五四"一代人物。

在这一文化转型进程中，新的传播媒介，主要是报刊，起到关键作用。19世纪上半叶，中国南方沿海及周边地区零星出现传教士所办的报刊。甲午之战后，报刊数量呈现"井喷式"增长，国人自办的报业逐渐走向多元和成熟。可以说，"文界革命"的发生和发展始终与报刊有着直接的关联。不妨将"文界革命"的进程分三个阶段：1874年《循环日报》创刊至甲午战争之前，为"文界革命"的蕴蓄期。甲午之战以后至1918年，是为"文界革命"的正式提出和多元发展阶段。自1918年《新青年》改用白话之后，则是"文界革命"整合为"文学革命"和语体革命，白话文书写占据主流的继续发展和成熟时期。

王韬是近代中国得风气之先的人物。借助丰富的阅历与新学经验，1874年，王韬与同人在香港创办《循环日报》，自任主笔。他为报纸所撰的文章不仅议论时务、宣传变法思想，且有相当篇目专论欧洲局势与中外交涉，题旨鲜明，有为而发，初步显示了报章文体的特色。虽然仍用地道的文言撰写，但新词汇的引入在所难免。《循环日报》在中文报刊中率先刊发时政评论，王韬亦成为国人中首位"报刊政论家"。此一时期，大陆文界也在悄然发生变化。一是译著的渐增。官方机构如江南制造局，以及远道而来的外国传教士均曾从事于这一文化事业。二是时人撰写的游记、日记等文类。根据亲身游历海外的经验写成游记（如郭嵩焘《使西纪程》），文中自然会呈现出新的质素。当然，这个时期，文章变革的要求远未成为知识界的自觉意识，"革命"尚在蕴蓄中。

明确发生转变是在甲午之战以后。此一时期，晚清两代人物同时发声，"五四"一代亦已登场，多种合力下，造就了文界生气勃勃、纷繁杂沓的"白银时代"。就文章变革的趋向而言，大体可归为三类，即：趋向学古的相对保守者，主张变革的积极趋新者，以及采用白话书写的白话文写作者。其各自的文章书写实践，则分别是容纳了新的观念与语汇的雅文言（笔者称之为"新古文"）、趋向口语化的浅近文言（"新文体"）与白话文。值得一提的是，在这一过程中，女性作者亦日渐有令人瞩目的表现。

1896年，《时务报》在上海创刊，首期开始连载梁启超的《变法通议》。这一事件或者具有某种标志性的意义："变法"观念从此日益流播，迅速演成社会思潮乃至思维惯习，深入人心。梁启超也由此成为晚清最重要的变革鼓动者，文章变革亦然。作为近代报界最负盛名的"文章领袖"，梁启超是"文界革命"的关键性人物。经历过《时务报》《清议报》等的实践之后，1899年末，在自日赴美途中写下的《汗漫录》（又名《夏威夷游记》）中，梁启超提出了"文界革命"的口号：

> 读德富苏峰所著《将来之日本》及国民丛书数种。德富氏为日本三大新闻主笔之一，其文雄放隽快，善以欧西文思入日本文，实为文界开一别生面者，余甚爱之。中国若有文界革命，当亦不可不起点于是也。

由上下文语境可知，"文界革命"的提出对于梁启超而言，在思想来源上至少存在双重层面。一是日本明治文化的影响。对德富苏峰的阅读经验带来的启发固然存在着偶然性，但旅日之后广泛接触的"新意境"和"新语句"对梁启超造成的文化冲击，寓示着转变的必然。二是"革命"的思想线索。

1899年底，梁启超提出的"诗界革命"要求乃是包含"新意境"和"新语句"。到1902年发表《饮冰室诗话》，他明确指出："革命者，当革其精神，非革其形式"，对"堆积满纸新名词"予以否定，提出要能"以旧风格含新意境"。所谓"新意境"和"新语句"，指的是来自本土以外的"意境"和"语句"，也即新的时代性的题材内容和相应语汇。梁启超甚至一度表示语言与文字相合的倾向，虽然他并未更进一步提出突破传统文体和语体形式的明确要求。

继"诗界革命"数日之后，梁启超在《汗漫录》中又提出"文界革命"口号（小说作为文类，此时应尚未引起梁启超的充分重视。"小说界革命"的口号至1902年才提出）。二者之中，梁启超对"诗界革命"给予更多阐发，于"文界革命"反而语焉未详。因此，"文界革命"在提出时，尽管标识着近代中国文章变革的理论自觉，但只是一句具有一定随意性的号召，并无更为具体和明确的设想。究其实际，梁启超是以自身写作实践成绩支撑起"文界革命"的理论呼吁。他在晚清时期撰写的大量浅近流畅、情感充沛的新体文言散文充溢着新题材和新词汇，这些文章通过其所创办的报刊传播而风靡一时，为"新文体"的树立和流传提供了最具影响力的典范。

直至1920年，也即新一代"白话文运动"与"文学革命论"提出之后，在撰写《清代学术概论》时，梁启超对于自家"新文体"的风格乃有如下自陈：

> 至是自解放，务为平易畅达，时杂以俚语、韵语及外国语法，纵笔所至不检束。学者竞效之，号"新文体"。老辈则痛

恨，诋为野狐。然其文条理明晰，笔锋常带情感，对于读者别有一种魔力焉。

"新文体"的主要特征，如梁启超自述，是一种容纳了大量新式语汇乃至句法、与口语走向接近的浅近文言。新语汇在近代的集中引入，既是近代中西交流的历史语境下、本土文化所发生的新变在观念和语言领域的必然反映，也极大地扩展、丰富了汉语语言语汇。这是一个历史性的贡献。新词汇在口语和书面语中同时使用，改变了传统文言以单音节词为主的状态，促进了书面语和口语的合流。而以梁启超为代表的"新文体"，由于平易晓畅、长于说理而富于情感，写来无须字斟句酌，篇幅则长短咸宜，与作为公共媒体的报刊特性正相契合，加之思想内容上的传播价值，在晚清风行海内、流播广远。

毋庸讳言，因下笔迅疾而情绪张扬，"新文体"风格也潜藏着过于直露乃至浮夸的弊端。实际上，接近通俗的浅近文言并非其时文章变革的唯一取向，当时即已出现理论上的争辩。1902年初，《新民丛报》在"绍介新著"栏推介严复新译亚当·斯密的《原富》，表彰之外，仍憾其"文笔太务渊雅，刻意摹仿先秦文体，非多读古书之人，一繙殆难索解"，进而说道：

> 夫文界之宜革命久矣！欧美日本诸国文体之变化，常与其文明程度成比例，况此等学理邃赜之书，非以流畅锐达之笔行之，安能使学僮受其益乎？著译之业，将以播文明思想于国民也，非为藏山不朽之名誉也。文人结习，吾不能为贤者讳矣。

这篇文字应出自梁启超的手笔。严复为晚清率先译介欧洲社会科学的典范，译文均精心润色，典雅邃赜。梁启超在此再度提及文界革命，明确提出文章当以传播"文明思想"或说"启蒙"为目的，因而应浅近晓畅。这正是报刊的特性以及梁氏"新文体"的风格。数月后，《新民丛报》上刊出严复致梁启超的书函，同样论及"文界革命"：

> 且文界复何革命之与有！持欧洲挽近世之文章，以与其古者较，其所进者，在理想耳，在学术耳。其情感之高妙，且不能比肩乎古人，至于律令体制，直谓之无几微之异可也。……若徒为近俗之辞，以取便市井乡僻之不学，此于文界，乃所谓陵迟，非革命也。

尽管都有"欧洲"为参照，与梁启超相比，严复显然抱着一种更为精英主义的态度来反对"近俗之辞"。严复尖锐批评"文界革命"，同时潜在否定的是梁启超所持的泛化的进化观念，以及行文之间的激进姿态。两相对垒，尚有另一位重量级的趋新人物居间发声。同年（1902），黄遵宪（1848—1905）在致严复函中说道：

> 公以为文界无革命，弟以为无革命而有维新。……文字一道，至于人人尊用之、乐观之，足矣。

黄遵宪显然意图在严、梁之间有所调和：谓严译中如《名学》需"字斟句酌"，如《原富》则或许可以近于"通俗"。他还进一步向严复提出造新字、变文体的明确建议，与其早期倡导的"我手写我口"、以"流俗语"登诸"简编"（《杂感》）的主张一脉相承，实际上立场更接近于梁启超。与梁不同的是，或许是有感于"革命"在传统语境中的激烈含义，黄遵宪对于文界应推行的变革以"维新"称之，在名分上予以矫正，无疑是更为稳健的姿态。

发生在清末最重要的几位新学人物之间的这场关于"文界革命"

的理论对话,实则颇饶深意。严复和黄遵宪作为梁启超素所尊敬的前辈学者与同道,二人对于"革命"之说的各自否定,想来也使梁受到触动和启发。1902年11月,梁启超发表《释革》,专文探讨"革命"概念,思想上业已发生转向。而在这场论辩中,严、黄、梁三人对于"文界革命"说所持的立场,实则也暗示了近代文章变革在"新文体"之外的不同取向。

所谓"译才并世数严林",作为晚清最负盛名的译者,严复、林纾同时也以古文家名世。虽然所译述的对象有社会科学与通俗文学之别,二人在翻译上最大的共同之处,在于均采用文言撰述。严复行文渊雅,"骎骎与晚周诸子相上下"(吴汝纶《〈天演论〉序》),所译为社会科学著作,自家撰述则多系时评政论,中年以后尤其思深语慎,以说理见长。林纾则文笔细腻,富于情思,擅长叙述与抒情,以文言译欧美长篇小说,"替古文开辟一个新殖民地"(胡适《五十年来中国之文学》)。他不仅长年在讲台上教授古文,并且与商务印书馆合作,从事文章选评之业,慨然以古文家自命。二人均坚信文言作为本土传统文化承载者的价值,先后在论争中予以积极捍卫。

尽管严复苦心孤诣、力图以古典汉语转译西方学术,林纾亦以优美生动的文言肆力追摹欧美"说部",然而题材内容实已决定其古文的新面目。大量新语汇(包括直接使用英文词汇)与思想观念的引入是最重要的表征。与梁启超的"新文体"追求平易晓畅相对,这种"新古文"在文风上的特点是雅驯精到,在传达新事新知的同时注重文章的语体规范和文学价值。严、林的译述,在清末名动天下,对同时及"五四"一代知识分子均有广泛影响。

在晚清,"新古文"与"新文体"之外,"文界革命"最激烈的主张是采用白话书写。19世纪后期,白话报纸已有肇端。较早者如裘廷梁明确提出"白话为维新之本"、应"崇白话而废文言"(《论白话为维新之本》）的主张。庚子事件（1900）之后，"开民智"思潮演成一场社会运动，便于"启蒙"的白话报刊大量涌现，晚清白话文的书写遂蔚为壮观。

值得注意的是，"五四"新文学运动的领袖人物胡适、陈独秀（1879—1942）在晚清也曾有过参与白话报刊的经历，这无疑是晚清与"五四"两代人的白话文运动之间最为直接的关联线索。早年亲历的白话文公共写作的实践无疑提供了并不遥远的经验资源。十余年后（1916），远在美国的胡适致信陈独秀，提出文学改革的主张，经陈的推动，二人相继在《新青年》上发表以"文学革命"为题的名文，掀起新文学运动的高潮。晚清以来风生水起的白话书写风潮，至此终于成为主流，"革命"口号的指向从文章走向涵盖各类体裁的"文学"，或者说汉语书面语的整体范式，"白话"升格为"国语"。这已成为现代文学史讲述的主要内容了。

由此说来，讲述近代白话文运动，无疑应从晚清说起。传统文言书写中的古文、骈文与时文的营垒，至晚清演变成新古文、"新文体"，与白话文鼎足而三。白话文在"五四"时代最终胜出，并非一二人登高一呼，从风而靡。林纾与钱玄同等人的著名论争，某种意义上说，是十数年前严复与梁启超、黄遵宪之争的翻版。新一代知识人中，文言的价值仍然受到尊崇。黄遵宪以"维新"取代梁启超的"文界革命"，胡先骕（1894—1968）亦用"文学改良"反驳陈独秀等的"文学革命"。章士钊、高一涵（1885—1968）等的"逻辑文"、政论文写作犹可见严复的衣钵之传，而更有所发展。"学衡""甲寅"亦刊亦派，对文言的尊崇同样表明他们对本土传统文化价值的坚守。

1918年，《新青年》杂志改用白话具有标志性的意义。如果说晚清报人提倡白话，还站在"开化"下层民众的"启蒙"立场，白话与文言之间存在着文化价值层面的高下之别，以《新青年》改用白话为标志，意味着知识人已自觉地将白话作为自我表达的工具，白话文在新一代知识精英心目中获得文化价值的高层次认可，这一书面语体本身亦获得提升的契机。

在这场"文界革命"进程中，知识人与报刊媒体合力营造的公共文化领域之外，政府主导下的制度因素亦不可忽略，并且承担着整体性转型实践的推动与保障之功：晚清科举制度的改革尤其是1905年的彻底废止，既杜绝了时文的存在空间，也无意中抽除了文言书写的政治价值。20世纪20年代初，民国政府教育部令基础教育教材改用白话文，更是奠定其通行局面、摧毁文言写作公共基础的釜底抽薪之举。

从1874年《循环日报》创刊，到1918年《新青年》改用白话，近代文章的变革出现了新古文、"新文体"、白话文等几种相互关联而仍相差别的取向，最终"文界革命"与"文学革命"乃至语体革命合流，白话取代文言，成为新的汉语书面语范式。这一历史变迁的缘由，可以归结于下列几个方面。其一，新的知识与观念的结构性输入以至新知识体系的建立，在书面表达上提出了突破传统文言承载能力的要求。其二，以报刊为主的现代传播媒介塑造了新型公共场域，教育日趋普及、社会阶层发生转变，文化的"大众化"趋向随着近代技术的进步而加速，语言的使用亦需与之相适应。其三，民族国家的型塑与发展需要国语的确立，方言书写的可能性受到压抑，口语与书面语在"国语"中的统一乃是最相宜的选择。

当然，白话虽然成为书面语主流，但并不意味着文言传统的彻底凋零。任何一种语言，书面写作与口语表达必然不会完全同一。语言既是思想观念的承载与传播者，也是文化水准的直接体现。型塑优美精妙的汉语语言，并使之不断焕发新的活力，即使在"文界革命"发生百年之后的今天，仍然是有待继续的文化使命。

第 三 章
清代诗歌

　　清代是古典诗歌的最后一个辉煌时期，也是诗歌迈向近现代社会的一个关键时期。

　　清初战乱频仍，民生凋敝。面对残酷的社会现实，诗坛发出身世乱离、家国之痛的凄苦声音。随着政权的稳固与文治措施的推行，清朝经济繁荣，文化昌盛，出现康乾盛世，和平雅正诗风占据诗坛主流，神韵说、格调说、肌理说、性灵说竞相出现。在鸦片战争以及太平天国运动冲击下，中国迈入近代社会。内忧外患中，诗歌出现近代民主主义意识的萌芽与形式上的大胆探索，呈现出有别于传统诗歌的面貌。与此同时，宋诗派、汉魏六朝派、晚唐派的出现，显示了传统诗歌的经久魅力。

　　从1644年到1911年，二百六十多年间，诗人辈出，作品数量惊人。据柯愈春《清人诗文集总目提要》统计，清朝一万九千七百多家诗人有诗集传世，诗文别集四万多种。乾隆皇帝一人的诗作就有四万三千多篇，接近唐朝诗篇的总和。古典诗歌的所有形式、风格、题材都有呈现，形成一种超越明代、抗衡唐宋的局面。此外，清代诗歌还有三个鲜明特点，一是女性诗人多，数以千计的闺秀诗人吟诗结社，是中国诗歌史上的一个奇迹。二是少数民族诗人多，尤其是八旗诗人群体的出现，呈现出中华文化多元一体的繁荣景象。

三是诗歌理论著作多，仅诗话就有 1500 多种，达到了古典诗学的顶峰。

第一节　易代悲歌

历史上，改朝换代的事件并不罕见，但是明清易代，给人的感受却是天崩地裂、暗无天日。偏居一隅的满族地方政权定鼎中原，刺激着诗人华夏中心主义、华夷之辨的神经。清初七八十年间，社会矛盾尖锐。清朝统治者先后消灭了南明福王（朱由崧）、桂王（朱由榔）政权和三藩叛乱，并于康熙二十二年（1683）收复台湾，建立了强大统一的帝国。在激烈的征战中，清廷颁布剃发令，民族矛盾激化，出现了"扬州十日"与"嘉定三屠"残酷暴行。又严禁文人结社，大兴文字狱，尤其是康熙二年（1663）"明史案"中，斩杀 70 余人，株连近 200 人，曾经延揽学者修史的庄廷鑨被掘墓焚骨，惨绝人寰。

与此同时，清朝统治者沿袭明朝制度，建立中央集权制度，开设科举考试，礼葬崇祯皇帝，重用明朝旧臣，推崇理学，网络士人，力图缓和民族矛盾。康熙十七年（1678），康熙皇帝下诏举行博学鸿词科，录用人员供职翰林院，修纂《明史》，显示出对于知识分子的特殊恩宠。在这个复杂多变的历史洪流中，诗人面临着艰难的人生抉择。

时代的巨变改变了诗人的命运，诗歌创作也呈现出与明末迥然不同的特点。由明入清的诗人，按照政治态度与身世际遇的不同，大致可以分为三类。一是贰臣诗人，即主动投降清朝或者被迫在清朝为官的诗人，如钱谦益、吴伟业。二是殉难诗人，即坚持反抗清朝在战火中牺牲的，如陈子龙、夏完淳、张煌言。虽然他们慷慨激昂的诗篇多写于 1644 年以后，但是文学史的写作惯例是把他们归于明朝诗人来论述。三是遗民诗人,即在政治倾向上坚持不与清廷合作,如顾炎武、黄宗羲。这三类诗人虽然在诗歌内容上存在着巨大差异甚至截然相反,有的表现反抗清朝、视死如归的英雄气概,有的礼赞清廷教化讴歌清廷胜利,但是由于身经朝代更替的艰难岁月,诗篇中都不同程度地寄寓了家国兴亡的感慨、民生疾苦的关切。

贰臣诗人中,在明朝就已经声名显赫的钱谦益、吴伟业成为清初诗坛领袖。钱谦益开虞山诗派先河,吴伟业开创了娄东诗派,他们和龚鼎孳被称为江左三大家。

钱谦益(1582—1664)是明代进士,作为东林党领袖之一,声望很高。虽然他在南明弘光时期任礼部尚书,可是在清兵南下时却率先投降,不久任礼部尚书。尽管在人品、气节上钱谦益遭人诟病,但他在诗学上颇有创见。他站在清算明代文学弊端的前列,反对明代前后七子"诗必盛唐"的主张和竟陵诗派深幽孤峭的诗风,主张转益多师,出入唐宋,又从以诗补史的角度出发,盛赞宋代遗民诗歌,开启了清代学宋的诗歌风尚。钱谦益的诗学思想在清代影响深远,康熙年间编纂的有影响力的诗歌总集中,吴之振等人的《宋诗选》和顾嗣立的《元诗选》,就承续了钱谦益推崇宋元诗歌的理念。钱谦益著述丰富,除诗文集和史学著作外,还编选了明代诗歌总集《列朝诗集》,撰写诗人小传。仕清后,他经常在诗歌中流露出缅怀故国的情思,甚至秘密参加反清复明斗争,如为郑成功顺治十六年(1659)率师北伐做策划,因而到了乾隆时期,他的诗文集被列为禁书。即便如此,钱谦益在诗歌史上的地位仍然是不容置疑的。

吴伟业(1609—1672)为崇祯四年(1631)榜眼,明末曾任翰林院编修、左庶子等职,南京国子监司业、左庶子,顺治年间为秘书院侍讲、国子监祭酒。与钱谦益出仕清朝就遭到时人不齿相比较,吴伟业为出仕新朝懊悔不已,这一点赢得了人们的深切同情。在诗学主张上,吴伟业取法盛唐,同时师法中唐著名诗人元稹和白居易,擅长用长篇歌行来叙写时事，以明清易代之际的重大历史事件为背景，展现社会变故和人生悲剧，因跌宕起伏，引人入胜，用典贴切，声律工稳，辞藻艳丽，通俗流畅，风行一时，被称为梅村体。代表作《圆圆曲》写的就是清军入主中原的大背景下，吴三桂与爱姜陈圆圆悲欢离合的故事，谴责了降清辱节的吴三桂，隐晦地表达了对故国的思恋。《圆圆曲》情韵深长，结构精巧，在清诗中享有极高声誉，标志着中国古代叙事诗达到了一个新的高度。梅村体在清代诗坛影响深远，追慕者甚多。吴伟业诗也得到日本人的喜爱，被称为"学诗者之准"（方濬师《蕉轩随录》，引安积信《梅村诗钞序》），成为日本人学习汉诗的典范。

在清初诗人中，遗民诗人人数众多，以顾炎武、黄宗羲、王夫之、吴嘉继、屈大均的名气最大，影响也最为深远，他们的诗歌各具特色。

第二节　从王士禛到翁方纲

清初统治者采取了一系列稳定人心的政策，尤其是博学鸿词科的举办和明史馆的开设，引发遗民群体内部的分化。随着清朝统治的进一步稳固与文治政策的实施，遗民诗歌走向式微，在清朝参加科举的本朝诗人崛起，代表人物有施闰章、宋琬、王士禛。

施闰章（1619—1683）是顺治时期的进士，博学鸿词科后入史馆修《明史》。他宗尚唐诗，倡导温润敦厚的诗教，主张从经典作品中汲取创作经验，强调言之有物，反映现实。他是宣城人，与高咏、梅庚、梅清、梅文鼎、沈泌等唱和，语言简净，句调整严，清新雅正，时号宣城体。虽然诗歌中也有沧桑易代之感，但是格调冲淡闲远，体现出与遗民诗人迥异的特色。

宋琬（1614—1673）也是顺治时期的进士，曾在户部、吏部任职。宋琬身世坎坷，追慕杜甫、韩愈诗风，用语奇丽，比喻清新，委婉和平，属对工巧。宋琬长于古体诗和律诗，为时人所推崇，被誉为诗人之雄，与施闰章号称南施北宋。

王士禛（1634—1711）是继钱谦益之后的诗坛领袖，官至刑部尚书。严羽在《沧浪诗话》中提出的妙悟说曾遭到钱谦益的排斥，王士禛却作为旗帜，提出神韵说，主张诗歌含蓄慰藉，风格清远冲淡，以期达到言有尽而意无穷的境界。王士禛一生中的诗风发生了几次变化，早期学习明代七子，中年转入宋诗，引发宋诗风尚，晚年回归唐诗，但在他的诗歌中，神韵诗风一直占有重要地位。在易代悲歌占主流地位的时代，诗歌创作多涉及家国兴亡主题。含蓄委婉神韵说的提出，客观上顺应了清朝统治者的审美需求，体现了新王朝文化秩序重建的要求，因而神韵说提出后迅即风靡一时。而王士禛《唐贤三昧集》的选编，是神韵说宗旨的集中体现，起到推波助澜的作用。

康熙末年，社会稳定昌盛，一直到雍正乾隆年间，号称盛世。出版业繁荣，出现古籍整理高潮，如《全唐诗》《历代赋汇》《古今图书集成》等大型图书，尤以《四库全书》出现，影响深远，考据学盛行。在这种社会文化风气中，诗歌趋于平和中正，理论探索活跃，沈德潜提出格调说，翁方纲提出肌理说。

因为不满神韵说盛行之下诗歌创作流于肤廓的现象，沈德潜（1673—1769）倡导格调说，论诗以儒家诗教为本，古体诗宗汉魏，近体诗宗法盛唐，要求诗歌创作归于和平雅正，推崇社会教化功能。遵循格调论理论，他编选《古诗源》《唐诗别裁》《明诗别裁》《国朝诗别裁》。格调说的提出，内阁学士、礼部尚书的身份，加上乾隆皇帝的赏识，沈德潜成为诗人之望，王士禛之后的诗坛盟主。在东南的诗坛中沈德潜门生众多，其中王鸣盛、王昶、钱大昕、曹仁虎、黄文莲、赵文哲、吴泰来，人称"吴中七子"。

在沈德潜倡导的唐诗盛行时刻，厉鹗倾心宋诗。厉鹗（1692—1752）屡试进士不第，乾隆初举博学鸿词科又落选。他家境贫寒，性格孤僻，爱游历山水，是继查慎行之后学习宋诗的一个重要人物，著有《宋诗纪事》。他重学问，诗作幽峭，精于炼字，被称为浙派领袖。如果说诗坛领袖沈德潜是仕宦文人代表的话，那么厉鹗则是在野文人的代表。

金石学家翁方纲（1733—1818）将考据学引入诗中，论诗倡言肌理，强调诗歌的"义理""文理"，在内容方面以儒家六经为本，形式方面讲究诗律、结构章法，以考据、训诂增强诗歌内容，融会义理、考据、词章为一体。影响所致，形成学人之诗和宋诗运动，同时期的钱载，道咸年间的程恩泽、郑珍、何绍基以及清末的沈增植，都受到了肌理说的影响。

袁枚（1716—1798）倡言性灵，反对格调说的拟古倾向和将考据学引入诗中的倾向。他针对格调说、肌理说，提出宋学、汉学都有弊端，"六经尽糟粕"（《小仓山房集》卷十三《偶然作》），倡导性情至上，情感要真，笔调灵活，侧重抒写个人真情实感，突出创作个性。情是诗论的核心、男女为真情本源的提法，有振聋发聩之效。袁枚的诗作轻灵俊妙，笔调活泼，为诗坛吹来一股清新风气。

第三节　宋诗运动

在动荡不安的社会里，以祁寯藻、程恩泽为首偏于宋诗格调的流派兴起，史称宋诗派、宋诗运动，主要诗人有出于程恩泽门下的何绍基、郑珍、莫友芝以及曾国藩。

与具有近代民主意识的诗歌相比较，宋诗运动更多地体现了传统诗歌发展的延续性。诗人们不满于当时的社会风气，不愿意与邪恶势力同流合污。他们梦想回到康乾盛世，提出"以开元、天宝、元和、元祐诸大家为职志"(陈衍《石遗室诗话》),以杜甫、韩愈、苏轼、黄庭坚为宗。在创作倾向上他们受当时学术主流汉学的影响,重视人品与学问,将学人、诗人之诗合二为一,主张诗歌要有独创性,自成面目,反对模拟前人。宋诗派理论家何绍基强调诗文要立真我独自成家,但所谓真我包括自然禀赋的个性气质和后天修养而成的性情,大体不出封建伦理范畴和士大夫的标格,与张扬个性的时代新思潮相比显得保守。宋诗派的主要成就,是在描写具体生活方面的艺术开拓,其中郑珍成就最高。郑珍(1806—1864)长期偏处贵州西南一隅,诗歌长于白描,不厌琐碎、不避俚俗,展示贫士生活,用语洗练,平易近人。

宋诗运动的继承者在光绪十年(1884)前后活跃起来,世称同光体,他们主要学宋诗,也学中唐韩愈、柳宗元、孟郊。同光体分为以陈衍为代表的闽派,陈三立为代表的赣派,沈增植为代表的浙派。陈衍(1856—1937)推崇王安石、杨万里,提出诗学开元、元和、元祐的"三元说"。陈三立(1853—1937)崇尚黄庭坚,诗风晦涩。沈增植(1850—1922)晚年倡导元嘉、元和、元祐"三元",学习谢灵运、韩愈、孟郊、李商隐、黄庭坚,诗风艰涩。

第四节　闺秀诗人

闺秀诗人涌现,成为清朝诗歌领域的一个突出现象。女诗人众多,创造力旺盛。她们的作品,内容丰富,举凡山水景物、登临怀古、咏物抒怀、题画题壁、亲情思乡甚至爱国忧民均有诗作,风格多样。此外,她们还结社唱和,成为风气。规模较大的有袁枚门下随园女弟子,载入袁枚《随园诗话》中的有28人,道光年间陈文述碧城女弟子三十多人。康熙年间杭州的蕉园诗社、乾隆年间苏州的清滋吟社等也名噪一时,甚至在北京出现以沈善宝为首的全国性诗社秋红吟社，代表人物有顾春、许云林、钱继芬。

遗民诗人徐灿（1618？—1698）为大学士陈之遴继室，工诗词，擅长观音像，词被称为南宋以来闺秀词人之首，清代第一才女。明末夫妇二人在苏州拙政园别墅流连山水、往返唱和。顺治二年（1645）陈之遴不顾她的反对投靠清朝，在愧疚与殷忧中，徐灿皈依佛门。入清后诗作突破了家庭生活与风月景光的狭小天地，以家国兴亡的感慨拓展了传统女性诗人的题材，开启清代女诗人走出闺阁、关注社会的先河。她与顾春、吴藻被称为清代闺秀三大家。

顾春（1799—1876）满族人，道号太清，原名西林春，多才多艺，善画菩萨画，诗词兼善，在满族词人中与纳兰性德齐名。她身世坎坷，经历嘉庆、道光、咸丰、同治、光绪五朝，目睹清王朝由盛到衰的转变，亲历英法联军入侵后山河破碎的苦难，诗不仅有不同于男性诗人的细腻痛苦的体验，又超越了一般女性诗人的狭窄视野局限，描绘出一幅近数十年满族官宦家族盛衰的历史画卷。女性的压抑与孤寂，诗酒风流中对美好春天与爱情的渴慕，与游牧民族豪迈气息、独立个性交织在一起，诗风率真坦荡。

主张男女平等的袁枚辞官后隐居江宁随园，广收女弟子，奖掖女性诗人，吟诗唱和。其中席佩兰（1766—？）最为有名。她的诗歌多风云月露、生活琐事、离别怀人之作，却天机清妙，爽朗雅健。题画诗《题美人册子》品评了历史上的十二位女子，流露出儒家温柔敦厚诗教论倾向，显示独抒性灵与儒家诗教理论的融洽性。她写的言情诗剔除旖旎艳丽的韵味，显示出有别于男性诗人的矜持。

碧城女弟子吴藻（1799？—1862）出身于江南商人家庭，工诗词，词与纳兰性德齐名。道光六年（1826）与碧城女弟子结伴出行，登山临水，吟诗唱和，成为吴门一道亮丽景观。与名流黄燮清、赵庆熹、梁绍壬及女作家汪端、张襄、归懋仪、李佩金、鲍之蕙等都有交往，与词坛耆宿张景祁、魏谦升时有唱和。早年饮酒读《离骚》，男装出行，表现出对于女性性别的不甘心以及跨越性别界限的渴望。她的早年诗歌浓艳绚烂，山河破碎的社会现实使她的诗歌变得沉郁凄苦。

第五节　八旗诗人

八旗制度是清代特有的一种军事与生活组织，以满族为主体包括蒙古、汉军在内的八旗诗人的出现，形成清代诗坛的一道亮丽景观。

崛起于顺治朝的八旗诗歌，在康熙年间达到兴盛。乾隆年间，"满洲风雅，远胜汉人，虽司军旅，无不能诗"（袁枚《随园诗话补遗》卷七），空前繁荣，之后绵延不绝。

八旗诗人数量众多，初步统计有五千以上。其中，正黄旗人鄂貌图（1614—1661）是满洲族中率先使用汉文写诗的人，开八旗诗歌创作先河。他任中和殿学士、礼部侍郎，又一度随军出征，战功显赫。作为清初八旗劲旅中的一员，鄂貌图的诗集《北海集》中，有不少诗描写军旅生活，充满了清初八旗子弟跃马横刀、所向披靡的勇武精神与雄杰之气。一些诗歌展示了辽东生活场景，这在诗歌史上并不多见。

清代帝王以及宗室多能写诗。康熙皇帝经常宴饮群臣，诗酒唱和。乾隆皇帝在治国理政之外，创作了数量惊人的诗篇。

八旗诗人中，以纳兰性德、曹寅、法式善、铁保尤为著名。女诗人中，顾春声名显赫。

纳兰性德（1655—1685），正黄旗人，大学士明珠长子。在八旗诗人群中纳兰性德卓尔不凡。他善于作词，引领一代风气，为清词的中兴做出了巨大贡献。他与汉族诗人过往密切，将八旗诗歌带入到整个清代诗坛；他大力奖掖汉族诗人，留下满汉诗人互敬互重的佳话。又善于总结诗歌创作，在论争纷纭的诗坛提出自己的理论主张，"诗乃心声，性情中事"（《渌水亭杂识》四），强调不拘门派，抒写个性。

曹寅（1658—1712），正白旗包衣，官至通政使司通政使、管理江宁织造、巡视两淮盐漕监察御史。善骑射，诗词曲兼善。在创作上持论通达，虽然取法唐诗、推崇汉魏古风，但是也肯定宋元诗风。康熙四十四年（1705），他主持编纂《全唐诗》，在中国诗歌史上意义重大。他的孙子曹雪芹创作了《红楼梦》，不仅在各个民族中传播，而且远播国外，成为世界名著。

蒙古族人法式善（1753—1813）隶属正黄旗，曾任国子监祭酒。他勤于创作，今存诗歌 3500 多首。诗集而外，著有《存素堂文集》《清秘述闻》《陶庐杂录》《梧门诗话》《八旗诗话》《槐厅载笔》等，在少数民族诗人中绝无仅有。《梧门诗话》开启八旗诗学先声，为《雪桥诗话》导夫先路。他还援引后辈，举办诗酒文会，有力地促进了八旗诗人诗歌创作。

铁保（1752—1824），正黄旗满洲人，历官吏部尚书、山东巡抚和两江总督。他与法式善、百龄并称北方三才子。他为《八旗通志》总裁，出于深厚的民族情感，编纂八旗诗歌文献《白山诗介》《熙朝雅颂集》，为保留八旗文化遗产做出了卓越的贡献。他出生于将门，诗歌取法盛唐，诗境界开阔富于彪悍气象。

八旗诗人用诗话来品评诗歌，探讨诗歌源流，显示了诗学的繁荣。如满族恒仁的《月山诗话》、白族师范的《荫椿书屋诗话》、蒙古族法式善的《梧门诗话》《八旗诗话》、白族陈伟勋的《酌雅诗话》、满族杨钟羲的《雪桥诗话》，打破了汉族诗话一统天下的局面，表明传统诗学在清代达到了高峰。

第六节　诗界革命

甲午战争（1894）到清朝灭亡，爆发了资产阶级改良运动和民主革命运动，诗歌领域出现诗界革命，黄遵宪成为诗界革命的旗帜性人物。

黄遵宪（1848—1905）从光绪三年（1877）到二十年（1894）出使日本、美国、英国、新加坡等地，曾协助湖南巡抚陈宝箴实行新政，是维新变法运动的重要人物。他坚信中国必从西方道路的信念，诗歌创作上进行了大胆的探索。他认为古典诗歌从古至今已经极尽变化、难以为继，反对模拟古人，呼吁"我手写我口，古岂能拘牵"（《人境庐诗草笺》卷一《杂感》二），呼吁诗人放眼观世界、瞻望身后五千年，显示出处于风雨飘摇中中国诗人的勇于突破、力求变革的胆略卓识。反帝卫国、变法图强是他诗歌的两大主题，从抗击英法联军、甲午战争到庚子事变，重大历史事件在诗中都有反映。此外，他的诗歌描写了海外世界，汽车、电话（德律风）、苏伊士运河等新生事物与国外生活场景破天荒涌现在诗篇中，拓展了诗歌内容，给人耳目一新的感觉。

第四章
清代词的复兴

词在经历元、明两朝的衰颓以后，在清初重新开启了一个不断崛起的过程，词人众多，流派纷呈，风格各异，佳作频出。清词的中兴，并非重复南唐、两宋时期曾经的辉煌，而是词体经过衰落之后的再度发展，应当视为此种文体在承继中的变革与创新。清词的特色包括题材的扩大与延伸，创作手法与技巧的变化，词境的提升和词学理论上的构建等多个层面。

第一节 清初词坛

清初词学的重振，有着历史和现实的原因。旗人入关，外族成为改朝换代的实际统治者，文坛笼罩在清初的文化高压政策之下，写诗作文动辄得咎，而词在传统观念中只是游戏笔墨，不被重视。所以，文人的创作只能由诗文转向词，借词抒发国变丧乱，兴衰更迭的复杂情绪。

明末，云间词派陈子龙、李雯等文人，在明代词学整体衰微的情况下，标举南唐、北宋词之旨意，以求"词流"，直接影响到清初词的创作风格。陈子龙（1608—1647）为云间派领袖人物，字人中，后更字卧子，号大樽，崇祯十年（1637）进士，任兵部给事中。他是明代几社的领袖人物，明清易代之际，奋力抗清，曾经领导抗清运动，事败后投水而亡。现存词作有《幽兰草》和《湘真阁存稿》。《幽兰草》共收词五十五首，均是陈子龙在明亡以前的作品。其词多咏物，以"春风""春雨"或"画眉""杨花""闺怨""美人"为题，词风幽怨惆怅，凄清婉丽。陈子龙的词学观和创作，倡导雅正，崇法统宗风，纠正明代词风的卑弱，而他的不屈傲骨，让后人评价为"因其词而重其人，又实因其人而益重其词"。云间三子陈子龙、李雯和宋徵舆的影响由崇祯年间一直持续到顺治年间，由明过渡到清，拉开了清词复兴的大幕。

清初词坛，流派纷纭，迭现高潮，出现了以陈维崧为首的阳羡词派、朱彝尊为首的浙西词派，陈、朱二人是清词发展中的重要代表人物。阳羡派词人以古称"阳羡"的江苏宜兴为中心，受其词论影响者，多达百人之众。浙西词派以其主要成员大都是浙西人而得名，以朱彝尊为宗师。

陈维崧（1625—1682），工诗及骈散文，尤长于词，曾与朱彝尊合刻一稿，名《朱陈村词》，故又并称朱陈。他作词极富，现存《湖海楼词》，存词多达一千八百首。他的词风模仿苏辛，以壮语著称，尤与稼轩为近。甚至有论者认为陈氏的作品，源自苏、辛，在气魄上较苏、辛更胜一筹。在创作上，陈氏的词作关心社会现实，悼家国之沦丧；抒民生之苦哀的篇章甚多，名篇《贺新郎·纤夫词》模仿杜甫的《三吏》《三别》，"稻花恰趁霜天秀。有丁男、临歧诀绝，草间病妇。此去三江牵百丈，雪浪排樯夜吼。背耐得、土牛鞭否。好倚后园枫树下，向丛祠巫倩巫浇酒。神佑我，归田亩"。以词写史叙事，是词学发展的新现象。

陈维崧在清初词坛的地位，不仅在于他的创作，更在于他的词学观念。清代初年，陈维崧提出了"词史"说，这是在文学批评领域，第一次明确形成一个与"诗史"并存的概念。这一观点，否定了词乃诗余、小道的传统论断，推崇词体与经、史并列，强调了词的社会教化功能。

朱彝尊（1629—1709），词集有《曝书亭词》七卷。其词以姜夔、张炎为宗，标榜醇雅、清空，以婉约为特色，多在字句声律用功。朱彝尊在《词综·发凡》中说："世人言词，必称北宋。然词至南宋，始极其工，至宋季而始极其变，姜尧章氏最为杰出。"并在自己词作《解佩令·自题词集》中直接声明："不师秦七，不师黄九，倚新声玉田差近。"

朱彝尊还以自己的论词观点为标准，选编了唐、五代、宋、金、元五百余家词为《词综》。朱彝尊原编为二十六卷，后来汪森又增补了十卷，共收六百余家，两千二百多首词，借以推衍其理论主张。浙江秀水的前辈词人曹溶著有《静惕堂词》，家藏宋人遗集颇富，朱彝尊编选《词综》，多从其家假录，并常与唱酬。曹溶搜罗南宋词家遗集，追求当行本色的崇雅之说，倡导词作温丽蕴藉的审美特色，对朱彝尊的创作有着指导作用。朱彝尊说，"数十年来，浙西填词者，家白石而户玉田，春容大雅，风气之变，实由于此"，可谓开"浙派"观念的先河。

《词综》是一部重要词选，流传广泛，影响深远。此书一出，浙派宗风愈炽。朱彝尊论词，将"雅"推为最高的境界。他反复强调"昔贤论词必出于雅正"，高度评价宋代的"醇雅"之作。总体来说，标举"句琢字炼""审音尤精"是其特色。

第二节　纳兰性德

纳兰性德（1655—1685），为旗人作家群体中声名最著者，其创作又以词擅场。本名成德，曾为避太子讳，改名为性德，字容若，小名冬郎，别号楞伽山人，隶满洲正黄旗。纳兰性德十七岁进学，十八岁中举,座师为著名学问家徐乾学。十九岁参加会试,因患寒疾,未能参加殿试;遂闭门读书三年,学力大进。康熙十五年(1676)参加殿试,条对剀切,书法遒逸。二十二岁的纳兰容若高中进士第七名。随后他被选授为康熙帝的三等侍卫,旋晋为二等侍卫,再晋为一等侍卫。

纳兰性德于康熙二十四年(1685)五月离世,年仅三十一岁。据《清史列传》记载,容若"善诗,其诗飘忽要眇,绝句近韩偓,尤工于词。所作《饮水》《侧帽》词,当时传写,遍于村校邮壁"。容若生前曾经将其词集刊刻出版,名为《侧帽词》,取自晏几道词"侧帽风前花满路",容若自己亦有"倚柳题笺,当花侧帽"句。其词广为传诵,"都下竞相传写,于是教坊歌曲间,无不知有《侧帽词》者"。容若去世后,徐乾学于康熙三十年(1691)辑其遗著为《通志堂集》,计有赋一卷,诗歌五卷,词四卷,文五卷。

如果从康熙十年(1671)十七岁入太学前后算起,他成长的时期正是康熙朝提倡汉文化,融合满汉之时,亦是清词云兴霞蔚、蔚为大观之际。纳兰性德的词学活动首先是与各类词人的唱和活动,包括同题唱和与分题竞和。入宫为侍卫之前,纳兰性德曾向徐乾学问学十四年。纳兰自称:"先生语以读书之要及经史诸子百家源流,如行者之得路。"他还与顾贞观订交,深受顾贞观影响。

现存的三百多首纳兰性德词中,一小部分为边塞风光,友朋酬赠,大部分为爱情词。纳兰容若二十岁时娶两广总督卢兴祖之女为妻。卢氏是年十八岁,"生而婉娈,性本端庄",有良好的家教和学养,且颇通文墨,与容若甚为相得。少年夫妻,伉俪情深,本是一对神仙眷侣。谁知天妒红颜,婚后仅三年,卢氏即于康熙十六年(1677)春天病逝。容若悲痛欲绝,写下很多悼亡惜别的篇章,仅题目标明为"悼亡"的就有七首,如《金缕曲·亡妇忌日有感》:

>   此恨何时已？滴空阶、寒更雨歇，葬花天气。三载悠悠魂梦杳，是梦久应醒矣！料也觉、人间无味。不及夜台尘土隔，冷清清、一片埋愁地。钗钿约，竟抛弃！
>
>   重泉若有双鱼寄。好知他、年来苦乐，与谁相倚。我自终宵成转侧，忍听湘弦重理。待结个、他生知已。还怕两人俱薄命，再缘悭、剩月零风里。清泪尽，纸灰起。

况周颐《蕙风词话》里说"真字是词骨"，此词景真、情真、意真，十分感人。此外，纳兰容若的许多脍炙人口的名句"谁念西风独自凉""人到情多情转薄，而今真个悔多情""人间何处问多情"，等等，都是这段痛憾终生的感情的写照。

纳兰容若擅长小令，论者所在多有。夏承焘先生曰："他的令词，是五代李煜、北宋晏几道以来的一位名家。"吴梅先生则断言："清初小令之工，无有过于容若者矣。"

第三节　顾太清与女性词人的创作

顾太清（1799—1876），是清代最为著名的满族女性作家。她诗、词、曲、画兼擅，又以词作为最佳，被誉为"清代第一女词人"。她一向与旗籍词人纳兰容若齐名，前人论词，有"男有成容若，女中太清春"之称。

顾太清的姓名、字号在前人的多种论著中极为混淆不清。自清代晚期起，她的姓名、出身和民族，在各种记录中已是众说纷纭。《晚晴簃诗汇》记载"顾太清，字子春，汉军旗人"。《名媛诗话》记载"满洲西林太清春"。《近词丛话》中则说"太清西林春，姓顾氏，苏州人"。《中国文学家大辞典》称"顾春，字子春，号太清"。顾太清的籍贯与身世，一度也有多种说法流传，或称其为吴地人，或称是吏部尚书顾八代后人，均不确。实际上，顾太清是满族镶蓝旗人，姓西林觉罗氏，本名春，字梅仙，号太清。顾太清生于嘉庆四年（1799）正月初五日，卒于光绪二年（1876）十一月初三日，享年七十八岁，历经嘉庆、道光、咸丰、同治、光绪五朝。

她出身贵族之家。曾叔祖鄂尔泰是清代雍正、乾隆两朝重臣，祖父鄂昌官至甘肃巡抚。雍正、乾隆两朝间，鄂尔泰和张廷玉两派斗争，鄂尔泰的门生胡中藻撰文攻击张党，反被告发其诗句"一把心肠论浊清"是对满清朝廷的怨怼诋毁。于是，在文字狱大肆横行的背景下，受到胡中藻《坚磨生诗钞》一案的牵连，太清的祖父鄂昌被赐自尽，家族从此走向衰微。太清的父亲鄂实峰，身为罪人之后，唯以游幕为生，后娶香山富察氏为妻。鄂实峰有子女三人，子鄂少峰，长女即太清，次女名旭，字霞仙。太清之妹霞仙亦能诗，有诗集《延青草阁集》。

道光四年（1824），太清二十六岁时，嫁作奕绘侧室。奕绘（1799—1838），字子章，号太素道人，别号幻园居士、妙莲居士，堂号明善。他姓爱新觉罗氏，出身皇族，是乾隆曾孙，荣纯亲王永琪之孙，荣恪郡王绵亿之子，嘉庆二十年（1815）降袭贝勒爵。因为太清身为罪人之后，与宗室成员奕绘成婚受阻，故冒名荣府护卫顾文星之女，嫁为其侧室。

顾太清现存的作品，绝大多数写于回到北京的婚后时期，题材并不宽广，不出节令、出游、题画、咏物诸类。载钊是太清的第一个孩子，《迎春乐》一词注云"乙未新正四日，看钊儿等采茵陈"，是年载钊刚刚十岁。这是一首描写小儿在春日摘菜的小令，采用白描手法，语言平易，稚龄孩童提篮采摘茵陈的场景，读来犹在目前。

东风近日来多少。又早见，蜂儿了。纸鸢几朵浮天杪。点染出，晴如扫。

暖处有，星星细草。看群儿，缘阶寻绕。采采茵陈荣苣，提个篮儿小。

集中记游的作品，尤其是与奕绘出游的作品，洋溢着婚后幸福的心境。满族女子出行，向来与男子一样，都是骑马，而非坐轿。太清与太素联辔的英姿，在当时的京城极为出名，后有"于马上抱铁琵琶，宛然王嫱图画"的描绘。在她自己的作品中，也有体现，如《浪淘沙》词小序曰"春日同夫子游石堂，回经慈溪，见鸳鸯无数，马上成小令"，词云：

花木自成蹊，春与人宜。清流荇藻荡参差。小鸟避人栖不定，飞上杨枝。
归骑踏香泥，山影沉西。鸳鸯冲破碧烟飞。三十六双花样好，同浴清溪。

太清擅画，据奕绘诗词中提及的太清画作，就有"巨幅画杏图""梅竹双清图""碧桃海棠团扇""墨写牡丹扇""白海棠扇"等。题画诗是太清作品中数量众多的一类作品。她为自己的画作题词，在描摹画中景象之余，往往能够点明画意，如《步蟾宫·自题画扇》，据奕绘同题和作，此扇为"碧桃海棠团扇"。

沈沈院宇闲清昼。惜春去，怕春消瘦。为花写出好精神，展纨素，粉融脂溜。
微风不许丝儿透，看颜色，年年依旧。碧桃深处海棠开，低枝上，翠禽同宿。

院宇、碧桃、海棠、翠禽，是画中已有之景；"沈沈""闲""粉融脂溜"，则是作画者和观赏者的直观感受；"怕春消瘦"，"为花写出好精神",更是表达了自己的艺术主张与追求。

咏物诗是太清钟爱的又一类题材,其中又以咏花诗最为丰富。太清对花有着由衷的喜爱,又以白海棠最得太清倾心。海棠花中寄予了太清对自我身世的情感。如《钗头凤·秋海棠》:

> 清清露,涓涓注,嫩红细点花心吐。花如泪,叶如翠,花花叶叶,一般酸味。记。记。记。
>
> 虫声诉,西风妒。秋来更向谁分付。闲愁积,人不寐,半规残月,凉生绣被。睡。睡。睡。

《东海渔歌》集中咏梅之词甚多,还有不少是题画中之梅的作品。太清爱梅,字梅仙,缘自梅花的品格与凡花不同。她写道:"乍开时,欲谢时,铁干铮铮瘦影敧,东风着意吹。"看似娇弱的花朵,在她笔下有了一股英气,连以富贵艳丽著称的牡丹也是"瑶台种,不作可怜红""富贵更从清处见""洗铅华,扫尽俗态,澹妆别样娴雅"。况周颐评《题墨栀团扇》"不黏不脱,咏物上乘"。

闺秀是清代文学创作中的重要群体。以词而言,有徐乃昌所汇辑的《小檀栾室汇刻闺秀词》及《闺秀词钞》二书,收录清代女词人六百余家。

第五章
清代戏曲

有清一朝，历位皇帝均嗜好观剧，帝王的称赏与奖掖，成为戏曲创作、演出盛行的最佳助力。上行下效，戏曲表演雅俗共赏，受众层面宽泛，戏曲演出成为宫廷内外的主要娱乐方式。京城"笙歌清宴，达旦不息""是时养优班者极多，每班约二十余人。曲多自谱，谱成则演之"。戏曲演出的异常繁荣促成了艺术的不断进步，昆曲和地方戏争奇斗艳，使得"花雅之争"成为清代戏曲的一大标志，并直接影响了后称为"国剧"京剧的萌生。

可以这样说，清代宫廷演剧，无论是剧本编撰还是舞台表演，均引领清代戏曲创新与变革风潮。

第一节 宫廷编剧和演剧

戏曲演出一直是节庆典礼的重要组成部分。清初，江山初定，政局未稳，宫廷演出一应沿用明代制度，由礼部教坊司衙署管理演剧。康熙年间，内廷建立了专门管理戏曲演出的衙署——南府和景山。现存此两处机构的最早记录，分别出现在康熙二十五年（1686）和康熙三十四年（1695）的满文档案中。南府原称南花园，本是宫内栽培花木之处，改南府后，为梨园子弟居所，中和乐、十番学、弦索学等在此学艺,演剧的管理机构亦设此处。乾隆十六年(1751),下谕选征苏州籍艺人进宫当差,令住景山,与宫廷太监相别,景山遂成为另一处培养宫廷艺人的机构。景山、南府两处各有内学和外学,乾嘉时期编制大体相同,在规模和人数上不断扩展,曾先后分为南府头学、景山小内学、外头学、外二学、外三学、景山头学、景山二学等。

道光帝自即位起,力图节俭,精简机构,大量革退伶人,将外学撤销,艺人俱回原籍。道光七年(1827),又将景山合并入南府,改为昇平署,成为内廷演戏和演乐的重要机构。昇平署的规模虽远不及乾隆鼎盛时期的南府和景山,但宫廷演剧之频繁和盛况一仍其旧。至慈禧太后执政时,更是大量投入物力财力,又多次传旨宣召著名伶人入宫演出,担任教习,推动宫廷演出达到另一个顶峰。

顺、康年间,帝王已经着意新编剧本,至乾隆时,清代宫廷编制了大量的承应戏,以供节庆庆典演出之用,宫廷戏的编撰和演出达到鼎盛。乾隆七年,命庄亲王允禄与三泰、张照管乐部,并总管编撰昇平署承应戏。礼亲王昭梿在《啸亭续录》中记道:

> 乾隆初,纯皇帝以海内昇平,命张文敏制诸院本进呈,以备乐部演习,凡各节令皆奏演。其时典故如屈子竞渡,子安题阁诸事,无不谱入,谓之《月令承应》。其于内庭诸喜庆事,奏演祥征瑞应者,谓之《法宫雅奏》。其于万寿令节前后奏演群仙神道添筹锡禧,以及黄童白叟含哺鼓腹者,谓之《九九大庆》。又演目犍连尊者救母事,析为十本,谓之《劝善金科》,于岁暮奏之,以其鬼魅杂出,以代古人傩祓之意。演唐玄奘西域取经事,谓之《昇平宝筏》,于上元前后日奏之。其曲文皆文敏亲制,词藻奇丽,引用内典经卷,大为超妙。其后又命庄恪亲王谱蜀、汉《三国志》典故,谓之《鼎峙春秋》。又谱宋政和间

梁山诸盗及宋、金交兵，徽、钦北狩诸事，谓之《忠义璇图》。其词皆出日华游客之手，惟能敷衍成章，又抄袭元、明《水浒义侠》《西川图》诸院本曲文，远不逮文敏多矣。

庄亲王允禄及张照、周祥钰等奉旨撰写并修改前朝及本朝所遗存戏本，是直接为满足帝王观赏之需求。宫廷承应戏着重编写年节、时令、喜庆演出剧目，内容通常是佛道神仙等给皇家拜年请安故事。或取材于上古神话，或取材于民间传说，或取材于《太平广记》《列仙传》《封神榜》《列异传》等。另有部分剧目为颂扬皇恩浩荡而编撰，情节简单，类似歌舞。

承应戏中，"月令承应"包括元旦、立春、上元、花朝直至冬至、腊日、祀灶、除夕等各重要节日的演出；"法宫雅奏"包括皇帝大婚、万寿、皇子生日、册封后妃等皇家庆典中的演出；"九九大庆"则是太后、皇帝、皇后、贵妃、皇子生辰时的演出。又演目连故事为"劝善金科"；演西游故事为"昇平宝筏"；演三国故事为"鼎峙春秋"；演水浒故事为"忠义璇图"，足见其内容之丰富。而且，昭梿此处所记载的不过是部分庆典戏和连台本戏，远不能概括清宫演剧的全部内容。

承应戏在紫禁城和行宫中上演，观众包括了大臣和四方觐见的使者。赵翼曾记载了热河行宫中一次万寿节的承应戏演出。"中秋前二日为万寿圣节，是以月之六日即演大戏，至十五日止。所演戏率用《西游记》《封神传》等小说中神仙鬼怪之类，取其荒幻不经，无所触忌，且可凭空点缀，排引多人，离奇变诡作大观也。"17—19世纪朝鲜使臣所作的《燕行录》，如朴趾源的《燕岩集》，也包含了大量宫廷承应演剧的记载。

清代的最高统治者一直热心倡导演剧。康熙二十二年，平定三藩，统一台湾，康熙"以海宇荡平，宜与臣民共为宴乐，特发帑金一千两，在后宰门驾高台，命梨园演《目连》传奇，用活虎、活象、真马"。这是清朝定鼎后见诸记载的第一次大规模演出。乾隆朝和光绪朝为宫廷演剧的两大高峰时期。乾隆时期，皇太后六十、七十、八十万寿寿辰，京师每十步间一戏台，南腔北调，备四方之乐，可谓是极一时演剧之繁盛。光绪时期，为了满足慈禧太后的需求，戏台装备，穷极奢侈，世所未有。

为便于演剧，清代在紫禁城和各地行宫中建筑了大量不同规模和用途的戏台。三层大戏台，如故宫宁寿宫畅音阁戏台和寿安宫戏台、热河行宫福寿园清音阁戏台、圆明园里同乐园清音阁戏台和寿康宫戏台、颐和园内德和园戏台等。

上引赵翼所记在热河行宫的戏台，规模之大，机关之巧，令人咋舌。赵翼所观看的演出中，舞台可以容纳多达上百演员："戏台阔九筵，凡三层。所扮妖魅，有自上而下者，自下突出者，甚至两厢楼亦作化人居，而跨驼舞马，则庭中亦满焉。有时神鬼毕集，面具千百，无一相肖者。神仙将出，先有道童十二三岁者作队出场，继有十五六岁，十七八岁者，每队各数十人，长短一律，无分寸参差，举此则其他可知也。又按六十甲子扮寿星六十人，后增至一百二十人。又有八仙来庆贺，携带道童不计其数。至唐玄奘僧雷音寺取经之日，如来上殿，迦叶、罗汉、辟支、声闻，高下分九层，列坐几千人，而台仍绰有余地。"

与此同时，清代统治者也加强了对戏曲剧本和民间演出的查禁。他们认为小说、戏词中多"琐语淫词"，败坏风俗，蛊惑人心。最初的查禁对象仅限文本。康熙年间，八旗制度积弊初露端倪，旗人松懈之风气乍起，热衷观看戏曲演出被视为骄淫堕落的重要诱因。帝王担心八旗王公、官员兵丁耽溺戏曲，削弱斗志，于是，对戏曲的钳制，从文本扩展至演出。为正风气、戒奢靡，自康熙年起，采取"禁内城开设戏馆""禁满洲学唱戏耍"之措施。至雍正朝，雍正对旗务进行大刀阔斧的改革,严禁八旗官员遨游歌场戏馆,并对逾越者进行了严厉的惩罚。

戏曲虽一向是不登大雅的娱乐小道,广而言之,亦处汉族文化大范畴之内。清廷对待戏曲的态度,正是其对待汉族文化矛盾、摇摆心理之一斑。

第二节 《长生殿》与《桃花扇》

康熙年间,洪昇的《长生殿》与孔尚任的《桃花扇》先后问世,成为清代戏曲创作的两部巅峰之作。两位作者世称"南洪北孔"。这两部剧作均以儿女之情为情节主线,借以反映出社稷兴亡的历史图景,即《桃花扇》在《开场》中所说的"借离合之情,写兴亡之感"。

洪昇(1645—1704),字昉思,号稗畦,或作稗村,又号南屏樵者,浙江钱塘(今杭州)人。洪昇出身望族,祖父为万历朝进士,曾官任御史,外祖官至文华殿大学士兼吏部尚书,皆烜赫一时。他少年即有才名,15岁"早擅作者之林",24岁时入国子监就学。洪昇恃才傲物,疏狂不羁,本意在京一展才华,建功立业,惜无所遇。后返杭州,又突遭天伦之变,与父母别居,少年的雄心壮志备受挫折。康熙十二年,他携眷北上,馆于李天馥家,又受业王士禛门下,并与京师著名诗人施闰章、赵执信等相交。洪昇以诗闻名京师,诗作高超闲淡,不落凡境,诗集有《稗畦集》。时人又称其"尤工院本",早年有《沉香亭》《织锦记》等剧作享誉一时,"旗亭壁间,时闻双鬟讴诵之,以故儿童妇女莫不知有洪先生者"。此后,他潜心十余年,三易其稿,终于在康熙二十七年44岁时完成了皇皇巨著《长生殿》。

《长生殿》共2卷,50出。剧中以唐玄宗和杨贵妃的爱情为主线。唐玄宗李隆基是开创了开元盛世一代明君，在晚年时宠幸杨玉环，封为贵妃，并任用其兄杨国忠为相，导致国家政治日趋腐败。在内闱，唐玄宗寄情声色，赐杨玉环金钗、钿盒，并在七夕之夜与其指牛郎、织女双星密誓，愿生生世世结为夫妇。在外朝，杨国忠专权营私，导致安禄山起兵攻打长安，唐玄宗携杨玉环出逃，至马嵬坡，将士哗变，杀死杨国忠，又逼迫玄宗赐死杨玉环。此后玄宗传位肃宗，肃宗令郭子仪领兵平定安禄山之乱，收复长安并迎玄宗回宫。玄宗夜夜思念贵妃，遣临邛道士杨通幽上穷碧落下黄泉，寻觅贵妃之魂魄。剧末，中秋之夜二人相会于月宫之中，永结同心，永居天宫。洪昇在《传概》中写道：

> 今古情场，问谁个真心到底。但果有精诚不散，终成连理。万里何愁南共北，两心那论生和死。笑人间儿女怅缘悭，无情耳。　　感金石，回天地，昭白日，垂青史，看子孝臣忠，总有情至。先圣不曾删郑卫，吾侪取义翻宫徵。借太真外传谱新词，情而已。

洪昇认为戏曲的创作重在言情，他创作此剧的初衷，无疑是写"情"。洪昇创作《长生殿》，取材于白居易《长恨歌》、陈鸿《长恨歌传》、白朴《梧桐雨》和《开元天宝遗事》，又借鉴了历代吟咏李、杨二人情事的诗、词、曲、诸宫调和笔记小说，从旧题材中发现新意，为李隆基、杨玉环故事的总结式作品。洪昇以同情的笔触描述了李、杨之间凄绝哀婉的生死情缘，表现出对至真之情的崇尚，其中寄托尤深。不过，"情"只是《长生殿》主题的一个方面。李杨二人之私"情"，成为国家动乱的直接导火索，他们的贪欲和放纵，"弛了朝纲，占了情场"，致使杨国忠与安禄山争宠弄权，终于酿成安史之乱，江山动荡。总体而言，《长生殿》再现了唐代由盛转衰的过程，抒发了"逞侈人心而穷人欲，祸败随之"的幻灭感和作者以古喻今的幽思，乐极哀来，垂戒来世。

《长生殿》不仅具有深刻丰富的历史内涵，而且具有高超的艺术造诣，文本和音乐均备受赞誉。在人物塑造上，主人公唐玄宗的钟情、痴情，以一句"愿此生终老，白云不羡慕仙乡"，让风流天子跃然纸上。李、杨二人"愿生生世世共为夫妇，永不相离"的密誓，也成为戏曲文学史上的经典场景。在结构安排上，此剧以李、杨爱情悲剧为全剧故事主线，"安史之乱"作为叙述副线。李、杨爱情以"钗""盒"为喻，贯穿始终，随着情节的进展，钗盒由合而分、由分而合，既使全剧的情节有着内在的联系，又体现出主人公悲欢离合的命运变化。在语言风格上，《长生殿》善于化用李、杜、元、白的名章佳句，曲词流畅清丽，富有诗意。《闻铃》一折中"淅淅零零，一片凄然心暗惊"之曲，以及《弹词》一折中"可怜那抱幽怨的孤魂，只伴着呜咽的望帝悲声啼夜月"，都是千古传颂的名句。洪昇善于融情入景，形象地传达出人物的内心情感及心理活动，同时富于性格化和动作性。在音律上，《长生殿》也取得了不凡成就，一向为曲家激赏。洪昇在曲牌、用韵上，真正做到了曲辞与音律俱佳，文情与声情并茂。

《长生殿》问世之后，轰动一时，勾栏中争相上演。"一时朱门绮席，酒社歌楼，非此曲不奏，缠头为之增价。"王应奎《柳南随笔》还记载，此剧亦曾上达天听，备获赞许。后因在皇后祭期内演剧导致"演《长生殿》之祸"，洪昇下刑部狱，被革除国子监籍。虽终获释，但一生备极坎坷。晚年归钱塘，居于孤山稗畦草堂。康熙二十四年，友人招饮，醉后失足落水身亡。当时之人遂为之叹道："可怜一曲长生殿，断送功名到白头。"

与洪昇同时并齐名的另一位剧作家孔尚任（1648—1718），字聘之，号东塘，别号岸堂，自号云亭山人，山东曲阜人，孔子第六十四世孙。父孔贞璠，崇祯举人，隐居不仕。孔尚任幼年聪颖，慧异凡儿，但屡试不中，久困场屋，遂隐居石门山中，终日读书、写作。康熙二十三年（1684），康熙帝南巡途经曲阜，谒孔庙，孔尚任被衍圣公孔毓圻举荐，在御前讲经，并为导览游孔林。康熙帝对其大为赏识，当即恩准不拘定例，额外议用，授国子监博士。后升户部员外郎。孔尚任为八旗满汉子弟讲解经义，身为冷署闲官，遂起归乡之意。康熙二十五年（1686），前往淮扬开浚黄河河口，涉足江南，与遗民黄云、张潮等相交，往还酬唱。又遍览山河，凭吊故址，感慨兴亡。期间，结识了明末四公子之一冒襄，对复社之事多有了解。康熙三十四年，迁户部主事，后因《桃花扇》罢官，遂归乡，康熙五十七年，卒于家。存世诗文作品有《石门山集》《湖海集》《长留集》《享金簿》《人瑞录》等多种。

孔尚任尚未出仕，已有创作《桃花扇》之念，尝谓朋友曰"吾有《桃花扇传奇》，尚秘之枕中"。当时仅画其轮廓，实未饰其藻采也。康熙三十八年（1699），孔尚任五十二岁时，《桃花扇》历经十余年三易其稿而成，轰动朝野，"王公荐绅，莫不借钞，时有纸贵之誉"，甚至惊动了康熙帝，"己卯秋夕，内侍索《桃花扇》本甚急"，迫不及待一睹其貌。

《桃花扇》是一部基于史实创作的历史剧。此剧以明末动乱之世为时代背景，借复社文人侯方域和秦淮名妓李香君的爱情故事为线索，揭示坐拥"六朝金粉之地"的明朝基业和弘光小朝廷兴亡的原因。剧本创作其时，去明末未远，孔尚任正是希冀借此来反思明代覆灭的根本原因，他在《桃花扇小引》中说：

> 《桃花扇》一剧，皆南朝新事，父老犹有存者。场上歌舞，局外指点，知三百年之基业，隳于何人？败于何事？消于何年？歇于何地？不独令观者感慨涕零，亦可惩创人心，为末世之一救矣。

为了做到"实事实人,有凭有据",确保史实无误,孔尚任进行了精心的考察。《桃花扇·凡例》中说:"朝政得失,文人聚散,皆确考时地,全无假借。至于儿女钟情,宾客解嘲,虽稍有点染,亦非乌有子虚之比。"这也让全剧的故事情节看起来更为真实。

《桃花扇》的男主角侯方域是明末东林党人,复社的领袖之一,与魏忠贤余党阮大铖展开尖锐的斗争。女主角李香君身在青楼,对时局与世事极为关心,并有着清醒的认识。二人相识之后,互相倾心,以一把宫扇为信物,互许终身。但随着局势的风云变幻,二人在兵荒马乱中离散,最终双双入道。

《桃花扇》虽然以爱情故事为主线,却反映了朝代更迭之时更为广阔的社会现实以及统治阶级内部的矛盾和斗争,艺术化地再现了那段历史。正如《先声》中老赞礼所说:"借离合之情,写兴亡之感,实事实人,有凭有据。"福王朱由崧昏庸荒佚;马士英、阮大铖结党营私;江北四镇互相倾轧;左良玉刚愎自用;史可法孤掌难鸣;小王朝迅速覆灭……一切都给人以沧桑变幻之感,一如剧中老赞礼所说:"当年真是戏,今日戏如真。"

《桃花扇》中对人物的刻画极具功力,突破了传统的绝对"忠""奸"的划分。生死存亡之秋,朱由崧关心的只是"天子之尊","声色之奉",不顾君主之职责。马士英、阮大铖拥立福王,只谋一己富贵,无视社稷安危。作为一贯被赞许和肯定的正面形象,左良玉虽对崇祯皇帝无限忠心,但骄矜跋扈,缺少谋略,轻率挥兵东下。清流的代表人物侯方域风流倜傥,关心国事,却摆脱不了自身的软弱和纨绔。国家将亡,文人们以风流自许,流连青楼,寻访佳丽。直到最后,侯方域和李香君在栖霞邂逅重聚,听了张瑶星道士的一番棒喝:"呵呸!两个痴虫,你看国在哪里?家在哪里?君在哪里?父在哪里?偏是这点花月情根,割他不断么!"才恍然大悟,"冷汗淋漓，如梦忽醒",双双入道。

《桃花扇》一剧创造的几位小人物形象极其丰满。女主角李香君是最为光辉的女性形象之一。她身陷青楼，处于社会下层，但勇敢忠贞，不让须眉。她与侯方域的新婚之夜，当她得知妆奁来自阮大铖后，毅然拔簪脱衣，斥责侯方域不辨是非.她一口回绝再嫁的威逼，头撞翠楼，血溅诗扇，让桃花扇成为爱情、国家兴亡的见证。此外，艺人柳敬亭、苏昆生等也是剧中突出、耀眼的经典形象。这些人属于倡优贱流，为衣冠中人所不齿，却关心国事、明辨是非，有着独立高尚的人格。柳敬亭以说书为业，不事权贵，任侠好义，奋勇投辕下书，使手握重兵又性情暴戾的左良玉折服。苏昆生在明亡之后重游南京，无比凄凉，宁愿归隐，不做新朝之民。

《桃花扇》自问世起，在舞台长盛不衰。时人谓"长安之演《桃花扇》者，岁无虚日"。完稿次年的正月十五日，都御史李楠总宪买下"金斗班"排演《桃花扇》。三月中旬，孔尚任突然被罢官。罢官原因一直众说纷纭，有研究认为，罢官是与《桃花扇》的创作无关的，而且，也并未影响《桃花扇》在清代演出中广受欢迎。

第三节　李玉和苏州派

苏州是江南富庶之地，经济、文化都高度发达，为苏州派剧作家群提供了优良的文化土壤和创作氛围，是明清时期传奇创作和演出的中心。"苏州派"，指的是明清之际苏州出现的十多位剧作家。他们生活在苏州及附近地区，虽并未真正结社，但相互交往频繁，合作切磋，在创作中形成了共同的文学风格，人称苏州派。

李玉（1616—1677?），字玄玉，后因避康熙讳改作元玉，号苏门啸侣，一笠庵主人，江南吴县人，李玉是"苏州派"剧作家群体的代表人物和中坚力量。他出身微贱，其父乃明末大学士、相国申时行府中家人。因此之故，李玉虽文章高妙，却一直蹭蹬功名，崇祯朝举于乡，入清后再未赴试。

　　李玉既富才情，又娴音律，专心治曲，剧作数量很多，计有传奇三十余种，今存十余种。他的戏剧作品在明末崇祯年间已经崭露头角，最著名者称为"一、人、永、占"，即指《一笠庵四种曲》中的《一捧雪》《人兽关》《永团圆》《占花魁》四部作品，均创作于明亡之前。成名作《一捧雪》写严世蕃与莫怀古争夺一只古玉杯的故事，情节脱胎于沈德符《万历野获编·补遗》所载严嵩当政时为《清明上河图》而构陷他人的逸闻。剧中着重描写了仆人莫诚代主人莫怀古而死，莫怀古小妾雪艳娘被严世蕃幕僚汤勤逼迫成婚，于新婚夜将其刺死后自杀。《人兽关》一剧据冯梦龙《警世通言》中的《桂员外穷途忏悔》改编，描乌桂薪一家忘恩负义，终遭报应的故事。《永团圆》演江纳嫌贫爱富，江纳与蔡家攀亲，蔡家败落便翻脸悔亲，后来蔡子中试，因缘巧合娶江家二女的故事。《占花魁》演冯梦龙《醒世恒言》的《卖油郎独占花魁》，歌颂卖油郎秦钟与花魁娘子莘瑶琴之间的纯真爱情。这四种传奇反映了社会下层的世态人情，表彰了微贱中道德高尚者，嘲讽鞭挞了唯利是图、忘恩负义的卑劣行径。

　　明清易代给江南文士带来了巨大的心理创伤，李玉也不例外。入清以后，李玉的作品，更明显地趋向于"即当场之歌呼笑骂，以寓显微阐幽之旨"的创作意图。他与钱谦益、吴伟业等名士交好，受到他们遗民思想的影响，更加关注朝政军国之事，编撰出许多颇有寄托寓意的历史剧作。最为著名的是《千忠戮》，又名《千钟禄》，演明初燕王朱棣以武力夺取帝位，建文帝和臣子程济化装僧道流亡西南的故事，颂扬了方孝孺、程济等一批忠臣义士。《惨睹》一出中建文帝所唱【倾杯玉芙蓉】"收拾起大地山河一担装，四大皆空相"一曲，与洪昇《长生殿·弹词》中李龟年所唱【南吕一枝花】"不提防余年值乱离",在当时广泛传唱,遂有"家家'收拾起',户户'不提防'"之誉。

李玉另一部著名的作品《清忠谱》,亦是出自明末史实。明代天启年间,阉党魏忠贤派厂卫缇骑到苏州逮捕东林党人周顺昌,市民颜佩韦等聚众万余至府衙请愿,要求释放周顺昌,最后慷慨就义。此事造成了极大轰动,《清忠谱》即以此事为背景创作而成。作者敢于选择现实题材,贴近生活,也注重题材的多样化。同时,他生长在演出中心,熟悉舞台,了解观众欣赏要求,由此,他的剧作广受欢迎,常演不衰。

"苏州派"在当时并非是一个固定的团体,也没有集中、定期的活动。他们由于身份相近、兴趣一致而自然地聚集在一起,审定音律,编写剧本。李玉的《清忠谱》,毕魏、叶时章、朱素臣曾一同参与创作。朱素臣又协同李玉编撰《北词广正谱》。朱素臣、朱佐朝兄弟合撰《四奇观》。朱佐朝与李玉合撰《埋轮亭》,与朱云从合撰《轩辕镜》。叶时章、丘园等四人合撰《四大庆》等。

苏州派的剧作家历经易代巨变,目击丧乱,大多无意出仕为官,而寄情度曲。他们心怀拯救世风,惩恶扬善之念,又因洞悉世情,了解民间疾苦,故能切中时弊,反映社会现实。他们擅长利用历史题材,描写重大社会事件和政治斗争,反映人民群众的要求和愿望,曲词中自然带有一股慷慨激昂之气。

"苏州派"剧作家的一个重要特色,是善于塑造小人物。在他们的作品中,作为配角的净、丑,大多塑造得比主角生、旦更具个性,更为出色生动。个中原因,是他们大多熟悉舞台演出,了解并注重市民看戏的口味,不为自遣自娱而填词度曲,而是为演出提供剧本,注重舞台要求和演出效果,从而改变了以曲词为核心的传统戏曲观念。他们把戏曲结构放到了重要位置,运用南北合套的音乐方式增强艺术的表现力,曲词质朴,宾白通俗。苏州派打破了以生旦为主角的惯例，在净、丑等角色中塑造了多个经典的形象，并由此展现出既真实又富有幽默感的舞台效果。他们的传奇作品适合演出，受到广泛欢迎，因而对明末清初的传奇创作产生了极大推动作用。

第四节　代表性杂剧和传奇作品

明清易代，对文人的生活、心灵和创作，都带来了极大的冲击。家国之变，必然反映在文学作品之中。清初对文字创作的钳制，也让文人们从诗文转向填词度曲，以历史为题材，以古喻今，借他人之酒杯，浇心中之块垒。借以抒发满腔的悲愤和哀思，以求得精神上的解脱。

清初丁耀亢、傅山、吴伟业、王夫之、黄周星等饱学之士，以文士之才情度曲，在题材上借史喻今，在文字上逞才使气，剧作文采斐然，只求尽兴而不大注意戏剧结构和舞台要求，案头化倾向比较严重，难以被之管弦。

丁耀亢（1599—1669），字西生，号野鹤，别署紫阳道人、野航居士等，山东诸城人。父早卒，少负才名。为人卓尔不群，倜傥不羁。明室濒亡，曾八方奔走，组织抗清。明清鼎革之后，曾任旗下教习、惠安知县等职，后归家隐居。一生著述甚丰，诗集有《江干草》《归山草》《逍遥游》等。又以小说、戏曲闻名于时。所撰传奇6种，现存《化人游》《赤松游》《西湖扇》《表忠记》4种。《化人游》是一则"渡世的寓言"，演何皋四处游历，欲访异人。东海琴仙引领他阅览天上人间的美景，醒后方知只是一梦。《赤松游》写张良辅助刘邦立国之后功成身退的故事。《表忠记》讲述明代杨椒山、沈炼等忠臣与严嵩党抗争之事。《西湖扇》写名士顾史与宋湘仙、宋娟娟的爱情故事。

吴伟业（1609—1672），字骏公，号梅村，别署灌隐主人，太仓人，通经史，擅诗文，学识博洽，与钱谦益、龚鼎孳并称江左"三大家"。著作有《梅村集》，戏曲有传奇《秣陵春》和两部杂剧《临春阁》《通天台》。

《秣陵春》又名《双影记》，2卷41出，演南唐徐适和黄展娘在南唐灭亡后发生的爱情故事。徐适和黄展娘偶然在宫中遗物宝镜和玉杯中互见对方身影而相爱，又赖死后位列仙班的李后主和宠妃展娘姑母黄保仪在冥冥之中为之牵合，结成连理。《秣陵春》借南唐故事隐喻内心眷恋旧朝，寄托哀吊故国之思。吴伟业早年因涉入党争，陷入困境，崇祯皇帝曾亲自为其解围。剧中徐适身为南唐世裔，受李后主冥恩的情节，显然寄寓着吴伟业眷恋明末亡国之君的情结。吴伟业见到夏完淳殉明难前所作《大哀赋》，"大哭三日，《秣陵春》传奇之所由作也"。同时，作者示感恩新朝，剧中"圣主"宋主、爱才重才，"把一个不伏气的书生款款降"，赏识徐适的才华，擢为状元，传递出吴伟业徘徊于旧恩与新宠、名节与功利之间的矛盾心理。

李渔（1611—1680）是清代一位戏曲奇才。初名仙侣，字谪凡，号天徒，后改名渔，字笠鸿，号笠翁，祖籍浙江兰溪，生于江苏如皋。少聪慧，然屡试不第，顺治七年（1650），李渔携家眷移居杭州，以卖文为生。他自幼年便常常观场，时闻弦管之声。小说、戏曲等通俗作品可以获利，激发了李渔创作的欲望。《怜香伴》《风筝误》两部传奇，即为徙杭未久之作，李渔声名日隆由此开端。他共著传奇十种：《怜香伴》《风筝误》《意中缘》《蜃中楼》《玉搔头》《奈何天》《比目鱼》《巧团圆》《凰求凤》《慎鸾交》等，合刊为《笠翁十种曲》，其中以《风筝误》名声最响。戏曲创作也的确给他带来了巨大的经济利益与声誉。此十种剧本"喧传都下，价重旗亭"，一时擅场。

李渔久负才子之名，具有极高的艺术鉴赏力，重机趣，求尖新。他的创作目的很清晰："砚田糊口，原非发愤而著书，笔蕊生心，匪托微言以讽世。"这与当时文人热衷制曲，或借之以浇胸中块垒，或凭之以展露锦绣才华，迥然有别。以牟利为动机，决定了李渔的创作必须迎合读者和观众的需求。其传奇多演才子佳人艳遇故事，善于运用误会和巧合来组织情节，关目生动，结构新颖，宾白通俗机趣，生动活泼，符合人物身份，便于演出，所以在舞台上流传甚广。

李渔在戏曲理论上也颇有建树。他的《闲情偶寄》中，《词曲部》《演习部》《声容部》均阐发了创作、演出的认识和主张。

尤侗（1618—1704），字同人，后改字展成，号悔庵，又号艮斋，晚年自称西堂老人，江苏长洲人。天资颖悟，博闻强记，诗文词曲，无不擅长。五次应试而不中，入清后举博学鸿词科，其剧本颇为顺治、康熙赏识。著有杂剧五种《读离骚》《桃花源》《吊琵琶》《黑白卫》《清平调》，均演历史故事。《读离骚》据《楚辞》中名篇改编，写屈原故事。《桃花源》据《归去来辞》写陶渊明故事。《吊琵琶》写昭君和亲故事。《黑白卫》写聂隐娘故事。《清平调》则据李白诗而杜撰了李白登科故事。又有传奇一种《钧天乐》，前半部演博学多才的沈白、杨云二人赴京应试，名落孙山；而才学拙劣的生员贾斯文、程不识、魏无知之流依仗贿赂或人情而得中高魁，杨云气绝身亡。沈白上书揭发科场私弊，被视为不敬而乱棍打出。此剧主要揭露科场黑暗，宣泄抑郁不平之气，表现作者对科举制度既愤懑、谴责，又憧憬、热望的矛盾心态。作者通过这部剧作，猛烈抨击科场积弊和官场腐败。

万树（1630—1688），字考承，又字红友、花农，号山农、山翁，江苏宜兴人。他是明末戏曲家吴炳的外甥，少年聪慧，才思过人，聆听吴炳《粲花五种曲》，即能成诵。康熙七年入京，后游历四方，填词度曲，所作戏曲20余种，今所知名目者有传奇10种，杂剧7种，仅存《风流棒》《念八翻》《空青石》三种传奇作品，合刻本题为《拥双艳三种曲》。另有《璇玑碎锦》100种，游戏文字，构思精巧，《词律》20卷，汇集广博，选例精当，考证详明。

万树论曲，认为音、情、理并重。"不通乎音弗能歌，不通乎情弗能作，理则贯乎音与情之间，可以意领，不可以言宣。"他传世的三种传奇作品，在情节安排和人物设置上，均承袭明代传奇中常见的一生双旦即"拥双艳"模式：生旦彼此钟情，却遭宵小之徒破坏，又穿插以忠奸斗争，使婚事波澜叠生，最后书生总能登第得官，一夫二妻团圆。在创作技巧上，他大量运用误会、错认、巧合和突变等手法，如功臣反得罪、罪人反立功、恶人变善人、正人变恶人之类，共二十八番变化，表现世情之斑驳陆离，人情之反复无常。关目变幻多端，穿插照映妥帖，技巧圆熟，语言工巧，在当时得到颇高评价。

清代中期，杂剧创作转入低潮，剧作家在形式与内容上追求新变，乾隆年间享有声望的杂剧作家是杨潮观和蒋士铨。

杨潮观（1712—1791），字宏度，号笠湖，江苏常州人。乾隆元年（1736）中举，曾入实录馆供职，后出任山西、河南、云南和四川等地县令，历任州县正职十六任，直到70岁在泸州任上致仕，告老还乡。杨潮观幼好诗文，十六岁时参与苏州布政使鄂尔泰所设文会，所作诗词义古雅，令一州能文之士折服。代表作是《吟风阁杂剧》三十二种，均为单折。这种单折短剧形式，自明末徐渭《四声猿》为发端，至杨潮观，集为大成。杨潮观的杂剧，每部作品前均有小序点明主旨，取古譬今，因事感发，表达了对于贤明政治和清廉节操的向往。

蒋士铨（1725—1784），字心余，一字苕生，号清容、藏园，晚年又号定甫。江西铅山人。博淹通雅，自古文辞及填词度曲，无所不工。诗歌自成一家，著作有《忠雅堂诗集》。现存戏曲作品有《一片石》《第二碑》等共十六种。他才思敏捷，剧情不落才子佳人之俗套，大多反映民族矛盾，描写社会习俗，内容丰富且饶有情趣。

蒋士铨为"雅部殿军"。

清代传奇以"南洪北孔"为界限,《桃花扇》和《长生殿》之后,虽再无巨制,但不少剧作仍然活跃舞台。

唐英(1682—1756),字俊公、一字叔子,号蜗寄老人、陶成居士,人称古柏先生。盛京人,隶籍汉军正白旗包衣。幼年失怙,16岁即供奉内廷,扈从康熙皇帝车驾20余年,三度随从南巡。雍正元年,任内务府员外郎,三年,受命监督江西景德镇窑务。乾隆元年,转任淮安关,四年,转江西九江关监督,仍兼督景德镇窑务。唐英博学多才,慷慨好义,以"陶人"自居,所制陶器名曰"唐陶"。其剧作集题名《灯月闲情》,又名《古柏堂传奇》,包括传奇《天缘债》《转天心》《双钉案》《巧换缘》《梁上眼》五种。另有杂剧十二种传世。唐英生活在"花雅争胜"最为激烈的时期,故受地方戏曲影响很深。他创作的剧本摆脱了才子佳人、帝王将相的俗套,触及不少社会问题,多被花部改编。

黄图珌(1699—1765后),字容之,号花间主人、守真子,别署蕉窗居士,祖籍安徽休宁,江苏华亭人。以监生捐国子监典簿。雍正年间曾先后任杭州府、湖州府、衢州府同知。乾隆二十六年(1761),迁河南卫辉府知府,三十年(1765),勒令休致。卒年在此之后。性闲旷,爱花嗜酒,喜看山,自言"把山权为茶饭",并以"看山阁"为室名。自幼嗜填词,喜音律。弱冠之年,已完成《玉指环》《洞庭秋》《解金貂》《梅花笺》《温柔乡》《梦钗缘》等六种作品,称《排闷斋乐府》。在杭州任浙江乡试监考官,期间成《雷峰塔》《栖云石》传奇二种,称《看山阁乐府》。另著有《看山阁集》六十四卷。传奇作品以《雷峰塔》流行最广,脍炙人口,轰传吴越间。

《警世通言》中的《白娘子永镇雷峰塔》是盛传的民间故事。黄图珌据此改成传奇,情节因循小说,白蛇镇于塔下,许仙出家。此后,方成培又重新写定《雷峰塔》,将结局改为大团圆的喜剧,更为观众所乐见。方成培，字仰松，号岫云、后岩。生于雍正七年，因多病未曾赴试。乾隆三十六年订正《雷峰塔》传奇，使曲文归于雅正，便于演出。

金兆燕（1719—1791），字锺越，号棕亭，别署兰皋生、芜城外使，安徽全椒人。乾隆十二年（1747）举于乡，乾隆三十一年（1766）中进士，官扬州府学教授，迁国子监博士，升监丞，分校四库全书。性豪放，嗜宴客，工度曲。有传奇《旗亭记》传世，2卷35折，题目作："王之涣听歌吐气，谢双鬟怜才得婿；除国贼女子奇功，宴旗亭才人盛会。"演旗亭画壁故事，乃抒写个人胸臆之作。两淮盐运使卢见曾为之作序、润色，并助其刊刻出版。

第五节　花雅之争与民间剧目

"花雅之争"早在明末即已出现端倪。其论证的核心问题，就是如何处理文本创作和舞台演出的矛盾。大量文人学士投身创作，生产出众多的杂剧和传奇作品。然而这些作品多是远离现实生活的伦理道德教化剧和娱宾遣兴的风情喜剧，且有相当部分脱离舞台实践，失去了鲜活的生命力。与此同时，代表着新的审美情趣并早就开始在民间萌生、流布的地方戏曲即所谓花部却日益兴盛，以其丰富的内容，活泼的形式，粗犷的风格和通俗的语言，博得广大群众的喜爱和有识之士的激赏。

在戏曲腔调上，代表着"雅部"的昆腔经过魏良辅的改良，越来越趋向于细腻婉转，在艺术表现上确实达到极高境界。与此同时，无论是剧本还是演出，经过百余年的发展，在程式规范上墨守成规，失去鲜活的生命力。而各地地方的腔调，则以其更为新鲜的面目赢得了观众的喜爱，形成了活跃的"花部"。花部胜出、雅部式微的结果，代表着戏曲演出中审美观念的显著变化。

"花部"涵括了清代众多的地方戏，声腔、剧种繁多，秦腔、梆子腔、弋阳腔只是其中最为知名者，清初即有"南昆、北弋、东柳、西梆"之说。各声腔上演剧目数量惊人，内容极为丰富，几乎涵括了中国传统文化中所有的神话、历史、传说、轶事，林林总总，蔚为大观。民间剧目具有强烈的现实性和生活气息，并有浓郁的乡土色彩，表现出时代的精神格调，传达出普通百姓的心理诉求。民间剧目语言通俗，形式活泼，为人民群众所喜闻乐见。这些剧目并不单属于某一声腔曲种，而为皮黄（京剧、汉剧）、梆子（秦腔、蒲剧等）、莆仙戏、梨园戏、川剧、粤剧、乱弹等各大地方声腔互相搬演移植，只是根据各地方语言以及风情习俗之差异而略有变化和调整。

　　弋阳腔和昆腔在明代演出中已是各自擅场。弋阳腔又称高腔，嘉靖时期自徽州、江西、福建，俱作弋阳腔。向无曲谱，只沿土俗，以一人唱而众和之。句调长短，声音高下，可以随心入腔。弋腔亦经历了雅化过程，表演和演唱乃至剧本一再受到昆腔影响，汲取了昆腔表演艺术的基本元素。弋腔传奇戏包括《荆钗记》《金貂记》《白兔记》《同窗记》《白袍记》等。连台大戏包括《目连传》《水浒传》《岳飞传》《征东传》《封神榜》等剧目。数百年间，弋腔与昆腔经常同台演出，许多剧目为昆、弋腔合演。

　　秦腔形成于明末清初，康熙四十八年京城即有"学得秦腔新依笛"。乾隆初年，京人"所好惟秦声、啰、弋，厌听吴骚，闻歌昆曲，辄哄然散去"。秦腔艺人魏长生享盛誉。礼亲王昭梿记述其为"四川金堂人。行三，秦腔之花旦也。甲午夏入都，年已逾三旬外。时京中盛行弋腔，诸士大夫厌其嚣杂，殊乏声色之娱，长生因之变为秦腔。辞虽鄙猥，然其繁音促节，呜呜动人，兼之演诸淫亵之状，皆人所罕见者，故名动京师"。魏长生演出《滚楼》曾使"举国若狂"。

　　花雅之争的核心地区是北京。康熙朝伊始，花部戏曲陆续进京，百余年间，由兴而盛。京城舞台海纳百川，外来声腔大多得到包容，诸腔杂陈，演出繁荣。清季最重帝后万寿庆典，为展现太平盛世，呈衢歌巷舞之乐，朝廷指派地方官员与盐商等选送戏班进京唱戏，并支付戏班雇银，引发众多戏班进京献艺。至嘉庆初，"弋阳、梆子、琴、柳各腔，南北繁会，笙磬同音，歌咏升平，伶工荟萃，莫盛于京华。往者，六大班旗鼓相当，名优云集，一时称盛。嗣自川派擅场，蹈跷竞胜，坠髻争妍，如火如荼，目不暇给，风气一新"。

徽班进京最后促成了京剧的形成。明末清初，徽班纷起，南方各省，均有徽班流动演出。乾隆五十五年，三庆班第一次进京献艺，风头一时无两，成为京都第一名班。乾隆末嘉庆初，四喜、春台相继进入北京，道光初，三庆、四喜、春台、和春被并列为四大徽班。完全占据了京师的戏曲演出市场。道光后期，戏庄演剧，必徽班。戏园之大者如广德楼、广和楼、三庆园、庆乐园，亦必以徽班为主。进京后，广泛吸取其他艺术形式精华，直至光绪中期，确立了新的表演风范。

清代戏曲演出风行，出现了许多商业性戏园，先后称酒楼、酒肆、茶园、戏馆、戏庄等，分布于全国各地，北京作为首善之区，数量最多，更为集中。著名的戏楼有查家楼、月明楼等。包世臣记载："其开座卖剧者名茶园，午后开场，至酉而散。若庆贺雅集召宾则名堂会，辰开酉散。其地度中建台，台前平地名池，对台为厅，三面皆环以楼。茶园形制皆如此。"

第六章
清代小说

第一节　清初小说

　　顺治及康熙前期，版图尚未完全统一，清朝统治者以军务为重，对文学创作的禁锢较少，清初小说的创作刊行仍保持旺盛势头。

一　才子佳人小说

　　才子佳人小说兴起于清初，其渊源则可追溯到唐传奇、元明杂剧和元明传奇的婚恋作品。此类小说虽然数量众多，故事情节却陈陈相因，千篇一律，大多囿于"私定终身后花园，多情公子中状元，奉旨完婚大团圆"的情节套路，反映的是普通士人的人生理想，即功名富贵、娇妻美妾。按照情趣的雅俗，才子佳人小说可分为以天花藏主人为代表的雅派和以烟水散人为代表的俗派。雅派作品的男女主人公出身名门，情、才、德兼备，发乎情止乎礼，不涉淫亵。俗派作品的男女主人公身份有所下降，才不足而情有余，多涉淫亵。

　　天花藏主人，真实姓名不详。《平山冷燕》《玉娇梨》为其代表作，两书曾题为《天花藏合刻七才子书》合刻版行，《玉娇梨》中的苏友白、白红玉、卢梦梨为"三才子"，《平山冷燕》中的燕白领、山黛、平如衡、冷绛雪为"四才子"。天花藏主人的作品在顺、康年间影响极大，从题署上看，与他有关的小说现有十六种之多。成书于康熙初年的《好逑传》（又名《侠义风月传》），是雅派才子佳人小说的另一代表，作者名教中人，真实姓名不详，叙才子铁中玉和佳人水冰心的姻缘故事。此书曾于17世纪末18世纪初传播到西欧，产生较大影响。

烟水散人，即徐震，字秋涛，浙江嘉兴人，生平不详，活跃于顺、康年间。创作上偏重于情，甚至色情。前者以《合浦珠》《鸳鸯配》为代表，后者以《桃花影》《春灯闹》为代表。除才子佳人小说外，徐震还著有文言短篇小说集《女才子书》，白话短篇小说集《珍珠舶》，以及讲史小说《后七国乐田演义》。

二　话本小说

清代话本小说，今存五十种左右，其中近一半为清初四十年间作品。

李渔是清初话本小说大家，著有话本小说《无声戏》《十二楼》。另有长篇小说《肉蒲团》二十回（又名《觉后禅》《耶蒲缘》《野叟奇语钟情录》《循环报》《巧奇缘》等）。《无声戏》作于顺治年间，原本有初集、二集，初集十二回，现存伪斋主人序本，二集则不存。顺治十七年（1660），因二集涉及降清贰臣张缙彦而被禁，被迫易名为《连城璧》印行。《连城璧》现存十八篇作品中包括了《无声戏》初集的十二篇，其余六篇很可能是《无声戏》二集的作品。《十二楼》成书在《无声戏》之后，共十二篇作品，每篇均以故事中的楼名为题目，有的作品仅一回，有的则多至六回不等。

李渔生活在明末清初改朝换代的动乱年代，他的小说却娱乐性强，基调轻松，富于喜剧色彩，对当时的社会现实基本采取回避态度。即使是描写战乱生活的作品，其主旨也不是呈现苦难，而是要传达作者自己变通顺命的人生哲学。以往的话本小说，题材大多依据已有的稗官野史或说话人的"说话"，李渔则从自己的经历见闻中构思情节，结撰故事，开拓了作家自我表达的空间，远离了口头文学，具有浓厚的文人个性和风格。李渔以"无声戏"来命名自己的话本小说，具有故事新奇、不落窠臼、主题鲜明、结构细密严谨等突出特点，语言则生动流利，通俗浅显，诙谐机趣。这种创作方式的缺点也很明显，情节设置过于机巧，处处可见作者的匠心。

清初另一部艺术成就较高的话本小说是《豆棚闲话》，今有顺、康年间刊本。作者艾衲居士，真实姓名不详。此书"莽将二十一史掀翻"（《豆棚闲话叙》），第七则《首阳山叔齐变节》讽刺明清易代之际的人情世态，借古讽今，尤为淋漓尽致。全书共十二则故事，每则为一个独立的短篇，但每则之间连环相扣，都是一群人在豆棚下谈天说地的记录；每一则开头没有入话，结尾也没有散场套语和总评式的文字。从叙事方式、结构体制上看，《豆棚闲话》突破了话本小说的固有模式。

清初话本小说其他重要作品，还有《醉醒石》《清夜钟》《照世杯》《觉世棒》等。这些作品的作者大多没有留下真实姓名，但从书名即可看出，其意旨乃承袭明末话本小说"喻世""警世""醒世""型世"一脉。《西湖佳话》则别具一格，今存康熙十二年（1673）刊本。作者古吴墨浪子，真实姓名不详。全书十六卷，每卷演述一个故事，均以杭州西湖为背景。此书享有盛名，刊行后不断被翻刻重印。

过分的道德说教削弱了话本小说的娱乐性，自清初的繁荣之后，文人自创的专集越来越少，行世的选本也以明抱瓮老人编选的《今古奇观》最为畅销，话本小说逐渐走向衰微，再也没能挽回颓势。

三 英雄传奇小说

明清易代，阶级矛盾和民族矛盾错综复杂，为英雄传奇小说注入新的时代特征，代表作品有《水浒后传》《说岳全传》《隋唐演义》等。

《水浒后传》四十回，初刊于康熙三年（1664）。作者陈忱（1590？—1670？），字遐心，一字敬夫，号雁宕山樵，浙江乌程（今湖州）人，曾参加著名遗民顾炎武、归庄等人组织的惊隐诗社。小说接续一百二十回本《水浒传》之后，叙李俊、阮小七、李应等幸存的梁山好汉再度举起义旗，最后出海征服暹罗诸岛，建立自己的海上王国。小说继承了《水浒传》的抗暴精神，也重点描写了金人南侵造成的动乱和苦难，曲折反映了清初的社会现实。

《后水浒传》四十五回，成书于顺、康年间，与《水浒后传》同时。作者青莲室主人，真实姓名不详。小说写宋江等三十六人转世为洞庭湖杨幺等三十六家草莽英雄，济困扶危，除暴安民，后被朝廷派岳飞剿灭，杨幺等神秘隐遁，不知所终。小说在塑造人物形象和结构情节方面，都较为粗糙，艺术上不及《水浒后传》。

《荡寇志》（一名《结水浒传》）七十回，接续金圣叹七十回本之后，叙希真、陈丽卿等忠臣义士剿灭梁山盗贼故事。作者俞万春（1794—1849），字仲华，号忽来道人，山阴（今浙江绍兴）人，道光十一年（1831）曾随父镇压南方民众叛乱。《荡寇志》创作长达二十余年，具有鲜明的现实政治意义。作者有感于时事动荡、盗贼蜂起，认为"既是忠义必不做强盗，既是强盗必不算忠义"，所以撰书立意"以尊王灭寇为主"，要使"天下后世深明盗贼忠义之辨，丝毫不容假借"（《引言》）。咸丰三年（1853）《荡寇志》刻板印行，时值太平天国攻下南京，清政府官员将书版带至苏州大量印行。咸丰十年（1860）太平军攻克苏州，将书版焚毁。太平天国失败后，同治七年（1868）当道又续刻是书，俾其广为流传。

《说岳全传》八十回，乾隆年间曾遭查禁。编撰者金丰、钱采，生平不详，大约生活在康、乾年间。小说爱憎分明，歌颂民族英雄岳飞，贬斥投降派秦桧，对金兀术的暴行口诛笔伐，具有强烈的民族意识。岳飞抗金故事，早在南宋时就流传于民间，元明两代各种文艺体裁也都曾加以表现。现存岳飞故事最早的章回小说是明熊大木编刊的《大宋中兴通俗演义》，简单铺叙历史事实，《说岳全传》则浓墨重彩地描述了岳飞的一生，生动地塑造了一位民族英雄。

《隋唐演义》一百回，刊于康熙三十四年（1695）。作者褚人获（约1681年前后在世），字稼轩，一字学稼，号石农，江苏长洲（今苏州）人。叙事从隋文帝起兵伐陈起，到唐明皇还都而死止，前后共一百七十多年。全书基本上是拼合《逸史》《隋唐志传》《隋炀帝艳史》《隋史遗文》四书并缀合民间传说而成，将以往演述隋唐故事的作品熔为一炉，兼有历史演义与英雄传奇小说的特点。小说以隋炀帝和朱贵儿、唐明皇和杨玉环的两世姻缘为主线，串连各个英雄人物。善于细节描写，成功塑造了秦琼、单雄信、程咬金、徐懋功等英雄人物形象。故事曲折有致，行文通晓流畅，是整个隋唐故事系列的小说中影响最大的一部。

四　世情小说

清初世情小说的代表是《醒世姻缘传》和《续金瓶梅》。

《醒世姻缘传》（又名《恶姻缘》《姻缘奇传》）一百回，成书于顺治十八年（1661）。作者西周生，真实姓名不详，目前有蒲松龄、丁耀亢、贾凫西等说，但难以定论。小说上承《金瓶梅》，以家庭夫妻日常生活为中心，外延及广泛的社会环境，具有深厚的社会内容。尽管小说以两世姻缘为情节框架，以因果报应来解释人物性格和人物关系，但具体描写以写实为主，语言生动自然，极富个性和山东地方色彩。

《续金瓶梅》六十四回，刊于顺治十六年（1659）。作者丁耀亢（1599—1669），字西生，号野鹤、紫阳道人、木鸡道人，山东诸城人。出身仕宦，少负隽才，明朝时多次应试不第，入清后任容城教谕、惠安知县。著作甚丰，有《丁野鹤诗抄》十卷、《出劫纪略》一卷、《家政须知》一卷、《天史》十卷等，传奇有《西湖扇》《化人游》《蚺蛇胆》等六种。《续金瓶梅》故事情节接续在《金瓶梅》之后，以北宋末年战乱为背景，写西门庆、李瓶儿、花子虚、潘金莲、庞春梅、陈经济等转世投生、牵缠孽报的故事。小说杂引佛、道、儒三教经义，又以《感应篇》为归宿，意在劝善惩恶。小说对金人南下、北宋灭亡的描写，显然与作者亲历明清易代动乱的痛苦经验有关。康熙三年（1664），《续金瓶梅》被人举发有"违碍语"而遭查禁。此后不久，四桥居士将书中描写宋金战争的文字删除，改易人物姓名，压缩为四十八回，改题《隔帘花影》出版。民国四年（1915）在报刊连载的《金屋梦》六十回，也是《续金瓶梅》的删削本。

第二节 《聊斋志异》和文言小说

清代文言小说，因蒲松龄《聊斋志异》的问世而一改明代文言小说着意闺情艳语、文笔冗弱的倾向，文言小说创作出现繁荣局面。

一 蒲松龄及其《聊斋志异》

蒲松龄（1640—1715），字留仙，一字剑臣，别号柳泉，山东淄川（今属淄博市）人。顺治十五年（1658）十九岁时应童子试，县、府、道三试均列第一，此后屡应乡试不第，康熙四十九年（1710）七十一岁时才援例成为岁贡生。除壮年时曾赴宝应、高邮做过一年幕僚外，一生足迹不出淄邑和济南，在同邑毕际有家坐馆长达三十年。毕氏为当地名门大族，蒲松龄因而得以结识缙绅名流、地方官员，如大诗人王士禛、山东布政使喻成龙等人。毕家还有藏书甚富的"万卷楼"，为蒲松龄读书和写作提供了良好条件。

蒲松龄《聊斋自志》称："才非干宝，雅爱搜神；情类黄州，喜人谈鬼。闻则命笔，遂以成篇。久之，四方同人又以邮筒相寄，因而物以好聚，所积益夥。"可见故事来源广泛。他在四十岁左右创作完成这部短篇小说集，此后不断修改和增补。蒲松龄生前，此书只以抄本形式流传，虽部分手稿曾获王士禛等人激赏，但第一个刊本直到蒲氏去世五十年后才得以付梓刻印。今存稿本、抄本和刊本三大类。稿本即蒲氏手稿本，仅存上半部。抄本较为重要的有康熙间抄本、铸雪斋抄本、雍正间抄本、乾隆间抄本四种。刊本最重要的是乾隆三十一年（1766）赵起杲青柯亭本，这是最早的刊本，也是一般通行本的底本。各本所存篇目大体相同，数量略有差异，总计近五百篇。

这五百篇作品，篇幅不一，长的数千言，短的不足百字，最短的《赤字》只有二十五个字。从文体上看，既有记述鬼怪传闻的魏晋六朝志怪体，又有叙事宛转、寄托遥深的传奇体，后者最能代表《聊斋志异》的艺术成就。

这类传奇故事大多以花妖狐媚为主角，尤以花妖狐媚和人的恋爱故事最为动人，表现了超越生与死、人与物之间界限的真挚情感，狐鬼可以转世为人，人也可以化身为物。《莲香》中莲香为狐，李氏为鬼，一狐一鬼同事桑生，并先后转生人世。《阿宝》写孙子楚恋慕阿宝，不仅离魂相依，还化为鹦鹉相伴。《香玉》写黄生与花妖香玉、绛雪相亲相爱，黄生死后化为不开花的牡丹，伴于香玉二女之侧。此外如《连城》《青娥》《竹青》《白秋练》《青凤》《绿衣女》等篇，男女主人公或是患难相扶，或是志趣相投，或是因品德相互吸引，这种"知己之爱"已有别于郎才女貌的传统情爱观。

《聊斋志异》虽然谈狐说鬼，虚幻的情节中却包含着丰富的现实内容。蒲松龄在《聊斋自志》中说："集腋为裘，妄续幽冥之录。浮白载笔，仅成孤愤之书。寄托如此，亦足悲矣！"他的"孤愤"，直接源于使他抱憾终身的科场挫折，所以书中有多篇作品激烈抨击科举制度。《于去恶》《僧术》《贾奉雉》等篇批评主考官"心盲""目瞽"，昧于文理，贾奉雉"才名冠一时"却屡试不售，"戏于落卷中集其蕞茸泛滥、不可告人之句，连缀成文"，竟中经魁。《叶生》《王子安》表现士人在精神上所遭受的摧残和折磨，王子安醉后白日入梦，中进士，点翰林，有长班伺候，原来是被狡狐捉弄。故事末尾对士人考前考后心理状态的精彩描述，无疑是有蒲松龄自己的亲身体会的。《镜听》《凤仙》《胡四娘》等篇则表现了追求科举功名的势利之风对家庭伦常的腐蚀。《聊斋志异》还有很多作品暴露了当时社会的黑暗面。《促织》笔锋直指最高统治者，皇帝爱斗蟋蟀，地方官媚上邀宠，里胥借机勒索，遂至"每责一头，辄倾数家之产"。《席方平》写席方平赴阴司为父申冤，从城隍告到冥王，受尽酷刑，阴间的贪赃枉法与现实别无二致。《鸦头》中的狐女鸦头和《云翠仙》中的云翠仙，虽然她们都不是凡人，却也差点沦落青楼，难逃现实生活中弱女子的悲惨处境。

《聊斋志异》以文言叙事，文言精练含蓄，摇曳多姿，长于抒情状景，有助于营造诗一般的意境，如《晚霞》写阿端与晚霞在荷花下的幽会："见莲花数十亩，皆生平地上；叶大如席，花大如盖，落瓣堆梗下盈尺……少时，一美人拨莲花而入，则晚霞也。相见惊喜，各道相思，略述生平。遂以石压荷盖令侧，雅可幛蔽；又匀铺莲瓣而藉之，忻与狎寝。"将青年男女欢爱的场景写得如诗如画，这样优美的描写在书中俯拾皆见。蒲松龄还接受了明中期以来小品文的影响，善于吸收提炼当代的口语方言，在一定程度上克服了文言小说对话难以摹写人物情态声气的局限。《荷花三娘子》中迷惑宗生的狐女说:"腐秀才!要如何便如何耳,狂探何为?"《狐梦》中二娘回忆童年闺中游戏时说:"记儿时,与妹相扑为戏,妹畏人数胁骨,遥呵手指,即笑不可耐。便怒我,谓我当嫁僬侥国小王子。我谓,婢子他日嫁多髭郎,刺破小吻,今果然矣!"莫不生动灵活,口吻毕肖。

二 《聊斋志异》以后的文言小说

《聊斋志异》之后,影响最大的文言小说是《阅微草堂笔记》。此书作于乾隆五十四年(1789)至嘉庆三年(1798)间,共五种二十四卷:《滦阳消夏录》六卷、《如是我闻》四卷、《槐西杂志》四卷、《姑妄听之》四卷、《滦阳续录》六卷,每种书前均有作者小序,曾分别刊行,至嘉庆五年(1800)始合刊为一集。作者纪昀(1724—1805),字晓岚,一字春帆,自号云石,直隶献县(今属河北)人。官至礼部尚书,曾主持纂修《四库全书》,是乾嘉时期位高望重的学者。

纪昀的小说观念比较保守,他批评《聊斋志异》以传奇法而志怪是"一书而兼二体",是"才子之笔,而非著书者之笔"(《姑妄听之》盛时彦跋引纪昀语),自己在写作中也恪守实录原则和尺寸短书的体例,不出"叙述杂事""记录异闻""缀集琐语"的范围。同样是写狐鬼故事,《阅微草堂笔记》的意趣与《聊斋志异》迥然不同,如《槐西杂志》卷三写东昌某书生夜行郊外,过某氏墓,"稔闻《聊斋志异》青凤、水仙诸事,冀有所遇",后果被佳丽延请至其家,但不过是为人做傧相,透露出浓厚讽刺的意味。

纪昀《姑妄听之序》说:"缅昔作者,如王仲任、应仲远,引经据古,博辨宏通。陶渊明、刘敬叔、刘义庆,简淡数言,自然妙远。诚不敢妄拟前修,然大旨期不乖于风教。"这段话很好地概括了《阅微草堂笔记》的特色。第一,《阅微草堂笔记》以王充《论衡》、应劭《风俗通》等学术性杂著为楷模,这与乾嘉朴学思潮相呼应,故书中常常记载地方风物和辨证文史讹误,夹叙夹议,议论甚至成为一些作品的主体,人物和故事被弱化。第二,《阅微草堂笔记》在语言上尚质黜华,追步以《世说新语》为代表的六朝志怪小说的简淡自然,鲁迅称其"叙述复雍容淡雅,天趣盎然,故后来无人能夺其席,固非仅借位高望重以传者"(《中国小说史略》)。第三,纪昀认为小说应有益于世道人心,"不乖于风教",故书中所记鬼神故事往往渗透儒家说教精神,一方面认为"神道设教,使人知畏,亦警世之苦心,未可绳以妄语戒也"(《滦阳消夏录》卷六),另一方面又承认认知的局限性,称"说鬼者多诞,然亦有理似可信者"(《槐西杂志》卷一)、"天下之理无穷,天下之事亦无穷,未可据其所见执一端论之"(《滦阳续录》卷三),通达平和,切合人情事理。

第三节 《儒林外史》

一 吴敬梓生平

吴敬梓(1701—1754),字敏轩,号粒民,安徽全椒人。移家南京后自号秦淮寓客,斋名文木山房,故又自号文木老人。

吴敬梓出身世家大族,曾祖辈多为科第仕宦,"五十年中,家门鼎盛"。但自他的父辈始,家道开始衰落,且因遗产继承纠纷,"兄弟参商,宗族诟谇"。吴敬梓慷慨任性,不善治生理家,不数年,"田庐尽卖,乡人传为子弟戒",雍正十一年(1733)不得不举家移居南京,作《移家赋》记其事,悲切怨愤。在南京,广结文士,与程廷祚(1691—1767)、樊圣谟等颜李学派学者关系密切。颜李学派反对理学空谈、倡导务实的学风,以礼乐兵农为富民强国之道的政治理想,对他的思想产生了明显影响。吴敬梓聪颖好学,涉猎群经诸史,但科场不得意,屡次乡试不第。乾隆元年(1736),因病未能应荐上京参加博学鸿词廷试，从此绝意仕进。晚年生活窘困，主要靠卖文和朋友接济过活。乾隆十九年（1754），客死扬州旅次，年仅五十四岁。吴敬梓工诗善文，除《儒林外史》外，尚有《文木山房集》十二卷，今存四卷，收四十岁以前诗词文赋；《诗经》研究专著《文木山房诗说》七卷，久已失传，近年来有手抄本重见于世。

《儒林外史》大约完稿于乾隆十三年（1748）至十五年（1750）间，书稿以抄本形式在友人中流传，吴敬梓去世之后的乾隆三十三年（1768）才得以版刻行世。初刻本不得见，今存最早版本为嘉庆八年（1803）卧闲草堂本五十六回。

二 《儒林外史》的思想内容和艺术特点

《儒林外史》第一回以元明易代之际诗人王冕的人生选择作为开场，他拒绝官府征召，并预言八股取士制度将使"一代文人有厄"。这个人物集中反映了作者心目中的理想人格和价值取向。如闲斋老人《儒林外史序》所言："其书以功名富贵为一篇之骨：有心艳功名富贵而媚人下人者；有倚仗功名富贵而骄人傲人者；有假托无意功名富贵，自以为高，被人看破耻笑者；终乃以辞却功名富贵，品地最上一层为中流砥柱。"围绕士人对"功名富贵"的态度，《儒林外史》为形形色色的士人立传，反思了18世纪知识分子的心灵状态和人生选择。

小说由三个部分组成。第一回至三十回，刻画了热衷八股时文的试子和貌似高雅超脱、实则浅薄庸俗的山人名士。第三十一回至第三十七回，正面叙写杜少卿、迟衡山、庄绍光、虞育德四位真儒复兴儒家礼仪，在南京重修泰伯祠。第三十八回至第五十五回，叙写在日常生活中实践儒家思想的失败，体现"礼乐"的泰伯祠在修祭之后不久就破败倾圮，无人问津，实践"兵农"的萧云仙、汤镇台等人反遭罢官贬谪。

小说前三十回是全书最富讽刺意味的部分。作品一开始就描写了周进、范进中举前后的悲喜剧，揭示了科举制度对读书人心灵的腐蚀和摧残。周进六十多岁仍未进学，受尽小童生们的奚落嘲笑，他一生蹭蹬场屋的悲愤在参观贡院考场时集中爆发，他万感交集，直哭得口吐鲜血。商人们可怜他，凑钱给他捐了秀才身份参加乡试，不料竟然考中了。范进也是个连考二十余次不中的老童生，平日受尽丈人欺侮，忽闻报中举，以致喜极而疯。"昔为人所轻，今为人所妒"，众人前倨后恭，皆来奉承，科举考试不仅改变了士人的命运，也照出了他们周围的人间百态。马二先生认定举业就是人生的一切，就算孔夫子在今天"也要念文章做举业"，他自己科考不利，却倾注全部心血选注八股文章，希望帮助年轻人获得功名富贵。马二先生游西湖是小说中的著名段落，吴敬梓纯用白描，秀丽的西湖美景在心灵干枯的马二眼中没有丝毫生趣。

小说还用大量篇幅刻画了一批"假托无意功名富贵，自以为高"的山人名士。他们"不讲八股"，拣韵联诗，附庸风雅，自我吹嘘，奔走权门。杜慎卿门第清贵，潇洒雍容，算得上"江南数一数二的才子"，"太阳地里看见自己的影子，也要徘徊大半日"，似乎颇有点真名士的风度。但他所做的惊天动地的大事，不过是召集全城旦角赛戏，为自己博得风流美名。他声称最讨厌"开口就是纱帽"的人，最后自己也免不了钻营，走上仕途。匡超人本是善良淳朴的农家弟子，马二先生用"进了学扬名显亲，才是大孝"这番冠冕堂皇的道理激发了他的功名欲望，灵魂渐渐受到腐蚀，混迹于杭州名士群很快学会自吹自擂，弄虚作假，最后堕落为江湖骗子。

《儒林外史》对周进、范进、马二先生等人的描写，讽刺中包含了悲悯。至于杜慎卿、匡超人之流的名士，王惠、严贡生一类的贪官劣绅，更多是通过他们表里不一的言行来暴露他们的贪婪、虚伪、卑琐。《儒林外史》的讽刺艺术在对这几类人的描写中得到充分表现。

　　小说也写了一些理想人物，给读者留下深刻印象的是杜少卿，这个人物一向被认为寓有作者自己的影子。杜少卿身上既有传统儒家的道德操守，又有六朝名士狂放不羁的叛逆性格，带有个性解放的色彩。小说结尾时还描写了四个儒林圈外的市井"奇人"，他们实际上不过是知识分子高雅生活中琴棋书画的化身，反映了传统文人"无道则隐"的人生选择，是小说开篇王冕形象的呼应。这些理想人物，在鄙弃功名富贵的同时，也放弃了知识分子"士志于道"的社会责任，代表了作者在社会理想幻灭时无可奈何的道德选择。

　　《儒林外史》在艺术手法上深受史传文学的影响。这种影响又主要表现在两个方面：一是结构方式，一是叙事方式。从结构上看，"全书无主干，仅驱使各种人物，行列而来，事与其来俱起，亦与其去俱讫，虽云长篇，颇同短制"（《中国小说史略》），从第二回至全书结束，时间跨度长达百余年，由多个人物列传组成，人物之间或者毫无关系，或者只有极其薄弱的联系，但却有着内在逻辑思想的一致，"功名富贵"四字统摄各个看似独立的部分，体现了作者对知识分子心灵和命运的整体思考。从叙事方式上看，《儒林外史》改变了传统小说的拟说书人口吻，采取了史传常见的客观叙事方式，尽量不直接评价人物，只是让事实和人物言行说话，如牛浦郎吹嘘自己与达官贵人的交情时说："我不曾坐轿，却骑的是个驴。我要下驴，差人不肯，两个人牵了我的驴头，一路走上去；走到暖阁上，走的地板格登格登的一路响。"讽刺融于不动声色的客观叙述之中，讽刺的意味通过情节的发展自然流露出来。鲁迅评价说："迨吴敬梓《儒林外史》出，乃秉持公心，指摘时弊，机锋所向，尤在士林；其文又戚而能谐，婉而多讽：于是说部中始有足称讽刺之书。"又说："是后亦鲜有以公心讽世之书如《儒林外史》者。"（《中国小说史略》）

第四节 《红楼梦》

一 《红楼梦》的作者和版本

通行一百二十回本《红楼梦》的作者不止一人。前八十回的作者为曹雪芹，后四十回的作者另有其人。一百二十回全书的编订者则是程伟元和高鹗。

曹雪芹（1715？—1763？），名霑，字梦阮，号雪芹、芹圃、芹溪。祖籍辽阳（今属辽宁省），一说丰润（今属河北省）。先世本汉人，为满洲正白旗（一说汉军旗）包衣，发展到康熙朝，已成为赫赫扬扬的贵族大家。曹氏与康熙帝的关系十分特殊，曾祖曹玺的妻子孙氏乃康熙乳母，祖父曹寅做过康熙的伴读与御前侍卫，曹玺、曹寅、曹颙、曹頫，祖孙三代四人长期担任江宁织造一职。康熙六次南巡，其中四次由曹寅负责接驾。由于与康熙的这种特殊关系，曹家的兴衰际遇与清宫廷内部矛盾紧密联系在一起。雍正登基后，曹家失势，曹頫因"行为不端""骚扰驿站""织造款项亏空"等罪名被革职抄家。此时曹雪芹年约十三岁，随全家自南京迁回北京。

关于曹雪芹本人，直接资料非常少。据敦敏（1729—1796）《懋斋诗钞》、敦诚（1734—1791）《四松堂集》、张宜泉（1720—1770）《春柳堂诗稿》可知，曹雪芹素性放达狂傲，好饮酒，工诗，善画。他的诗风近似于唐代诗人李贺，敦诚称"知君诗胆昔如铁"（《佩刀质酒歌》）、"爱君诗笔有奇气，直追昌谷破篱樊"（《寄怀曹雪芹霑》），可惜今仅存《题咏敦诚琵琶行传奇》七律中的两句："白傅诗灵应喜甚，定教蛮素鬼排场。"他的画作亦极为罕见，敦敏有《题芹圃画石》一诗："傲骨如君世已奇，嶙峋更见此支离。醉余奋扫如椽笔，写出胸中块垒时。"据考证，曹雪芹随全家迁回北京，先在城内居住，后又卖掉祖宅，迁往西郊、东郊一带，过着

"举家食粥酒常赊"（敦诚《寄怀曹雪芹霑》）的困苦生活。乾隆二十七年（1762）秋，曹雪芹因子夭殇，感伤成疾，于除夕日去世。

在曹雪芹生前，《红楼梦》前八十回已基本定稿，如小说第一回所说"曹雪芹于悼红轩中，披阅十载，增删五次"。八十回后的内容，他也写出了大部分初稿，因来不及整理便已"迷失"。现通行的一百二十回本《红楼梦》后四十回，不是出自曹雪芹之手。目前学界一般认为，高鹗或程伟元也不是后四十回的作者，他们不过是前八十回的修改者和后四十回的整理者而已。

程伟元（1745？—1819？），字小泉，苏州人。有文才，工诗，擅字画。乾隆五十五年（1790）前流寓北京，嘉庆五年（1800）入盛京将军晋昌幕府，后卒于辽东。高鹗（1758—1815），字云士，号秋雨，别号兰墅，别署红楼外史，铁岭（今属辽宁）人，隶内务府镶黄旗汉军。廪膳生。乾隆五十三年（1788）恩科顺天乡试举人，六十年（1795）殿试三甲第一名进士。著有《月小山房遗稿》《兰墅诗钞》《砚香词》《兰墅文存》《兰墅十艺》《吏治辑要》《高兰墅集》等。乾隆五十六年（1791），流寓北京的程伟元，与友人高鹗共同将自己所搜罗到的《红楼梦》前八十回和后四十回拼接在一起，"细加厘剔，截长补短，抄成全部"（程伟元序），由萃文书屋镌版印行，题为《新镌全部绣像红楼梦》，这就是所谓的"程甲本"。次年，他们二人又在程甲本的基础上改版印行了"程乙本"。需要注意的是，程甲本的序文写于乾隆五十六年"冬至后五日"，程乙本的引言写于五十七年"花朝后一日"，前后相距仅两月有余。而从程甲本到程乙本，无论是前八十回，还是后四十回，正文都作了大量修改。如果程伟元、高鹗确为后四十回的作者，他们没有必要对自己的作品进行如此匆忙、如此大量的改写，所以目前学界倾向于认为程伟元、高鹗并非后四十回的续补者。总体而言，后四十回的思想艺术较前八十回大为逊色，但也功不可没。由于有了后四十回，《红楼梦》成为一部结构完整、有头有尾的文学作品，有利于《红楼梦》的广泛传播。它基本上按照曹雪芹的思路，写出了主要人物的悲剧结局，部分章节描写也比较精彩，如黛玉之死。

《红楼梦》的版本，可以分为八十回本、一百二十回本、混合本三大系统。

八十回本系统，出于曹雪芹原稿，最初以抄本的形式流传，因其大多附有脂砚斋、畸笏叟等人的批评，又称为"脂评本"或"脂本"。这些"脂评"，据统计约有三千多条，其中有眉批，有行间的侧批，双行的夹批，大多没有署名，少数署有脂砚斋、畸笏叟、梅溪、松斋、棠村的名字。"脂评"成员身份特殊，他们与曹雪芹的关系极为密切，甚至在某种程度上还参与了《红楼梦》的创作过程。如脂砚斋，其口气很像是曹雪芹的某位亲属，非常熟悉小说的人物本事和情节素材，常评说"亲见""亲闻""有是人""有事语"，评者还前后数次阅评《红楼梦》，如甲戌本第一回楔子内有"至脂砚斋甲戌抄阅再评"一语，己卯本、庚辰本上有"脂砚斋凡四阅评过"一语。属于这个系统的版本，目前共有十余种，其中比较重要的有三种，即"甲戌本"（1754）、"己卯本"（1759）、"庚辰本"（1760），都是残抄本。这些抄本距离曹雪芹的写作年代较近，最接近于原稿。其中尤以"庚辰本"最为完整，只缺两回，1955年文学古籍刊行社影印的《脂砚斋重评石头记》，主要依据的就是"庚辰本"。

一百二十回本系统，即前文所言的程甲本、程乙本。程甲本系统的版本，又可分为白文本、批评本两类。程甲本系统的白文本，主要有东观阁刊本、藤花榭刊本。程甲本系统的批评本，种类甚多，主要的一类是王希廉、张新之、姚燮、蝶芗仙史四家的单评本和合评本。程乙本系统，翻刻本始于民国十六年（1927）亚东图书馆铅印重排，1959年人民文学出版社出版的《红楼梦》也主要依据的是程乙本。程乙本系统的批评本，则有陈其泰评本。

混合本，指八十回本和一百二十回本的混合本。其前八十回属于八十回本系统，正文没有经过程伟元、高鹗等人的改动；后四十回则属于一百二十回本系统。混合本现存两种，即杨本（杨继振藏本）、蒙本（蒙古王府旧藏本）。混合本的排印本，有俞平伯校本、红楼梦研究所校本、香港中文大学校本、蔡义江校本、刘世德校本等。

二 《红楼梦》的思想和艺术

《红楼梦》以贾府这一世代富贵之家、诗礼簪缨之族由盛而衰为背景，以贾宝玉与林黛玉、薛宝钗的爱情婚姻悲剧为中心情节，同时描写了一群青年女子的悲剧命运。

贾宝玉是贾氏荣国府的嫡派子孙，衔玉出生，聪明灵秀，被视为贾家的"命根子"，代表了家族未来的希望。社会和家庭都要求他走"仕途经济"的正途，他却斥之为沽名钓誉、国贼禄蠹，只愿意与家中的女孩儿们厮混。林黛玉是贾宝玉的姑表妹，自幼父母双亡，寄居在贾府。孤苦的身世、寄人篱下的处境，使她自矜自重、自伤自怜，养成了"孤高自许，目无下尘"的自尊性格；环境的势利龌龊，使她不得不"小心戒备"，步步惊心；虚弱的体质，又使她常常迎风洒泪，对月伤神。她与宝玉从小生活在一起，耳鬓厮磨，志趣相投，萌生了知己之感的爱情。薛宝钗出身皇商，家庭背景更胜一筹，才貌不在林黛玉之下，性格更是八面玲珑，深得贾府上下喜爱。她随母亲和兄长来到贾府，很大程度上是要谋求"金玉良缘"。她脖上金锁镌有"不离不弃，芳龄永继"八字，正与贾宝玉项上宝玉所镌"莫失莫忘，仙寿恒昌"相对。

《红楼梦》前四十回主要是写贾宝玉和林黛玉、薛宝钗的恋爱婚姻关系。一方面，宝玉、黛玉的爱情关系从争吵、试探逐渐变得明确和稳定,自第三十二回宝玉向黛玉"诉肺腑"后,黛玉不再怀疑宝玉真心。另一方面,薛宝钗在贾府越来越讨人喜欢,贾府出于家族利益的选择和宝玉自己的选择已成僵局,势难调和。僵局直到后四十回才被打破,贾母、王夫人等在贾宝玉失去通灵宝玉、神志不清的状态下,为他和薛宝钗举行了婚礼。与此同时,病榻上的林黛玉焚毁诗稿,含泪而逝。贾宝玉和薛宝钗成婚之后并不幸福,"都道是金玉良姻,俺只念木石前盟,空对着山中高士晶莹雪,终不忘世外仙姝寂寞林。叹人间美中不足今方信,纵然是齐眉举案,到底意难平"。贾宝玉最后选择弃家出走,遁入空门。

围绕"悲金悼玉"的爱情婚姻悲剧,《红楼梦》还写了"千红一窟(哭)""万艳同杯(悲)"这一大观园女儿国的悲剧。曹雪芹在小说第一回交待写作缘起时说:"今风尘碌碌,一事无成,忽念及当日所有之女子,一一细考较去,觉其行止见识皆出于我之上。何我堂堂须眉,诚不若彼裙钗哉?实愧则有余,悔又无益之大无可如何之日也!当此,则自欲将已往所赖天恩祖德,锦衣纨袴之时,饫甘餍肥之日,背父兄教育之恩,负师友规谈之德,以至今日一技无成,半生潦倒之罪,编述一集,以告天下人。我之罪固不免,然闺阁中本自历历有人,万不可因我之不肖,自护己短,一并使其泯灭也。"正是对大观园中这些青春女子的深切感情,正是痛惜于这些青春女子花样生命的凋残,才激发起了作者的创作冲动。《红楼梦》前八十回的大部分内容,均以大观园为背景。大观园是曹雪芹虚构的一个理想世界,是贾宝玉和这群年轻女子的太虚幻境,是一个以贾宝玉为中心的清净的女儿国。小说描写贾宝玉除晨昏定省和逃避不了的社交应酬之外,都在大观园中与少女们自在厮混。他说:"女儿是水作的骨肉,男人是泥作的骨肉。我见了女儿,便清爽,见了男子,便觉浊臭逼人。"又说:"原来天生人为万物之灵,凡山川日月之精秀,只钟于女儿,须眉男子不过是些渣滓浊沫而已。"但是,从另一方面看，没有天恩祖德，没有富贵生活，又哪来大观园这一"理想世界"？贾宝玉所反对、所厌恶的，恰恰又是他所依赖的。像他那样弃绝仕途经济，固守自足的理想世界，所谓"欲洁何曾洁，云空未必空"，注定找不到出路，这是个人与社会、自由与责任的对立，既是特定的时代悲剧，也是永恒的人性悲剧。

《红楼梦》的全部故事情节是在贾府这个百年望族的衰败史上展开的，而贾府的衰败虽然是渐进的，最终却因抄家这一外部力量而突兀地"忽喇喇似大厦倾""家亡人散各奔腾""树倒猢狲散"。单单是贾宝玉与林黛玉、薛宝钗的爱情婚姻悲剧，尚不足以解释笼罩全书的"悲凉之雾"，不足以解释它"虽不外悲喜之情，聚散之迹"描写背后的巨大的幻灭感。小说第一回借一僧一道之口所说的"瞬息间则又乐极悲生，人非物换，究竟是到头一梦，万境归空"，应与曹雪芹自己的身世联系起来。

《红楼梦》是中国古代小说艺术的顶峰，在它之前和它之后的古代小说，都没有达到和超过它的水平。鲁迅称赞说："自有《红楼梦》出来以后，传统的思想和写法都打破了。"（《中国小说的历史的变迁》）《红楼梦》艺术上的巨大成就首先表现在它通过全方位的网状结构和灵活自如的视角调度，构建了一个逼真的艺术空间。小说的情节骨架是贾宝玉和林黛玉、薛宝钗的爱情婚姻悲剧。大观园是小说人物活动的主要场所，贾宝玉、林黛玉、薛宝钗及园中众多女性的命运构成小说的基本内容。作为贾府的一部分，大观园中发生的一切，又与整个贾府的活动密切相连，贾府由盛入衰的过程，以及贾府中复杂的家族矛盾、贾府中其他人物的命运，同样是小说的基本内容。情节的主要空间在贾府，但在贾府里活动的还有史、王、薛三个家族的人物。不仅如此，小说还从这四个家庭辐射开去，上至朝廷，下至市井乡村，空间延伸至社会各个方面。《红楼梦》中的人物和事件都被精巧地组织在这一结构之中，互相牵制，互相影响。生活反映在《红楼梦》中，就像它的实际情形那样，是一个互相联系，不可分割的整体。在那些千头万绪、错综复杂的生活事件背后，都有它连贯的络脉，正所谓"草蛇灰线，伏脉千里"。作者很善于通过一点展开一个立体的空间，"一击空谷，八方皆应"，一个重要的事件总是牵涉着各种矛盾和各个方面，许多故事和情节都是作为一个整体的复杂组成部分而互相交错。第三十三回宝玉挨打就是一个前面伏脉千里、后面余波荡漾的典型例子。宝玉挨打是首先父子矛盾的大爆发，宝玉结交琪官与金钏之死在贾政眼中变成了"在外流荡优伶，表赠私物，在家荒疏学业，淫辱母婢"，父子之间的矛盾其实就是这个大家族中子女教育路线问题的必然结果。在这一事件中，贾政、王夫人、贾母等人相继登场，表现了各自的性格。宝玉挨打之后，又引出宝钗送药、黛玉探伤、晴雯送绢、黛玉题诗等新的情节，宝钗这位冷美人表现出少有的动情，宝、黛爱情也发展到一个新的高度。宝玉挨打的导火线是贾环进谗，作者借此刻画了他的嫉妒和委琐，反映了嫡庶之间的矛盾。此外，还写了袭人对宝玉的关切，更重要的是袭人在此后与王夫人的一次深谈，又为后来王夫人主持抄检大观园埋下了伏笔。宝玉挨打被写成全书的一个高潮，体现出了作者控制场面的功力，他以很少的笔墨表达了丰富的内容，写出了这个大家族中复杂的人事关系。

　　《红楼梦》能够描画出生活的真实面目，还因为它较多运用第三人称限知视角的客观叙述手法。《红楼梦》的概述，不是由作者亲自出面，而是委诸书中人物，借用人物的眼和口来描叙环境，交代背景和介绍人物。如对贾府这个重要空间环境的介绍，作者在第二回安排冷子兴演说，介绍了贾氏家族的总体情况，而且特别说明了贾宝玉与家族兴衰的直接联系，预示贾宝玉选择人生道路和选择配偶都不只是个人的行为。第三回黛玉进入荣国府，荣国府的气象皆从黛玉眼中所出。第六回又借刘姥姥这位乡村老太太的视觉、听觉和嗅觉，再一次介绍荣国府。又如对于书中主人公贾宝玉，作者也是分别让书中其他人物如冷子兴（第二回）、傅秋芳家的老婆子（第三十五回）、贾琏的小厮兴儿（第六十六回）等人发表不同的意见。这些意见都不代表作者，但总体上又都代表作者。在关于场面的描写中，作者也同样隐藏起来，严格遵循限知角度的原则，这表现在一是对场面中的景物、人物以及人物活动的描写，是从一个固定的观察主体的视角出发，第三回黛玉初进荣国府，书中所写的全是黛玉眼中所见、耳中所闻，不仅如此，由于观察主体是小说的角色，因此其观察结果也是性格化的，黛玉眼中所展现的一切都带有她的主观色彩，表现着她初入贾府、寄人篱下而不得不"步步留心，时时在意，不要多说一句话，不可多行一步路，恐被人耻笑了去"的谨慎心理。二是有限制地进入人物内心世界，作者除了直接进入贾宝玉和林黛玉的内心世界，典型如第二十九回写宝、黛二人之间的假意试探，其余大多还是通过人物的言谈举动来刻画人物的内心情态，通过人物的言谈举动来传达丰富的意蕴。《红楼梦》熟练运用限知的客观叙述手法，突破了说书人全知全能叙事的传统，不同叙述者从多个角度对一个对象的反复叙述又进一步改变了传统单一的叙事方式，丰富了古代小说的叙事艺术。

《红楼梦》艺术上的巨大成就，还表现在人物塑造上。《红楼梦》为闺阁立传，描写得最多的是女性，而且主要又是写那些在年龄、生活环境、生活方式等方面都很相同或近似的一群少女。曹雪芹不仅能够异常分明地写出她们的个性，而且对于某些个性比较类似而又有所差异的细微特征，也能纤毫毕露地镂刻出来。平儿的温驯柔和与袭人的温驯柔和不同，史湘云的豪爽与尤三姐的豪爽又不同，而林黛玉与妙玉都是孤高，一种是入世的孤高，一种却是出世的孤高。在刻画人物时，作者还采用了类似衬托的影子描写方法，如晴雯、香菱是黛玉的影子，晴雯的孤高与黛玉有类似之处，香菱孤苦伶仃的身世又与黛玉相仿佛,袭人是宝钗的影子。《红楼梦》完全改变了过去古代小说人物类型化、脸谱化的僵硬手法,写出了人物性格的丰富性。作者对笔下人物的褒贬很少直接流露出来,如对于林黛玉和薛宝钗的评价,历来就有拥林派、拥薛派之分,还有折中调和的"钗黛合一论",这种状况无疑与作者客观呈现式的叙写有关。王熙凤是《红楼梦》中光彩四射的人物,她集聪明能干、伶牙俐齿、逞强好胜、泼辣豪爽、贪婪狠毒于一身,"协理宁国府"中的她精明能干,"毒设相思局""弄权铁槛寺"中的她贪求金钱与权势,手段狠毒与冷酷,尤其是她"外作贤良,内藏奸猾",借刀杀人,软硬兼施,逼得尤二姐吞金自杀,但是她也不乏厚道之处,她同情香菱和邢岫烟,敬重探春与抗婚的鸳鸯,她还是大观园姐妹们结诗社的财政赞助人。王熙凤是《红楼梦》中写得最有生气、最复杂的人物,我们很难用"坏人"这样的字眼去形容她。

在人物语言的表现方面,《红楼梦》是继《水浒传》之后我国古典小说的又一个最高典范。《红楼梦》以北方口语为基础,洗练、自然和富于表现力。书中宝钗曾称赞黛玉语言的锐利,说她"用春秋的笔法,将市俗的粗话撮其要,删其繁,再加润色",这可移用于曹雪芹对于口语的态度。这些市井俚俗语言"一经曹雪芹取择,所收纳者,烹炼点化,便成雅韵"(裕瑞《〈红楼复梦〉书后》)。《红楼梦》中大量的是人物的语言,许多篇幅,差不多全是人物的对话,或长或短,或文或野,无不切合人物口吻。《红楼梦》写了数百个不同阶级、不同阶层的男男女女,有的人物只是露上一次面,说上不过三两句话,但这三言两语就能勾画出一个鲜活的人物形象来。

此外,虽然《红楼梦》沿袭了古代小说的书写传统,在叙事中穿插有较多诗、词、曲、骈文。但这些韵文能够与人物、情节融合为一体,毫无多余赘疣的缺陷,而是成功地辅助了人物形象的塑造,著名的如黛玉的《葬花词》、《秋窗风雨夕》和《柳絮词》,同时,这些诗词还预示情节发展，象征人物命运，如第五回"金陵十二钗"正册、副册、又副册中的判词及警幻仙子所演《红楼梦十二支曲》等，均不可跳过不读。

三 《红楼梦》的影响

在手抄本流行的三十多年间，《红楼梦》已逐渐引起人们重视，"好事者每传抄一部，置庙市中，昂其价，得金数十，可谓不胫而走者矣"（《红楼梦》程伟元序）。程甲本全本刊刻问世后，流传更为普遍，郝懿行（1757—1825）《晒书堂笔录》称"余以乾隆、嘉庆年间入都，见人家案头必有一本《红楼梦》"，嘉庆二十二年（1817）刊行的得舆《京都竹枝词》"时尚门"甚至有"开谈不说红楼梦，读尽诗书是枉然"之论。谈红成为文人雅事，朋友之间竟至"一言不合，遂相龃龉，几挥老拳""两人誓不共谈红楼"（邹弢《三借庐笔谈》）。民间戏曲、弹词演出《红楼梦》时，观众往往为之"感叹欷歔，声泪俱下"。《红楼梦》传播之广、影响之大，也引起了一些卫道士的攻击，毛庆臻《一亭考古杂记》认为应该永行禁止此类"淫书"，梁恭辰《北东园笔录》也称"《红楼梦》一书为邪说诐行之尤，无非糟跶旗人""污蔑我满人"。其实，《红楼梦》在清末宫中也大受欢迎，故宫长春宫游廊壁画即取材于书中故事，光绪庚子之难后宫中流出精楷抄本《红楼梦》，"其书每页之上均有细字朱批，知出于孝钦后（即慈禧太后）之手，盖孝钦最喜阅《红楼梦》也"（徐珂《清稗类钞》）。

《红楼梦》的续书之多，在中国古代长篇小说中也是破纪录的。嘉庆、道光时期是续作的高峰期，现知的就有十一部之多。这些续书尽管构思不同，情调不一，文字水平也高下不等，但大多不愿意接受《红楼梦》的悲剧结局，一定要让宝、黛成婚，让贾府家道复初，与曹雪芹的思想和精神相距甚远。这些续书中，最值得一提的是著名满族女诗人、女词人顾太清所撰的《红楼梦影》。此书共二十四回,有西湖散人咸丰十一年(1861)序,北京聚珍堂光绪三年(1877)活字刊行,接原书第一百二十回后续写。记宝玉在毗陵驿被父亲解救,病愈还家,守着宝钗及袭人、麝月、莺儿三妾安静度日,后与贾兰双双中进士授官。湘云生下遗腹女配与宝钗之子,平儿生子扶正,并与香菱结亲。以宝玉在栊翠庵惜春处对照大元镜入幻,见众姐妹化为荒野白骨而收结。《红楼梦影》是清代诸多续红之作中唯一一部没有让黛玉还魂或投胎,甚至没有让她真正出场,只记叙宝玉、宝钗婚后生活的续书。

《红楼梦》研究,今日已经形成一种专门的学问,人称"红学"。"红学"又有所谓新、旧之别。旧红学主要有两个派别:评点派、索隐派。评点派始于脂砚斋,护花主人王希廉(1805—1877)、太平闲人张新之、大某山民姚燮(1805—1864)为清代《红楼梦》三大评点家,嘉道年间陈其泰的评点也较为突出。索隐派的代表著作出现在清末民初,主要有王梦阮与沈瓶庵《红楼梦索隐》(1916)、蔡元培《石头记索隐》(1917)、邓狂言《红楼梦释真》(1919)等。此派认定《红楼梦》的情节人物是历史上真实政治事件、政治人物的影射,他们以近乎猜谜的方法试图"考证"出《红楼梦》的本事,提出了明珠家事说、和珅家事说、顺治董鄂妃情事说、康熙朝政事说等观点。蔡元培所主张的康熙朝政事说影响最大,他认为作者怀抱民族意识,"吊明之亡,揭清之失,而尤于汉族名士仕清者寓痛惜之意";"书中红字,多影朱字,朱者明也,汉也。宝玉有爱红之癖,言以满人而爱汉族文化也。好吃人口上胭脂,言拾汉人唾余也";"书中女子多指汉人,男人多指满人",古代哲学以夫妻君臣分配于阴阳,征服者为主,被征服者为奴,故"本书以男女影满汉"。"五四"时期,胡适《红楼梦考证》(1921)、俞平伯《红楼梦辨》(1922)一举奠定了"新红学"的地位,虽然在很大程度上扫清了索隐派的影响，但却又认为《红楼梦》是作者曹雪芹的"自叙传"。此后的周汝昌，甚至将"自传说"发展到登峰造极，以为曹雪芹即贾宝玉，贾家即曹家，《红楼梦》即曹家起居实录。"自传说"在《红楼梦》研究中，自有其不可抹杀的价值，关键在于如何理解"自传说"的内涵与外延，说贾府有曹家的影子可以，说贾府等同于曹家，说小说影射的是真人真事，就变成了索隐。俞平伯自1925年就开始对自传说进行检讨，认为"自传说"与索隐家其实都在猜谜，所用方法并无本质区别，他说："我在那本书里（即《红楼梦辨》）有一点难辩解的糊涂，似乎不曾确定自叙传与自叙传的文学的区别；换句话说，无异不分析历史与历史的小说的界线。……我一面虽明知《红楼梦》非信史，而一面偏要当它作信史似的看。这个理由，在今日的我追想，真觉得索解无从。我们说人家猜笨谜，但我们自己做的即非谜，亦类乎谜，不过换个底面罢了。"(《红楼梦辨》的修正）俞平伯对自传说的反省是深刻的，对自传说"凿实"考证的批评也是一针见血的。

综观百年红学史，新旧红学的区分并非泾渭分明，新红学自有其缺陷，旧红学索隐派也并未销声匿迹。值得注意的是，王国维写于1904年的《红楼梦评论》，从哲学和美学角度衡量了《红楼梦》的文学价值，是我国文学批评史上第一部以西方理论评论中国古典文学作品的专门著作。这一研究路径，近年来也成为红学研究的新领域。传统评点派的工作，也得到研究者的重新审视。当然，这类文学性的研究，必然要以新红学的历史考证为基础，否则将难免"捕风捉影"之讥。

第五节　清代中后期其他小说

一　18世纪末19世纪初的其他长篇小说

18世纪末19世纪初，还出现了一些值得关注的长篇小说，主要有《绿野仙踪》《歧路灯》《野叟曝言》《镜花缘》。

《绿野仙踪》一百回。作者李百川（1719—1771?），山东人，生平事迹不详。小说写作自乾隆十八年（1753）始，至二十七年（1762）稿成，历时十年。初以百回抄本流传，至道光十年（1830）才付刻印行。小说融神魔、武侠、世情小说为一炉，叙明嘉靖年间士人冷于冰，因得罪权奸严嵩而失去功名，弃家访道，云游天下，得仙人传授法术、法宝，并领悟广积阴德方能修炼成仙的道理。冷于冰凭借道术走南闯北，斩除妖魔，惩治贪官，赈济灾民，平定叛乱，度化纨绔子弟温如玉、强盗连城璧等人脱俗成仙。

《歧路灯》一百零八回。作者李绿园（1707—1790），名海观，字孔堂，号绿园，河南宝丰人。乾隆元年（1736）考取恩科举人，后屡试不第，宦游各地二十年，曾做过贵州印江知县。小说写作，约始于乾隆十三年（1748），中间因舟车海内辍笔二十年，至四十二年（1777）才告成，前后历时三十年。小说成书后并未付梓，仅以抄本流传，至1924年才有石印本刊行。小说叙一个浪子回头的故事。明嘉靖年间河南开封府祥符县世家子弟谭绍闻在父亲去世后，结交匪类，染上赌瘾，最后幡然悔悟，得族人、父执、忠仆帮助，改志换骨，终于重振门庭。小说旨在子弟教育，立意平庸，但继承了世情小说的写实传统，真实展现了具有浓厚生活气息的社会风俗画卷。

《野叟曝言》一百五十四回。作者夏敬渠（1705—1787），字懋修,号二铭,江阴(今属江苏)人。名高才茂,博通经史,见赏于当世名士,但科举不利,仕进无路,长期游幕天涯,足迹遍海内,贫困潦倒终生。所著除《野叟曝言》外,尚有《浣玉轩诗文集》《纲目举正》《唐诗臆解》《医学发蒙》等。小说约成书于乾隆四十四年(1779),乃作者晚年抒愤之作。初以抄本流传,至光绪年间始有刊本。此书以"奋武揆文,天下无双正士;熔经铸史,人间第一奇书"二十字分为二十卷,以明成化、弘治两朝为背景,叙写了文素臣的一生业绩。文素臣不是科甲出身,却官至尚书、宰辅,武能平定内乱,剿灭奸党,抵御外侮,征伐异域;文能承传名教道统,铲除异端邪说。妻妾生二十四男,子孙绵绵,六世同堂。凡人臣所能有的荣华富贵,文素臣均集为一身。文素臣这个高大全形象,显然寄托作者自己的理想,是寒士的白日狂想。《野叟曝言》是"以小说为庋学问文章之具"(鲁迅《中国小说史略》)的代表,"叙事说理,谈经论史,教孝劝忠,运筹决策,艺之兵诗医算,情之喜怒哀惧,讲道学,辟邪说,描春态,纵谐谑"(《凡例》),无所不包,连篇累牍,完全游离于故事情节之外,很多内容实乃抄自作者的学术论著,也可见乾隆时期日渐兴盛的朴学风气对小说文体的浸染。

《镜花缘》一百回。作者李汝珍(1763?—1836?),字松石,直隶大兴(今属北京)人。乾隆四十七年(1782)随兄移居海州板浦,在河南做过县丞。博学多才,对音韵学颇有研究,著有《李氏音鉴》。《镜花缘》第一百回自云:"恰喜欣逢圣世……读了些四库奇书,享了些半生清福。心有余闲,涉笔成趣,每于长夏余冬,灯前月夕,以文为戏,年复一年,编出这《镜花缘》一百回……小说家言,何关轻重。消磨了三十多年层层心血,算不得大千世界小小文章。"《镜花缘》约成于嘉庆二十年(1815),刊刻于嘉庆二十三年(1818)。小说前六回乃全书楔子,既讲述故事情节的因果框架,也表明主旨是为天下才女立传吐气。第七回至第五十三回写唐敖游历海外，唐小山寻父出海。第五十四回至第一百回叙唐小山回国后应试女科，与其他九十九名才女聚集一堂，弹琴赋诗，论学说艺，各显其能。欢宴后，唐小山再度出海寻父不归。徐敬业等人后代起兵反周复唐，中宗复辟，尊武则天为太后，重开女科，命前科才女重赴宏文宴。尤其是，表现了作者的男女平等思想。《镜花缘》讲说学问的地方很多，涉及诸子百家、琴棋书画、医卜星相、声韵训诂乃至灯谜酒令，第六十九回到第九十四回，更是用了整整二十六回篇幅展示才女学问。显扬才女、尊重女性，是明清文人文化的一个重要方面，《镜花缘》即此种文化氛围下的产物，其所述女儿国"男子反穿衣裙作为妇人以治内事，女子反穿靴帽作为男人以治外事"的故事，尤为发人深省。不过，《镜花缘》最脍炙人口、最精彩的部分是描写唐敖游历海外诸国见闻，借异域奇民、殊方风俗暗讽世态人情，诙谐风趣，如淑士国酒保满嘴"之乎者也"，白民国学生匪夷所思的八股破题。王韬说："若唐敖偕多九公、林之洋周游各国，所遇多怪怪奇奇，妙解人颐，诙谐讥肆，顽世嘲人，揣摹毕肖，口吻如生，又足令阅者拍案称绝，此真未易才也。"（《镜花缘图像叙》）

二　侠义公案小说

乾隆、嘉庆之际，公案小说与侠义小说合流，代表作有《施公案》《三侠五义》。

《施公案》九十七回，成书在嘉庆三年（1798），今存嘉庆二十五年（1820）刊本。《施公案》是口头文学、书面文学持续相互影响的典型例子。小说所叙清官施世纶和侠客黄天霸的故事早在康熙年间已在民间流传，《施公案》成书后，民间继续敷衍增饰，相继编刊后传、续编，至光绪二十九年（1903）合刊正集、续集十种为《施公案全传》五百二十八回。施世纶，《清史稿》本传，称其"当官聪强果决,摧抑豪猾,禁戢胥吏,所至有惠政,民号曰青天"。《施公案》影响很大,京剧和地方戏多有搬演,京剧《恶虎村》《盗御马》《连环套》等都是晚清民众耳熟能详的剧目。

《三侠五义》一百二十回,原署"石玉昆述"。石玉昆,咸丰、同治年间天津著名说唱艺人。小说叙一群侠义之士协助包拯除暴安良、断狱破案的故事。光绪十五年(1889),著名学者俞樾(1821—1907)颇为欣赏此书,"援据史传,订正俗说"(《重编七侠五义传序》),改写第一回"狸猫换太子"故事,又以为"三侠"实为七侠,故改题为《七侠五义》,与《三侠五义》并行流传。《三侠五义》汲取了元明以来包公故事的精华,但重心转移到协助包公的侠客义士身上,"写草野豪杰,辄奕奕有神,间或衬以世态,杂以诙谐,亦每令莽夫分外生色"(鲁迅《中国小说史略》)。其中写得最好的是"锦毛鼠"白玉堂,他武功高强,性情高傲,听说展昭被皇帝封为"御猫",大闹京师,定要与展昭比较高下,后归顺朝廷,做了四品护卫,但个人英雄主义贯穿始终。《三侠五义》刊行后,风靡一时,《小五义》《续小五义》《续七侠五义》《英雄大八义》《英雄小八义》相继问世,效颦者层出不穷。

《儿女英雄传》四十回,"缘起"一回,初刊于光绪四年(1878)。作者文康(1798—?),字铁先、悔庵,号燕北闲人,费莫氏,满洲镶红旗人。小说叙安骥与侠女十三妹何玉凤、张金凤的姻缘故事。作者家本贵盛,晚年诸子不肖,家产荡尽,感慨良多,著此书自遣,心态颇类曹雪芹,立意却积极乐观。他将英雄侠义、才子佳人、家庭生活熔为一炉,写理想中的"儿女英雄",为他们安排正大光明的前途,安骥探花及第,扬亲显祖,十三妹也成了端庄娴雅、恪守礼教的闺中淑女。不过,普通读者最欣赏的却是十三妹仗义行侠的故事,"悦来店""能仁寺"等情节多次被搬上戏曲舞台。小说艺术上最突出的特点就是生动流畅、诙谐风趣的北京口语,不论叙事语言还是人物语言，都写得鲜活灵动，被视为京味小说的滥觞。

三 狭邪小说

狭邪小说叙风流才子与娼妓、优伶故事。狭邪，亦作"狭斜"，代指位于小街曲巷的青楼妓院。文人狎妓故事，自唐传奇以来一直都有，但均为短篇，白话长篇作品始于道光年间陈森的《品花宝鉴》。

《品花宝鉴》六十回，刊于道光二十九年（1849）。作者陈森，字少逸，号采石山人、石函氏，毗陵（今江苏常州）人。小说内容为追忆乾隆以来杜琴言、苏蕙芳等北京十大名伶与士大夫交往的故事，重点叙名士梅子玉与名旦杜琴言"两雄相悦"，立意近于才子佳人小说，笔调又模仿《红楼梦》。乾隆时期"京师狎优之风冠绝天下，朝贵名公不相避忌"（丘炜萲《菽园赘谈》），小说所叙乃当时社会现实的反映，保存了不少珍贵的梨园史料。

《花月痕》五十二回，约成于同治五年（1866），初刻于光绪十四年（1888）。作者魏秀仁（1818—1873），字子安，号眠鹤主人，福建侯官（今福州）人，道光二十六年（1846）举人，游幕陕西、山西、四川等地。小说叙韦痴珠与刘秋痕、韩荷生与杜采秋两对才子名妓情事，颇受《红楼梦》影响。韦痴珠与刘秋痕一见钟情，相约生死不负，但他无力救助秋痕脱离娼籍，郁郁病逝，秋痕亦殉情死。韩荷生则以军功封侯，与杜采秋结为佳偶，衣锦还乡。韦痴珠、韩荷生遭际不同，但都寄寓了作者自己的身世和感慨。小说穿插众多诗词，实乃作者旧作。据说魏秀仁少好狭邪游，中年后潜心程朱理学，"念及早岁所为诗词，不忍割弃，乃托名眠鹤主人，成《花月痕》说部十六卷，以前所作诗词，尽行填入，流传世间"。（《小奢摩馆脞录》）

《青楼梦》六十四回，今存光绪十四年（1888）刊本。作者俞达（？—1884），字吟香，别号慕真山人，江苏长洲人。《红楼梦》有所谓正册、副册、又副册，合为三十六钗，《青楼梦》则有三十六名妓。小说叙才子金挹香流连青楼，娶一妻四妾，聚三十六名妓宴饮吟诗，最后勘破世情，修道飞升。小说刻意模仿《红楼梦》，但仅有皮毛，绝无精神。

　　《海上花列传》六十四回。作者韩邦庆（1856—1894），字子云，号太仙，松江（今属上海）人，诸生。旅居上海，为《申报》撰稿，并自编小说半月刊《海上奇书》，《海上花列传》即从光绪十八年（1892）二月起在《海上奇书》创刊号上连载，光绪二十年（1894）出版单行本。作者自言此书"为劝诫而作"（《例言》），书中也确实有不少描写揭示娼家的奸猾和嫖客的堕落，但更多是展示平淡真实的妓院日常，一扫倡优小说的滥调。作者在结构上也颇为自觉，全书以赵朴斋、赵二宝兄妹失陷妓院的经历为主要线索，同时插入其他妓女故事，故名为"列传"。书前《例言》说："全书笔法自谓从《儒林外史》脱化出来，惟穿插闪藏之法，则为从来说部所未有。"所谓"穿插闪藏"，也就是将多个故事交织在一起，一波未平，一波又起，实得《金瓶梅》《红楼梦》壸奥。《海上花列传》最突出的贡献还在于它是吴语文学的第一部杰作，小说叙述用普通话，对白用吴语，生动活现人物的神情口气。

　　《海上花列传》为狭邪小说压卷之作。光绪至宣统间，此类小说数量虽多，如宣统二年（1910）张春帆《九尾龟》等，但大多"故作已甚之辞"（鲁迅《中国小说史略》），竭力渲染脂粉陷阱，成为所谓的"嫖界指南"。

四　谴责小说

　　光绪二十四年（1898）戊戌变法失败，两年后又有八国联军蹂蹦北京的庚子事变，抨击时政、揭露世情弊恶的谴责小说应运而生。谴责小说上承讽刺小说传统，但辞气浮露，笔无藏锋，以漫画式的夸张手法暴露社会黑暗面，艺术上缺乏蕴藉含蓄。《官场现形记》《二十年目睹之怪现状》《老残游记》《孽海花》并称晚清四大谴责小说。

《官场现形记》六十回，光绪二十九年（1903）至三十一年（1905）连载于上海《世界繁华报》，每十二回为一编，分五编陆续刊印成书。作者李宝嘉（1867—1906），字伯元，别号南亭亭长，江苏武进（今属常州）人。擅长制艺诗赋，愤于清朝政治腐败，赴上海投身报业，寄望于唤醒民众。一生著述很多，长篇小说有《官场现形记》《文明小史》《活地狱》《中国现在记》《海天鸿雪记》，弹词有《庚子国变弹词》《醒世缘弹词》。《官场现形记》用辛辣的笔触叙述清末官场种种鬼蜮伎俩，上至朝廷重臣，下至佐杂胥吏，无不钻营奔竞、挤排倾轧、唯利是图，无以国家前途、民众福祉为念者。小说结构颇似《儒林外史》，没有一个贯穿全书的人物形象，记事以其人而起，亦与其人而讫。

《官场现形记》问世以后，受其影响，六七年间出现了一大批揭露官场并商界、学界、医界黑暗腐败的谴责小说。《二十年目睹之怪现状》一百零八回，就是将谴责对象扩及社会各个层面的代表作。作者吴沃尧（1866—1910），字小允，号趼人、茧人，笔名我佛山人、老上海、中国老少年等，广东佛山人。出身官宦世家，家产被族人侵吞，十九岁时前往上海谋生。入职江南制造局期间，接触西方科学技术和维新图强思想。光绪二十年（1894）甲午战争失败，受到极大震动，投身报业。一生著述很多，小说创作主要有《二十年目睹之怪现状》《九命奇冤》《恨海》《痛史》（未完）《两晋演义》（未完）等。《二十年目睹之怪现状》于光绪二十九年（1903）开始连载于《新小说》，后分批出版单行本，于光绪三十二年

(1906)至宣统二年(1910)陆续出齐。此书以第一人称记叙主人公九死一生二十年间的经历见闻,第二回云:"我出来应世的二十年中,回头想来,所遇见的只有三种东西:第一种是蛇虫鼠蚁,第二种是豺狼虎豹,第三种是魑魅魍魉。"这三种东西,具体所指就是蝇营狗苟的贪官污吏、寡廉鲜耻的士绅名士、唯利是图的奸商钱虏,以及滋生在他们周围的流氓骗子、娼妓娈童等。

《老残游记》,作者刘鹗(1857—1909),字铁云,笔名洪都百炼生、抱残、老铁等,江苏丹徒人。受家学影响,主张实学救国。曾投效河工,支持修造铁路,利用外资兴办矿业。《老残游记》初集二十回,自光绪二十九年(1903)至三十二年(1906)先后连载于上海《绣像小说》、天津《日日新闻》,二集九回于光绪三十三年连载于《日日新闻》。小说写于甲午战争之后,当时朝政已无可救药,外有列强虎视,内有官僚腐烂,"棋局已残"。作者《自叙》说:"吾人生今之时,有身世之感情,有家国之感情,有社会之感情,有种教之感情。其感情愈深者,其哭泣愈痛,此鸿都百炼生所以有《老残游记》之作也。"小说第一回,以一艘在风浪中颠簸的破船来比喻中国。代表治国者的船主、舵手麻木不仁,只顾勒索乘客财物;鼓吹造反的革命党,则是断送全船人的骗子;老残及其朋友欲以西洋罗盘仪拯救破船,却被指为卖国。这第一回,是即将覆灭的清王朝的缩影。小说记叙主人公走方郎中老残在中国北方各省的见闻经历,故名为"游记",人物刻画以写实为主,叙景状物,多以白描,对清官误国的评论尤有卓见,第十六回作者自评云:"赃官自知有病,不敢公然为非;清官则自以为我不要钱,何所不可,刚愎自用,小则杀人,大则误国。吾人亲目所睹,不知凡几矣。"

《孽海花》,作者曾朴(1872—1935),初字太朴,后改字孟朴,笔名东亚病夫,江苏常熟人。光绪十七年(1891)中举,做过京官,在同文馆学过法文,翻译过雨果、左拉、莫里哀等人的作品。《孽海花》的创作过程比较复杂。前六回最初由金天翮（1874—1947）撰写，创作动机与光绪二十九年（1903）抵御强俄有关，原拟写成一部政治小说。后金天翮退出创作，曾朴连改带续，一气呵成写完二十回，于光绪三十一年（1905）出版。此后两年又在《小说林》连载了第二十一至二十五回。民国十六年，曾朴再次连改带续，写至三十五回。小说以金雯青、傅彩云情事为线索，"纬以近三十年新旧社会之历史"，描写了中法战争、中日战争、戊戌变法等重大历史政治事件，小说空间不仅有国内朝野，还有欧洲外交舞台。由于作者熟悉上层官僚名士生活，描写真实生动。书中人物几乎无不有所影射，金雯青即同治七年（1868）状元洪钧（1839—1893），1889—1892年间任清廷驻俄、德、奥、荷兰四国使臣，傅彩云即名妓赛金花。

第七章
俗文学的繁盛

　　俗文学，在我国有着悠久的传统，范围十分广泛，歌谣、词曲、小说、传说，可谓无所不包，虽然它历来不登大雅之堂，但却广受民众欢迎。陆游有诗云："斜阳古柳赵家庄，负鼓盲翁正作场。死后是非谁管得，满村尽说蔡中郎。"描绘的正是南宋时期江南水乡村民闲坐听书的情景。发展至清代，俗文学的种类繁多，又以说唱文学成就最高，流传最广。鼓词和弹词，作为南、北方说唱艺术的代表形式，时至今日，仍不减其文学和艺术的魅力。

第一节　俗文学的悠远传统

　　"俗文学"的概念，是郑振铎先生在《中国俗文学史》一书中首次提出的。在这本奠定"俗文学"研究范畴的开山著作中，俗文学被定义为："俗文学就是通俗的文学，就是民间的文学，也就是大众的文学。换一句话，所谓俗文学就是不登大雅之堂，不为学士大夫所重视，而流行于民间，成为大众所嗜好，所喜悦的东西。"他并归纳出俗文学具有大众的、无名的集体的创作、口传的、新鲜而粗鄙的、想象力奔放的，勇于引进新的东西等几个重要的特质。

　　俗文学所涵盖的范围十分宽广，又以文体、传播等为特点，分别被冠以说唱文学、民间文学之称。"说唱文学"中的"说唱"是一种文体形式和表演方式,又称"讲唱文学",主要特点是韵文和散文兼用,可以连讲带唱。"民间文学"(folk literature),从宽泛的含义来说,是游离于精英文学传统之外的,所有书面和口头文学的通称。在中国文学史发展的长河中,除了诗、文一直是文人学士所认可的正统文学,宋代的词,明、清时期的戏曲、小说,都曾不入精英文学之流。但是,词、曲、小说都吸引了越来越多的文人参与创作,有一个不断"雅化"的过程。如今,"俗文学"(popular literature)包括的是文学史中大量地位低下的、无名氏创作的文学作品,以便与文人文学(literature of literati)相区分。虽然一般来说,歌谣辞赋都在俗文学的概念之内,但本章讨论的,主要是变文、宝卷、弹词、鼓词等以叙事为主的说唱文学。

变文是唐代兴起的一种讲唱文学。变文文体是由散文及韵文交替组成,散文部分用以讲,韵文部分用以唱。这是说唱文学最早的形式。变文的形成与佛教的传播密不可分,所以,早期的变文内容以铺叙佛经义旨为主,通过演绎佛经中的故事,如目莲遍游地狱救母于苦海等,引导民众去恶向善。发展至后来,又编写了历史、民间故事的变文,如《伍子胥变文》《王昭君变文》等。唐代的《因话录》一书中记载了寺庙中讲说故事的情景:"有文淑僧者,公为聚众谭说,假托经论,所言无非淫秽鄙亵之事。不逞之徒,转相鼓扇扶树,愚夫冶妇,乐闻其说,听者填咽。寺舍瞻礼崇奉,呼为和尚。教坊效其声调,以为歌曲。"可见变文在当时的广泛影响。《敦煌变文集》(人民文学出版社1957年版)是唐代敦煌变文作品的总集,收录了据国内外187部变文编选校勘出的78种作品。

宝卷是承继变文演变而来的一种说唱文学形式,形式上与变文类似,以七言和十言韵文为主,间以散文。作者虽不可考,但最早的表演者中,既有出家的僧尼,又有瓦肆之中的说经人。与变文一样，宝卷的内容以佛经故事最多。此外还有劝事文、神道故事和民间故事。人们往往把它们分为佛教的和非佛教的两类，但基本倾向都是宣传因果报应和修道度世，具有浓厚的宗教色彩。今存最早的《香山宝卷》，一般认为是宋普明和尚所作。明清以来，取材中国民间故事的宝卷日渐流行。最为后世所知的有《梁山伯宝卷》《药名宝卷》等200余种。《中国宝卷总目》（燕山出版社2000年版）收录海内外所藏宝卷一千五百余种。

清朝是说唱文学发展的高峰时期，无论在文体创新、文学创作还是说唱演出中，都比前朝更为丰富多彩。究其原因，其一，明清两朝叙事文学的高度发展，让说唱文学的创作和改编有了更多可资借鉴的对象。其二，教育的普及，让越来越多略通文字的下层文人和闺阁女性可以参与到说唱文学的创作之中。其三，城市居民的娱乐需求，共同促进了说唱文学创作和演出的兴盛。

第二节　弹词与木鱼书

弹词之名，最早见于明代。《西湖游览志馀》一书中记载道："杭州男女瞽者，多学琵琶，唱古今小说、平话，以觅衣食，谓之陶真。大抵说宋时事，盖汴京遗俗也。"弹词有着悠久的传统，明代文人杨慎有《廿一史弹词》，已经和后世流传的弹词形式基本一致。弹词文本中包括说白和唱词两部分，前者为散体，后者为七言韵文为主，穿插以三言句，表演的场所称为"书场"，以三弦和琵琶为伴奏，说唱夹杂，韵散结合，至今仍兴盛不衰。

弹词是清代江南吴语地区最负盛名的说唱文学形式。近年来，因其作者、观众均为女性更备受研究者重视。弹词被认为是女性的读物，受过一定教育的闺阁女性，写、听或读弹词于是成为她们生活中的一大喜好。有学者认为：凭借阅读与创作的行为，弹词形成了女性的小说传统。确实如此，女性是弹词作品中最引人瞩目的符号。其中，文学成就最高的作品，如《天雨花》《再生缘》《笔生花》《榴花梦》《子虚记》都是出自女性手笔，塑造女作家理想中的女性主角，讲述女性的故事。女性的弹词创作，充分展现了女性的理想与心理，可以借以重新构建清代闺阁女性的生活和世界。

《天雨花》的作者陶贞怀，生平经历不详。卷首有顺治辛卯年（1651）自序此书以万历、天启年间朝廷内部的斗争为时代背景，以有正义感的官僚左维明及其女左仪贞的人生经历为故事主线。《天雨花》共三十回格局宏大，涉及明末红丸三大案等重要的历史事件，但实际上故事的中心，是左氏父女和家庭成员的关系。

《再生缘》的作者陈端生（1751—约1796），出身名门，浙江钱塘（今杭州）人。嫁淮南范秋塘，其夫因科场事而遭流放，故作弹词以自遣。《再生缘》讲述元代女子孟丽君本与皇甫少华有婚约，但皇甫一家为奸人刘奎璧所害。孟丽君不愿与刘奎璧成婚，女扮男装，离家远遁。后更名郦君玉，高中状元，与父亲、夫君同朝为官，却不愿相认，并由此抗君、抗父、抗夫，成为了文学史上一个具有先锋意味的女性形象。《再生缘》共二十卷八十回，故事发展到皇帝识破孟丽君的女儿身，要求将其纳入后宫为妃，端生难以为继，就此搁笔，未竟而卒。后三回是由钱塘女诗人梁德绳续完的，以皇甫少华和孟丽君成婚为大团圆结局。

另几部著名的弹词作品有：《笔生花》，三十二回邱心如著。主要叙述明代女子姜德华女扮男装，历经磨难，赴京应试，得中状元，终与表兄文少霞结为夫妻的故事。

《榴花梦》，李桂玉著，成书于道光二十一年（1841），共360卷后3卷为后人续作。此书以唐代贞观之后朝纲废弛、战乱连年为背景，通过桓、罗、梅、桂四家的仕宦遭际，描绘当时复杂的社会生活及人情世态。

《子虚记》，汪藕裳著。此书以明孝宗时期为时代背景，讲述忠孝子文玉粦和巾帼英雄赵湘仙之间的爱情故事。赵湘仙虽然与其他弹词女主角一样通过女扮男装而建功立业，却拒不恢复女儿身并最终绝食而亡。这一悲剧结局也让《子虚记》的思想性更胜一筹。

弹词的女性作者们多为江南地区的才女，她们利用弹词每回正文之前的自叙，交代自己的生活经历与创作意图，而女性作者不断以"续书"的形式接续前人的创作，使得她们可以同时与前代的作者和同时代的读者对话。此外，女性弹词作者的活动范围已经迈出闺阁，她们成为出版商，修订、改编弹词作品。女性作者在弹词作品中赋予女性角色经天纬地之才，她们的能力足以与男性分庭抗礼，显示出强烈的女性意识。

弹词的演出，有国音和吴音两种语言。以吴音演唱者，以《玉蜻蜓》《珍珠塔》和《三笑姻缘》最为著名。弹词的演出者也对吴音弹词的创作和发展卓有贡献。马如飞，苏州人，生于清嘉庆二十二年。少学刑名，充书吏。精通诗词，积有八百余首，编为《夜吟楼草》，父亡后，家计维艰，父执陈朗苑劝承先业，遂受业于表兄桂秋荣，学唱《珍珠塔》。"不匝月，试一弹唱；不周年，足迹遍江湖矣"，乃终生以弹词为业。"夫吾道虽多街谈巷语曲，亦足以挽颓风。""勿以小道忽之。"马如飞为"马调"创立者，其演出以《珍珠塔》名噪一时。所演弹词唱句，多出其手，承继传统而别开生面。弹词《珍珠塔》，经其几番整理，雅俗共赏，开辟弹词全新天地。

木鱼书，又称摸鱼歌，是在广府地区流行的，以粤语进行表演的说唱形式。屈大均记载："粤俗好歌……其歌之长调者，如唐人连昌宫词、琵琶行等，至数百言千言。以三弦合之，每空中弦以起止，盖太簇调也，名曰摸鱼歌。或妇女岁时聚会，则使瞽师唱之。"（《广东新语》卷十二）木鱼书大多是长篇连环本，清人选有"十才子书"，其中以《花笺记》《二荷花史》《珊瑚扇金锁鸳鸯记》三部，受到较高评价。因其动辄长达数十本，表演时，从中摘录一二情节或选取一二故事的短篇，又叫"摘锦"。

木鱼书的演出以广州为中心，流行于珠江三角洲，因广东是对外通商的口岸，木鱼书很早就流播到海外。1824 年，《花笺记》第一次由英人汤姆斯（Peter Perring Thomas）译为英文，1836 年由辜尔慈（Heinrich Kurz）从中文原本译成德文。1827 年 2 月 23 日，歌德日记载其阅读过"用韵文作"的长篇小说《花笺记》（莞人作）。有学者认为《花笺记》影响歌德，使他产生灵感，从而创作了《中德四季晨昏杂咏》。

第三节 词话与鼓词

词话，盛兴于元、明两代，元代的文献记载中已经出现了"演唱词话""自搬词传""般说词话""搬唱词话"，可见当时的演出已经较为普遍。文本方面，现存最早的明成化刊本说唱词话，1967 年在上海嘉定出土，是一批明成化七年到十四年（1471—1478）北京永顺堂刊印的说唱词话，计 16 种。这批词话篇幅都比较短，题材属于传奇、公案、灵怪一类的为多。讲史类的有《花关索出身传》《花关索认父传》《花关索下西川传》《花关索贬云南传》及《薛仁贵跨海征辽故事》《石郎驸马传》等。公案类的有《包待制出身传》《包龙图陈州粜米传》《仁宗认母传》《包龙图断曹国舅公案传》《包龙图断歪乌盆传》《包龙图断白虎精传》等。传奇灵怪类的有《开宗义富贵孝义传》《莺哥孝义传》等。

鼓词流行于南北。北方鼓词主要流行于河北、河南、山东、辽宁以及北京、天津等地。南方主要有江苏的扬州鼓词和浙江的温州鼓词等。一般认为，鼓词又称"鼓子词""鼓儿书"。但是，现存最早的赵令畤《商调蝶恋花鼓子词》，虽然以"鼓子词"为名，但属于曲牌体，与后世流行的鼓词不同。在体制上，鼓词的演出以鼓为乐，以唱为主，与大多数说唱文学一样，都是以七字、十字的韵文，配以散文。

明末清初，文人贾凫西创作的《木皮散客鼓词》，是较为著名的鼓词作品。贾凫西（约1590—约1676），名应宠，字思退、晋蕃，号凫西、澹圃，别号木皮散客。《木皮散客鼓词》的主要内容是讲述历史故事，从三皇五帝一直说到明末崇祯帝吊死煤山，时以乡谚、土语出之，但不伤雅，尤能声韵铿锵，朗朗上口。

篇幅上，早期的鼓词都是"大书"，有一些只唱不说的称为"小段"。清代中期之后，长篇的鼓词因其过于冗长，而渐渐不受欢迎，由鼓词中摘出的短段"大鼓"，成为最为喜闻乐见的演出形式，根据流行地域的不同，有梅花大鼓、西河大鼓、京韵大鼓等不同的流派。

第四节　子弟书与快书

子弟书是清朝中晚期流行的一种曲艺艺术。它由旗人在乾隆初年创制，早期的创作者、演出者和观众都是旗人，并逐渐由内城大宅府邸流传到外城戏园茶馆，为京城之旗、汉民众所喜闻乐见。其文词清丽，音乐雅致，成为其备受欢迎的原因。同时，也正由于其词藻深奥，音调延缓，在清末民初时期逐渐走向衰落，乃至人间无闻。子弟书流行的时间并不长，区域亦不广。它的独特之处在于：作为满族入关之后萌生的一种艺术形式，它既保存有满族文学艺术的特色，又反映了满汉两族在文化艺术上的交流。作为从八旗贵族府邸流传到民间的一种表演艺术，它既有文人雅士所津津乐道的优美词句，又有平民百姓所喜闻乐见的表现形式。它的表演方式，大抵是家庭宴会和票友聚会时的自娱自乐；赖以流传的文本，也以书坊抄卖本和爱好者的传抄本为多。如此的特点，让它自有一种飘逸出尘的清新之气，有着独特的魅力和价值。

子弟书始现于清朝初中叶。《天咫偶闻》曰："子弟书者，始创于八旗子弟。"嘉庆二年（1797），顾琳在第一部以子弟书为专门研究对象的论著《书词绪论》中，开篇即说道"书之派起自国朝"。由子弟书满汉合璧、满汉兼的特殊文本形式，以及大量描写满人生活的作品观之，子弟书的始创者，应是八旗中的满族人，且身份地位均不俗。这种艺术形式，至迟在乾隆年间已经形成。现存最早的子弟书版本，为刊于乾隆二十一年（1756）之《庄氏降香》，由此及李镛序言可知，子弟书在乾隆年间已然在北京流行。

如同绝大多数俗文学作者一样，子弟书的作者们，也往往不愿具名。子弟书作者们埋首小窗，托寓为鹤之侣，疏狂客，藏身匿迹于笔下曲文中。究其原因，一方面，或者是自诩清高的读书人，不希望被世人知道以此等与经国大业无关的小道为乐。另一方面，或者不过是创作中漫不经心的游戏之笔。子弟书最为著名的两位作者，是早期的创作者罗松窗和韩小窗。罗松窗是子弟书创作开山大家。"松窗"二字，是其嵌于曲文中的标志。现经学者确证为罗松窗所作子弟书作品，有《红拂私奔》《翠屏山》《庄氏降香》《游园寻梦》《罗成托梦》《离魂》等六部。松窗之后，韩小窗独领风骚，为子弟书之一代宗师。在清代子弟书作家中，韩小窗作品最多，声名最著，甚至有人称其作品多达五百余段。此外，能够确切考证生平身份的子弟书作者，有署"鹤侣氏"的爱新觉罗·奕赓和署"洗俗斋"的果尔敏，此二人均为八旗宗室之后，身份显赫。据此，在子弟书的创制初期，创作者的身份、阶层还是比较高的。这种特殊性，子弟书就与清末在北京流行的俗曲，如京韵大鼓等颇有不同。与俗曲多用坊间之白话、俗语不同，子弟书的曲文多化用典故成语，比较典雅。

乾隆年间，四海升平，八旗作为军事结构的功能，已渐为削弱。

百无聊赖之下,听戏成为旗人生活中最为重要的消遣。清代前期,正是花部渐起至花雅争奇的重要阶段,对于昆曲,满人有语言的隔膜,费解难懂。对于弋阳腔,满人又不满其粗制滥造。在这样的背景下,旗人结合当时流行在北京的戏曲与曲艺,创制出子弟书这一新的艺术形式,对传统的故事传说给予全新诠释与表现。子弟书给旗人听众的最初印象,是别致新奇、字真韵稳、悠扬顿挫、气贯神足。它以北京话中的十三辙为韵,比起难解的昆腔和粗俗的弋阳腔来说,更符合满人在汉文化的浸淫之下,追求高雅的欣赏心理,故而,子弟书"处处传说""人人爱好",以至众人邀约不断,争相观看,也就不足为奇了。

现存子弟书有全汉文、满汉合璧、满汉兼三种文本形式。全汉文之文本中,亦夹杂有大量的汉文音译满语词汇。非满、汉文通晓者难以为之。子弟书的故事题材,大体言之,可分为改编与现实生活两类。改编的作品,其文本或摘取流行小说、戏曲的一段情节加以敷衍,或取材时事生活中的一个画面加以描述。如学界公认的子弟书早期作家罗松窗的作品中,《杜丽娘寻梦》《离魂》分别截取了汤显祖《牡丹亭》其中一出故事情节加以改编。实际上,子弟书除少数长篇作品如《翠屏山》(二十四回)、《露泪缘》(十三回)等之外,篇幅大多为一至四回,对戏曲、小说作品的改编往往选取最精彩的片段,对时事描写则多关注某一特定场景,而绝少讲述长篇大套、脉络完整的故事。描写现实生活之作品,多以满人生活为题材,如《鸳鸯扣》描写满族大家通婚之婚俗礼仪;《螃蟹段儿》描写满人夫妻生活趣事等。

快书源自子弟书,形成于清朝中期,在同治、光绪年间曾经流行于北京、天津、河北等地,至今仍有传唱。由于演出者大多数是不收酬劳的旗人子弟,所以也称之为"子弟快书"。又由于它的最末一个曲牌是联珠调,所以又称之为"联珠快书"。快书由诗篇、书头、春云板、流水板、诗白、话白和联珠调七个部分组成。从现存快书看，它的主要内容以英雄故事为主。配合内容，快书的曲调也多慷慨激昂，节奏明快。表演者一般以磅礴的气势，豪迈的歌唱来赞颂英雄侠义，讲究的是铿锵有力，一气呵成。快书的诗篇、书注头和诗白三项句式一般固定，而春云板、流水板、话白和联珠调四项的句数一般不固定。诗篇一般是七言八句，与子弟书的诗篇极为相似，或用以综述故事内容，或用以解释故事前因，起到引起后文之作用。

  目前存世的快书曲本之中，内容以改编自三国故事的最多，计有一十八种。一方面，快书的艺术特色决定了其内容以英雄侠义故事为主，方能相得益彰；另一方面，这与满人对《三国》的特殊情感有关。满人喜读《三国》，入关之前已经将其翻译成满文，以便阅读。

第九编　现代文学

（公元 1911—1949 年）

第一章
艰难开启现代化历程

第一节　民国初年的政治与文坛

　　自晚清以降，中国遭逢"三千年未有之大变局"，其现代化进程在西方列强军事、经济、政治、文化等多重压力之下艰难启动。1895年甲午中日战争惨败，激发了以救亡图存为宗旨的维新运动。1898年戊戌变法失败之后，以康有为、梁启超为代表的新型知识分子游离于传统的官僚体制之外，借助报刊、学会等新式媒介进行思想启蒙和政治启蒙活动，催生了新型的现代知识分子群体，也为新式文学形态的产生开辟空间。在这样一个大变局中，文学也在发生剧烈变迁。从某种意义上说，这种变迁是根本性的，它不仅包括文学自身体裁题材、审美结构的变化，也包括其外在社会功能的变化。中国现代文学的发生，不能简单地视为传统文学流变的自然结果，它是晚清以降中国社会结构变迁的时代产物。这样一种新的文学形态有两个基本特点：从外部看，它的社会功能被大大强化，不仅密切关联着启蒙、革命、现代民族国家建立这些重大的时代议题，同时也最大限度地参与了现代性变革的运作机制。从内部来看，它更多地受到西方思想文化的激发，是异域文明与本土传统激烈碰撞的产物。从这个意义上说，它是从传统文学裂变、分离的结果，这种裂变与分离构成了中国现代文学得以在冲突中酝酿、滋生。裂变、分离的最终完成是在二十年代，《新青年》同人群体的"语体革命"用语言（文言/白话）将文学彻底区分为"新"与"旧"的二元结构。从此，文学在这种现代性的区隔中分属于不同的群体、场域，形成了彼此独立但又相互对峙的复杂格局。

1911年10月10日，武昌起义爆发，湖北成立军政府，南方诸多省份也纷纷独立。1912年，中华民国临时政府在南京成立，孙中山就任临时大总统一职。同年2月12日，清帝溥仪发布退位诏书，延续两千多年的专制王朝就此终结。清帝退位之后，原清廷内阁总理大臣袁世凯就任中华民国大总统一职，国民政府首都由南京迁至北京，近代中国的北洋时代正式开启。军阀实力派统治之下的中华民国内外交困、危机重重，民主共和体制的根基不稳，连续发生了洪宪帝制和张勋复辟的政治丑剧，这给中国的政治文化格局造成深远影响。一方面，包括北洋军阀、同盟会、进步党人等在内的各派势力围绕政治权力和政治利益在各个层面展开激烈角逐，政党纷纭扰攘，内阁频繁更迭，这给初创的国家体制建设造成巨大的内耗，又无限透支着民众对共和体制的信心和理想。另一方面，知识分子并未形成一个独立、自治、稳定的阶层，作为个体的读书人或者深陷政治纷争不能自拔，或者浪迹于消费文化市场追名逐利，或者沉浸在狭小的文人圈子里孤芳自赏。也有部分文人在几大空间中来回摆荡、无所适从。而此一时期的文学景观也正是读书人这种生存状态最直接的体现。

第二节　报刊"论说"的兴盛

由于现代报刊杂志的兴起，政治论说文章已经成为中国知识分子参与政治的重要方式。尤其是在戊戌变法以后，以梁启超为代表的维新派更是借助报刊"开文章之新体，激民气之暗潮"，促使政治性的论说文章风行中国。民国建立之后，这种政治论说文章不仅没有中断，反而声势更盛，形成了诸多新的变体。梁启超本人在民国成立后归国从政，同时在《庸言》《太平洋》等刊物上撰文论政，其《异哉所谓国体问题者》批评筹安会变更国体之野心，捍卫共和，影响至大，震动朝野。1914年，章士钊创办《甲寅》杂志，汇聚了陈独秀、李大钊、黄远庸、高一涵等人撰文，以超越党派的姿态讨论政治问题。章士钊留学英国，吸收了海外政论文的优长，《甲寅》中的诸多文章也着力矫除了梁启超等人"新文体"浮华空洞之弊，倡导说理朴实、逻辑清晰的理性表达，从而形成了独特的"逻辑文"，其流风余韵甚至影响到《新青年》早期的"批孔"文章。以现代报刊为载体的政治论说文章，承载着民初知识分子的启蒙思想和救国情怀，也是他们参与政治的主要方式，但这种方式无法真正促使他们超轶政党政治，形成独立自治的现代知识分子群体。而更重要的是，知识分子将政治视为公共领域的同时，也把文学、艺术贬入个人趣味的领域。在《甲寅》等政论刊物中，小说、诗词等有关文学的篇目多被登载在刊末的"文苑"栏，作为招徕读者的手段而存在，这其实表明了政治与文学的暌隔。正因如此，《甲寅》记者黄远庸才提出"根本救济当从提倡新文学入手"。尽管主编章士钊依然强调政治问题的优先性："非明政事，使与民间事业相容，即莎士比亚、嚣俄复生，亦将莫奏其技"，但时势所趋，"文学革命"的萌芽已潜伏其中。

第三节　传统诗文的繁荣

如果说政治论说文是维新知识分子参与政治方式的话，那么传统诗文创作则成为民初诸多旧文人寄托个人情怀的手段。事实上，辛亥鼎革之后，传统的诗文并未就此消失，而仍然在很大程度上维持着自身的影响，甚至在特定的空间场域里还获得了回光返照式的繁荣。

首先，在清末维新运动中曾饱受诟病的骈体文，在民初的政治文化情境中再度风行一时。政府采用骈文做公牍文告，革命党人以骈文撰写檄文，甚至连商户招牌、广告也多"四六"体，胡适就曾经不无揶揄地调侃说："现今大总统国务总理的通电都是用骈体文做的；就是豆腐店里写一封拜年信，也必须用'桃符献瑞，梅萼呈祥，遥知福履绥和，定卜筹祺迪吉'……"这个时期，刘师培曾作《广文言说》，把骈文确立为传统文体正宗，而徐枕亚以骈文撰写的小说《玉梨魂》也轰动一时、洛阳纸贵。骈文的风行，盖因其文体齐整、句式铿锵、辞章华美，具有政治的煽动性，又不乏大众消费意义上的可读性，同时还可以借此标榜文人雅趣、词章修养，因而能够在特定的政治文化环境里广泛传播，深受政客、文人和民众的喜爱。

与骈文回光返照式的轰动效应不同，民初桐城古文的作用显得厚重而扎实：1905年，清廷废除科举制度，依附于其中的八股、试帖逐渐销声匿迹，而桐城古文虽然也在式微，却因为嵌入新式教育制度的背景，又延续了自身强韧的生命。在晚清剧烈的教育体制变革中，许多桐城古文家通过编写教科书、编选古文读本，把"古文"纳入了当时方兴未艾的国文教育中。就历史趋势而言，这种应对时局变化而采取的一些办法固然回天乏术，但从短期来看，却也保证了"桐城"古文家兼具教育家的双重身份，得以据守教育系统的要津。晚清时期，桐城派的代表人物吴汝纶即担任京师大学堂总教习。民国成立后，与吴汝纶和桐城派渊源颇深的严复又担任北京大学首任校长。在严复任内，马其昶、姚永朴、姚永概等古文大家先后任教于此，从而使得北大文科一时成为桐城重镇，这些都为桐城古文延续其影响力奠定了坚实的基础。清末民初,《古文辞类纂》等桐城古文仍然不断再版,即表现出桐城古文在士林中的威望。严复以古文迻译《天演论》等泰西经典著作,使古文获得了联通欧美新思潮的生命力。林纾翻译的《巴黎茶花女遗事》等小说也兼采古文笔法,更是使古文具有在大众层面的传播资质,获得更高声望。

第四节　通俗小说的流行:"鸳蝴"与"黑幕"

辛亥革命成功推翻了满清帝制,但民国的建立,其本身也标志着晚清时期各种意义上的"革命"走向终结。就文学创作而言,"小说界革命"的式微已成为一种趋势,读书人不再试图用小说寄寓对革命及革命之后"新中国"的种种想象,"后革命"时期的小说成为读书人谋生的物质手段和纵情声色的虚构空间,在某些时候还会承载起他们对政局、社会、世风的种种愤懑,但这些都无力形成真正的批判力量,而是被完整地纳入大众文化消费市场体制中。大都市上海依托自己的经济、文化实力,收纳了那些科举之后寻求出路的读书人,而其发达的报刊传媒又为小说乃至整个通俗文化的繁荣奠定了基础。1912 年,徐枕亚的《玉梨魂》开始在其所供职的《民权报》连载,之后又由民权出版部出版单行本,翻印数十万册,其影响所及,直抵香港和南洋,成为"鸳鸯蝴蝶派"小说的代表作。除《玉梨魂》外,这一时期的同类作品还有吴双热的《孽冤镜》和李定夷的《霣玉怨》等。1914 年,《礼拜六》在上海创刊具有标志性,说明"鸳鸯蝴蝶派"小说的声势更加浩大。除"鸳鸯蝴蝶派"小说以外,社会小说也有较大反响。李涵秋《广陵潮》所描写的内容,涵盖民初社会的各个方面,串联其中各大历史事件和人物轶闻,略具社会百科全书式的气魄,堪称这类作品的代表。另一类广受市场和民众欢迎的小说是"黑幕小说"。1916 年到 1918 年,《时事新报》曾经发起所谓"黑幕大悬赏",其中汇编了诸多揭发社会丑闻的文字。此后,人们便用"黑幕"形容这个时期以描写社会阴暗面为主题的作品,其中代表作是平江不肖生的《留东外史》,对日本留学生界种种丑闻的大胆描写,给读者留下了深刻印象。

第五节 "新旧杂陈"的"戏曲改良"

晚清民初,中国戏剧界新旧杂陈,既有盛极一时的旧戏曲,又有借鉴西方话语形式的文明新戏,两者之间构成了错综复杂的关联。戏曲传统在中国源远流长,清代四大徽班进京,京剧开始流行,并逐渐取代日渐式微的昆曲成为戏曲界的主流。民国成立以后,京剧更是从宫廷走向大众,其影响波及各个阶层,成为雅俗共赏的娱乐活动。清季的文明新戏产生于日本留学生群体,这种艺术形式形成影响后,往往与政治勾连,被作为宣传改良或鼓吹革命的艺术手段。但这种状况延续时间不长,辛亥革命成功以后,这种充满政治意味的"新戏"逐渐消失,而充满娱乐性和商业消费意味的剧目逐渐在上海风行。1914年,由新民社、文明社等六大职业剧社联合在上海举行公演,并取得不俗的票房成绩,代表剧目《恶家庭》更是红极一时。民初的新、旧戏形成了卓有意味的雅俗互动,京剧的改良就是在这种背景下展开,其中梅兰芳在接触上海戏剧界后排演的一系列时装新戏《宦海潮》《邓霞姑》《一缕麻》等,都取得了轰动性的演出效果,逐渐奠定他在戏剧界的地位。

综上所述,民初文坛承袭了晚清的繁荣,但也出现了诸多新变。首先,作为传统正宗的诗文虽然有了回光返照式的兴盛,但更多地依赖社会变迁时期的丰富素材,其文体创新的动力明显不足,晚清"诗界革命"的能量也几乎消耗殆尽。其次,小说、戏曲虽然风行一时,但是过于屈从大众文化消费的市场逻辑,注重承担娱乐功能,缺乏批判社会的力量。而在当时，启蒙意识和公共性的政治话题、社会问题有很多，却很少有文学、艺术深度介入其中，可见民初的文学与政治之间存在某种隔膜，这也正是转型期读书群体自身分裂的结果。他们要么卷入复杂的政治纷争不能自拔，要么就刻意保持与政治的疏离，遁入个人生活领域的狭小空间，有意躲避公共空间。显然，改变这种分裂状态的前提，在于文学的变革，激活其内在的政治潜能，让文学从个人感怀和大众消费中走出来，发出时代的呐喊，这已成为民初知识分子建立自身文化使命的关键所在。

第 二 章
"文学革命"与"五四新文学"

第一节 《新青年》创刊与"文学革命"之发轫

辛亥革命导致了帝制的倒台和民国的建立,但与新生的共和国体相匹配的文化意识形态却处于缺位状态。民初文坛中占据主流的各类文学,无论是充满"遗民"情结的传统诗文,还是与大众娱乐密切相关的通俗小说和戏曲,多与民族国家的现代性要求不相契合,无法介入国家文化建制的过程之中,反而会对"共和"体制本身产生巨大的架空乃至消解作用。另一方面,以军阀为主体的北洋政府是一个全方位的弱势政府,袁世凯及其继任者把主要精力集中在与权力斗争密切相关的政治、军事、财政、外交方面,对国家的建设与管理相对疏略,这反而给报刊传媒、新式教育发展客观上提供一个较为宽松的发展空间,为各种思想的发展,为新生力量的凝聚,提供了宝贵的契机。正是在这样的历史背景下,在众声喧哗的民初文坛之外,新文学的萌芽开始孕育、滋生并最终发展和成熟。

1915年,陈独秀主编的《青年杂志》在上海创刊。这本同人刊物汇集了一批《甲寅》旧作者,但与《甲寅》偏重政论不同,《青年杂志》注重更为根本的思想启蒙,陈独秀在与读者的通信中宣称:

第九编　现代文学　第二章　"文学革命"与"五四新文学"

"盖改造青年之思想，辅导青年之修养为本志之天职。批评时政，非其旨也。"这标志着在政治革命遭遇顿挫以后，以陈独秀为代表的知识分子开始寻求对"政治"的超轶和对新的文化主体的召唤。陈独秀把创办报章视为广义教育，并自觉地把广大青年群体锁定为明确的言说对象。从此，一个全新的现代意识和文化启蒙机制初步形成。《青年杂志》后改名《新青年》，主撰陈独秀和诸多同人借此抨击孔教、捍卫共和、提倡科学、讨论宗教与伦理等诸多问题，最终触发了文学革命的开端。

1917年1月1日，《新青年》第2卷第5号发表了胡适的《文学改良刍议》。在这篇具有开创性意义的文章里，胡适温和而明确地突出了改良文学的八项原则："一曰，须言之有物。二曰，不摹仿古人。三曰，须讲求文法。四曰，不作无病之呻吟。五曰，务去烂调套语。六曰，不用典。七曰，不讲对仗。八曰，不避俗字俗语。"随后，陈独秀发表《文学革命论》为胡适声援，标举出态度更为激烈的"三大主义"主张："推倒雕琢的、阿谀的贵族文学，建设平易的、抒情的国民文学；推倒陈腐的、铺张的古典文学，建设新鲜的、立诚的写实文学；推倒迂晦的、艰涩的山林文学，建设明了的、通俗的社会文学。"以这两篇文章为标志，《新青年》"文学革命"的大旗在陈、胡二人的呼应声中高高举起。

也是在1917年初，陈独秀应蔡元培之邀担任北京大学文科学长，《新青年》编辑部迁至北京。自1916年蔡元培归国任校长以后，北京大学全方位的改革已然启动。留德归来的蔡元培深谙现代大学教育理念，他在北大贬抑法、商等应用学科，抬升文、理二科地位，厉行教授治校原则，奉行"思想自由、兼容并包"的教育思想，为北大营造了良好的学术氛围和文化风气。一时间，"一校一刊"的结合成为具有标志性意义的历史事件，倚仗着优质的文化资源和良好的学术平台，陈、胡诸人领衔的"文学革命"得以从"形式"和

"内容"两个层次充分展开，如胡适所说："我们的中心理论只有两个：一个是我们要建立一种'活的文学'，一个是我们要建立一种'人的文学'。前一个理论是文字工具的革新，后一种是文学内容的革新。"

所谓"活的文学"，是指以"白话"代替"文言"的语体变革。自"文学革命"发轫伊始，胡适、陈独秀等人就宣扬"历史的文学观念论"，他们通过各种论述抬升小说、戏曲的价值，而把骈文、桐城派古文斥之为"选学妖孽""桐城谬种"，其根本用意就是要树立"白话为文学之正宗"的地位。1918年，《新青年》开始全面采用白话文，以《狂人日记》为代表的白话文学作品也应运而生，这标志着以语体变革为前提的"新文学"正式启动。

所谓"人的文学"，是指《新青年》通过一系列以个人主义、人道主义为核心的批评实践，形塑出"新文学"的思想范式和审美品格。新文学发生的特殊性在于，其批评话语的建构在时间上先于文学实践。早在"文学革命"发轫初期，胡适、陈独秀、钱玄同等人就在《新青年》通信栏中讨论过《金瓶梅》《水浒》等旧体白话小说"诲淫诲盗"问题，并对民初文坛的林译小说、黑幕小说、鸳鸯蝴蝶派小说和以昆曲和京剧为代表的旧戏曲大加贬斥，但这些讨论和批评始终没有摆脱旧式的批评维度。1919年，周作人发表《人的文学》，树立了"个人主义的人间本位主义"思想，既确立了批判旧文学的尺度，又为正在发生的"新文学"提供理想的范型。

就《新青年》同人内部而言，在文学创作上贡献最大的是胡适和周氏兄弟。

胡适既是"文学革命"的倡导者，又是白话文学的践行者，他以自己的创作经验构建理论，同时又以创作业绩印证对文学的理论设想，两者在很大程度上形成了彼此呼应的关系。胡适对新文学创作的贡献主要在诗歌领域，1920年，胡适多年创作的新诗以《尝试集》出版，因其为中国历史上第一部新诗集，因而具有里程碑式的开创意义。《尝试集》的艺术成就并不高，其中大部分作品如《蝴蝶》《鸽子》《赠朱经农》等作品未能蜕尽旧体窠臼。但在诗歌创作中，胡适践行了他"作诗如作文"的诗学原则，采用散文的笔法，注重议论说理，追求表意的浅近直白，打破了传统格律诗的审美习惯和种种禁忌。这样做，与其说是一种新的艺术风格，倒不如说是一种新的诗歌创作理念。有了这样的创新理念，就为"五四"之后蓬勃发展的白话自由诗体提供了广阔的空间。

与胡适作为文学革命主将的地位不同，鲁迅在《新青年》同人中的地位相对边缘。鲁迅，本名周树人。他在清末留学日本期间已经开始从事文学活动，1913年发表的第一部小说《怀旧》，系用文言写就。1917年文学革命初起时，鲁迅供职于北洋政府教育部，把大部分精力用于古籍、文物的收集整理方面，文学创作活动几乎中辍。应钱玄同之邀，鲁迅写出了著名的《狂人日记》，发表于1918年的《新青年》杂志上。《狂人日记》通常被视为第一部白话现代小说，鲁迅以缜密的理性逻辑形成小说叙事，又借助"狂人"之口呈现知识分子在传统与现代夹缝之中的精神分裂，其表现的深切和格式的特别给读者留下深刻印象。《狂人日记》完成后，鲁迅便一发不可收拾，相继写出了《孔乙己》《药》《风波》《故乡》等著名作品，这些作品多取材于故乡绍兴的乡土生活经验，其中既有对乡村社会敏锐的洞察，又有对国人精神蒙昧状态的尖锐批判，又极富"抒情诗"般的审美品格，是中国现代短篇小说序列中不可多得的佳作。1921年12月，《阿Q正传》开始在孙伏园编辑的《晨报副镌》上连载，小说中阿Q这一人物极具典型性，其"精神胜利法"表现了鲁迅对国民性深刻的把握。《阿Q正传》的发表，标志着鲁迅小说的艺术水准达到了新的高度。

鲁迅的弟弟周作人在《新青年》时期的主要贡献在于理论、批评和文学翻译方面,其诗歌和散文创作方面也成绩斐然。周作人的长诗《小河》被胡适称为"新诗中的第一首杰作",其小品散文《故乡的野菜》《苦雨》《乌篷船》等都是字字珠玑的精品。

1919年以后,陈独秀离开北京大学,《新青年》编辑部南迁上海,最终成为中国共产党的机关刊物。《新青年》南迁之后,凝聚在周围的同人开始各奔东西。但是,《新青年》策动的"文学革命"运动并未从此终止,反而在"五四运动"以后蓬勃发展。自1919年至1925年"大革命"兴起之前,文学社团蜂起,文学刊物林立,不同流派的文学实践活动也迅速展开,"新文学"的影响自北京辐射至全国各地,逐步形成了独立的生产机制、传播渠道和受众群体,在"旧"文坛之外创立了坚实的阵地。

《新青年》的影响不仅仅在于它提倡的思想观念,也在于其以期刊凝聚同人的社团组织方式。在《新青年》的影响下,北京大学兴起了组社团、办刊物的风潮,这其中就包括对"新文学"繁荣居功厥伟的新潮社。1919年,北大学生傅斯年和罗家伦等人创刊《新潮》杂志,他们撰文提倡白话,参与"戏剧论争",并登载欧美文学翻译作品,对《新青年》提出的"文学革命"多有呼应。在文学创作方面,《新潮》形成了一个相对稳定的小说家群体,罗家伦的《是爱情还是苦痛》,汪敬熙的《雪夜》,杨振声的《渔家》,俞平伯的《花匠》,以及叶圣陶的《这也是一个人?》等,注重对社会问题的文化反思,同时有兼具理性精神和人道主义情感,成为"五四"时期"问题小说"的先声。不久,随着傅斯年、罗家伦等骨干人物的出国,新潮社逐渐解体,但在新潮社基础上形成的北新书局继续发挥影响,前新潮社员李小峰等人曾多次出版鲁迅等名家的著作。

《新潮》的成功是以对《新青年》呼应为前提,把"文学革命"的诸多设想落实为具体的社会文化实践,这标志着"新文学"在生产机制的建立方面迈出重要一步。随着"文学革命"影响的不断扩大,"新文学"逐渐在"新旧之争"中占据上风,并开始挑战由通俗文学统摄的文坛。

第二节 "新文学"的社团、流派与文类

1921年初,郑振铎、周作人、沈雁冰等人发起成立文学研究会,明确提出"研究介绍世界文学,整理旧文学,创造新文学"的宗旨。文学研究会倡导"为人生而艺术"的主张。同年,沈雁冰接管了原"礼拜六"派刊物《小说月报》并对其锐意革新,使之成为文学研究会会刊。

从1921年第12卷1号开始,《小说月报》开始登载大量新文学作品和外国翻译文学作品,并发表诸多新文学批评。与此同时,商业资本和大众传媒也逐渐嗅到了"新文学"的潜能,开始深度参与"新文学"生态系统的建构,各大报纸开始以新文学填充副刊、吸引读者,《晨报副镌》和《时事新报·学灯》渐渐成为新文学大众传媒上的前沿阵地。尤其在"五四"运动之后,学生取代市民成为新文学稳定的读者群体,出版制度、稿酬制度也日益完善,这都促使以创作"新文学"知名的作家群体开始活跃起来,成为文坛一道亮丽的风景。

"五四"早期的新文学作家与文学研究会多有关联。其中比较著名的作家有冰心、叶圣陶、许地山、王统照等。

1919年,时为大学在读学生的冰心在《晨报》上发表了小说《两个家庭》和《斯人独憔悴》,以小说家的身份步入文坛。此后她出版诗集《繁星》和《春水》,为作者带来诗人的美名。1923年在《晨报副镌》发表《寄小读者》系列时,冰心已经称得上是知名作家。叶圣陶时为新潮社成员,其早期小说充满了对社会问题的文化反思,如《一生》《低能儿》《隔膜》《苦菜》,等等。1919年以后,

叶圣陶的小说逐渐开始取材于自己熟悉的中学教育领域,《饭》《校长》等都极具社会现实意义。《潘先生在难中》成功地塑造出潘先生这一复杂的灰色人物,成为其早期作品的代表。许地山亦为文学研究会会员,其代表作品包括《命命鸟》《缀网劳蛛》《商人妇》等,多取材于充满异域情调的南洋,字里行间皆弥漫着宗教氛围,且对个体命运有充满哲理性的省思。王统照的小说注重撷取现实苦难的题材,但其叙事却注重诗性的抒写,表达对人物的人道主义关怀,其代表作包括《沉船》和《生与死的一行列》等。

"五四"新文学一个非常重要的现象是女性作家群体的出现,除冰心外,这一时期重要的女性作家还包括庐隐、凌叔华、冯沅君等。"妇女解放"是清末以来重要的文化思潮,而《新青年》也曾开辟栏目专门讨论"妇女问题",其"易卜生专号"对《娜拉》的介绍实际为"新女性"树立了生活的范本。在"婚恋自由"的口号中,女性形成了走出旧家庭的风潮,"五四"女性作家作品多以婚恋为题材。但有意思的是,女性作家笔下的"婚恋"充满了创伤体验,更像是对"妇女解放"运动本身痛切的反思。庐隐是这批女性作家中艺术成就较高的一位,她的《海滨故人》塑造的多为新女性形象,她们聚集在海边嗟叹各自的悲苦命运,在无尽的感伤中找不到出路。庐隐的长篇小说《象牙戒指》则以友人高君宇、石评梅二人的情感经历为素材,以女性独有的视角展示出自己对爱情的迷茫和苦闷。全书充满浓郁的抒情氛围,蕴含着悲剧色彩。与庐隐直白的感伤笔调不同,凌叔华的小说叙事含蓄而节制,有一种古典诗学"发乎情,止乎礼"的美感,其代表作《绣枕》以现代心理写法描摹大小姐对爱人的"思恋",别具意味。《一吻》则撷取女主人公"亲吻陌生人"这一戏剧性的生活片段,呈现出女性心理在"情"与"礼"之间微妙的波动。冯沅君的小说更具社会剖析的意味,她的《隔绝》《旅行》虽然是在写男女恋爱,但却常常把"恋爱"放置在客观的社会环境中，构成了个人与社会之间充满张力的对峙，从而为女性视角赋予了丰富的社会内容和文化意义。

另一个值得注意的现象则是"乡土小说"的流行。新文学起于北京，其运行与传播主要依托校园、出版、大众传媒等现代都市文化系统。有意思的是，在"五四"一开始，明确表达都市生活内容的文学并未出现，反倒有大批作家着力描写落后乃至蛮荒的乡土世界。新作家置身都市社会，但尚无力对其所经历的现时生活予以艺术表现，因此把写作的对象投向了回忆中的故乡。乡土小说作家爱写乡村的苦难和蛮荒，蹇先艾的《水葬》写小偷被处以酷刑，触目惊心。许杰的《惨雾》写村庄之间的械斗，充满血腥，《赌徒吉顺》则触及了典妻的恶俗。王鲁彦的《菊英的出嫁》写冥婚陋习，《柚子》写故乡湖南杀人如麻的场面。借助现代文化提供的认知框架，乡土小说作家似乎发现了一个落后、野蛮、"非人的"乡村世界，进而由此建立起自身文化批判的逻辑。但在理性批判的同时，感伤的思想情绪也弥漫其中，构成了无可遏制的乡愁。从一定意义上说，乡土小说似乎也标志着中国新文学地方性特色的生成。

在"五四"以后的发展进程中，新文学呈现出多重复杂的态势。以校园为中心的教育系统成为新文学生产、传播的主要场域，青年学生代替市民成为新文学最主要的参与者，他们既是作者，又是读者受众。在这样一个群体中，文学不仅仅是艺术活动，同时也承载着青年人之间社交功能。唯其如此，新文学获得了某种独立性和自治色彩，深度参与了"五四"以后蓬勃发展的文学运动，同时，又在很大程度上与大众消费市场保持一定距离。各种文学社团的出现，是这种文学群体日益活跃的具体表现。

沉钟社的前身是浅草社，成立于1922年，由林如稷发起，成员包括陈炜谟、陈翔鹤、邓君吾、冯至等人，出版有刊物《浅草》季刊等。1923年，浅草社主要成员汇聚北京，继续从事文学活动。

1925年，林如稷、陈炜谟、陈翔鹤、冯至四人成立沉钟社。沉钟二字取材于德国现代主义作家霍普特曼的剧作《沉钟》，由此可见沉钟社成员对文学翻译的重视。在短短数年间，沉钟社成员翻译出大量德语文学作品。在此影响之下，沉钟社的创作也沾染着浪漫主义的抒情气息，且兼具现代主义的表现手法，林如稷的《将过去》、陈炜谟的《轻雾》和陈翔鹤的《西风吹到了枕边》是其中小说名篇。其中文学成就最高的当推冯至，鲁迅称他为"中国最为杰出的抒情诗人"。冯至代表作《蛇》通过奇诡的意象呈现人的心理，深得象征主义文学的神韵。他把这一时期的作品结集为《昨日的歌》。

湖畔诗社1922年成立于杭州，成员包括汪静之、冯雪峰、应修人和潘漠华等，成员多数为浙江省立第一师范学校学生，在本校教师朱自清、叶圣陶等人的影响下开始从事诗歌创作活动。湖畔诗社组织较为自由松散，1922年，汪静之出版了诗集《蕙的风》，1923年冯雪峰、应修人、潘漠华三人出版诗歌合集《春的歌集》，其创作题材主要以"情诗"为主。汪静之是其中诗歌成就最高的一位，其代表作品《伊的眼》《妹妹你是水》等描写恋爱感觉大胆泼辣、热烈奔放却充满天真，契合了"五四"反对虚伪礼教的潮流，也受到胡适、朱自清、鲁迅等新文学大家的高度评价。

创造社成员以留日学生为主体，代表人物包括郭沫若、郁达夫、成仿吾和田汉等人。与文学研究会"为人生"的宗旨不同，创造社同人标榜"为艺术而艺术"，强调个人天才的张扬，充满浪漫主义气息。创造社中成就最高者为郭沫若。1919年，郭沫若的新诗作品经由宗白华在《时事新报·学灯》发表，正式跻身中国诗坛。1921年，郭沫若的诗集《女神》出版轰动文坛，成为新诗的奠基之作。《女神》中的作品取材广博，视野阔大，诗人总是把一个充满激情的自我放置在无比恢宏的时空坐标中，打破了早期新诗促狭的格局。郭沫若的创作追求情感的烈度，通过密集的意象、紧张的节奏把情感推进到一种极致状态。如《天狗》中充满理性的疯狂,《凤凰涅槃》的史诗性和戏剧化,以及《匪徒颂》中对反叛者们辉煌礼赞等,无不个性鲜明,情感热烈。郭沫若的诗歌创作激发了白话语言的最大潜能,其狂飙突进式的语言,与他所处的那个动荡不已的时代紧密契合,所以获得巨大成功。与早期白话小诗相比,他的诗歌更具有煽动性,是个人突入社会文化运动的媒介和入口,甚至是"运动"本身的一个部分。与郭沫若不同,郁达夫在中国文坛以小说知名。《沉沦》系列小说受到日本"私小说"的影响,大胆暴露异域青年游子的变态性心理,在很大程度上契合了"五四"时期对旧道德伦理的批判,因而产生了巨大影响。郁达夫笔下的人物多身体病弱、心理抑郁的"零余者",弥漫着绝望的颓废的气息,但是这种颓废又被作者赋予一定的审美意义和道德力量,因而能够引起青年读者群体的共鸣。另一位创造社成员田汉则是以剧作知名,代表作有《南归》、《古潭的声音》和《湖上的悲剧》。田汉的剧作不注重叙事情节,而是注重渲染人物的情感和整体环境的氛围,其语言华丽华美,极富诗意。

陈独秀、胡适等人通过"文学革命"的理论建构在一定程度上消解了诗文的霸主地位,但作为现代文体的诗歌和散文的发展却仍旧要遭遇来自传统的巨大压力。胡适本人的诗歌创作更多的是对传统格律的消解,以此取消诗歌创作的门槛,使白话获得一种写作的权利。但《尝试集》中的作品在艺术探索上建树不多,反倒是稍后的冰心、俞平伯、宗白华、康白情等人的创作更具有审美意义。冰心的《繁星》《春水》,俞平伯的《冬夜》,宗白华的《流云小诗》,康白情的《草儿》等作品,都注重意境的营造和字句的锤炼,对诗化语言的形成做出了贡献。与胡适《尝试集》中对传统的消解不同,这些诗歌恰恰在抒情模式中融会了东西方诗学资源的优长,在中西融合中营造出独特的风格。郭沫若的诗歌确立了强大的个人主体,使得情感得到了最大限度的释放，但情感释放本身却是以语言的爆裂为代价，郭诗的魅力与其说是来自语言，倒不如说是来自语言与情感之间的张力，因此这样一种写作模式是具有消耗性的，连郭沫若自己后来都难以为继，《女神》之后，《星空》《瓶》等作品的艺术衰退就是例证。从这个意义上说，下面要论及的新月社同人在新诗艺术化上的努力是值得重视的。

新月社成立于1923年，最初是北京高等教育界知识分子以会餐形式组织的文人沙龙，后来集结成一个有着较为统一艺术追求的文学社团，以《晨报》副刊为主要阵地发表作品，后期曾创办《新月》杂志。胡适在新月社中不以写诗知名，重要的诗人和诗歌理论家以闻一多、徐志摩、朱湘等人为主。闻一多以《死水》《口供》等作品知名，诗中充满了繁复的意象和整饬的形式，而情感则是通过节制呈现出力量。除了创作，闻一多还在诗歌理论上多有建树，提出"三美"原则，包括音乐美、绘画美、建筑美，曾产生深远影响，为中国新诗整合古典传统打开了广阔的空间。徐志摩曾经游学英国剑桥，其诗歌兼具英伦的自由风雨绅士范，《再别康桥》《雪花的快乐》等作品节奏欢快，意象明丽，具有极强的可读性，既受到了青年读者的追慕和喜爱，也获得了传统文人的认同和赞赏。新月社另一位诗人朱湘英年早逝，存世作品不多，但其《采莲曲》《催妆曲》等作品对古典形式现代化方面的探索却颇值得重视。可以说，新月社同人对新诗规范化的实验和探索不仅仅在创作上为新诗奠定了基本法度，而且在读者接受方面消解了"传统"与"现代"口味上的分裂性，扩大了新诗传播的广度。

散文作为现代文体的生成过程比诗歌更为复杂，如果说诗歌文体确立的关键在于其内涵的寻求，那么散文文体生成的难点则在于其外延的模糊。文学革命发生初期，专门讨论过诗歌、小说和戏剧文体，但"文"本身并未获得文学性的观照。直到"五四"时期，文的范围仍然驳杂繁复，似乎凡不属于小说、诗歌和戏剧的文字都可以归入"文"的范畴。陈独秀曾经对"应用之文"与"文学之文"做过区分，但效果不彰，直到周作人提出"美文"概念，现代散文创作理念才有所推进，迈出了比较重要的一步。此后，作家在散文写作中具有了自觉的文体意识，也出现了一批专门以写散文知名的作家，如周作人、朱自清、梁遇春和丰子恺等。朱自清的散文内容丰富，结构精致，语言比较精炼优美，如《荷塘月色》《背影》和《匆匆》等都是脍炙人口的名篇。梁遇春的散文深得英伦随笔的风致，代表作有《春醪集》和《泪与笑》，其中充满了知识性和趣味性。丰子恺的散文笔法平实纯真，能够提炼生活中的俗趣化入笔墨，其小品集《缘缘堂随笔》的影响经久不衰。

当然，新文学文体的分化发展过程曲折微妙，四大文体的疆界逐渐明晰，但也并非彼此隔绝，很多作家虽然长于某种体裁，同时又兼擅其他，创造出自己的审美品格。如时为北大学生、周作人弟子之一的废名，便是诗歌和散文创作的高手。他的《竹林的故事》等小说更是兼具散文之自由和诗歌之韵致，是新文学不可多得的佳构名篇。而像鲁迅这种文体大家，更是不受文体自身的约束，他在1925年前后创作的散文诗后来结集为《野草》，便是一种独特的文体创新，他对"艺术之宫"外写作的种种努力，更是为"杂文"赢得了文学领域的一席之地。

第 三 章
"国民革命"和左翼文学的兴起

　　1925年前后，基于对北洋政府统治的种种失望和不满，包括新文学作家在内的现代知识分子群体普遍对山雨欲来的革命抱以审慎乐观的期冀。"三一八"惨案以后，北京的政治文化环境日渐逼仄，知识分子南下成为一时风潮。鲁迅、傅斯年、顾颉刚、郭沫若、成仿吾等人都陆续来到国民政府所在地广州，郭沫若等人甚至还亲自参与了北伐战争。但是，在轰轰烈烈的大革命进程中，文学活动的影响并不显著，如鲁迅所说："各种文学，都是应环境而产生的，推崇文艺的人，虽喜欢说文艺足以煽起风波来，但在事实上，却是政治先行，文艺后变。"包括"革命文学""左翼文学"在内的新文学思潮的大规模兴起，恰恰是在大革命终止、北伐战争结束以后才开始的。

　　1927年，国民党展开血腥的清党行动，大批共产党人和进步人士被逮捕、杀害，标志着轰轰烈烈的大革命以失败而告终。在残酷的腥风血雨中，手握军事大权并得到江浙财阀支持的蒋介石得以胜出，攫取了国民党的最高权力。从1927年开始，中国进入了国民政府统治时期，中国的政治文化格局迥异于北洋时期，新文学的地理空间、生存状态和发展进程也由此发生巨大改变。

　　1927年，新成立的国民政府定都南京，这标志着中国政治、文化中心的南移，新文学的中心业已由北京转移至上海，从此进入一个全新的阶段。第一，在经济的高速发展中，上海建立了完备的商业资本体系，催生了以书局、办刊为核心的现代传媒系统，为各种思想的传播提供了便利的渠道，也为新文学的进一步繁荣发展提供了坚实的基础。第二，由于租界的存在，国民党及其政府对知识分子高压的政治迫害和严苛的文化审查被大大缓冲，从而在客观上营造出一个相对自由的文化空间。第三，号称"东方巴黎"的上海，此时占据了远东经济枢纽的位置，是一座不折不扣的国际性大都市，因此能够即时接受世界上最先进的文化思潮、最时髦的文学理念并迅速做出反应，这也为各种现代文艺思潮的形成、发展准备了肥沃的土壤。

20世纪30年代的整个文学形态不再像"五四"时期那样丰富、驳杂，而是呈现出相对整饬的模块化状态。首先，国民政府在各地推行党化教育，并适时支持有利于自身统治的文化政策，如民族主义思潮等。与此同时，他们也动用政治手段来挤压异己文化的发展空间。其次，革命文学兴起，进步主义知识分子借助上海的大众传媒和租界的自由空间，发起了种种革命文学论争，其中，"革命＋恋爱"的小说风行一时，迅速占据市场。其中，蒋光慈的小说和鲁迅的杂文都成为畅销书。再次，留守北京教育界的自由主义作家，如周作人、胡适、徐志摩、梁实秋等人，努力寻求与传统的对接。最后，地处上海的海派作家，有的接受大众消费市场，有的坚持吸收现代派的理论，力求在形式上求新求变，转化现代都市体验。这几大文学版块，在互相争鸣与制衡中维持着整体的规范化形态。

总之，1927—1937年间，中国现代文学各种体裁都获得了长足发展，不仅赢得了读者，站稳了脚跟，而且在艺术上日趋成熟。在文坛内部出现了政治与文学之间的交织，雅俗之间的互动，以及新旧之间的融合，这都使得文坛整体的格局摆脱了"五四"时期的驳杂和混乱，而走向了规范与整饬。

第一节 "革命文学"论争与普罗文学的发轫

革命文学的源起，可以上溯至"五四"时期。在李大钊等人的大力倡导下，马克思主义在中国知识界迅速传播，相关的理论著作也得到了大量翻译，一些作家如茅盾、沈泽民和蒋光慈等人开始尝试用马克思主义文艺理论阐释文学作品和文艺运动，这标志着"革命文学"已经初具雏形。在1928年，以创造社、太阳社为主体的青年批评家麇集上海，挑起了"革命文学论争"，从而正式拉开"革命文学"乃至左翼文学运动整体的帷幕。此时的创造社是由刚刚参与过北伐的郭沫若、成仿吾重新发起，又由成仿吾赴日召回李初梨、冯乃超、彭康和朱镜我等青年知识分子，后者在留日期间深入学习以福本和夫为代表的马克思主义理论，具有一定的理论修养。1928年，新刊物《文化批判》创刊，再加上之前的《创造月刊》《洪水》等杂志，共同构成了后期创造社的发言阵地。同样是在1928年，蒋光慈主编的《太阳月刊》创刊出版，在创造社的压力之下，蒋光慈又联合钱杏邨、孟超和杨邨人等人组成太阳社。两大社团具体的运作和言论中多有冲突和矛盾，但在倡导"革命文学"这一宗旨方面却颇为一致。"革命文学"提倡者极端强调文学的政治功能属性，如李初梨就在《怎样地建设革命文学》中提出"一切文学，都是宣传"的口号，把文学当作"反应阶级的实践的意欲"。基于此，创造社和太阳社同人展开了对"五四文学"的历史性反思，其批评的矛头所向，既包括胡适和"新月派"这类自由主义作家群体，也包括鲁迅、茅盾这些同属左翼阵营的进步作家和知识分子。创造社和太阳社的批评，引发了鲁迅、茅盾等人的反击，双方围绕"革命文学"召开的论争中，文学的阶级性、文学与政治的关系等问题得到了较为充分的讨论，而马克思主义理论也得到了进一步译介和传播。

第九编　现代文学　第三章　"国民革命"和左翼文学的兴起

在"革命文学"论争激烈展开的1928年前后，与之相呼应的普罗文学思潮也迅速兴起，这可以看作左翼文学运动的先声。但是"革命文学"论争与普罗文学具体创作之间的关系是极为复杂的。尽管后者受到前者理论设想和创作原则的规约，但是由于20世纪20年代末复杂的社会文化情境和作家个人创作与"五四"文学书写习惯的纠葛，普罗文学还是呈现出一种过渡时代独特的审美品格。

普罗文学的代表作家包括蒋光慈、洪灵菲、胡也频、钱杏邨、阳翰笙等人，他们的小说大多描写知识分子阶级转向的精神过程，其中可以看出作家突破"五四"思想框架和写作模式的努力，但这种突破本身又契合着"五四"自身的情感逻辑。大致来说，普罗小说作品可分为三类，这三者彼此关联、互相呼应，勾勒了当时知识分子转向的三重逻辑。第一类小说着重描写知识分子个体的精神困顿，如洪灵菲的《蛋壳》，钱杏邨的《一个青年的手记》，胡也频《不能忘的影》等作品，沿袭自"五四"时期"个人主义"的精神危机，充满了绝望和颓废。这其中艺术成就最高的作品是丁玲的《莎菲女士的日记》，别致的日记体式辅之以直白的情感表达，为这部作品赋予了独特的魅力。但与"五四"不同，作者常常对主人公予以"小资产阶级"的身份定性，这在很大程度上消解了"五四"时期绝望与颓废的反抗性，反而通过否定式的书写为绝望和颓废的困顿呼唤一种救赎的可能。第二类作品是流行一时的"道路抉择"小说，其中代表作品包括钱杏邨的《人生》，阳翰笙的《两个女性》，以及胡也频《北风里》等。在这类作品中，作者往往描写两个关系密切的人物（恋人、朋友）在特定的历史时刻分道扬镳的过程，由于政治观念的分歧而选择走上不同的人生道路。这些小说反映出大革命后基于政治理念重新缔结社会人际关系的历史情境，也标识出左翼作家对阶级身份的选择和呈现。第三类作品则描写普罗大众的苦难生活，包括洪灵菲的《在洪流中》《气力出卖者》，刘一梦的《失业以后》等，这似乎是知识分子在题材上寻求突破的尝试，作家已经开始注重对民众反抗形象的塑造，它极大地消解了"五四"作家对民众的人道主义观照。

普罗小说在题材上选择相对集中，其创作手法上也有比较统一而鲜明的风格特征，在描写知识分子阶级身份转换的过程中，"革命+恋爱"的模式被广泛采用并风行一时。如胡也频的两部代表作品《到莫斯科去》和《光明在我们的前面》，各自塑造了一对恋人关系，并通过男性先觉者的爱情感召，引领女性走向"正确"的人生道路，这其实在很大程度上奠定了革命小说的男权话语模式。当然，"革命+恋爱"小说最典型的代表人物是蒋光慈。从早期的《少年漂泊者》《短裤党》，到后期的《冲出云围的月亮》《咆哮了的土地》，蒋光慈的作品形成了独特的审美品格。这些作品大多充溢着无可遏制的激情，人物语言的运用，情节推进的节奏以及密集的政治口号为小说带来无穷的动感。《冲出云围的月亮》把知识分子身份转换的过程描写得一波三折，极尽浪漫主义之能事。而《咆哮了的土地》则把知识分子和工人形象共同放置在宗法体制的农村社会中，以此来描述一个完整的农村暴动过程。在阶级斗争的过程中，作者凸显出宗法关系、恋爱关系、朋友关系的复杂情况，使得抽象的阶级叙事得以立体呈现，为以后同类小说创作提供了足资借鉴的经验。

从宏观的政治与文化环境来看，普罗小说的流行有着非常复杂的国际国内背景。从整个国际局势来看，苏联在十月革命后建立了世界上第一个社会主义国家，但随后欧洲的无产阶级革命却因各个国家的镇压而遭到严重挫折，因此，苏联、共产国际乃至世界各国的无产阶级政党都把革命的希望寄托在由国共两党领导的"大革命"上。因此，中国实际上被纳入到世界无产阶级运动中，并成为其中最为活跃的部分。甚至在1927年"大革命"遭到失败以后，上海依然被视为国际无产阶级运动的桥头堡。另外，20世纪20年代末的上海也是资本主义迅猛发展的时期，它的文化消费市场为文学的流行提供了巨大的空间。从某种意义上说，普罗文学的流行，依托现代资本主义的文化出版机制，契合大众文化消费市场的口味，是社会主义与资本主义碰撞激荡的产物。从具体内容和思想倾向来看，普罗文学又呼应着30年代初的时代思潮，以"无产阶级革命"为鹄的。两者的兼备体现出了普罗小说的先锋性和大众性，构成了一道独特的文学景观，也对青年人的革命产生了巨大的诱惑和召唤。

第二节 "左联"及其影响下的文学创作

从1929年开始，中国共产党开始通过组织的方式介入各自为战的左翼文学运动，制止了创造社和太阳社对鲁迅等人的攻击，要求他们团结同路人作家，共同反对国民党的专制文化统治。1930年3月2日，中国左翼作家联盟在上海成立，确立了"援助而且从事无产阶级艺术的产生"这一文化纲领，标志着中国左翼文学运动进入一个新的阶段。在"左联"的领导和组织下，左翼进步作家群体步调一致地出版杂志，翻译马克思主义文学理论，推行大众语，发起了一次又一次充满战斗性的"论战"。在这些"论战"中，鲁迅等作家把斗争锋芒指向国民党的"民族主义文学"，后期新月派的自由主义文学，甚至也指向了所谓"自由人""第三种人"等左翼同路人。这些"论战"壮大了左联在文坛的声势，促使了诸多文艺理论问题的讨论走向深入，而重要的是，它催生了新的文艺创作理念，左翼文学的创作开始走向了现实主义道路。

左联的成立推动了诗歌创作联盟的建立。1932年，穆木天、杨骚、卢森堡、蒲风等左翼诗人在上海成立中国诗歌会。该会是左联直接领导下的群众性诗歌团体，各会员以《新诗歌》旬刊为阵地发表诗歌作品，并提倡"诗的意识形态化"和"诗与诗人的大众化"。

这些诗人多是无产阶级革命者，他们非常自觉地把诗歌创作与革命活动紧密结合起来，将文学创作视为宣传革命、动员群众的手段和方式。其中知名度最高的是左联五烈士之一殷夫，鲁迅曾对他的诗集《孩儿塔》予以高度评价，认为它"是对于前驱者的爱的大纛，也是对于摧残者的憎的丰碑"。

左翼作家的小说创作有些特殊。主要表现是，左联及其文学理论主张并没有深切影响到作家个体的构思和创作，而那些较为成功的小说作者多与鲁迅的推崇和激赏相关，其中一部分甚至直接受到过他在物质上的资助和创作方法上的点拨。柔石与鲁迅交往颇深，他的创作时间几乎与普罗文学同步，却显示出与众不同的风格。他最著名的中篇小说《二月》结构情节完整、人物形象立体，非常生动地表达了大革命后期知识分子幻灭、彷徨的心态。叶紫也为鲁迅所看重。他的代表作《丰收》《星》等同样描写农村暴动，却毫无理念化、脸谱化痕迹，描写地方社会中风俗充满现实感，语言也富于情感和诗意。张天翼原来主要创作一些通俗性的滑稽小说和侦探小说。后来，他的小说《三天半的梦》经鲁迅之手发表于《奔流》，他才真正成为左翼文学作家。他创作于三十年代的作品，如《二十一个》《包氏父子》《脊背与奶子》等，娴熟地使用讽刺手法针砭社会问题，达到很高的艺术水准。沙汀在小说创作起步阶段曾和鲁迅通信，得到其"选材要严，开掘要深"的教诲。他的作品《法律外的航线》《代理县长》等对现实社会的观察冷峻深刻，叙事具有黑色幽默的特点。艾芜在三十年代与沙汀齐名，他的小说集《南行记》具有半自传色彩，用极具诗意的文字讲述他自老家四川南行至云南中缅边境的独特经历，《山峡中》最具有代表性，塑造出一种赤裸裸的天真之"恶"。由此看来，左联对小说这类叙事性体裁的干预相对有限，影响作家创作的主要是艺术手法而非抽象空疏的政治观念。考察20世纪30年代左翼小说创作，比较自觉地践行左翼文学理念的代表性作家是丁玲。她的小说《水》通过群像的方式塑造人物，用写实镜头，全景式地展现民众的苦难与暴动，受到冯雪峰等批评家的赞赏和肯定。

1931年"九一八"事变以后，很多东北作家流亡上海，加入左联，形成了著名东北流亡作家群。这一群体中成就最高的作家是萧军和萧红，两人一起流亡上海，在鲁迅的支持和鼓励下开始从事文学创作。萧军《八月的乡村》讲述了东北一支抗日游击队的经历，其中既有对国民精神痛切的反思，又有民族生存意志的张扬，为左翼文坛增添了一股粗犷野性的原始气息。女作家萧红经历坎坷，虽然没有受过严格的文学训练，但是她的《生死场》和《呼兰河传》却成为现代文学史上不可多得的经典之作。这些作品大多取材于东北农村，描写人在严酷环境中最基本的生存状态。他们的创作，并不特别看重情节，穿行于诗和散文之间，字里行间充溢着令人窒息的悲剧意蕴。

20世纪30年代左翼文学成就最高的作家当首推茅盾。早在大革命结束时，茅盾就以《蚀》三部曲（《幻灭》《动摇》《追求》）开始了文学创作之路，小说取材于自己在大革命中的见闻经历，与普罗小说中普遍的"革命浪漫蒂克"不同，茅盾的小说以客观冷静的笔法记录革命在进入地方社会以后的种种样态，真切地反映出小资产阶级知识分子革命者在大革命失败以后的彷徨无依的心态。1929年以后，美国等资本主义国家遭遇经济危机，这一危机随后转嫁到中国，导致乡村萧条，民不聊生。茅盾敏锐地捕获这一题材，写出了农村三部曲《春蚕》、《秋收》和《残冬》，从经济的视角呈现出农村社会整体的运作机制，写出农民从"丰收成灾"到"奋起暴动"的历史过程。《子夜》更是茅盾的巅峰之作。在这部史诗般的作品中，茅盾全景式地展现出当时社会的百态，既有商人围绕股市的争斗，又有工人基于生存的罢工，既有老人的落伍，又有青年男女的恋爱和迷茫，人物形形色色，场景眼花缭乱，气势恢宏又线索清晰，塑造出左翼知识分子对社会进程的历史想象。

第三节　文学"双城记"："京派"与"海派"对峙

1928年以后，中国左翼文学运动蓬勃兴起、蔚为大观，但左翼文学并非当时文坛的唯一景观。"五四"时期林林总总的社团和纷纭多变的流派，发展到这个时期，重新整合，已形成几个相对稳定的文人群体。它们彼此论争，又互为促进，呈现出多元并存的场景。与"五四"时期相比，20世纪30年代的新文学已经冲出校园的狭小场域，将发展空间扩展到更为广阔的城市乡村。如果说左翼文学更多关注乡村，而城市文学主要发生在国际大都市上海和故都北平。从某种意义上说，30年代新文学所呈现的地理文化景观，就是一出京、沪互动的"双城记"。

一　故都北平的文学景观

北京曾经是中国的政治中心，也是"文学革命"和"新文化运动"的发源地，从1917年文学革命开始以后的十年间，新文学的传播主要以北京为中心向全国各地辐射。"大革命"兴起以后，知识分子大批南下，南方的广州、武汉先后成为革命重镇，而作为北洋政府首都的北京一时成为"反动"堡垒的象征。尤其在1928年国民政府定都南京后，北京更被设为特别市，改名北平，这标志它作为政治中心地位的彻底失落。另外，随着30年代中国沿海经济的迅速发展，上海开始迅速崛起，并依托其自身发达的市场经济，成为新文学和新文化的中心。在这种情形之下北平则沦为一座相对边缘化的城市。

政治中心地位的失落，和大众消费市场的缺失，再加上林立的高等学府，共同决定了30年代北平所独具的文化生态。知识分子和作家群体往往栖居在相对稳定和宽容的学院体制之中，对外则与革命风潮保持着刻意的疏离，也自觉抵制着消费主义对文学趣味的侵蚀和渗透，这是边缘人在边缘化城市中的边缘姿态。他们对内以较为纯粹的文化追求为中心，同声相应、同气相求，缔结起松散的文人圈子，在自由自在中自得其乐。可以说，30年代北平文学与学院文化有着密切的关联，呈现出来的是知识分子带有古典士大夫气息的隐逸之趣。

周作人是20世纪30年代北平文人的代表。他以苦雨斋写作为中心，形成较为鲜明的艺术风格。他的文章中多有对左翼文学的批评，也因此遭到左翼青年的围攻。在轰轰烈烈的革命风潮中，周作人坚持"自己的园地"，"待在十字街头的象牙塔中"。1932年，周作人根据自己在辅仁大学的演讲出版了《中国新文学的源流》一书，大力提倡晚明小品。与此相关联，他在这个时期的散文创作也自觉地趋于平淡古雅，艺术技巧愈发娴熟。苦雨斋的弟子很多，其中成就最高者应属废名。继早期《竹林的故事》之后，废名在30年代写出了《桥》和《莫须有先生传》，把乃师周作人冲淡平和的散文之风，拓展至叙事性的小说领域，虚构出一个充满桃花源意味的古典世界。诗歌创作上废名也有独特贡献，其作品如《掐花》《十二月十九夜》等皆以佛理入诗，把诸多现代都市意象化入禅学境界，形成了较为独特的审美风格。

在周作人的苦雨斋之外，北平的知识分子沙龙还包括由林徽因组织的文学沙龙和以朱光潜为中心的"慈慧殿三号读诗会"。这两个圈子中活跃着北大、清华、燕京等几所高校的教师和学生，相比同时期以政治理念组织起来的革命政党和文学团体相比，北平知识分子的沙龙和读诗会相对松散，其成员多为师生、同事、朋友，多以《现代评论》、《水星》和《文学杂志》等刊物为阵地，在文学理念和创作方面呈现出相近的文学旨趣。

　　活跃在北平文化圈的芦焚、萧乾和沈从文等人，常常与废名一起被合称为"京派"小说家。这批作家生活在北京，但他们的创作题材却多选择他们熟悉的"乡土世界"，把都市的现代生活当作批判的对象。芦焚的短篇小说集《谷》曾获得《大公报》的文艺奖金，之后又先后出版过《里门拾记》《落日光》《野鸟集》等集子，多着力描写北方农村的破败和凋敝，在诗性的表达中隐含种种批判，确立了自己在20世纪30年代文坛的地位。萧乾的小说，萦绕着浓郁的悲剧意识，如《印子车的命运》、《花子与老黄》和《邓山东》等作品流露出对人物无常命运的同情，又有对社会无情的批判和鞭挞。沈从文是京派小说家中成就最高的一位，他的《边城》系列小说描述了湘西世界如田园牧歌一般的情调，小说中的人物天真质朴，洋溢着人情之美。《边城》文体介乎诗与小说之间，语言干净柔和，有流水一般的节奏和态势。

　　30年代北平的诗歌创作也可圈可点。代表诗人是何其芳、卞之琳和李广田，他们被称为"汉园三诗人"。他们都在北京大学求学，曾朝夕相处、切磋诗艺，共同从事文学创作活动，1934年出版诗歌合集《汉园集》，收入郑振铎主编的"文学研究会丛书"。三位诗人有较为一致的艺术理想，他们对西方现代派文学多所倚重，对中国传统文化也很迷恋，对抒情有所节制。何其芳的诗歌如《预言》《欢乐》《爱情》等，结构精致，跃动着青春的气息和音乐般的节奏，为抽象的情思赋予色彩和声音，可感可触。卞之琳是三位诗人中成就最大的一位。他的代表作如《断章》、《圆宝盒》和《尺八》等，视角新奇，语言奇异，营造出充满玄思的世界，却又不失生活的日常兴味。因此，他被称为中国的"智慧诗人"。

二 上海文学的"摩登"面相

清末五口通商以来，上海进入高速发展时期，到大革命后的20世纪30年代，已经崛起为一座国际性的现代都市。早在20世纪初期，上海以书局、报刊为中心的现代文化传媒就非常发达，由此也催生了民初通俗文化的繁荣。在"文学革命"初期，由上海迁移到北京的《新青年》却对鸳鸯蝴蝶派和黑幕小说展开猛烈抨击，由此也引发了对上海洋场文化的批判，这表明新文学对都市消费主义生活的规避和拒斥。直到大革命以后，左翼知识分子麇集上海，发动了声势浩大的左翼文学运动，新文学才在上海立下根基。当然，左翼文学的生产与消费虽然多依托上海发达的文化市场，但着眼点却在政治理念的演绎和文学思想的表达，对于上海这座城市本身的描绘，更多集中在工农阶层的苦难、反抗以及知识分子群体的困窘和彷徨。而努力呈现上海"摩登"面貌的文学，是被称"海派作家"的文人群体。

"海派作家"的先驱可以追溯到创造社成员之一的张资平。与郭沫若、郁达夫等人不同，张资平消解了"五四"时期具有个性解放意涵的两性关系，而将其纳入大众文化消费的范畴，极大地迎合了市民读者的猎奇心理。张资平的早期小说多以留日生活为素材，如《木马》、《约檀河之水》和长篇小说《冲积期化石》，还有反抗礼教的个性，具有浪漫主义、唯美主义的审美品格。

与早期海派不同，刘呐鸥、施蛰存、穆时英等小说家的创作规避了低俗的文化趣味，他们以《文学工厂》《无轨列车》等刊物为阵地，直接借鉴日本东京"新感觉派"作家的先锋手法，在形式探索、文体创新方面取得巨大突破。这一流派的代表作品包括刘呐鸥的《热情之骨》《两个时间的不感症者》，穆时英的《公墓》《上海狐步舞》《白金的女体雕像》，黑婴的《咖啡座的忧郁》《女性嫌恶症患者》，以及禾金的《造形动力学》，等等。在这些作品中，作者撷取了舞会、赌场、旅馆等充满摩登意味的都市意象作为创作素材，用意识流的手法把这些破碎、散乱的空间串联起来，从视听的观感上呈现出都市的繁华和躁动。在创作技巧上，作家不仅师法东京的横光利一等"新感觉派"人物，而且还广泛汲取欧美现代主义文学观念和弗洛伊德学说，甚至大胆采用电影蒙太奇的叙事方法，塑造出令人叹为观止的都市奇观。

此外，以戴望舒、施蛰存等人为代表的现代派诗人群体，主要以《现代》杂志为基地发表诗歌作品。他们的诗歌与"新感觉派"小说家之间有密切关系，在小说创作上也有所建树。施蛰存曾经担任过《现代》杂志的主编，评论界把他与刘呐鸥等人的创作一起被归入"新感觉派"。施蛰存的代表作有《将军底头》、《石秀》和《梅雨之夕》等，采用意识流和心理分析的创作方法，却少有刘呐鸥和穆时英等人的混乱与躁动，而多有古典意境之美。《将军底头》《石秀》等作品直接取材于古代的故事，却通过极为先锋的手法呈现出古人的心理空间。《梅雨之夕》虽取材于现代都市生活，却通过心理技法营造出一个充满怅惘的诗意世界。除小说外，施蛰存也创作诗歌，其《桃色的云》等作品着力描写都市中密集的摩登意象，并把现代工业的事物予以诗意化想象。戴望舒是现代派诗人中的翘楚，他的诗歌以西方象征主义的手法激活了中国古典诗歌的意境，又用中国古典诗歌的意境纾解现代"都市怀乡病"带来的心灵苦闷，创造出一种古典与现代相互交融的和谐之美。其代表作品《雨巷》，描述了一次与"丁香一样的姑娘"的邂逅过程，语言优美，节奏舒缓，全诗弥漫着怅惘、哀愁的情绪。

总而言之，20世纪30年代的中国新文学就是一部"双城记"，摩登的上海和宁静的北平形成了各自迥异的文化生态和文学景观，两者之间既有矛盾，又有呼应，共同推进了30年代文学运动的发展和深入。30年代初期，以沈从文为代表的"京派"作家批评上海文学是"'名士才情'与'商业竞卖'相结合"，并给他们安上了"海派"的头衔，这自然引来《现代》杂志同人的辩护和反击，由此引发了著名的"京派"与"海派"论争。表面上看，这场论争是京、沪两地作家之间文学观念和趣味的分歧，其背后却是学院文化与商业文化的对垒。但无论如何，论争双方又都有着深层的互动与关联。如"新感觉派"小说家固然是在描写现代都市，但它并不是作品中人物生存和栖居的空间，摩登的都市只是被用来观赏、漫步、游荡，且充满躁动和焦虑。与这种躁动与焦虑相参照，恰恰是一种隐而不彰的乡土体验，正是后者催生了奇观式的"都市风景线"。反过来看，京派作家的作品固然平静、恬淡，充满了田园牧歌式的诗意，但这种"桃花源"式的空间恰恰是在记忆中予以虚构而生成，其生成的背景恰好是现代都市带给"乡下人"的不适感。正因为如此，沈从文在写《边城》的同时，也会用另一种笔法去写《八骏图》。与《边城》不同，他1935年创作的《八骏图》把目光投向城市空间，描摹了一群栖居在学院体制中的现代知识分子的生存状态，语言辛辣犀利，尖锐地讽刺了现代生活的虚伪和压抑。在《边城》和《八骏图》的互相映照中，沈从文其实精心构造出一个充满矛盾的"城市—乡村"叙事模式，这也正是现代作家内心分裂状态的某种表现。事实上，京、沪两地作家的创作，共同处在一个稳定的"城—乡"二元结构中，只是他们立脚点的差异导致了两种经验在创作中或隐或显地呈现出来，而在两者之间游荡徘徊的彷徨感，或许意味着他们享有共同的生命体验。

第四节　题材的拓展与形式的完善——20世纪30年代的文学"经典"潮

20世纪30年代，"五四新文学"创立的小说、诗歌、散文和戏剧四大文类不仅在各自领域内得到充分发展，而且在文类内部和各个文类的交叉中又产生新的文类。30年代的散文不似"五四"一般驳杂，但却通过作家的聚合流变生发出诸多经典范式。林语堂在30年代创办《论语》《人间世》《宇宙风》等刊物，发表了大量的幽默小品，既有西方的幽默趣味，又兼具晚明小品的闲适风致，堪称散文大类中一个有益的尝试。30年代的鲁迅，已经由小说创作全面转向杂文书写，他眼光毒辣，思想深刻，文笔犀利，把社会批评和文明批评的潜能发挥到极致。

30年代文学中成就最大的当属叙事性文类，中、长篇小说和多幕话剧的成熟标志着新文学发展上的重要突破，也出现了茅盾、巴金、老舍、李劼人和曹禺等具有经典意义的文学大家。

"五四"文学以短篇小说为主，鲜有长篇，王统照的《山雨》和张资平的《冲积期化石》尚不具有完整的结构。长篇小说串联全篇的结构远非艺术技巧问题，它背后需要有对社会、历史整体性的认识，而后者恰恰在30年代的长篇小说中才会出现。如茅盾的"农村三部曲"和《子夜》正是通过经济学建构起的视野，对社会作"全景呈现"。作为基督徒的老舍，在《骆驼祥子》中借鉴了《圣经·约伯记》中"反复受难"的神学叙事，从而在祥子个人的悲惨遭遇中笼括残酷的社会现实，并赋予作品以浓郁的悲剧性。巴金的《家》则把个人的青春记忆叠印在充满历史转型意味的"五四"时代，进而用时代自身丰富的背景撑起整个作品的叙事。作为四川籍作家的李劼人更为特殊，他远离京、沪两大新文学中心，其《死水微澜》借鉴了《华阳国志》这类"地方志"的手法营造叙事空间，并通过近代史中一系列事件串联情节，走向历史的纵深处。唯物史观、神学史观、近代史视野等历史观的全新观照，让作家们有意识地把人物放置在广阔的时空中予以审视，构筑起具有史诗意味的叙事系统。唯其如此，20世纪30年代长篇小说才会具有纵深的历史感。

　　新文学话剧艺术成熟的标志性人物是曹禺。1933年尚为学生的曹禺创作出《雷雨》，翌年发表在巴金主编的《文学季刊》上。1935年，《雷雨》先后在东京、天津、上海等地公演，取得轰动性的效果。此后曹禺又创作出《日出》《原野》等名剧，同为现代话剧史上的典范之作。《雷雨》以公馆为空间场景，以周氏家族为主体，呈现出多个人物的命运和挣扎。《日出》则把目光从家族转向社会，刻意弱化了戏剧性，通过诗意的笔法透视出人生的面相。《原野》以列车穿过的茫茫旷野为背景，讲述了一个充满动势的复仇故事。曹禺的作品往往充满了张力和诗意，有着对社会的穿透、对历史的超越以及对人类命运深刻的洞察、省思和悲悯。

第 四 章
抗日战争时期的文学形态

　　1931年，侵华日军悍然发动"九一八"事变，侵占中国东北，并成立伪满洲国。中日民族矛盾上升，中国人民的抗战也随之开始。此后，侵略者陆续在华北、上海等地制造事端。为避免冲突扩大，国民政府竟采取妥协退让政策。1937年7月7日，日本帝国主义悍然挑起卢沟桥事变，发动全面侵华战争，驻守宛平城的国民革命军第二十九军官兵奋起反击，中国掀起了全民族抗战的高潮。7月16日、17日，蒋介石在庐山发表了"最后关头"演说和抗战声明，7月31日，又发表《告抗战全体将士书》，号召全民族抗战。8月，中国共产党在陕北洛川召开政治局扩大会议，通过了《抗日救国十大纲领》，确定了领导全国人民争取抗战胜利的根本方针。在中国共产党的倡议和督促下，国民党中央通讯社于1937年9月22日发表了《中国共产党为公布国共合作宣言》，23日，蒋介石在发表的谈话中实际上承认了共产党的合法地位，这标志着第二次国共合作开始，抗日民族统一战线正式形成。

　　随着中日战争的全面爆发和抗日民族统一战线的成立，中国现代文学的现实格局和发展走向发生了巨大的变化。1937年7月至1938年10月，面对日本军队的疯狂进攻，国民政府先后组织了淞沪会战、南京保卫战、徐州会战、武汉会战等大规模战役，粉碎了日本"三个月灭亡中国"的狂妄图谋。在这段时间，北平、天津、上海、南京、武汉、广州等大城市相继失陷，以都市为中心的文学生产体制遭到严重破坏，作家个体的创作互动和文学社团的组织运作也难以为继。民族危亡之际，中国作家群体义无反顾地选择了团结一致、图存救亡的道路。

首先，文学生产机制开始转向。"中华全国文艺界抗敌协会"（简称"文协"）等新成立的组织逐渐搁置作家群体内部的纷争，文学的宣传鼓动功能被史无前例地凸显出来。其次，文学空间格局发生变化。"五四"文学主要以北京、上海两大都市为中心向外辐射。中日战争全面爆发以来，大城市相继陷落，中国文学空间被划分出泾渭分明的区域，并形成了彼此不同的艺术品格和审美特征。这两者共同促成了抗战时期迥异于既往的文学生态。

第一节 "文协"的成立与新文学的转向

1938年3月27日，"中华全国文艺界抗敌协会"在汉口成立，老舍出任总务部主任，并负责主持"文协"的日常活动。1938年5月4日，"文协"出版了会刊《抗战文艺》，持续发表与抗战有关的文学作品及批评。"文协"是具有政治功能性的文学组织，周恩来、孙科、陈立夫等国共双方的政要出任"文协"的名誉理事。在45名理事中，既有左翼作家如郭沫若、茅盾、丁玲、冯乃超，也有具有国民党官方背景的右翼文人张道藩、王平陵，同时还包括了陈西滢、朱光潜等超越党派纷争之外的所谓自由主义作家代表。"文协"在全民族抗战的旗帜下，超越官方、党派以及意识形态差异，在战争环境中对中国文学力量的聚集和整合，起到重要作用。抗日战争全面爆发后，北京、上海等传统的文学重镇相继沦陷，既有的作家群体、读者受众和文化网络都遭到空前破坏，北京各高校一路南迁，上海的商务印书馆等文化设施遭到日军轰炸被毁。在这种情形下,"文协"的成立则是对战争机制的启动,它营造着新的文学接受群体,也生产出新的文学属性和传播方式,这使得中国新文学的发展能够经受住战争的考验。

1937年7月至1938年10月,是战争最为惨烈、中国时局最为艰难的时期,同时也是中国作家参与抗战最为踊跃、最为兴奋的阶段。在这一时期,"文协"提出"文章入伍,文章下乡"的口号成为作家的群体性共识,中国作家几乎无条件地放弃了各自的文学理想和准则,自觉地把自己的创作实践纳入全民抗战的社会动员中。诗人们不约而同地唱起抗战的歌声,郭沫若的《战声集》,臧克家的《从军行》,徐迟的《最强音》,戴望舒的《元日祝福》以及何其芳的《成都,让我把你摇醒》等,应和抗战的号角,发出时代的最强音。小说家们也把创作的题材集中到突如其来的战争和危机重重的国家、社会,作品充满了纪实性,如茅盾《第一阶段的故事》,端木蕻良《螺蛳谷》,奚如《萧连长》,碧野《乌兰不浪的夜祭》,以及姚雪垠《差半车麦秸》等,虽然在艺术上多不成熟,也未必起到预期的战争动员效果,但作家们放弃他们原本相对狭小的"文学理想"、深度参与抗战的言行,极大地扩展了新文学的内涵。

在这样一个特殊时期,戏剧艺术异军突起,宣传抗日、鼓动民众,取得异乎寻常的反响。早在卢沟桥事变爆发伊始,中国剧作者协会就以集体合作的方式创作了三幕剧《保卫卢沟桥》,声讨侵略者,号召中国民众奋起抗战。1937年7月28日,中国共产党发起成立了上海戏剧界救亡协会。"八·一三"事变后,该协会集结了上海各界的戏剧工作者,先后整编出13支"救亡演出队"。他们打破了剧场、舞台的狭小空间,把演出场所拓展到街头、广场、学校、茶馆、庙会等开放空间,与观众直接互动,将戏剧宣传、鼓动的效果发挥到极致。在中国共产党的部署下,"救亡演出队"除两队留在上海外，其余皆赴内地巡回演出，促使戏剧演出和抗战宣传突破都市范围，扩展到内地城镇乃至广大农村地区。除《保卫卢沟桥》外，这个时期代表性的戏剧作品还包括《放下你的鞭子》《三江好》《上前线》《火海中的孤军》和《秋阳》等。这类剧目的主题主要是宣传抗日，因为观众文化水平较低，所以在形式上大多采用短小精悍的独幕剧，打破了现代文学中既有的"新"与"旧"、雅与俗的界限，大胆吸收鼓书、曲艺等民间文学资源，获得了较好的演出效果，起到了唤醒群众、鼓舞斗志的作用。

除戏剧演出外，抗战初期另一值得注意的文学体裁是报告文学。很多成名作家积极投身战场和后方，创作了大量兼具即时性和纪实性的作品。"七月派"作家丘东平奔赴上海前线，以著名的淞沪会战为题材，写下了《第七连》《我们在那里打了败仗》《一个连长的遭遇》。流亡内地的东北籍作家骆宾基也撰写了大量的战地报道，如《救护车里的血》《我有右胳膊就行》和《在夜的交通线上》。曹白则根据自己在难民收容所工作的经历，写出了《杨可中》《纪念王嘉音君》等人物通讯。这类作品还包括以群的《台儿庄战散记》，王西彦的《台儿庄巡礼》，田涛的《中条山下》，汝尚的《当南京被虐杀的时候》，以及姚雪垠的《战地书简》。在这些作品中，作家们搁置了他们擅长的表达自我的冲动，自觉地担当起时代见证者的角色。他们以充满纪实性的文体，对自己身处其中的战争予以观察和记录，具有特定的文学价值，更具有特殊的历史意义。

第二节 陪都重庆与大后方文学

1937年11月中旬，中国军队在上海淞沪会战中失败，首都南京遭到严重威胁，国民政府决定迁都重庆。在以后的八年中，陪都重庆成为大后方的政治中心，有足够的力量聚集各种政治、经济和文化资源，尤其是战争进入相持阶段之后，直接的战争威胁已经得到纾解，因此形成了相对独立的文化空间。在这种情形之下，大批从北京、上海等地流亡出来的作家、知识分子纷纷迁徙到山城，推动了陪都的文学创作和文化活动的繁荣。

在全民族抗战的非常时期，重庆文学地处政治中心，就不可能与政治脱离干系。在这个时期，文学上有一个显著的现象，是讽刺文学的繁荣和成熟。"五四新文学"自诞生时期就有浓郁的国民性批判色彩，但那个时期的批评矛头主要指向"愚昧"的民众，只有鲁迅、叶圣陶等少数作家能够对小知识分子的灵魂予以解剖。20世纪30年代的张天翼等作家把目光投向市民阶层，讽刺成为一种较为成熟的文学范式。到了全面抗战时期，特殊的政治环境和纷繁的社会现象，为文学的讽刺提供了丰富的素材和明确的对象，也为其赋予了强大的社会功能。在战争的阴影中，国民党内部林立的各个派系依然纷争不已，国民政府的各级官僚体系已经暴露出诸多弊病，这与知识分子和民众在战时对政府的预期相差甚远，更与共产党延安边区呈现出的政治风貌构成巨大反差。尤其是在战争进入相持阶段以后，大后方社会的种种深层次问题日益凸显，逐渐消解着理想性的抗战口号，透支着人们对国民政府的信任。很多作家通过讽刺手法，把批判的锋芒从前线的"敌人"转回到后方腐败、混乱的政治情境和社会现实层面。

一　讽刺小说

1938年前后，张天翼发表了《谭九先生的工作》《华威先生》《"新生"》等作品，后来结集成短篇小说集《速写三篇》。在这些作品中，张天翼以冷静、犀利的目光打量着抗战时期的地主、官僚和知识分子阶层的生活状态，看似对人物的印象式"速写"，其中却处处闪烁着对社会现实的洞察和对人物灵魂精准的把握。

另一位讽刺作家的代表性人物是沙汀。他早在 1935 年就返回故乡四川，其《代理县长》等作品在艺术上也已经相当成熟。全面抗战以后，他又根据自己在川西北的见闻写出了《防空》《和合乡的第一场电影》《在其香居茶馆里》《淘金记》等名篇，将讽刺的笔触下沉到极为微观的现实生活中，其中冷静的观察、客观的描述、不动声色的褒贬都给人留下深刻印象。

钱锺书 1944 年开始写作《围城》的，1946 年完成。书中的很多人物都是归国留学生，但作为其活动空间的"三间大学"却是一个战时内地的学院，这种巨大的错位形成了极富意味的喜剧效果。钱锺书通过自己辛辣的笔触写出了现代中国知识分子的灵魂。

二 "七月派"作家群与"主观战斗精神"

与张天翼、沙汀等人不同，"七月派"的现实主义反对"客观"，提倡"主观战斗精神"。所谓"七月派"，是以著名作家胡风为中心而形成的一个现实主义文学流派。他们独具特色的文学理念和审美品格，在诗歌和小说方面都取得了重要成就。《七月》杂志在 1937 年 9 月 11 日创刊于上海。主编胡风认为："这时候应该有文艺作品来反映生活、反映抗战，反映人民的希望和感情。"胡风对抗战有自己独到的理解。他并不把战争视为"一个简单的军事行动"，而是希望通过这场战争"抖去阻害民族活力的死的渣滓，启发蕴藏在民众里面的伟大力量"。他们认为"文艺创造，是从对于血肉的现实人生的搏斗开始的"。在小说创作中，他们把人物置于复杂的具体的社会情境中，探讨文学人物与社会现实的复杂关系，探讨人物的心理动态和变化轨迹。他们的诗歌创作大多大气磅礴，探寻更深层次的革命性力量。

三 "失事求似"：郭沫若的历史剧

抗战时期，郭沫若担任国共合作军事委员会政治部第三厅厅长职务，与国共双方高官多有交往。在此期间，他先后写出了《虎符》《屈原》《棠棣之花》《高渐离》《南冠草》《孔雀胆》等著名历史剧。这些作品大多取材于战国时代的故事。20世纪30年代，这些素材曾经是郭沫若进行历史研究的对象，到40年代，"抗战"与"战国"构成了某种精神上的呼应，《屈原》是其中的代表性作品。郭沫若在《女神》之后，创作上略显沉寂，《屈原》则可视为一次重新爆发，它构成了对"五四"精神的隔代呼应。1942年4月3日，《屈原》在重庆国泰大剧院完成首场公演，引起轰动。此后，该剧连续演出20余场，不仅取得艺术上的成功，也在很大程度上冲击了国民党的政治威压。在剧本创作上，郭沫若采用的是"失事求似"的创作原则，剧中的人物设置具有鲜明的两极性，正面与反面、光明与黑暗等，代表反面的黑暗势力一般都是当权者，正面人物多是失势者、平民或者女性。剧作的悲剧性主要来自这些人物的牺牲，其实也暗示出郭沫若对知识分子时代命运的深刻洞察与理性反思。

四 作为现代人体验的战争：徐訏与无名氏

1943年3月，徐訏的长篇小说《风萧萧》在重庆《扫荡报》上连载，至1944年3月完成。七个月后，《风萧萧》单行本在成都东方书店出版，此后不到两年的时间里，小说共翻印五次之多。无论是连载还是单行本，都引发了空前热烈的阅读风潮，以至小说创作的1943年被称之为"徐訏年"。《风萧萧》讲述的是一个扑朔迷离的谍战故事，其背景是太平洋战争爆发前后的上海，小说中的人物包括中、美、日等多重国籍，多重身份，彼此之间还有复杂的情感关联。这部作品既有传奇性又有现代性，既有通俗性又不乏哲学意蕴，在新文学史上具有重要意义。

无名氏原名卜乃夫，早年曾经担任过韩国光复军参谋长李范奭的秘书。1943年，他根据李范奭提供的诸多素材写出了《北极艳遇》，并以无名氏的笔名连载于《华北新闻》。小说在西安一纸风行，乃至有"满城争说无名氏"的阅读盛况。《北极艳遇》后又改名《北极风情画》，与其后创作的《塔里的女人》一起在重庆出版，产生了轰动性效果。无名氏的作品无疑是尊崇着商业逻辑而创作的小说，具有通俗的外观，出版后曾经引起重庆文艺界的批评，甚至被视为"新才子佳人"小说。这其中的原因自然是与战争时期的潮流不相符合，且过于专注两性关系的探讨，因而被指责为"色情"和"萎靡"。今天重读这些作品，探讨描绘两性关系，固然有商业运作的成分，同时也折射出战争阴影下个人命运的无助，人际关系的复杂，还是有其现实意义的。

徐訏和无名氏都没有直接描写战争，而是把战争描写为一场个人现代性的体验。他们创作的共同特点是把现代性和通俗化结合起来，与其说是抗战环境影响的结果，倒不如说是20世纪40年代中国文学"雅俗互动"发展的必然。

五 战争阴影下的日常生活呈现

在抗战时期的战争阴影下，却不表现战争，这是"抗战文学"非常特殊的文学现象。在相持阶段，中国形成了以重庆为中心的稳固大后方，生活在大西南的作家远离了战争第一线，相对平静的日常化生活似乎定型，却又不时遭到战争阴影的笼罩和威胁，于是一些文学家对这种生活表示不满。何其芳的《成都，请让我把你摇醒》等作品可以看成作家参与到抗战进程中的一种独特方式。随着战争相持阶段的到来，日常化生活描写再度浮出水面，出现了异样的声音。如梁实秋主编《中央日报·平明副刊》就提出了"与抗战无关论"的说法:"与抗战有关的材料,我们最为欢迎,但是与抗战无关的材料,只要真实流畅,也是好的,不必勉强把抗战截搭上去。至于空洞的'抗战八股',那是对谁都没有益处的。"基于这样的观念,梁实秋创作了《雅舍小品》系列,其中多有对日常生活的细致描绘,这种写作选择带有对政治情境的规避乃至反拨,因而遭到很多批评和非议。

第三节　西南联大与中国现代文艺思潮

新文学中的现代主义因素出现很早,但一直被现实主义和浪漫主义的主流思潮笼罩和遮蔽,直到20世纪30年代,大都市上海才形成了以戴望舒为中心的"现代派"诗歌和以施蛰存、刘呐鸥和穆时英为代表的"海派"小说。抗日战争的爆发强化了新文学创作的现实主义倾向,但是现代主义的文学脉络也并未中断,甚至在特殊的文学空间里延续、发展并臻于成熟。战争给中国作家带来了荒诞而强烈的现代体验,这使得他们对现代主义的理解超出了都市文化空间的消费逻辑,从而获得了对个体生命本真深沉的反思和省察。

在"大众化"成为一时风潮的中国文坛,现代主义文学的存在自然需要微观小气候,地处云南昆明的西南联大则提供了这样一个独异的文学空间。1937年,北大、清华、南开三所高校迁徙南下,最终在昆明成立了国立西南联合大学。这所战时的高校麋集了闻一多、朱自清、冯至、沈从文、卞之琳等知名作家,形成了自由而浓郁的文学氛围。战时学院机制的有效运行,也使得联大在政治潮流中形成了自由宽松的言论空间,而战争情境和其远离大都市的边地体验也在很大程度上斩断了消费因素。西南联大此时也成为中国与国际现代诗坛交流的媒介,里尔克、艾略特、奥登等人的现代诗作被冯至、卞之琳等人译介到中国,而著名英国现代诗人和批评家燕卜荪也来到昆明任教，在联大开设了"现代英诗"课程。1938年，著名诗人奥登也亲临中国战场，写出了著名的十四行组诗《战时在中国作》，这也大大激发了西南联大青年学生的创作热情。在这诸多因素合力生成的场域中，穆旦、郑敏、杜运燮、袁可嘉、王佐良等人迅速成长起来，形成了日后为文学史所重的"中国新诗派"。

首先值得注意的是联大教师冯至。冯至20世纪20年代即有诗名，被鲁迅称为"中国最优秀的抒情诗人"。30年代，他的诗歌创作陷入停滞状态，直到1941年流寓昆明附近的山中时，才重新找到灵感，创作出备受赞誉的《十四行集》。冯至后期的诗歌受到里尔克、杜甫等人的多重影响。他的诗情多由现实引发，但其情思的时空却非常广阔，显示出深厚的生命体验。他的诗歌多叙写日常生活，其后却有着深沉的哲理和智慧，充满了对生命的感悟。另一部代表作《伍子胥》也是如此，身体的漂泊和心理的挣扎，使得这部作品印有明显的知识分子精神自传的底色。

冯至在西南联大的翻译、创作和教学影响了一批追求现代主义的诗人，其中最重要的代表人物是郑敏。1939年，郑敏考入西南联合大学哲学系，选修了冯至所教的德语课程，并在其影响下走上了诗歌创作的道路。她从冯至这里接受了《浮士德》和里尔克，又基于自身有现代哲学的基础资源，从而摆脱了感伤的路子，步入了思辨性审美层面。其代表作《金黄的稻束》把站在田地中的稻束比喻为"无数个疲倦的母亲"，创造出一个静默、庄严的民族性空间，而历史反倒成了"脚下流去的小河"。正是通过这种戏剧性的反转，诗人把宏大的历史化入自身的生命体验和诗性玄思。

西南联大成就最高、影响最大的诗人是穆旦。在西南联大期间，穆旦写下许多优秀的诗篇，后来结集为《探险队》、《穆旦诗集》和《旗》。1937年，穆旦作为西南联大的学生随校南迁，徒步从长沙到达昆明，他写下《赞美》抒写这种长途跋涉带来的全新体验："走不尽的山峦和起伏,河流和草原,/数不尽的密密的村庄,鸡鸣和狗吠,/接连在原是荒凉的亚洲的土地上,/在野草的茫茫中呼啸着干燥的风,/在低压的暗云下唱着单调的东流的水,/在忧郁的森林里有无数埋藏的年代……"值得一提的是,这种体验并没有变成风景,而是通过民族把自己经历的空间整合起来,形成了"一个民族已经起来"的想象共同体。西南联大的读书生活使得穆旦接触到现代英国诗歌的精髓,他的抒情诗歌恰恰充满了对抒情的消解,《春》《自然底梦》《诗八首》等作品把青春、爱情、两性心理纳入自身冷静的反思机制,从而突破了传统抒情诗的体系,形成了一种充满现代性的审美风格。

除了在西南联大的学习经历外,他还在1942年2月加入中国远征军,参加了震惊中外的野人山战役。亲赴战场的经历使得穆旦摆脱了对战争的世俗理解,他已不像其他人那样在正义与邪恶的道德评价中徘徊,而是试图对战争和生命存在本身予以整体性思考,如《森林之魅》写道:"你们的身体还挣扎着想要回返,而无名的野花已在头上开满……"穆旦的写作并不回避政治问题,但是在他的表述中,"政治"也常常被视为某种能够观察、体验、省思的对象,而作为抒情主体的"我"则并不为其笼罩、裹挟,这使他能够在政治话语之外开辟出更为阔大的艺术空间和文学场域,如《防空洞里的抒情诗》和《旗》等作品,即是政治抒情诗中不可多得的经典作品。

郑敏和穆旦之外,西南联大的诗人还包括杜运燮、袁可嘉、陈敬容等人,这些人与上海的辛笛、唐祈、唐湜等人一起,被后人称为"九叶诗派"。其中,袁可嘉发表于40年代的《新诗现代化》和《新诗戏剧化》两文,既是对此一诗派创作经验的总结概括,也是其诗学理论和艺术实践的纲领。他们通过诗歌对战争的整体性反思,为中国文学观照历史、介入现实提供了新的视角和新的途径,这也标志着发展近三十年的现代新诗开始走向成熟。

第四节　家族故事与民族精神：长篇抗战小说的"史诗性"

日本侵华战争使得本已多灾多难的中国陷入了空前的民族危机之中，与此同时，战争所带来了危险也摧毁了中国新知识分子阶层的稳定性，大大地改变了众多知识分子和新文学作家个体的人生命运、生活际遇和精神结构。对民族危机和困难的关注是中国知识分子一以贯之的传统，但这种关注常常具有某种抽离感，而战争却使得他们与民众一起经历颠沛流离的生活，形成了名副其实的命运共同体。在异族入侵、山河破碎的情境里，他们超越了阶层的局限，民族、国家、家族、时代、历史等原本宏大、甚至有点空洞的概念，在经历无数苦难体验中变得具体可感，这给他们提供了自我更生的契机。在长达十四年的抗日战争中，新文学作家的叙事获得了空前壮阔的空间、前所未有的历史架构和无与伦比的生命体验，催生了20世纪40年代长篇小说井喷式的出现，中国新文学迎来了一个令后人频频反顾的"史诗时代"。

首先值得注意的是全面战争爆发后京、沪作家的返乡现象。鲁迅早在"五四"时期就写过《故乡》，通过自己的返乡经历呈现故土的社会破败和故乡人的精神愚昧，并以此残酷地灼照现实，也深刻地反思了知识分子自身的文化理想和精神结构的缺陷。沈从文也曾根据返回湘西老家的经历写出了《湘行书简》和《湘行散记》等作品，其中也有对故乡风俗人情的感叹，和对原始生命力萎靡的哀矜和质问。全面抗战爆发之后，成名作家在颠沛流离的战火中返回故土，却又重新泛起了"家园""故国"的情思。对这些作家而言，这场战争既是民族的灾难，也是个人无法躲避的遭遇，他们的"返乡"，意味这对个人生活的真切省察和对民族命运的深沉思考。

1941年和1942年，阔别故乡近二十年的巴金两次返回成都探亲，又重新置身于他曾经猛烈批判的、代表封建大家族的"高公馆"里。在30年代创作"激流三部曲"时，巴金对家族的控诉秉持着近乎原教旨主义的"五四"精神，但在40年代，他基于两次返乡经历写出的作品《憩园》，却与写作《家》时的生命体验完全不同。在巴金的笔下，易主的"憩园"处在一种悲剧性的历史循环中，而它的不同主人也在无常的命运中苟且偷生和苦苦挣扎。在《憩园》中，进步主义的历史链条和青春的叛逆情绪一起消失了，代之而来的是生命个体对家族制度没落后的历史忧思。巴金的《寒夜》写于抗战胜利以后，描写一个按"五四"理想建构起来的"新家庭"，但这个"新家庭"内部矛盾纷纭、冲突不断，每个人都在绝望的痛苦中。女主人公曾树生是一个典型的新女性，也遥遥呼应着"五四"时期出走的娜拉，但这一次"出走"却把"五四"时期"出走"的意义消解殆尽。在《寒夜》中，巴金看到了"家"的本质，竟是人与人之间无可避免的戕害机制，这是他对社会关系的更为深刻的洞察，也是对"五四"理想的自我解剖。

　　1942年，著名剧作家曹禺将巴金的小说《家》改编成话剧。这次改编别具意味的地方在于，曹禺取缔了觉慧主人公的地位，把觉新、瑞珏和梅之间的情感关系作为叙事的主线，其所展示的"青春"已经不再固化在"压迫—反抗"的理性结构里，而是突出了命运的冷酷。曹禺特别强调，在真实历史中，人的命运应当得到更多的关注。在改编巴金《家》的同时，曹禺本人也在全面抗战时期创作出《蜕变》和《北京人》两部力作，其中《北京人》一剧堪称经典。这部剧的故事背景设置在20世纪30年代的北平，作者描写了一个家族走向没落的惨淡状态，更呈现出家族中人们内心复杂的心态：老一辈人有着对旧日生活方式的无穷眷恋，却无力将此种方式继续维持，新一辈充满了对新生活的种种向往，但却无法挣脱纠葛不断的亲缘关系。作者在剧中设置了"北京人"这样一个"原始人"意象，意在对一种原始的蛮性力量招魂，使其成为理想人格建立的基础，为困顿的生活找寻出路。

与巴金回乡探亲的短暂经历不同，30年代知名的京派作家废名则是返回家乡，并长期生活在那里。1937年，身为北京大学教师的废名因职务低微未能获得与学校南迁的资格，他由此回到故乡黄梅，先后在地处偏僻乡村的金家寨小学和黄梅县中学教授国语、英语谋生，直到抗战胜利以后才返回北大。在这期间，他完成了《莫须有先生坐飞机以后》等作品，一扫其30年代作品中平淡隽永的语言风格和充满"桃花源"情结的士大夫理想，开始对乡土政治、经济、教育、社会等问题给予深度审视，并痛切思考着民族历史和国家未来的命运。这部作品打破了"五四"后确立的文体局限，在不同文体中转换，形成了独特的艺术风格。

在众多抗战题材小说中，老舍的《四世同堂》规模最为庞大，全书分为三部，将近百万字的篇幅。作者的笔墨聚焦在北京小羊圈胡同中的祁氏一家内部，并以此为枢纽，辐射到沦陷区北京社会的各个层面，塑造出一大批活灵活现的人物形象。在这部小说中，作者并没有给予日本侵略者更多的笔墨，而是把他们作为一个阴影笼罩在全书中。在这个阴影的威压之中，北京市民被逼入一个必须做抉择的复杂情境中，他们因为政治态度的不同而产生了不同的遭际，彼此之间的复杂心态也得以纤毫毕现地呈现出来。与其说老舍在写战争，倒不如说老舍在展现战争情境的万千世态。

"五四"新文学曾以"娜拉出走"为题，引导个人主义理想对家族的批判。到了40年代，随着全面抗战进程的不断深入，原来被新文学反叛和遮蔽的东西又重新凸显出来，"传统"和"家族"都以某种方式复活，并构成了作家创作构思的时空框架。当然，这里的"传统"与家族有其不同的意义，在对过去的回望中，有对现实的批判,也有对未来的展望。"家族",既是一个号,更是一个真实的存在,在这里发生的故事,有个人的遭际,也有民族和国家的苦难,这是一种难以言喻的悲剧之感和命运之思,这是对"五四"理想的遥远回应,它丰富着文学对"国家"的想象。

第五节　女性作家的别样视角

相比男性作家而言,女性作家在创作中对日常生活的呈现更为执拗和专注,上海的张爱玲是其中的代表。她自觉地规避宏大的历史叙述和敏感的政治话题,而是以女性独特的视角打量市民社会中不平等的两性关系。

张爱玲的艺术成就最高、社会影响最大。她自幼便被视为"天才",1943年就在《紫罗兰》杂志发表处女作《沉香屑·第一炉香》而名动文坛。此后又撰写了《倾城之恋》《封锁》《金锁记》和《红玫瑰与白玫瑰》等作品,大多收录在小说集《传奇》中。这些作品多具有传奇性,但这传奇性却无关时代风云,而是与个人的日常生活密切相关,如作者自己所说:"在传奇里面寻找普通人,在普通人里寻找传奇。"张爱玲出身于没落的名门世家,同时又在现代都市中成长、求学与生活,因此相比30年代的"海派"作家而言,她的都市体验更为完整而深沉。《传奇》中的大部分作品取材于上海、香港两地,张爱玲以华丽的笔法写出了其中男男女女的悲欢,在她的笔下,"古典"与"现代"的矛盾消失了,前者化身为小说中华丽而颓败的气息,后者则形成形成了摩登而俗常的生活,两者叠印交织,生成一幅瑰奇而苍凉的都市景观。长期浸淫于都市的浮华生活中,张爱玲对"本真"反而有一种别样的痴迷和渴求,她笔下的人物如白流苏、曹七巧等人也多在对"本真"的寻求中犹疑、怅惘乃至绝望,陷入充满悲剧感的命运之中。

张爱玲的创作及其作品的影响都是在战争时期,是在沦陷区的中国。从这个意义上说,她对日常生活的观照与呈现是以对战争和政治等宏大历史的规避、搁置为前提。如张爱玲所说:"我发现弄文学的人向来是注重人生飞扬的一面,而忽视人生安稳的一面。其实,后者正是前者的底子。"在她著名的《倾城之恋》中,中日战争、香港沦陷仅仅是日常生活的背景,在叙事上也不过是为男女主人公情感转折的契机而存在,这样一种规避固然为她的作品提供了独特的视角,并形成了独特的"传奇"性,但也在很大程度上限制了她对日常生活自身的批判、反思,并最终限制了作品的思想格局和艺术成就。

第五章
新的方向：解放区文学简论

第一节 中国共产党的文化战略与延安文学生产机制的形成

1935年10月，中国共产党领导的红军主力胜利到达陕北，并在此建立了革命根据地。1936年10月，红二、红四方面军到达甘肃会宁地区，同红一方面军会师。红军三大主力会师，标志着长征的胜利结束。1937年日军全面侵华战争开始后，国共两党再次合作，中国共产党陕甘苏区革命根据地改名为陕甘宁边区，首府设在延安。在抗日战争期间，中国共产党是民族抗战的重要力量，而陕甘宁边区也成为众多敌后抗日根据地的总后方。在这样的革命中心，延安文学的发生发展，不是一个纯粹的艺术流变过程，而是解放区社会运作机制的产物。在与政治、经济、军事的彼此契合和相互融合之中，"解放区文学"形成了"为工农兵服务"的独特形态。随着对国民党军事斗争的胜利和新中国的成立，这一兼具先锋性和人民性的文学形态逐渐发扬光大，并对共和国的文学发生、发展奠定了深厚的基础。

"解放区文学"有三种不同的力量因素聚合在一起：一是中国共产党人主导的宣传机构及其文化政策，二是全国各地奔赴延安的进

第九编 现代文学 第五章 新的方向：解放区文学简论

步青年和知识分子，三是解放区本土的地方性文化和民间艺术形式。

中国共产党最早是以进步青年知识分子为主体的政党，其成员大部分经过"文学革命"和"新文化运动"的洗礼，因此对文学艺术的社会功能有着深切的认识，这种重视在"大革命"时期的宣传工作中就已经凸显。在井冈山时期，毛泽东等领导人在广大农村地区更是坚持"左手拿宣传单，右手拿枪弹"的策略，把宣传视为"扩大政治影响、争取广大群众"的重要方式。1929年，中国共产党红军第四军在福建召开古田会议，其决议提出"红军的宣传工作是红军第一个重大工作"，毛泽东等领导人要求各级政治部征集、编制革命歌谣，并出版石印或油印的画报，而在士兵政治训练问题上，则把音乐、花鼓调、旧剧等艺术形式列为士兵重要的"游艺"项目。1931年后，上海的左翼知识分子开始陆续进入苏区各根据地，尤其是在1934年，深谙文学理论的瞿秋白抵达中华苏维埃共和国首都瑞金后，苏区的文艺运动开始蓬勃发展起来。瞿秋白等人曾在苏区设立高尔基戏剧学校，歌谣和戏剧已经融入红军的军事斗争和日常生活中，承担起动员、娱乐、教育等多重功能。尽管苏区革命根据地在国民党的围剿之中遭到严重损失，但是中国共产党重视"文艺宣传"的传统在长征中，在抵达陕北革命根据地后延续并发扬光大。

需要指出的是，陕甘宁边区也是在日本帝国主义侵略的历史背景下建立起来的，因此它的文学创作和文艺活动也以"抗日救亡"为时代主题，与当时全国范围内的文学思潮有着极大的相通性。1936年11月，"中国文艺协会"在陕西保安县成立，毛泽东在发言中提出"发扬苏维埃的工农大众文艺，发扬民族革命战争的抗日文艺"的口号，把苏区时代的"大众文艺"传统与"抗日救亡"的时代精神相互结合，因而具有极大的号召力。在1937年全面抗战爆发后，各地进步知识分子和青年作家纷纷奔赴延安，这些人中既有上海参加过左翼文学运动的丁玲、萧军、周扬，也有像何其芳这样在政治上原本偏重自由主义的作家、诗人，是中国共产党"抗战救亡"的召唤，把他们聚集到延安。

中国共产党对这样一批外来的知识分子队伍非常重视，给予热情的接待和妥善的安置。1937年11月，陕甘宁边区文化界抗日救亡协会在延安成立。协会内设立了诗歌总会、《文艺突击》社、戏剧救亡协会、《文艺战线》社、讲演文学研究会、大众读物社、文艺顾问委员会、抗战文艺工作团等组织。在这些组织的宗旨中，有"文艺为抗战服务"以及"到民间去"的口号，可以看作后来"解放区文学"的先声。1938年9月，陕甘宁边区文化界抗战联合会成立，次年5月，又改名为中华全国文艺界抗敌协会延安分会，丁玲、田间、成仿吾、周扬等人担任执行委员，标志着解放区文学的领导组织已经初具规模。1938年，在毛泽东等最高领导人的支持下，延安成立了"鲁迅艺术文学院"，负责团结和培养文艺专门人才。1939年，中共中央发布《大量吸收知识分子》一文，号召"一切战区的党和一切党的军队，应该大量吸收知识分子加入我们的军队，加入我们的学校，加入政府的工作"。在中国共产党的支持和知识分子的热情参与下，延安成立了"中国文艺协会""陕甘宁边区救亡协会""延安文化俱乐部"等文艺组织，而《文艺突击》《文艺月报》《大众文艺》《新诗歌》等刊物也如雨后春笋般出现。在1938年至1942年间，延安文艺活动呈现出空间的活跃状态，浓郁的文艺氛围已经形成。

第二节　民族形式的创造性发展

1938年10月，毛泽东在《中国共产党在民族战争中的地位》报告中强调："洋八股必须废止，空洞抽象的调头必须少唱，教条主义必须休息，而代之以新鲜活泼的、为中国老百姓所喜闻乐见的中国作风和中国气派。"事实上，毛泽东的报告本旨在于"使马克思主义在中国具体化"，即"把马克思列宁主义的理论应用于中国的具体环境"。讨论马克思主义中国化问题，必然涉及民族化问题，在一定程度上呼应了抗战时期国统区和解放区知识分子群体有关"文艺形式"问题的讨论，并对抗战时期文学的发展产生了直接影响。

"民族形式"的核心意涵必然也会涉及对"旧形式"的继承与利用等问题，与"五四"后形成的"新文学"传统也会构成某种程度的矛盾。如在国统区，以通俗读物编刊社为代表的知识分子群体即提出"旧形式利用"的主张，其中的代表人物向林冰进而借用延安的理论，试图把"民间文艺"发展为"民族文艺"。此后，在国统区的文协迅速整合了通俗读物编刊社的理论，在文艺界发起了以"旧瓶装新酒"为口号的运动，试图将其确立为"新文学"发展的方向性主张。但是，这一主张的内核在很大程度上质疑了"五四"新文学的合法地位，因而引来胡风、田间、艾青等新文学作家的批评，并引发各方广泛的论争。不过，在当时，囿于多种复杂的主客观原因，这一论争在国统区并未从理论层面深入展开，也未能深入到具体的文艺创作实践中去。

与国统区不同，延安和解放区的"民族形式"讨论在理论建构上更为明确和有效。1940年，毛泽东提出了"新民主主义"的理论主张，并将"民族形式"问题纳入其文化论述的主体脉络："民族的形式，新民主主义的内容——这就是我们今天的新文化。"《在延安文艺座谈会上的讲话》发表之后，"民族形式"更是作为一个重要的范畴被纳入新的文艺政策之中，而与工农兵结合的宗旨促使作家能够深入社会、体验生活，更促使其能够最大限度地采用民间艺术形式及其相关的地方性资源，开创了新的文艺道路。在抗战这一特殊的时代语境中，中国共产党从理论层面整合了"阶级"与"民族"的内在关系，正是在这种"阶级"与"民族"话语的共振中，解放区文学开始展现出某种新的面貌。

诗歌方面，最重要的变化就是一批长篇叙事诗的出现，代表作有田间的《赶车传》，阮章竞的《漳河水》，张志民的《死不着》《王九诉苦》以及李冰的《李巧儿》等。与之前的"街头诗"相比，这些作品更注重对边区民间曲艺资源的汲取，如对民间顺口溜、快板书、信天游等形式的采用，因而有着自觉的"歌谣化"倾向。在这些作品中，诗人大量使用边区地方的方言土语，同时，涤荡了原来语言中粗俗、鄙陋的部分，将新的时代精神灌注其中，从而使其具有健康、明朗的风格情调。叙事结构也单纯明晰，大多以流行的"翻身"为主体事件，把阶级斗争的主题通过活泼的民间故事叙述出来，产生老百姓喜闻乐见的接受效果。在众多诗人中，李季的长篇叙事诗创作成就最高。1946年，他在《解放日报》连载长诗《王贵与李香香》，影响颇大。这首诗通过王贵与李香香这一对农村青年男女的自由结合故事，展现了解放区根据地中复杂的斗争过程，其中涵盖了农民翻身、妇女解放等多重主题。由于采用了"信天游"的形式，大量运用比、兴等民歌技法，使这部作品充满了浓郁的乡土气息，形成一种极富感染力的审美品格。

解放区的戏剧创作依然走在民族化探索的前列。艺术家们在汲取民间曲艺资源方面做得很充分，在艺术形式方面多所突破，极大地发挥了戏曲艺术接近民众、扩大宣传的社会功能。延安边区的领导人历来重视"旧戏"表演的宣传功能，1938年，毛泽东就指出："不但要有话剧，而且要有秦腔和秧歌，不但要有新秦腔、新秧歌，而且要利用旧戏班，利用在秧歌队总数占百分之九十的旧秧歌队，逐步地加以改造。"尽管这种"旧戏改革"的呼声一直存在，但将其落实为成熟的"民族形式"，则经历了相当曲折的过程。1943年，边区文艺界展开对1939年以来"演大戏"潮流的批判，称其"专门讲究技术，脱离现实内容，脱离实际政治任务来谈技术的倾向"。从

第九编　现代文学　第五章　新的方向：解放区文学简论

此，《雷雨》《日出》《钦差大臣》等西洋式话剧开始在解放区消歇，而通过改革的评剧和秦腔等逐渐流行，评剧的代表作有《逼上梁山》《三打祝家庄》和《升官图》等。秦腔创作的代表人物是马建翎，代表作有《血泪仇》《穷人恨》等。这些剧目既有旧戏改编，也有新题新作，都注重把"斗争"的主题植入传统的戏曲形式中，取得了极好的演出效果，标志着某种具有民族性的文艺生态开始形成。

　　在延安各种门类的戏剧中，最具典范意义的便是由鲁迅艺术文学院主导的"新秧歌剧"。1943年春节，由"鲁艺"王大化、李波主演的《兄妹开荒》上演，引起了延安文艺界的轰动。《兄妹开荒》的成功促使"新秧歌剧"风靡延安和各大抗日根据地，甚至深入到机关、学校、村庄、部队等各个单位，成为边区日常活动的一个重要的部分。除了《兄妹开荒》以外，其他影响较大的作品还包括《夫妻识字》《刘二起家》《牛永贵挂彩》等，这些作品采用陕北民间传统的秧歌形式，熔歌、舞等表演方法于一炉，主题与大生产运动、土地改革、改造二流子、扫盲识字等为主，承载起极为重要的社会动员和组织功能。1945年，由"鲁艺"集体创作，贺敬之、丁毅执笔的大型歌剧《白毛女》问世，是"新秧歌剧"的集大成之作。贺敬之等人把民间流传的"白毛仙姑"传说予以演绎，并从中提炼出具有时代意义的宏大主题，讲述了一个"旧社会把人逼成鬼，新社会把鬼变成人"的传奇故事。与此前的秧歌剧不同的地方在于，《白毛女》虽然也秉持了解放区文学"大众化""民族化"的新传统，但它在采用民间资源的同时，也在舞台、音乐、表演等方面大量吸收了现代艺术的精华，使得这部秧歌剧具有不同凡俗的史诗气度。从这个意义上说，作为艺术作品的《白毛女》不再是对某次政治运动的因应和图解，而是通过艺术手段，唤醒百姓对"革命"及"新中国"的想象。这种艺术创新，对1949年后当代戏剧的发展产生了深远的影响。

在小说创作方面，最能体现"民族形式"的作品是流行于解放区的抗日英雄传奇小说。1944年出版的《洋铁桶的故事》可以看作此类小说的滥觞。在这部作品中，作者柯蓝采用了传统的章回小说的叙述方式，塑造了主人公吴贵从普通的青年农民成长为抗日英雄的传奇故事。从此以后，这类小说在解放区和各根据地大规模出现，其中马烽、西戎的《吕梁英雄传》和孔厥、袁静的《新儿女英雄传》最具代表性。在抗日战争中，中国共产党人及其军队面对着现代化程度远远高于自身的对手，灵活地采用了敌进我退、敌疲我打的游击战策略，获得了相当的成功。上述小说，即以游击战争为素材，大量采用传统武侠小说的叙事方式，塑造出充满草莽精神而又智勇双全的抗日英雄形象。这些作品大多洋溢着积极乐观的革命精神，对鼓舞士气、动员群众起到了非常明显的效果。

第三节 毛泽东《在延安文艺座谈会上的讲话》的主要内容及其影响

针对延安文艺界出现的种种问题，1942年4月27日，毛泽东同志亲自向文艺界知名人士发出邀请，举办座谈会。这次会议一共开了三次。第一次是1942年5月2日召开的，毛泽东同志作了引导性发言，听取各方面的意见。5月16日又召开第二次会议，继续思想交锋。5月23日，毛泽东同志经过深思熟虑，在大会上了作了结论性的讲话，这就是1943年10月在《解放日报》发表的《在延安文艺座谈会上的讲话》（以下简称《讲话》）。毛泽东同志在讲话中围绕着两个重大问题展开讨论。第一个问题是"我们的文艺是为什么人"。因为这是一个根本问题，一个原则问题。"只有具体的人性，没有抽象的人性。在阶级社会里就是只有带着阶级性的人性，而没有什么超阶级的人性。"第二个问题是文艺如何"为工农兵服务"，《讲话》论及"普及与提高""内容和形式""歌颂和暴露"等问题。结论是:"我们的文学艺术都是为人民大众的,首先是为工农兵的,为工农而创作,为工农兵所利用的。"《讲话》是对"五四新文学"生产体制的超越,对抗日战争时期边区文艺创作具有重要的指导意义,同时,也为1949年后当代文学的发展奠定了理论基础,指明了发展方向。

与《讲话》的发表同步,延安乃至整个边区开始了声势浩大的整风运动。早在1942年2月,毛泽东就在中共中央党校的开学典礼上作了《整顿党的作风》的演讲,此后,周扬在鲁迅艺术文学院做了"整顿三风"的报告,中华文艺界抗敌协会也开始学习整风文件。从此,反对宗派主义、主观主义和党八股的整风运动在文艺界普遍展开。《讲话》是解放区文艺界整风过程中的重要文件,对延安文艺界产生重要影响。

首先,延安文艺界积极组织学习、贯彻、落实《讲话》精神。1940年,鲁艺开始追求正规化、专业化教学改革。《讲话》发表之后,周扬做了《艺术教育的改造问题——鲁艺学风总结报告之理论部分:对鲁艺教育的一个检讨与自我批评》,迅速调整"鲁艺"的办学方向,把教学重点放在"普及"方面。这只是一个缩影。《讲话》以后,延安边区及各大抗日根据地原有的文学格局也开始作较大调整。从1942年开始,延安文艺界开始讨论"演大戏"的倾向问题,批评其"忽视了更广大的民众士兵观众"。此后,在边区盛行的"大戏""洋戏"逐渐退潮,包括"鲁艺"在内的多个文艺组织,被派往边区中的各个分区演出,"长期地无条件地全心全意地到工农兵群众中去",成为文艺界的共识。

其次,"整风运动"及《讲话》精神从深度上改变了很多成名作家的创作理念与文学风格。如艾青早年留学法国,受到象征主义诗风的影响很深,早期诗作充满现代主义因素,被称为"芦笛诗人"。到延安以后,艾青自觉地向新的写作范式靠拢,其长诗《雪里钻》呈现出抗日战场悲壮的历史画面，展现了革命英雄主义的品格。《讲话》发表后，艾青进一步认同文艺的政治功能性，并在《我对于目前文艺上几个问题的意见》一文陈述了"文艺应该服从政治"的主张。另一位代表人物是何其芳。他原本偏重自由主义倾向，投奔延安后，自觉地放弃了《画梦录》时代的写作方式，创作了《我为少男少女们歌唱》等作品，抒发其到延安后的喜悦心情。《叫喊》《北中国在燃烧》等诗歌，更为粗犷阔大，标志着他积极向新的文学靠拢的努力。何其芳认同《讲话》确立的文学理念，撰写《论文学教育》等文。当然，一个作家思想方法与创作风格的转变并非一朝一夕就能完成。在这一时期，何其芳《叹息三章》也流露出一些脆弱的个人情感，曾在解放区文坛遭遇非议。

最后，受到地域阻隔、传媒不便等因素影响，《讲话》在国统区文艺界的传播稍显滞后，但影响同样深远。1943 年，重庆的《新华日报》才对延安文艺座谈会的相关情况作了简短报道。1944 年初，《讲话》的主要内容在该报节录发表。同年 4 月，中共中央宣传部派遣何其芳、刘白羽两位延安文艺工作者前往大后方重庆宣传《讲话》精神。5 月底，国统区左翼文艺界领袖人物郭沫若召集国统区作家在天官府宅邸集会，共同探讨《讲话》精神及其意义，《讲话》开始在国统区进步文艺界人士中间公开传播。

随着中国共产党在解放战争中的节节胜利，《讲话》精神跨越区域性范围，牢固地植根于共和国文化制度的深层建构中，为中国当代文学的产生、发展、繁荣奠定了坚实的思想基础。

第四节 《讲话》精神影响下的新文学实践

最初有关"民族形式"的讨论，使得解放区文学充分汲取了地方性文化资源。毛泽东同志《讲话》发表后，"为工农兵服务"的创作宗旨，则进一步从根本上夯实了解放区文学的精神基础，开启中国现代文学"民族性""人民性"的历史品格。在《讲话》精神影响下，解放区作家群体的外在格局和内在精神结构都发生剧烈变化，一些从"五四"传统中走出来的作家自觉地改造思想，放弃了既有的创作方式，开始走向民间，探索新的文学理路。解放区的年轻作家则在《讲话》精神的感召和浸润下迅速成长，创作出一大批引领方向的经典作品。从这里出发，一种崭新的、影响新中国六十年的文学实践活动已经启动。

在众多转型的"五四"作家中，丁玲是最为典型也是最为成功的一位。初到延安时，丁玲的代表作是《在医院中》和《我在霞村的时候》。《我在霞村的时候》以被日军胁迫作"慰安妇"的年轻女孩贞贞为主人公，以饱含同情的笔触描述了战争给她带来的创伤，并以辛辣的笔触批评了周围人们对她的非难。《在医院中》以年轻女性医生陆萍与医院体制的矛盾为线索展开叙事，暴露了与革命事业不相契合的官僚主义问题。另一篇别具意味的小说《夜》则通过主人公何华明和妻子的紧张关系，探讨农村基层干部在家庭与革命两者之间难以自拔的矛盾，呈现出其内在的精神危机。总体来看，这些作品大多以知识分子个体视角展开叙事，其中多有对个人命运及其心理的关注和对国民性的反思，字里行间仍然闪烁着自"五四"和"左翼"时期一路绵延而来的批判精神。正由于此，丁玲的思想、创作与解放区的文化体制并不完全契合，因而在"整风"过程中遭到了诸多非议和批判。在延安文艺座谈会召开之后，丁玲停止了杂文和小说写作，参与"整风"运动。在"整风"过程中，丁玲进行了非常彻底的思想改造，按照她自己的话说："我像唐三藏站在到达天界的河边看自己的躯壳顺水流去的感觉，一种幡然而悟，憬然而惧的感觉。"1944年，党组织派丁玲前往边区文协工作，深入农村体验生活，让她从事专门写作工作。同年6月，她写出了报告文学

《田宝霖》，从形式到内容，显示出丁玲创作的重要变化。1946年，党组织又派丁玲往东北解放区，因战争形势，丁玲在中途滞留在张家口，便在河北涿鹿参加地方土改工作。根据这一时期的工作经历和见闻，丁玲创作出长篇小说《太阳照在桑干河上》。在这部作品中，丁玲娴熟地运用社会阶级理论结构叙事情节，以写实性的笔法呈现出暖水屯中极为复杂的人物关系，勾勒出土地改革运动在乡村中曲折反复、甚至不乏残酷斗争的历史过程。《太阳照在桑干河上》在1948年出版，获得良好的评价，后在苏联还获得"斯大林文学奖"。

另外一位在创作上成功转型的作家是周立波。周立波早在20世纪20年代就开始接触新文学，并在30年代经周扬介绍参加"左联"，深受苏联文学和"革命文学"风潮的熏陶，后又追随周扬到达革命圣地延安，在鲁迅艺术文学院担任教员。周立波参加了延安文艺座谈会，并在会后发表《思想、生活和形式》等文章，对自己的"小资产阶级思想"以及所谓的"名著"观念进行自我批评。1946年，周立波在东北解放区尚志县参加土地改革，并担任元宝区区委副书记、书记等职务，这种一线的工作经历促使周立波创作出了长篇小说《暴风骤雨》。与丁玲的创作不同，周立波把土地改革的复杂历史浓缩在充满地方色彩的乡村世界中，这里既有动人心魄的"斗争场面"，又有极富张力的故事情节，在戏剧冲突中展现人物的个性、细密的心理，带有浓郁的乡土气息和民间视角。《暴风骤雨》与丁玲的《太阳照在桑干河上》齐名，都获得"斯大林文学奖"，对当代文学产生了深远影响。

与丁玲、周立波等人不同，赵树理虽然也曾受到"五四新文学"的影响，但是，他的文学主张、创作实践主要建立在抗日根据地的生活实践基础上的，因而对《讲话》精神的领会和践行更为自觉圆融。1943年9月，他的成名作《小二黑结婚》由华北新华书店出版,曾得到根据地领导人彭德怀的赏识。此后,这部小说又被改编成戏剧在各地上演,深受抗日根据地及解放区各界群众的欢迎。《小二黑结婚》描写了青年农民小二黑和小芹冲破阻挠、自由结婚的故事。作者在组织这一故事情节时,并没有局限在单一的线性叙事结构中,而是编织成一个极具纵深的空间维度,把农村社会内部的诸多人物、事件网罗其中,为读者呈现出一个生动鲜活的图景。作者自称"文摊儿"文学家,采用说书人的形式,用老百姓的语言,讲述乡间百姓故事,人物对话非常符合淳朴农民的直白口吻。可以说,《小二黑结婚》的问世,是对"五四"以来新文学语言、人物形象以及叙事模式的重要拓展,具有非常重要的文学史意义。此后,赵树理又创作了《李有才板话》《李家庄的变迁》《邪不压正》《福贵》《传家宝》等作品,大多因根据当时的政治形势和社会问题,如土地改革问题,女性解放问题,改造二流子问题等编织故事,塑造形象。赵树理的高明之处在于,他找到了与这些问题对应的、新鲜活泼的素材,从而把抽象的问题纳入到具体可感的乡村社会结构中,把"阶级"发生的抽象过程还原为一个具体可感的历史过程,更具有历史感。《李家庄的变迁》从1928年的"大革命"写起,有地主李汝珍对农民的镇压,有山西"牺牲救国同盟会"的革命活动,以及抗战爆发后的诸多军事斗争,生动地呈现出李家庄从一个传统乡村转变成中国共产党领导下的抗日根据地的历史过程,这为赵树理的小说注入某种史诗般的特质。赵树理的作品在素材的选取上大多配合着当时的各种社会运动,难能可贵的是,他始终秉持充满生命力的农民视角,这使得文学叙事能够从乡村内部的维度充分展开,既有对乡村地主、农民、干部之间错综复杂关系的精准把握,又有对个体人物心理的微妙体察,最大程度地贴近乡村社会的现实情境。赵树理小说的独特风格在解放区有着巨大的影响力,形成了描绘农村生活的文学叙事范式。很多解放区作家追随赵树理的风格,形成不同的作家群。更重要的是,赵树理被周扬称为"人民艺术家",他的小说被文艺界视为践行《讲话》精神的成功范例(尽管其创作时间早于《讲话》),由此开辟了对当代文学影响深远的"赵树理方向"。

在解放区小说作家中,孙犁走出一条极具个性的创作道路。他的文字洗练、简洁,又富有诗意,形成了在赵树理"农村叙事"范式之外独树一帜的创作风格。孙犁的作品大多取材于战争,但他对战争的描写却是日常化的,突出人情之美,有着浓郁的人道主义底色,从而淡化了战争的残酷和惨烈。《芦花荡》《荷花淀》等短篇小说多有精巧别致的叙事结构,并不追求情节的戏剧性,而是用纯熟的白描手法营造隽永的意境,塑造纯真、质朴、极富韵味的人物形象。长篇小说《风云初记》用极富诗意的笔调追溯共产党人在滹沱河建立抗日根据地的历史,其中多有对个人及民族命运的悲悯观照。孙犁与丁玲、赵树理等人不同,他的小说没有刻意描述具体的社会运动,呈现时代主题,而是在《讲话》精神指导下追求"本土性"的同时,在情节设置、场景铺排和对话描写等多方面,自觉吸收并化用各种文学经验(包括英国文学、俄国文学以及以《红楼梦》为代表的中国古典文学的养分),从而使其对战争时期根据地斗争的描写呈现出别具风味的诗意,展现了解放区文学的丰富性与多样性。

编 后 记

本书的编写，是在中国社会科学出版社赵剑英社长的督促下完成的。全书体现了集体的智慧。各位同仁放下手头的科研工作，集中精力，完成全稿。现将各章节的分工撰写情况，说明如下：

第一编　先秦文学：清华大学马银琴撰写
第二编　秦汉文学：中国人民大学蔡丹君撰写
第三编　魏晋南北朝文学：中国人民大学蔡丹君撰写
第四编　隋唐五代文学：社科院文学研究所（以下简称文学研究所）刘宁撰写

第五编　宋辽金文学
第一章至第五章的前两节：北京大学张剑与北京师范大学周剑之合写
第五章后三节：文学研究所乌日格木勒撰写

第六编　元代文学
第一章至第四章：文学研究所李芳撰写
第五章　元代诗歌：河北师范大学于飞撰写
第六章　元代小说和散文

第一节　元代小说：文学研究所刘倩撰写
第二节　元代散文：河北师范大学于飞撰写

第七编　明代文学
第一章　概述：文学研究所李芳撰写
第二章　明代诗文：北京师范大学张德建撰写
第三章　明代戏曲：文学研究所李芳撰写
第四章　明代小说：文学研究所刘倩撰写

第八编　清代文学
第一章　概述：文学研究所王达敏撰写
第二章　文章学的集成与开拓
第一节至第二节：苏州大学杨旭辉撰写
第三节　文界革命与报章文体：文学研究所郭道平撰写
第三章　清代诗歌：中国艺术研究院张立敏撰写
第四章至第五章：文学研究所李芳撰写
第六章　清代小说：文学研究所刘倩撰写
第七章　俗文学的繁盛：文学研究所李芳撰写

第九编　现代文学
第一章　从古典到现代的转型：北京第二外国语大学赵京华撰写

第二章　"文学革命"与"五四新文学"：文学研究所李哲撰写
第三章　"国民革命"和左翼文学的兴起：文学研究所程凯撰写

第四章　抗日战争时期的文学形态：文学研究所冷川撰写

第五章　新的方向：解放区文学简论：文学研究所程凯撰写

　　从章节的安排，到具体的表述，我们曾反复讨论，切磋琢磨，力求达成共识。对于各位同仁的学术合作，我表示衷心的感谢。我全程参与统筹策划工作，并通读全稿，整齐划一。其中难免或有错讹之处，自然由我负责。我诚恳地期待着广大读者的批评指正。

刘跃进

2018 年 11 月 11 日